Gisbert Haefs

Radscha

Zu diesem Buch

Indien in der zweiten Hälfte des 18. Jahrhunderts: eine Zeit mächtiger Fürsten und großer Kriegsherren, ein Schauplatz dramatischer Kämpfe und ein Land für Abenteurer aus aller Herren Länder. Als der irische Bauernsohn George Thomas – eine historische Figur – 1781 an Bord eines englischen Kriegsschiffs nach Madras gelangt, erliegt er sofort der geheimnisvollen Faszination dieses farbenprächtigen und betörenden Ortes. Verführt von der Schönheit des Landes und dessen Versprechen von Reichtum und Ruhm, beschließt George zu desertieren. Er trifft auf eine mörderische Räuberbande, die ihn aufnimmt und zu deren Anführer er bald wird. Nach Jahren der Kämpfe, Intrigen und Abenteuer steigt er schließlich zum Fürsten seines eigenen Reichs auf. Sein Lebenstraum von Reichtum, Macht und Einfluss scheint erfüllt. Doch dann lernt er die gefährliche Seite der Macht kennen ...

»Gisbert Haefs schreibt originell, dynamisch und frei von Klischees. Seine Dialoge sind meisterhaft, die Beschreibungen präzise und lyrisch. *Radscha* ist spannend, präzise, witzig, grausam und schlicht und einfach gut geschrieben. Ein Roman, den man mit Wonne liest und den man wiederlesen wird.«
Kölner Stadt-Anzeiger

»Mit *Radscha* hat Gisbert Haefs nach *Hannibal* ein neues, grandioses Werk vorgelegt, das seinen Ruf als Großmeister des historischen Romans bestätigt.«
Frau im Spiegel

Der Autor

Gisbert Haefs, 1950 in Wachtendonk/Nordrhein-Westfalen geboren, ist Schriftsteller und freiberuflicher Übersetzer spanischer, französischer und englischsprachiger Literatur, darunter Werke von Mark Twain, Adolfo Bioy Casares oder Bob Dylan. Darüber hinaus hat er sich als Autor für historische Romane einen Namen gemacht.

Mehr über Buch und Autor auf *www.unionsverlag.com*

Gisbert Haefs

Radscha

Roman

Unionsverlag
Zürich

Die Erstausgabe erschien 2000
unter dem Titel *Raja*
im Goldmann Verlag, München.

Im Internet
Aktuelle Informationen,
Dokumente, Materialien
www.unionsverlag.com

Unionsverlag Taschenbuch 602
© by Gisbert Haefs
© by Unionsverlag 2013
Rieterstrasse 18, CH-8027 Zürich
Telefon 0041-44-283 20 00, Fax 0041-44-283 20 01
mail@unionsverlag.ch
Alle Rechte vorbehalten
Reihengestaltung: Heinz Unternährer
Umschlaggestaltung: Martina Heuer, Zürich
Umschlagbild: Alex Nikada
Druck und Bindung: CPI – Clausen & Bosse, Leck
ISBN 978-3-293-20602-1

Inhalt

1. Von Tipperary nach Madras 7
2. Saldanha und die Inquisition 31
3. Lucky Lukes Lektionen 48
4. Begegnungen in Kalkutta 68
5. Im Dienst der Kompanie 90
6. Der Weg nach Lakhnau 109
7. Die grünen Jahre 139
8. Von Lakhnau nach Lalsot 165
9. Samru Begum 209
10. Das Buch der Niedertracht 242
11. Jehazi Sahib und die Begum 279
12. Zuflucht 305
13. Im Strudel 336
14. Rundreise nach Hause 370
15. Radscha von Hariana 403
16. Die Teile und die Götter 423
17. Das Ende in Bengalen 437
Anhang 461

Thomas war ein Mann von großer Kraft und Kühnheit und bemerkenswertem militärischen Genie. Im Chaos untergehender Königreiche des damaligen Indien war sein Schwert immer dem verfügbar, der am meisten bot; aber er besaß die Tugenden seines Berufsstands – niemals verriet er einen Herrn, war seinen Soldaten gegenüber gütig und großzügig und jederzeit bereit, einer Frau zu helfen.

ENCYCLOPAEDIA BRITANNICA (1911)

1. Von Tipperary nach Madras

Besser drei Tage Mann sein als ewig Geist,
besser Tiger hetzen als Hühner hüten.
Lieber Kobras walken als Würmer kneten,
lieber Stahl für Stunden als jahrelang Leder,
lieber einmal Einer als immer Jeder.
Nicht gebissen – der sein, der beißt.
Lieber einmal schlüpfen als lange brüten.
Nicht zertrampelt werden, nein, selber treten.
So viel besser das Schwert als die Feder.

NAWAZ SHAH

Er war noch nicht fünfundzwanzig, hatte nach Indien gewollt und in Bristol keine Versuche unternommen, den Presskommandos der Flotte zu entgehen. Zuletzt jedenfalls, als die Schiffe, die auf der Reede lagen, nach zuverlässigen Gerüchten nicht Nordamerika anlaufen, sondern Frachter der Ostindien-Kompanie geleiten sollten. Amerika, wo aufmüpfige Kolonisten Tee in ein Hafenbecken geschüttet und einen eigenen Staat ausgerufen hatten, mochte andere locken, aber nicht ihn. George Thomas wollte nicht für einen wahnsinnigen König kämpfen, sondern reich werden, selber König sein: ein *Radscha*.

Radscha: Dieses Wort war für ihn ähnlich magisch wie der sagenhafte Pagoda-Baum, der in Indien wuchs und an dem ein kluger und starker Mann nur rütteln musste, wenn er die *pagoda* genannten Goldmünzen haben wollte. Klug musste der Mann sein, um den richtigen Baum zu finden und von Geisterbäumen zu unterscheiden, die ähnlich aussahen, aber Schlangen regnen ließen; stark musste er sein, um kräftig genug rütteln und andere Rüttler niederhalten zu können. Glück brauchte er auch, um nicht vom goldenen Regen erschlagen zu werden.

Aber das Risiko wollte er gern eingehen; gäbe es denn einen köstlicheren Tod als diesen? In den Armen einer schönen fremden Frau liegend, unter Palmen, gekühlt vom Fächer, den ein Elefant mit dem Rüssel schwenkt, als ruhmreicher Krieger und König von Goldmünzen erschlagen zu werden? Den Tod gewissermaßen als endlosen Feiertag zu verbringen? Blut, Schweiß, Schnaps, Ruhm und Reichtum zuvor, statt elender Plackerei?

Er wusste, dass indische Fürsten viel Geld für europäische Offiziere ausgaben. Geld und die Möglichkeit, es mit dem Schwert oder mit Kanonen zu mehren. Seeleute und Händler hatten es ihm erzählt, schon im Hafen von Youghal, wenn einmal schlechte Winde einen von Gold und Gewürzen stinkenden East Indiaman an die irische Südküste verschlugen. Aber ein einfacher Ire konnte nicht Offizier werden, nicht in England. Soldat, ja, und dann vielleicht, mit der Zeit, Sergeant; und die Sultane und Radschas und Mirs brauchten europäische Sergeanten. Aber die Ostindien-Kompanie konnte in diesen Jahren kaum Soldaten anwerben, da die Krone Männer brauchte, um die Kolonisten in Amerika zu bekämpfen und die Franzosen, die ihnen halfen.

Der beste Weg zu Ruhm und Reichtum schied also aus, und wenn der einzige andere Weg bei den Presskommandos der Flotte begann, bitte sehr. So angenehm war die Arbeit als Stauer nicht, und viel schlimmer konnte es an Bord der Kriegsschiffe auch nicht sein.

Hatte er gedacht. Aber er war Ire, also Dreck, sobald sie auf See waren; und bei den zahlreichen Übungen, bei denen jene, die irgendetwas konnten, aus der Masse der Dumpfen herausgesucht wurden, hatte er ein paar Tage zu einer Geschützbesatzung gehört, seine Liebe zu Kanonen und sein Talent für sie entdeckt, bis jemand sich daran erinnerte, dass seit den Tagen von Guy Fawkes Katholiken nicht in die Nähe von Schießpulver kommen durften.

Was auch immer dort drüben, an Land, in der wilden Fremdheit warten mochte, konnte kaum schlimmer sein als die Zeit an

Bord, und ohne jeden Zweifel wäre es aufregender. Natürlich hatten sie in den Mannschaftspferchen darüber geredet – wenn nicht gerade einer der Unteroffiziere an den Hängematten entlangstrich und »Bein zeigen« brüllte, um Frauen zu begrapschen und Männer mit einem Tauende zur Arbeit zu treiben. Alle wollten desertieren, vielleicht würden zwei oder drei es tatsächlich wagen. Sobald sie an Land waren, unbeobachtet von Offizieren, nicht bewacht von den steifbeinigen Seesoldaten.

Die Landbrise war heiß und schwer von Gerüchen. Irgendwo unter Deck krakeelten ein paar Frauen, die auch nach oben wollten, um etwas zu sehen. Die Männer, sofern nicht zu Arbeiten eingeteilt, lehnten an der Bordwand und starrten hinüber zu den blendend weißen Gebäuden des Orts und den dunklen Wällen der Festung. Monate auf See, eingepfercht in einem Schiff der Flotte; Monate mit madigem Hartbrot, Pökelfleisch, wimmelndem Wasser und der täglichen Schnapsration. Hängematten in stinkenden Zwischendecks, die neunschwänzige Katze als einziges Schoßtier, Drill und Plackerei an glühenden Tagen und in eisigen Nächten.

Und dort drüben gab es Dinge, die nach Wildheit dufteten, nach Hitze, schäumenden Pflanzen, Üppigkeit und Lust – Gerüche, die keiner beschreiben konnte; Düfte wie ein betäubender Hieb und auch wie ein sengendes Bohren. Die älteren Seeleute, die früher schon einmal hier oder weiter nordöstlich gewesen waren, am Hugli, wo die Kompanie einen Ort namens Kalkutta besaß, hatten immer wieder davon erzählt, aber da es nicht zu vermitteln war, war es auch nicht zu glauben. Gold und Juwelen, Elefanten und Schlangen, weise Männer, die sich nur in ihren Bart und schmierige Tücher wickelten, und schwellende Frauen, die dies nicht taten, wie man hörte. Goldene und silberne Münzen für die Tapferen, die Rückfahrt im Schiff für die Feigen, für alle einen anderen und letztlich gleichen Tod, und vielleicht vorher etwas Besseres als Hartbrot und Peitsche.

Noch jetzt, einundzwanzig Jahre später, erinnerte er sich an diese Stunden, das Fieber: warten auf die Entscheidung des Kapitäns, wie viele Seeleute an Land würden gehen dürfen. Alle wussten: Sobald der Erste verschwand, war das Spiel für die anderen beendet. Oder hatte sich die Lage entspannt? Waren vielleicht gar keine französischen Schiffe in der Nähe, sodass bis auf eine Bordwache alle zum Landgang verschwinden konnten?

Warten, warten, warten. Flaggsignale wurden gewechselt zwischen dem Schiff und dem Fort Saint George. Die Gig des Kapitäns wurde bereitgemacht, abgelassen; es sah nach noch mehr Warten aus. Dann, endlich, die erlösende Mitteilung: keine französischen Schiffe in der Nähe, drei Tage und Nächte Landgang. Der Kapitän stieg in die Gig, um sich zum Kommandanten der Festung zu begeben. Und musste umsteigen in eines der von einheimischen bemannten Boote, die aussahen wie geflochtene Hobel und als Einzige die gefährliche Brandung vor Madras überwinden konnten.

Der Zahlmeister hatte die erwartete Anweisung erhalten: keinem Matrosen mehr als ein Viertel der Löhnung auszuhändigen. Angeblich war nicht genug Geld an Bord; angeblich werde der Kapitän vom Fort mehr Münzen mitbringen. Einige Männer murrten, einige lachten, die meisten nahmen es gleichmütig hin. Man wusste Bescheid; die Kapitäne wollten verhindern, dass die Männer auf dumme oder kluge Gedanken kamen. Ein Viertel des Solds war mehr als genug, um drei Tage lang zu saufen und zu huren, bis der restliche Verstand nicht einmal in den Beutel zwischen den Beinen passte. Der ganze Sold – karg, aber über Monate sammelt sich dennoch einiges an – hätte den einen oder anderen dazu bringen können, im Land zu verschwinden, in der nächsten Stadt ein Geschäft aufzumachen. Es hieß, so etwas sei schon versucht worden und bis jetzt habe niemand überlebt. Es sei denn als Söldner eines indischen Fürsten. Aber der nächste Fürst war weit, und bis man ihn gefunden hatte, musste man von etwas leben. Ein Viertel war dafür zu wenig.

George Thomas hatte all dies nicht gekümmert. Und der Entschluss des vierundzwanzigjährigen Seemanns anno 1781 erschien dem General anno 1802 immer noch als beste und wichtigste Entscheidung seines Lebens. Seltsam, die Zufälligkeiten, dachte er. Nun ritt er in den Sonnenaufgang, mit einem britischen Offizier namens

Francklin, der ihn ein paar Tage bewirtet und tausend Fragen gestellt hatte, der ihn nach Bengalen begleiten würde; damals hatte ein Franklin, zweiter Offizier des Schiffs, die Wache gehabt, und die Biografie des verrückten Iren wäre ihm keine Kauri-Muschel wert gewesen.

Er brauchte nur die Augen zu schließen, um wieder mitten im damaligen Gedränge zu sein. Die überfüllten Flechtboote mit johlenden Männern. Die Hitze, die zuzunehmen schien, als sie sich dem Strand näherten. Die Gerüche, die dichter wurden, unterfüttert vom Dunst der schwitzenden, ungewaschenen Körper. Die Stadt, von den Briten Fort Saint George genannt … Er wusste, dass sie Madras hieß und dass der Name vielleicht daher kam, dass hier einmal eine bedeutende *madrasa* der Mogulherrscher gestanden hatte, Schule oder vielleicht sogar Universität. Und er wusste, dass es einen alten Iren gab, aus Tipperary, der eine Schänke betrieb und Landsleuten half. Vor allem, wenn sie ebenfalls aus der Nähe von Tipperary kamen. Und wie eine Woge schlugen die Eindrücke über ihm zusammen, damals: die nackten Kinder, Frauen mit erregendem Gang – aber welche Gangart welcher Frau wäre nach den Monaten an Bord nicht erregend gewesen; den Monaten schmierigen flüchtigen Kopulierens unter Deck, wo ein paar Frauen tatsächlich mit irgendwem verheiratet und die anderen für alle waren? –, helle Häuser, darunter viele Schänken und Bordelle, Kaufläden, die Gerüche, ein Käfig, an dessen Holzstäben ein Affe rüttelte, Schwärme kreischender bunter Vögel. Er erinnerte sich an seinen ersten Gedanken, der aus dem Getümmel der Eindrücke aufragte wie die Hand eines Ertrinkenden, der von unterhalb, mit brennenden Augen, das rettende Floß gesehen hat: Und selbst wenn dieses Paradies sich als Hölle herausstellt, nur weg aus dem Fegefeuer der Navy.

Was er nicht mehr genau wusste: wie er den ersten Tag zugebracht hatte. Rudel gegensätzlicher Erinnerungen kläfften in seinem Kopf gegeneinander an. Die Zehen einer Dirne; Zinnbecher mit unverdünntem Rum; das Stöhnen der Frau und seines beim Erguss; Palmen, an denen Kinder hinaufkletterten; der Sonnenuntergang wie Blut auf dem Bajonett eines Postens am Fort; der anglikanische

Priester, der in der Dämmerung einige Männer beschwor, nach den ersten Wallungen nun des Herrn zu gedenken; und der gleißende Mond dieser ersten schlaflosen Nacht. Ein fetter gelber Mond, tief über der staubigen Ebene, die keine Ebene war, sondern niedriger Busch, Dschungel, in den er nicht gehen sollte und dem er nicht fernbleiben konnte. Er musste getorkelt sein, mit Schlieren vor den Augen und, wahrscheinlich, einer Flasche in der Hand. Vielleicht hatte er gesungen oder wenigstens gelallt, als er in die tausend Geräusche und Gerüche der Nacht ging. Das Schrappen schuppiger Haut an einem verkrüppelten Stamm; Gezischel und Gekecker über ihm und weiter weg; ein stechender Ruch wie blutige Dornen, ein feister Duft wie Erbrechen nach unendlichem Gelage, ein Hauch wie Seide, die mit frischem Muskat zusammen gemahlen und dann in Zitronenwasser verrührt wird ...

Plötzlich, auf einer Lichtung, suppig vom gelben Mondschleim, der halbverfallene Tempel und die Meute dürrer Hunde – gelb, sagte er sich, oder eher vergilbt –, vor denen er auf der Ruine Zuflucht suchte, ohne zu bedenken, dass dort Schlangen hausen mochten. Oben, auf der brüchigen, von Steinbrocken übersäten Plattform ein Mann, der kauernd pisste und ihn mit makellosen Zähnen angrinste, den Kopf schief, fast auf die rechte Schulter gelegt. Ein Europäer.

»Was machst du da?«

Der Mann richtete sich auf. »Ich schaffe Platz für Nachschub aus deiner Flasche, Bruder.« Eine Stimme wie Rahm und Räude, schmeichelnd und abstoßend zugleich, durchschossen vom Knarren einer kaum geölten Karrenachse. Flüssiges Englisch mit leichtem Akzent – Portugiese? Holländer? Jedenfalls kein Franzose; Thomas wusste, wie Franzosen klangen, wenn sie Englisch sprachen.

Er gab ihm die Flasche; der Mann trank, rülpste, wischte sich den Mund und hielt ihm das Gefäß wieder hin; erst dann nestelte er an seiner knielangen, längst nicht mehr weißen Hose, um das Glied zu verstauen. »Und du?«, sagte er schließlich.

»Ich? Ich ... weiß nicht.«

»Frisch angekommen, mit der Fregatte, was?«

»Ja.«

»Und jetzt? Drei Tage saufen, dann zurück an Bord, dem edlen George weiterhin zu dienen?«

»Nein.«

»Ah.« Der Fremde nickte, als habe man ihm eben etwas bestätigt, was er ohnehin wusste. »Setz dich, Bruder; das will bedacht sein.«

Irgendwie kam es George Thomas ganz natürlich vor, auf der Spitze eines verwüsteten Tempels in einem wilden Land in fremdartiger Nacht mit einem Fremden die Vergangenheit, die Zukunft und die winzige Spanne dazwischen zu bereden. Sie saßen auf den Steinen, tranken abwechselnd, bis die Flasche leer war, und redeten die Sonne herauf. Der Mann hieß João Saldanha, war Portugiese aus Goa und auf der Suche.

»Ich suche Gott«, sagte er, »und hoffe, dass er nicht zuerst mich findet. Bis ich ihn gefunden habe, wie immer er aussehen mag, will ich alle Götter lästern; vielleicht bringt ihn das dazu, sich eher blicken zu lassen.«

»Heißt das, du pisst in jeden Tempel?«

Saldanha gluckste. »Geht nicht immer. Manchmal muss man gerade nicht, und manchmal sind zu viele Priester in der Nähe, die das übel nehmen würden. Dann muss man etwas anderes versuchen.«

Und das hatte auch Thomas getan, jahrelang, in einem weiten Land, in dem es dafür unendliche Gelegenheiten gab. Immer wieder waren sie einander begegnet, verabredet oder zufällig wie in jener Nacht, in der Saldanha ihm Rat und Rätsel gab. Bruder, Freund, manchmal fast Vater ... aber als Vater mochte Thomas nicht an den Pilger denken. Und während er in den grellen Morgen ritt, mit dem britischen Offizier, den er für das Geleit durch die britischen Territorien mit Auskunft über sein Leben bezahlen sollte, stellte er fest, dass er an viele Dinge nicht denken mochte. Und dass es reichlich Einzelheiten gab, die er diesem Francklin nicht erzählen würde.

Als George Thomas zwölf Jahre alt war, brach sich sein Vater das Genick. Das Pferd, in vollem Galopp in ein Kaninchenloch getreten, hatte ein Bein gebrochen und musste erschossen werden. Man sagte, dies sei ein guter Tod für den alten Thomas, der Pferde geliebt und gepflegt, geheilt, zugeritten und besprochen hatte; dass er lieber unter einem Pferd als auf seiner Frau gestorben wäre, war eine der Tuscheleien – außer Hörweite der Priester. Ein Jammer nur um das Pferd; eine Frau hätte man ja nicht erschießen müssen. George fand derlei Äußerungen nur mäßig komisch, und wenn ihn niemand sah, weinte er viel, denn er hatte seinen Vater geliebt.

Später sagte er gelegentlich, zwölf sei zu früh gewesen – dreizehn sei ein gutes Alter, um festzustellen, dass es ein schlechtes Alter sei, und wenn man dies einmal festgestellt habe, bemerke man auch bald, dass jeder Punkt, auf dem man stehe, schlechter sei als die Punkte rechts und links. Gestern und morgen sind besser als heute, rechts und links sind besser als hier – einer der zahllosen Gründe, in Bewegung zu bleiben und lieber zu suchen als zu haben. Dann grinste er und sagte, den Verehrern erwachsener Sesshaftigkeit könne er noch eine Begründung seiner Jugendlichkeit geben: »Wenn es mich mit dreizehn erwischt hätte, wäre ich wahrscheinlich gereift, und wenn ich elf gewesen wäre, als es geschah, hätte ich sicherlich eine Phase oder zwei übersprungen. Stattdessen bin ich irgendwie zwölf geblieben.« Er widersprach aber denen nicht, die – das waren vor allem Briten – derlei Überlegungen verwarfen und alles durch ein Wort erklärten: Ire.

Vielleicht widersprach er ihnen deshalb nicht, weil das Wort viele andere Dinge erklärte. Vater Thomas – Patrick, der sich nach dem Willen der britischen Herren nicht Pádraig schreiben durfte – hatte als Pächter eine kleine Farm bearbeitet: magere Böden, saure Erde, verkrüppelte Bäume, ein wenig Torf. Der englische Grundherr war angeblich umgänglicher als andere seiner Art, was nichts an den Abgaben und an der Dürftigkeit des Bodens änderte. Sie hatten ein paar Schweine, drei Kühe, die sich hinter Wäschepfosten hätten verstecken können; und die Pferde. Die Pferde, die George schon als kleiner Junge ritt, ohne Sattel. Sie machten den Unterschied aus, den wichtigen Unterschied zwischen Armut und Hunger.

»Man muss etwas haben, das man besser kann als die Nachbarn«, hatte der Vater gesagt. »Viel besser ... sagen wir: je besser, desto gut.«
Struppige störrische Fohlen, eingetauscht gegen eine Karrenladung Torf und eine alte Wäschetruhe; aufgepäppelt, gestriegelt, zugeritten und für goldene Guineas an englische Herren verkauft. Edle Tiere, gedacht für eine Lady, aber zu ungebärdig für ruhigen Sitz auf dem Damensattel, nach vier Tagen des Raunens und Zuredens durch Patrick Thomas lammfromm. Jagdpferde, lahm von einem Fehltritt im Galopp, nach einer Woche des Reibens und Redens und stinkender Packungen aus Schlamm und Kräutern wieder feurig und geschmeidig wie zuvor. Schwere Ackergäule, befallen von rätselhaften Krankheiten – wofür eigentlich nur *pookas*, mindere Dämonen, Hexen oder ähnliches Volk verantwortlich und folglich heilungsbefugt sein konnten –, zogen nach Patricks Handreichungen den Pflug so hurtig, dass es eine Lust war, zuzuschauen und nicht selbst Pferd zu sein.

Die Pferde machten den Unterschied aus: zwischen der kargen Kate aus kaum behauenen und nur sporadisch mit Moos oder Mörtel verfugten Steinen, mit zwei Räumen, Holzboden, einem eisernen Herd, dem Elternbett in einem Raum, den Betten der Kinder im anderen, und den kärgeren Katen der Nachbarn, die fast alle nur über einen Raum mit offenem Feuer verfügten und ein Bett für die ganze Sippe, falls es überhaupt ein Bett gab statt Strohmatten, die auf dem feuchten Erdboden des Inneren lagen, nicht auf üppigen Bohlen.

Der Unterschied hätte durchaus größer sein können; es gab, wie George früh überlegte, verschiedene Unterschiede, und der Abstand zwischen dem vorhandenen Unterschied und dem lediglich möglichen Unterschied hieß *poteen*: Schnaps, gebrannt aus allem, was man ansonsten hätte essen können. Schnaps, von dem Patrick Thomas reichlich genossen hatte, als er seinen letzten Ritt begann, und ohne den er vielleicht den Sturz überlebt hätte.

Aber eigentlich waren es ja nicht die Pferde, sondern deren Beine, die den Unterschied ausmachten. Die Beine, zu denen die Hufe gehörten, trugen alles. Ein Pferdekopf mochte als Aalreuse dienen; aus der Haut des Tiers ließen sich Decken und Stiefel anfertigen; die

Mähne und der Schweif konnten als Bürsten und Matratzenfüllung enden; aber was war der schönste, stärkste und essbarste Rumpf ohne die Beine?

George hatte schon als Kind einen Witz gehört und als Wahrheit verstanden: abgründige Wahrheit, die alle Rätsel des Universums barg. Es ging um einen Mann, wahrscheinlich – hatte er beim Grübeln gedacht oder sich ausgemalt – einen Schäfer, mit langem Mantel und bodenlosen Taschen; dieser Mann kam – woher? – ins Dorf, ging in den Kramladen mit Ausschank, verlangte einen Tontopf mit Bier und stellte daneben einen Napf, den er aus einer der Taschen zog. Auch diesen Napf ließ er mit Bier füllen; dann holte er aus einer anderen Tasche einen kleinen Hund, ein wurstförmiges Ding ohne Beine, legte das Vieh neben den Napf und sah zu, wie es das Bier aufschlabberte.

»Aber«, sagte der Kaufmann und Wirt verblüfft, »der hat ja keine Beine!«

»Stimmt, hat er nicht«, sagte der Mann und trank einen tiefen Schluck aus dem Tontopf.

»Und wie heißt er?«, sagte der Wirt.

»Der hat keinen Namen«, sagte der Mann.

»Wie, keinen Namen? Ein Hund ohne Namen?«

»Der braucht keinen Namen; der kommt ja doch nicht, wenn ich ihn rufe.«

Jahrelang dachte George über die Geschichte nach, und über die Geschichten hinter der Geschichte. Woher kam der Mann mit dem gewaltigen Mantel? Er musste fremd in dem Dorf sein, denn andernfalls hätte der Wirt ihn und den Hund gekannt und wäre nicht überrascht gewesen. Wenn er aber von weit her kam, wie war er gereist? Gewandert? Mit dem Hund in der Tasche? Und ohne einen Beutel oder ein Bündel, von denen in der Geschichte nichts gesagt wurde? Eher besaß er wohl ein Pferd, vielleicht sogar einen Wagen. Dann musste er von noch weiter her kommen, denn George kannte in der Umgebung von Roscrea alle Leute, die reich genug waren, um mit Pferd oder Wagen weite Reisen zu machen.

Wozu schleppte er den nutzlosen Hund mit sich herum? Und wer hatte genug Geld, um nicht nur selbst richtiges Bier zu trinken, sondern auch noch den Hund damit zu verwöhnen? Richtiges Bier, von Braumeistern hergestellt und im Laden vom Fass gezapft, war teuer, zu teuer für die meisten Leute und bestimmt zu teuer für einen nutzlosen Hund ohne Beine und ohne Namen.

Aber vielleicht war der Hund ja nur scheinbar nutzlos; es musste sich um irgendein sagenhaftes Tier handeln, einen Zauberhund vielleicht oder jedenfalls ein Tier, das früher einmal Beine besessen und seinem Herrn das Leben gerettet hatte. Aber wieso war der Hund dann namenlos? Wieso hieß er nicht, zum Beispiel, *Großer Verstümmelter Lebensretter*, *Held ohne Bein und Tadel* oder, warum nicht, Cuchullain Sweeney?

Und wenn sich das alles gar nicht in oder bei Roscrea abspielte? Ob es irgendwo weit weg noch eine andere Stadt gab, andere Dörfer? Vielleicht endete die Welt doch nicht hinter den Hügeln, wo die Kobolde hausten und kleine Jungen fraßen, die zu weit herumstreunten. Der Mann im Herrenhaus, den alle Sir Charles nannten oder Mylord oder, wenn er nicht in der Nähe war, *bloody Saxon* – Mylord Sir Charles kam angeblich von jenseits eines Wassers, das viel breiter war als die Bäche der Gegend. George hatte das immer für eine Art Märchen gehalten; er wusste, dass es den Teufel gab und die Heilige Jungfrau und *fairies* und *leprechauns* und *pookas* und Bäche und gar nicht weit entfernt den großen, stillen See mit der heiligen Insel, aber ein Wasser, so breit, dass man nicht hinüberschauen konnte?

Und wenn es all das wirklich gäbe, sagte er sich, dann wäre es sogar vorstellbar, dass Besitzer bein- und namenloser Hunde sich dort richtiges Bier leisten konnten. Dass es dort Häuser gab, durch deren Dach es nicht regnete; vielleicht sogar Dörfer, in denen nicht alle Leute immer vor der Wahl standen, die Abgaben ans Herrenhaus oder an den Steuereinnehmer zu entrichten und zu hungern oder sich einmal satt zu essen und dafür bestraft zu werden.

Gegenden, anders gesagt, in denen man besser leben konnte. Ein alter Bettler erzählte ihm von Ländern hinter den Bergen und großen Gewässern (er nannte sie Meere), wo die Sonne nicht immer von Regen behindert wurde, wo die Leute bunte Gewänder trugen und einander mit Gesang die Leiber durchbohrten.

»Haben sie sonst nichts zu tun?«

»Es macht ihnen Spaß.« Der Bettler fuhr sich mit der rechten Hand über die Augen. »Sie kriegen dafür viel Geld – silberne Münzen, manchmal auch goldene, und genug zu essen und zu trinken.« Er gähnte. »Und Betten zum Schlafen.«

»Hast du das selbst gesehen?«

»Mitgemacht, Junge.« Diesmal nahm er die linke Hand, um sich die müden Augen zu wischen. George sah, dass es die Hand nicht gab, dass man sich aber auch mit einem vernarbten Gelenk die Augen wischen konnte.

Der Bettler hockte auf einem Brett, neben den Stufen, die zum Haupteingang der Kirche führten. Der umgedrehte rötliche Hut hatte mehrere Spitzen und enthielt ein paar kleine Münzen, im Lauf der letzten Stunden von Mitleidigen hineingeworfen.

»Und dabei hast du die Hand verloren?«

»Im Krieg, ja. Und nicht nur die Hand.« Mit zwei Fingern der Rechten zupfte er an dem schmutzigen Tuch, das er um den Kopf gewickelt hatte. Über der Stirn wucherte wie Ried an einem Teich ein Haargürtel; dahinter glitzerte blaurot, wie giftiges Wasser, eine grässliche Narbe.

»Ein Schwerthieb – sagen die Ärzte.« Der Bettler verzog das Gesicht zu einer Grimasse, die George nicht deuten konnte. Die tausend Falten und Fältchen schienen zu tanzen und neue Muster zu bilden. »Deshalb weiß ich viele Dinge nicht mehr.«

»Was weißt du nicht mehr? Wo es genau war?«

Der Mann seufzte. »Indien«, sagte er dumpf. »Weißt du, wo das ist?«

»Nein.«

»Weit weg, hinter vielen anderen Ländern. Man muss über ein paar Meere fahren.«

Es war kurz vor Sonnenuntergang; ein kalter Wind strich über den verlassenen Kirchplatz. Der Bettler bewegte sich unruhig, als ob er den Rücken an etwas reiben wolle. Das Brett, auf dem er hockte, machte die Bewegung mit.

»Was ...«, sagte George; er riss die Augen auf.

Unter dem Brett waren kleine Räder; er sah sie, als der Mann an seinem langen, mantelartigen Umhang zupfte.

»Ja, das auch. Ich glaube, ich hab meinem Hauptmann das Leben gerettet; deshalb haben sie mich heimgebracht, statt mich in Indien sterben zu lassen.« Er hob den verdreckten Saum.

Und George sah, dass der Bettler keine Beine hatte, nicht einmal Stümpfe. Mit dem Rumpf saß oder hockte oder ruhte er auf dem rollenden Brett.

Ein furchtbarer Verdacht stieg in George auf. Mit fadendünner Stimme sagte er: »Und ... wie heißt du?«

Der Bettler hob die Schultern. »Weiß ich nicht. Vielleicht hab ich nie einen Namen gehabt. Nenn mich Joseph. Joe. Oder Teddy, Tommy, Toby, oder Jeroboam oder Jethro. Ishmael. Oder Paddy. Oder« – er grinste schräg – »Mirza Ali Khan. Es ist alles gleich. Aber ich erinnere mich an andere Dinge, die wichtiger sind.«

»Woran denn?«

Der Bettler nestelte an dem schmierigen Kopftuch, bis es die Narbe wieder bedeckte. Er verdrehte die Augen, als wolle er nach innen schauen, und George sah nur noch das Weiße, durchsetzt mit gelblichen und roten Verästelungen.

»Frauen«, sagte der Mann. »Paläste mit tausend Räumen und dreitausend Fenstern. Den Pagoda-Baum, auf dem Goldmünzen wachsen, und wenn man ihn findet und schüttelt, braucht man nie mehr zu hungern.« Die Pupillen wurden wieder sichtbar, richteten sich auf den Jungen. »Weißt du, was das Größte ist, was ein Mann werden kann?«

»König?«, sagte George zögernd; er hatte gehört, dass es ein mächtiges Land namens England gab, in dem selbst der allmächtige Grundherr Sir Charles unbedeutend wäre, und an der Spitze von England – er stellte es sich als eine ungeheuer breite Kirche vor, mit dem Fürsten oben auf dem Turm – gab es den König, der über alles bestimmte.

»Baah, König.« Der Bettler spuckte aus. »Es gibt viele Könige, und der, an den du denkst, ist ein schwachsinniger Deutscher, der nicht mal anständig Englisch kann. Nein, es gibt Größeres.«

George riss die Augen auf. »Papst?« Er flüsterte beinahe; über dem Papst gab es nur Gott, und der Papst musste also das Allergrößte sein.

»Baah.« Wieder spuckte der Bettler, diesmal mit mehr Schleim als beim ersten Mal. »Der Papst ist gar nicht so mächtig, und vor allem hat er keine Frauen. Nein. Wenn du wissen willst, was das Größte ist – ein Radscha.«

»Was ist das?«

»Auch eine Art König, in Indien, Kleiner; aber viel reicher und mächtiger als alle Könige in Europa. Er trägt nur kostbare Kleider und hat tausend Frauen und zehntausend Diener und hunderttausend Soldaten, und er isst aus goldenen Schüsseln und hat zehn Ringe an jedem Finger, und für jeden einzelnen Ring könntest du ganz Roscrea kaufen …«

»Auch das Haus von Sir Charles?«

»Baah. Das Haus von Sir Charles? Darin würde ein richtiger Radscha allenfalls seine Hunde unterbringen. Schon die Ställe, die er für seine Elefanten bauen lässt, sind größer und schöner.«

»Was ist das, Elefanten?«

Der Bettler erzählte, bis die Sonne untergegangen war: von Elefanten und Kamelen und Kobras und Tigern, von Schwertern, deren Griffe mit Edelsteinen besetzt waren, von Seen und Wüsten und Bergen, und immer wieder von einem Palast mit dreitausend Fenstern, den er nie selbst gesehen hatte. Irgendwo, weit im Norden Indiens, sagte er, stehe dieser Palast, und in ihm wohnten die Windgeister, und die hätten mehr Schätze als alle Radschas, und vielleicht besäßen sie auch eine geheime Kammer, hinter der eine noch geheimere Kammer lag und dahinter noch eine und noch eine, und in der allerletzten bewahrten sie die Namen und die Schatten aller Menschen auf, vielleicht auch seinen Namen, den er verloren hatte.

Damals war George vielleicht sechs, und er ging wie im Fieber heim, betrunken von Wörtern und Geschichten und voll von Sehnsucht nach den fernen fremden Gegenden. Und überzeugt davon, dass Menschen wie Hunde mit den Beinen auch den Namen und Teile des Gedächtnisses verlieren, und dass kein Teil des Körpers wichtiger ist als die Beine, samt den Füßen und Zehen.

Aber es gab namenlose Schafe, die vier Beine hatten, und von seiner Mutter erfuhr er, dass Gott die Welt erschaffen und den Menschen eine Seele gegeben habe, und diese Seele sei das, was mit dem Namen gemeint sei, und sie sitze nicht in den Beinen oder Füßen, sondern irgendwo tief im Brustkorb. Ferner hörte er, dass Gott auf die Welt gekommen sei, um die Menschen zu erlösen, bis auf die Engländer, welche von der Mutter Gottes zweifellos in die tiefste Hölle geschickt würden, wenn man nur innig genug zu ihr bete. Ein bisschen Hölle hätten sie ja schon, in Indien, wo es fast so heiß wie in Satans Reich sei; in Indien stürben zwar viele Engländer und seltsamerweise auch Iren, die dort für englisches Geld kämpften, das eigentlich indisches Geld sei, aber die richtige Hölle sei es noch nicht. In der säßen nämlich die Engländer und ein paar andere böse Menschen, sogar zwei oder drei Leute aus Tipperary und Roscrea, bis zum Hals in Jauche, und hin und wieder kämen ein paar Unterteufel mit Sensen an und schrien »Kopf weg!«. Besondere *pookas* dürften immer die Spieße drehen, auf die Satan persönlich die Lords gesteckt habe, während andere mit Blasebälgen die Feuerchen zum Lodern brächten.

»Es gibt auch Ziegen in der Hölle«, sagte die Mutter, »und die haben ganz rauhe Zungen. Besonders kleine Unterteufel streuen den Engländern Salz auf die Fußsohlen, und die Ziegen, die Salz lieben, lecken mit ihren rauhen Zungen das Salz ab, und das kitzelt furchtbar, und dann lachen sich die Geleckten beinahe tot, und am Schluss steckt man sie in die Jauche, damit sie wieder zu sich kommen.«

Also kümmerte man sich auch in der Hölle um die Füße; sie mussten wohl wichtig sein, selbst wenn sie nicht die Seele und den Namen enthielten. George begann, die Füße aller Menschen zu betrachten, die er barfuß zu Gesicht bekam, und bald entdeckte er, dass es eine Beziehung zwischen den Zehen und dem Wesen gab.

Liebenswürdige Menschen hatten schöne Zehen. Es gab natürlich auch freundliche Leute mit absonderlichen Zehen – Zehen wie Hämmer, oder so gespreizt, dass sie einen Stock oder eine Peitsche hätten halten können, oder die übereinandergewachsenen Zehen einer Tante; aber allgemein stellte George fest, dass Menschen, die er mochte, erträgliche, interessante oder schöne Zehen hatten. Am schönsten waren die seiner Mutter: ein Fünfer-Wurf wohlgeratener rosa Ferkel, an den zitzenlosen Fußbauch geschmiegt. Bestimmt hatte die Mutter Gottes, grünäugig und rothaarig wie Mrs Thomas, auch wunderschöne Zehen.

Im Lauf der Jahre erfuhr er mehr über die Welt, von der die Mutter sagte, sie sei eine Kugel. Hingen die Menschen auf der anderen Seite mit dem Kopf nach unten? Der Pfarrer hingegen behauptete, es handle sich um eine Scheibe, wenn sie auch den Wissenschaftlern als Kugel erscheinen möge. George versuchte, das Beste daraus zu machen; er stellte sich eine Scheibe vor, die Gott, ein *pooka* oder beide um eine Kugel gewickelt hatten, und hielt die Welt lange Zeit für irgendwie würstchenförmig. Im Innern der Wurst, klar, war die Hölle – wenn man eine Wurst aus der Pfanne nimmt, kühlt sie ja außen schneller ab und bleibt innen heiß. Indien musste ziemlich in der Mitte liegen, wo es besonders schnell glühend wurde. Und ganz gleich, was der Pfarrer sagte: Es gab *pookas* und *leprechauns* und *fairies* und alles mögliche Kleine Volk, und einige dieser merkwürdigen Geschöpfe, die George oft in der Dämmerung von Weitem sah, lebten auf der Insel in dem flachen See, nicht weit vom Herrenhaus des Engländers. Warum sie allerdings ausgerechnet in der Nähe von Sir Charles blieben, der ebenso wenig an sie glaubte wie der Pfarrer, war ihm unerfindlich. Vielleicht hätten sie wegziehen oder den See samt Insel verlegen oder Sir Charles verscheuchen sollen. Die Mutter sagte, es gebe diese Geschöpfe, die sie auch »Die Alten Leute« nannte; also gab es sie, fertig. Und der See mit der Insel der Lebenden ... Offenbar kamen nicht alle, die starben, in den Himmel oder in die Hölle; aber wer kam auf die Insel? Nur die, die an all das glaubten, wovon der Pfarrer nichts wissen wollte?

Die hässlichsten und abstoßendsten Zehen hatte der Mann, den die Mutter ins Haus holte, als der Vater sich den Hals gebrochen hatte. Wie eines der Muttertiere draußen ließ sie sich nachts von ihm stoßen, tags beschimpfen und in beiden Dämmerungen gelegentlich prügeln. Es gab eine zweite Heirat, das schon, aber für George galt sie nicht. Der Vater war tot, der Neue war der Bursche mit den scheußlichen Füßen: Die Vorderglieder der großen Zehen wiesen fast rechtwinklig zu den anderen, die kleinen waren heimtückisch winzig, fast in den Fuß zurückgezogen, wo sie zu lauern schienen: Ungeziefer, das jederzeit herausschießen und beißen könnte.

George wusste nicht genau, ob der Vater auf der Insel oder woanders weilte; der, von dem es hieß, Er sei im Himmel, bekümmerte ihn weniger. Wenn der Pfarrer recht hatte und Der Da Oben nichts von *pookas* und *leprechauns* hielt, dann wollte George nichts mit Ihm zu tun haben. Die Mutter Gottes und ein paar Heilige wie Patrick, gut und schön, aber auf den Rest konnte er verzichten, solange die Kleinen Leute sich überall bemerkbar machten. Da gab es die Fee, die bei den Reichen Federn aus den Kissen rupfte und diese »Rüpfchen« immer dort hinterließ, wo Georges kleine Schwester Deirdre sie finden konnte; beim Einschlafen rieb sie sich damit die Nase. Und es gab einen *pooka* – bei sich nannte er ihn Murphy, weil er ihn sich vorstellte wie den alten Bauern mit dem zerknitterten Gesicht und den Lachfalten, drei Katen weiter links –, der war zuständig dafür, Dinge schiefgehen zu lassen oder Gegenstände unauffindbar zu verstecken. Wesen, die streunende Kinder unter die Erde lockten – verschwanden denn nicht immer wieder Kinder? Wesen, die für Wind und Regen sorgten – und regnete es vielleicht nicht jeden Tag, mal mit, mal ohne Wind? Sicher gab es auch einen Gott, der fürs Sterben zuständig war. Nicht zu reden von Zehen.

Über die meisten Erinnerungen legte sich nach und nach ein Schleier; wenn er später in Indien die eine Sorte Erinnerungen seiner Frau und den Kindern, die andere seinen Offizieren und die dritte den Tanzmädchen erzählte, damit sie ihn gründlicher liebten, kam ihm der Schleier so dick vor, dass dadurch nicht auszumachen war, ob die verschleierten Bilder echt oder eingebildet waren. Man müsse seine Erinnerungen erfinden, um sie wirklich zu besitzen, sagte Saldanha einmal; aber George Thomas war nicht sicher, ob es wirklich Saldanha war, an den er sich da erinnerte. Die Zehntausende von Gesichtern ... An die Zehen seiner Mutter erinnerte er sich, und an die des Stiefvaters. Auch das Gesicht der Mutter war nicht verschwunden, ebenso wie das des richtigen Vaters. Wie der Stiefvater ausgesehen hatte, wusste er nicht mehr. Die Schwestern, deren Gesichter immer weiter verschwammen, hatten kleine Bilder malen lassen, auf denen er sie nicht erkannte.

Eine der lebhaftesten Erinnerungen war noch immer die an das Herrenhaus, den Wohnsitz von Sir Charles. Als der richtige Vater noch lebte, war George oft mit ihm dorthin geritten, um geheilte Pferde abzugeben oder Tiere zu beschauen, die vielleicht der Pflege bedurften. Sir Charles ... Aber wozu dachte er jetzt an den alten Adligen? Auch der war längst tot; das hatte eine der Schwestern geschrieben, denen Thomas manchmal Gold, Silbermünzen und kostbare Steine schicken ließ, von Hansí nach Agra, nach Lakhnau, nach Kalkutta, nach London, nach Bristol, nach Youghal, nach Tipperary. Vorbei; nun ritt er den Weg, den seine Geschenke getragen oder gefahren worden waren.

Drei Dutzend Krieger – seine treuen Pindaris – begleiteten und schützten ihn. Spätestens in Kalkutta würde er sie entlassen müssen; was sollten diese Männer, seine getreuen Brüder und Mitkämpfer, in Irland? Und schon hier, auf dem Territorium der Ehrenwerten Englischen Ostindien-Kompanie, brauchte er sie nicht mehr als Geleitschutz.

Einen Vorzug hatten die britischen Krämer, das musste man ihnen lassen: Was sie einmal in Besitz nahmen, gaben sie nicht wieder her, und für Räuber war von allen Landen Indiens Bengalen zweifellos das mit der schnellsten Sterblichkeit. Die Briten mochten seine Pindaris als Räuber ansehen, aber sie hatten ihm freies Geleit gewährt; er und seine Kostbarkeiten waren auch ohne große Bedeckung sicher.

Danach? Er grinste in den heißer werdenden Vormittag, zog die verbeulte Zinnflasche aus der Brusttasche und trank einen langen Schluck. Guter Whiskey bis an sein Lebensende; ein Herrenhaus wie das von Sir Charles, vielleicht nicht in der Grafschaft Tipperary, sondern näher bei Cork, zum Beispiel in Kinsale oder Youghal; etwas mit Blick aufs Meer, mit einem Hafen und Schiffen, deren Besatzungen in den Schänken wunderliche Geschichten erzählten. Wie damals ...

Er steckte die Flasche wieder ein und tastete nach dem Talisman, der alten, abgegriffenen Schachfigur. Ob Sir Charles je geahnt hatte, wer der Dieb war?

Einmal nur war es George Thomas gelungen, einen Blick in den prächtigen Saal des Herrenhauses zu werfen. Es stand einige Meilen außerhalb von Roscrea auf einem Hügel, im Herzen eines Parks. Es war mehr als ein Blick, denn er stieg durch das offene Fenster von der Terrasse ein, mit angehaltenem Atem, und sah sich um. Die Bücher, die schweren Sitzmöbel, die prunkvollen Gobelins waren ihm kaum einen Blick wert. Was ihn anzog, war der kleine Schachtisch, dessen geschwungene Beine aus schwarzem Holz in Löwenfüßen endeten. Auf den Spielfeldern des Tischs war eine Partie unvollendet abgebrochen; einige Figuren standen nicht mehr auf den schwarzen und weißen Vierecken, sondern am Rand. Aber anders als die Felder waren sie nicht schwarz und weiß, sondern rot und gelb; ein Gelb, das vielleicht einmal weiß gewesen war. Am Rand, geschlagen und ausgeschieden, stand neben einem roten Reiter auf rotem Pferd und mehreren roten Fußsoldaten mit Speer und Schild ein winziger, feinstens geschnitzter Kriegselefant mit *haudah* – aber das Wort kannte er damals noch nicht –, und dieses vermutlich kostbare Tier eines alten, in Indien oder China gefertigten Spiels schien George anzusehen, zu mustern, zu prüfen und dann für tauglich zu befinden, denn es flüsterte in seinem Kopf: *Nimm mich mit.*

Seither hatte der Elefant nie wieder geflüstert, oder Thomas hatte nie mehr genau hingehört. Bei wichtigen Entscheidungen fasste er aber immer noch nach dem Tier in der Tasche; zuletzt hatte er dies getan, als die Frage »ehrenvoller Abgang oder ruhmreicher Tod« sich stellte. Er lächelte; nach all den Jahren wusste er, wie Menschen sich entscheiden, aber es war trotzdem gut, die Figur zu berühren und nichts zu spüren, wenn man sich für das entschied, was das Sinnvollste war. Ehrenhafte Aufgabe, mit keineswegs überwältigenden, aber doch ausreichenden Schätzen. Mit nicht ganz fünfundzwanzig war er mittellos von einer Fregatte des Admirals Hughes geflohen, der die Linienschiffe des Franzosen de Suffren nicht finden konnte. Mittellos, dumm, ein in der Welt verlorener Ire. Nun boten ihm – einem Iren! – die Briten Gastfreundschaft und ehrendes Geleit an: *Es wird uns eine Ehre und ein Vergnügen sein, den ruhmreichen General George Thomas* ... und so weiter.

Ein Haus wie das von Sir Charles. Eine Irin, rothaarig, mit grünen Augen und schönen Zehen ... Marie hatte dunkle Augen und wunderbare Zehen, aber sie wollte Indien nicht verlassen, blieb mit den Kindern in Sardhana. Was hatte ihm die Alte auf der Insel der Lebendigen versprochen? »Frauen mit hübschen Füßen« – woher wusste sie, dass ihm so viel an Zehen lag? – »und Ruhm und Reichtum, solange du die Frauen ehrst. Du wirst nicht fliehen, Georgie, ganz gleich, wie sehr du deinen Stiefvater hasst. Geh, wenn deine Mutter dich nicht mehr braucht. Ehre die Frauen, vor allem die, die es nicht verdienen. Achte die Götter; auch jene, an die du nicht glaubst. Und ihre Priester. Wenn du eine Frau siehst, die ohne Füße geht, und einen Affen, der ein Buch liest, einen Dreizack in falschen Händen und einen rosa Elefanten, dann hast du noch einen Tag.«

Es war ein Sonnentag gewesen, trotzdem in der Erinnerung grau und unheimlich. Sir Charles und seine Gesellschaft waren auf der Jagd, die Dienerschaft unsichtbar, und er lief, so schnell er konnte, weg vom Haus, geduckt, den Elefanten in der Tasche der löchrigen

Hose. Einen Bogen schlagen, sich nicht vor dem Haus blicken lassen, die Zufahrt meiden; er rannte, bis er den seichten See erreichte, in dem die Insel der Lebendigen lag. Es hieß, dorthin seien früher die besonders edlen und frommen Ritter gegangen, die dank ihrer vielen Tugenden nicht sterben mussten. Wer dort lebte, starb nicht; und man erzählte, eine alte Frau hüte den Platz. Natürlich wollte der Priester nichts davon wissen, und vermutlich hielten auch die Engländer alles für Unsinn. Sir Charles, sagte man, sei mit einem Boot zur Insel gerudert und habe dort niemanden gesehen.

Aber an diesem Tag winkte eine graue Gestalt George von der Insel zu; und als ob nichts dabei wäre, als ob der Ort keine Furcht oder Ehrfurcht einflößte, watete George in den seichten See, bis das Wasser zu tief wurde, schwamm ein paar Züge, erreichte die Insel und sah –

Kein Gesicht. Die Stimme einer alten Frau kam aus einem unsichtbaren Mund, im Schatten der schwarzen Kapuze eines schwarzen Umhangs. George fröstelte. Woher wusste sie seinen Namen und das mit den Zehen? Wie konnte sie wissen, dass er den Vater vermisste, den Stiefvater hasste und kurz zuvor, auf dem Weg zum Haus von Sir Charles, beschlossen hatte, noch an diesem Abend fortzulaufen?

In all den Jahren in Indien hatte er immer wieder Frauen ohne Füße gesehen, Aussätzige, Krüppel, aber sie gingen nicht – sie krochen, humpelten, manche wurden getragen. Lesende Affen gab es nicht, nicht einmal ein Bild des als Affe dargestellten Gottes Hanuman mit Buch hatte er gefunden. Der Dreizack des Gottes Shiva – was hatte die Alte daheim, auf der winzigen Insel in einem winzigen See in der Grafschaft Tipperary, von Shivas Dreizack gewusst? Aber nie war ein Dreizack in den falschen Händen gewesen, immer nur in denen des Gottes, auf Bildern oder als Statue. Und rosa Elefanten gab es nicht. Grau, weißlich, von Schlamm schwärzlich überkrustet, aber rosa?

Er blieb zu Hause, bis seine Mutter 1776 starb. Da war er neunzehn, und aus dem Hass gegen den Stiefvater gab es nur den einen

Ausweg: Flucht. Er sagte den Schwestern Lebwohl und verließ an einem regnerischen Abend das Haus außerhalb von Roscrea.

Thomas wanderte zum Hafen Youghal in der Grafschaft Cork; dort arbeitete er auf dem Kai, wo er Getreidefrachter be- und entlud. Youghal war recht wohlhabend, die Docks gesäumt von Speichern, in denen das Getreide des Hinterlands aufbewahrt wurde. Diese »Läden«, aus Bruchstein gebaut, hatten bis zu fünf Stockwerke. Getreide die Steinstiegen hinauftragen und später wieder hinunterschleppen, damit es in die Schiffe geschaufelt werden konnte, war ermüdend und trostlos, aber Thomas war dank der Plackerei daheim ans Arbeiten gewöhnt. Zwei Familien – die Farrells und die Flemings – beherrschten den Handel, und er fragte sich, ob die Farrells wohl die alten Kladden noch aufbewahrten, in denen er als Arbeiter verzeichnet gewesen war.

Schiffe aller Nationen kamen in den Hafen, brachten wilde Geschichten aus anderen Ländern mit, die seine Ohren füllten, während er half, die Schoner und Schaluppen zu beladen. Der Marktplatz, zwischen dem alten Uhrentor und den Docks, war Treffpunkt vieler Seeleute aus der halben Welt.

Fast zwei Jahre arbeitete er dort. Er hörte Abenteuergeschichten über des weißen Mannes Grab an der afrikanischen Westküste und über Reichtümer, die Söldner in Indien erringen konnten. Anfang 1779 segelte er als Matrose von Youghal nach Bristol, wo es ihm später gelang, sich von einem Presskommando schnappen zu lassen.

Aber dazu hatte er warten müssen. Eigentlich wollte er weder für noch gegen England, sondern für sich kämpfen, und er verließ sich darauf, dass die Flotte ihn irgendwo hinbringen würde, wo er dies besser konnte als in Europa. Schiffe segelten nach Nordamerika, um den dortigen Truppen Verstärkungen für den Kampf gegen die Rebellen zu bringen; andere wurden lediglich im Kanal eingesetzt, weil die nächste Auseinandersetzung mit Frankreich begann.

Aber die fand auch im fernen Indien statt, wo die Ostindien-Kompanie Gold und Gewürze auftürmte, Steuern an die Krone zahlte und, von den Franzosen bedrängt, um Hilfe bat. Und um Geleitschutz für die schweren Frachtsegler. Die Steuergelder der Kompanie waren ein Grund, die Flotte zu schicken; der andere, wichtigere war das Kapital so vieler Lords und Abgeordneter, das in Aktien der Kompanie steckte.

Er gluckste. Der Franzose Claude Martin, wichtigster Mann in Lakhnau, hatte ihm zu Aktien der Ostindien-Kompanie geraten. Er wusste nicht, wie viel er davon besaß – in London; die Dividenden wurden über eine Bank in Cork an seine Schwestern gezahlt. War es nicht eine nette Überlegung: nach Indien zu kommen, um die Gesellschaft zu stützen, deren Aktien er mit Geld bezahlte, das in Kämpfen teils gegen die Interessen der Kompanie und der Krone erworben und durch Dividenden gemehrt wurde? Schräge Welt, wenn man nicht an die Abfolge der Dinge in der Zeit dachte.

Aber all das würde er dem Offizier nicht erzählen. Was ging es einen Engländer an, wie die Dinge in Irland standen, wo sie besser stünden, wenn es die Engländer nichts anginge? Im Zweifelsfall würde dieser Francklin derlei entweder nicht verstehen oder höflich lächelnd unterschlagen. Die Zeit an Bord des Schiffs und die Lehrzeit bei den Paligars wollte Thomas ebenfalls für sich behalten. Die Zeit beim Nizam von Haidarabad? Wichtig, aber ohne Ruhm. Nein, er würde in Delhi beginnen, 1787, mit der Fürstin – ein Teufelsweib, die Begum, aber hinreißende Füße! – und ihrer Suche nach europäischen Offizieren für die kleine Armee.

Rauch am Horizont; oder eine Spiegelung? Mussten sie sich noch immer vorsehen, waren sie noch nicht ganz unter dem Dach britischen Friedens? Britischer Ausbeutung … Vielleicht brannte da vorn ein Dorf, vielleicht lagen Leichen auf den Gassen und in den Trümmern. Seit mehr als einem halben Jahrhundert, seit den Mogulherrschern die Macht zu entgleiten begann, zogen Heere durchs Land, jeder kämpfte gegen jeden, Perser und Afghanen beteiligten sich an Massakern und Plünderungen, und vermutlich würde Mister Francklin vorschlagen, den ganzen Halbkontinent unter britische

Herrschaft zu nehmen, um des Friedens willen. Vielleicht; Thomas dachte an Irland, wo die Briten den Frieden gründlich zerstört hatten. Und daran, dass alles mehrere Seiten hat.

Die Zeit der Abschiede. Ob endlich irgendein Gott Saldanha eingeholt hatte? Wieder dachte er an jene unglaubwürdige Nacht, damals, außerhalb von Madras, wo so viele Dinge begonnen hatten. Saldanhas zynische Beichte, wenn man den bizarren Monolog denn so nennen wollte. Auch davon nichts für Francklin. Manche Dinge muss man vor tollen Hunden und Engländern verbergen.

2. Saldanha und die Inquisition

Sie höret die Priester, die Totengesänge,
Sie raset und rennet und teilet die Menge.
Wer bist du? Was drängt zu der Grube dich hin?

JOHANN WOLFGANG VON GOETHE

Nicht Sandalia und auch nicht Saldaynia. Saldanha, durch die Nase, eh? Ja, besser.

Irland, sagst du? Alle Iren sind wahnsinnig. Alle, die ich kenne. Verrückt wahnsinnig, verstehst du? Die Briten … die Briten sind vernünftig wahnsinnig. Die Franzosen sind methodisch wahnsinnig. Alle sind wahnsinnig. Ich auch. Portugiese. Lieber tot als Araber, aber viel lieber Araber als Spanier. Die Spanier … ah, reden wir von was anderem.

Ich? Ich war mal Arzt. Ein guter Arzt, hat man gesagt. Weißt du, was Diagnose ist? Therapie? Nein? Also gut … Krankheiten erkennen, ja, ist das eine; sie behandeln etwas anderes. Manche Ärzte sind in der einen Sache gut, in der anderen eine Katastrophe. Ich war in beidem gut. Studiert habe ich in Portugal und Frankreich, dann war ich von Goa aus einige Zeit in Persien, wo es gute Medizinschulen gibt. Aber.

Weißt du, wer die schlimmsten sind? Ich meine, wahnsinnig sind wir alle, mehr oder weniger, aber am schlimmsten sind die, die ein Gott behaust. Unser Gott, der Moslemgott, irgendein Gott. Nichts ist grässlicher als das, was die Leute sich und einander im Namen der Götter antun. Ich hatte einmal eine Frau, einen Sohn, eine Tochter, Freunde; jetzt hab ich …

Du, als guter Ire, bist ein Bekenner des einen wahren Glaubens, nicht wahr? Goa ist voll von solchen, sage ich dir; mit und ohne

Kutte. Die heilige Inquisition hat in Goa ihr mächtigstes Bollwerk in ganz Asien. Ich bin mit den Zehen an dieses Bollwerk gestoßen.

Zehen? Ah, du liebst Zehen? Ich nicht; ich mache mir nichts aus Zehen. Meine tun nicht mehr weh, aber damals ... Wie lange das her ist? Es war gestern, vor zehn Jahren, übermorgen, ich weiß es nicht. Lass mich an einer anderen Stelle beginnen.

Der Heilige Francisco Javier ... Francis Xavier, sagst du? Nun gut; wir wissen, wer gemeint ist. Vor mehr als zweihundert Jahren kam er nach Indien, ein Mann voll von Inbrunst und brennendem Glauben. Die anderen Jesuiten haben schnell begriffen, dass Indien anders ist als Europa. Dass hier die Erbärmlichen nichts gelten, denn sie sind deshalb erbärmlich, weil sie in einem früheren Leben schlechtes *karma* angehäuft haben.

Karma? Das ist ... wie soll ich sagen? Die Gesamtheit deines Lebens, alle Sünden und guten Taten, dein Wesen, deine Frömmigkeit, deine Lust; es fließt alles zusammen und wird zu einer bunten Pfütze, die ist dein *karma*. Wenn dein *karma* gut ist, wirst du im nächsten Leben ein Fürst, ein großer Krieger, ein reicher Händler. Wenn dein *karma* schlecht ist, wirst du vielleicht eine Laus, ein Käfer, eine Schlange, ein Bettler. Wenn ...

Nein, nicht alle. Die Hindus denken so. Falls ich sie richtig verstehe. Die Herrscher des zerfallenen Reichs, die Moguln, bekennen sich zum Islam; und dann gibt es noch andere, aber bleiben wir bei den Hindus, da sie in der Umgebung von Goa die Wichtigsten sind.

Wenn du also ein Bettler bist, aussätzig, was auch immer, dann hat dich nicht ein schlimmer Schicksalsschlag getroffen, sondern es ist dies das Ergebnis deiner früheren Leben. Du bist jetzt, was deinem vorigen Leben entspricht. Es ist nicht gut, einem zu helfen, der nichts anderes verdient hat als das, was ihn plagt. Die Letzten müssen sich sehr anstrengen, um im nächsten Leben die Ersten zu sein, und ...

Ah, du wirst schon sehen, wenn du wirklich nicht zurück aufs Schiff gehst. Bleiben wir bei den Jesuiten. Die klugen Männer haben sehr schnell begriffen, dass in Indien die Bekehrung der Heiden oben beginnen muss, an der Spitze, bei den Brahmanen und Kshatriyas.

Fürsten, Priester, Krieger, ja? Wenn sie bekehrt werden, könnte es sein, dass jemand ihrem Beispiel folgt. Es ist sinnlos, den Armen die Füße zu waschen; erstens werden sie gleich wieder schmutzig, und zweitens bekümmert es keinen, wie die Füße oder Gedanken eines Armen beschaffen sind.

Aber Francisco Javier war anders. Wahnsinnig, wie alle Basken. Er kam an Land, in der Kleidung eines armen Bettelmönchs, und betete und missachtete die Einladungen des Bischofs und des Gouverneurs, und vielleicht hat er sich sogar gegeißelt. Zuzutrauen wäre es ihm. Dieser Trottel ging hin und wusch den Armen die Füße, predigte für die Aussätzigen, wollte nichts von den Mächtigen wissen. Die auch nicht von ihm. Er hat ein paar Leute bekehrt, aber nur Leute, die so, wie in Indien die Dinge sind, überhaupt nicht zählen. Dann ist er weitergereist; ich glaube, nach China. Oder zuerst Japan? Ich weiß es nicht. In China hat er das auch so gemacht, und dann ist er gestorben. Völlig zu Recht, wenn du mich fragst. Als er tot war, hat sein Begleiter eine Handvoll kalkiger Erde auf den Leichnam geschmissen und den Sarg verschlossen. Irgendwann später, ein paar Jahre danach, fingen dann die Geschichten an – von wegen er war ein Heiliger, hat Wunder gewirkt, was ebendie erzählen, die sich davon etwas versprechen.

Etwas Besonderes hat sich der damalige Vizekönig von Goa versprochen. Nämlich, dass viele Menschen in die Stadt kommen und ihr Geld ausgeben, wenn in der Stadt dieser wichtige Heilige zu besuchen ist, dieser inbrünstige Trottel. Also hat er ihn aus – ah nein, nicht aus China; inzwischen war die Leiche, das heißt, der Sarg in Malakka. Der Vizekönig hat ihn herbringen lassen, nach Goa, und als man den Sarg öffnete, hat man festgestellt, dass die Leiche nicht verwest war, sondern bestens erhalten. Ein Wunder, haben sie geschrien; ich nehme an, es lag an irgendwelchen Dingen, die in dieser kalkhaltigen Erde waren, die man über die Leiche gestreut hat.

Man hat ihm eine eigene Kirche gebaut. Nicht, dass es in Goa nicht schon genug Kirchen gegeben hätte, o nein. Aber bitte sehr, noch eine. Und da hat man ihn aufgebahrt, und die Gläubigen kamen von nah und fern und haben ihn um ein Wunder gebeten, eine Heilung, was auch immer, und ihm zum Zeichen der Verehrung die Füße geküsst. Eine fromme Frau – man kennt sogar den Namen; sie hieß Isabel de Carom – hat ihm dabei einen Zeh abgebissen und ihn im Mund mit heimgenommen, als wundertätige Reliquie. Sie hat aber den Mund zu voll genommen, schätze ich, oder nicht gründlich genug gekaut; irgendwer hat es beobachtet, und sie musste den Zeh wieder ausspucken.

Man hat den Heiligen jedes Jahr ein paar Tage lang ausgestellt, und das war immer ein Anlass für gewaltige Pilgerreisen und ein großes Fest. Ich glaube, noch im ersten Jahrhundert nach seinem Tod, sagen wir, gegen 1590, ist ein zweiter Zeh verschwunden, aber diesmal wurde niemand beim Beißen und Kauen beobachtet. Im Jahre 1614 wurde der Papst befragt, ob denn nicht der vom Volk längst als heilig verehrte Mann heiliggesprochen werden kann. Um die Wundertätigkeit zu prüfen, hat der Papst den rechten Arm des Toten erbeten; man hat ihn gehorsam abgesägt, und ein paar Jahre später wurde Francisco Javier amtlich heiliggesprochen.

Merk dir dies, Ire: ein Arm im Vatikan, ein Zeh wer weiß wo. Ich sagte, ich hätte mir die Zehen gestoßen. Nicht meine, nein. Es waren die Zehen eines Dominikaners, des zweiten Mannes in der Führung der Hunde Gottes. Führung in Goa, natürlich, und das heißt Indien für sie. Die Hunde Gottes ... nicht besser als die gelben Köter da unten. Sie kläffen und beißen und schlagen ihr Weihwasser dort ab, wo es für andere am unangenehmsten ist ... Der edle Ordensherr hatte einen wunden Zeh, und weil er ihn nicht früh genug hat behandeln lassen, wurde ein wunder Fuß daraus. Ein dicker, stinkender, schwärender Fuß. Ein Dorn vielleicht am Anfang, oder ein Insektenbiss, wer weiß. Ich wurde erst gerufen, als der Fuß schon nicht mehr zu retten war. Früh genug, um das Bein zu retten – der Fuß konnte am Knöchel abgeschnitten werden, und dann durfte man hoffen, dass die Vergiftung nicht weiterbrennen würde.

Habe ich gesagt, dass ich in Persien gewesen bin? Dort hat man noch ein paar alte Kenntnisse, die in Europa vergessen sind. Oder nicht ganz vergessen, aber aus guten Gründen nicht mehr benutzt. Pilzgifte, zum Beispiel, oder gewisse Sorten Kräutersud, die das Bewusstsein und den Schmerz nehmen. Der Kirchenmann hat geweint und geknirscht und gesagt, ich solle es möglichst wenig schmerzhaft machen, und ich hatte Mitleid mit ihm. Ich habe einen Kräutersud angefertigt, dazu ein wenig von einem bestimmten getrockneten Pilz als Pulver hinein, und ihn davon trinken lassen. Er hat selig geschlafen und nichts von dem Schneiden gespürt.

Aber es gibt Gründe, weshalb die Ärzte in Europa so etwas nicht mehr benutzen. Es ist ein Rauschmittel, ähnlich wie andere, die es in Indien gibt. Besser als Schnaps. Vielleicht sogar besser als *bhang* ... Kennst du nicht? Du wirst es kennenlernen; man kann es rauchen oder trinken. Wird aus einer Art Hanf gemacht, wie die Krawatte, die sie dir um den Hals binden, wenn sie dich erwischen. Willst du wirklich nicht zurück?

Nun ja. Rauschmittel, sagte ich. Der Sud und die Pilze. Man träumt, und im Traum kann man fliegen, oder man liegt schönen Frauen bei und ergießt sich. Kannst du mir folgen? Gut.

Ich habe ihm den Fuß abgenommen, ohne Schmerzen; und ich war dumm genug, dies ohne Zeugen zu tun. Als er wieder zu sich kam, dieser Hund von einem Dominikaner, hat er mich lange angesehen und gefragt, welche heidnischen Hexen mir geholfen hätten. Wobei?, sage ich. Beim Schneiden und den Dingen, die sonst geschehen sind, sagt er. Es ist sonst nichts geschehen, sage ich. O doch, sagt er; mit deinen teuflischen Kräutern und den heidnischen Hexen hast du mich dazu gebracht, den heiligen Eid der Keuschheit zu brechen.

Das hat er geträumt, im Rausch, und ich hatte keine Zeugen, die hätten beschwören können, dass keiner außer mir bei ihm war, als der Fuß fiel.

Weißt du, wie ein Verfahren vor der heiligen Inquisition abläuft? Es gibt keine Verteidigung; Anklage und Urteil liegen beim Tribunal. Ich durfte nicht einmal mehr meine Familie sehen – gleich nachdem er von der Operation erwacht ist, wurde ich in den Kerker geworfen.

Das ist so, wenn du unglücklich genug bist, wohlhabend zu sein. Ich war nicht reich, aber es fehlte nichts. Ein großes Haus, Frau und Kinder, Diener ... Wenn du arm bist, gibt es keinen Prozess, jedenfalls nicht in Goa; nicht einmal gegen zum Christentum übergetretene Juden, die heimlich dem Glauben ihrer Väter anhängen. Reiche Juden, o ja, die kommen dann vor die Inquisition; arme nicht. Die Inquisition in Goa, musst du wissen, zieht zuerst einmal alle Güter des Angeklagten ein, denn er ist ja von vornherein schuldig. Eine Nebenbemerkung, das Wispern eines Sklaven, der Scherz eines Kindes kann ausreichen, dich verdächtig zu machen. Nicht einmal die Hindus oder Moslems in Goa sind vor der Inquisition sicher; es hat Fälle gegeben, wo einem von ihnen zur Last gelegt wurde, er habe einen zum Christentum übergetretenen Freund oder Verwandten an der Ausübung der heiligen Religion gehindert.

Alle zwei Jahre, und zwar meistens am ersten Adventssonntag, finden dann die Glaubensakte statt. So nennt man das – *auto de fe*, Akt des Glaubens, wie eine obszöne Kopulation; der Rauch der Verbrannten wird als Sperma in den Himmel gespritzt.

Ah, Freund Ire, hab ich die Madonna in deinem Busen besudelt? Du wirst dich daran gewöhnen, dass hier die Dinge anders sind. Was dir heilig ist ... ist dir noch etwas heilig? Was immer es ist, leg es ab, gib es auf, vergrab es, vergiss es; wenn Indiens Geier mit dir fertig sind, wird von dir nichts bleiben, was einen Gott oder Todesengel noch locken könnte. Alles, was dir heilig ist, wird einen anderen beleidigen, und du wirst unabsichtlich alles schänden, was anderen die Seligkeit bedeutet. In den tausend Sprachen hier birgt jeder Klang für jeden eine andere Botschaft. *Ich liebe dich* in der einen Zunge kann in der, die dein Nachbar beherrscht, *Töte meine Kinder* heißen ...

Folter? Natürlich haben sie mich gefoltert, liebevoll. Der arme verirrte Ketzer soll doch zurück auf den Pfad des Heils gebracht werden; auf diesem mag er dann den Weg zum Scheiterhaufen humpelnd zurücklegen, nachdem man ihm Splitter unter die Zehennägel getrieben und angezündet und dann die Nägel und schließlich die Zehen selbst mit Zangen entfernt hat.

Am schlimmsten war die Einsamkeit. Das Gefängnis der Inquisition ist kein erbärmlicher Kerker, es hat eher etwas von einem Kloster. Aber man ist allein in der Zelle, nur bei den täglichen Messen sieht man andere, mit denen man aber nicht sprechen darf.

Sie haben mich im Mai festgenommen, und bis zum Dezember habe ich niemanden gesehen außer stummen Folterern und von Nächstenliebe überfließenden Seelenquälern. Am Samstag wollte ich nach dem Abendessen – Brot, Obst, Wasser – wie üblich meine Wäsche den Wärtern geben, aber sie haben sie nicht angenommen. Sie haben gesagt, ich sollte alles einen Tag länger tragen.

In dieser Nacht konnte ich nicht einschlafen, oder jedenfalls erst sehr spät. Ich wurde von Wärtern geweckt, die mit Leuchten in die Zelle kamen; zum ersten Mal in all den Monaten gab es nachts ein Licht. Der oberste Kerkermeister hat Kleidungsstücke hingelegt und gesagt, ich solle sie anziehen und mich bereitmachen; er werde mich bald rufen. Sie haben die Lampe dagelassen und sind gegangen.

Ich habe gebetet, auf den Knien; am ganzen Leibe habe ich gezittert. Damals habe ich noch gebetet. Heute zittere ich auch nicht mehr. Die Kleider – eine Art Hemd oder Bluse, ohne Knöpfe, und weite Hosen – bestanden aus einem schweren, schwarzen, kratzenden Stoff, mit weißen Streifen. Ich habe sie angezogen und gewartet.

Ah, was ist mit dem letzten Schluck? Wollen wir ihn teilen? Danke, Bruder. Schau, der fette Mond. Wie der Arsch eines Priesters. Manche Priester, zum Beispiel Dominikaner des Tribunals in Goa, haben keine Kerben; sie sitzen auf ihrem Hintern, bis er eine fette weißliche Scheibe ist.

Oder ist das da eher ein Gong, auf einem fernen Berg errichtet, und vor dem Ende der Welt hämmert Shiva mit seinem Dreizack dagegen? Oder Jesus mit dem Hammer, mit dem die Nägel ... Aber wahrscheinlich ist Kali zuständig. Die Herrin des Todes.

Ich will die Inquisitionsgeschichte kürzer machen. Um zwei Uhr morgens haben sie mich aus der Zelle geholt, und wir sind zu einer langen Galerie gegangen. Da standen, aufgereiht an den Wänden, viele andere, Leidensgenossen, und nach mir kamen noch mehr.

Schließlich waren wir an die zweihundert, darunter vielleicht vierzig reine Europäer, und alle hatten diese schwarzweißen Sachen an.

Ich glaube, man hätte uns für Standbilder halten können. Nur die Augen haben sich bewegt. Wir durften nicht sprechen, nicht hin und her gehen, nicht auf dem Boden sitzen. Es war noch dunkel. In der ganzen langen Galerie standen vier oder fünf Lampen, in Fensternischen, alle mindestens zehn Schritte voneinander entfernt. Von draußen – aus dem Innenhof, ähnlich einem Kreuzgang – kamen Fliegen und Mücken. Mücken und Fliegen, Millionen davon, kreisten um die Lampen, bildeten schwarze Wirbel. Einige machten sich an uns zu schaffen; sie wussten, wie die Inquisition es auch weiß, dass das Blut der Verdammten besonders süß ist. Wir durften uns nicht kratzen, nicht nach den Blutsaugern schlagen; wir mussten stehen wie Statuen, reglos. Nur die Augen …

Die schwarzen Insektenwirbel um die Lampen. Das Licht, heller und dunkler, von den Tieren verfinstert. Zuckende Schatten auf den Steinfliesen der Galerie. Und die Augen der Verdammten, funkelnde Punkte im bitteren Zwielicht.

Nur Männer, keine Frauen – weibliche Gefangene standen in einer anderen Galerie, genauso gekleidet wie wir. Durch eine angelehnte Tür konnte ich in einen Nebenraum schauen. Noch mehr Gefangene, bei ihnen Mönche in schwarzen Kutten, mit Kruzifixen in den Händen.

Dann kommen die Wärter und bringen weitere Kleider. Große Umhänge, gelb, vorn und hinten mit einem Kreuz bemalt. Einem schrägen Kreuz, ähnlich wie ein X. Man nennt sie *sanbenitos*; die Opfer der Inquisition tragen so etwas bei der Prozession durch die Straßen zum Richtplatz. Aber es gab davon nur an die zwanzig, und einen dieser *sanbenitos* musste ich anlegen. Ich hätte gern verzichtet; so, wie ich da stand, war ich sicher, einer der erlesenen Todeskandidaten zu sein.

Fünf Papierhüte wurden gebracht, wie Narrenkappen. Darauf waren Teufel gemalt, mit lodernden Flammen, und in grellen Buchstaben stand darauf »Hexer« geschrieben. Ich hätte geschworen, dass eine davon für mich bestimmt war; schließlich hatte ich doch dem Dominikaner durch Zauberei dazu verholfen, mit Hexenweibern den Zölibat zu brechen. Der Wärter kam auf mich zu, eine der Mützen in den Händen, und setzte sie meinem Nachbarn auf. Nie habe ich erleichterter aufgeseufzt; nie habe ich ein Gesicht so schnell verfallen sehen wie das des Elenden neben mir.

Dann endlich keine weiteren Kleider, und wir durften uns hinsetzen. Das Morgengrauen war noch fern. Wir haben dagesessen, in völligem Schweigen, umdröhnt von Millionen Insekten, das Lampenlicht schwach wie ein verheißungsvoller Vorgriff auf die Flammen des Scheiterhaufens. Oder der Hölle. Irgendwann kamen die Wärter, brachten uns Körbe mit Brot und Feigen. Ich war nicht imstande, etwas zu essen, aber einer der Wärter sagte, ich solle mir wenigstens Brot in die Tasche stecken, der Tag werde lang.

Bei Sonnenaufgang kam ein Ton, auf den wir verzweifelt gewartet hatten: das tiefe Röhren – anders mag ich es nicht nennen – der großen Glocke der Kathedrale, die nur zu solchen Gelegenheiten geschlagen wird. Das Zeichen für die Bewohner der Stadt, sich auf die Straßen zu begeben, um das Schauspiel genießen zu können. Ein Röhren, ein Dröhnen, das dir so etwas wie Brandungswellen in den Körper stößt; vor allem in die Hoden.

Wir mussten in langer Reihe in die große Vorhalle gehen, und dort sah ich neben der Tür den Großinquisitor sitzen; sein Sekretär stand neben ihm, mit einer Liste in der Hand. Auf der anderen Seite der Tür stand eine große Gruppe von Bewohnern der Stadt, und bei jedem Gefangenen, der zum Inquisitor trat, wurde ein Name aufgerufen – der eines Bürgers von Goa, der ihm für diesen Tag so etwas wie ein Pate sein sollte. Taufpate, verstehst du? Es ist ja eine Art Taufe, direkter Zugang zum Himmel. Feuertaufe.

Meinen Paten kannte ich nicht, und er durfte auch nicht mit mir sprechen; er ging den ganzen Tag neben oder kurz hinter mir. Übrigens sind alle Paten edle Herren; es handelt sich um ein besonderes Privileg, einen Kandidaten zum Tod begleiten zu dürfen.

An diesem Morgen habe ich die lieblichste Luft geatmet: Luft, voll von den Gerüchen der Menschen; Luft, satt von Straßen, Meer, Land und Mist; Luft, die nicht durch Gefängnisgalerien gezogen war, nicht schal wie in der Santa Casa. Freie Luft. Ein paar Augenblicke lang habe ich fast vergessen, dass ich ...

Wir zogen durch die Straßen. Einmal durch die ganze Stadt. Die Kirche des heiligen Francisco war nicht weit, aber die Prozession machte Umwege, damit alle uns sehen konnten. Außer denen mit den Papierhüten gingen alle barhäuptig. Und barfuß; nach kurzer Zeit begannen meine Füße von den vielen scharfen Steinen zu bluten.

Von der Messe weiß ich nicht mehr viel. Wir wurden in der Kirche verteilt, und irgendein Mönch – ich glaube, ein Karmeliter – hielt eine lange Predigt, in der er die Inquisition mit der Arche Noah verglich: zwei Werke zur Rettung der Menschen, aber während alle, die die Arche verließen, unverändert waren, habe die Inquisition die Kraft, aus reißenden Wölfen fromme Lämmer zu machen. Heute ... wenn ich heute einem solchen Unsinn lauschen müsste, hätte ich Schwierigkeiten, an dieser Stelle ein Blöken zu unterdrücken.

Die Kirche? Ach, lass uns nicht über die Kirche reden. Sie ist schön, das Deckengewölbe scheint nach oben zu schweben, das Chorgestühl ist wunderbar geschnitzt, und überall ist so viel Gold, dass man die Kirche für ganz golden halten könnte. Wie die meisten Kirchen und Tempel ist sie, finde ich, zu schade für Gläubige. Oder Priester.

Nach dem Ende der furchtbaren Predigt begann die Verlesung der Namen. Jeder Verurteilte, der aufgerufen wurde, musste neben den Kerkermeister treten, in den Mittelgang, mit einer brennenden Kerze in der Hand. Da wir weit über zweihundert waren, dauerte es fast den ganzen Tag. Irgendwann bemerkte ich, dass in der Kirche gegessen wurde; da fiel mir das Brot ein, das ich auf den Rat des Wärters hin eingesteckt hatte.

Für jeden Einzelnen wurden dann die Beschuldigungen und das Urteil verlesen. In meinem Fall gab es, so sah es jedenfalls aus, bemerkenswerte Milde. Man hat mir angerechnet, dass meine verwerfliche

Hexerei einem guten Zweck gedient habe, was sie nicht minder verwerflich macht, aber die Strenge des Urteils ein wenig mildert. Fünf Jahre auf den Galeeren – oder eine andere, entsprechende Strafe, über die später zu reden sein werde.

Nachdem das Urteil verkündet war, musste ich, wie die anderen, zum Altar treten. Dort lag auf einem Pult das große Messbuch. Ein Mönch las ein erweitertes Glaubensbekenntnis, und ich musste es wiederholen, eine Hand auf das Buch gelegt. Als ich zu meinem Platz zurückkam, war mein Pate in Tränen aufgelöst: Er hatte wohl befürchtet, mich zu einer schlimmeren Strafe geleiten zu müssen. Nun umarmte er mich und nannte mich Bruder.

Ich habe seinen Namen nicht vergessen. Mögen die Götter der gelben Hunde da unten oder die Götter, die ihre schützende Hand über alle Wanzen Indiens halten, am Tag des Gerichts seiner Tränen gedenken und ihn sanft schinden. Denn schinden werden sie uns alle.

Die mit den Papiermützen wurden aus verschiedenen Gründen dem weltlichen Arm zur Hinrichtung auf dem Scheiterhaufen übergeben. Das wird dich wohl nicht überraschen.

Ich habe nie verstanden, wie sie so dumm sein können. Wenn sie wirklich Wert darauf legen, Inder zum Christentum zu bekehren, warum führen sie ihnen dann dieses grausame Schauspiel vor?

Kein Schnaps mehr. Und die Wirkung lässt nach; ich beginne, von dieser oder einer anderen Religion Vernunft zu erwarten. Oder von Menschen. Immer ein schlechtes Zeichen, immer gezeugt von der Dumpfheit, die aus einer leeren Flasche in meinen Schädel steigt.

Hatte ich gesagt, dass sie die Zehen mit Zangen …? Mit heißen Zangen, glühend. Aber vorher die Nägel. Die Nägel auch bei mir, ja; sie sind nachgewachsen. Mir haben sie die Zehen gelassen. Ohne Zehen geht man anders; du würdest das sonst nachher sehen, Bruder Ire.

Seltsam, dass wir uns hier treffen. Einer, der Zehen liebt, und einer, der kaum etwas so hasst wie Zehen. Abwesende Zehen. Kann man etwas hassen, das nicht da ist? Kann man etwas verehren, das nicht da ist? Ah, was für Fragen!

Zehen, bah. Ich bin mit wunden Zehen durch Goa gegangen, bei der Prozession, und die Füße haben geblutet. Ich habe mir gewünscht, ich hätte keine Füße. Vielleicht könnte man auf den Knieknochen gehen, ohne dass es wehtut? Der Mensch ist ein Notbehelf, sag ich dir. Die Zähne fallen aus, wenn sie nicht gerade eitern; das Gemächt baumelt, wenn es stehen soll. Die Zehen … solange sie da sind, muss man sie waschen und die Nägel schneiden, und wenn sie nicht mehr da sind …

Aber die Sorge haben andere, und wir waren in Goa. Nach dem Tag in der Kirche bin ich heimgekehrt. Heim in die Zelle in der Santa Casa. Kannst du dir vorstellen, dass ich glücklich war, wieder in die Zelle kriechen zu können? Ohne zehntausend Augen, die mich begaffen; ohne all die Priester und Inquisitoren und Glocken und den Weihrauch? Ein langer Tag, hin- und hergerissen zwischen erbärmlicher Angst und seliger Hoffnung.

Angst vor dem Scheiterhaufen, Hoffnung auf Überleben. Keiner überlebt fünf Jahre auf den Galeeren. Keiner jedenfalls, von dem ich je gehört hätte. Nach fünf Jahren haben sie dich im Unterdeck vergessen, oder du bist lebendig verwest. Vor dem Einschlafen habe ich an die Galeeren gedacht. Galeere, das heißt eine lange Seereise nach Lissabon, denn in Goa gibt es keine Galeeren. Möglichkeiten, der Vollstreckung des Urteils zu entkommen. Von der Santa Casa zum Hafen. Auf ein Schiff. Über Bord springen – kannst du schwimmen? Ich hatte es gelernt, früher, ich kann es noch. Oder an Land, in Portugal. Ah, Portugal, die milden Weine, der Ruch der Tejo-Mündung, die Gassen hinterm Hafen …

Aber ich hatte vergessen, dass sie gesagt hatten, das Urteil könnte umgewandelt werden. Ich habe geschlafen, tief geschlafen, und im Traum, das weiß ich noch, bin ich gewandert, ohne Zehen, über Glassplitter.

Am nächsten Morgen haben sie mich geholt, vor dem Morgenmahl. Der Großinquisitor selbst hat sich um mich gekümmert, und bei ihm waren zwei Männer. Ein Sekretär und ein hagerer Mönch mit glühenden Augen. Luiz de Castro hieß er. Sie haben mir eine

Wahl gelassen, die mir heute vorkommt wie ein wahnsinniger Traum.

Weißt du, dass … Ach, wie solltest du es wissen? Du bist ja heute – gestern – eben erst angekommen. In den indischen Religionen gibt es wie bei uns die Verehrung heiliger Reliquien. Der Mittelfinger des Buddha. Ah, von Buddha hast du gehört? Gut, also sein Mittelfinger. Die Knochen eines moslemischen Lehrers, eines heiligen Mannes. Die Feige, die ein Gott nach dem Kampf mit traumfressenden Geistern zur Stärkung essen wollte und vergaß und die inzwischen versteinert ist.

Es gab Gerüchte. Gerüchte, dass irgendwo, an dem einen oder anderen Ort – ich erspare dir die Namen, Freund – ein Zeh verehrt würde. Der Zeh eines Heiligen, der mit diesem Zeh über die Meere gegangen ist. Ein wundertätiger Zeh, eingefasst in Gold und Geschmeide, geborgen in einem unendlich kostbaren Kästchen. Ein jenseitiger Zeh, der ins Diesseits ragt. Der vielleicht ins Diesseits winkt. Ein Zeh, sogar mit Bissspuren, wie glaubwürdig berichtet wurde.

Der zweite Zeh des heiligen Trottels Francisco Javier. In einem Land, in dem der Aussätzige seinen Aussatz bis zum Ende durchleben muss, damit er im nächsten Leben vielleicht ein reicher Fürst wird, wollte Francisco Javier die Fürsten abschaffen und die Aussätzigen heilen. In einem Land, in dem sich der Bettler fromm zu Tode bettelt, damit er vielleicht im nächsten Leben Priester wird, wollte er die Bettler abschaffen und die Priester bekehren.

Isabel de Carom hat ihm einen Zeh abgebissen, und der Papst hat sich von dem heiligen Braten eine Scheibe abschneiden lassen, in Form eines Arms. Der zweite Zeh: seit fast zweihundert Jahren verloren.

Ja, Bruder Ire, Beschmuser schöner Frauenzehen – sie hatten ihn gefunden. Oder nein, nicht gefunden, aber jemand hatte ihn gesehen, und sie wussten, wo er war. Oder wo er sein könnte. Und Pater Luiz de Castro sollte ihn suchen, finden, bergen; vorstoßen ins Herz der heidnischen Finsternis, zur Rechten wie zur Linken die Götzendiener zu zermalmen oder wenigstens zu bekehren und dabei die hurtigen Füße, Heil verteilend, jenem Zeh zu nähern.

Und ich, João de Saldanha, entrechtet, des edlen de entkleidet, ein Arzt ohne Heil, des Persischen und des Urdu mächtig, düsterer Hexer, Verfertiger hilfreichen Kräutersuds zum falschen Zeitpunkt, ich sollte ihn begleiten, mit meinem Leib und Leben und meinen Kenntnissen schützen. Pater Luiz, Dominikaner, sollte den Zeh des unverwesten Jesuiten finden, um dem anderen Orden zu zeigen, welche der beiden Rattenarten sich besser auf das Zernagen heidnischer Hirne versteht. Dies, o sündiger Saldanha, oder die Galeere.

Der Mond ist verschwunden. Siehst du, dass er nicht mehr da ist? Siehst du die Abwesenheit des Mondes, Bruder Ire? So sehen andere die Abwesenheit Gottes, aus der sie auf seine Anwesenheit woanders schließen. Denn wenn man ihn nicht sieht, muss es ihn doch geben.

Ich habe ihn gesucht, in den schmierigen Gassen von Benares und in den Labyrinthen unter tausend Tempeln, in den Eingeweiden der Nacht und im Auswurf des Morgens, in den Eisfeldern des Himmelsbergs Kailas, im ätzenden Grün der Tigeraugen und zwischen zwei Krokodilen in der Entengrütze eines Sumpfs. Geschrien habe ich nach Ihm, dass Er mir offenbare, ob die wahnsinnigen Linien des Lebens ein Muster sind, eine Ordnung, oder doch nur …

Hast du von der Insel Saugar gehört, Bruder Ire? Ah nein, wie könntest du. Weiter oben, wo eure Kompanie den Ort namens Kalkutta besitzt, mündet ein Fluss ins Meer, der Hugli. Vor der Mündung liegt diese Insel. Sie war einmal reich, berühmt, geschmückt mit Tempeln und geehrt durch die Anwesenheit der Götter. Heilige Männer lebten dort, und jedes Jahr oder, wie manche sagen, jedes zweite Jahr kamen Tausende Pilger dorthin. Dann hat es den Göttern gefallen, zu Wirbelstürmen zu werden, und bei ihrem Aufbruch haben sie die Tempel zerstört, da sie diese nicht mehr benötigten, und sie haben die heiligen Männer verweht, dass sie Teil des Windes seien. Es gibt dort nur noch Ruinen und Dschungel, aber alle zwei Jahre kommen die Menschen immer noch dorthin, um die abwesenden Götter zu ehren und vor allem jene, die über ihnen und über allem steht – Kali, die Herrin des Todes.

Dorthin bin ich mit Pater Luiz gereist, denn wir hatten gehört, es sei dort unter den Pilgern einer, der das kostbare Kleinod gesehen und vielleicht sogar besessen habe. Und Pater Luiz wollte die Gelegenheit nutzen, den zahllosen Pilgern seinen Gott, unseren Gott zu verkünden, der Erbarmen ist und ewiges Leben und Liebe und die Grausamkeit der Dummen und das Feuer der Inquisition.

Bengali hatte ich gelernt – ein wenig, nicht gut, nur das, was man so am Wegrand aufliest. Die anderen Sprachen? Ah, ich vergaß. Persisch in Persien, als ich dort persische Medizin studiert habe. Urdu, die Sprache der Mogulherrscher. Und Marathi von meiner Frau, deren Familie aus der Gegend von Poona nach Goa gewandert ist. Lang, o so lange her. Ich hatte sie nicht gesehen, all die Zeit im Kerker, in der Santa Casa. Und auch danach. Am Tag nach der Feier in der Kirche, nach den Glaubensakten, brachen wir auf, und ich durfte mit niemandem sprechen. Wir, Pater Luiz und ich, brachen auf, um den Zeh zu suchen.

Wie lange her? Ein Dutzend Jahre seit Saugar, und vorher? Ich weiß es nicht, Freund; es gab Tage, die ich nicht zählen konnte, weil sie sich meinen Augen entzogen haben, und Nächte, die mir ins Gehirn gedrungen sind, bis das Universum nur noch Nacht war.

Saugar, sagte ich. Wir sind mit einem Fischerboot zur Insel gekommen und … wir haben gesehen. Die Pilger bei den Tempelruinen scheren sich und einander das Haupthaar und den Bart; dann waschen sie sich in der Zisterne des alten Tempels und reiben sich mit Öl ein. Männer und Frauen, ohne Trennung. Sie gehen in den Schrein, der dort noch steht, werfen sich zu Boden, flehen die Gottheit an. Kali? Shiva? Ich weiß nicht; vielleicht auch Brahma, den Herrn der Träume, die die Welt sind. Musik und jaulende Muschelhörner, Rauch mit Rauschkräutern, der Gesang und die Gebete bringen sie in einen Zustand, der dem Wahnsinn näher ist, und den Göttern. Sie bieten den Göttern ihr Leben dar, zerfleischen sich die Brust, vergießen berauschte Tränen.

Und dann stürzen sie sich ins Wasser, am Strand der Insel. Dort sind Haie, viele Haie, und sie sind gefräßig. Die Pilger gehen singend und schreiend und voll von ihrem Gott oder seinem Geruch ins Wasser, sie bieten sich den Haien dar, und die Haie fressen sie. Nicht gleich, nicht ganz, nicht alle; sie reißen ein Bein ab oder verschlingen einen halben Körper, den Rest lassen sie – lassen die Götter – noch einige Zeit schreien. Drei Tage, Bruder Ire; drei Tage, bis die Haie so vollgefressen, so feist und träge sind, dass sie die Pilger, die noch leben und immer wieder ins Wasser gehen, nur noch mit der Schnauze stupsen. Dann ist die Pilgerfahrt zu Ende, und die Überlebenden kehren heim, traurig, weil ihr Gott sie verschmäht hat.

Pater Luiz. Ein harter, hagerer Mann, ohne jene Tugend, die wir Nächstenliebe nennen, aber dort hat er geweint. Es hat ihn erschüttert, und bis heute weiß ich nicht, ob es Erschütterung über all die im Wasser treibenden Reste war oder Erschütterung darüber, dass sein Gott ihn nicht so zu sich nehmen würde. Zu sich nehmen. In sich aufnehmen. Fressen, Bruder Ire, wie wir bei der Kommunion Gott fressen. Haie als Gefäße der Wandlung.

In seiner Erschütterung hat er mehr gesprochen als sonst, hat von seinem Leben geredet und den Tagen in Goa. Auch von den Tagen, da ich in der Santa Casa steckte.

Er, Pater Luiz de Castro. Er war es, der zu meiner Frau gegangen ist, als sie mich eingekerkert hatten, und er hat ihr die Kinder weggenommen. Ein Junge, ein Mädchen; Kinder eines Verworfenen, ja, aber eines Christen, geboren von einer Heidin, deren Bekenntnis zum Christentum bestenfalls zweifelhaft sei. Sie hat geschrien und gefleht und gebettelt, und o wie stolz war Pater Luiz darauf, dass der Glaube sein Herz gefestigt hat wider das Kreischen eines heidnischen Weibes.

Das Mädchen haben sie in ein Kloster gesteckt, wo sie nichts essen wollte und verhungert ist, obwohl man sie geschlagen hat. Der Junge sollte mit dem Schiff nach Portugal gebracht werden, in die Obhut meiner frommen Verwandten. Das Schiff ist mit der übrigen Flotte bei Madagaskar in einen Sturm geraten und gesunken; drei Schiffe haben es überstanden, und ihre Besatzungen haben berichtet. Auch dort, sagten sie, bei Madagaskar, auch dort habe es Haie gegeben.

Meine Frau hat sich rasend auf sie gestürzt, auf die heiligen Männer, die um das Seelenheil der Kinder besorgt waren. Sie haben sie abgewehrt, und da hat sie einem der begleitenden Offiziere den Degen aus der Scheide gerissen, und ein anderer hat sie mit seinem Degen durchbohrt.

So, sagte Pater Luiz, seien alle gestorben, und er hat mich aufgefordert, mit ihm dem Herrn zu danken, dass sie nicht als vollkommen ahnungslose Heiden im Magen eines Hais enden mussten. Ihr Seelenheil, sagte er, sei gewiss – vielleicht sogar das meiner Frau.

Es war der Abend des ersten Tages, Bruder Ire, und die Haie waren noch gierig. Ich habe ihn ins Wasser geschleppt und festgehalten, bis ein Hai ihn mir abnahm.

Es war mir gleich, dass der Hai statt seiner auch mich hätte nehmen können. Vielleicht … vielleicht habe ich es sogar gehofft.

Pater Luiz ist nicht gegangen wie ein guter Christ, schweigend, gesammelt; o nein, er hat geschrien und gekreischt und um sich geschlagen, bis er nicht mehr schlagen konnte, nur noch kreischen. Dann war auch das vorbei.

Zwölf Jahre ist es her. Damals war ich dreiunddreißig; das Alter, in dem der Heiland gestorben ist, nicht wahr? Vielleicht bin ich damals auch gestorben, denn ich fühle mich nicht gealtert. Wahrscheinlich bin ich längst tot. Nicht von den Haien gefressen, sondern zerschmettert von dem, was Pater Luiz von meiner Familie erzählt hat.

Ich weiß nicht mehr, wie ich von der Insel ans Festland gekommen bin. Seitdem – seitdem ziehe ich durchs Land, behandle manchmal Kranke, manchmal behandle ich sie auch nicht, suche Gott, damit er mir eine Antwort auf die einzige Frage gibt: Warum. Seitdem bin ich, der ich bin.

Und du, wer bist du?

3. Lucky Lukes Lektionen

Wenn irische Augen lächeln, sieh dich vor; und wenn du melodisches irisches Lachen hörst, wappne dich lieber mit einer Literflasche oder einer Feuerspritze.

GERALD KERSH

Schnaps, Schlafmangel und wirre Reden: Thomas fühlte sich fremd und verirrt. Der gleißende Morgen und die Hitze blähten seinen Kopf zu einer leichten Flasche, die sich vom Körper trennen wollte.

Saldanha sagte, er lege keinen Wert auf die Stadt; zweihunderttausend Menschen seien für seine augenblicklichen Bedürfnisse genau zweihunderttausend zu viel. Als Thomas fragte, was er zu tun beabsichtige, hob der Portugiese die Schultern.

»Schlafen. Danach? Mal sehen. Vielleicht wandere ich ins Hinterland; kann sein, dass irgendein Fürst, vielleicht sogar der Nawab der Karnatik einen Arzt braucht. Oder ich suche mir eine Passage, als Schiffsarzt, zur Abwechslung.«

Plötzlich war er eingeschlafen, auf dem niedrigen alten Tempelturm, im Halbschatten einer schartigen Wand. Thomas rüttelte ihn, wollte nach einigen Einzelheiten fragen, aber es gelang ihm nicht, den Mann zu wecken.

Er benötigte fast zwei Stunden, um durch das Labyrinth aus Gassen, Plätzen, Tempeln, Moscheen und Hütten wieder in Nähe der Küste zu gelangen. Die ungeheure Ausdehnung der Stadt, am Vortag im Rausch durchtorkelt, und die Fremdartigkeit der Anblicke, Gerüche und Klänge brachten ihn zu sich und entfernten ihn dabei von sich und allem, was ihn ausmachte.

Es war, sagte er sich, als habe er sich eine Meile weit vom eigenen Kern nach rechts gesoffen, und im Gehen und Schauen ernüchtert, hatte er zwar den Weg zurückgefunden, befand sich aber mittlerweile mindestens fünf Meilen links von seiner Seele.

Ein Name geisterte durch die betäubten Winkelgänge seines Hirns: Lucas Kelly, genannt Lucky Luke, früher Sergeant bei den Truppen der Ostindien-Kompanie. Schon in Youghal hatte ein Matrose ihm den Namen genannt als Teil einer windigen und reichlich unglaubwürdigen Geschichte. Kelly habe eine Stimme, mit der man Breschen in Festungswälle rammen könne; früher einmal sei sein Haar rot gewesen wie die Sonne an einem Sommermorgen, inzwischen sei es bleich wie ein Sandstrand im Mondlicht.

Der alte Kelly stammte aus Tipperary. Er besaß einen der zahlreichen *grog shops* am Rand der Black City, eines Teils von Madras, in den sich Europäer nicht oft begaben. Als Thomas ihn zum ersten Mal sah, sammelte Kelly eben die Zigarrenstummel des Vorabends in eine Schale. Sie mochte aus Messing sein; von irgendwo weiter hinten fiel ein schwacher Schimmer, den die Schale gelblich reflektierte. Nach der gleißenden Lichtflut draußen war Kelly zunächst nur eine undeutliche Masse mit undeutlichen Umrissen, die Thomas auf Verdacht in singendem Irisch anredete. Der *shop*, eine schuppenartige Holzkonstruktion, an die Rückwand eines dreistöckigen Ziegelhauses gelehnt, wirkte wie die Höhle eines Hexers und gleichzeitig solide.

In dieser Höhle wurde George Thomas verwandelt. Er betrat sie als geflohener Seemann und verließ sie als namenloser, dunkelhäutiger, mit Farben und Asche und Schmutz beschmierter Bettler.

Es gab kein Misstrauen zu überwinden. Später sagte Kelly, der Geheimdienst der britischen Krone habe zweifellos ein paar Leute, die des Irischen mächtig seien, aber die Ehrenwerte Ostindien-Kompanie sei in mancher Hinsicht ehrenwert dämlich, sodass er nie befürchten müsse, verirrte Spitzel in seinem *shop* zu finden.

»Außer entsprungenen Matrosen sucht hier niemand Rat, und für die ist der Geheimdienst Seiner Majestät – mögen die Götter Indiens alle Mitarbeiter in Hundekotze ersäufen – nicht zuständig.«

George Thomas kramte seine wenigen Münzen hervor und bat

um Bier oder etwas anderes, das gegen Indien und Kopfschmerzen helfen könnte.

»Deine erste Lektion, Söhnchen«, sagte Kelly. »Trink erst dann, wenn du sicher bist.«

»Sicher? Was meinst du? Sicher, dass ich was trinken will?«

»Sicher, dass dein Rausch nicht durch Messer oder Gift gestört wird. Sicher, dass keine Büttel der Kompanie grinsend um dich stehen, wenn du erwachst.«

Kelly leerte die Messingschale in einen Tiegel oder Mörser aus gelblichem Metall, zog einen Stößel aus der Tasche seines unförmigen Hemds und begann, die Zigarrenstummel zu zerkleinern. »Sicher, dass deine Füße nicht in eine Schlangenhöhle ragen, wenn du im Schlaf zappelst.«

»Was machst du da? Mit dem Stößel?«

»Gute Zigarren.« Kelly schnüffelte am Tiegel. »Zwei Offiziere der Kompanietruppen haben sie gestern Abend geraucht. Karibischer Tabak. Ich bereite die Füllung für meine Morgenpfeife vor.«

Thomas schüttelte sich. »Alte Stumpen, zerbröselt? Gibt es keinen übleren Selbstmord?«

»Doch. Das, was du tun willst.«

»Reich werden?« Thomas lachte. »Ein Radscha sein und gut leben – ist das Selbstmord?«

Kelly wies mit dem Kinn auf einen Hocker neben dem Tisch, an dessen Kante sein Gesäß ruhte. »Setz dich. Und sieh mich an.«

Thomas ließ sich nieder. Bisher hatte er, ohne es eigentlich zu bemerken, das vom Eingang einfallende Licht blockiert; nun sah er zum ersten Mal den Landsmann aus Tipperary, den sie Lucky Luke nannten. Sah nicht nur Umrisse, matt funkelnde Augen und die Bewegungen der Arme und Schultern über dem Tiegel. Sah ein trübes Licht irgendwo weit hinten, wo der *shop* offenbar in das Ziegelhaus überging; sah undeutlich Tische, Stühle, Bänke und eine Bretterwand, hinter der sich jemand an Liegen zu schaffen machte – jemand, von dessen Gesicht gelbliches Licht zu tropfen schien. Sah wachsverkrustete Flaschen als Kerzenhalter auf einer Theke stehen, die aus Seekisten getürmt war. Und er sah Lucas Kelly, Kelly den Glücklichen.

Die rechte Hand, die den Tiegel hielt, war eine Metallplatte mit gekrümmten Haken als Finger. Das Gesicht, vage asymmetrisch im Halbdunkel, war rechts von einem Bart bedeckt und links eine einzige, riesige, rote Brandnarbe. Das linke Bein schien vollständig zu sein, das rechte wurde unterm Knie zu einem glitzernden, polierten Stumpf aus dunklem Holz.

»Willst du wissen, warum sie mich ›glücklich‹ nennen, Söhnchen?« Kelly schien amüsiert; er betrachtete das Gesicht seines frühen Besuchers.

Thomas schluckte und räusperte sich mehrmals. Er wusste, dass alles, was er beim Anblick empfunden hatte, in seinen Zügen zu lesen gewesen sein musste.

»Warum nennen sie dich so?«
»Weil ich überlebt habe. Weil – ah, willst du alles hören?«
Thomas nickte.

Kelly setzte den Tiegel auf den Tisch und sah sich um. Die Steinfliesen des Bodens waren sauber, gefegt, mit frischem Seesand bestreut. Die wenigen sichtbaren Öllampen schienen gefüllt, die Tische hatte man gescheuert, die Stühle standen auffällig ordentlich. Kelly schnaubte, steckte zwei Finger der guten Hand in den Mund und pfiff.

Die Gestalt, die hinter der Bretterwand gewerkelt hatte, schlurfte herbei. Der Gang war der eines alten Mannes, aber die Haut der Hände glatt im gelblichen Licht, das die Maske reflektierte. Thomas fragte sich, wozu sie diente und was sie darstellte – einen mythischen Vogel? Es mochte auch etwas mehr oder minder Unheiliges sein, das Krieger eines entlegen hausenden Stammes zum Tanz oder zum Kampf trugen. Was immer es war, es glitzerte wie Messing oder Goldblech, bedeckte die Nase und die Oberlippe und wirkte im Zwielicht gespenstisch. Thomas bekreuzigte sich beinahe unwillkürlich.

Kelly schnaubte abermals; diesmal klang es wie unterdrücktes Gelächter. Er sagte etwas in einer Sprache, die Thomas nicht verstand. Der Maskenträger knurrte eine Antwort, neigte den Kopf und schlich zur Theke.

»Wir werden ein wenig Kaffee trinken«, sagte Kelly. »Das ist gut für den Kopf und das Herz. Übrigens: Bishu trägt die Maske aus gutem Grund. Oder aus schlechtem Grund, wie mans nimmt. Weißt du, wo Maisur liegt?«

Thomas starrte zur Theke, wo der Maskierte Feuer schlug und dann aus einem an der Decke hängenden Balg Wasser in einen Topf laufen ließ. Mit seltsam flacher Stimme, die er kaum erkannte, sagte er: »Ich habe davon gehört. Man verlässt Madras nach Westen, durchquert die Ebene – den südlichen Teil der Karnatik –, klettert über die steilen Berge, die, glaube ich, Ghats heißen, und dann kommt man ins Reich des Sultans von Maisur. Richtig?«

Kelly nickte. »Dort haben sie ein scharfes Gerät erfunden, mit dem man Kriegsgefangenen Nase und Oberlippe gleichzeitig abschneiden kann. Die meisten überleben es nicht.«

Thomas schwieg; er blickte weiter zur Theke, wo Bishu zerstoßenen Kaffee in eine Blechkanne löffelte.

»Du hättest voriges Jahr kommen sollen«, sagte Kelly; er klang beinahe verträumt. »Das Jahr des Herrn 1780 … ein besonders gutes Jahr. Der Sultan von Maisur, Haidar Ali, ist bis in die Vororte von Madras gekommen. Viele Nasen hat er gesammelt. Reichtümer gab es nicht zu gewinnen, aber Ruhm. Du könntest ein ruhmreicher Plattfuß der Kompanie sein, heute; Retter der Stadt und Verteidiger der Reichtümer, die die Aktionäre der Kompanie in London horten.«

Thomas hob die Schultern. »Nicht mein Hauptanliegen.«

»Selber reich werden, was?«

Als Thomas nickte, seufzte Kelly leise, lehnte sich auf dem knarrenden Stuhl zurück und zog aus der Tasche seiner Schürze eine Pfeife. Er klemmte sie zwischen die Haken der rechten Hand und langte mit der linken nach den Tabakkrümeln in der Schale.

»Das hier ist von einer schlecht gegossenen Kanone.« Die Pfeife wies auf die vernarbte Wange, aber Thomas' Augen hingen an den

Haken der Metallhand. »Bei Plassey, wenn dir das was sagt. Die Hand ... ah, das war ein *talwar*.«
»Säbel?«, sagte Thomas.
»Ja. Bei Baksar, vor siebzehn Jahren. Und das Bein kurz danach, im Lager, als ein Elefant ... weißt du, was *masth* bedeutet?«
»Nein.«
»Eigentlich nur ›berauscht‹. Aber bei Elefanten ... Wenn ein Elefantenbulle durchdreht und seinen Teil der Welt zertrampeln will, und das schafft er auch, wenn man ihn nicht zwischendurch ein bisschen erschießt – also, das nennt man *masth*. Angeblich ist das so was wie Brunst. Wenn er eine heiße Elefantenkuh riecht. Sagen die Ärzte. Andere sagen, ein wahnsinniger Elefantengott schleicht durch den Rüssel aufwärts in den Schädel und fängt da drin an zu reden. Kann Tage dauern.«

Inzwischen hatte sich bei George Thomas der Kater in einen gewissen Überdruss verwandelt, was die Art der Kopfschmerzen nicht änderte. Er wusste, dass ihm Geduld nicht als Tugend beschieden war – Aushalten, ja, sich zu einem Ziel durchbeißen, aber Geduld als solche? Nachsicht mit einem älteren Mann, von dem man nichts wollte als ein paar hilfreiche Auskünfte? Und der sich nun anschickte, eine lange und umwegige Lebensgeschichte zu erzählen ... Ah, die Götter mochten vor den Preis den Fleiß gesetzt haben, wie er irgendwo gehört hatte; offenbar verlangten Indiens Götter Beharrlichkeit im Nichtstun und schweißtreibendes Zuhören.

Bishu brachte zwei Blechbecher und die Blechkanne, dazu Löffel und einen Napf mit zerstoßenem braunen Zucker. Kelly unterbrach die Zeremonie des Pfeifestopfens und rührte mit einem Löffel in der Kanne; als der Kaffee sich gesetzt hatte, goss er die beiden Becher voll.

Thomas nahm Zucker, rührte, verbrannte sich beinahe den Mund und blickte dann überrascht auf. »Was ist da drin? Abgesehen von Kaffee und Zucker?«
»Kardamomkörner«, sagte Kelly, »zerstoßen, und ein wenig Zimt. Nun denn also. Weiter.«

Thomas wappnete sich. Und Kelly erzählte. Zunächst hörte Thomas kaum hin; er sagte sich, dass der alte Ire wahrscheinlich allzu lange nicht mit einem Landsmann hatte reden können und es genoss, Irisch zu sprechen statt Englisch oder irgendeine der hals- und zungenbrecherischen Sprachen der Gegend. Und wie er befürchtet hatte, begann Kelly kurz nach der Erschaffung der Welt, die irgendwie mit der Zeugung von Lucas Kelly zusammenfiel.

Thomas erfuhr, dass der junge Luke schon sehr früh Lucky genannt wurde, weil er eine unheimliche Fähigkeit besaß: Pech und dabei Glück zu haben. Er fiel von einem Baum und brach sich die Rippen; als er bald darauf einem Gefühl gehorchte und an dieser Stelle grub – irgendwie, sagte er, sei ihm der Boden zu hart erschienen –, fand er ein paar Goldmünzen, auf die niemand Anspruch erhob. Eines Tages näherte er sich der einen Kuh der Familie ein wenig zu hastig und war beim Melken unaufmerksam; an den Fußtritt, der ihn in längere Bewusstlosigkeit versetzte, konnte er sich nicht erinnern – wohl aber an den kleinen grünen Kobold, der ihm mit einem Seidentüchlein die Stirn tupfte und dann verschwand.

Das Tuch ließ er zurück, und zehn Tage lang wirkte es wundersame Heilungen. Es vertrieb Kopfschmerzen, stillte Blutungen, regelte – auf den Bauch gepresst – die Verdauung, und auf ein altes Stück Brot gelegt, beseitigte es den Schimmel.

Von hier an wurde die Geschichte immer irischer. Es wimmelte von Elfen und verrückten Verwandten, von grässlichen Wundern und heilsamen Katastrophen; Kelly begann herumzulaufen, als er seinen Becher geleert hatte. Mit der Pfeife gestikulierend, hob er Wörter hervor, mit dem Holzbein trampelte er einen seltsamen Rhythmus, der ihn immer schneller sprechen ließ, bis Thomas glaubte, der Alte sei verrückt oder in Trance. Ob es an dem fehlenden Fuß liegen konnte? Vielleicht war mit dem Glied ja doch ein Teil von Kellys Verstand abhandengekommen.

Kelly redete und redete, stapfte auf und ab, warf hin und wieder einen Blick auf Bishu, der sich hinter dem Verschlag zu schaffen machte, wo manchmal leise Geräusche zu hören waren – so, als wäre da noch jemand, der zuweilen murmelte oder seufzte. Thomas lauschte; beinahe widerwillig stellte er fest, dass ihn die Geschichte des Alten zu interessieren begann: von seinem Eintritt in die Truppen der Kompanie, vom Handgeld, das ihm ein Werber in Tipperary gab, von der Fahrt auf einem Dreidecker der Kompanie, von fliegenden Fischen, von endlosen Übungen an Bord des Seglers – exerzieren, strammstehen, laden, in Salve feuern … Er überlegte, wann Kelly nach Madras gekommen sein mochte; was hatte er in einem Nebensatz gesagt? Dass er inzwischen fünfundfünfzig und mit achtzehn Jahren nach Indien gekommen sei? Also vor siebenunddreißig Jahren, 1744; Thomas konnte sich nicht erinnern, jemals etwas über wesentliche Vorgänge in jenem Jahr gehört zu haben. Er sagte sich jedoch, dass seine Bildung – von der Mutter hatte er schreiben gelernt und mit ihr die Bibel gelesen – nicht viel hergab.

Vielleicht war es gerade deshalb so schwierig, den Wanderungen zu folgen, die Kelly im Raum, in der Zeit und in der Erinnerung vornahm. Er hüpfte vor und zurück, brannte ein Feuerwerk von Namen ab: Dupleix, der geniale französische Kommandeur, der durch kluge Schläge und klügere Ränke die britische Präsenz in Südindien fast beendet hätte; Stringer Lawrence, der unermüdliche Offizier, der nach der britischen Katastrophe 1746, als Madras von den Franzosen besetzt wurde, eine neue Truppe aufbaute; Robert Clive, der finstere Jüngling, ewig am Rande des Selbstmords, aber welch ein listenreicher Krieger …

Thomas lauschte und staunte und vergaß – die Namen, die Orte, die Titel und Ränge. Er bemühte sich gar nicht erst, all die Einzelheiten zu behalten. Was ihm blieb, war ein allgemeiner Eindruck, eher ein unbehagliches Gefühl; wie das eines Menschen, der einen Ameisenhaufen betrachtet und weiß, dass man von ihm erwartet, mindestens fünfzig der emsigen Tiere gleichzeitig im Auge zu behalten, ihnen Namen zu geben und eine Stunde später noch zu wissen, wann Ameise Ethelberta den Weg gekreuzt hat, den eine halbe Stunde zuvor Ameise Maud gegangen ist.

Er behielt oder bewahrte nur einige Dinge, die sich zu einer

Art Rahmen fügten, in dem er später anderes zu befestigen hoffte. Die Beziehungen zwischen diesen Dingen – die zunächst fast gegenstandslose Wörter waren, Namen für etwas, das er noch nicht kannte – ergaben sich nach und nach. Nach den Stunden bei Kelly. Nach der Verwandlung eines irischen Deserteurs in einen aschebeschmierten Bettler. Nach dem langen belasteten Marsch mit einer Gruppe von Lastträgern, aus der Stadt und den Vororten hinaus nach Nordosten, ins Hinterland der Karnatik.

Zwischendurch wiederholte er – meistens mit geschlossenen Augen, um nicht wahnsinnig zu werden, in der gleißenden Helligkeit zu erblinden, in den wimmelnden Nächten aufzuspringen und zu kreischen – halbvergessene Litaneien, den Rosenkranz, die Namen der wichtigsten Heiligen, die Namen aller Tanten, Onkel, Vettern, Kusinen; und die Fetzen, die von Kellys Reden geblieben waren.

Dies etwa: Der Mogulkaiser im fernen Delhi
ernannte (sagt der alte Kelly)
Provinzverwalter für Macht und Steuer,
denn diese war ihm zwar sehr teuer,
doch war ihm auch das Abenteuer,
sie selbst zu holen, nicht geheuer ...

(Später, als er die nötigen Fertigkeiten erworben hatte, machte er sich in schlaflosen Nächten voller Arrak zuweilen das Vergnügen, die dümmlichen Verse ins Persisch des Hofs zu übertragen, mit einem doppelten Wortspiel in jeder zweiten Zeile.) Und hierfür – Macht und Steuern – ernannte der Kaiser zum Beispiel einen Mann namens Nizam ul Mulk zum Subadar des Dekkan:

»Und das musst du dir alles merken, Söhnchen. Dekkan ist das Binnenland des Südens, und Subadar ist so was wie Vizekönig oder Provinzverwalter, aber die meisten Subadars, denen du begegnen wirst, wenn du es wirklich zum Krieger bringst, sind so was wie der Vize vom Obersten, also dein Hauptmann oder Leutnant, klar?«

Und Nizam ul Mulk wohnte in einem Palast in Haidarabad, seiner Hauptstadt, und weil es vorher in der Familie keinen gegeben hatte, der »so etwas wie Fürst oder Sultan oder König oder Baron« war, wurde der Name zum Titel, und der Sohn war dann *der* Nizam von Haidarabad, Subadar des Dekkan, Vertreter des Mogulkaisers.

Und weil der Dekkan so groß und unwegsam ist, ernannte Nizam ul Mulk einen anderen zum Nawab der Karnatik, »und Nawab, mein Söhnchen, gibts nicht nur in der Karnatik, der ist wieder so was wie Stellvertreter oder Vizefürst, und weil die fast alle reich sind dank der Steuern, die sie für den Nizam eintreiben, die der für den Kaiser eintreibt, haben wir angefangen, alle Reichen Nabob zu nennen, klar?«

Der Nawab der Karnatik residierte in der Hauptstadt Arkat, nicht sehr weit, aber weit genug westlich von Madras, und von ihm kriegten die Briten und Franzosen und Portugiesen und Dänen und Holländer die Erlaubnis, Handel zu treiben und Orte zu befestigen. Und der Nawab ernannte wieder andere Teilfürsten, die Teile des Gebiets verwalten und schröpfen sollten; und wenn der Nawab Ärger mit dem Nizam hatte, verbündete sich der eine mit den Briten und der andere mit den Franzosen, oder umgekehrt, und wenn Briten und Franzosen miteinander Ärger hatten, zum Beispiel, weil in Europa gerade Krieg war, der die Möglichkeit bot, die lästige Konkurrenz auch in Indien auszuschalten, verbündeten sich die einen mit dem Nizam und die anderen mit dem Nawab; »oder immer umgekehrt und beim nächsten Mal anders, hast du das verstanden?«. Und die kleinsten Gebietsfürsten der Gegend, sagte Kelly, seien die Paligars – »wüste Barone, wenn du so willst, und vor allem Barone von Wüsten, und die brauchen immer Leute, und zu denen bring ich dich.«

»Wie? Wie komm ich an den Posten vorbei, aus der Stadt? Und wie finde ich den – wie heißt er, Paligar? Den, zu dem du mich schicken willst.«

Kelly schnaubte. »Wir werden dich ein bisschen verwandeln, Söhnchen. Du gehst mit einer kleinen Karawane, als Träger. Der

Paligar Hatim hat zehn Kisten Gin bestellt ... und ein paar andere Dinge. Sobald du bei ihm bist, liegt alles in deiner Hand. Und in seiner.«

Jahre später begriff Thomas, dass der alte Mann ihm eine schnelle Lehrstunde in indischer Geschichte verabreicht und ihm Kenntnisse eingetrichtert hatte, die sich nach und nach ergänzen, anreichern oder korrigieren ließen. Dabei verblüffte ihn weniger, dass einiges zu korrigieren war, als dass der alte Kelly über diese Kenntnisse verfügte. Angelesen, gehört und behalten; durch Offenbarung verinnerlicht; gleichviel – der ehemalige Sergeant Kelly hatte damals in Madras mehr gewusst als mancher Offizier, dem Thomas in Indien begegnete, und die Ausführungen im *grog shop* gaben dem jungen Iren einen Rahmen, den er mit eigenen Kenntnissen und Erlebnissen füllen konnte.

Unmittelbar nützten sie ihm allerdings nicht. Er wusste, als Kelly endete, wo die interessanten Dinge stattfanden, wo Ruhm und Reichtum zu ernten waren; er wusste aber auch, dass er nicht so leicht dorthin gelangen konnte, wo der Pagoda-Baum stand.

Denn dies wurde ihm spätestens in Kellys *grog shop* klar: Wenn es so etwas wie diesen Baum gab, dann stand er für jeden in einem anderen Teil des Landes und war unter jeweils verschiedenen Bedingungen zu erreichen. Für einen fertig ausgebildeten europäischen Offizier gab es überall kleinere Quellen des Reichtums, Pagoda-Gestrüpp vielleicht, denn nahezu alle indischen Fürsten suchten Männer, die den einheimischen Soldaten – ausnahmslos erstklassige und todesmutige Krieger, wie Kelly sagte – europäischen Drill und Disziplin beibringen und sie im Kampf führen konnten. Einfache, gut ausgebildete Soldaten konnten ebenfalls so gut wie überall Verwendung finden und fast sofort zum Unteroffizier aufsteigen. Ein entlaufener Matrose ohne soldatische Tugenden und Kenntnisse taugte dagegen nur zum schlichten Söldner ohne Rang. Mit etwas Glück würde er aufsteigen und entweder im Dienst seines bisherigen Soldgebers bleiben oder sich einen anderen Herrn suchen.

Aber ganz gleich, was er an Voraussetzungen mitbrachte oder

nach und nach erwarb: Nach Kellys Meinung war das südliche Indien kein guter Platz für einen einfachen Soldaten.

»Du musst zusehen, dass du in den Norden kommst – später, Junge; jetzt noch nicht. Hier unten hängt alles in der Luft, zwischen den Engländern, die der Teufel holen soll, und den Franzosen, die ich dem gleichen Herrn empfehle, und dem Nizam von Haidarabad und dem Sultan von Maisur. Es wird noch lange hin- und hergehen, und irgendwann wird jemand gewinnen. Aber ganz gleich, wie gut oder schlecht du bist, hier unten bleibst du immer unten. Handlanger, Helfer, vielleicht kannst du es zum Hauptmann bringen, mehr nicht.«

Und zwar deshalb: Der Nawab gehöre den Briten, und das heiße, Untertanen der Krone könnten bei ihm keine hohen Posten kriegen – die seien abgestellten Beamten und Offizieren der Kompanie vorbehalten. In Maisur hasse man die Briten und sehe in britischen Renegaten vor allem potentielle Verräter. In Haidarabad halte man von Briten und Franzosen gleich wenig, sei aber näher an britischem Territorium und ziehe deshalb französische Söldner vor. Und bei den Franzosen sei der Aufstieg in den Offiziersrang für Nichtadlige noch schwieriger als bei der Kompanie.

Eine der wenigen Zwischenfragen, die Thomas stellen konnte – wie es denn im Norden sei –, führte zu einem weiteren Vortrag. Hiervon behielt er immerhin, dass vor über zweihundert Jahren die islamischen Moguln über die afghanischen Berge nach Indien gekommen seien und ein mächtiges Reich errichtet hätten. Dies sei inzwischen auf »Delhi und Umgebung, genannt Hindustan« geschrumpft, aber der machtlose Mogulkaiser ernenne immer noch Statthalter und Provinzfürsten; die seien zwar mächtiger und reicher als er, fühlten sich aber erst dann richtig wichtig, wenn er ihnen den Titel verliehen habe. Die wichtigste Macht sei zurzeit der Bund der Maratha-Fürsten, und von diesen seien die Größten die Sippen Bhonsla von Berar, Sindhia von Gwalior und Holkar von Indore.

»Das ist ungefähr wie bei den Rosenkriegen unserer lieben englischen Nachbarn, weißt du – das Haus Lancaster gegen das Haus

York und dann Tudor gegen alle, und der letzte richtige Nachkomme von William dem Eroberer ist der Mogulkaiser. Ist aber auch komplizierter, weil die Marathas einen König haben, oder hatten, in Poona, irgendwo südöstlich von Bombay, und weil sie dem nicht gehorchen wollten, haben sie für ihn einen Ersten Minister gewählt, den Peshwa. Der ist jetzt so was wie ein König, aber dem gehorchen sie auch nicht, und der Peshwa hat wieder einen Ersten Minister, der die eigentliche Macht hat. Aber dem gehorchen sie auch nicht. Dann gibts da noch andere Völker und Herrscher – die Rajputen, die von den alten Göttern abstammen und alle anderen für Dreck halten, und die Jats und ...«

Und dort, im Norden, wo aller Reichtum zusammenfließe und die Briten, Franzosen und Portugiesen nur Händler und Gesandte, aber keinen Einfluss hätten, könne man sein Glück machen. Als Soldat oder, besser, als Händler, »aber dafür sind wir beide nicht brutal genug – für den Handel, meine ich«.

Es folgten lange Abschweifungen über Handelsgüter, »ein anderes Wort für Diebstahl«, und Steuern, »ein anderes Wort für Raub«, und die Chancen, in den Rängen der Söldner aufzusteigen – »und wenn du nicht ein entsprungener Matrose wärst, sondern schon ausgebildeter Soldat, dann könnte ich dich zum Nizam schicken oder nach Berar oder zu einem der anderen Marathas, aber die nehmen nur fertige Ware, und deshalb musst du ganz von unten anfangen«.

Andere mit der richtigen Haltung, sagte Kelly, hätten bessere Voraussetzungen, könnten sich vorschriftsmäßig aufgerichtet von Kanonenkugeln zerfetzen lassen oder reich werden. Ein Schreiber der Kompanie mit einem Monatsgehalt von fünf Pfund müsse auf eigene Faust nebenher Handel treiben, um zu überleben; die Soldaten der Festung kriegten auch nicht mehr, ihnen würden aber immerhin täglich Lätzchen umgebunden, und die Ammen, die man fälschlich Sergeant nenne, fütterten sie mit rostigen Blechlöffeln. Ein europäischer Unteroffizier beim Nizam könne mit ungefähr hundert Pfund im Jahr rechnen, und dafür lohne es sich doch, die Knochen hinzuhalten, vor allem, wenn am Ende eine so großartige Position warte wie die eines Gin- und Arrakwirts am Rande der Schwarzen Stadt von Madras, mit einem Verschlag für Opiumraucher und guten Beziehungen zu …

Hier stockte Kelly; Thomas erfuhr nie, zu wem Kelly besonders gute Beziehungen unterhielt – dem Nawab, dem Nizam, dem einen oder anderen Paligar, oder vielleicht sogar dem »bösen Feind«, dem Sultan von Maisur.

Dann begann die Verwandlung. Bishu reichte Thomas drei kleine schwarze Kugeln – »Opium, damit du so wirr bist, wie du gleich aussehen wirst«, sagte Kelly – und zupfte an ihm, bis er die Kleider ausgezogen hatte. Asche, Ocker, Kurkuma, Walnussschalen und andere Dinge, die so grässlich rochen, dass Thomas lieber nicht nach den Namen fragte, machten seine Haut dunkel. Jäh setzte die Wirkung des Opiums ein, und das Letzte, woran Thomas sich erinnerte, war Kellys Blick, gleichzeitig mild interessiert und nach innen gekehrt, als der alte Mann sagte:

»Weißt du, was mir hier am meisten fehlt? Ah, du wirst es sehen. Das Grün der Heimat. Irland hat vierzig Sorten Grün, und hier …«

Er sprach nicht weiter. Thomas versuchte, die vom Opium beschwerte und versteifte, dabei absurd flüssig und haltlos gemachte Zunge zu bewegen; mühsam lallte er etwas wie *gipschkeinüh*, was »gibts hier kein Grün« heißen sollte.

Kelly verstand. Eine seltsame Verzweiflung flackerte in dem einsamen Auge auf. »Das kann man überleben, Junge, kein Grün. Nein, schlimmer – hier gibts tausend Sorten Grün. Macht dich wahnsinnig.«

Er war das Letzte, weißer Dreck, solange sie unterwegs waren. Zöllner und einige Soldaten der Ostindien-Kompanie standen Posten an der nordöstlichen Ausfallstraße, kontrollierten die Traglasten, fanden nichts zu beanstanden und ließen den Zug weitergehen.

Weißer Dreck. Er verstand kein Wort dessen, was die anderen sagten; er hatte keine Ahnung, wie er den Kasten, der billige einfache Werkzeuge europäischer Fertigung enthielt, am besten tragen sollte.

Er wurde angerempelt, hin und wieder spuckte ihm einer der anderen Träger auf die Füße.

Die Füße waren auch so ein Problem. Monatelang barfuß an Bord eines Schiffs der Flotte zu arbeiten hatte Schwielen und Hornhaut bewirkt, aber Decksplanken sind etwas anderes als steinige Straßen. Die Last, die Leute, die Hitze, die Helligkeit, rechts und links des Wegs unbekannte Pflanzen, kreischende Vögel darüber, eine Ahnung von unendlicher Fremdheit in den Gerüchen ...

Und das Opium. Er war nicht daran gewöhnt, es war seine erste Begegnung mit dem Zeug. Die Last war leichter, die Gerüche schärfer, die Geräusche schriller; die Fremdheit wucherte zu einem Ungeheuer hinter der nächsten Hügelkuppe, ganz sicher aber im übernächsten Gehölz. Ein Ungeheuer, das gefräßig und üppig und obszön war und nach grässlicher Ewigkeit roch.

Irgendwann im Verlauf des Marschs, der kaum länger als drei oder vier Stunden gedauert haben konnte, ging George Thomas verloren. Was blieb, war eine funktionierende Hülle. Irgendwo weit hinten im Kopf, in einem kammerartigen Verlies, hockte ein Rest Person und sah sich oder dem, was er nicht mehr war, beim Funktionieren zu. Innen gab es Dinge hinter einer Schicht von Dumpfheit – Erinnerungen, Fähigkeiten, Empfindungen, Wünsche, alles gewissermaßen auf Anforderung verfügbar, aber bis zur Anforderung nicht gegenwärtig. Eine Schiefertafel, mit Kreide beschrieben; alle Zeichen ausgewischt, getilgt, aber wenn das Licht aus einem bestimmten Winkel darauf fiel, hoben sich Spuren vom Untergrund ab und waren lesbar.

Wahrscheinlich war es gut so. Er hätte sonst die ersten Monate kaum überlebt. Er war ein Gerät, das jemand bisweilen in eine bestimmte Richtung lenkte, nachdem ein anderer es auseinandergenommen, die Einzelteile geschliffen und wieder zusammengesetzt hatte.

Der ihn schliff, war ein alter Däne, Jensen, und als der mit ihm fertig war, gab es weder den entlaufenen Seemann Thomas noch den reiselustigen Iren George, sondern einen dumpfen Kämpfer. Ein Gerät, das Befehle ausführte. Ein Gerät, das in den Zeiten, da nicht gekämpft wurde, trank und hurte und mehr trank und noch mehr trank, um nicht an mangelndem Wissen, an der Fremdheit des Landes zu verdursten.

Der Mann, der das Gerät hilfreich und beinahe liebevoll lenkte, bis es sich allein zurechtfand, hieß Nilambar: ein breitschultriger Riese mit dickem schwarzen Bart, geboren vor zwanzig Jahren in Madras, wo er einen Gläubiger seines Vaters erschlagen hatte. Dies, sagte er, sei die amtliche Fassung.

»Ein Schreiber der Kompanie.« Nilambar lehnte den Rücken an den Stamm des Pipal-Baums und betrachtete seine langen, kräftigen Finger. George reichte ihm die Lederflasche mit leicht verdünntem Arrak. In der Abenddämmerung saßen sie oft dort am Dorfrand, wenn es nichts Dringendes zu tun gab, und erzählten einander Geschichten, von denen die meisten erlogen waren.

»Warum hast du erschlagen?«, sagte George in zögerndem Urdu. Es war die Sprache, mit der die Kämpfer des Paligar Hatim, die aus allen Teilen Indiens und verschiedenen europäischen Ländern kamen, sich untereinander verständigten. Die Sprache, die sie bei aller gegenseitigen Abneigung zusammenhielt und von den Bewohnern der Dörfer trennte, die sie zu hüten und zu plündern hatten.

»Er hat meinen Vater erpresst und meine Schwester entführt.«

»Kein ...« Thomas suchte die Entsprechung für Gericht oder Klage, fand aber nichts in seinem kargen Wortschatz. Schließlich sagte er, einigermaßen hilflos: »*Judge*.«

»Ah, Richter sind in Madras für die Engländer da, und manchmal für reiche Madrassi. Mein Vater ist nicht reich – kleiner Händler.« Dann lachte Nilambar dröhnend und fasste sich an den Kopf. »Dicke Haare«, sagte er, »dicker Bart, dicker Turban, dicke Nase, aber dünne Gedanken. Wenn ich klüger wäre, hätte ich ihn so umgebracht, dass mich keiner dabei sieht. Aber ...« Er spuckte aus.

Es war das erste richtige Gespräch, dem viele folgten; Georges Sprachkenntnisse wuchsen ebenso wie die Vertrautheit mit Nilambar. Die beiden hielten sich ein wenig abseits von den anderen. Denn die anderen waren Abschaum: halb schwachsinnige Totschläger, von allen Heeren Indiens wegen Untauglichkeit oder Zügellosigkeit ausgestoßene Söldner, Tempelschänder, Vatermörder ... Der alte Jensen, der sich Hauptmann nannte und den Befehl über die Bande von Mordbrennern führte, deutete irgendwann an, er habe einen Kameraden erstochen, den Offizier, der ihn festnehmen wollte, erschossen und sei seither nie mehr in die Nähe dänischer Niederlassungen gekommen. Es waren aber nur Andeutungen, aus denen sich Thomas eine mehr oder minder scheußliche Geschichte zusammenreimte.

Sie führten Grenzscharmützel gegen die ähnlich liebenswerten Pindaris – »Räuber« – benachbarter Paligars; sie hielten für Hatim das aufrecht, was er als ihm genehme Ordnung betrachtete; sie trieben für ihn Steuern ein. In lichten Momenten wusste George, dass sie nichts waren als brutale Werkzeuge der Unterdrückung und Plünderung; aber die lichten Momente waren selten. Alles ließ sich besser ertragen, wenn man Arrak oder Opium oder beides zu sich nahm, und von beidem gab es reichlich.

Aus diesem schattenhaften Dasein nahm Thomas ein paar Bilder mit: den Kampf, Rücken an Rücken mit Nilambar, gegen eine Übermacht, irgendwo in der Nähe eines Flusses; Gespräche in einem Tempel, wahrscheinlich dem des Orts, in dem sie gewöhnlich lagerten, mit einem alten Priester, der dem katholischen Iren die Geheimnisse des Himmels der Hindu-Götter klarzumachen suchte; die vielen Gesichter von Nilambar – nachts, bei grellem Sonnenlicht, im Kampf, im Rausch, unter dem Pipalbaum –, der ihm und dem er mehrmals das Leben rettete. Irgendwann begriff er, dass Nilambar sich seiner angenommen hatte: des verwirrten, von Opium und Marsch und Fremdheit niedergedrückten Neulings, in dessen Gesicht der Madrassi ein wenig mehr Menschlichkeit zu sehen glaubte als in den Fratzen der Übrigen. Damit hatte er ihm wahrscheinlich zum ersten Mal das Leben gerettet oder erhalten, ganz am Anfang; es war aber auch Eigennutz dabei gewesen, wiewohl Nilambar mit seinen »dünnen Gedanken« dies nicht so sagen konnte oder wollte. Eigennutz, weil Nilambar einsam war zwischen den Mördern und

Wahnsinnigen, weil er einen Freund brauchte, den er aufrichten konnte, um sich an ihm festzuhalten.

In einer entsetzlich heißen Herbstnacht des Jahres 1782 erwachte der Soldat George Thomas aus einem langwierigen Albtraum, in dem er durch grüne Labyrinthe gerannt war, ohne von der Stelle zu kommen. Wesenlose Geschöpfe, allesamt grün, alle mit unsichtbaren scharfen Zähnen, hatten seine Zehen zerbissen, die zu grünen Strünken wurden. Etwas weckte ihn, vielleicht das grüne Entsetzen, vielleicht ein im Schlaf murrender Kamerad oder der Schrei eines Nachtvogels.

Thomas setzte sich auf. Sie kampierten an einem Hang, oberhalb des Dorfs, das sie nachmittags heimgesucht hatten. So viel wusste er – da war etwas mit dem Dorfältesten, mit Folter und brennenden Spänen, mit wimmernden Frauen und einem Topf voller Münzen unter der Feuerstelle. Man nannte es Steuereintreibung. Noch drei Dörfer, dann würden sie in den befestigten Weiler des Paligar Hatim zurückkehren und ihm einen Teil der Münzen aushändigen. Über der heißen staubigen Ebene hing ein Mond, der aufgedunsen schien. Das Gesicht eines Wahnsinnigen. Ein bloßer Kopf, ohne Rumpf und Gliedmaßen, ohne Füße.

Schlieren zogen über die Ebene; oder zogen sie durch seine Augen? Thomas zwinkerte, blinzelte, gähnte, rieb sich das Gesicht. Die Schlieren verschwanden und kehrten zurück. Er blickte wieder zum Mond hinauf, über die Felder, zu den Hügeln am Horizont, hinunter auf das Dorf, näher, den Hang hinab, auf Sträucher und Steine. Auf seine Zehen.

Er war barfuß. Die weite schmierige Hose, längst nicht mehr weiß, franste unter den Knien aus. Ein Strick lag um die Hüften. Darüber etwas Rotes, was er nicht Weste nennen mochte. Und um den Kopf so etwas wie ein Turban, und wieso dachte er über seine Bekleidung nach?

Wieder betrachtete er die Zehen. Es waren seine Zehen, altvertraut und doch irgendwie neu, als hätte er sie lange nicht gesehen.

Neu entdeckt. Da war etwas mit Zehen gewesen, irgendwann, in seiner Vergangenheit. Er schloss die Augen.

Und erinnerte sich.

Er schnappte nach Luft, würgte, schlug die Hände vors Gesicht, Irlands vierzig Sorten Grün und die tausend Grüntöne Indiens barsten als Feuerwerk in seinem Kopf. Zehen. Die Füße der Mutter, die Zehen des Stiefvaters. Das Schiff, Lucky Luke, der seltsame Portugiese, Märsche, Plünderungen, Scharmützel, brennende Dörfer, schreiende Frauen unter ihm, unter anderen, Blut, zu viel Blut, immer wieder Blut, grünes Blut, Nilambars gutes Gesicht, und über allem der wahnsinnige Mond.

Plötzlich wusste er wieder, wer er war, und verschwommen, aber viel zu deutlich erinnerte er sich an alles, was geschehen war, seit er Madras verlassen hatte. Dinge, die einem anderen zugestoßen waren, der zufällig den gleichen Körper behauste. Dinge, die dieser andere getan hatte.

Dinge, die er nicht mehr tun wollte. Er fand kein Bild, keine treffenden Wörter oder Gedanken, als er in seinem Kopf kramte, nach Gründen und Gegengründen suchte. Er dachte an die alte Frau, die ihm Reichtum und Tod verheißen hatte. Reichtum an Tod gab es um ihn her, Reichtum an Folter und Brand; aber Reichtum? Die Frauen sollte er ehren, hatte die Fee oder Hexe gesagt.

Wieder blickte er auf seine Zehen. Vielleicht ... vielleicht war es das. Ein Leben wie die Zehen der Mutter hatte er gesucht, und das, was er seit seiner Ankunft führte, war ein Leben so widerwärtig wie die Zehen des Stiefvaters. Und da er seine Zehen noch besaß, anders als der Bettler damals mit seinen Geschichten aus Indien, wusste er, wer er gewesen war, wer er sein wollte, und vor allem, dass er niemals der hatte sein wollen, der er nun war.

Nilambar und er hatten mehrfach darüber gesprochen, dass sie fliehen, fortgehen, einen anderen Fürsten suchen wollten. Sobald es möglich war. Sobald sich auch nur die kleinste Gelegenheit bot, unter besseren Bedingungen zu überleben. Hatte es da nicht ein Gerücht gegeben?

George Thomas tastete nach dem Beutel, der neben ihm lag, mit einer Lederschnur am Hüftstrick befestigt. Getreide war darin, ein wenig Brot, eine Lederflasche mit Wasser, abends am Dorfbrunnen gefüllt; ein paar Habseligkeiten; Münzen. Der Ranzen mit Pulverhorn, Kugeln, anderen Kleinigkeiten; das lange Messer. Genug?

Ein Gerücht. Irgendwann in den letzten Tagen aufgeschnappt, vom Opium, dessen Wirkung verflogen war, zu einem Wurm gemacht, der durch Georges Gehirn kroch. Krieg zwischen den Briten der Kompanie einer-, den Franzosen und dem mit ihnen verbündeten Herrn von Maisur andererseits. Krieg, zu dem der Nawab der Karnatik Truppen stellen wollte oder sollte oder musste – Truppen, die seine Paligars zu liefern hatten. Hatim würde keine Krieger schicken, aber … Die einzige Gelegenheit, wahrscheinlich für lange Zeit, aus dem Abschaum aufzutauchen, als Mensch aufzuerstehen.

Er suchte in der Gürteltasche nach der Schachfigur. Der kleine Elefant flüsterte nicht, widersprach nicht, aber auf eine unerklärliche Weise flößte die Berührung Thomas Kraft ein.

Leise, damit kein anderer etwas hörte, weckte er Nilambar, teilte dem Verschlafenen flüsternd mit, was er beabsichtigte. Der Madrassi zögerte kaum drei Lidschläge lang; auch er hatte alles bei sich, was ihm gehörte.

Sie standen auf, rollten geräuschlos ihre Decken zusammen, packten Säbel und Gewehre und gingen in die Nacht.

4. Begegnungen in Kalkutta

Am folgenden Morgen passierten wir die englische Faktorei, die der Kompanie gehört; sie wird Golgotha genannt und ist ein schönes Gebäude, dem stattliche Lagerhäuser angefügt wurden.

LE SIEUR LUILLIER (1702)

Die Kompanie unterhält in Kalkutta ein recht gutes Hospital; viele betreten es, um sich medizinischer Peinigung zu unterziehen, aber wenige kommen wieder heraus, um Bericht zu erstatten über die Operationen.

A. HAMILTON (1727)

João Saldanha ließ sich Zeit; Zeit, über die Zeit nachzudenken, über die Götter, über die Menschen. Zuweilen stellte er sich die Zeit vor; manchmal sah er sie als wie eine Schnecke gewundenes Band aus Halbedelsteinen, manchmal als schräge Fläche, über die alles unaufhaltsam in die Unendlichkeit rutschte. Gelegentlich – das hing von seinem Gemütszustand ab – erschien sie ihm als Schlange: Weltenschlange, die sich in den eigenen Schwanz beißt; die Schlange, deren Biss alles mit Tod und Verfall ansteckt; Riesenschlange, in deren Rachen ein obszöner Magnet alles Menschenfleisch anzieht. In heiteren Stunden war ihm die Zeit einfach ein klebriges Band, an dem die Menschen zappelten wie Fliegen an einem Kleisterstreifen, während die ebenfalls rettungslos zappelnden Götter versuchten, ihre abseitige Ewigkeit unterhaltsam zu machen, indem sie Knoten und Schleifen im Band anbrachten. Wenn die Zeit jenes gewundene Band aus Halbedelsteinen war, ergötzten sich die Götter daran, sich gebrochen und verzerrt in der Spiegelung der Steine zu betrachten und danach alle edleren Steine durch hässliche Kiesel zu ersetzen, ehe die Menschen in die Nähe kamen. Er hatte sich jedoch nie entscheiden können, ob die Götter der gebissene Schwanz der Weltenschlange waren oder das Maul.

Er war sicher, dass es irgendwo sehr weit oben etwas gab; und ganz sicher, dass dieses Etwas aus Vielen bestand. Für eine ebenso lässliche wie lästerliche Pilgerreise auf der Suche nach den Göttern schien ihm Indien daher weit geeigneter als etwa Arabien, Palästina oder Italien. Da er einräumen musste, dass am Ende des Weges ebenso gut nur *ein* Gott dräuen mochte, sagte er sich, dass er sich am Ziel der anderen möglichen Pilgerwege entsetzlich langweilen müsste.

Die Vielfalt – oder war das nur heitere Illusion? *Maya*, Trug; den Buddhisten galt die ganze Welt als Trugbild, aber so weit war er noch nicht. So weit, so weise, so verzweifelt, so nichtexistent. Noch betrachtete er die Dinge und die Menschen, als ob es sie gäbe, als sei all dies Lieben und Prassen und Hungern und Morden wirklich; und wenn es wirklich war, dann war es gut. Oder stünde es ihm etwa zu, einen Teil der von Zufall und Göttern bewirkten Wirklichkeit abzulehnen? Es sei denn, es gäbe die Götter nicht; dann wäre alles Zufall, und die Hauptaufgabe der Menschen – abgesehen vom Aushecken von Göttern – müsste der Versuch sein, den Zufall zu lenken und die Grässlichkeiten zu mildern. *Parcere subiectis et debellare superbos*, murmelte er fast immer, wenn er an diesem Punkt angekommen war – die Unterworfenen schonen und die Hochmütigen niederringen. Aber Vergil half zweifellos weder in Europa noch in Indien. Falls es Vergil war, nicht etwa Horaz oder ein anderer von denen, die aus der Entfernung, aus Asien, eine Person zu sein schienen, ein überschätzter Dichter.

In jenen Phasen, in denen er Interesse an der Menschheit, ihrem Bestand und Fortbestand hatte, fragte er sich bisweilen, was aus dem seltsamen Iren geworden sein mochte; irgendwie hatte der Mann ihn beeindruckt ... Nein, nicht beeindruckt, berührt; vielleicht war es aber nicht der Ire gewesen, sondern die groteske Situation, der verfallende Tempel, der Schnaps, die Nacht.

Von Madras zog er mit einer Händlerkarawane nach Arkat, wo er zwei Monate blieb und die Krieger – Inder wie Europäer – des Nawab behandelte. Zu seinem Bedauern war der Fürst selbst gesund; ihn zu heilen hätte mehr Münzen in seinen Beutel gespült. Im *zenana* gab es zwei kranke Frauen, die er natürlich nicht betrachten und erst recht nicht zur Untersuchung berühren durfte. So gut es ging, versuchte er, auf die von einer Dienerin geschilderten Symptome einzugehen, reiste aber schließlich ab, ohne etwas über den Zustand der Frauen erfahren zu haben.

In einem öden Kaff der Sarkar-Küste vertrödelte er etliche Monate, wartete auf ein Schiff nach Norden, da er nicht durch das Gebiet des Maratha-Fürsten Bhonsla zwischen der Sarkar-Küste und Britisch Bengalen reiten mochte, kaufte einem einheimischen Händler ein Tanzmädchen ab, trank aber mit den vier Vertretern der Ostindien-Kompanie, die den Küstenabschnitt zu verwalten hatten, so viel, dass er der jungen Frau kaum gerecht werden konnte und sie irgendwann freiließ. Zwischendurch gab es längere Debatten mit einem einsamen moslemischen Schriftgelehrten und einigen Hindu-Priestern; bis ihn endlich ein Kapitän an Bord nahm, den er bis zur Ankunft in Kalkutta von allerlei eher lästigen denn gefährlichen Gebresten – entstanden durch Unreinlichkeit und schlechte Ernährung – zu heilen hatte.

Zwei flache Kanonenboote, die notfalls weit flussauf geschickt werden konnten, drei Fregatten und ein Linienschiff schützten im Auftrag der Krone den Besitz der Ostindien-Kompanie. Es mussten weitere Kriegsschiffe in der Nähe sein, oder vielleicht nicht ganz so nah – ausgelaufen, wahrscheinlich, um der aus England entsandten Flotte des Admirals Hughes beim Kampf gegen die überlegenen Seestreitkräfte Frankreichs zu helfen. Neben den Kampfschiffen lagen an den Kais Dutzende leichter und schwerer Frachter, darunter fünf der großen Dreidecker, die »East Indiamen« genannt wurden.

Trotz des Kriegs, der sich im Süden zu entwickeln drohte, schien man gute Geschäfte zu machen. Schiffe aus Europa, weiter draußen Dschunken, weiter flussaufwärts zahllose Kähne aus den Städten an Hugli und Ganges, neue Lagergebäude, die säuberlich aufgemauerten Kais, ein Wald von Hebebäumen und das Gewimmel der Träger, Stauer und Aufseher – alles Krisengerede, das die Kompanie-Kaufleute an der Sarkar-Küste abgesondert hatten, wurde hier widerlegt. Erst rund achtzig Jahre her, dachte er, dass die Kompanie die drei Dörfer Satanati, Kalikata und Govindpur einem Fürsten abgekauft, in Govindpur das Fort William errichtet und den Nawab von Bengalen durch Bestechung dazu gebracht hatte, ihnen den freien Handel zu gestatten. Inzwischen gehörte ganz Bengalen den Briten; er wusste nicht einmal, ob es noch einen Nawab gab, der als ohnmächtiger Stellvertreter eines ohnmächtigen Mogulkaisers nominell Bengalen beherrsche. Ohne jeden Einfluss auf die Dinge, die in Kalikata geschahen, das die anderen Dörfer und Teile der Umgebung geschluckt hatte und längst Kalkutta hieß.

Vier Jahre seit seinem letzten Besuch. Er erinnerte sich an den alten Priester, der am Rand der Reste des Dorfs Satanati einen Schrein in einem verfallenen Tempel gehütet hatte. Sie hatten ein paar schlechte Scherze gemacht, damals, mit den Namen Satanati und Satan. Tempel und Schrein, früher angeblich einmal von Shiva dem Zerstörer eingenommen, waren nun Krishna geweiht, und in langen Nächten gelang es dem Priester, Saldanhas Kenntnisse zu vertiefen und zu verfeinern; seither wusste João, dass der beliebte Gott Krishna ursprünglich nur eine von vielen Inkarnationen des Bewahrers Vishnu gewesen war, ebenso wie Buddha – sagten die Hindupriester, von den wenigen Buddhisten Indiens deswegen geschmäht. Für die einen war Buddha der Weg zur Erlösung vom Rad der Geburten, für die anderen eine boshafte Verkörperung Vishnus, der durch Aushecken eines falschen Glaubens die Guten und die verführbaren Bösen hatte trennen wollen. »Das ist immer so«, murmelte er, als er sich vom Kapitän verabschiedet hatte und mit seiner allzu leicht gewordenen Arzneitasche und dem Reisebeutel von Bord ging. Immer und überall – Kalkutta ein Pfahl im Fleisch Bengalens und eine Hochburg Glück verheißender Geschäfte für die Kompanie; das Schiff, das ihn hergebracht hatte, für ihn ein recht schmutziges Beförderungsmittel, für den Kapitän sämtlicher Besitz, jeglicher Stolz und teurer als alle Frauen; Indien ein goldglänzender Traum der Europäer, voll von Fürsten und lasziven Frauen und Schätzen, für ihn ein unendliches, vielgestaltiges Chaos, mächtige Fürsten und ohnmächtige Bauern, erhabene Berge und sengende Ebenen, tausendfach göttlich und millionenfach leidend. Und irgendwo in all der Wirrnis vielleicht jenes Gesicht, jener Anblick, jenes herrliche oder grässliche Erlebnis, das ihm endlich offenbaren würde, wer er war und ob es über oder hinter allem Götter gab, oder wenigstens einen.

Vielleicht. Aber sicher nicht in Kalkutta. Er fand die Stadt gewachsen, überfüllt und unerfreulich. Die Engländer waren die Herren von ganz Bengalen, Fürsten der Schöpfung und von ungeheurer Anmaßung allem gegenüber, was nicht unübersehbar weiß war. Saldanha war eher dunkelbraun, trug bequeme weite Hosen, eine indische Weste über dem kragenlosen Hemd, ging barfuß und wurde angerempelt, beiseitegedrängt, beschimpft. Er ertrug alles gleichmütig; je länger er in Kalkutta war, desto weniger legte er Wert darauf, den Europäer herauszukehren. Natürlich sahen alle Inder, dass er keiner von ihnen war; einige lächelten verstohlen, wenn er sich ungerührt Grobheiten gefallen ließ. Die meisten schienen es mit einer gewissen Schadenfreude zu betrachten: gut zu sehen, dass einige Sahibs gleicher waren als andere.

Saldanha fand Unterkunft im Haus eines alten Bekannten. Satish Cunhal, Sohn eines Halbportugiesen und einer Frau von unentwirrbarer Abstammung – ein Großvater, sagte sie, sei ein ausgestoßener Zigeuner gewesen, die übrigen Vorfahren kamen aus Rajasthan, Bihar und dem Punjab –, war Halb-Eigner eines kleinen Bootsbau-Unternehmens. Die Werft, wenn man drei Schuppen und ein winziges Becken so nennen wollte, lag nördlich der Stadt am Hugli; das Wohnhaus der Cunhals thronte auf einem aufgeschütteten und seitlich befestigten Hügel wenige hundert Schritte landeinwärts. Die fast überschwenglich dargebotene Gastfreundschaft von Satish, der Frau und den sechs Kindern war Saldanha gleichzeitig willkommen und peinlich. In den vergangenen Monaten hatte er einiges Geld verdient und außer für das Tanzmädchen kaum etwas ausgegeben, da wandernde Ärzte gewöhnlich sowohl bewirtet als auch von denen, die es konnten, bezahlt wurden. Er hätte sich sogar ein paar Nächte in einem der teureren Rasthäuser für Europäer leisten können; andererseits sagte er sich, dass jeder Tag etwas unvorhergesehen Angenehmes oder Scheußliches bringen konnte. Er wusste noch nicht recht, was er als Nächstes tun oder lassen sollte.

Am späten Nachmittag des dritten Tags trieb ihn etwas aus dem Haus, was er Satish gegenüber höflich als »Zeugungswillen« bezeichnete. Cunhal nickte, lächelte und erwähnte den Abriss eines älteren Bordells.

»Zu nah bei den Behausungen der Engländer, weißt du«, sagte er. »Die Priester und die weißen Senhoras wollen, dass die Unverheirateten leiden, damit sie schneller vor den Traualtar treten.«

»Barbarisch.«

Satish breitete die Arme aus. »Die Ratschlüsse der Herren der Welt sind unergründlich wie ein Sumpf und mindestens ebenso schmierig. In Satanati wirst du zweifellos finden, was dein Herz begehrt.«

»Es ist weniger das Herz, mein Freund.«

In dem verfallenen Viertel, das früher einmal ein Dorf gewesen war, suchte Saldanha bei Sonnenuntergang zunächst vergeblich den alten Priester. Auch Tempel und Schrein waren verschwunden, nicht einmal Ruinen waren geblieben, die vom früheren Aufenthalt der Götter Shiva und Krishna hätten zeugen können.

Aber es gab andere Dinge. Gleißenden Sternenhimmel und einen halb vollen Mond. Die Gerüche des Orts, von Menschen und Tieren und Arbeit, von Schweiß, brackigem Uferwasser, von Unrat und der Räude streunender Köter, von Essen, vor allem Fisch. Die Geräusche der Nacht, das Winseln eines in der Hitze verirrten Windes, der dann klaglos zwischen schwarzen Häusern starb. Geister von Toten, Phantome aus Legenden und Geschichten, lebendiger als die Schatten, die hin und wieder auf die unebenen Gassen traten und mit der Schwärze der Gebäude verschmolzen.

Ein feister Bengali, der eine abenteuerliche Mischung aus Englisch, Bengali und Urdu sprach, erkundigte sich, ob der Sahib die Verwalterinnen der Lust suche, und führte ihn durch einen Torbogen, über einen von Gerümpel strotzenden Hof, einen von Wänden aus Flechtwerk gebildeten Gang entlang, nach rechts, nach links, eine halbe Treppe hinauf, zwei Treppen abwärts. Plötzlich sagte Saldanha sich, dass er verloren sei, dass er aus diesem Labyrinth niemals allein herausfinden könne. Und dass er, wenn er denn schon eine derart hirnlose Sache beginnen musste, wenigstens darauf hätte bestehen sollen, kein Sahib zu sein.

Es roch nach Opium, nach menschlichem Kot, nach Männerschweiß, nach vergiftetem Sperma, nach der unendlichen ungewaschenen Vulva jener göttlichen Straßendirne, die alle Frauenwracks der Erde vereinte.

Ein Vorhang wurde bewegt; Saldanha stand auf einer Art Podest, von dem ein paar Stufen in verqualmtes Zwielicht hinabführten. Er sah grell gekleidete *nautch*-Mädchen, zuckende Schwären des Halbdunkels, die sich zu Fetzen einer armseligen Musik von Trommeln, Flöten und einer verdrossenen europäischen Geige bewegten; Männer, die herumgingen oder ausgestreckt auf Bänken und Matten lagen; Frauen, die sich über die Männer beugten.

Dann spürte er harte Hände an seinen Armen und etwas Kaltes an der Kehle. Jemand, vielleicht der Bengali, tastete ihn ab und schnaubte, als er die wenigen Münzen fand. Der Griff der Hände lockerte sich.

Saldanha ließ sich zur Seite fallen, weg von der Klinge, die eine brennende Spur an seinem Hals hinterließ, weg von den Händen, die wieder nach ihm greifen wollten und denen er entglitt. Er taumelte, stürzte, raffte sich auf und riss das Messer aus der Scheide, die er unter der linken Achsel trug. Er sah wabernde Gestalten vor sich, stieß einen Mann beiseite, rammte dem Zweiten das Knie in den Unterleib, streckte sich in einen langen, aufsteigenden Messerstich, spürte den ekelhaft weichen Körper, der kaum Widerstand gegen die Klinge leistete; und durch das Rauschen in seinen Ohren hörte er, wie aus weiter Ferne, einen Schmerzensschrei und das Gellen erregter Stimmen.

Der Rückweg war versperrt; er rannte nach links, wo das Podest zu einem anderen Gang führte, einer Art Galerie. Er kam an Türen und Vorhängen vorbei, hörte Stöhnen und Kreischen und die eiligen Schritte der Verfolger, bog um eine Ecke, stolperte eine Treppe hinauf – blind, ohne Licht – und stürzte, als plötzlich keine Stufe mehr da war, sondern nur ein weiterer Gang.

Keuchend stand er in einem mondhellen Innenhof, in dem kleine Äste oder Zweige lagen, wie in Pfützen aus Mondlicht. Dahinter, undeutlich in ihrem eigenen Schatten, eine mannshohe Mauer, und davor –

Etwas stank. Nicht wie drinnen; es war ein Gestank von schlammigem Wasser und Wildheit und Mord. Vor sich hörte er ein Plätschern und scharrende Geräusche, und von hinten näherten sich die Verfolger.

Nach vorn, zur Mauer. Er trat auf einen der Zweige, der nicht splitterte wie Holz, sondern … anders. Mit dem erfahrenen Auge des Arztes sah er, dass die Gegenstände keine Zweige waren, sondern Knochen. Menschenknochen.

Wieder das Scharren, lauter als die eigenen Schritte, lauter als das Keuchen. Es kam aus dem Dunkel, von links, näherte sich der mondbeschienenen Fläche. Etwas Stumpfes ragte plötzlich ins Licht, der Körper folgte, und er zog ein Klirren nach sich.

Ein Krokodil. Ein stumpfnasiger indischer Gavial. Er sah die Zähne, sah, wie das Tier schneller wurde, glaubte den stinkenden Atem zu riechen, rannte und sprang. Auf der Mauer mochten Schlangen schlummern, oder vielleicht hatte man rostige Nägel und Glasscherben dort eingelassen, aber das war ihm gleich. Immer noch hielt er das Messer in der Rechten, hing jetzt mit den Achselhöhlen auf der Mauerkante – keine Schlangen, o ihr Götter, und keine scharfen Dinge –, zog sich hoch, blickte zurück in den Hof, wo drei

Männer zu zögern schienen, blickte hinab auf den Gavial und sprang ins Dunkel, das hoffentlich eine Gasse war.

Am fünften Tag begegnete er in einer Straße unweit des Hafens einem Schreiber der Kompanie, den er flüchtig kannte. Der Mann hieß Duncan mit Vornamen; der Nachname, etwas Schottisches mit einem P, wollte nicht in Saldanhas Gedächtnis haften.

»Gnade, Sahib, eine milde Gabe?«, sagte Saldanha. Er streckte die Hand aus und deutete eine Verbeugung an, sprach aber Englisch.

»Geh weg, lass mich in Ruhe«, sagte der Schotte. Dann stutzte er und musterte Saldanha. »Kenne ich dich nicht?«

»Der Himmelsgeborene lässt sich herab, einen wertlosen portugiesischen Arzt wiederzuerkennen.«

»Saldanha! Oder sind Sie das nicht?«

»Doch, leider. Es ist mir nicht gelungen, mich in den vergangenen Jahren im Nirwana zu verlieren. Was machen Ihre Geschäfte? Die Gemütslage?«

Der Schotte setzte ein schräges Grinsen auf. »Reden wir nicht vom Gemüt. Seit wann sind Sie in der Stadt?«

»Seit vier Tagen. Die Nächte nicht zu erwähnen.«

»Kommen Sie; was halten Sie von einem Begrüßungsschluck?«

»Wo? Etwa in Ihrem Club?«

»Natürlich nicht; Sie haben recht. So, wie Sie aussehen …« Der Schreiber sah sich um, kratzte sich den Kopf, wandte sich wieder an Saldanha. »Gehen wir in meine Schreibstube.«

Er war vorschriftsmäßig gekleidet – oder, wie Saldanha amüsiert überlegte, weniger gemäß einer notfalls flexiblen Dienstvorschrift, die immerhin Dinge wie Krankheiten, Wetterlage und anfallende Arbeiten berücksichtigen mochte, sondern unwandelbarer Etikette gehorchend: schwere Hosen, ein gestärktes Hemd mit steifem Kragen, wuchernde Krawatte, Jackett.

»Gesellschaftliche Verpflichtungen«, sagte Duncan, der Saldanhas Blick bemerkte. »In der Schreiberei … im Kontor ist es weniger wichtig, aber.«

Saldanha lauschte in die Stille des abgebrochenen Satzes. »Ein Mädchen?«

»Der Anschein. Ah, später. Kommen Sie.«

Während sie zu dem roten Ziegelgebäude gingen, in dem die Abteilung der Kompanie untergebracht war, für die der Schotte arbeitete, wies Duncan auf neue Häuser hin, neuen Straßenbelag, erzählte vom Bau einer Moschee und mehrerer Hindutempel in den Vororten – »wie Sie sehen, sind wir bemüht, unsere einheimischen Arbeiter zufrieden zu halten«.

Saldanha gluckste leise.

»Was meinen Sie mit diesem Glucksen?«

»Diese Ausrede wird in Goa seit zweihundertfünfzig Jahren benutzt. Man ölt die Ketten und gibt den Gefangenen genug zu essen, damit sie sich nicht allzu gewalttätig beschweren.«

»Sie reden fast wie der Alte.«

»Der hochmögende Herr Generalgouverneur? Redet er so? Das wäre etwas Neues.«

Der Schotte zog den Kopf tiefer in den Kragenrachen. »Deshalb ist er ja so ungeheuer beliebt bei den Mitarbeitern.«

Bis sie das Faktoreigebäude erreichten, skizzierte Duncan die Politik und die Meinungen des Generalgouverneurs. Demnach wanderte Warren Hastings einsam auf schmalem Grat, immer in Gefahr, zur einen oder anderen Seite zu stürzen und sich, wie der Schotte sagte, auf jedem der beiden Abhänge den Hintern aufzuschrammen. Es ging um die Hierarchie innerhalb der Kompanie, für die sich Saldanha herzlich wenig interessierte, aber auch um die Beziehungen zu den indischen Nachbarn. Hastings dachte offenbar bis ins nächste Jahrhundert voraus und versuchte, kurzfristige Ausbeutung durch langfristig angelegten Handel mit Gleichrangigen zu ersetzen, da er die Überlegenheit der Europäer nicht für ewig und gottgegeben hielt. Er konnte aber nicht gegen die Mehrheit der an schnellem Profit interessierten Direktoren regieren.

In der Kälte der Schreibstube, die mit einem Tisch, einem Stehpult, zwei Stühlen und ein paar Schubschränken selbst dem bedürfnislosen Saldanha asketisch erschien, taute Duncan auf. Mit einer nur der Form halber gemurmelten Entschuldigung zog er das Jackett aus, lockerte die Krawatte und wies auf einen der beiden Stühle.

»Brandy mit Wasser?«

Als der Portugiese nickte, holte sein Gastgeber eine Flasche, eine Karaffe und zwei Gläser aus einer Schublade des halbhohen Teakschranks neben dem verhängten Fenster.

Sie tranken zunächst schweigend; dann erkundigte sich der Schotte nach den Irrfahrten der letzten Jahre. Saldanha erzählte nicht viel, weil es nicht viel zu erzählen gab, wie er meinte; außerdem spürte er, dass der andere etwas auf dem Herzen hatte. Als er mit seinem kurzen, bruchstückhaften Bericht fertig war, starrte Duncan auf die Tischplatte, die Gläser, das Stehpult; er schwieg.

»Also, Hastings«, sagte Saldanha, auf der Suche nach einer Bresche in der Verschlossenheit des Schreibers. Es interessierte ihn zwar nicht – ungerecht, sagte er sich; man sollte sich für die Belange der Mitmenschen interessieren, aber er hatte ja kaum Interesse an sich selbst –, doch verlangte die kosmische Balance eine Gegenleistung für den guten Brandy.

Der Schotte zuckte zusammen, als ob die Frage ihn aus entlegenen Gefilden der Meditation zurückgeholt hätte. Er stand auf, ging zum Pult, klappte den Deckel hoch, suchte zwischen Papieren und kam mit einem reichlich zerknitterten halben Blatt zu Saldanha.

»Ein Rundschreiben, an alle Mitarbeiter«, sagte er; mit leicht verlegener Miene setzte er hinzu: »Ich hatte es schon zerrissen und weggeworfen, als mir aufging, dass man derlei Dinge aufheben sollte. Die andere Hälfte war nicht mehr zu finden.«

Saldanha nahm das Papier und überflog es. Hastings schrieb, aus Unternehmungen abenteuernder Händler sei »raffgierige Landnahme, durchgeführt mit anmaßender Dreistigkeit« geworden, freundliche Bengalis sähen sich terrorisiert durch arrogante Engländer, ungeheure Reichtümer würden ohne wirkliche Gegenleistung außer Landes gebracht. Dass Bengalen zurzeit ein Hort des Friedens und der Ordnung am Rand eines chaotischen Kontinents sei, könne nicht als ausreichende Begründung für fortgesetzte Plünderei und Unterdrückung herhalten. Die englische Herrschaft leide an zahlreichen grundsätzlichen Defekten; sie könne nicht lange währen, und die Vorteile, die Britannien daraus ziehe, seien eher zweifelhaft. Eine kluge Politik, die aber nicht in Sicht sei, könne bestenfalls die selbst verursachten Übel mindern, die vorübergehenden Vorteile nutzen und »den Niedergang hinausschieben, der früher oder später alles beenden muss. Wir befinden uns an Bord eines großen lecken Schiffs, das gegen eine Leeküste treibt; nur ein Wunder kann den Schiffbruch verhindern.«

Saldanha gab das Blatt zurück. »Macht ihn bestimmt beliebt in der Kompanie.«

Der Schotte setzte sich auf die Tischkante und verschränkte die Arme vor der Brust. »Fürwahr. Im ersten Teil stand einiges über unseren Umgang mit jenen, die wir ›Eingeborene‹ zu nennen belieben. Die eigentlichen Herren des Landes.«

»Und wie stehen Sie dazu?«

Duncan zögerte. »Bis vor ein paar Monaten«, sagte er halblaut, »hätte ich alles für übertrieben gehalten. Oder einfach für Blödsinn, abgesondert von einem Geist, der über der Wirklichkeit schwebt.«

»Heute nicht mehr?«

»Nein. Inzwischen hat sich … meine persönliche Lage verändert.«

Saldanha lächelte. »Die gesellschaftlichen Verpflichtungen, die Sie tagsüber in vollem Putz durch die Hitze scheuchen? Damals, ah, vier Jahre her, was? Damals haben Sie mir etwas von einer Holländerin erzählt, aus Chinsura? Van – irgendwas.«

»Mrs Vansuythen.« Der Schotte verdrehte die Augen. »Ich weiß gar nicht, ob die noch lebt. Und das da« – er wies auf das Jackett, das an der linken Seite des Stehpults hing – »ist für den heiligen Anschein.«

»Sie werden mir das bestimmt gleich erklären.« Aber dabei dachte Saldanha schon an nicht besonders originelle Liebesgeschichten der unerwünschten Art: Kompanie-Schreiber schwängert Mischlingsmädchen. Oder derlei.

»Darf ich Sie missbrauchen?« Duncan sah ihm ins Gesicht, wurde ein wenig rot und wandte den Blick zum Fenster. »Sie ahnen ja nicht«, sagte er halblaut, »wie groß ... wie sehr ich mit einem Europäer darüber reden möchte.«

»Reden Sie. Ich verspreche Ihnen, ich werde alles vergessen haben, sobald ich Ihre Schwelle da vorn hinter mir lasse.«

Es war so, aber auch anders. Niemand war schwanger, das Mädchen war zu drei Vierteln Chinesin, zu einem Viertel Portugiesin, stammte aus Macao, lebte in der früheren portugiesischen Faktorei Hugli und hieß Yü Lan. Duncan schwärmte von ihrer Anmut.

»Yü Lan, wissen Sie, heißt Magnolienblüte, und genau so sieht sie aus; stellen Sie sich eine wandelnde, schwebende, lächelnde Magnolienblüte vor ...«

Saldanha wusste nicht viel über den Ort, abgesehen von schmackhaften alten Geschichten. Die befestigte Faktorei, gleich nördlich des holländischen Chinsura und kaum zwanzig Meilen oberhalb von Kalkutta, war 1629 von Shah Jahan eingenommen worden; die älteren Portugiesen wurden umgebracht, an die viertausend jüngere versklavt – Frauen und Mädchen kamen in die diversen Harems beziehungsweise *zenanas*, Männer wurden beschnitten und in Delhi als delikat hellhäutige Sklaven feilgeboten. Er war vor zwölf Jahren, nach den Vorgängen auf der Tempelinsel Saugar, mit ein paar von den Göttern verschmähten, betrübten Opfern, flussaufwärts gezogen, hatte einige Zeit in Kalkutta verbracht und später beim Weg landeinwärts, der ihn bis an die afghanischen Berge brachte, Chinsura und Hugli nicht betreten.

Am nächsten Nachmittag, einem Samstag, lieh Duncan ihm ein Pferd für den Ritt nach Hugli. João stellte fest, dass er vor Jahren nichts versäumt hatte. Er sehnte sich beinahe zurück nach Satishs hässlichem Ziegelhaus auf dem Hügel oberhalb der Bootswerft, als er die Mischung aller unpassenden Stilrichtungen sah, die unter dem Namen Hugli das Flussufer schändete und vermutlich bald vom nahen, größeren Chinsura geschluckt würde. Die holländische Faktorei mit den umliegenden Gebäuden, im Lauf der letzten beiden

Jahrhunderte von teils heimwehkranken, teils asiensüchtigen Niederländern gebaut, missfiel ihm ebenfalls – zu hübsch, zu sauber, zu ordentlich –, war aber durchaus ansehnlich, wenn er von seinem etwas verformten Geschmack absah.

Im Sattel ließ sich trefflich meditieren. Saldanha dachte eher zerstreut an die seltsame Mitteilung des Schotten, dass ein Traum – etwas mit einem älteren Doppelgänger und trockenem Brot und dem Verlust gewisser Illusionen – all die Veränderungen bei ihm ausgelöst habe ... Duncan schien ein Beispiel für das zu sein, was die Briten *going native* nannten.

Und damit gab es ein anderes Problem, wie der Schotte gesagt hatte. In den letzten Jahren seien immer mehr europäische Frauen und anglikanische Priester nach Bengalen gekommen; mit Rücksicht auf die Sippen der Bräute vorgenommene indische Trauzeremonien bei Verbindungen von Männern der Kompanie mit einheimischen Frauen galten plötzlich als verwerflich, und hellhäutige Ladys begannen, ihren Männern den privaten Umgang mit Kollegen zu erschweren, die mit »braunen Heidinnen« im Konkubinat lebten, da sie ja nicht ordentlich anglikanisch geheiratet hatten. Früher oder später, so befürchteten viele Betroffene, würde man vermutlich die Kinder aus solchen Verbindungen für die »Verirrungen« der weißen Väter bestrafen. Und Duncan, so stolz auf seine Chinesin, durfte sie keinem zeigen.

»Danke fürs Zuhören und Mitkommen«, hatte er mehrmals gesagt. Es war wohl auch eine Form des Danks, dass er ihm dieses Pferd, das Saldanha ihm hatte abkaufen wollen, auf unbestimmte Zeit lieh – »bis Sie das nächste Mal nach Kalkutta kommen«.

Dann befasste er sich mit eigenen Angelegenheiten. Er war an schnelle Entschlüsse und karge Abschiede gewöhnt; er sagte sich, dass Satishs liebenswerte Familie bei allem bekundeten Kummer besser ohne den Gast leben würde, der im ziegelummauerten Innenhof geschlafen und sich bemüht hatte, niemanden zu stören.

Rücksichtnahme? Das war es nicht, was ihn aus Kalkutta vertrieben hatte. Die Engländer? Sie bekümmerten ihn nicht weiter, wiewohl er voraussah, dass er im Inneren des Subkontinents die Sicherheit der bengalischen Straßen vermissen würde: spätestens bei der zweiten Zollstation irgendeines kleinen Fürsten, und allerspätestens beim ersten Überfall marodierender Banden, die einmal zu einem der tausend Heere gehört hatten. Auch Duncans Chinesin interessierte ihn nicht, oder nur insofern, als der Schotte ungeheuer erleichtert schien, dass er sich einmal viele Dinge hatte vom Herzen reden können.

Den Anschein zu wahren und einer Miss Soundso den Hof zu machen, während man in Gedanken bei der Chinesin war, von der niemand etwas wissen durfte, wenn der Schreiber der Ehrenwerten Kompanie nicht geächtet werden wollte ... Es musste, sagte sich Saldanha, nicht die einfachste aller Situationen sein, in der engen Britenwelt von Kalkutta, wo jeder jeden kannte und alle Eltern heiratsfähiger Töchter angeblich jeden Abend mit den Visitenkarten der möglichen Kandidaten Quartett spielten. Er beschloss, die Arbeit des Zuhörens und Begleitens als gute Tat zu sehen, die ihm vielleicht im Olymp, im Himmel oder auf dem Rad der Wiedergeburten angerechnet werden würde. Abzüglich eines geliehenen Pferds.

Eigentlich hatte ihn etwas anderes zum Aufbruch bewegt. Was er seine Dämonen nannte, Unruhe, zum einen; das Gefühl, nicht zu lange an einem Ort bleiben zu sollen, da hinter dem nächsten Hügel jene Offenbarung warten mochte, die aus der unendlichen Sinnlosigkeit des Chaos einen sinnvoll endlichen Kosmos machte. Ein weiterer Grund – und dies war derjenige, den Duncan am besten verstand – waren seine Arzneivorräte. Er hatte sie in der Apotheke der Garnison von Kalkutta ergänzt; es fehlten jedoch nahezu alle verfügbaren Mittel zur Linderung von Schmerzen. Gifte, in erster Linie: Pilzgifte, Pflanzengifte, Knollengifte. Und Duncan mochte der Schlüssel zum Vorratsschrank sein: Yü Lan und ihre Leute waren Marktgärtner und betrieben eine kleine Garküche, in der sie auch chinesische Pilzgerichte servierten; zumindest der Großvater, sagte Duncan, verfügte über Giftkenntnisse jenseits der Küche.

Er verfügte noch über etwas anderes: Magie. Der Schotte hatte versucht, dies mit einem Schulterzucken abzutun, ließ aber gleichzeitig durchblicken, dass etwas daran sein musste. Aus den Andeutungen wurde Saldanha nicht recht schlau, nahm aber an, dass ihm der alte Chinese irgendeine beängstigende oder Schwindel erregende Zukunft prophezeit hatte. Vielleicht verbarg sich dahinter irgendein Gott, von dem Saldanha noch nichts gehört hatte und der in seinem Schoß den Hort der Offenbarungen barg. Allerdings schien es keine chinesische Magie zu sein, oder zumindest keine rein chinesische; nach Duncans wirren Absonderungen schien es um eine besondere Variante des alten Tintenspiegels zu gehen.

Der letzte Grund für Saldanhas Aufbruch schließlich ritt neben dem Schotten, mit dem er sich angeregt unterhielt. Es handelte sich um einen französischen Offizier namens Benoît de Boigne, der von Warren Hastings persönlich einen geheimnisvollen Auftrag erhalten zu haben schien, der ihn weit in den Norden führen sollte. Er hatte nur einen Begleiter, einen Mann aus Audh, der bis Lakhnau bei ihm bleiben sollte. Der Franzose hatte keine Einwände dagegen, einen landeskundigen Arzt mitzunehmen, und Saldanha nahm die Möglichkeit gern wahr, denn sie bedeutete, dass er schneller und sicherer als sonst vorankommen würde, da der *ferman*, ein von Hastings ausgefertigter Pass, den de Boigne bei sich trug, alle Begleiter einschloss und vor Schikanen weitgehend schützte. Die Bruchstücke des Gespräches, die Saldanha aufschnappte, klangen nach einer größeren Abenteuergeschichte. De Boigne hatte offenbar in der französischen Armee gedient, war danach irgendwie nach Russland, in die Türkei und nach Ägypten geraten und von dort schließlich über Madras nach Kalkutta gekommen. Der Schotte stieß immer wieder begeisterte oder bewundernde Geräusche aus; Saldanha sagte sich, dass er in den nächsten Wochen gründlich mit de Boigne zusammen sein würde und nun nicht die Ohren spitzen musste.

Yü Lan war alles, was Duncan schwärmend erzählt hatte, und noch ein wenig mehr. Es gab eine freundliche Begrüßung für die Gäste, die die Nacht in dem kleinen Rasthaus verbringen würden, das zur Garküche gehörte; Yü Lan wies ihnen karge Zimmer an, ausgestattet mit Matten, Kissen und jeweils einem kleinen Windlicht, und sie war von so zuvorkommender Höflichkeit, mandeläugiger Anmut und fast lautloser Grazie, dass Saldanha einerseits Duncan sehr gut verstehen konnte und andererseits die junge Frau mit einer Mischung aus Misstrauen und Überdruss betrachtete. Misstrauen, weil alles, was perfekt schien, nach seiner Erfahrung auch perfektes Entsetzen einschloss; Überdruss, weil ihn trotz des Misstrauens jede Vollkommenheit langweilte.

Die Mitglieder der Familie sprachen besser Portugiesisch als Bengali und viel besser Bengali als Englisch. Duncan schien die familiären Beziehungen entweder nicht verstanden oder verwechselt zu haben; der magische Großvater war ein alter Onkel. De Boigne wirkte rastlos und wäre wohl gern an diesem Tag noch weiter geritten, genoss dann aber das gute Essen, zu dem es einen überraschend leichten Madeira gab. Duncan war rastlos, weil er nicht nach Hugli gekommen war, um mit einem Franzosen und einem Portugiesen zu speisen, sondern um mit Yü Lan zusammen zu sein; und Saldanha war rastlos, weil er darauf wartete, mit dem magischen Onkel über den Tintenspiegel sprechen zu können.

Sie hatten früh gegessen. Duncan hockte im Gastraum und sah vermutlich schmachtend zu, wie Yü Lan bediente, servierte, abräumte. Saldanha und de Boigne saßen vor der Tür auf einer Bank und betrachteten schweigend die wenigen Lastkähne auf dem Fluss. Ein ungeheurer Vogelschwarm – Stare, vielleicht eine Million oder mehr – zog nach Westen und verfinsterte die sinkende Sonne; unmittelbar darauf wurde es dunkel.

De Boigne gluckste. »Als ich das zum ersten Mal gesehen habe«, sagte er, »kam es mir so vor, als ob die Vögel die Sonne gefressen hätten. Die längeren Dämmerungen in nördlichen Breiten, wissen Sie.«

Saldanha hob die Schultern. »Eigentlich nicht. Ich bin so lange aus Europa fort ... Aber ich kann mir vorstellen, dass solche elementaren Dinge im Körper oder im Gehirn verankert sind. Wahrscheinlich fehlt Ihnen physisch etwas, wenn die Sonne so schnell sinkt, oder?«

»Immer noch, ja.«
»Seit wann sind Sie in Indien?«
»Anfang '78. Demnächst vier Jahre. Und viel hat es mir nicht gebracht – bis jetzt.«
»Was suchen Sie denn? Erleuchtung? Ruhm? Reichtum?« De Boigne schwieg einen Moment. »Irgendwann«, sagte er schließlich, »wird einem klar, wozu man auf der Welt ist, nicht wahr? Sie haben doch irgendwann begriffen, dass Sie nichts als Arzt werden können.«
»Ein Irrtum, wie ich heute weiß, aber damals sah es so aus.«
»War es falsch? Nun ja, vielleicht stellt sich bei mir auch noch heraus, dass ich mich getäuscht habe, aber für mich gab es nur das Kriegshandwerk.«
»Warum sind Sie denn dann hier? Die französische Armee ...«
»... hat keinen Platz für mich. Ich bin Savoyarde, kein Franzose. Sepoy, könnte man sagen, hier wie drüben.«
»Sie haben aber doch, nach dem, was ich unterwegs mit halbem Ohr gehört habe, eine solide Offiziersausbildung.«
»Das Irische Regiment des französischen Heers. Aber manche Leute kommen zu früh oder zu spät, nur nicht zum richtigen Zeitpunkt.«
»Ah, Sie sind zu bedauern. Übler Friede in Europa, ausnahmsweise, als Sie gerade einen kleinen Krieg gebraucht hätten, um wirklich etwas zu werden?«
Der Savoyarde lachte. »So ähnlich. Garnisonsdienst, gute Ausbildung, kein Einsatz, keine Beförderung. Einmal wäre es fast so weit gewesen – wir sollten nach Indien verlegt werden, sind aber nur bis Mauritius gekommen. Da hat man uns ein Jahr schmoren und schwitzen lassen und dann zurückgeholt, nach Frankreich.«
»Wie sind Sie schließlich doch hergekommen?«
»Auf Umwegen. Fähnrich im Irischen Regiment, Abschied, dann war ich bei den Russen. Östliches Mittelmeer, gegen die Türken.«
»So, wie Sie aussehen, müssten Sie doch mit Handküssen an den Hof von Katharina weitergereicht worden sein.« Saldanha warf dem großen, stattlichen Mann, der da neben ihm auf der Bank saß, einen

Seitenblick zu und dachte an die wilden Geschichten, die man sich sogar in europäischen Kreisen Indiens von der Zarin erzählte.

De Boigne hob die Brauen. »Moskau und Petersburg sind ganz nett, aber letztlich unergiebig.«

»Ist das alles?«

»Diskretion, mein Lieber. Und Sie wollen gleich einen alten Chinesen nach Orakeln befragen?«

»Lenken Sie nicht ab.«

»Ich lenke nicht ab; es interessiert mich. Glauben Sie an diesen … Unsinn?«

»Ich glaube an alles und nichts. Ich staune gern und mag Überraschungen.«

Offenbar war alle Arbeit erledigt, die Yü Lan zu tun hatte. Duncan und die Chinesin kamen aus dem Gasthaus und wollten zu einem Abendspaziergang am Fluss aufbrechen. De Boigne erhob sich von der Bank, nickte Saldanha zu und ging in die andere Richtung, zum Ortskern, nicht ohne den beiden anderen mit einem flüchtigen Lächeln nachzuschauen.

Saldanha wechselte ein paar Worte mit dem Vater, Yü San, und nachdem ihm der Vorrat an Höflichkeiten ausgegangen war, bat er darum, den weithin berühmten ehrwürdigen Onkel, Durchdringer des Dunkels, Zähmer von Geisterfüchsen und Born der letzten Weisheiten sprechen zu dürfen.

Der alte Mann erschien aus der Küche, grinste ihn zahnlos an, nahm ihn bei der Hand und führte ihn in die Gaststube, in der zwei ältere Chinesen und vier einheimische Händler leise miteinander redeten. Er sagte, er heiße Yü Lai, was etwa bedeute »Glück komme«; in seinem Leben sei das Glück meist ferngeblieben, woraus man entnehmen könne, dass Magie – nicht nur die der Namen – zuweilen hilflos sei.

Im unwirklichen Licht der kleinen Tischlaterne, einer Konstruktion aus Draht und rötlichem Papier mit einer Kerze in der Mitte, starrte er in Saldanhas Augen, nahm dann die Rechte des Portugiesen und musterte die Linien der Handfläche.

»Du bist ein Sucher«, sagte er. »Was suchst du?«

»Etwas, das zu suchen sich lohnt«, sagte Saldanha. »Eine von tausend Wahrheiten, einen von tausend Göttern?«

Der alte Mann verzog keine Miene. »Und du willst in den Tintenspiegel schauen?«

Als Saldanha nickte, zog der Chinese die Oberlippe zwischen die zahnlosen Gaumen.

»Weißt du, mit welchen Mächten du spielen willst?«

»Ich weiß es, und ich fürchte mich nicht. Also sei unbesorgt.«

Yü Lai stand auf. »Ich brauche einige Dinge; es dauert nicht lange.«

Saldanha starrte auf das rote Papier, in dem das Kerzenlicht eine Spirale zu erzeugen schien. Er bemerkte, dass die anderen in der Gaststube aufgehört hatten zu reden; vermutlich betrachteten sie ihn.

Der alte Mann kam mit einem Flechtkorb zurück, aus dem er ein Töpfchen mit einer Art Salbe holte, eine hölzerne Schreibfeder, eine Schere, einen zusammengerollten Bogen gelblichen Papiers, ein Tintenfässchen, eine Tüte mit schwarzem Pulver, Pfefferkörner, Kardamomkörner, Sesamkörner, ein weiteres Töpfchen, an dem er Saldanha riechen ließ – es enthielt Weihrauch –, und drei abgegriffene chinesische Münzen. Schließlich nahm er vom Nebentisch einen Mörser mit Stößel.

Scharrende Stühle. Eine Frage auf Chinesisch, eine zweite auf Bengali. João zog es vor, so zu tun, als ob er nichts verstünde.

Der alte Mann schaute ihn fragend an. »Sie möchten zuschauen. Hast du etwas dagegen?«

Er versuchte zu lächeln, hatte aber das Gefühl, dass es eher eine schräge Grimasse wurde. »Ich vertraue darauf, dass du nichts Furchtbares mit mir anstellst.«

»Alles, was mit dir geschieht, geschieht durch dich, nicht durch mich.«

»Von mir aus sollen sie zusehen.« Saldanha blickte zu den anderen auf, die sich, mit den Stühlen in Händen, vorsichtig, fast widerstrebend näherten. Auf Urdu sagte er: »Die edlen Herren mögen sich niederlassen.« Er wiederholte den Satz auf Persisch; dabei lauschte er in sich hinein. Er war mehr mit der hoffenden Skepsis, der ungläubigen Erwartung beschäftigt als mit der Umgebung; deshalb bemerkte er nicht, ob jemand eine der beiden wichtigsten Sprachen des zerfallenen Mogulreichs verstand.

Die Männer setzten sich, bildeten eine Art Schirm am Rand des Lichtkreises.

Yü Lai warf die drei Münzen in die Luft, fing sie auf, betrachtete sie, warf noch einmal, dann folgten, schneller, noch vier Würfe. Er murmelte etwas auf Chinesisch, lächelte, sagte auf Portugiesisch: »Erhabenes Gelingen.«

»Bei wem?«

»Bei dir, da es um dich geht. Nun wollen wir sehen ...«

Er nahm die Schere und zerschnitt das Papier in sieben lange Streifen; nachdem er sie mit der Handkante geglättet hatte, tunkte er die Holzfeder ins Tintenfass und malte chinesische Zeichen auf die Streifen. Er hielt jeden einzelnen Streifen hoch und blies, bis die Tinte getrocknet war. Dann warf und schüttete er die verschiedenen Körner in den Tiegel und begann sie zu zerstoßen; dabei murmelte er Fetzen einer unverständlichen, rhythmischen Litanei.

Als die Körner zu Pulver geworden waren, legte er den Stößel weg, steckte die Spitze des rechten Zeigefingers in das Salbtöpfchen und verrieb jeweils eine bohnengroße Menge Salbe auf Saldanhas rechter und linker Schläfe. Er streifte den schwarzen Abrieb – es war offenbar Holzkohle – aus der Tüte in den Tiegel, öffnete die Tischlaterne, hielt einen der beschriebenen Papierstreifen in die Kerzenflamme und ließ ihn dann ebenfalls in den Tiegel fallen. Die übrigen Streifen rollte er zusammen und steckte sie in das Gemenge aus Flammen, Asche und Gewürzen in dem, was als Mörser begonnen hatte und nun zum Feuerbecken verwandelt wurde.

»Schließ die Augen«, sagte er, »und atme.«

Saldanha gehorchte. Die würzige Mischung zeugte hinter seinen geschlossenen Lidern seltsame Feuerkreisel; sein Magen begehrte auf, beruhigte sich aber gleich wieder. Er bildete sich ein, fern eine leichte Musik zu hören, eher einen tönenden Hauch.

Yü Lai ergriff wieder Saldanhas Rechte. »Sieh in deine Hand«, sagte er. »Und mach sie zur Schale.«

In die gekrümmte Handfläche goss der alte Mann Tinte aus dem Fässchen, eine Art Kreis, der schnell eine runde Pfütze bildete. Er blies darüber, murmelte wieder etwas und sagte: »Schau hinein. Kannst du dein Spiegelbild sehen?«

Saldanha krächzte etwas, räusperte sich. »Ja, ich kann mich sehen.«

Jetzt erst warf der Chinese den Weihrauch zu den übrigen Dingen in den Mörser; Saldanha atmete tief.

»Nicht wegsehen«, sagte Yü Lai eindringlich; »lass die Augen im Spiegel. Nun überleg dir gut, was du sehen willst.«

Saldanha zögerte. »Ein Bild? Eine Gestalt? Einen Umstand? Einen Gedanken?«

»Das liegt bei dir. Wenn du etwas sehen willst, das kein fester Körper ist, wirst du Körper sehen, die das, was du gewünscht hast, darstellen. Nur Pferde gibt es nicht; ich weiß nicht, warum die Mächte des Spiegels keine Pferde zeigen mögen.«

Saldanha hörte die Atemzüge der anderen. Es war ein gespanntes, fast andächtiges Atmen; einer der Bengalis keuchte. Von irgendwo kam ein sanfter Luftzug, als ob im Haus eine Tür geöffnet worden wäre; er hörte Schritte und verdrängte sie, suchte sich zu konzentrieren.

»Muss ich laut sagen, was ich sehen will?«

»Sprechen hilft, die Gedanken zu bündeln.«

Er holte tief Luft und sagte: »Ich will mich sehen, kurz vor dem Tod, und ich will den Gott sehen, der für mein Sterben zuständig ist.«

Die Männer schienen ein wenig Portugiesisch zu verstehen; jedenfalls stießen sie angehaltene Luft aus und murmelten Kommentare. Er beugte sich vor, starrte in die Hand, die er reglos hielt.

Die Tinte schien aufzuwallen, bildete Schlieren, wurde plötzlich heller, fast durchsichtig.

Dann sah er sich, bekränzt und mit Geschmeide behängt. Einen Arm hatte er erhoben; ihm war, als hielte er etwas in der erhobenen Hand, aber sie war außerhalb des Bildkreises, deshalb konnte er nicht sehen, was es war. Er – sein Bild – schwankte, nicht wie im Sturm oder bei Seegang, sondern so, als ob etwas Schwankendes ihn trüge. Er sah undeutliche Gesichter, die zu lachen schienen, und es waren die Gesichter von Indern. Im Hintergrund, fern, verschwommen wie eine Skulptur aus Nebel, sah er ein Haus mit einer englischen Fahne. Das Gesicht einer Frau, die zu weinen begann. Dann noch ein Gesicht, das eines Mannes, der ihm vage bekannt vorkam.

Der Spiegel trübte sich, wurde wieder zu Tinte, in der er sein angespanntes Gesicht sah. Gleichzeitig hatte er einen Moment lang das Gefühl, von Messern durchbohrt zu werden, aber noch ehe er stöhnen konnte, war der Schmerz vorbei.

Mühsam sagte er: »Nun habe ich gesehen und weiß nicht, was ich gesehen habe.«

»Beschreib es«, sagte Yü Lai.

Saldanha versuchte, sich an alle Elemente der Vision zu erinnern; langsam zählte er sie auf.

Einer der Bengalis erhob sich ruckartig; sein Stuhl oder Schemel stürzte um. Er sank vor Saldanha zu Boden, berührte den Fuß des Portugiesen mit der Stirn, sprang auf und lief aus dem Haus. Die anderen schwiegen, schienen erstarrt.

»Du bist selbst der Gott, unter dessen Herrschaft du sterben wirst«, sagte der alte Mann. »In der Nähe eines Hauses mit der englischen Fahne.«

Eine Hand legte sich von hinten auf Saldanhas Schulter.

»Mein Portugiesisch ist minderwertig.« Es war de Boigne. »Habe ich gehört, dass Sie ein Gott sein werden, ehe Sie sterben?«

»So klang es«, sagte Saldanha auf Französisch. »Aber fragen Sie mich nicht, was das bedeutet.«

»Was immer es bedeutet, es klingt interessant. Ich würde Ihnen raten, sich von Häusern mit der englischen Fahne fernzuhalten. Und in den nächsten Tagen will ich die ganze Geschichte hören.«

5. Im Dienst der Kompanie

... Dann ein Soldat,
voll wüster Flüche, bärtig wie ein Pardel,
eifernd nach Ehre, jäh und schnell im Streit,
sucht er noch in der Mündung der Kanone
die Seifenblase Ruhm.

WILLIAM SHAKESPEARE

George Thomas und Nilambar hatten viel Glück. In einer Gegend, in der jeder jeden bekämpfte und Soldaten, die allein wanderten, alle zuvor von ihnen ausgeplünderten Bauern geradezu einluden, zu Knüppeln und Messern zu greifen, hätten sie eigentlich nicht länger als ein paar Stunden überleben dürfen. Schlangen, Tiger, halb überwachsene Erdlöcher, Wassermangel und andere Annehmlichkeiten nicht zu erwähnen.

Es war Ende November 1782 – wie Thomas von einem der Männer erfuhr, die sie aufgabelten: hundert Kämpfer unter einem britischen Offizier, von ihrem Fürsten abgestellt, um den Truppen aus Madras gegen Maisur beizustehen. Eine zusammengewürfelte Horde, in der acht Europäer den Kern bildeten. Die anderen Männer stammten aus allen Teilen Indiens, und außer Raubgier hielt sie wenig zusammen.

Haidar Ali, der Herrscher von Maisur, hatte die Hauptstadt der Karnatik besetzt, bedrohte Madras und das Hinterland samt allen Verbindungs- und Handelswegen; und er war mit den Franzosen verbündet, deren Flotte den Briten schwere Verluste zugefügt und mehrere tausend Mann nach Indien gebracht hatte. Die beiden Bataillone der Ostindien-Kompanie – britische Offiziere, wenige britische Soldaten, britisch gedrillte Inder – mochten ein zahlenmäßig überlegenes Heer eines indischen Fürsten bekämpfen können, aber gegen die hervorragenden französischen Verbände waren sie einfach zu wenige.

Die Truppen aus Madras und ihre buntscheckigen Verbündeten griffen jedoch nicht an, näherten sich Arkat nicht einmal weit genug für die Andeutung einer Belagerung. Auch dies war Teil dessen, was Thomas als sein bemerkenswertes Glück ansah.

Er sah sich über die Schulter, erinnerte sich ungern an das Jahr, das hinter ihm lag, und wurde Teil einer Maschine, als die Briten mit dem Drill der »Hilfstruppen« begannen. Und bei diesem Drill, der die Seelen verschmelzen sollte, sodass die Männer wie ein großer Körper handelten, schmolz allerlei Schlacke von seinem Gemüt.

So kurz nach dem Ende der Regenzeit führten alle Flüsse Wasser; das Tal, in dem die Truppen lagerten, war fast schmerzhaft grün. Zu grün insgesamt; zu viele verschiedene Grüntöne. Die weißen oder fleischfarbenen Zelte milderten alles ein wenig; die abendlichen Feuer – an jedem fünften oder sechsten wurde gekocht – durchsetzten die Welt mit Glutpunkten, und die blassgrauen Rauchsäulen stiegen in den fast grünblauen Himmel.

Elefanten, an schweren Pflöcken festgemacht, schaukelten vor und zurück. Hin und wieder trompetete eines der großen Tiere. Die für sie zuständigen *mahauts* schienen mit der Lage der Dinge zufrieden – es gab nichts zu tun außer der Suche nach Futter und ausreichend feuchten Suhlen. Die demontierten Kanonen, Munitionskisten, Vorräte und andere Traglasten waren in einer Art Pferch untergebracht: gestapelt und von Posten bewacht.

Nicht weit von dem Feuer, an dem Thomas und Nilambar saßen, hatte man die Kamele zusammengetrieben. An diese Sorte Trag- und Reittier und an die leichten, schwenkbaren Geschütze, die sie in ein mögliches, aber immer fantastischer erscheinendes Gefecht schleppen würden, hatte er sich noch nicht gewöhnt; er wusste nicht, was ihm fremder war: der breiige und dabei stechende Geruch oder das Blubbern, das sie immer wieder hören ließen. Er ertappte sich dabei, dass er dahinter eine geheimnisvolle Sprache zu erschließen suchte;

vielleicht tauschten die Kamele ihre Ansichten über das Wetter, das Land, die Kampagne und die Menschen aus, und wenn es so war, dann konnten ihre Kommentare nicht besonders herzlich sein.

Zweifellos war aber für sie das Essen – Gras im Überfluss, Früchte, Blätter, Getreide – besser als alles, was die gemischten Hilfstruppen erhielten. Es gab kaum Fleisch; man hatte ja Rücksicht zu nehmen auf die *sipahis* – aus dem persischen Wort für Krieger hatten die Briten längst Sepoys gemacht –, die allen möglichen Religionen und daneben Kasten angehörten. Die einen durften überhaupt kein Fleisch essen; die Moslems, denen Schweinefleisch verboten war, hätten Rindfleisch essen dürfen, wenn es nicht für die Hindus unzumutbar gewesen wäre, in der Nähe von Menschen zu sein, die heilige Kühe schlachteten. Hühner gab es kaum. Zum Jagen blieb keine Zeit; außerdem war es fraglich, ob in der besiedelten Karnatik und in der Nähe des großen Lagers überhaupt Wild aufzutreiben gewesen wäre.

Thomas nahm alles mit Gelassenheit hin. Er lauschte den Geschichten, die die anderen erzählten, verbesserte seine Sprachkenntnisse, beneidete die britischen Offiziere der Kompanie-Truppen, für die es Fleisch, Gin und Arrak gab, und genoss das Gefühl, Teil eines vielgestaltigen Körpers zu sein, dessen Daseinszweck nicht ausschließlich Plünderung und Gemetzel war.

Nach einiger Zeit – in den ersten Dezembertagen – änderte sich die Routine, die bis dahin bestanden hatte aus Lager abbrechen, marschieren, unterwegs Drill, Lager aufschlagen. Sie zogen nicht mehr weiter, sondern blieben in einem weiten Tal ein wenig südlich der Straße, die von Madras nach Arkat führte. Nun gab es tagsüber viel Leerlauf; so viel Drill, dass der ganze Tag gefüllt gewesen wäre, schien selbst dem unangenehmsten britischen Korporal übertrieben. Vielleicht fehlte den Offizieren aber auch nur die Fantasie, neue Übungen zu ersinnen. Nach ein paar Tagen kam es zu den ersten Raufereien, nicht aus der Langeweile geboren, aber die Muße war trefflich dazu geeignet, alten Groll neu anzufachen oder Nichtigkeiten so groß werden zu lassen, dass sie Anlässe für Händel boten.

Da er wusste, dass er zu Jähzorn neigte, und da er sich aus dem vergangenen Jahr an einige blutige Episoden erinnerte, zog George es vor, sich abseits des möglichen Handgemenges aufzuhalten. Mit mäßiger Verblüffung bemerkte er, um welch geringe Anlässe es bei diesen Streitereien ging: achtlose Reden über Vorgänge oder Leute im Heimatdorf, Erinnerung an vielleicht nicht gerecht geteilte Beute, die Farbe und der Geruch eines Gottes, Meinungsäußerungen über umlaufende Gerüchte. Dies und mehr, alles gleichermaßen unbedeutend.

Auch an den Mutmaßungen über Gerüchte – von den Überbringern als Tatsachen ausgegeben – beteiligte er sich nicht, lauschte nur interessiert. Angeblich hatten die Truppen aus Maisur die Hauptstadt der Karnatik niedergebrannt; angeblich hatten die Untertanen des Nawab sich auf die Seite von Maisur geschlagen; angeblich waren die Bewohner von Arkat massakriert worden; angeblich zog Haidar Ali noch mehr Truppen zusammen, um mit französischer Hilfe die Briten ins Meer zu werfen; angeblich würde Kalkutta Verstärkungen schicken; angeblich wollten die Marathas eingreifen; angeblich dies, angeblich das.

In diesen öden Tagen wanderte George Thomas durchs Lager, beobachtete, ließ sich von den Pflegern und Treibern Dinge über Elefanten und Kamele erzählen, und er unterhielt sich mit einem alten Hakim, der aus Persien stammte und ihm neben fantastischen Geschichten einiges über die persische Heilkunst und die am Hof des Mogulkaisers noch immer gesprochene persische Sprache berichtete. Der alte Arzt riet ihm, die verfügbaren Öffnungen der Trossdirnen nicht zu verstöpseln, da ihm außer kurzer Lust vor allem langes Siechtum beschieden wäre.

Einen anderen Rat erhielt er von Nilambar. Der Madrassi erzählte Geschichten aus der Götterwelt, berichtete über gewaltige und immer blutige Taten mythischer Helden, über die allgegenwärtigen Dämonen. Als man Gerüchte verbreitete, dass britische, französische und holländische Schiffe sowie Truppen sich um Häfen auf Ceylon balgten, erfuhr Thomas von Nilambar, wie die »Adams Brücke« genannte Inselkette zwischen dem Festland und der großen Insel

Lanka entstanden sei: ein Werk des Affenheers, das dem göttlichen Rama geholfen hatte, seine von einem besonders finsteren *rakshasa* nach Lanka entführte Gemahlin Sita zu befreien. Um den Dämon und seine Truppen anzugreifen, sei es nötig gewesen, eine Landverbindung oder Brücke zu erschaffen. Zuvor habe der heilige Affenherr Hanuman die Lage erkundet: Mit einem gewaltigen Satz habe er das Meer überwunden, sei aber beinahe umgekommen, als ein Meeresdämon seinen Schatten festhielt.

»Schlaf immer im Schatten, Jawruj, nie mit dem Mondschein auf deinem Gesicht, sonst wirfst du einen Schatten in die Dämonenwelt. Und sieh zu, dass niemand deinen Schatten betritt.«

»Niemand? Wie soll das gehen? Wenn wir bei Tag marschieren, treten wir immer auf die Schatten der anderen.«

»Das meine ich nicht. Lass nicht zu, dass ein Priester oder Magier auf deinen Schatten tritt; er gewinnt sonst Gewalt über dich.«

Thomas griff in die Tasche und holte den kleinen Elefanten heraus. »Hilft Ganesh dagegen?«

»Das wissen die Götter.«

In den folgenden Wochen entdeckte er eine neue Liebschaft, der er nur von fern huldigen durfte: die schlanken britischen Feldgeschütze. Er kannte die schweren Kanonen des Kriegsschiffs, das er verlassen hatte, und alte und neue Geschütze indischer Fertigung: geschmückt, verziert, geformt wie Tiere; so besaß der Paligar Hatim einen breitmäuligen Mörser, gearbeitet als Kopf einer zum Speien oder Beißen bereiten Riesenschlange. Aber die schlanken, schmucklosen Rohre der britischen Feldgeschütze erschienen ihm als das Urbild einer Kanone, die Seele der Artillerie.

Natürlich durfte er nicht mit dieser Seele spielen. Aber immerhin konnte er den Geschützbesatzungen zusehen, wie sie die verschiedenen Aufgaben verteilten, bei einem Probeschießen die Kanonen putzten, luden, richteten, feuerten, putzten, luden …

Und sie erzählten von Belagerungen, Feldschlachten, den verschiedenen Sorten Munition: Kugeln für die Belagerung, Netze mit kleineren Kugeln für die mittlere Distanz – meist gegen Reiterei –,

Netze oder Kartuschen mit kleinen Kugeln, Splittern, scharfkantigen Steinen und geschliffenen Ketten für die gegnerische Infanterie. Sie lobten die Handwerkskunst indischer Munitionsmacher, die wunderbare Kugeln gossen oder Steinkugeln in mühsamer Arbeit rundeten und schliffen. »Schön, aber nutzlos«, sagte einer der Kanoniere. »Der Geschützmeister braucht drei Minuten zum Laden; wir schaffens in zwanzig Sekunden.«

Die Europäer dachten bereits an mögliche Weihnachtsfeste, als ein wenig Bewegung in die Dinge zu kommen schien. Der Herrscher von Maisur, Haidar Ali, der so lange den Süden Indiens beherrscht und sein Einflussgebiet immer weiter ausgedehnt hatte, starb überraschend. Es gelang seinen Beratern, den Tod vor den eigenen Leuten, aber auch vor dem Gegner geheim zu halten, bis Haidars Sohn Tipu benachrichtigt und herbeigeholt worden war. Tipu Sultan übernahm sofort das Kommando – für die Truppen der Kompanie änderte sich nichts, da Haidars Sohn schon seit Jahren der beste General seines Vaters gewesen war und seine Politik fortsetzte.

Der britische Kommandeur, General Stuart, hatte offenbar keine Eile. Im Lager liefen Gerüchte um, wie üblich – angeblich gab es Meinungsverschiedenheiten zwischen der politischen Führung in Madras und dem General, der sich weigerte, Tipu zu attackieren. Weihnachten kam und ging, das Jahr 1783 begann, und noch immer blieb das Heer der Kompanie im Lager, schwoll an, fraß die Umgebung leer und befasste sich mit den eigenen Unpässlichkeiten. Endlich, im Februar, rückten General Stuarts Truppen vor bis Arkat und boten die Schlacht an.

Aber Tipu zog ab, räumte Arkat, verließ die Karnatik: Truppen der Kompanie aus Bombay rückten an der Westküste gegen Maisur vor; der Sultan musste sein Kernland verteidigen.

Die Engländer zogen in Arkat ein, halfen dem Nawab bei der Wiederherstellung seiner Herrschaft, dann wurde die Madras-Armee geteilt. Etwa die Hälfte der Truppen würde Tipus Heer folgen, die Übrigen, immer noch unter dem General, den sie inzwischen »Stuart der Hurtige« nannten, sollten parallel zur Küste nach Süden ziehen, um von Tipu und den Franzosen angestiftete Aufstände niederzuschlagen und die Verbindung zwischen Maisur und den französischen Häfen zu unterbinden.

Thomas gehörte zu diesem Teil des Heers; er war nicht traurig darüber, dass es ihm erspart blieb, mit Elefanten und Ochsen bei dem Versuch zu wetteifern, Feldschlangen und Vorratskarren aus der Ebene hoch zu den Pässen in den steilen Ghats und dann durch, wie es hieß, unwegsames Hochland zu schleppen. Unwegsam bis auf die von Tipus Kämpfern bewachten und versperrten Straßen, die außerdem die Aussicht auf einen harten Strauß mit dem starken französischen Kontingent boten.

General Stuart hielt aber noch immer nichts von Eile; von Mitte Februar bis Ende April blieb das Heer bei Arkat stehen – liegen, genauer; inzwischen fiel es selbst den gewissenhaftesten Offizieren und Unteroffizieren schwer, so etwas wie Schwung oder gar Schneid in die Truppe zu bringen.

Dann, endlich, in den ersten schwülen Maitagen, der Aufbruch nach Süden, Richtung Kadalur. Das eingeschlafene Heer unter dem schläfrigen General Stuart sollte das von den Franzosen besetzte Fort St. David belagern. Lagern, marschieren, lagern, belagern – irgendwie erschien den Männern der Marsch als unnütze Unterbrechung von zweierlei Sorten Schlummer.

Am Morgen des siebten Tags nach Beginn der Belagerung machten die Franzosen einen Ausfall. Es war ein über das gewöhnliche Durcheinander hinausgehendes Chaos. Der Marquis de Bussy, seine Truppen und die von Admiral de Suffrein gelandeten Verstärkungen hatten das Fort St. David genommen, die umliegenden Gebäude der Stadt Kadalur teils niedergerissen, teils befestigt und ein beinahe freies Schussfeld geschaffen. Die meisten Bewohner waren unter Mitnahme von tragbarem Besitz, Decken, Essgeschirr und Vorräten geflohen und verstopften die Wege und Felder der Umgebung.

Es gab keine Unterstützung von See her; die beiden Flotten unter Hughes und de Suffrein jagten einander irgendwo zwischen Madras und Ceylon. Weiter im Binnenland, so hörte man, war es Tipu gelungen, die Bombay-Armee unter General Matthews zurückzudrängen; angeblich sei eine Aufforderung an Stuart ergangen, das unsinnige Herumschleichen bei Kadalur zu beenden und Matthews zu helfen, aber Stuart ließ lieber seine Männer von den Franzosen beschießen, ohne dass sie gegen das stark befestigte Fort St. David viel ausrichten konnten.

Der Ausfall hätte niemanden überraschen dürfen, aber die erschlafften, demoralisierten Verbände von Stuart waren längst in kleine Haufen zerfallen, hatten kaum noch Verbindung untereinander, folgten den Offizieren nicht und verbrachten die Nacht lieber mit Schnaps und Dirnen, als Posten zu stehen. Es war der 13. Juni, und die Abergläubischen beider Seiten hatten wie immer recht: ein Unglückstag für alle, die fielen oder verwundet wurden, ein Glückstag für die Übrigen.

In der Nacht hatten die Franzosen leichte Geschütze aus der Festung nach vorn gebracht, kaum maskiert hinter großen Topfpflanzen. Jeder halb wache Posten hätte Alarm geben müssen, aber es gab nicht einmal schlafende Posten.

Dafür gab es im Morgengrauen einen doppelten Feuerschlag – zwei Salven, kurz hintereinander. Die zweite richtete noch mehr Verwüstungen an als die erste, die eine Art Weckruf gewesen war und die schlafenden, halb betrunkenen Truppen so weit auf die Beine brachte, dass die Schrapnellsalve gute Wirkung erzielen konnte.

George Thomas und seine wilde Schar – die hundert zusammengewürfelten Krieger wurden in der Musterrolle als »irreguläre Kompanie Tasadduq« geführt – kampierten am Ortsrand. Der junge Fürst Mir Tasadduq Ali, der zusammen mit einem englischen und drei einheimischen Sergeanten die Bande zu führen hatte, stammte aus dem Fürstentum des Nizam von Haidarabad und schien teils aus Abenteuerlust, teils um sich für spätere, höhere Aufgaben zu qualifizieren, an dem Feldzug teilzunehmen. Er mochte etwa fünfundzwanzig Jahre alt sein und war, wie einer der drei *Havildars* sagte, Sohn einer Schwester des Nizam. Er hatte die hellbraune Haut und die scharf geschnittenen Züge eines Adligen aus dem Norden; der gestutzte Bart und der kompliziert geschlungene grüne Turban mit dem silbergefassten Smaragd über der Stirn blieben sauber und gewissermaßen vollkommen, ganz gleich wie tief der Schlamm, wie anhänglich der feuchte Staub, wie verdreckt die Krieger waren. Mir Tasadduq Ali hatte einen kleinen Hofstaat dabei, bestehend aus Dienern und Konkubinen; bei den längeren Märschen ritt er einen feurigen Rappen oder verzog sich in den *haudah* seines Elefanten.

Aber er kümmerte sich um die Leute, die der Zufall und die unerforschlichen Beschlüsse des Generals ihm anvertraut hatten. Die »irreguläre Kompanie Tasadduq« hatte mehr und besseres Essen als die meisten anderen Truppenteile; und als der größte Teil des Heers zwischen den halbzerstörten Häusern von Kadalur und am Rand des freigeräumten Vorfelds der Festung kampierte, sorgte der Fürst dafür, dass seine Männer weiter südwestlich, fast am Ortsrand lagerten. Es mochte eine bloße Frage der Bequemlichkeit sein – am Rand der Stadt ließ sich Mir Tasadduqs Zelt ohne Umstände aufschlagen, und in der Nähe floss ein Bach, der weiter unterhalb die Latrinen berührte, deren Aroma den Kaffee, den der Fürst reichlich trank, nicht schmackhafter gemacht hätte. Es war aber auch, ob zufällig oder nicht, gut für das Überleben der Kämpfer. Ausgesucht hatte den Platz der alte irische Sergeant, McKenna, und als die Kanonade des 13. Juni begann, war er der Erste, der »die verdammten Schlafmützen da vorn« verfluchte und General Stuart samt Stab in den Latrinen ersäufen wollte.

Die Franzosen und ihre indischen *sipahis* waren schon zwischen den ersten Häusern, bevor eine Art Gegenangriff beginnen konnte. Einigen Artilleristen gelang es, ihre Kanonen zu laden und in Stellung zu bringen; ohne Rücksicht auf die eigenen Leute ließ General Stuart Kartätschen ins Gemenge feuern. Eine aus Schotten und Sepoys bestehende Kompanie rückte über eine der Hauptstraßen vor, mit aufgepflanzten Bajonetten. Die Männer mussten über tote, verwundete, verstümmelte Kameraden steigen, um den freien Platz vor der Festung zu erreichen. Als die »irreguläre Kompanie Tasadduq«

die Kampflinie erreichte, waren Teile der Franzosen bereits dabei, sich zurückzuziehen. De Bussy, oder wer immer das Kommando hatte, war nicht so rücksichtslos wie Stuart; die Kanonen der Festung versuchten, nachdrängende Truppen der Ostindien-Kompanie am Eingreifen in den Kampf zu hindern, wurden aber nicht so weit gesenkt, dass sie den Platz mit den eigenen Leuten und ihren Gegnern hätten bestreichen können.

Der junge Fürst kämpfte zu Fuß; mit dem krummen Säbel in der Hand stürmte er an der Spitze seiner Leute. Thomas traute seinen Augen kaum, und die Inder der Schar waren hin- und hergerissen zwischen drei Möglichkeiten: vor ihm auf die Knie zu sinken, ihn mit einem Wall aus ihren Körpern zu umgeben, oder ihn für wahnsinnig zu halten und zu ignorieren.

Schwaden aus Pulverdampf zersetzten das Morgenrot; die dumpfen Einschläge der schweren Kanonenkugeln, die die Franzosen nun abfeuerten, gaben den Schritten und Schreien der Männer einen seltsamen Rhythmus. Franzosen und ihre *sipahis* waren in die vom Platz vor der Festung nach Nordosten führende Straße eingedrungen und trieben die Überlebenden der ersten Salven vor sich her, mit Bajonetten und Säbeln. Eine Kugel aus einem der Geschütze der Festung jaulte durch die Luft über Thomas' Kopf; irgendwo schräg hinter ihm krachte ein Gebäuderest zusammen. Thomas roch Blut und Schießpulver, zertrümmerte Ziegel, Staub und jenen Wall, der ihn umgab – jene Walze, die ihn vorwärtsschob: den köstlichen Schweiß der Kameraden. Etwas in seinem Hirn fragte, wieso er nach mehr als einem Jahr in Indien, nach geteiltem Essen, geteilter Luft, geteilten Frauen, immer noch anders roch als die Einheimischen; aber dann sah er die Augen des Inders, der am Vorderende seines Bajonetts stand, taumelte, den Lauf der Muskete nach unten zog, und die Augen des französischen Offiziers einige Schritte weiter hinten, der die Pistole nachladen wollte und nicht mehr dazu kam, weil eine Musketenkugel von irgendwo einen Trichter in seine Stirn grub; und er hörte nur noch das wahnsinnige Pochen in den Ohren, flog auf der rauschenden Blutbrandung dahin und wurde zu einem nebensächlichen Anhängsel des Körpers, der die Arbeit tat, für die er ausgebildet worden war.

Die Briten und ihre Sepoys drängten die Franzosen und ihre *sipahis* zurück; langsam, blutig setzte sich die Überlegenheit des größeren Heers durch. Der Gegner zog sich in die Festung zurück, deren Geschütze auf den Platz gerichtet wurden und noch zwei Salven Kartätschen abfeuerten, bis endlich einer der höheren britischen Offiziere den General dazu brachte, das Signal zum Rückzug geben zu lassen. So jedenfalls das Gerücht, das kaum einer bezweifelte. General Stuart hatte vor Arkat gezögert, den Aufbruch nach Süden hinausgeschoben, bei der Verteilung der Streitkräfte für die Belagerung von Kadalur blutige Fehler gemacht; es gab keinen Grund für die Annahme, er selbst könnte auf den Gedanken gekommen sein, den Männern das sinnlose Blutbad unter den Geschützen des Forts St. David zu ersparen.

George Thomas und andere aus seiner Kompanie warteten hinter der ersten Reihe halbzertrümmerter Häuser auf das, was die Parlamentäre aushandeln mochten, die vor der Festung unter weißen Flaggen standen und redeten. Vom Platz her hörten sie Verwundete und Sterbende schreien.

Nilambar stützte sich auf seine Muskete und stieß Thomas mit der Schulter an.

»Gut gekämpft«, sagte er. »Aber warum lassen die Sahibs ihre Männer so lang da liegen?«

»Ich weiß nicht.« George zuckte mit den Schultern. »Vielleicht verhandeln sie noch über das gemeinsame Frühstück hinterher. Oder sie trinken Wein, damit das Verhandeln angenehmer ist.«

Nilambar grunzte. Dann wies er auf seinen rechten Stiefel. Die Sohle flappte, als ob die schmutzigen Hammerzehen des Mannes sie von innen abgeschlagen hätten. »Eine Kugel, als ich den Fuß für einen Schritt gehoben hatte, sonst wäre mein Bein dran gewesen.« Er grinste.

Thomas war vollkommen unverletzt geblieben, nicht einmal seine

Kleidung hatte gelitten. Mir Tasadduq Ali und seine Leute warteten zwischen den Ruinen auf neue Befehle oder darauf, dass etwas geschah. Der Fürst, der mit dem Säbel gewütet hatte, ließ sich von einem seiner Männer die linke Schulter verbinden; dort hatte ihn ein französisches Bajonett getroffen, ohne allerdings tief einzudringen. Die Augen des jungen Adligen waren blutunterlaufen. Thomas schätzte, dass Mir Tasadduq noch etliche Dutzend Atemzüge brauchen würde, um den Blutrausch zu überwinden.

Warten, warten, warten. Die Schreie und das Stöhnen der Verletzten auf dem Platz schienen nachzulassen; vielleicht hatten sich, überlegte Thomas, die Ohren aber auch nur an diese Klänge gewöhnt – wie man nach einiger Zeit das Tosen eines Wasserfalls nicht mehr hört. Solange die Parlamentäre sich nicht geeinigt hatten, war es unmöglich, sich um die Verletzten zu kümmern; und solange der Kampf jederzeit wieder losbrechen konnte, blieben auch die Leute vom Tross weit hinten, bis auf ein paar Wasserträger. Einer dieser *bhistis* kam vorbei; aus dem Ziegenbalg, den er über der Schulter trug, ließ er einen dünnen Strahl in die Hände rinnen, die Thomas zu einer Schale geformt hatte. Der Mann lachte ihn an und sagte etwas Unverständliches.

Dann waren die Verhandlungen beendet; die beiden Parlamentäre mit ihren Fahnenträgern trennten sich. Der Franzose ging zurück zum Fort, der Brite verschwand weiter rechts am Platz außer Sicht. Dort, irgendwo, zweifellos in Sicherheit, musste General Stuart sich aufhalten.

Trompetensignale; Waffenstillstand. Endlich konnten die Männer ihre Deckung verlassen und sich um die Verwundeten kümmern. Die wenigen Ärzte und Pfleger würden noch einige Zeit brauchen, um das Schlachtfeld zu erreichen.

Einer der indischen Korporale, Valmik, reichte dem Fürsten vier geladene Pistolen. Mir Tasadduq Ali schloss einen Moment die Augen. Thomas war zu weit entfernt, um etwas zu hören, bildete sich jedoch ein, den jungen Fürsten seufzen zu sehen.

Die unverletzten Männer der Halbkompanie folgten dem Fürsten auf den Platz vor der Festung. Jede Einheit kümmerte sich zunächst um die eigenen Leute. Die Toten sammeln, die Leichtverletzten aus der heißen Vormittagssonne irgendwohin tragen, wo es ein wenig Schatten gab; die Schwerverletzten ... Aber das war Aufgabe der Offiziere, zumindest bei den Sepoys. Hier und da sah man Subadars, die sich über einen wimmernden, kreischenden, zuckenden Körper beugten, ein paar Worte murmelten, vermutlich die Tapferkeit des Liegenden priesen; dann schossen sie.

Von den etwa hundert Mann der Halbkompanie waren zwölf gefallen oder wurden nun »erlöst«, dreiundzwanzig Kämpfer waren verwundet, von denen drei oder vier die nächsten Tage wohl nicht überleben würden, wenn nicht Wunder geschahen. Es war anzunehmen, dass es bei den übrigen Einheiten ähnlich aussah; allerdings erfuhr niemand genaue Zahlen, und wenn auch in den nächsten Tagen Kenntnisse und Meinungen quer durch das Belagerungsheer ausgetauscht wurden, hatte doch niemand einen vollständigen Überblick – außer, wahrscheinlich, General Stuart und sein Stab, aber die behielten ihr Wissen für sich.

Thomas wurde eingeteilt, bei drei Amputationen die Opfer festzuhalten. Ein Mann, dessen linker Arm, an der Schulter abgebunden, nur noch aus Knochen und Fleischfetzen bestand, wurde mit einem Holzpflock quer im Mund ohnmächtig, bevor der englische Arzt die Säge ansetzte. Er überlebte, ebenso wie ein Holländer, dem man das Bein unterhalb des Knies abnehmen musste. Der Dritte, ein Sepoy, überstand zwar die Amputation des Beins bis zur Hüfte, starb aber wenige Tage später an Wundbrand.

Die Belagerer beneideten die Belagerten. In der Festung gab es Gebäude, Dächer, Schatten; auf die zerstörte Stadt brannte die Sonne nieder, und nur wenige Gebäude boten Zuflucht vor der grellen Hitze. Wasser gab es genug, aber Nahrungsmittel waren knapp; im Fort dagegen musste es von allem reichlich geben, denn neben den eingelagerten Vorräten, vor Monaten von den abziehenden Engländern hinterlassen, verfügten die Franzosen über all das, was sie selbst mitgebracht hatten. Außerdem war am Morgen des

Kampfs – der Ausfall hatte offenbar auch zur Ablenkung gedient – Nachschub angelandet worden: Admiral Suffrein war es erneut gelungen, die englische Flotte zu foppen. Niemand wusste, wie groß die Verstärkung war, die man von den Schiffen ins Fort verlegt hatte.

Fliegen und Mücken machten sich über die Belagerer her; noch herrschte kein Hunger, aber die Männer wurden nicht mehr satt. Fouragiertrupps zogen durch die Ebene bis zu den Ausläufern der Berge. Die Ausbeute war gering.

Offenbar gab es im Stab des Generals auch niemanden, der fähig oder willens gewesen wäre, sich gründliche Gedanken über das Anlegen von Latrinen zu machen. Man überließ es jeder einzelnen Einheit, und die Hitze, kaum je von Wind gemildert, mehrte den Gestank, der die Fliegen mehrte.

Mit einer gewissen Bewunderung sah Thomas manchmal, wenn sich am Rand des Lagers die Gelegenheit ergab, die tadellose Haltung der Engländer, Iren und Schotten. Er sagte sich, dass dies wohl Männer der königlichen Armee sein mussten, mit ihren Offizieren zum Schutz oder zur Verstärkung der Ostindien-Kompanie abgestellt. Es mochten etwa dreihundert Mann sein; bei ihnen gab es weder Ansätze von Meuterei noch gar Desertionen. Auch das Sepoy-Bataillon mit seinen britischen Offizieren machte einen guten Eindruck. Das halbe Bataillon europäischer Söldner der Kompanie hielt sich einigermaßen, aber bei ihnen gab es laute Auseinandersetzungen, und angeblich begannen dort am sechsten oder siebten Tag nach dem Gefecht die Desertionen.

Die von einheimischen Fürsten gestellten »Hilfstruppen«, zu denen auch die Kompanie von Mir Tasadduq Ali gehörte, begannen zu schmelzen. Dafür gab es viele Gründe. Die meisten Männer gehörten nicht ursprünglich zu den Untertanen der Herrscher, die sie geschickt hatten; viele waren angeworben oder gepresst worden von Fürsten, die ihre eigenen Kämpfer lieber bei sich behielten. In diesen Einheiten gab es auch etliche Räuber, Wegelagerer, Diebe, die, als man es ihnen anbot, die Waffe in der eigenen Hand dem Beil in der Hand des Henkers vorzogen. Ihre Treulosigkeit war über jeden Zweifel erhaben.

Hinzu kam das Gefühl, von einem unfähigen General in ein vermeidbares und sinnloses Gemetzel geschickt worden zu sein, das sich jederzeit wiederholen konnte. Thomas teilte dieses Gefühl; in den Tagen nach dem Kampf – grellen, heißen, stinkenden Tagen, an denen das gelegentlich wie panisch aufflackernde Geschütz- oder Musketenfeuer hier und da beinahe freudig begrüßte Zerstreuung war – unterhielt er sich immer wieder mit Nilambar, mit dem Havildar Valmik, einem ehemaligen arabischen Matrosen namens Hamid und einigen anderen; sie schmiedeten Pläne, die nur deshalb nicht ausgeführt wurden, weil die Männer ihren jungen Fürsten ins Herz geschlossen hatten und weil General Stuart oder einer seiner weniger unfähigen Offiziere nach dem Beginn der Desertionen mehr Posten aufstellte. Die Männer der irregulären Kompanie erzählten von ihren Heimatdörfern, von Nestern in den unzugänglichen Ghats, von üppigem Leben in den feuchten Dschungeln an der Malabarküste. Wahrscheinlich wäre Thomas trotz der Posten desertiert, wenn mehr als ein Mann nur energisch genug ein bestimmtes Ziel vorgeschlagen hätte.

Am 22. Juni war plötzlich die französische Flotte wieder da, und weil General Stuart es trotz beinahe unbotmäßiger Anregungen seines Stabs versäumt hatte, Geschütze dort aufstellen zu lassen, wo sie den Hafen von Kadalur hätten bestreichen können, hinderte niemand den französischen Admiral daran, abermals Verstärkungen ins Fort zu bringen.

Am Abend setzte Thomas Nilambar auseinander, was man seiner Meinung nach hätte tun sollen; der junge Fürst schien einen Teil des Gesprächs gehört zu haben und schickte Valmik, um Thomas zu holen.

»Du hast eben von Kanonen gesprochen«, sagte Mir Tasadduq Ali. »Was sind deine Vorschläge?«

»Man hätte, am besten bei Nacht, nördlich und südlich der Festung Wälle aus Erde und Steintrümmern anlegen und dahinter Geschütze in Stellung bringen können.«

»Ist das deine Meinung?« Der Fürst verzog das Gesicht; im unsicheren Schein des Feuers konnte Thomas nicht sicher sein, ob es ein Lächeln war oder eine Grimasse. »Verstehst du dich auf Kanonen?«

»Nein, Herr«, sagte Thomas. »Ich hatte nie die Möglichkeit, mich mit ihnen vertraut zu machen.«

»Du hast gut gekämpft.« Mir Tasadduq nickte mehrmals, als ob er damit das Lob nachdrücklicher machen könnte. »Vielleicht hättest du es verdient, einmal mit den Kanonen zu spielen; vielleicht könntest du mehr ausrichten, als bisher hier ausgerichtet wurde. Ich will es bedenken.«

Nilambar lachte leise, als Thomas ihm von dem Gespräch berichtete. »Er hat einen *jagir*, irgendwo im Norden von Haidarabad«, sagte er. »Sieh dich vor, dass er dir nicht anbietet, dort für ihn die eine rostige Kanone zu hüten.«

»Was ist ein *jagir*?«

»Ach, das weißt du nicht? Es ist ein ... eine Gegend, ein – sagt man Distrikt? Wenn jemand einem Fürsten gute Dienste getan hat, gibt der Fürst ihm einen *jagir* zu verwalten, und zur Verwaltung gehört es, dass man für den Fürsten die Steuern eintreibt und nicht mehr davon für sich behält, als ohne Gezeter möglich ist.«

»Und du meinst, Mir Tasadduq könnte einem von uns eine Stellung anbieten, sobald dieser Unflat hier vorbei ist?«

»Wenn er wirklich heimkehren will, und wenn er gute Kämpfer braucht, dann wird er das sicher tun.«

Bald darauf begab sich der Fürst, mit zweien seiner Havildars, zum Quartier des Generals. Bis er zurückkehrte, war es nach Mitternacht. Valmik, der ihn begleitet hatte, deutete an, dass Mir Tasadduq Ali dem General mit dem Abzug aller Hilfstruppen gedroht hatte, wenn nicht sinnvolle Vorkehrungen gegen einen französischen Ausfall getroffen würden. Offenbar wirkte die Drohung; noch vor Morgengrauen wurden zusätzliche Kanonen und Truppen näher an die Festung verlegt.

Am folgenden Tag herrschte eine unbestimmte Unruhe; als ob ein Gewitter in der Luft hinge, das sich immer im nächsten Moment entladen wollte und dann doch nicht konnte.

Früh am 24. Juni machten die Franzosen ihren Ausfall, aber eher halbherzig. Ihre Kanonade erzielte kaum Wirkung, umso mehr dagegen das Feuer der britischen Geschütze auf die Soldaten, die den Ausfall durchführten. Einige Dutzend Franzosen und *sipahis* gerieten in Gefangenschaft; die Übrigen zogen sich unter Hinterlassung der Toten und Verwundeten schnell zurück.

Thomas und die anderen einsatzfähigen Männer von Mir Tasadduqs Kompanie gehörten zur ersten Auffangstellung des linken Flügels; ihnen gelang es, zehn französische Infanteristen unter einem knochigen jungen Sergeanten gefangen zu nehmen. Der Mann sprach ein wenig Englisch; Mir Tasadduq Ali befragte ihn, und auch Thomas konnte einige Worte mit ihm wechseln, ehe die Gefangenen an einen besser zu bewachenden Ort in der Nähe des Quartiers von General Stuart verbracht wurden. Der Name des Sergeanten war Bernadotte; Thomas sah ihn nie wieder und erfuhr auch nicht, ob er die Gefangenschaft überlebte.

Zwei Tage nach dem missglückten Ausfall schickte Mir Tasadduq Ali wiederum Valmik los, um einige ausgewählte Männer zu sich ans Feuer zu holen; Thomas war dabei, ebenso Nilambar.

»Salz«, sagte der Fürst, »und Brot.« Er bestreute einen frisch gebackenen Brotfladen mit Salz, riss ihn in Stücke und gab jedem der Männer eines. Thomas fragte sich, woher das frische Brot stammte.

Alle aßen; alle wussten, was es bedeutete, Brot und Salz aus der Hand eines Fürsten anzunehmen.

Mir Tasadduq Ali, der das letzte Stückchen selbst gegessen hatte, wischte sich den Mund und sagte leise: »Wir haben Salz und Brot geteilt. Ich werde euch, soweit es geht, aus sinnlosen Gemetzeln heraushalten. Dafür werdet ihr nicht das Lager verlassen, bevor ich es sage. Wenn das hier vorbei ist, kommt nach Haidarabad und fragt nach Mir Tasadduq Ali.«

Aber es gab keine sinnlosen Gemetzel mehr, aus denen der Fürst sie hätte heraushalten müssen. Anfang Juli brachte ein französisches Schiff die Nachricht vom Friedensschluss zwischen England und Frankreich; der Kommandant der Festung übermittelte die Botschaft an General Stuart. Bis die Meldung aus Madras bestätigt wurde, ruhten die Waffen, ohne dass es zum Austausch von Gefangenen oder weiteren Absprachen gekommen wäre.

Mehr als ein Monat verging, bis im Hinterland ein Friedensschluss ausgehandelt worden war, an dem auch Tipu von Maisur sich beteiligte. Einen Tag, nachdem die Nachricht das Lager erreicht hatte, waren fast alle Hilfstruppen verschwunden, versickert, vom Boden oder der Sonne aufgesogen. George Thomas, Nilambar, Valmik und elf andere mussten noch einen Tag warten, bis Mir Tasadduq Ali sie mit einem Lächeln entließ.

»Brot und Salz«, sagte er zum Abschied. »Im kommenden Frühjahr, spätestens im Sommer hoffe ich, Krieger zu benötigen. Werdet ihr daran denken?«

»Ist etwas heiliger als das gegebene Wort?«, sagte Thomas.

Mir Tasadduq betrachtete ihn nachdenklich. »Es könnte sein, dass du es ernst meinst.«

In der folgenden Nacht umgingen sie die britischen Posten und zogen nach Nordwesten, zu den feuchten Dschungeln der Küste, Valmiks Heimat.

6. Der Weg nach Lakhnau

Reisen ist fast das Gleiche wie mit Menschen aus anderen Jahrhunderten reden.

RENÉ DESCARTES

Jenseits von Patna wurde die Reise gefährlich; der britische Einfluss war nicht überall konsolidiert, und noch immer trieben sich ehemalige Krieger des Radscha von Benares herum. Nach dessen Niederlage gegen Truppen der Ostindien-Kompanie hatten sie sich für das ehrenwerte Gewerbe der Wegelagerei entschieden.

»Haben Sie Geld, mein Freund?«, sagte de Boigne. »Wie viel?«

»Genug, um eine Art Leibtruppe anzuheuern.«

Saldanha blähte die Wangen auf. »Für den Weg nach Lakhnau? Das sollten Sie sich aus dem Kopf schlagen.«

De Boigne schien es als Bestätigung eigener Ansichten zu nehmen; er nickte, ohne eine Miene zu verziehen.

»Ich hatte es befürchtet – aber warum?«

»Ich weiß nicht, warum Sie es befürchtet hatten.« Saldanha sah sich um. Die Offiziersmesse der Garnison von Patna war fast leer; der *khitmatgar* lehnte an der Bar und schien im Stehen zu schlafen. »Ich kann Ihnen aber sagen, warum Sie es sich aus dem Kopf schlagen sollten. Wie viele Männer würden wir brauchen? Wie viel müssten wir ihnen zahlen? Wie sicher könnten wir sein, dass sie nicht beim ersten Anzeichen von Gefahr weglaufen oder mit den Banditen gemeinsame Sache machen?«

»Was tun Händler denn?«

»Sie bilden Karawanen, meistens bewaffnete Züge. Und ihre Leute haben etwas zu verlieren. Brot, Arbeit, die Familien, die den Handelsherren bekannt und von ihnen abhängig sind.«

De Boigne klatschte in die Hände. Der *khitmatgar* fuhr zusammen und kam dann im Laufschritt an ihren Tisch.

»Sahib?«

»Noch zweimal wenig Whisky mit viel Wasser.«

»Sahib!«

Als die langen Gläser vor ihnen standen und der Mann wieder zur Bar schlurfte, sagte de Boigne:

»Ich weiß ja nicht, wie eilig Sie es haben.«

»Nicht besonders. Aber die Sehenswürdigkeiten haben wir gesehen, und mehr als einmal muss ich Shuja ud Daulas Hauptquartier nicht betrachten.«

»Ah. Ich hätte es aber gern gesehen, damals, vor achtzehn Jahren, in voller Besetzung.«

Saldanha lächelte. »Der Nawab von Audh, Wesir des Kaisers, mit seinen ruhmreichen Kriegern auf dem Weg, die Briten ins Meer zu werfen?«

»Er war ja nicht allein. Muss ein prächtiger Anblick gewesen sein. Kriegselefanten und Prunkelefanten, Kamele, die zehntausend Reiter, Kanonen ...« De Boigne schnalzte.

»Vergessen Sie nicht das bittere Ende.«

Der Savoyarde schnaubte leise. »Wer könnte das vergessen, wenn er sich einmal damit beschäftigt hat? Baksar, Hector Munros harte Truppen, und auf der Seite der Inder kein fähiger Kommandeur. Wenn ...« Er brach ab.

»Hätten Sie etwas ausrichten können? Wollen Sie das sagen?«

De Boigne schüttelte den Kopf. »Alte Schlachten rückblickend zu verändern ist eine Beschäftigung für kindische Greise.«

»Jedenfalls hält mich nicht viel in Patna, trotz allem.«

»Mich auch nicht. Das Geld geht zur Neige, und die Gastfreundschaft der Garnison in allen Ehren, aber ...«

Saldanha grinste. »Ich nehme an, wir sind quitt, was? Sie haben die Briten um den Finger gewickelt mit Ihrem savoyardischen Charme; dafür verdiene ich mir den Aufenthalt mit ein bisschen Medizin.«

Tatsächlich war Saldanha gespannt gewesen, wie de Boigne sich unter den britischen Offizieren bewegen würde. Nach den Geschichten, die er unterwegs erzählt hatte … Aber nichts schien übertrieben gewesen zu sein; die Männer der Garnison behandelten ihn wie einen Bruder. Major Osbert Langston, der Kommandeur, hatte ihm den beinahe intimen Umgang per Vornamen angeboten, aus Benoît Bennett gemacht und gesagt: »Ein Jammer, dass Sie Ausländer sind. Wenn Sie Brite wären, würden Sie in ein paar Jahren sämtliche Kompanietruppen in Bengalen kommandieren.«

De Boigne hatte Schneid, tadellose Manieren, ein brillantes Auftreten; und wenn er auch Englisch mit französischem Akzent sprach, er war kein Franzose, sondern Savoyarde, Untertan des Königs von Sardinien, Savoyen und Piemont – wichtig angesichts der jahrhundertealten Feindschaft und der Lage in Indien.

Außerdem konnte er Geschichten erzählen: spannende, bisweilen auch witzige Geschichten, die Leben in den öden Alltag der Offiziere brachten.

Die Geschichten schienen aber sogar wahr zu sein – jedenfalls die meisten. Immer wieder gab es Zwischenfragen nach Orten oder Leuten; zu jeder Station von de Boignes Lebensweg hatte der eine oder andere Offizier etwas zu bemerken, zu bezweifeln, zu bestätigen, und de Boignes Auskünfte schienen alle zu befriedigen. Er kannte die Orte, von denen er berichtete; er kannte die Leute, nach denen die anderen fragten; er hatte alte Bekannte oder Freunde der Offiziere getroffen und konnte Auskünfte über deren Leben geben.

Allerdings verschwieg er etwas, das er Saldanha erzählt hatte: dass er 1751 in Chambéry als Benoît Leborgne geboren worden war. Leborgne – »der Scheele, Schäbige, Einäugige«, kein Name für einen, der im Korps der meist adligen Offiziere aufsteigen wollte. Auch kein Name für einen, der den edlen Offizieren der Garnison von Patna gegenübersaß.

Einige der Anekdoten lösten eine ganze Flut ähnlicher Erzählungen bei den Briten aus, vor allem de Boignes »Jugendsünden«: Nach einem Umtrunk mit Kameraden hatte er Laternen zerschlagen, mit dem Bernsteinknauf seines gedrechselten Stocks eine Statue beschädigt und den Nachtwächter verprügelt. Später forderte er einen piemontesischen Offizier, der seinen älteren Bruder beleidigt hatte, zum Duell mit Säbeln, verletzte ihn und wurde aus Savoyen verbannt.

Dann kamen die Geschichten aus Garnisonen, von der Fahrt nach Mauritius, vom russischen Admiral Graf Orlow, der die Streitkräfte der Zarin im östlichen Mittelmeer befehligte, von türkischer Gefangenschaft auf der Insel Chios, wo er sich unter Ehrenwort frei bewegen konnte. Von der Begegnung und Freundschaft mit Lord Algernon Percy, der de Boigne das nötige Geld lieh, um sich freizukaufen. Vom Versuch, in Russland den Hauptmannssold für die Zeit der Gefangenschaft einzufordern.

»Ich habe ihn bekommen, und etwas mehr; aber fragen Sie mich nicht nach Einzelheiten.«

»Haben Sie die Zarin kennengelernt?«, fragte Major Langston.

»Diskretion, Osbert.« De Boigne lächelte.

Mit seiner Statur – sechs Fuß »und etwas mehr«, breite Schultern, ein hübsches Gesicht – war er genau die Sorte Mann, die Kaiserin Katharina schätzte, wie es hieß. Anders als die meisten ihrer russischen Offiziere war er gebildet, wohlerzogen, beherrscht, ein mäßiger Trinker, guter Gesellschafter »und etwas mehr«. Diskretion? Gegenüber einer hochrangigen Dame? »Und etwas mehr«?

Die Männer der Garnison steuerten Anekdoten über russische Offiziere bei und drückten Hochachtung ob des Männerverbrauchs der Zarin aus …

Über seine Zeit in Russland sagte de Boigne lediglich, er habe versucht, eine Route auszuarbeiten und zu erkunden, die vom Kaspischen Meer durch Turkestan, Afghanistan, den Khyberpass und Kaschmir nach Indien führen sollte; es sei aber nicht zu den »nötigen Bewilligungen« gekommen.

Wieso Indien? Ah, sagte de Boigne, erstens wegen der russischen Interessen an Mittelasien, zweitens habe er nach der Freilassung aus der Gefangenschaft einige Tage in Smyrna verbracht und dort britische Händler und ehemalige Offiziere aus Indien getroffen, deren wundersame Geschichten ihn nicht mehr losließen.

Hier fragten die Briten nach Namen; und tatsächlich waren zwei der Leute, die er erwähnte, der Messe bekannt. Danach floss viel Champagner in den Whisky und begleitete Geschichten über Karawanen, einen Schiffbruch vor Alexandria, wo er einen Briten traf, George Baldwin, der als Diener der Ostindien-Kompanie – und Vetter zweiten Grades eines Offiziers in Patna; mehr *whisky peg* – den Handel zwischen Indien, Ägypten und England organisierte. Er kannte Lord Algernon Percy, den jüngeren Bruder des Herzogs von Northumberland. Ein Offizier, befreundet mit Lord Percy, braucht Hilfe? Ehrensache für einen Gentleman ...

1778: Madras; eine Stelle als Fähnrich im 6. Infanterieregiment. 1780 drang Haidar Ali in die Karnatik ein. De Boignes Regiment geriet in einen Hinterhalt; die wenigen Überlebenden wurden in eine jahrelange grausige Gefangenschaft geführt. Er war zu diesem Zeitpunkt mit einer kleinen Abteilung unterwegs, als Bedeckung eines Getreidetransports ... Er überlebte, machte keine Beute, wurde nicht befördert; 1782 verließ er das Regiment, ohne einmal wirklich eingesetzt worden zu sein.

»Und jetzt?«, hatte Major Langston gesagt. »Scheußliches Pech, mein Lieber, für einen Mann mit Ihren Fähigkeiten. Aber der falsche Geburtsort ...«

De Boigne hatte das Glas erhoben. »Auf den König haben wir schon getrunken, Gentlemen – lassen Sie uns jetzt auf Seine Exzellenz trinken, Mister Warren Hastings.«

Sie tranken, und de Boigne erzählte von Gesprächen mit Hastings und seiner charmanten deutschen Gattin; und zwar erzählte er so geschickt und ausgiebig, dass die anderen vergaßen, ihn nach Einzelheiten dessen zu fragen, was er für Hastings erledigen sollte. Er deutete lediglich an, eine Art Auftrag für die Beschreibung eines Landwegs von Kalkutta nach Europa erhalten zu haben. Und Empfehlungsschreiben an diverse Fürsten.

Saldanha wusste, dass ein Deutscher namens Georg Forster den Landweg gerade suchte oder bereits gefunden hatte, im Auftrag von Hastings, und glaubte kein Wort von de Boignes Auskünften. Von diesem Teil jedenfalls. Die Empfehlungsschreiben mochte es geben; aber zu einem Pfadfinder-Auftrag hätte Geld gehört, und de Boigne hatte keines. Nicht mehr, jedenfalls, als er selbst.

Geld. Das übliche Problem.

De Boigne trank einen Schluck, setzte das Glas ab und musterte den Portugiesen. »Tja«, sagte er. »Wie kommen wir denn nun nach Lakhnau, zu Ihrem Freund? Sind Sie sicher, dass wirklich keine Karawane in die Richtung geht?«

»Nicht in absehbarer Zeit.«

De Boigne grübelte. »*Merde*«, sagte er schließlich leise. »Irgendwann demnächst, aber frühestens in drei Monaten, also für uns zu spät, verlegen die hier ein paar Reiter nach Lakhnau – Austausch, glaube ich. So lange können wir nicht hier sitzen bleiben. Zu zweit, beziehungsweise zu dritt mit dem Führer, ist es zu riskant. Keine Karawane. Geld haben wir nicht, und wenn wir es hätten, würde es nicht ausreichen oder keinerlei Sicherheit geben. Was tun?«

»Wie lange können wir denn Ihrer Meinung nach die Gastfreundschaft der Garnison noch missbrauchen?«

»Das ist es ja … Nicht mehr lange; es wäre – unehrenhaft.«

Saldanha nickte. »Hab ich mir gedacht. Nicht, dass ich etwas von Ehre verstünde.«

De Boigne kratzte sich den Kopf; plötzlich lachte er. »Gibt es nicht so etwas wie eine hilfsbereite Gilde aller heiligmäßigen Pilger und Zehensucher?«

Saldanha beschloss, einen Schuss ins Blaue abzufeuern. »Die gibt es nicht; aber wie steht es mit einer Bruderschaft aller Offiziere, die eine Stellung an indischen Fürstenhöfen suchen?«

»Ah.« De Boigne grinste. »Gibts wahrscheinlich, aber die ist nicht hilfreich, fürchte ich, weil sie aus Konkurrenten besteht. Lauter Halsabschneider.«

»Wie Sie.«

»Fürwahr.«

»Ich sollte mich wohl vorsehen.« Saldanha berührte die kaum verheilte Narbe an seinem Hals. »Am Ende …«

»Wenn ich Ihre wirre Geschichte richtig verstanden habe, wollten Sie doch überschüssigen Samen loswerden, ja? Wenn Sie das bei mir versuchten, könnte es sein, dass es nicht bei einer harmlosen Narbe bliebe.«

Später, als die Messe sich gefüllt hatte, erkundigte sich Major Langston nach den Plänen des »trefflichen Medizinmannes« – ob Doktor Saldanha vielleicht wieder einmal heimreisen wolle, nach Goa?

»Es gibt da gewisse Differenzen«, sagte Saldanha. »Zwischen der Inquisition und mir, wenn Sie es genauer wissen wollen.«

Der Major setzte ein schräges Lächeln auf. »Scheußliche Einrichtung, was? Also ziehen Sie im Land herum, bis sich alles beruhigt hat?«

»So ungefähr.«

»Und Ihr nächstes Ziel? Ah ja, Lakhnau; das hatte Bennett ja schon angedeutet. Ein Jammer, dass wir Ihnen keine Eskorte stellen können, Gentlemen, aber ohne Anlass ...« Er schüttelte den Kopf. »Und die Straßen sind verdammt unsicher; es treiben sich noch immer Chait Singhs alte Krieger herum.«

»Was treibt Sie denn nach Lakhnau?«, fragte ein schmächtiger Leutnant, der mangelnde Körpermasse offenbar durch einen ausladenden gezwirbelten Schnurrbart wettmachen wollte.

»Ein alter Freund, den ich besuchen möchte – auch, um ihm de Boigne, ah, Bennett vorzustellen. Vielleicht kann der etwas für ihn tun.« Er lächelte. »Falls Bennett irgendeine Form von Hilfe brauchen sollte.«

»Wer ist der alte Freund, wenn ich fragen darf?«

»Claude Martin, der Leiter des Arsenals.«

Einen Moment lang herrschte Stille, dann redeten alle Offiziere durcheinander.

Langston klatschte in die Hände. »Ruhe! Gentlemen, Ruhe, bitte! Ah, warum sagen Sie das erst jetzt?«

»Was denn?« Saldanha war verblüfft über die Reaktion; alle britischen Offiziere, geschworene Feinde Frankreichs, strahlten bei der Erwähnung des Namens Martin.

»Dass Sie ein Freund von Claude sind!« Langston legte die gefalteten Hände vor sich auf den Tisch; mit einem halben Lächeln sah er seinen Adjutanten an. »Das ändert die Lage natürlich. Vernon – wir haben doch sicher irgendetwas hier, das schnell unter Bedeckung zu Martin verbracht werden muss, nicht wahr?«

Die Vorbereitungen nahmen zwei Tage in Anspruch; am letzten Abend gab es eine ausufernde Abschiedsfeier in der Garnison, und am Morgen danach ritten sie mit schmerzenden Schädeln los.

Langston hatte beschlossen, die Garnison von Lakhnau müsse dringend mit Musketen und Munition beliefert werden; außerdem sei dies eine vorzügliche Gelegenheit, einen Teil der neuen Sepoys »zu tummeln«, wobei der geschätzte savoyardische Kamerad durchaus »mitspielen« dürfe. Einer der Hauptleute, Captain Marsden, erhielt den Befehl über zweihundert Reiter – europäische Offiziere und indische Mannschaften, die Hälfte davon »roh« – und die Anweisung, die Sicherheit der Wege zu prüfen.

De Boigne fragte noch in der Garnison, was es denn mit diesem Claude Martin auf sich habe. Saldanha hatte bisher nur ganz allgemein von einem alten Bekannten erzählt.

»Warten Sie, bis wir unterwegs sind«, sagte Saldanha. »Das sind lange Geschichten. Vertreibt einem die Zeit.«

»Na gut. Aber der Name war ja wie ein Zauberwort. Wie heißt das, was Ali Baba zur Öffnung der Höhle sagen muss?«

»Sesam.« Saldanha lachte. »Scheint so ähnlich zu sein. Wenn ich das gewusst hätte, hätte ich natürlich eher von ihm gesprochen.«

»Hm. Und ich nehme an, er braucht nicht so furchtbar dringend Munition und Musketen?«

»Er stellt selbst Musketen her – lässt sie herstellen, genauer, und macht gute Geschäfte mit Salpeter.«

Claude Martin, geboren 1735 in Lyon, hatte sich 1751 von der französischen Ostindien-Kompanie anwerben lassen und segelte zur Faktorei Pondicherry, etwa 150 Meilen südlich von Madras. Nach der französischen Niederlage 1760 schloss er sich den Briten an, wurde Fähnrich der regulären Truppen.

1764 desertierte ein Teil seiner Einheit. Martin desertierte nicht und erhielt sein Leutnantspatent. 1765 wurde er nach Lakhnau geschickt, um die mit der Eintreibung von Steuern im Reich des Nawab von Audh beschäftigten Offiziere zu verstärken. 1766 kam die Beförderung zum Hauptmann; bald darauf half er bei der Niederschlagung einer Meuterei in Monghyr.

Danach kamen seine bitteren Jahre. Im Januar 1767 wurde er aus der Armee entlassen: Geldmangel, und hinzu kam ein Anfall von Rassenwahn, dessen Verfechter alle Nicht-Briten aus Offiziersrängen entfernen wollten. Martin, der sich immer schon für Technik, Erfindungen, Maschinen interessiert hatte, verbrachte zwei Jahre in einer Sondereinheit, die das nordöstliche Indien vermaß und Karten anfertigte.

1769 wurde er wieder in die Armee aufgenommen, blieb aber noch mehrere Jahre bei der Vermessung. 1776 ernannte man ihn zum Intendanten des Arsenals von Lakhnau, immer noch im Rang eines Hauptmanns. 1779 erreichte er seine Beförderung zum Major, unter der von ihm selbst vorgeschlagenen Bedingung, dass er sich mit dem Sold des Hauptmanns bescheide. Seine hervorragenden Beziehungen zu den maßgeblichen Leuten des Generalgouvernements in Kalkutta einerseits und zum Hofstaat des Nawab andererseits ließen ihn sogar 1781 die Deportation aller Europäer aus Lakhnau überstehen.

Als Saldanha an diesen Punkt gelangt war, unterbrach de Boigne, der die ganze Zeit aufmerksam gelauscht hatte.

»Woher wissen Sie das – ich meine, aus den letzten paar Jahren und sogar Monaten? Wann haben Sie ihn zuletzt gesehen?«

»Zwei? Ah nein, drei Jahre her. Aber wie Sie gehört haben, ist er bekannt. Und beliebt, könnte man sagen. Duncan in Kalkutta hat mir die neueren Dinge erzählt. Ehe Sie zu uns gestoßen sind.«

Der Savoyarde nestelte in der Mähne seines Pferds herum; vielleicht, dachte Saldanha, will er Locken drehen.

»Wieso konnte er Mitglied der regulären Truppe werden und ich nicht?«, sagte de Boigne schließlich.

»Das war diese dumme Entscheidung von anno '67. Die ist nur teilweise revidiert worden; qualifizierte Leute, die man entfernt hatte, wurden wieder aufgenommen. Aber neu eingestellt werden nur noch Untertanen der Krone, außer bei den Einheiten für Söldner und bei den Sepoys.«

Hauptmann Marsden war noch nicht lange in Indien. Er hatte rotblondes Haar, helle Haut, eine Million Sommersprossen und litt unter der feuchten Hitze. Die kühlen Brisen, die sie sich vom Fluss versprochen hatten, waren bestenfalls symbolisch, die Mücken und Fliegen des Flusslands dagegen allzu real. Sie ritten das südliche Gangesufer entlang, was ihnen die Überquerung der großen nördlichen Nebenflüsse ersparte.

Zum Glück hatte der Major einen trotz seiner Jugend bereits erfahrenen Leutnant und gestandene Unteroffiziere mit der Truppe betraut, sodass Marsden tapfer leiden konnte. Am dritten Tag begann er, im Sattel herumzurutschen und dabei lautlos zu fluchen; abends spaltete Saldanha ihm einen Abszess zwischen den Hinterbacken, der dort schon länger ersprossen sein musste. Es war ein umwegiges Unternehmen, da der Hauptmann sich zunächst weigerte, hinter den Büschen die Beinkleider fallen zu lassen.

»Warum haben Sie das nicht gesagt, als der Major Sie eingeteilt hat?«, sagte João, als Marsden vorsichtig die Hosen wieder anzog.

»Ach, hören Sie, mein erstes Kommando außerhalb der Garnison.« Es war eher ein Knurren als eine deutliche Aussage. »Außerdem – würden Sie gern über Ihren Arsch reden, wenn Ihr Vorgesetzter etwas von Ihnen will?«

»Ich habe keinen Vorgesetzten.« Saldanha klackte mit der Zunge. »Und über meinen Arsch rede ich lieber als über mein Gemüt; er ist nämlich weniger intim.«

Sergeant Mackay, der eigentliche und sehr lautstarke Vater der Truppe, war ungewöhnlich schweigsam und, wenn er überhaupt redete, außerordentlich leise, als sie die Gegend von Baksar erreichten. Sie lagerten auf einem Hügel, vielleicht zwei Meilen südlich des Flusses. Das übliche Getümmel: Pferde wurden in einen behelfsmäßigen Pferch gebracht, Zelte aufgeschlagen, mitgebrachtes Feuerholz aufgeschichtet; ein paar Männer holten Wasser aus einem nahen Bach.

Anders als sonst beteiligte sich Mackay nicht, und irgendwie hatte de Boigne plötzlich die Aufsicht. Saldanha sah sich um.

Der Sergeant stand am Rand der Hügelkuppe, die Arme vor der Brust verschränkt, und starrte in den Dunst des Abends, auf das Wasser, das flache Land, die Umrisse von Häusern, Booten und anderen Dingen in der Ferne, die sich in der jähen Dämmerung auflösten.

Saldanha legte seinen Sattel zurecht, machte die Decke bereit, half bei einem der Feuer; dann wollte er Marsdens Gesäß inspizieren. Der Hauptmann winkte ab.

»Nicht nötig, geht schon viel besser.«

»Sie sind ein Trottel, Captain, wenn ich das sagen darf. Kommen Sie schon; wir gehen hinter den Pferch, wenn Ihnen schamhaft zumute ist.«

Marsden schüttelte den Kopf.

De Boigne wandte sich zu ihm um; der Savoyarde schien alles gehört zu haben.

»*Mon capitaine*«, sagte er. Es klang wie ein milder Tadel.

Saldanha betrachtete seinen Reisegefährten. De Boigne stand da, in vorzüglicher Haltung, barhäuptig, mit einer leichten hellen Jacke, heller Hose, weichen Reitstiefeln. Nichts an ihm war militärisch, und doch war er durch und durch Offizier.

Marsden zögerte einen Moment, seufzte leicht, salutierte und sagte: »Sie haben recht … Sir. Tut mir leid.« Er nickte Saldanha zu. »Kommen Sie, Doc?«

Als sie zu den Pferden gingen, fing Saldanha einen Blick von Leutnant Willoughby auf. Und sah die Andeutung eines beifälligen Grinsens.

Nach erfolgter Besichtigung der Rückseite des Hauptmanns machte Saldanha einen kleinen Umweg, statt die Medizintasche sofort zu seinem Sattel zu legen. Er ging dorthin, wo de Boigne mit einem älteren indischen Unteroffizier redete. Es ging um Pferde, um das kaum zu bemerkende Hinken eines Tiers; die beiden sprachen Englisch, eigentlich im Plauderton, aber der Inder hatte Haltung angenommen, als spräche er mit einem Vorgesetzten.

»Bravo, *mon général*«, murmelte Saldanha.

De Boigne zuckte mit der linken Braue.

Sergeant Mackay schien sich nicht bewegt zu haben; er stand noch immer am Rand der Kuppe und blickte in die dichter werdende Finsternis. Weit entfernt waren schwache Lichtpunkte zu sehen, Lagerfeuer vielleicht, die Feuerstelle eines Bauernhauses oder eine Lampe an Bord eines Kahns.

Saldanha stellte seine Medizintasche ab und ging langsam zu Mackay. Plözlich war de Boigne neben ihm, legte ihm eine Hand auf die Schulter und sagte leise: »Lassen Sie mich das machen, João; ich glaube, das ist eine Sache unter Kriegern.«

Er trat neben Mackay, blieb stehen, ohne etwas zu sagen. Der Sergeant reagierte nicht; aber Saldanha sah, dass der rechte Fuß, bis jetzt ein wenig nach außen gedreht, plötzlich parallel zum linken stand.

»Geister, *mon camarade?*«, sagte de Boigne halblaut.

»Achthundertsechzehn Tote und Verwundete, Sir. Ich höre noch immer Munros Gebrüll und die Salven der Kanonen. Und denke an die Schweine, die uns vor der Schlacht verlassen haben – Deserteure, wissen Sie.« Er betonte den letzten Satz ein wenig merkwürdig.

De Boigne gluckste. »Ich weiß – die französischen Freiwilligen.«

»Nicht alle; ein paar sind geblieben. Vor allem einer.«

»Wer?«

Der Sergeant wandte ihm nun das Gesicht zu. »Der, dessen Name dafür gesorgt hat, dass wir unterwegs sind. Claude Martin. Vorher Fähnrich, danach Leutnant. Der tapferste der Tapferen. Obwohl er Franzose ist. Entschuldigen Sie, Sir.«

Saldanha wandte sich ab. Er dachte an den alten Iren in Madras,

Kelly, der bei Baksar eine Hand verloren hatte, und er fühlte sich als Eindringling. Zwar hätte er gern gewusst, wie dem Sergeanten hier, nahe dem Schlachtfeld, zumute war und wie de Boigne sich aus der Affäre ziehen würde – beschwichtigen, bedauern, bekräftigen? Aber er hatte nichts bei ihnen zu suchen: Portugiese, Arzt, Wanderer, Sucher, der nie als Mann neben anderen Männern unter Feuer gestanden, nie an dem teilgenommen hatte, was manche als höchstes Erlebnis, Männerreigen, letzte Erfüllung ansahen. Er hielt derlei Empfindungen für absurd, sagte sich aber, dass die Faszination von Tapferkeit im Gemetzel, von Teilhabe an einem gewaltigen Vorgang auch ihn erfassen könnte und dass er die Dinge dann vielleicht anders sähe.

Ein wenig betrübt, weil ihm das Fehlen dieser Erfahrung als ungeheurer Mangel erschien, ging er zurück zu seinem Platz im Lager. Aber da er nicht schnell ging, hörte er noch – ungläubig und verblüfft –, was de Boigne sagte und wie der Sergeant, aus melancholischen Erinnerungen gerissen, darauf reagierte. Und er begriff, dass er trotz aller Erzählungen Krieger wohl erst begreifen würde, wenn er selbst Teil ihres gemeinsamen Mythos wäre.

»Seien Sie froh, Sergeant, dass ich nicht auf der anderen Seite gestanden habe. Keiner von Ihnen wäre lebend davongekommen.«

»Hah!« Mackay klatschte in die Hände; er klang zugleich begeistert und neugierig. »Das müssen Sie mir aber erst mal erklären, Sir.«

De Boigne erklärte, den halben Abend lang, am Feuer, bedrängt und befragt und immer wieder von Briten und Sepoys, Offizieren und Gemeinen unterbrochen.

Saldanha verzichtete darauf, de Boigne daran zu erinnern, dass nur »kindische Greise« alte Schlachten rückblickend verändern sollten; hier fand etwas anderes statt, kein kindisches Spiel, sondern eher eine Art Kommunion. Einige der Männer waren Veteranen der großen Schlacht, die den Briten Bengalen gesichert und den Zugriff auf Audh ermöglicht hatte, aber alle waren Mitglieder der Bruderschaft des Schwerts, der er als Einziger nicht angehörte. Und während sie de Boignes Verlegungen von Elefanten und Batterien lauschten und die Schlacht mit Worten nachspielten – vierzigtausend Kämpfer unter Mir Kasim, Radscha von Bengalen, Shuja du Daula, Nawab-Wesir von Audh, und Shah Alam, dem Mogulkaiser selbst, gegen kaum fünftausend Briten und Sepoys unter Major Munro – und von den Kanonen sprachen, den Elefanten, dem kontrollierten Feuer der Sepoy-Infanterie, an deren Karrees die Wellen afghanischer Kavallerie zerbrachen, dem furchtbaren Beschuss durch Mir Kasims Artillerie, dem todesmutigen Angriff einer kleinen Einheit unter Fähnrich Claude Martin, die mit Säbel und Bajonett die stärkste Geschützstellung der indischen Fürsten zum Schweigen brachten, und während schließlich alle dem einfachen und offenbar überzeugenden Plan des Savoyarden mit Wasser, Rum oder Arrak zutranken ... dachte Saldanha an einen mythischen Krieger, Inkarnation eines Gottes.

Rama hatte angeblich hier, bei Baksar, den heiligen Ganges überquert, um nach Mithila zu reisen und sich mit Sita zu vermählen. Und hier, bei Baksar, hatte er die mächtige Dämonin Tarka getötet. Aber hatten nicht alle Teilnehmer der Schlacht von 1764 Dämonen getötet? Eigene, fremde, gemeinsame Dämonen? Waren nicht alle für die eine Seite Held, für die andere Dämon gewesen? Gab es einen Krieger, der nicht Rama war, wenn er an der blutigen Kommunion der Schwertbrüder teilnahm – einen Christen, der nicht Jesus war, wenn er an Ihn glaubte, Sein Fleisch aß und Sein Blut trank? Welcher Dichter oder Denker hatte gesagt, wer eine Zeile Shakespeares wiederholt, sei für diesen Moment Shakespeare, und im Schwindel erregenden Moment des Koitus seien alle Menschen *ein* Mensch?

Dieser Gedanke riss ihn aus den Gefilden mystischer Verirrung zurück ins Diesseits. Er kicherte lautlos und sagte sich, dass es ganz entschieden etliche Menschen gebe, mit denen er im Moment des Koitus nicht verschmelzen wolle. Auch nicht, schon gar nicht in diesem Moment.

Claude Martin war furchterregend gealtert; Saldanha erschrak, als er ihn sah: ein Greis, gekrümmt, mit zerfurchtem Gesicht und kleinen tastenden Schritten. Er war sechsundvierzig, so alt wie João, sah aber aus wie jenseits von siebzig.

Martin begrüßte Saldanha mit einer mühsamen Umarmung, drückte de Boigne die Hand, wies den Diener an, Erfrischungen zu bringen, und schlurfte zu seinem breiten Diwan zurück. Aber »schlurfen« hielt Saldanha für ein allzu hektisches Wort; eher war es ein Scharren der Füße, bei dem sich eine Ortsveränderung durch Zufall zu ergeben schien.

»Oder«, sagte der Hausherr plötzlich, ehe die beiden sich der Sessel bemächtigt hatten, »zuerst die übliche Reinigung nach der Reise?«

»Zuerst ein Schluck, *mon cher,* und der lange vermisste Anblick deines Gesichts.«

»Ah, da ist nicht viel Erfreuliches zu sehen, fürchte ich. Von Schönheit nicht zu reden.«

Da Claude Martin in Lakhnau zu den wichtigsten Männern gehörte, war es nicht schwer gewesen, sein neues Haus zu finden. Für ein paar Kupfermünzen hatte ein Junge aus dem Basar sie zum Fluss geführt, wo der kleine Palast stand. Marsdens Truppe hielt sich in der Garnison auf; in ein paar Tagen würde man einen geziemend heftigen Abschied zelebrieren.

Martins Gebäude war im Prinzip eine Festung. Außerhalb von Lakhnau, am bewaldeten Ufer des Gomati, hatte er ein großes Stück Land erworben und teilweise roden lassen. Ein Vorfall während der Bauzeit brachte ihn dazu, das Haus mit einem Graben, Zugbrücke und nicht nur symbolischen Außenmauern zu versehen, wie er mit einem gequälten Lächeln berichtete.

Chait Singh, Radscha von Benares, hatte für den »Schutz« der Ostindien-Kompanie zweihundertfünfundzwanzigtausend Rupien pro Jahr zu zahlen und, solange der Krieg zwischen England und Frankreich dauerte, weitere fünfzigtausend Rupien als »Notsteuer«. Im Herbst 1781 hatte er aufbegehrt. Truppen der Kompanie beendeten die Fiktion eines unabhängigen Benares. Danach zogen Chait Singhs ehemalige Krieger als Räuber durch die Lande, bis nach Lakhnau, wo sie die Umgebung plünderten und bei Martins halb fertigem Haus auftauchten. Martin stellte zwei Feldschlangen vor die Türen, lud sie mit Schrapnell, bewaffnete seine Diener und erwartete den Angriff, einen Säbel in der Hand; die Angreifer zogen ab.

»Derlei beeinflusst die Planung eines Gebäudes«, sagte Martin. Seine Stimme klang gepresst, obwohl er es sichtlich genoss, dem neu angekommenen Landsmann diese und andere Geschichten zu erzählen.

»Darf ich unterbrechen, mein Lieber?« Saldanha drehte den Pokal aus geschliffenem Kristall, in dem Burgunder kreiste. »Ich glaube, der einleitenden Höflichkeiten hatten wir genug. Bevor wir in den langwierigen und zweifellos amüsanten Austausch von Biografien eintauchen, will ich an zwei Dinge erinnern.«

»Sprich. Welche Erinnerungen plagen dich?« Die Worte sollten scherzhaft klingen, konnten aber kaum das unterdrückte Stöhnen maskieren.

»Erstens wissen wir beide, da wir belesen sind – oder sollte ich sagen: wir drei? Wir wissen, dass Perceval nur deshalb den heiligen Gral nicht fand, weil er es versäumte, den König nach den Ursachen seiner Schmerzen zu fragen; und zweitens, mein lieber Claude, bin ich Arzt. Ich weiß nicht, ob ich je meinen Gral finde, aber trotzdem: Was ist mit dir los?«

»Es wäre unhöflich, einem Gast gegenüber derlei ... Unpässlichkeiten zu erörtern.«

De Boigne lächelte; ohne sich aus dem Sessel zu erheben, deutete er eine Verbeugung an. »Ich bin entzückt, neben untadeliger Gastfreundschaft auch tadellose Rücksichtnahme zu erfahren. Andererseits hoffe ich, Ihre Kenntnisse und die Gastlichkeit Ihres Hauses einige Zeit missbrauchen zu dürfen. Saldanha hat mir in dieser Hinsicht Hoffnungen gemacht. Wenn Sie sich nicht bedrängt fühlen, Monsieur, könnten Sie mir den Aufenthalt zweifellos noch angenehmer machen, indem Sie mich durch erhellende Worte der Qual des Rätselratens enthöben.«

»Blasensteine«, sagte Martin. »Vielleicht auch nur einer, ein großer. Der Leibarzt des Nawab, ein Schotte, Doktor Murchison, rät mir, nach Europa zu reisen, für eine Operation. Aber ...« Er hob gleichzeitig Schultern und Brauen. »Ich kann nicht gehen, stehen, sitzen, liegen, reiten – nicht zu reden von lieblicheren Dingen.« Er lächelte schwach. »Wie soll ich da nach Europa reisen? Wobei die Frage, was aus meinen Pflichten und Geschäften würde, hintangestellt sei.«

»Kannst du Wasser lassen?«

»Erst seit wenigen Tagen.« Martin bewegte unruhig das Gesäß auf dem Diwan, der mit gelber Seide bezogen war. »Murchison hat mir einen silbernen Katheter verpasst.« Er stöhnte, diesmal beinahe lustvoll. »Es ist göttlich! Und ein widerlicher Notbehelf, wiewohl erleichternd. Vorher war ich ein geblähter Ballon, der jederzeit platzen konnte. Jetzt ... Aber reden wir von wichtigeren Dingen.«

Saldanha hob die Hand. »Lass mich noch zwei, drei Fragen stellen, mein Freund.«

De Boigne hörte höflich weg, wie es schien; Martin beantwortete Saldanhas Fragen so präzise, dass der Portugiese auf gründliche Befragung durch den schottischen Kollegen schloss. Martin schien noch etwas sagen zu wollen, was über die bloße Beantwortung von Fragen hinausging; aber dann streifte er de Boigne mit einem Seitenblick und erkundigte sich nach dessen Zielen.

Saldanha lauschte dem Gespräch der beiden bestenfalls zerstreut. Er befasste sich mit seinen halb verschütteten medizinischen Kenntnissen, den Möglichkeiten einer Operation, den nicht auszuschließenden Risiken; insgeheim gab er dem schottischen Kollegen recht, der offenbar weder sich noch sonst einem der in Indien tätigen europäischen Ärzte einen solchen Eingriff zutraute. So, wie Martin die Beschwerden schilderte, musste es sich um einen großen Stein handeln, bestenfalls deren mehrere, zu groß jedenfalls, um Hoffnung auf Austreiben oder natürliches Ausscheiden zu hegen.

Einer der Diener kam in den Salon, verneigte sich und verkündete, die Speisen für den Herrn und die geehrten Gäste seien bereit. Martin nickte und gab ihm ein Zeichen: eine zur Faust geballte Hand, die etwas zu heben schien.

»Ich habe Sie beide um Vergebung zu bitten, aber nun, da wir eine gewisse Vertrautheit hergestellt haben, rechne ich auf Verständnis, wenn ich mich der Sänfte bediene.«

Zwei Diener erschienen mit einem schlichten Tragstuhl, hoben Martin vom Diwan hinein, was er ungerührten Gesichts geschehen ließ, und gingen dann voran durch den mit grünen, goldenen und braunen Platten gefliesten Korridor.

Saldanha nutzte die kurze Verzögerung, um sich ein wenig gründlicher umzuschauen. Die Wände des Salons waren mit französischen, indischen und chinesischen Teppichen ausgekleidet. Säulen aus orange gemasertem Marmor mit grünlichen Adern trugen die Decke, die aus Holzkästchen bestand; alle waren etwa eine Quadratelle groß und zeigten Schnitzereien: Vögel, Blumen, Ranken, Gebrauchsgegenstände, Götter, bewegte Szenen von Männern im Kampf oder Frauen am Brunnen … Unter einem der chinesischen Teppiche – milde Hügelkuppen und Bambushaine mit einem unfassbar leuchtenden blauen Himmel – stand eine kostbare Truhe, vermutlich das Werk eines der berühmten Schnitzer aus Kaschmir.

Durch verglaste Türen war der Innenhof zu sehen, mit einem Wasserbecken und jungen Bäumen in Töpfen. Eine halbfertige Skulptur am Beckenrand, ein Löwe, schien alles zu bewachen; allerdings war ungewiss, ob er, sobald der Künstler die herumliegenden Werkzeuge wieder aufnahm, grimmig oder freundlich dreinblicken würde.

An der den Glastüren gegenüberliegenden Wand des Salons standen Bücherschränke, verglast, aus einem Holz, dessen warmes rötliches Leuchten an behagliche Winternächte am Kamin denken ließ. Dazwischen hingen zwei große Ölgemälde; eines zeigte Martin, das andere eine hübsche junge Frau, eine europäisch gekleidete Inderin. Saldanha dachte an ein junges Mädchen namens Boulone; Martin hatte sie 1775 adoptiert und Lise genannt. Inzwischen musste sie sechzehn sein, hiesigen Gepflogenheiten gemäß eine Frau. Er glaubte, in der Porträtierten das hübsche Kind zu sehen, an das er sich erinnerte.

Schließlich, erst jetzt bemerkt, da vorher besessen und benutzt, der Tisch aus Nussbaum und die bequemen Armsessel, mit geblümtem Samt bezogen. Sie stammten zweifellos aus Frankreich und hätten als *fauteuils* in jedem europäischen Fürstenhaus stehen können.

Das Speisezimmer war ähnlich geschmackvoll eingerichtet; an dem großen Eichentisch, auf dem goldene Kerzenhalter standen, hätte eine kleinere Hofgesellschaft Platz gefunden. Das Essen dagegen, zu dem es Burgunder und kühles Brunnenwasser gab, war nicht schlecht, aber eine merkwürdige eurasische Mischung aller möglichen Zutaten und Geschmacksrichtungen. Martin entschuldigte sich dafür; er sagte, einen seinen Bedürfnissen genügenden Koch habe er noch nicht gefunden.

Es wurde schnell dunkel; ein Diener zündete die Kerzen auf dem Tisch und in einigen Wandhaltern an. Martin und de Boigne erörterten einzelne Stationen der langen Reise, die der Offizier in den letzten Jahren zurückgelegt hatte. Martin steuerte Erinnerungen an bestimmte Orte bei, und Saldanha aß schweigend.

Zum Kaffee gab es karibische Zigarren; danach leerten sie eine weitere Flasche. Schließlich wies Martin zwei Diener an, den Gästen ihre »bescheidenen Kammern« zu zeigen. Er wünschte de Boigne eine geruhsame Nacht und bat Saldanha, nach Erledigung der dringlichen Dinge noch einmal in den Salon zu kommen.

Das Zimmer, in das Saldanha geführt wurde, maß etwa zehn mal fünfzehn Schritte. Ein Himmelbett – gedrechselte Pfosten trugen eine Art Baldachin, dessen Unterseite einen Mann und eine Frau bei einer ebenso lustvollen wie verwickelten Betätigung zeigte – hätte Platz für drei oder vier Schläfer geboten. Dicke weiche Teppiche bedeckten den Boden; ein Brokatvorhang, der an der Wand zu hängen schien, verbarg in Wahrheit den Durchgang zu einem üppigen Baderaum. Als Saldanha eines der Fenster öffnen wollte, um ein wenig Nachtluft zu schnuppern, riet ihm der Diener davon ab.

»Die Erhabenheit wird zweifellos erquickende Träume nicht mit geflügeltem Ungeziefer teilen wollen.«

Saldanha verkniff sich ein Lächeln; der weißbärtige Mann mit Turban und makellos weißem Gewand sprach ein nahezu prunkvolles Urdu.

»Was ist vor den Fenstern? Sag es mir, o Fürst aller Palasthüter, dass ich es wisse.«

»Der Fluss, Himmelsgeborener. Der Sahib hat das Haus halb in den Gomati bauen lassen. – Der Beschützer der Niedrigen mag in der Truhe dort Gewänder finden, die der Behaglichkeit förderlich sein können.«

Saldanha dankte ihm; er wartete, bis der Diener gegangen war, dann zog er sich aus, reinigte sich flüchtig im Bad, suchte in der Truhe nach möglichst schlichter Kleidung für den Rest des Abends, wählte eine bequeme weite Hose und ein ärmelloses weißes Hemd; danach ging er die breite, mit einem Geländer aus Teak versehene Treppe hinunter und in den Salon.

Martin lag auf dem Diwan. Er stützte sich auf den linken Ellenbogen; in der rechten Hand schien er etwas zu halten. Erst, als er unmittelbar vor dem Diwan stand, sah Saldanha, dass es ein dünner Draht war. Martin schien erschöpft, eher von den Schmerzen als vom Tag.

»Setz dich, João. Hol den Sessel näher. Dort, auf der Anrichte, stehen Wein und Gläser. Gieß mir noch ein wenig Burgunder ein, bitte.«

Als beide mit Wein versehen waren, schloss Martin einen Moment die Augen. »Dies hier ist etwas zwischen Arzt und Patient – oder zwischen alten Freunden – oder beides.« Er öffnete die Augen, blickte in Saldanhas Gesicht, dann glitt sein Blick zum Draht in seiner Hand.

»Was hast du mit dem Draht vor?«

»Schau ihn dir an.«

Saldanha nahm den Draht, betrachtete ihn, ließ die Finger darübergleiten. Feiner Stahldraht, an der Spitze aufgerauht wie zu einer winzigen Säge oder Feile. Am anderen Ende saß unter einer Lederumwicklung eine Art Schlaufe oder Ring.

»Murchison hält nichts davon.« Martin klang mürrisch. Oder eher trotzig?, dachte Saldanha.

»Noch einmal: Was hast du damit vor?«

»Ich dachte, der Draht müsste dünn genug sein, um durch den Katheter zu passen.« Martin blinzelte; bei aller Erschöpfung und allen Schmerzen stahl sich nun doch so etwas wie ein amüsiertes Lauern auf sein Gesicht. Amüsiert, aber gleichzeitig fragend.

»Das kann doch nicht dein Ernst sein!«

»Warum nicht?«

»Ich habe noch nie davon gehört ... Aber das heißt natürlich nichts.« Saldanha legte den Draht auf das Beistelltischchen, beugte sich vor und versuchte, etwas in Martins Augen zu lesen. »Doch, du meinst das ernst.« Er zögerte. »Dieser Schotte, wie heißt er, Murchison? Er hat sicherlich mehr Erfahrung als ich. Wenn er dagegen ist ... Hat er gesagt, warum genau?«

»Er sagt, es ist eher unmöglich, auf jeden Fall gefährlich, außerdem sehr schmerzhaft. Die Wahrscheinlichkeit sei sehr groß, dass ich mir innere Verletzungen zuziehe, die zu Infektionen führen, und so weiter und so weiter.«

»Ein vorsichtiger Kollege. Aber er hat recht; du kannst damit viel beschädigen, ohne sicher zu sein, dass du hinterher auch nur die geringste Erleichterung verspürst.«

Martin griff wieder nach dem Draht, hielt ihn hoch, ließ ihn wippen. »So viele Jahre«, sagte er dumpf. »So viele Jahre Schmerzen. Seit zehn Tagen liege ich jeden Abend hier und sammle die Kraft, um damit anzufangen. Meinst du denn, einer, der vor Schmerzen nicht gehen oder reiten oder bei einer Frau liegen kann ... Schmerzen, die zwischendurch so schlimm sind, dass sie mich fast wahnsinnig machen – meinst du, dass so einer ein Risiko berechnen will, solange er auch nur die leiseste Hoffnung auf Erleichterung hat?«

Saldanha schwieg einen Moment. Dann sagte er: »Ich kann das verstehen. Aber du musst bedenken, dass es dir hinterher schlechter gehen könnte – *noch* schlechter.«

Martin steckte den Zeigefinger in die Schlaufe am hinteren Ende und ließ das dünne Metall durch die Luft kreiseln. »Wie viel Zeit hast du?«

Saldanha trank einen Schluck. »Bei deinem vorzüglichen Burgunder? Solange du willst. So lange, heißt das, bis du mich vor die Tür setzt. Oder bis sich meine Dämonen verschwören, mich weiterzutreiben.«

Martin lächelte. »Für deine Dämonen bin ich nicht zuständig, mein Freund. Was meine Tür angeht, so ist der Aufenthalt diesseits angenehmer als davor.«

»Schneiden, das wäre eine Möglichkeit«, sagte Saldanha halblaut. »Aufschneiden, den Stein oder die Steine herausholen, alles sauber vernähen und verschließen. Aber ...«

»Murchison sagt, es gibt in Europa Ärzte, die das können. Er traut es sich aber nicht zu.«

»Also, ganz ehrlich, ich auch nicht. Wahrscheinlich noch weniger als er.«

Martin nickte. »Trotzdem – bleibst du bei mir?«

»Wozu brauchst du mich?«

»Brauchen? Das weiß ich nicht. Aber ich werde mich besser fühlen, wenn du in der Nähe bist – ein Arzt. Für alle Fälle. Falls ich seltsame neue Schmerzen bekomme, falls ich anfange, Blut zu pissen. Derlei.«

Saldanha seufzte. »Wann willst du anfangen?«

»Jetzt.«

Der Portugiese schüttelte den Kopf. »Nein«, sagte er energisch. »Wir haben getrunken, deine Hand und dein Auge sind zweifellos nicht so ruhig, wie es dafür nötig wäre. Nein, warte bis morgen.«

»Wie du meinst. Und du wirst mir helfen?«

Saldanha schloss die Augen. Innerlich schüttelte er sich; gleichzeitig bewunderte er die Tapferkeit, die zu dieser Eigenbehandlung nötig war. »Ja.«

Martin atmete auf. »Gut. Dann werden wir morgen früh beginnen.« Er grinste plötzlich. »Weißt du was? Ich fühle mich schon besser.«

»Illusion«, sagte Saldanha. »Die tonische Wirkung unerwarteten Besuchs wird zwar bei den Buddhisten nicht als Sonderform von *maya* geführt, lässt aber spätestens demnächst nach.«

»So, wie es mir zuletzt ging, kann ich ein paar Illusionen gut gebrauchen.«

Saldanha wies mit dem Daumen über seine Schulter, auf die Porträts. »Was macht Lise? Wenn sie das ist ...«

»Sie ist es.« Martins Stimme klang seltsam betrübt, als er sagte: »Eine schöne Frau, nicht wahr?«

»Wer hat das gemalt? Und warum sagst du das, als ob du es bedauern müsstest?«

»Das Porträt stammt von einem reisenden Maler; der Name wird dir nichts sagen.« Er ächzte leise. »Sie ist in der Stadt, in meinem kleinen Stadthaus, nahe der Residenz.«

Saldanha nickte; er erinnerte sich an das Gebäude, in dem er bei den letzten Besuchen gewohnt hatte.

»Ich habe sie ... weggeschickt. Nein, nicht weggeschickt – gebeten, ein paar Tage oder Wochen nicht mit mir unter einem Dach zu leben.«

»Mit anderen Worten ...«

»Genau.« Martin breitete die Arme aus. »Die Briten in der Residenz halten mich für ein Schwein. ›Dieser Franzmann, der Kinder schändet.‹ Aber sie ist sechzehn, wäre längst Mutter unter normalen hiesigen Bedingungen. Ich habe sie adoptiert, also sollte ich ... Aber so ist das hier, wie du weißt. Und sie wäre beleidigt, wenn ich sie nicht ins Bett holte. Sie würde sich verschmäht fühlen. Hässlich. Zurückgestoßen. Was weiß ich.«

»Und weggeschickt hast du sie, damit ihre Anwesenheit dich nicht auf dumme Gedanken bringt, die du in deinem augenblicklichen Zustand nicht ausführen könntest?«

»Ja. – Reden wir von dir. Hast du deinen Zeh endlich gefunden? Vermutlich nicht, oder? Sonst wärst du nicht hier, nehme ich an.«

»Stimmt.«

Martin musterte ihn eindringlich. »Sei ehrlich – würdest du nicht lieber mit dem Herumziehen aufhören können? Den Zeh abliefern, deinen Besitz von der Inquisition zurückbekommen, als Arzt in Goa arbeiten? Oder alles verkaufen und umziehen – hierhin, nach Kalkutta, nach Europa?«

»Manchmal denke ich darüber nach.« Saldanha beugte sich vor, griff nach der fast leeren Karaffe und goss den restlichen Wein in die beiden Gläser.

»Und dann? João Saldanha, sesshaft, auf der Suche nach dem einen Gott, der sich nicht finden lassen will, aber vielleicht eines Tages zu ihm kommt?«

»Ich weiß nicht ...« Er zögerte; dann sagte er halblaut: »Es gibt auch noch so etwas wie Rache. Sie haben mir alles genommen, weißt du; ich möchte ihnen auch etwas nehmen. Möglichst viel, genauer.«

Martin kniff die Augen zusammen; auch die Stimme schien durch schmale Schlitze zu kommen, als er sagte: »Und wenn du den Zeh finden könntest?«

»Weißt du etwas Neues?«

»Man sagt, ein Priester, der zum Gefolge von Sindhia gehört, hat mehrere seltsame Gegenstände bei sich.«

»Sindhia? Welcher? Mahadaji?«

Martin nickte.

»Dann ist nicht an diese Gegenstände zu kommen, gleich ob es Zehen sind oder was auch immer.«

»Warum? Kennst du Sindhia? Ärger?«

Saldanha zuckte mit den Schultern. »Nicht persönlich. Ein Verwandter von ihm – Vetter, glaube ich – ist unter meinen Händen gestorben, als ich noch Arzt in Goa war. Die Maratha-Fürsten sind bei so etwas nachtragend, sagt man.«

Bevor er zu Bett ging, stand er noch ein wenig am Fenster und blickte ins undurchdringliche Dunkel jenseits des Glases. Ein Priester des elefantenköpfigen Gottes Ganesh, wie Martin behauptet hatte, im Besitz eines Kleinods, das von den einen als eingefasster Zeh, von den anderen als halber Finger, von wiederum anderen als einem Elefantenrüssel abgetrennter »Greiffinger« bezeichnet wurde ... Ganesh, der Gott des glückhaften Beginnens, besonders zuständig für Reisende, Händler, Dichter. Nicht für Ärzte. Und Mahadaji Sindhia, größter der ewig zerstrittenen Maratha-Feldherren, Hindu-Fürsten, die im Niedergang des moslemischen Mogul-Reichs vor Jahrzehnten die Chance gewittert hatten, eine eigene mächtige Konföderation zu gründen. Inzwischen beherrschten sie fast ein Drittel des Subkontinents. Ihr gewählter Führer, der »Peshwa«, konnte die inneren Zwistigkeiten nicht verhindern ... Sindhia und ein Priester. Und, vielleicht, der Zeh, Schlüssel zur Rehabilitation, zur Rückgabe seines Eigentums, zur Rache?

Saldanha dachte viele nutzlose Gedanken; irgendwann begannen seine Beine zu zittern, und er bemerkte, dass er noch immer am Fenster stand. Er gähnte, kleidete sich aus und kroch in das riesige Himmelbett. Schlafen, sagte er sich; und morgen weiterdenken.

Aber trotz des reichlich genossenen Weins konnte er nicht einschlafen; er starrte ins Dunkel, lauschte den Geräuschen des Flusses, den er nun, in der stillen Nacht, deutlich vernahm. Manchmal bildete er sich ein, Fische springen zu hören; vielleicht tuschelten sie miteinander. Nachtvögel, die über den Fluss strichen oder im Wald ringsum Beute suchten, beteiligten sich an der Unterhaltung der Zikaden.

Saldanha begann, südindische Ghat-Gämsen zu zählen, indem er ihre Beine zählte und die Summe durch vier teilte. Aber die Gämsen hielten nicht still. Danach zählte er Schafe, aber auch diese zappelten. Er versuchte es mit Fischen. Aale schlängelten sich davon, ehe er sie geistig erfassen konnte. Neunaugen stellten ihn vor Probleme, da etwas ihm sagte, dass diese Tiere entweder gar keine Seele hatten oder deren mehrere, sodass die Summe der Wesen unbestimmt war, gleichgültig wie viele Körper er sah. Ein unzählbarer Hecht, an den er dachte, wurde zum Hai, und der Hai war ein Gott, der durch blutiges Wasser schwamm und nach Saldanhas Gemächt schnappte.

»Untauglicher Unfug.«

Er legte sich auf die andere Seite und dachte über den Hausherrn und den Gast nach: schon so ähnlich, noch so verschieden. Er zählte sich Einzelheiten ihrer Biografien auf, und zusammen mit Fetzen seines eigenen Lebens, die sich einmischten und verglichen werden wollten, beschäftigte ihn das so sehr, dass er ganz vergaß, dass er eigentlich schlafen wollte. Dabei hatte er das undeutliche Gefühl, dass etwas in einer Hinterkammer seines Geistes steckte, herauskommen wollte und ihm dann etwas ungeheuer Wichtiges sagen würde. Aber er wusste nicht, wo die Kammer war, noch, wie man sie öffnen konnte. Und während er über den Franzosen und den Savoyarden nachdachte, blieb dies Gefühl halb wach, wie das ferne Tosen eines Sturms, von dem man nicht weiß, ob er vielleicht doch nur ein Zephyr ist, sanftes Wehen.

Sanftes Weh. Leiden Götter an Weh? Können Götter wehen? Können sie beleidigen? Beleidigen sie Winde? Können Götter beleidigt werden? Es gab irgendwo weit im Norden, oder Nordosten, in der himmelhohen Senke zwischen zwei mehr als himmelhohen Bergen, einen alten Tempel mit Gebetsmühlen und umgeben von Stupas, wo weißhäutige Zwerge Götzen aus Yak-Mist formten und anbeteten. Götzen mit gigantischen Zehen, die aus einem Tintenspiegel ragten. Fliegende Fische mit Martins Gesicht trieben die Gebetsmühlen mit Flossenschlägen, und sie sammelten Yak-Urin in langen dünnen Röhren, in die sie im Winter Drähte hängten. Morgens zog man den Draht mit dem vergilbten Eis aus der Röhre und schlug davon alles ab, was nicht zu einer Bernsteinkette passte. Und der Gott, der Unflat war, wurde mit dieser Bernsteinkette erwürgt. Aber die einzelnen Glieder der Kette waren kein Bernstein-Urin, sondern Zehen, und aus dem vereisten Boden ragte plötzlich Shivas Dreizack in den Nebel, um Schemen zu zerstückeln, die sterbend portugiesische Flüche ausstießen ...

Saldanha fuhr aus dem Halbschlaf hoch; ein Zucken, das das mächtige Bett erschütterte. Wieso glitt alles in diesen absurden Albtraum hinüber?

Er legte sich auf den Rücken. Vielleicht, dachte er, sollte man schneller denken, weniger Einzelheiten, mehr abstrakte Dinge? Oder mehr Einzelheiten, mehr Zahlen? Was würde ihm helfen einzuschlafen? Oder, wenn er denn wirklich nicht schlafen konnte, jenen halbfertigen Gedanken aus der letzten Rumpelkammer seines Hirns zu holen? Ganesh, ein Priester, ein Zeh, Sindhia, de Boigne, Martin – worum ging es bei dem Gedanken, der nicht deutlich werden wollte?

Martins Blase? De Boignes Zukunft? Ruhm und Geld ... Er sah Münzen, die an der Innenseite seiner geschlossenen Lider klebten: Pagodas und Mohurs und Guineen, Rupien, Louisdors, Piaster, Escudos, Maravedis ...

Wieder schreckte ihn ein Zucken aus dem Halbschlaf. Zuerst schräge Götter, dann Geld. Gott und Gold. Wach, wie er nun war, fielen ihm Dutzende weiterer Münzsorten ein, was er als Zeichen dafür nahm, dass er doch nicht wach war, weil er sonst nicht an Münzen gedacht hätte; welcher Gedanke ihm ein Beweis schien, dass er doch wach war, weil er ihn sonst nicht hätte denken können.

Und das Ding in der hintersten Ecke seines Geistes, eher Empfindung denn Gedanke. Was betraf es? Martins Geschäfte? Er besaß mehrere Gebäude, hatte auf einem Grundstück innerhalb der Stadt einen Basar gebaut, den er an einheimische Händler und Handwerker vermietete, hielt das Arsenal der Garnison von Lakhnau in bestem Zustand, hatte sogar angeboten, sämtliche Truppen der Ostindien-Kompanie zu einem Drittel der bisherigen Preise mit Waffen aus einheimischer Fertigung zu versehen, was in Kalkutta abgelehnt wurde. Er machte prächtige Geschäfte, indem er dem Nawab europäische Luxusgüter verschaffte, Salpeter exportierte, Indigopflanzungen betrieb ...

Wer war dagegen João Saldanha, von der Inquisition gefoltert, verurteilt, enteignet, der Familie beraubt, zum Zweck der Rehabilitation auf eine wahnsinnige Suche geschickt, nach dem Zeh eines Heiligen, den er für einen Trottel hielt? Einen Zeh, von dem er hin und wieder träumte, über den es hin und wieder Gerüchte gab. Jemand in Madras wollte wissen, dass der mit Gold eingefasste und mit Diamanten geschmückte Zeh inzwischen in einem Dschungeltempel auf Ceylon als Buddha-Reliquie verehrt wurde. Ein Mann an der Kalinga-Küste hatte behauptet, der Zeh sei von einer obskuren Theophagen-Sekte gekocht und in winzigen Fetzchen verzehrt worden; dabei habe der unverweslichen Leiche göttliches Gift drei Dutzend Tote gezeugt, Säuglinge fürs Jenseits gewissermaßen. Eine weitere Variante lautete, der Zeh sei mit einem Zeh aus Elfenbein umhüllt worden, der in einem Bronzezeh stecke, der von einem größeren Zeh aus Ton verborgen werde, und diesen habe man dem Fuß der Göttin Parvati angefügt, der vor Jahren bei einem leichten Erdbeben beschädigt worden sei – dem Standbild der Parvati in einem kleinen Tempel hinter einem Bordell in Benares. Einem von fünfhundert Bordellen in Benares, wo es tausend Tempel gab. Und nun die Sache mit dem Priester im Gefolge von Mahadaji Sindhia …

Wieder bedachte Saldanha, dass die Götter sehr wohl eine Erfindung der Menschen sein mochten, die in alter Zeit begriffen hatten, dass sie einander ohne höhere Mächte und deren Weisungen unausgesetzt umbringen würden, ohne die beim jederzeit gepflogenen Meucheln bisweilen eingelegten Pausen des Friedens oder zumindest der Ruhe; und dass die Aussicht, wie eine Blume zu wachsen und zu welken, mit zweifelhafter, da sinnloser Blüte und zweifelsfreier, da sinnloser Endgültigkeit des Todes, zu noch schlimmeren Lebensumständen in Erwartung des drohenden Endes führen mussten. Vielleicht gab es aber tatsächlich höhere Mächte, die zum Beispiel Claude Martin begünstigten. Martin, der bekundete, sich vom »katholischen Aberglauben« seiner Heimat frei gemacht zu haben. Ob die Mächte, wenn es sie denn gab, dafür gesorgt hatten, dass die Inquisition Saldanha auf jenen gewundenen Pfad hetzte, an dessen Ziel die Offenbarung eines mit der Inquisition nicht befassten Gottes harrte?

Er seufzte ins Dunkel. Wach, ein schlimmer Zustand. Das Leben, fand er, ließ sich am ehesten ertragen, wenn man döste. Mit geschlossenen Augen. Die Ohren mit Lehm verstopft, damit man das Gezeter und die Klagen, die Schreie der Gemarterten und das Wimmern der Darbenden nicht hörte. Aber selbst Dauerdösen konnte nicht die verschwommenen Gedanken tilgen, die im Hinterkopf wuselten und nicht klarer werden wollten.

Anders als Martin musste der Savoyarde noch den größten Teil seiner Strecke zurücklegen, falls nicht die Götter ihm das Ziel eines jämmerlich frühen Todes gesetzt hatten. Verglichen mit den Dingen, die in Indien geschahen, war de Boignes Dasein bisher nahezu ereignislos verlaufen. Hinsichtlich des Endes ließ sich nichts sagen, sofern man kein Gott war, aber über den Anfang konnte man feststellen, dass die Götter ihm die falsche Zeit beschieden hatten: ein paar Jahre zu spät oder vielleicht zu früh.

War es das? Er setzte sich halb auf, ließ sich wieder in die Kissen sinken. De Boigne. Ein guter Reisegefährte. Brillanter Offizier – beste Ausbildung, aber nie ein richtiger Einsatz. Zu spät geboren, zu früh geboren? Zu spät, um noch in Indien oder Québec die Briten zu bekämpfen. Zu früh wahrscheinlich für die nächste große Auseinandersetzung auf europäischen Schlachtfeldern. Aufträge von Hastings? Bah. Wahrscheinlich hatte der Generalgouverneur ihm nur Empfehlungsschreiben gegeben und dafür ein Versprechen abgenommen – halten Sie mich auf dem Laufenden ... so etwas. Er hatte kein Geld, nur Briefe und seine Kenntnisse. Seine Qualitäten. Die eines hervorragenden Offiziers. Aber für wen sollte er arbeiten? Der Kaiser war bankrott und machtlos; Maisur ... ah, in Maisur hasste man die Briten, und zweifellos hatte Hastings sich ausbedungen, dass de Boigne seine Empfehlungsschreiben nicht *gegen* die Briten verwenden würde. Tausend kleine Fürsten, zu klein für die Größe, die in de Boigne schlummerte.

Die Marathas. Bhonsla von Berar hielt sich zurück; Holkar von Indore war zurzeit eher schwach, wie es hieß. Sindhia von Gwalior. Mahadaji Sindhia, vielleicht der Mann, dem es gelingen konnte, sich zum Herrn von Hindustan zu machen; der dabei war, langsam, zäh und einfallsreich all jene Positionen zu erobern, die die Marathas 1761 nach ihrer Katastrophe gegen die Afghanen bei Panipat hatten aufgeben müssen. Sindhia, listig und misstrauisch, immer auf der Suche nach guten europäischen Offizieren, aber nicht willens (oder von den eigenen Generalen daran gehindert), einem Europäer wirkliche Verantwortung zu übertragen.

Sindhia, in dessen Gefolge ein Ganesh-Priester einen Zeh hütete, der vielleicht *der* Zeh war. Misstrauischer Sindhia, der nicht zugreifen würde, wenn der beste aller Offiziere in seine Nähe kam. Oder doch?

Plötzlich lachte Saldanha laut; in der Stille der Nacht erschrak er selbst über den Lärm, den er machte. Natürlich! Die Lösung: elegant, keineswegs aufwendig, abhängig nur von zwei oder drei kleinen Tücken.

In dieser Nacht beschloss João Saldanha, einen Brief zu schreiben. Schreiben zu lassen, genauer. Einen Brief, der ihn nicht näher zum Zeh von Francisco Javier bringen, aber vielleicht de Boigne zu einer Stellung verhelfen würde. Einen Brief, der die Geschichte Indiens und Millionen Schicksale verändern konnte. Oder auch nicht.

7. Die grünen Jahre

Feuer, Luft, Geist, Licht, alles lebt aus der Aktion. Daher Kommunikation und Verbindung aller Wesen; daher Einheit und Harmonie im Universum. Dennoch finden wir, dass dieses so fruchtbare Naturgesetz beim Menschen ein Laster sei: und weil er diesem zu gehorchen gezwungen ist, da er nicht im Ruhezustand überdauern kann, kommen wir zu dem Schluss, dass er nicht am richtigen Platze sei.

VAUVENARGUES

Sie ließen sich Zeit – eine Zeit, vielleicht sieben oder acht Monate, die George Thomas später für die ruhigste seines Lebens hielt. Jedenfalls solange er nicht gründlicher nachdachte; wenn er begann, Einzelheiten aus dem Gedächtnis hervorzukramen, zu sichten, hin und her zu wenden, erschien ihm die verklärte Zeit ereignislos, und regelmäßig schloss er, Langeweile habe ihn und die anderen schließlich weitergetrieben, nach Haidarabad. Langeweile, ja, und ein Ehrenwort. Und natürlich die Hoffnung auf Reichtum.

Man gibt, sagte er sich, die Langeweile auf, um Reichtum zu erringen, mit dem man sich andere Formen von Langeweile behaglicher ausrüsten kann. Langeweile als Ursache und Wirkung, Aufbruch und Ziel. Wenn er die Kindheit beiseiteließ – nein, nicht die Kindheit, die war aufregend gewesen; sondern die Jugend –, dann waren diese wundersamen Monate im Süden einzig: einzigartig in der Kameradschaft, die anders als sonst nicht dem Zweck diente, die Schlacht zu überleben, einzigartig in der Gelassenheit, einzigartig auch in der Friedfertigkeit.

Nur einmal mussten sie töten, als ein versprengter Trupp Maratha-Krieger mit ein paar Deserteuren aus Tipu Sultans Heer versuchte, sich auf dem üppigen Hochplateau festzusetzen. Die Leute aus dem Dorf, in dessen Nähe sie lagerten, schickten einen Boten; wohl weniger, um sie zu warnen, als um Hilfe zu bitten.

Selbst hier, weit von den Schlachtfeldern der Briten, Franzosen, Marathas, Maisuris, Afghanen, Portugiesen und all der anderen, wusste man, was das Auftauchen einer Gruppe von Kämpfern bedeutete: Plünderung, Vergewaltigungen, Mord und Brand. Hatten denn nicht die Leute um Thomas, Nilambar und Valmik viele Tage gebraucht, das Vertrauen der Waldbewohner zu erringen, obwohl einer von ihnen – Sredni – aus der unmittelbaren Nachbarschaft stammte und Valmik immerhin nicht allzu weit entfernt aufgewachsen war?

Natürlich waren zu viele Fremde dabei: Nilambar aus dem fernen Madras, Ravi aus Orissa, Manoharlal aus Audh, Gupta aus Benares, Hussain aus Delhi, Kiran aus Sindh, Hamid der Araber, nicht zu reden von Thomas selbst und den beiden anderen Europäern, einem Franzosen namens Laurent Desailly und einem Preußen namens Hellmuth, der nichts besaß als diesen Vornamen.

Mithilfe der Männer des Dorfs lockten sie die Eindringlinge in einen Hinterhalt, zwischen Felsen an einem steilen Flussufer, wo angeblich der einzige Weg zu den in einer Höhle verborgenen Schätzen der Dörfler verlief. Die ältesten und billigsten Tricks, sagte sich Thomas, waren immer die besten. Sechsundzwanzig Marathas und elf Männer aus Maisur …

Die Geier, die auf den hohen Feigenbäumen saßen und bei der ersten Musketensalve aufflogen, stritten sich hinterher mit Ameisen, Fliegen, Wildschweinen und Schakalen um das, was Kugeln, Bajonette und Säbel übrig gelassen hatten.

Aber eigentlich war das schon das Ende der Zeit im Paradies. Im Paradies der Langeweile. Und es begannen die Tage des Sterbens.

Sredni fiel, geköpft von einem Maratha-Säbel, und Manoharlal konnte die Gedärme nicht im zerschlitzten Bauch festhalten. Zwei Tage danach starb der Preuße, als er sich einer Kobra unvorsichtig näherte. Sie hatten an einem Tümpel Elefanten beim Baden zugesehen; auf einem flachen Uferfels sonnte sich eine Schlange, und in einem Block schräg hinter ihr glomm etwas golden. Hellmuth bestand darauf, den Block näher zu betrachten; es mochte ja vielleicht eine Goldader sein. Auf dem Weg dorthin begegnete er der zweiten Kobra, und es war ihm nicht möglich festzustellen, ob es sich um ein Männchen oder Weibchen handelte, da das Tier nach dem Biss nicht zur Inspektion verweilen wollte.

Hellmuth und seine wehmütigen Geschichten von daheim: die gramgebeugte Mutter mit den knotigen Fingern, die im Forst des Junkers Reisig auflas, um ihre Brut – sämtlich Halbwaisen, wiewohl von verschiedenen Vätern – teils zu prügeln, teils zu wärmen. Und die blutrünstigen Erzählungen aus dem großen Schlesischen Krieg zwischen Preußen und Österreich, an dem er als junger Mann teilgenommen hatte. Kein Krieg mehr für ihn, weder in Europa noch in Asien, und weder Prügel noch wärmendes Feuer. Er starb kreischend, mit Schaum vor dem Mund, und sie legten seinen Leichnam am Waldrand auf einen Felsen; drei Tage später waren nur noch die Knochen übrig.

Sredni mit seinen waghalsigen Klettereien: Er hatte ihnen gezeigt, wie die in schwindelnder Höhe über dem Waldboden prangenden Waben der wilden Bienen zu plündern waren – vorsichtig, behutsam und schonend, immer nur ein wenig Honig, damit die Tiere die Wabe und den Vorrat ergänzten, statt sich eine neue Bleibe zu suchen. Er schnitzte Pflöcke zurecht, die er in den Stamm des Baums rammte, Griffe oder Steige für Hand und Fuß; er pflückte große Blätter, rollte sie zu einem Bündel, befeuchtete sie und zündete sie an, sodass sie langsam glimmend stanken und qualmten.

Dieses Bündel trug er über der Schulter, als er in den Himmel klomm. Tausende Bienen flohen vor dem Rauch, der ihre Behausung flutete, und Sredni nahm etwa ein Viertel von dem Honig, stieg wieder herab und grinste breit: der Meister, der den staunenden Lehrlingen sein bestes Werkstück zeigt.

Srednis Kopf rollte die Böschung hinab; Thomas erinnerte sich an einen jener albtraumhaft klaren Momente im Kampf, den Anblick des Kopfs mit gebleckten Zähnen, das lange Haar wie finsteres Moos, dann das Klatschen und die Ringe im Wasser, schnell vom Fluss zerrissen.

Manoharlal der Schweiger: Er äußerte sich meist in Sprichwörtern oder Zitaten aus unbekannten Gedichten oder Epen – falls er das wirre Zeug nicht immer dann erfand, wenn er es brauchte –, die er Straßensängern in Lakhnau abgelauscht haben wollte; ansonsten schwieg er. Niemand wusste etwas über ihn, und er starb, wie er gelebt hatte: still. Die Zähne zusammengebissen, die Hände auf den klaffenden Bauch gepresst, mit einem flehenden Blick zu den Kameraden. Desailly zog die Pistole, die er nicht im Kampf verwendet hatte. »Es wäre sinnlos, das Pulver darin nass werden zu lassen«, sagte der Franzose, als er die Waffe an Manoharlals Schläfe setzte und abdrückte.

Andere kamen dazu: Die Marathas und Maisuris hatten Dörfer überfallen, in der Nähe von Kalikat einen Händlerzug niedergemetzelt, und zu vermehrtem Behagen ließen sie die dabei angefallene Beute von Frauen schleppen. Siebenunddreißig Männer und sieben Frauen.

Eine von ihnen war Chandrika.

In den letzten Momenten des Gefechts warf eine der traurigen Gestalten die Lasten ab, stürzte sich auf einen *talwar*, der einem der bereits gefallenen Marathas gehört hatte, und tötete zwei der übrigen Krieger. Sie war hager, ausgemergelt, verdreckt, und es dauerte einige Tage, bis der Ausdruck düsteren, mörderischen Irrsinns aus den Augen wich. Augen, wie sie Thomas nie gesehen hatte: ein sengendes Schwarz, durchschossen von lichtem Grün, in dem Goldsplitter gleißten. Später stellte er verblüfft fest, dass sich auf dem Höhepunkt der Liebe das Grün ausdehnte, bis die Augen gleichsam geschichtet wirkten: lichtgrün vor schwarzem Hintergrund mit Goldfeuern.

Aber bis zu diesem Wunder vergingen viele Tage. Zunächst war Chandrika ein Wrack ungewisser Natur und zweifelhaften Geschlechts. Ein Mann, vermutlich; wer außer einem Mann hätte den *talwar* so geschwungen? Eine Frau, vielleicht; wer außer einer misshandelten Frau hätte die Peiniger mit einer derart wahnsinnigen Wut zerstückelt? Ein Halbwüchsiger? Dann bemerkte Thomas den Gang, der noch nicht das geschmeidige Gleiten wiedergewonnen hatte: ein Drehen und Staksen, die Füße nach außen gestellt.

Man hatte ihr an beiden Füßen die zwei äußeren kleinen Zehen abgeschnitten: keine Strafe oder Züchtigung, lediglich eine Art Markierung, vorgenommen an einem siebenjährigen Sklavenmädchen von ihrem damaligen Besitzer. Sie sagte, er habe all seine Sklaven so gekennzeichnet.

Die sechs verbliebenen Zehen waren zunächst völlig verdreckt, abgeschürft, wie die Füße von verkrusteten Wunden bedeckt. Als alles heil und rein war, fand George die anmutigsten, feinstgeformten Zehen, die er nach denen seiner Mutter je gesehen hatte, mit Halbmonden in einem warmen Weißton, leicht gewölbten Nägeln und wundersamem Ebenmaß, wie von einem guten Bildhauer gestaltet.

Das sah Thomas am Abend nach dem Gefecht, als die sieben Frauen sich weiter unten am Fluss, wo er sich zum Dorfteich verbreiterte, gereinigt hatten und gierig das erste reichliche Mahl seit vielen Tagen zu sich nahmen. Alle trugen immer noch die alten Fetzen, und wie sie dort nebeneinander auf dem Boden hockten und aßen, war nichts von ihnen zu sehen außer den Haaren auf gesenkten Köpfen, den Händen, die Brotfladen hielten und in Schüsseln tauchten, den Bewegungen von Muskeln, die zum Kauen benötigt wurden; und den Füßen.

Thomas ging an den Frauen vorüber, den Blick auf den Boden gerichtet, dachte an nichts und sah die vollkommenen Zehen, denen jeweils zwei Geschwister fehlten. In diesem Moment nahm er sich vor, die wirre Frau, deren Augen jeden mit Mord bedrohten, zu beschwichtigen, zu besänftigen, zu erforschen.

Zu achten, wie die alte Frau, die eine Hexe oder Fee gewesen war, es ihm aufgetragen hatte. Und, vielleicht, zu lieben. Wenn sie es zuließe.

Aber zunächst gab es anderes zu erledigen. Thomas versuchte nicht erst zu überlegen, wem all das gehört haben mochte, was sie bei den Leichen der Marodeure und in den Lasten fanden, die die Frauen hatten schleppen müssen. Die desertierten Kämpfer waren über Dörfer hergefallen – aber welche Dörfer wo? Sie hatten Händler beraubt – aber die meisten Handelsgüter stammten von anderen, von Handwerkern und Bauern und kleineren Händlern.

»Du bist kein Jüngling mehr und fragst nach Gerechtigkeit?«, sagte Nilambar, als Thomas ein paar Sätze murmelte. »Die, denen alles einmal gehört hat, sind wahrscheinlich tot; und in den meisten Fällen haben sie es vorher anderen abgenommen. Es gehört uns.«

Valmik blickte zu den Dörflern hinüber, die am Rand des Platzes zwischen Fluss und Felsen standen und zuschauten, wie ihre »Beschützer« die Kleidung der Leichen und die Gepäckstücke durchsuchten.

»Jawruj«, sagte er – seine und der anderen Inder Version von George –, »keine Gerechtigkeit diesseits des Götterhimmels, und auch bei den Göttern nicht viel davon. Aber sollten wir nicht die Leute … beteiligen?«

Desailly knurrte etwas, schwieg aber. Ravi und Hussain waren dagegen.

»Sie haben nicht gekämpft«, sagte Ravi. »Wozu sollen sie dann Beute haben?«

»Sie hätten gekämpft, wenn sie Waffen hätten.« George nickte Valmik zu. »Du hast recht.«

»Wer bestimmt das?« Hamid nahm seine Muskete auf und stieß den schweigenden Gupta mit dem Kolben an. »He, sag was. Bist du dafür oder dagegen?«

»Sowohl als auch.« Gupta kaute an den Fingernägeln.

»Also weder noch.« Desailly lachte ohne jede Heiterkeit. »Müssen wir darüber jetzt abstimmen?«

»Nein.« Thomas spürte so etwas wie Zorn in sich aufsteigen. »Ihr seid alle wahnsinnig, wenn ihr nicht teilen wollt. Wir wohnen in ihrem Land, essen ihre Früchte, teilen ihren Wald mit ihnen. Wenn wir die Männer hier nicht niedergemacht hätten, wären auch wir nicht mehr am Leben.«

Kiran nickte. »Jawruj hat recht; er soll bestimmen.«

»Es ändert aber nichts daran, dass die Dorfleute nicht gekämpft haben. Die Beute gehört dem Sieger!« Hamid legte die Muskete auf den Boden und hielt plötzlich sein langes Messer in der Hand.

Mit einem Wutschrei stürzte sich Thomas auf den Araber, schlug ihn zu Boden, ehe der überraschte Mann reagieren konnte, trat ihm das Messer aus der Hand und brüllte: »Noch einer? Noch ein Wahnsinniger, der nicht begreift, dass wir auf den guten Willen der Leute hier angewiesen sind?«

Gupta schwieg, schüttelte nur langsam den Kopf. Ravi grinste plötzlich.

»Ja, Jawruj Sahib«, sagte er. »Du bestimmst.«

»Sieht so aus«, murmelte Desailly, »als ob wir jetzt einen Häuptling hätten.«

Valmik legte eine Hand auf die Brust und deutete eine Verbeugung an; mit einem nur halb spöttischen Lächeln sagte er: »Wie du befiehlst.«

»Ah, bah.« Thomas spürte, wie das erhitzte Blut allmählich wieder aus seinem Gesicht wich. »Ich will nicht befehlen. Du bist Havildar, Valmik. Ich bin nur Soldat.«

Valmik trat ein paar Schritte vor und berührte Thomas an der Schulter. »Ich war Havildar, als wir zu einem Heer gehörten. Jetzt bin ich nur noch ein Waldmensch, und ... ich habe das Feuer von Yama in deinen Augen gesehen.«

»Was hat euer Todesgott damit zu tun?«

Desailly kaute auf der Unterlippe. »Du hast dich noch nie im Spiegel gesehen, wenn du wütend bist, oder?«

Thomas schwieg. Er wollte die Kameraden nicht führen; aber dann sagte er sich, dass einer führen musste, wenn nicht alle in die Irre laufen sollten. Er nickte wortlos.

Sie teilten, was zu teilen war; und wenn auch die Dörfler insgesamt weniger bekamen als die Kämpfer, gab es doch keinerlei Gezeter mehr.

Und die Beute war beachtlich. Münzen aus Gold und Silber aller Größen und Länder – britische Shillings und Guineas, französische Louisdors, spanische Doublonen, mexikanische Silberdollars, goldene Mohurs und Pagodas indischer Fürsten – sowie reichlich geschliffene und ungeschliffene Edelsteine; Ringe, Halsketten, Armreifen aus Gold und Silber, mit Steinen und ohne; Waffen; Gürtel; Vorräte jeder Art.

»Drei Fünftel für uns«, sagte Thomas, »zwei Fünftel für das Dorf.«

Niemand widersprach, und so wurden zwei fast gleich große Haufen aufgetürmt. Mit Valmiks Hilfe erklärte Thomas dem Dorfältesten, was sie da machten und warum; der alte Mann nickte, bleckte seine wenigen Zähne und teilte alles seinen Dorfgenossen mit.

Die Kämpfer würden später untereinander gerecht teilen; zunächst ging es um ein grobes Sortieren. Bei den Leichen fand fast jeder noch etwas, das er behalten wollte: eine besonders schöne Weste, gute Stiefel, die früher einem Europäer gehört haben mussten, einen ausgefallenen Säbel …

Thomas beteiligte sich nicht lange an der Untersuchung der Leichen; bei einem Toten, der hellere Haut hatte als die anderen, entdeckte er etwas, dem die anderen keinerlei Beachtung schenkten; aber George Thomas dachte, ungläubig und ein wenig erschrocken, an die wirren Reden eines Bettlers in Roscrea, so lange her, dass es in einem anderen Leben hätte sein können, nicht nur auf einem anderen Kontinent.

Es war ein verblasster Druck, vielfach gefaltet und entfaltet, zerknittert und hier und da arg beschädigt. Das Bild eines Palasts auf einem Hügel, darunter ein schimmernder See – der auf dem Druck nicht schimmerte, aber George glaubte, einen Nachglanz alter Pracht zu sehen. Eines Palasts mit zahllosen Fenstern und Erkern. Der Palast, sagte er sich, von dem der beinlose Alte gesprochen hatte, in dem welche Sorte Geister saß und brütete? Windgeister? Seelenfresser? Traumverweser? Er wusste es nicht mehr. Aber es musste dieser Palast sein, denn zwei so ähnliche konnte es einfach nicht geben. Und am Rand, ganz klein, wie verloren neben der Masse des fantastischen Bauwerks, stand ein Elefant mit *haudah*, den Rüssel zum

Trompeten erhoben. Sein Elefant, oder jedenfalls ein Zwilling dessen, den er in der Tasche trug und nun betastete.

Er zeigte am nächsten Morgen, als es hell genug war, den anderen das Bild, aber weder einer seiner Kameraden noch ein Dorfbewohner konnte ihm sagen, wo dieser Palast stand.

Die Dörfler, Waldbauern, hatten nach anfänglichem Misstrauen die Anwesenheit der Männer hingenommen, wiewohl ohne Begeisterung. Die stellte sich auch nach ihrer Beteiligung an der Beute nicht ein. Das Waldgebiet auf dem Hochplateau östlich der Malabarküste war weitläufig, die kaum besiedelte Gegend unterstand keinem Fürsten, wenn sie auch theoretisch im Einflussbereich mehrerer Herrscher lag, alle zu weit entfernt und mit wichtigeren Dingen beschäftigt, sodass sie den nötigen Aufwand – Entsendung von Truppen zur Eintreibung zweifelhafter Abgaben in zweifelhafter Höhe – nicht machen mochten.

Es gab nicht zu viel zu tun; der Wald und wenige für den Anbau gerodete Flächen lieferten alles, was das Dorf brauchte. Thomas und die anderen hatten sich zunächst nur ausruhen wollen, um Pläne zu schmieden und sich nach einem Kriegsherrn umzutun, für den sie arbeiten konnten, bis es Zeit wäre, sich zu Mir Tasadduq Ali zu begeben.

Sie wohnten in ein paar Hütten aus Steinen, Ästen und breiten Blättern zur Bedachung, wenige hundert Schritte vom Dorf entfernt; zuweilen beteiligten sie sich an den Arbeiten und Vergnügungen der Waldbauern, und die Fleischesser unter den Männern jagten, um die Kost – vor allem Getreide, ein wenig Gemüse, Feigen – durch das Fleisch von Antilopen, Hirschen oder Wildschweinen zu ergänzen.

Von den Dörflern lernten sie, mörderischen Feigenschnaps zu brennen; und zwischendurch kam es zu den unvermeidlichen Streitereien um irgendein Mädchen. Nach Ansicht der Bauern gab es im Dorf zu viele Töchter, die jedoch keineswegs verfügbar waren – alles hätte seine gewöhnliche Ordnung haben sollen, mit Festen und Eheschließungen unter Mitwirkung der ganzen Gemeinschaft und aller zuständigen Götter beziehungsweise des Priesters, der am Dorfrand einen Schrein hegte, ein asymmetrisches Gebäude, das man nicht betreten konnte, aus geschnitzten Hölzern, die Thomas ungern betrachtete, da ihre wirren Formen und Farben bei ihm Kopfschmerzen und Schwindel auslösten.

Natürlich waren die ruhenden Krieger, die allmählich begannen, sich *pindaris* zu nennen, keine »schweifenden Räuber«, aber ebenso natürlich legten sie keinen Wert darauf, mit Töchtern von Waldbauern vermählt zu werden. Die behagliche Sesshaftigkeit ließ sich nur ertragen, weil man wusste, dass sie vorübergehen würde.

Die sieben Frauen, die sie bei dem Gefecht befreit hatten, stellten ein Problem dar. Zunächst waren alle verstört; zwei der Frauen fanden nie in die Wirklichkeit zurück. Eine von ihnen wanderte zehn Tage nach dem Kampf summend in die Nacht hinein. Am nächsten Morgen fand einer der Bauern ihre Leiche am Fuß einer steilen Uferklippe. Die andere lebte, überlebte, eher wie eine freundliche Pflanze denn wie ein Mensch. Sie sprach nicht, lächelte, spielte mit den Kindern des Dorfes, molk Ziegen und war insgesamt eine schlichte Gegenwart, von der niemand wusste, ob sie unergründlich war oder keinen Grund besaß.

Zwei der übrigen fünf Frauen wollten heimkehren, sobald sie wieder zu sich gekommen waren. Heimkehren zu ihren Familien, ihren Dörfern; aber der Heimkehrwunsch war gewissermaßen von dräuenden Schatten umlagert. Niemand konnte sagen, ob die missbrauchten, geschändeten, verschleppten Frauen bei der Heimkehr aufgenommen, vertrieben oder gleich gesteinigt würden. Und niemand, zumindest von den Pindaris, erfuhr je etwas darüber; die beiden Frauen machten sich eines Morgens auf und wurden nie wieder gesehen.

Drei Frauen blieben. Chandrika, Indira, Meena. Nach fünf oder sechs Tagen hatten sie sich zumindest äußerlich erholt; allerdings dauerte es noch eine Weile, bis sie imstande waren, sich in der Nähe von Männern aufzuhalten. Irgendwann ergab es sich, dass Valmik Gefallen an Meena fand, Indira ihr Herz an den Franzosen hängte und Chandrika Thomas' Aufmerksamkeiten zu schätzen begann.

Frauen, Feigenschnaps, sesshafte Dörfler und zum Aufbruch bereite Pindaris: Die Katastrophe war unvermeidlich, und sie ließ nicht lange auf sich warten.

Thomas und Chandrika waren den halben Tag durch den Wald gewandert. Chandrika, die Maratha und ein wenig Urdu sprach, hatte zögernd karge Einzelheiten über ihr Leben erzählt. Thomas wusste, dass die völlige Genesung, wenn sie denn überhaupt käme, noch lange Zeit in Anspruch nehmen musste. Vorläufig war er mit den zweierlei Wundern zufrieden: Chandrikas körperlicher Erholung und Chandrikas Liebe.

Die versperrten Kammern, in denen sie furchtbare Erinnerungen hortete, würden ihn irgendwann einmal interessieren; vorläufig begnügte er sich damit, den schönen genesenden Körper, der sein Lager teilte, und die unvollständige Bezauberung der Zehen zu genießen, ohne in den Verliesen der Seele herumzustöbern. Der Schmutz war abgefallen, die Wunden waren verheilt, Schorf und Krusten eine bröckelnde Erinnerung; inzwischen hatten sich die ersten Polster und Rundungen gebildet, wo vorher nur Haut und Knochen gewesen waren.

Thomas liebte diese gemeinsamen Gänge durch den Wald, dessen zahllose Grüntöne, Lichterker und Schattenkerker er nun mit Chandrika teilen konnte. Aus der Ferne hatten sie die gemächlich dahinziehenden Flecken auf dem Fell eines Leoparden gesehen, der eher lustwandelte denn jagte. Thomas hatte eine schäbige Bemerkung über den roten Hintern des Patriarchen einer Sippe von Bartaffen gemacht, und zu seinem Entzücken war Chandrika erstmals in ein helles Gelächter ausgebrochen.

Sie pflückten und aßen Feigen, bewunderten die Kletterkünste der Affen, bestaunten das Gleiten eines Flugdrachen, und irgendwann sahen sie ein Chamäleon, das die Purpurzunge weit vorschnellen ließ, um ein Insekt von einem Blatt zu pflücken.

Die nächste Bemerkung, über traumhafte Dehnbarkeit von Körperteilen, das nächste Lachen. Sie fanden ein Moosbett, warfen die

Kleider ab, bedachten das Chamäleon, bis ihr Zustand eher dem des gleitenden, in der Luft taumelnden Flugdrachen glich, und Thomas sah das grüne Wunder der Augen in Chandrikas Gesicht, dessen Farbe die von frisch geprägten Goldmünzen war.

Später standen sie unter einem der hohen Banyan-Bäume, hörten das Warngeschrei der Affen, die einen Leoparden oder vielleicht sogar einen Tiger gesichtet hatten, sahen einen blauen Feenvogel in den Himmel schießen und bunte Riesenhörnchen durch die Zweige turnen, und in der Abenddämmerung kehrten sie zurück zum Dorf.

Indira und zwei Männer, Waldbauern, lagen tot auf dem Weg, nicht weit vom Schrein entfernt; Nilambar und Valmik redeten auf Desailly ein, und ein Dutzend Schritte jenseits der Leichen hielten einige ältere Männer die Jüngeren zurück.

Am nächsten Morgen brachen die Pindaris mit Chandrika und Meena auf; als Sühne oder Versöhnungsgabe überreichten sie dem Dorfältesten einen Beutel mit Münzen.

Mir Tasadduq Ali hatte Verwendung für die Männer, die zusammen mit den anderen Kämpfern seiner Truppe den *jagir* zu schützen, die Grenzen zu bewachen, Ruhe und Ordnung im Inneren zu wahren hatten. Hin und wieder nahm er einen Teil der etwa dreihundert Krieger als Leibwache mit, wenn er in den Dschungeln am Ostrand seines kleinen Reichs zu jagen beliebte.

Das Quartier der Truppe befand sich nicht in der unansehnlichen Hauptstadt des Fürsten, die außer einem labyrinthischen Palast, der unausgesetzt zusammenbrach, während an anderer Stelle ausgebessert wurde, und dem üblichen Gewirr von Häusern, Gassen und Basar nicht viel zu bieten hatte. Zwar wurde immer wieder eine halbe Hundertschaft zur Bewachung des Fürsten angefordert oder abgestellt, aber die Mehrzahl der Kämpfer hielt sich für gewöhnlich in einer kleinen, namenlosen Festung in der Nähe eines ebenso namenlosen Dorfes auf.

Irgendwann begannen sie, die Festung Shekar zu nennen, nach ihrem Kommandeur, einem Vetter des Fürsten. Thomas hielt das für angemessen, da Shekar für alles zuständig und etwa so alt wie die Gebäude war: dreißig Jahre, vielleicht ein wenig mehr. Einer langen Belagerung hätte die Festung nicht trotzen können. Die äußere Verteidigung bestand aus einem kaum mannshohen Erdwall, dahinter umgab eine Mauer brüchiger Ziegel auf Quaderfundamenten die Unterkünfte. Für die dreihundert Krieger gab es etwa zweihundert Pferde, die auf einer umzäunten Wiese zwischen Festung und Dorf grasten. Dreihundert Krieger, fast ebenso viele Frauen, dazu Köche, Knechte, Burschen, Träger, sonstiger Tross, alles in allem etwa tausend Menschen. Wenn nicht meistens die Hälfte von ihnen irgendwo im Einsatz gewesen wäre, hätten sie einander vermutlich in der drangvollen Enge umgebracht, und sei es zur Zerstreuung.

Immer wieder gab es Zwischenfälle; Thomas war daran nicht unbeteiligt. Die Gelassenheit, die nach der monatelangen Ruhe in den Wäldern seine Seele erfüllt hatte, war bald abgenutzt oder aufgebraucht. Wenn es nicht die Enge war, dann war es ein Gesicht, ein höhnisches Grinsen, die Tölpelei eines Kameraden, die jüngste Glanzleistung eines jener Giftmischer, die als Köche zu bezeichnen Thomas schwerfiel; und bei seiner Erforschung der vielen Tugenden des Arrak fand er, dass Streit zu stiften die wichtigste Qualität des Schnapses war. Aber sein Jähzorn, der ihm weniger als Lohe denn als schwarzer flüssiger Turm erschien, brach unter Chandrikas sanften Händen immer schnell zusammen, ohne auch nur die Ahnung von Grundmauern zu hinterlassen.

Bei den gelegentlichen Gefechten, vor allem Grenzscharmützeln, zeichnete Thomas sich aus, sodass er bald von Shekar, einem aufmerksamen, stillen Mann, zum Havildar gemacht wurde. Im Übrigen verstand er nie wirklich, worum es in den einzelnen Kämpfen ging.

Steuereintreibung war nur ein Teil der Aufgaben, und das ging meistens ohne Kampf. Wenn man nicht Plünderung, Brandschatzung und Folter als Gefecht ausgeben wollte. Kämpfe fanden auch statt, wenn die Männer den *jagir* von Mir Tasadduq verließen, vom Nizam angefordert, weil irgendwo in dessen unüberschaubaren Landen größere Räuberbanden auftauchten. Was fast immer der Fall war, aber nicht immer sofort bekämpft wurde. Die Hauptstadt, Haidarabad, bekam George Thomas in den vier Jahren nie zu Gesicht.

Seine Kompanie, ein Drittel der »Bataillon« genannten gesamten Truppe, stand unter dem Kommando eines alten Spaniers und hielt sich meistens im *jagir*, im Norden des Reichs auf; dort, wo versprengte Soldaten anderer Fürsten am ehesten auftauchten.

Francisco Saravia, den sie »Don Paco« nannten, brachte ihm alles bei, was er als Infanterist noch nicht wusste, und den Rest – Kanonen gießen, laden, putzen, feuern – lernte er von »Don Wim«, einem Holländer. Die übrigen Europäer kamen aus Frankreich, England, Polen, Österreich, ein paar deutschen und italienischen Fürstentümern; und neben ihm gab es noch zwei Iren. Die Verkehrssprache im Bataillon war Urdu, vermengt mit Brocken aus allen anderen Zungen.

Urdu sprach außer ihnen kaum jemand, jedenfalls nicht in den Dörfern und Städten, die sie be- oder heimsuchten. Der Nizam und seine engsten Gefolgsleute waren aus dem Norden gekommen, hatten die Sprache der Mogul-Heere mitgebracht und hielten es für unnötig, sich eine der Sprachen des Landes anzueignen. Dafür gab es Hofbeamte und Dolmetscher – hieß es. In anderen Geschichten klang es anders; nach diesen habe Nizam ul Mulk sehr wohl und sehr schnell neben dem Persisch des Hofs und dem Urdu der Zelte etliche andere Sprachen gelernt, um sich mit den Feinden und Untertanen besser beschäftigen zu können – Maratha, Telugu, Tamil, Malayalam, Englisch, Französisch, Portugiesisch ...

Alle Sprachen, die nötig waren, um Kriegserklärungen, Friedensverträge und Handelsabkommen zu formulieren, wurden in Haidarabad gesprochen und gehegt; und der alte Saravia behauptete, wenn man alle Schreiber und Dolmetscher und sonstigen Verwaltungsleute des Nizam in Uniformen steckte und ausbildete, wäre es kein Problem, die Briten aus Indien zu jagen und den Mogulkaiser abzusetzen.

»Europäisch ausbilden«, sagte er; »genug Leute haben sie ja, und Gewehre und Kanonen sowieso.« Dann kam wieder eine jener Geschichten, die George längst kannte. Oder eine neue, die er nicht kannte, aber wiedererkannte, denn im Kern waren sie alle gleich: Eine kleine Truppe europäischer Offiziere und Soldaten, dazu von diesen gedrillte Inder, trotzt vielfach überlegenen Fürstenheeren – weil eine gut ausgebildete europäische Kanoniergruppe das Geschütz in einer halben Minute neu lädt, während der feinsinnige Geschützmeister des Fürsten dazu fünf Minuten braucht; weil die schönen großen Kugeln der indischen Artilleristen wunderbare Bögen fliegen und prächtigen Lärm machen, wenn sie gegen Festungsmauern prallen, wogegen die Schrapnell-Ladungen der Söldner-Kanoniere hässlich schwirren, statt zu fliegen, und die Zahl der Gegner vermindern; weil im Karree aufgestellte Infanterie, die erst dann eine Salve feuert, wenn der Gegner nah genug herangekommen ist, den Schwung großer Reiterhaufen bricht.

»Nicht zu vergessen Pike und Bajonett. Und: Wenn der Fürst oder General fällt, ist der Kampf vorbei; wenn bei uns der General fällt, machen wir weiter.« Und Saravia erzählte die Geschichte von einem Kaisersohn, der den Kampf um das Mogulreich gegen seinen Bruder verloren habe, weil er in der zu neun Zehnteln gewonnenen Schlacht nicht vom Elefanten herab pissen wollte, sondern zu diesem Zweck abstieg, und als seine fast siegreichen Krieger sahen, dass der *haudah* des Fürsten plötzlich leer war, hielten sie ihn für tot und gaben die Schlacht verloren.

Der Sieger Aurangzeb, setzte Saravia hinzu, habe dann Indien mit moslemischem Fanatismus überzogen und den Niedergang des Reichs eingeleitet – »wie unsere Leute in Spanien, als sie die jüdischen Händler und maurischen Handwerker massakriert haben«.

Thomas fand nie heraus, ob die Geschichte mit dem Thronanwärter, der vom Elefanten stieg, um nicht in den eigenen *haudah* zu pissen, eine der tausend Erfindungen des Lagers war oder sich tatsächlich so zugetragen hatte. Er bemühte sich allerdings auch nicht darum, denn in diesem Land, das ein Kontinent war, schien alles denkbar, nichts unmöglich, das Leben ein Wirrwarr und die sichtbare Welt ein Labyrinth zu sein. Und wenn dieses Labyrinth eine Farbe hatte, dann war es Grün.

Es dauerte einige Zeit, bis er die Wahrheit dessen begriff, was der alte Kelly in Madras gesagt hatte. Die vierzig Sorten Grün, nach denen alle Iren Heimweh empfanden, waren eine Form von schlichter Ordnung, ein bescheidener Kosmos; die vierzig Tönungen fanden sich an jedem beliebigen Tag an jedem beliebigen Hügel, von den halbvertrockneten Flechten an der geschützten Seite großer Steine über die Mooskissen im Schatten bis hin zu den Blättern der Büsche, die hangaufwärts zu kriechen schienen. Und dann die tausend anderen; gnadenloses Grün, in dem das Auge ertrank, und zu jedem Grün in der Erinnerung ein Geruch, eine Bewegung, ein Ereignis. Irgendwann hatten sie sogar grüne Uniformjacken bekommen, als Mir Tasadduq Ali zu viel Geld hatte oder Shekar keine anderen dringenden Ausgaben einfielen. Die Grünen Pindaris: ein rauchiges Grün, immer am Rande des Schmutzes.

Thomas dachte an das ölige Grün des Morasts, aus dem er Nilambar zog, nachdem dieser sein Gewehr abgefeuert hatte, ohne den Tiger zu treffen, und der bodenlose Sumpf dem Madrassi lockender schien als die Zähne und Pranken. Das arglose Grün der Tamarisken an einem braunen Hang, unmittelbar nach Beginn der Regenzeit. Das biegsame Grün der Flecken, die eine Schlange durchs Unterholz schleifte. Der grüne Choral der Knospen im Sonnenaufgang, am Ende des Regens. Das schwärzliche Grün, von Goldsplittern zerfetzt, in Chandrikas Augen, wenn sie zornig war. Das drängende Grün des Krokodilrückens im Uferwasser des Flusses. Erhabenes Grün in den Federn des Pfaus, der schwerfällig und doch unglaublich leicht aus den Ästen eines Pipal-Baums zu Boden glitt, als ob er erleichtert sei, den Wagen des Kriegsgottes nicht länger ziehen zu müssen.

(Erinnerungen an einen Traum: das paradiesische Grün, zu dem alle Farben verschmolzen, die von den Einzelteilen des Pfauenthrons verschleudert wurden – und von den Einzelteilen seiner Geschichte. Das kostbarste Juwel, »Kohinoor«, der »Berg des Lichts«, den der

Mogulkaiser Shah Jahan für zwanzig Elefantenladungen Gold vom persischen Shah zurückgekauft hatte, mit zweitausenddreihundertzwanzig Diamanten eingefasst und auf das Grab des Kaisers Akbar gelegt, war zu ärmlich für diesen Thron, ebenso wie das Geschenk für das Grab des Propheten in Medina, ein drei Meter hoher Kerzenleuchter aus massivem Gold, überkrustet von zwölftausend Diamanten, zwölftausend Smaragden und siebentausend Rubinen. O nein, der Thron war weit kostbarer als all dies, und vielleicht wäre das insgesamt grüne Leuchten eher unwirklich, unwirtlich, mehr Albtraum denn Traum, eher die Hölle aller Söldnerwünsche denn das Paradies des besessen Besitzenden: die Sitzfläche zweimal eineinhalb Meter, aus Gold, vollständig bedeckt von Diamanten, belegt mit üppigen Kissen, Kissen minderen Behagens dank achtzehntausend eingestickter Perlen und Rubine; als Beine zwölf sechzig Zentimeter hohe Säulen, von Smaragden derart starrend, dass jede Säule ein einziger Stein schien; vier mehr als mannshohe Säulen, von Diamanten und Smaragden gemasert, trugen den fugenlos mit Diamanten besetzten Baldachin, darauf die beiden Pfauen saßen. Rad schlagende Pfauen natürlich, die Gesamtheit der Federn aus Smaragden, Saphiren und Diamanten, und zwischen den kargen Vögeln eine Vase, die einen Baum barg, erwuchert aus Perlen, Rubinen, Smaragden und allerlei anderen Kleinigkeiten; nicht zu reden von den sechs gewöhnlichen Thronen, für gewöhnliche Anlässe, keiner weniger wert als die Hälfte des Pfauenthrons; im Traum sah Thomas sie als offenes Rechteck gruppiert, ätzender Born eines grünen Sengens, das mit der Zeit, der Entfernung, im vagen Rückblick, zu schrillen Blendfasern zerfiel, die irgendwo in der Luft versickerten, welche sie mit Grün schwängerten, ansteckten, verseuchten.)

Rostiges Grün halb bemooster, bröckelnder Ziegel. Nebliges Grün eines Tals im Monsun. Das feiste Grün junger Lianen, das tranige Grün alter Lianen, das zaudernde Grün dürrer Lianen, das seifige Grün kranker Lianen. Irrlichterndes Grün, Vermengung aller Farben des Regenbogens, im seidenen Sari, seinem teuersten Geschenk, wenn Chandrika sich darin bewegte. Das geile Grün unreifer Feigen, das ohnmächtige Grün des Blätterkranzes, den ein Langur sich vor einem halben Tag um den Kopf gewunden hatte. Das niederträchtige Grün stehenden, stinkenden Wassers, das tanzende Grün des Bachs, der unter den Bäumen dahinschoss. Das eitrige Grün verwesten Fischs, das verruchte Grün ranziger Butter, das heilige schattige Grün des Turbans eines Imam.

Das Grün wie Jade-Opale auf dem Rücken der Fliegen, die sich auf die Nachgeburt stürzten, als Chandrika zu früh einen toten Knaben gebar. Das schwammige Grün des greisen Wassers einer Zisterne. Das grässliche Grün des Dungs, in dem der Euter jener Kuh hing, deren Milch Thomas hatte trinken wollen. Das muntere Grün der Wasserpflanzen, die ein Elefant mit dem Rüssel ausriss, am rechten Vorderbein trocken schlug und sich ins Maul stopfte.

Das wandernde Grün einer Pfefferschote, frisch in die Sonne gelegt und vier Tage lang beobachtet. Das darbende Grün von Chandrikas Augen, Minuten bevor sie an Entwässerung und Fieber starb. Das unwegsame Grün des fernen Kupferdaches eines Palasts, in dem Gold lag, bewacht von grünen – entsetzlich grünen – Schlangen, unerreichbar am Ende eines Traums. Er stellte fest, dass Grün alle Farben sein, alle Farben anstecken, alle Farben verschlingen konnte; und Grün hatte einen unverwechselbaren Geschmack, für den es kein Wort gab. Ein einziges Grün fand er nicht: das Grün des Meeres vor der irischen Südküste, an einem schroffen Frühlingstag, unter dem blaugrauen Himmel, in dem die halb erwachte Sonne den Morgendunst noch nicht ganz aufgelöst hat.

Wenn er später nicht einschlafen konnte, versuchte er bisweilen, zu den zahllosen Grüntönen, die er gesehen hatte, weitere zu erfinden, um irgendwann einen vollständigen Katalog im Kopf zu haben, jederzeit verfügbar, zur Erbauung oder zum Grauen.

Alles Grün aber, das er je sah, beschwor, fürchtete, träumte, befand sich in einem kleinen runden Gegenstand, der zu einem größeren Körper gehörte, aber manchmal losgelöst über das Firmament seiner Albträume zog, ein Drachenmond. Diesem Grün, das Irrsinn war und Malmen, begegnete er bald nach Chandrikas Tod.

Sie waren ausgezogen, dreißig Pindaris, unter seiner Führung, um Karawanenräuber zu stellen und zu vernichten, die sich nahe der Nordgrenze in einer waldigen Senke verschanzt hatten. Die Männer versuchten, geräuschlos in das Tal einzudringen, schleichend, oft kriechend. Irgendwann umrundeten sie eine Felsgruppe; und dort, im Schatten eines uralten Baums mit Ästen gleich einem Gewirr versteinerter Riesenschlangen, lag der Tiger.

Als Thomas ihn sah und anhielt, spürte er auf seinem Gesicht den Wind, der einen Hauch von Wildheit, Blut und Untergang barg, und er sagte sich, dass er nur deshalb so nah an das schlafende Tier herangekommen war, weil der Wind talab wehte. Fünfzehn Schritte, nicht mehr, trennten sie, als der Tiger ein Auge öffnete.

Gleißendes Grün, ein lähmender Blitz, traf Thomas, der wie gefroren stand; ein helles Grün, beißend, durchdringend, das die letzten Winkel seiner Seele ausleuchtete, jede Erinnerung an Glück zu Schlacke verbrannte und jeden Moment der Schmach zu einem scharfkantigen Kristall formte.

Der Blick sagte: Ich kenne dich bis in die letzte Faser deines Fleischs, bis zum letzten verwegenen Gedanken, den du noch nicht zu denken gewagt hast. Vielleicht werde ich am Ende deiner Tage auf dich warten, vielleicht wird die jetzige Verachtung dann zu Gier geworden sein, und dann wirst du wie durch einen Sumpf durch den Schleim deiner geronnenen Zeit waten, hin zu meinem Rachen, meinen Zähnen, meinem stinkenden Atem. Vielleicht wird all dies nicht eintreten, aber bis zu deinem Tod wirst du, sooft du ein ähnliches Grün siehst, daran denken, und das Entsetzen wird jedes Mal dein Glied niederschlagen und deine Haare aufrichten.

Dann bog hinter ihm Ravi um den Felsen, stieß einen kleinen Schrei aus, hob das geladene Gewehr, feuerte und verfehlte den Tiger, der beinahe gemächlich aufstand und im nächsten Moment verschwunden war.

Der Abschied wäre ihm nicht schwergefallen. Nach Chandrikas Tod hielt ihn nichts mehr in der Truppe. Aber er konnte nicht gehen;

nicht einfach so. Er hatte mit einem Fürsten Brot und Salz geteilt und sein Wort gegeben. Und zunächst wusste er auch nicht, wohin er aufbrechen sollte; die Gerüchte, die mit Händlern und neuen Söldnern zu ihnen kamen, waren aufregend und ungenau.

Einige Zeit schlug er sich mit diesem Problem herum, ohne eine einfache Lösung zu finden. Es würde ihm nichts anderes übrig bleiben: Er musste in die Stadt reiten, zum Palast von Mir Tasadduq Ali. Um in die Stadt reiten zu können, brauchte er die Erlaubnis, sich von der Truppe zu entfernen. Da aber die Truppe jederzeit einsatzfähig sein sollte, musste er einen guten Grund haben.

Es sei denn, der Fürst selbst wäre bei den Männern, deren Eintreffen sie für den nächsten Tag erwarteten. Es ging um einen neuen Einsatz, von dem sie nichts wussten. Außer, dass er aufwendig, nur mit Verstärkung durchzuführen sein sollte. Und dass sie sich vor ihm fürchteten, wegen des Wetters.

Es war ein unerträglich heißer Frühsommer. Der ersehnte Beginn der Regenzeit schien Jahrhunderte entfernt. Auf der dürren, fast kahl gefressenen Weide drängten sich die Pferde im Schatten der wenigen Bäume zusammen. So heiß, dass man lieber die Mücke in der Schweißpfütze auf der Stirn baden ließ, als die Hand wider sie zu heben; so heiß, dass es besser war, im Halbschatten zu leiden, da der Gang unter den nächsten Dachvorsprung ein zermürbender Feldzug gewesen wäre. Man durfte den Köchen nicht zu nahe kommen, die bei diesem Wetter an ihren Feuerstellen Mordgelüste entwickelten und große Messer in Reichweite hielten.

»Zum Glück gibt es keine Tauben.« Desailly saß neben Thomas an der Nordseite der Festung. Dort gab es ein Tor, und im Schatten, den am frühen Abend einer der Torflügel warf, konnte man es beinahe aushalten.

»Warum? Magst du nicht von oben beschissen werden?«

Der Franzose machte ein Geräusch tief in der Kehle; es klang, als bereite ein Kamel ein Speichelgeschoss vor. »Von oben beschissen werden wir doch immer«, sagte er. »Auch ohne Tauben. Daran hatte ich noch gar nicht gedacht.«

»Woran?«

»Taubenschiss, bei dem Wetter. Bis es dich trifft, ist alles trocken und zu einer Kugel gebacken.«

Thomas unterdrückte ein Gähnen, um nicht den Mund zu weit öffnen zu müssen. »Woran hattest du denn gedacht?«

»Gebratene Tauben. Bei dieser Hitze würden die uns ja gebraten in den Mund fliegen, mit abgesengten Federn, aber mir wäre das Kauen zu anstrengend.«

»Ich will weg«, sagte Thomas nach einer längeren Erholungspause.

»Wohin? Allein? Wann?«

»Zu viele Fragen und keine Antworten. Wann? Bald; nach diesem Einsatz, der übermorgen beginnen soll.«

»Vielleicht finden wir dabei eine Pfütze zum Waschen.«

Tief in den Brunnen gab es noch Wasser, aber es reichte gerade zum Trinken und Kochen. Alle waren überzogen mit Krusten aus Staub, Schweiß und Dreck. Shekar hatte sie daran erinnert, dass bei den Mogul-Heeren früherer Zeiten für Waschen zur Unzeit die Todesstrafe verhängt worden war. Man könne dies notfalls wieder einführen.

»Was hast du denn eigentlich vor?«, sagte Desailly.

Thomas zog den so oft betasteten, gefalteten Druck heraus, den er mit dem kleinen Elefanten in der Gürteltasche trug. Das Schloss der tausend Fenster und Windgeister war kaum noch zu erkennen.

»Was ich immer wollte: Radscha werden, mit so einem Schloss, hundert Frauen und Badebecken.«

Desailly schnaubte.

»Mit den sieben Rupien, die ein Havildar hier im Monat kriegt, schaffe ich das nicht. Und mehr Ruhm und Reichtum sehe ich hier nicht, für keinen von uns. Bist du denn damit zufrieden?«

Desailly, ebenfalls längst vom gewöhnlichen Soldaten mit vier Rupien zum Havildar aufgestiegen, betrachtete den Iren von der Seite. Etwas wie Interesse glomm in den Augen. »Wieso erst jetzt? Wieso nicht schon vor einem Jahr?«

»Da hat Chandrika noch gelebt. Und ich war noch nicht so weit. Brot und Salz, weißt du.«

»Lass mich ein bisschen nachdenken. Vielleicht … Oder willst du allein gehen?«

Thomas schüttelte den Kopf. »So viele Pindaris wie möglich. Es ist ein langer Weg, wohin auch immer; allein kommt keiner durch. Und jeder Fürst wird eher eine schlagkräftige Truppe anheuern als einen Einzelnen.«

»Hast du schon mit anderen gesprochen?«

»Nicht offen, nur allgemein. Ich glaube, Ravi und Nilambar könnten … Die üblichen Halunken, sozusagen.«

Abends nahm Thomas nacheinander Gupta, Kiran, Hussain, Hamid und Valmik beiseite. Alle wollten sich ihm anschließen, sofern dies nicht in eine riskante Flucht ausartete. Und alle schlugen weitere Männer vor. Keiner außer Thomas hatte Schwierigkeiten mit »Brot und Salz«. Valmik runzelte die Stirn, als der Ire davon sprach.

»Treue ist gut, solange Arbeit und Bezahlung stimmen. Ehre kann sich ein käuflicher Krieger nicht leisten – wir müssten ja sonst immer beim gleichen Fürsten bleiben. Mach dir das Leben nicht schwerer, als es ohnehin ist.«

Am nächsten Nachmittag erschien eine Staubwolke; sie enthielt zwei Meldereiter von Mir Tasadduq Ali. Sie überbrachten Shekar Befehle; bald nach ihrer Ankunft rief er seine Offiziere und Unteroffiziere im Hof der Festung zusammen.

»Ein paar Marathas, Leute von Holkar aus Indore, haben die Grenze überschritten. Unser Fürst hat vom Nizam den Auftrag erhalten, sie zu vertreiben. Er ist bereits aufgebrochen, mit Verstärkungen aus der Hauptstadt; wir werden ihn in zwei Tagen treffen. Morgen früh geht es los. Bereitet alles vor.«

»Wer hält die Festung, oder bleibt keiner hier?«, sagte Saravia.

Shekar hob die Schultern. »Der Fürst befiehlt, dass einer, dem er vor Madras versprochen hat, er dürfe einmal mit Kanonen spielen, unsere fünf Geschütze leitet. Wer ist das?«

Nilambar grölte: »Jawruj, Beförderung«, und Thomas trat vor.

»Kann er das allein?« Shekar blickte zum Artilleristen der Truppe, dem alten Holländer.

Don Wim grinste. »Wenn das bedeutet, dass *ich* bei dieser Hitze nicht marschieren muss, dann kann er das.«

»Brot und Salz«, dachte Thomas. Der Fürst, den er verlassen wollte, hatte sich nach der langen Zeit an ein kurzes Gespräch mit einem unwichtigen Kämpfer erinnert. Er stöhnte lautlos.

Seine Bedenken und die Mühsal des Transports waren die wichtigsten Eindrücke, die er von dem kurzen Feldzug mitnahm. Und die Erinnerung an die eine neue Kanone, mit der Mir Tasadduq Ali ihn »spielen« ließ: ein schmuckloses Gerät mit einem komplizierten und sehr effektiven Justierungs-Mechanismus. Ein Kanonier aus Haidarabad sagte, dieses in Audh hergestellte Geschütz sei besser als alles, was Briten und Franzosen besäßen.

Der eigentliche Kampf war kurz, und möglicherweise wurde er durch das schnelle, genaue Feuer der sechs von Thomas geleiteten Kanonen entschieden. Zuerst verwüsteten sie das Lager der Marathas, erzeugten Panik unter den Elefanten und Kamelen im Tross des Gegners; danach brachte die von Saravia geführte Infanterie die Maratha-Reiter zum Stehen, und Schrapnell und Ketten aus den Kanonen erledigten den Rest.

Nach der Schlacht, als die Reiter und Fußtruppen des Mir das gegnerische Lager plünderten, litt Thomas an den Folgen seiner »Beförderung«: Statt sich mit den anderen über die Vorräte und Reichtümer des kleinen Maratha-Heers hermachen zu können, musste er mürrische Geschützochsen aufheitern, Pyramiden aus Kanonenkugeln abtragen, Pulver verpacken und so verstauen, dass es sicher war vor Funkenflug von den zahlreichen Lagerfeuern, Anweisungen geben für die Reparatur beschädigter Lafetten, die nach dem schwierigen Transport über unebenen Boden den wuchtigen Rückstoß nicht mehr verkraftet hatten; und er musste seine gut ausgebildeten Geschützmannschaften für Feuergeschwindigkeit und Treffsicherheit loben.

Lange nach Sonnenuntergang kam ein Adjutant des Fürsten, um ihn zum Feldherrnzelt zu bringen. Auf dem Weg erzählte er ihm, Mir Tasadduq Ali habe persönlich den Reiterangriff geführt, der die Reste des gegnerischen Heers endgültig zersprengte.

»Ist er unverletzt?«

Der Adjutant schnitt eine Grimasse. »Ein paar leichte Wunden; die kann er sich jetzt lecken lassen.«

Thomas wollte nach dem Sinn dieser Bemerkung fragen, aber da waren sie schon vor dem Zelt angekommen.

Der Fürst hatte sich in den vier Jahren seit Madras kaum verändert – soweit Thomas das im flackernden Licht des Feuers und der Fackeln sehen konnte. Der Mir saß auf einem Stapel Pferdedecken, den Rücken an einen Sattel gelehnt; in der linken Hand hielt er einen Becher, zuckendes Gold im ungewissen Licht, und über seinen nackten Oberkörper schienen einige Schnittwunden zu kriechen, rötliches Gewürm.

»Erhabener, hier ist Havildar Jawruj Thomas, der Herr von Shekars Geschützen.«

Der Fürst hob den Becher, trank einen Schluck, neigte den Kopf nach rechts, um zu hören, was der dort sitzende Mann ihm sagen wollte; dann lächelte er und sah Thomas an.

»Leutnant George Thomas, wir wollten Sie loben und Ihnen danken. Ihr Anteil am Sieg ist groß, und neben dem neuen Rang steht Ihnen ein Anteil der Beute zu.« Er sprach makelloses Englisch, und beim Lächeln zeigte er makellose Zähne. Mit der rechten Hand deutete er auf einen Beutel, der auf einer großen Trommel lag.

Der Adjutant nahm den Beutel und reichte ihn Thomas. Weiches Leder, gefüllt mit etwas, das schwer wog und leise klirrte.

»Der über die Maßen Geehrte dankt der Erhabenheit«, sagte Thomas auf Urdu. »Welche Lust, für einen herrlichen Fürsten zu siegen!«

Mir Tasadduq Ali lächelte. Drei der fünf Männer, die bei ihm saßen, nickten, als wollten sie Thomas' Worte bekräftigen. Der Vierte, Shekar, grinste breit, legte die Hände vor dem Gesicht zusammen und deutete eine Verbeugung an.

Der fünfte Mann, gleich rechts vom Fürsten, verzog das Gesicht. »Urdu sprechen wir auch?«, sagte er, auf Englisch, mit einem schweren französischen Akzent. »Stolz, wie? Woher kommen Sie?«

Der Adjutant beugte sich vor und sagte leise: »General Raymond, der neue Oberbefehlshaber des Nizam.«

»Aus Irland, Sir.«

Raymond rümpfte die Nase. »Vermutlich genauso unzuverlässig wie Ihre sämtlichen Landsleute. Und heute ein bisschen Glück gehabt.«

Der Fürst klackte mit der Zunge. »General, seien Sie nachsichtig. Gute Männer, die in den nächsten Jahren unter Ihnen dienen werden, und die mit Kanonen umgehen können ...«

»Kann man Iren eine Kanone anvertrauen?«

Thomas holte tief Luft; er fühlte, wie ihm das Blut in den Kopf schoss. Mühsam beherrscht sagte er auf Englisch: »Hoheit, da wir Brot und Salz gegessen haben, ist meine Treue verpfändet: an Mir Tasadduq Ali, nicht an den Nizam, und schon gar nicht an französische Streuner. Sollen meine Pindaris und ich wirklich unter General Raymond dienen?«

Der Fürst kniff die Augen zu Schlitzen. »Es ist der Wille meines Herrn, des Nizam.«

»Dann, Erhabenheit« – Thomas verneigte sich und sprach wieder Urdu –, »bittet der geringe Kriegsknecht darum, dass der edle Fürst, Bewahrer des Ehrenworts von George Thomas und seinen Pindaris, das Wort zurückgebe und treue Männer entlasse, ehe die Ehre des Wortes zu ehrlosem Leid wird.«

Mir Tasadduq Ali seufzte. »Ein Jammer, aber es ist wohl besser so.« Er richtete sich auf und hob vor Thomas den Becher. »So sei es. George Thomas und seine Pindaris mögen in Ehren gehen.«

Shekar blickte traurig drein, nickte aber dabei langsam. Thomas hielt den Beutel in der Linken, salutierte und wollte gehen, ehe jemand auf den Gedanken kam, nach der Anzahl der Pindaris zu fragen.

Aber Mir Tasadduq Ali hatte anderes im Sinn. »Die Mädchen«, sagte er. Dann, an Thomas gewandt: »Eine kleine Feier, an der du dich beteiligen solltest.«

Thomas stand ein wenig unschlüssig da. Sieben junge Frauen, vermutlich Beute aus dem Maratha-Lager, wurden herbeigebracht. Sie waren nackt, und man hatte ihnen die Hände auf den Rücken gefesselt. Dann schleppten zwei stämmige Männer eine achte Frau heran. Auch sie war nackt und gefesselt; außerdem hatte man sie geknebelt. Die Männer stießen sie dorthin, wo Mir Tasadduq Ali saß. Und wo er nun ein langes Messer in der Rechten hielt.

Thomas ging, ehe etwas geschah; aber er fühlte sich tagelang krank. Einer irischen Fee oder Hexe hatte er versprochen, die Frauen zu ehren – wie sollte er diese Frauen ehren, umgeben von tausend Kriegern, die sich sofort auf ihn gestürzt hätten? Er sagte sich, am Ende müsse er dem Fürsten ja noch dankbar sein, dass dieser ihm den Abschied so erleichtert habe, aber Dankbarkeit wollte sich nicht einstellen, nicht den Ekel verdecken.

Im Frühsommer 1787 verließ George Thomas das Reich des Nizam von Haidarabad; mit fünfzig Kameraden ritt er nach Norden, um nachzusehen, ob der Mogulkaiser in Delhi Verwendung für erfahrene Krieger hätte.

8. Von Lakhnau nach Lalsot

Was mich betrifft, so reise ich nicht, um irgendwo hinzugehen, sondern um zu gehen. Ich reise um des Reisens willen. Das Größte ist es, in Bewegung zu sein.

ROBERT LOUIS STEVENSON

Mit einer Mischung aus Bewunderung für den Verwegenen und Neugier des Arztes sah Saldanha zu, wie sich Claude Martin gegen die Wand stemmte, den Kopf so weit wie möglich in den Nacken gelegt. Dabei rezitierte der Franzose, wie ein Gebet oder ein schlechtes Gedicht, eine lange Liste von Preisen und Löhnen. Saldanha verstand nicht viel, weil das meiste halblaut kam oder geknurrt oder durch die Nase fleuchte.

»Monatssold eines Leutnants: fünfundneunzig Rupien ... Konsultation eines europäischen Arztes: vierzig Rupien ... ein Pfund Schinken, Import: fünfunddreißig Rupien Kalkutta, sechzig Rupien Lakhnau ...«

Offenbar half es Martin, sich gleichzeitig auf die Operation zu konzentrieren und dabei doch von den unvermeidlichen Schmerzen abzulenken.

Gespannt wie ein Bogen, den seidenen Morgenrock geöffnet, darunter nackt; Tücher, Binden und ein Becken griffbereit neben sich; die rechte Hand am dünnen Draht, den er in den Katheter geschoben hatte; ein Sonnenstrahl, durchs halb verhangene Fenster zum Innenhof, auf der Schlaufe am Ende, kalt leuchtender Ring aus Hadesmetall.

Im Haus war es still. De Boigne war in die Stadt geritten, mit einem von Martins Dienern; die Übrigen wussten wohl, dass etwas Bedeutendes geschah, und atmeten sogar rücksichtsvoll. Saldanha meinte, ein ganz leises Kratzen zu hören, während Martin die Hand vorsichtig bewegte. Vor und zurück, vor und zurück.

»Tut es sehr weh?«

»Indigo«, sagte Martin. »Salpeter. Seide. Leopardenfelle.« Er schien nichts zu hören. Oder die Operation war so unangenehm, dass er keine Kraft hatte, mit der Außenwelt Beziehungen zu unterhalten. »Edelsteine. Goldschmuck, filigran.« Er wandte den Kopf.

Saldanha sah das Entsetzen in den Augen, aber auch die Entschlossenheit. Und die Tränen, die die Wangen hinabrannen.

»Nicht zu lange. Nicht zu viel auf einmal, Claude; hörst du?«

Ein dumpfer Laut, der eine Bestätigung sein mochte. Oder die Aufforderung, den Mund zu halten, sich nicht einzumischen, die feierliche Amtshandlung nicht durch unziemliche Reden zu entweihen?

Langsam, vorsichtig zog Martin den Draht aus dem Katheter. Er betrachtete die Feile an der Spitze, schnalzte und reichte Saldanha den Draht. »Blut«, sagte er heiser. Er räusperte sich.

»Nicht viel.« Saldanha legte den Draht weg, kniete nieder und betrachtete die Katheteröffnung. »In Ordnung«, sagte er; dabei stand er auf. »Das dürfte eine kleine, oberflächliche Verletzung sein, so etwas wie ein Kratzer. Wenn es mehr wäre, müsste jetzt etwas ausfließen. Genaueres können wir sagen, wenn du Wasser gelassen hast.«

Martin grinste; die Anspannung der letzten Minuten schien vergessen, ebenso die Besorgnis vor diesem ersten Versuch. »Macht nicht besonders viel Spaß«, knurrte er. »Hätte aber schlimmer sein können.« Er griff nach einem der Tücher und trocknete sich die Wangen.

Eine halbe Stunde später konnte Saldanha den Urin untersuchen; ein wenig Blut war darin, aber kein Anlass zur Aufregung, wie er Martin sagte.

»Zweite Runde?«

Saldanha schüttelte den Kopf. »Wart ein Weilchen. Du hast also wirklich das Gefühl von Widerstand gehabt?«

»Ja; ein bisschen, wie soll ich sagen, so ähnlich wie ... Sand? Festgebackener Sand, verstehst du?«

»Du solltest das nicht zu oft machen.«
»Was heißt nicht zu oft?«
»Zweimal, vielleicht dreimal am Tag; mehr nicht.«
Martin hob eine Braue. »Ich kann doch ohnehin nichts anderes tun. Nicht gehen, nicht in die Stadt reiten, womit soll ich denn meine Zeit verbringen?«
»Was hattest du denn gedacht, wie oft du das machen willst?«
»Ach, jede Stunde.«
Saldanha zeterte ein bisschen, aber nicht sehr. Tatsächlich führte Martin in den nächsten Tagen diese schauerliche Eigenbehandlung bis zu zehn- oder zwölfmal am Tag durch. Er behauptete, die Schmerzen seien erträglich; Saldanha blieb skeptisch, sah aber keinen Grund für längere Pausen oder gar den Abbruch der Operation.
»Es ist gut, wenn du dabei bist, trefflicher Arzt«, sagte Martin am Abend des zweiten Tages. »Aber ich glaube, du kannst dich jetzt um andere Dinge kümmern. Sollte etwas Bemerkenswertes geschehen, werde ich dich konsultieren. Was verlangst du eigentlich für diese Pflege?«
»Pflege? Zusehen, wie du einen Draht in deine edlen Teile schiebst?« Saldanha lächelte.
»Sagen wir mal so: Die Strapaze, dabei tatenlos zuzusehen, wird siebenfach aufgewogen durch deine Gastfreundschaft. Wie hat de Boigne sie genannt? Tadellos? Untadelig? Makellos?«
»Wo steckt er eigentlich?«
»Er ist in der Stadt unterwegs. Was ich morgen auch sein möchte. Aber er wird sicher zeitig zurück sein, um deinen Wein und meine Konversation nicht zu verpassen.«
»O Gram«, sagte Martin. »Ist meine Konversation denn so schlecht, dass der Wein als einziges Zubehör meiner Person erwähnenswert wäre?«
»Keineswegs, aber du warst ein wenig ... zerstreut.«
»Du irrst, mein Freund; vielleicht war ich ein wenig nach innen gekehrt, aber mir ist nichts entgangen. Zum Beispiel dein elegantes Überleiten von meiner Frage nach deinem Honorar zu deiner Be-

merkung über de Boigne. Das soll vermutlich heißen, dass er Geld braucht, nicht wahr?«

»Ich schätze, die Empfehlungsschreiben, die Hastings ihm gegeben hat, sind sein einziges Kapital. Abgesehen von ein paar kleinen Münzen.«

»Soll ich ihm Geld geben? Meinst du, er nähme es an?«

Saldanha zögerte. »Nein«, sagte er dann. »Von dir nähme er vielleicht ein Darlehen, aber auch das glaube ich nicht. Er ist ein Ehrenmann, fürchte ich; und Ehrenhaftigkeit ist sehr hinderlich beim Überleben. Wahrscheinlich hat er das Gefühl, dich durch deine Gastfreundschaft schon genug auszunutzen. Aber könntest du ihn nicht mit dem Nawab oder sonst jemandem bekannt machen?«

»Ich will es bedenken.«

Bald darauf kehrte de Boigne aus der Stadt zurück. Nachdem er sich erfrischt und Kleidung angelegt hatte, die nicht nach Pferden roch, aßen sie zu Abend. In einer kleinen Pause, als alle drei weder redeten noch besonders laut kauten, meinte Saldanha, seltsame Geräusche zu hören.

»Was ist das? Dieses – Gluckern?« Er deutete auf den Boden.

Martin breitete die Arme aus, als habe er sich für unverantwortlichen Leichtsinn zu entschuldigen. »Ah, ich bedaure, dass meine Unpässlichkeit mich daran gehindert hat, die wesentlichen Eigenarten des Gebäudes vorzuführen. Kadir wird nach dem Essen eine Führung bei Fackellicht vornehmen.«

Der weißbärtige, formvollendet sprechende Diener zeigte ihnen zwischen Dessert und Kaffee, was es mit den Geräuschen auf sich hatte.

Sie folgten ihm eine Treppe hinunter, durch eine Tür, dann weitere Stufen hinab und traten auf eine Art Galerie. Unter ihnen, im Licht der Fackel eher zu ahnen als zu sehen, schwappte Wasser. Wasser, das bis zur Hälfte der nächsten Treppe reichte, die nach unten führte.

Bei Kaffee und Zigarren erläuterte Martin die Vorzüge des Untergeschosses. Wenn der Gomati trockenfiel, in der heißesten Zeit, ließ es sich in den beiden unteren Stockwerken, die halb in der Erde waren, einigermaßen aushalten. Wenn der Fluss stieg, wurden sie dem Wasser überlassen und später neu getüncht.

»Sehr einfallsreich. Ich trinke auf Ihr Wohl.« De Boigne griff nach dem leeren Weinglas, lächelte und hob die Kaffeetasse.

»Einfallsreich, ja; aber auch ziemlich aufwendig, nicht wahr?«, sagte Saldanha. »Man könnte meinen, du seist, was Geld angeht, nicht unbedingt zu bedauern.« Mit einem Blick zu de Boigne setzte er hinzu: »Ein schöner Zustand, von dem ich nur träumen kann.«

De Boigne lächelte; unter dem Schnurrbart blinkten die Schneidezähne.

Martin zwinkerte. »Viel mehr als genug Diener und genug Platz habe ich ja im Moment nicht davon. Nur die Hoffnung, mich demnächst wieder bewegen zu können – wenn alles gut geht.«

In den nächsten Tagen erneuerte Saldanha seine Bekanntschaft mit Lakhnau. Da er kein Gesicht zu verlieren hatte, ging er die halbe Meile zu Fuß. Er machte einen kleinen Umweg, um nachzusehen, ob er vor dem Panj-Mahla-Tor einen bestimmten Schreiber fände; vergeblich. Damals – Jahre her, jenseits vergeudeter Menschenleben und verborgener Götter – hatte der Mann mit seinem Bauchladen-Pult links von der schrägen Rampe gesessen, die zum Torbogen und in die Stadt hinaufführte. Dort saß ein Bettler, der vielleicht heilig war und *faqir* oder *sadhu* oder *sanyasi* sein mochte. Er trug nur einen dreckigen Leibschurz, ein paar Aschemale und Ockerstreifen.

In den viergeschossigen Bauten rechts und links des Durchgangs wimmelte es von Händlern, Handwerkern und ihren Kunden. Das unterste Geschoss hatte damals noch Posten beherbergt; die Krieger waren ebenso verschwunden wie die vier Kanonen, die den Platz vor dem Tor und die Straße hatten bestreichen können.

Ein Mann, der über dem linken Arm einen schmalen Streifen Goldbrokat trug, verstellte Saldanha den Weg zur Rampe; aber Saldanha wollte weder Goldbrokat kaufen noch einen mit silbernen Fäden und allerlei Stickereien verzierten Sattel.

Jenseits des Tors blieb er einen Moment stehen, um sich zu orientieren. Hier hatte sich einiges verändert, wie von Martin angedeutet. Der Nawab Asaf ud Daula befasste sich zurzeit mit den Plänen kunstfertiger und, wie man sagte, überbezahlter Baumeister und hatte ein paar ältere Gebäude gleich hinter den Verteidigungsanlagen niederreißen lassen, um Paläste zu errichten. Noch stand nichts von den neuen Bauwerken; es gab nur Ausschachtungen zu bewundern und Stapel von Bauholz, dazu Pyramiden roh behauener Steine, sauber geschichtete Ziegel und anderes Zubehör.

Und Soldaten – Briten und Sepoys – in der Uniform der Ostindien-Kompanie. Bei Saldanhas erstem Besuch in Lakhnau, kurz vor dem Tod des früheren Nawab Shuja ud Daula, waren andere Krieger in der Stadt gewesen; damals hatten sich die eigentliche Regierung und die Heeresleitung im nahen Faizabad aufgehalten. Die Leitung und der größte Teil der siebzigtausend Mann starken Armee des Nawab, der des Mogulkaisers Wesir in Audh war.

Die von heimischen Handwerkern und französischen Waffenschmieden verfertigten Musketen, sagte man, seien schneller zu laden und treffsicherer als alles, was die Briten besaßen. Und die Tapferkeit und Treue der Krieger mache die Armee von Audh unbezwinglich …

1761 hatte Shuja ud Daula bei Panipat, der uralten Kampfstätte zwischen Delhi und dem Herzen des Punjab, dem Afghanenherrscher Ahmad Shah Durrani und anderen Moslemfürsten geholfen, die Heere der Marathas zu vernichten; drei Jahre später zerbrachen die Truppen der Kompanie seine Kriegsmacht bei Baksar. Er baute das Heer neu auf, legte Festungen an, und wenn er bei seinem Tode 1774 ins Paradies der Gläubigen gelangt sein sollte – falls es das gab –, musste er von dort aus seinen Nachfolger täglich fünfmal verfluchen.

Saldanha grinste leicht bei diesem Gedanken; er malte sich eine komplizierte Hierarchie ritueller Verfluchungen aus, die zu bestimmten Tageszeiten, in vorgeschriebener Haltung und ausgetüftelten Fluchkleidern vorgenommen wurden.

Der neue Nawab hatte sich von den Briten vorrechnen lassen,

dass es billiger sei, zwei Bataillone der Kompanie zu bezahlen, als eine eigene Armee zu unterhalten, auszubilden, auszurüsten. Außerdem hatte er die Kriegsschulden seines Vaters zu begleichen, und um auf ihre Kosten zu kommen, übernahmen die Briten selbst die Eintreibung von Steuern. Dann gab es da noch die Geschichte mit der alten Begum, die in Faizabad auf mehreren Millionen Rupien gesessen hatte und von Hastings gezwungen worden war, das Geld ihrem Sohn oder doch lieber gleich der Ostindien-Kompanie auszuhändigen ...

Wie auch immer: Lakhnau war offensichtlich wohlhabend. Wohlhabender, so schien es ihm, als bei seinem letzten Besuch vor einigen Jahren. Die meisten Menschen waren gut genährt, viele gut gekleidet; er sah kostbare Stoffe, und die offenen Küchen, ebenso wie die Stände der Hersteller von Süßwaren, machten gute Geschäfte. Auf den engen Straßen der alten Stadt herrschte ein Gedränge, das nicht panisch, sondern munter war. Überall, wo kleine Plätze dies zuließen, standen Musiker und Straßensänger; auch Gaukler und Schlangenbeschwörer schienen nicht darben zu müssen.

Andere Geräusche, die zu anderen Geschäften gehörten, drangen durch die Ritzen einer greisen Mauer. Saldanha erinnerte sich an die bescheidene Fassade eines Hauses, die Eisentür, dahinter den Laubengang zu einem Hinterhof, in dem er so leichtsinnig gewesen war, auf den Ausgang mehrerer Hahnenkämpfe zu wetten. Nicht weit vom Haus des Schreibers, damals; aber er wusste ja nicht, ob Khusrau noch lebte, und diesmal würde er seine wenigen Münzen sicherlich nicht auf Kampfhähne setzen.

Auf einem kleinen dreieckigen Platz nahe dem Machi-Bhavan-Palast hockte ein Märchenerzähler mit etwa vierzig Zuhörern. Saldanha blieb einen Moment stehen; soweit er es beurteilen konnte, befand sich der Mann mitten in einer fantastischen Ausschmückung der alten Geschichte von Amir Hamza. Darin gab es einen rötlichen, überwältigend leutseligen Drachen, und die Prinzessin hielt eine Rede von derart geschliffener Obszönität, wie Saldanha sie in keiner anderen Fassung je gehört hatte.

Er lächelte, während er weiterging. Eine köstliche Mischung von Gerüchen ließ seinen Magen knurren. Vor ihm, ohne besondere Eile, trug ein Mann ein achteckiges Holztablett durch die enge Straße. Saldanha schnüffelte – *muzafar*, sagte er sich, ein schweres süßes Reisgericht mit Safran; gebratene Auberginen; *mutanjan*, bestehend aus Fleisch, Zucker, Reis und Gewürzen; und vermutlich einige *shami kababs*, Kroketten aus Fleisch und Linsen. Irgendjemand hatte offenbar Gäste, oder großen Hunger, oder beides, und konnte es sich leisten, etwas aus einer guten Garküche kommen zu lassen. Der Bote oder Kellner trug eine weite weiße Hose, eine Art Schärpe um den Oberkörper und auf dem Kopf den hellen Doppelhöcker der *dopalri*-Kappe.

Er blieb hinter dem Mann, um den Geruch möglichst lange zu genießen; sehr zu seinem Vergnügen schien der Träger ein ähnliches Ziel zu haben. Oder sogar das gleiche wie Saldanha: Er bog in die vierte Gasse ein, die nach rechts abzweigte, und ging zum zweiten Haus links, das wie die meisten Gebäude der Altstadt aus einem Balkengerüst und verwitterten Ziegeln gebaut war.

Der Überbringer der Köstlichkeiten hielt vor dem lediglich durch eine Reihe von Perlenschnüren versperrten Eingang und rief etwas. Saldanha verstand nicht alles; *taslim* kam darin vor, »Gehorsam«, und auch *bandagi*, »Dienstbarkeit« oder »Unterwürfigkeit«, übliche Floskeln, aber die Stimme klang eher dreist denn unterwürfig.

Im Haus bewegte sich etwas; offenbar wurden Türen geöffnet – falls es solche gab; Saldanha erinnerte sich nur an eine Hinterhof-Terrasse – oder vielleicht Vorhänge, und die Klänge eines Saiteninstruments und einer leichten Trommel drangen wie ein sanfter Windhauch bis auf die Gasse.

Ein älterer Mann, vermutlich Hausdiener, erschien, wechselte ein paar eher unfreundliche Worte mit dem Boten, gab ihm mehrere Münzen und nahm das Tablett entgegen.

Saldanha wartete, bis der Kellner sich zum Gehen wandte; dann räusperte er sich. »Ein weit gereister Fremder bittet um die Aufmerksamkeit des edlen Khusrau«, sagte er. »Falls der unvergleichliche

Meister schöner Schriften noch immer seine Erhabenheit in diesen Wänden verbreitet.«

Der Diener lächelte, deutete eine Verneigung an, bat ihn zu warten und verschwand. Im Haus endete die Musik; nach wenigen Minuten kam der Mann zurück und führte Saldanha durch einen Korridor in den Hinterhof zur Terrasse.

Dort stand der Schreiber, mit verschränkten Armen, an einen der beschnitzten Balken gelehnt, die einen Balkon oder Erker trugen. Als der Portugiese näher kam, gab Khusrau die hoheitsvolle Pose auf, breitete die Arme aus und strahlte.

»Hakim Zhu-Ao!«, rief er. »Möge Allah deinen Abend erquicklich machen!« Er verbeugte sich und legte dabei die Hand an die Stirn. »O Ehre niedriger Mauern! O Wonne jammervoller Augen!«

»Ich komme als Bettler in deine vornehmen Gemächer, Fürst der Verfasser von Sendschreiben.« Saldanha lächelte. »Aber sag mir zuerst, wie sich dein Leib befindet, und, nicht zu vergessen: Dein Sohn, die Blüte von Lakhnau – erfreut er sich der Gnade Allahs und trefflicher Gesundheit?«

Khusrau klatschte in die Hände. »Erfrischungen«, schrie er, den Kopf zum Vorhang gewandt, der die Terrasse von den Innenräumen trennte. »Dicke Kissen, und das eben angelieferte Naschwerk! – Was nun den Sohn angeht, so nutzt er das Leben, das er dir verdankt, zur Erbauung dieses Greises und zur Mehrung des allgemeinen Wohlstands.«

Der Greis, überlegte Saldanha, mochte an die fünfzig sein, und der Sohn, dem er vor zehn oder elf Jahren den Blinddarm entfernt hatte, musste die zwanzig überschritten haben und lebte vermutlich nicht mehr bei seinem Vater. Die Mutter, hatte Khusrau irgendwann wie nebenher gesagt, sei längst gestorben, und das Haus erscheine ihm zu klein, um es neben Dienern mit einer weiteren dauerhaften Anwesenheit zu belasten. Der Portugiese dachte an die Klänge, die er gehört hatte; er nahm an, dass Khusrau statt einer »dauerhaften Anwesenheit« gewisse vorübergehende Präsenzen schätzte; vielleicht hatte er eben mit einer der zahlreichen angesehenen Kurtisanen von

Lakhnau der Zerstreuung oblegen. Wahrscheinlich spielte die Frau ein Saiteninstrument – dem Klang nach die siebensaitige *bin*, bestehend aus einer Holzröhre mit Kürbissen oder ähnlichen Körpern an jedem Ende –, und Khusrau schlug dazu die *tablas*.

Diener brachten Kissen, Getränke, Becher und das duftende Tablett. Als sie sich niedergelassen hatten, blickte Saldanha zum überwucherten trockenen Brunnen des Hofs und den tausend Blumen; dabei sagte er halblaut auf Persisch: »Die Blume, deren zarte Finger wundersame Klänge aus den Saiten zaubern, sollte nicht hungern. Du weißt, mein Freund, dass man Frauen gut nähren muss, damit sie einen nicht in anderen Zusammenhängen hungern lassen. Ich spreche als berufsmäßig blinder Arzt, nicht als glotzender Mann; und außerdem als Europäer, der mit allerlei verschiedenen Sitten vertraut ist.«

Khusrau grinste. »Dein treffliches Ohr sei gepriesen, und der Scharfsinn möge dich nie verlassen. Haben wir dringliche Dinge zu bereden, oder könnte es dein Auge erfreuen, neben diesem runzligen Perser ein wenig Anmut zu sehen?«

»Die dringenden Dinge können warten; gib der Anmut den Vorrang, o Runzliger.«

Durch den Vorhang klang ein helles Lachen; dann erschien eine unverschleierte junge Frau. Sie war barfuß; die weiten, lockeren Hosen waren um die Knöchel gebunden, und das kurzärmelige Seidenhemd ließ den Nabel frei. Es war ein hübscher Nabel mit ansehnlicher Umgebung, und Saldanha bedachte, dass er sich schon sehr lange nicht mehr solchen Umgebungen genähert hatte. Das Mädchen an der Küste, lange vor seinem Aufbruch nach Kalkutta …

Später, als die Leckereien vertilgt waren und die Frau sich ins Haus zurückgezogen hatte, erörterten die Männer den Brief, den Khusrau schreiben sollte. Der Perser, in früher Kindheit als Sohn eines Händlers aus Isfahan nach Lakhnau gekommen, behauptete, immer noch die guten Beziehungen zu besitzen, über die er vor Jahren mit Saldanha gesprochen hatte. Der Text wurde in peinlich sauberen lateinischen Buchstaben aufgezeichnet; Khusrau würde sie Zeichen für

Zeichen in Maratha-Schrift übertragen, ohne selbst den portugiesischen Text zu verstehen, dessen Inhalt ihm Saldanha mitgeteilt hatte. Khusrau schlug zwei oder drei kleine Änderungen vor und erklärte das ganze Unterfangen zu einer lebensgefährlichen List.

»Willst du dich nicht in Lakhnau niederlassen?«, sagte er beim Abschied. »Du weißt, der Nawab hat einen britischen Arzt, und dann gibt es noch einen oder zwei für die Residenz und die Garnison. Aber die edlen Hakims sind allzu vornehm und teuer für nebensächliches Volk wie uns. Ein guter europäischer Arzt ohne Dünkel ...«

»Ich will es erwägen.« Saldanha legte ihm die rechte Hand auf die Schulter. »Wenn ich eines Tages meine Suche aufgebe, weil sie sinnlos ist oder scheint, oder wenn ich gefunden habe, was ich suche, werde ich es erwägen. Lakhnau wäre nicht der schlechteste aller Plätze.«

»Deine Suche«, sagte Khusrau. Er hüstelte. »Allah weiß, leider, dass ich nicht der treueste seiner Diener bin. Aber hast du je daran gedacht, im heiligen Buch zu suchen? Statt in den Höhlen der Heidengötzen?«

»Ich habe den Koran gelesen, und ich habe viele weise Worte gefunden – aber nicht das, was ich suche.«

»Möge Allah dir gnädig sein und dich das finden lassen, was du begehrst!«

Saldanha lachte kurz. »Ich fürchte, mein Freund, Allah wird das nicht tun. Denn das, was ich suche, ist vielleicht das Gegenteil all dessen, wofür Allah zuständig ist.«

»Es gibt kein Ding außerhalb«, sagte Khusrau. »Außerhalb der Gnade des Einen.«

Claude Martin feilte, zehnmal am Tag, bisweilen öfter. Hin und wieder schied er danach Blut aus, aber Saldanha sah keinen Anlass zur Besorgnis.

De Boigne nutzte die langen Tage und Martins Verbindungen. Er überbrachte wichtige oder zu diesem Zweck erfundene Botschaften, fast immer begleitet von kleineren Geschenken, und plauderte bei dieser Gelegenheit mit den Empfängern über die Lage der Dinge. Die meisten der Adressaten waren Händler, reisende Kaufleute, kleine Fürsten. Keiner von ihnen würde Verwendung für einen Offizier von de Boignes Qualitäten haben, aber alle konnten ihm Namen anderer Männer nennen: in Delhi, in Agra, in den Hauptstädten der Rajputen-Fürsten, bei den Marathas.

Außerdem hatte Martin ihm einen zuverlässigen und nicht ungebührlich teuren Dolmetscher empfohlen, bei dem er Persisch lernte und sein Urdu verbesserte: unabdingbar für einen, der mit Fürsten und Feldherren im Norden Indiens Umgang haben wollte. Bei den Besuchen konnte der Savoyarde die frischen Kenntnisse gleich nutzen und vertiefen. Oft sprach er auch mit englischen Offizieren und berichtete später über die abenteuerlichen Geschichten, die man sich in der Garnison und an der Baustelle der Residenz erzählte.

Die Kompanie hatte bisher ihre Mitarbeiter in etlichen Gebäuden der Stadt verteilen müssen; wie Martin mit einem flüchtigen Grinsen sagte, gehörten ihm davon etwa zwei Drittel. Was er an Miete einnahm, überstieg bei Weitem die Differenz zwischen seinem amtlichen Rang und dem Hauptmannssold, den er bezog. Nun hatten die Herren der Ehrenwerten Ostindien-Kompanie vom Nawab, der ihnen mehr schuldete, als er bezahlen konnte, ein leicht erhöhtes Gelände am Rand der Altstadt bekommen und begannen mit dem Bau von Verwaltungs- und Wohngebäuden.

Martin sah voraus, dass er demnächst keine europäischen Mieter mehr in seinen Häusern haben würde, tröstete sich aber damit, dass ein Teil der Bauarbeiten von Unternehmen ausgeführt wurde, die ihm gehörten.

Auch für Saldanha waren Martins Kenntnisse von Ort und Leuten hilfreich; der Franzose empfahl ihm eine jener Einrichtungen, die die Europäer zur Vermeidung hässlicherer Bezeichnungen »Club« nannten. Der Begriff »Bordell« blieb den schäbigeren Etablissements vorbehalten. Die Menge gebildeter Kurtisanen in Lakhnau war erstaunlich, und die Häuser, in denen sie ihre verschiedenen Kunstfertigkeiten ausübten – dazu gehörten auch gepflegte Konversation, das Rezitieren von Gedichten auf Urdu und Persisch, Tanztheater, Instrumentalmusik und Gesang –, lagen nicht weit vom Palast des Nawab im Herzen der Stadt. Zumeist waren es äußerlich bescheidene, innen durch Stil, Anmut und Üppigkeit überwältigende Gebäude, deren Innenhöfe mit Brunnen und Lauben Jahrhunderte überdauert hatten.

Nachdem alle aufgestauten Dringlichkeiten erledigt waren, genoss Saldanha die alte Kultur des »Clubs«, den eine junge Frau namens Lalun im Auftrag wohlhabender Geschäftsleute leitete; und manchmal erwog er, was er Khusrau gegenüber nur scherzhaft gesagt hatte – Lakhnau mochte einen guten Altersitz abgeben. Vorausgesetzt, unter dem Schirm der Ostindien-Kompanie bliebe es das, was es nun war: eine Insel des Friedens im chaotischen Ozean Indiens.

Boten gingen in Martins *Petit Palais* ein und aus; die Geschäfte, die Verwaltung des Arsenals, die Pflege der Beziehungen, all dies konnte nicht unbegrenzte Zeit missachtet werden. Er empfing sie, halbbekleidet, in den Pausen zwischen zwei Operationen. Nur zwei- oder dreimal ließ sich die Förmlichkeit nicht missachten, wenn einer der hohen Berater des Nawab erschien, um Geschenke und Besserungswünsche zu überbringen, einen diskreten Rat für den Umgang mit den Briten zu erbitten oder die Finanzen des Hofs zu erörtern – was in der Regel hieß, dass der Nawab entweder fällige Schulden nicht zahlen konnte oder einen neuen Kredit von Martin haben wollte.

»Sobald ich wieder richtig auf den Beinen bin«, sagte Martin an einem der langen, verredeten und mit Wein geschwängerten Abende im Speiseraum, »gibt es ein Fest.«

»Was für eine Sorte Fest willst du feiern?«

»Ah, nicht ich, João – der Nawab will meine Genesung geziemend begehen, mit einem Empfang und Kampfspielen und langwierigem Gelage. Das Geld dafür werde ich ihm leihen dürfen.«

»Was nehmen Sie an Zinsen?«, sagte de Boigne.

»Ich bin günstig.« Martin nippte an seinem Burgunder und lächelte den Landsmann an.

»Die einheimischen Bankiers und Geldverleiher verlangen auch vom Fürsten bis zu zwanzig Prozent; wahrscheinlich sehen sie nie etwas von ihrem Geld, da der Nawab gewisse ... Möglichkeiten hat. Ich verlange lediglich zwölf Prozent, und bei mir hat er diese Möglichkeiten nicht.«

»Was für Möglichkeiten sind das?«

»Ach, zum Beispiel kann er seine Palastgarde anweisen, in der Nähe eines bestimmten Warenlagers zu feiern und dann nachts zu randalieren. Am nächsten Morgen ist von den Beständen des Lagers nichts mehr da, und zufällig gehörte alles einem Händler, der am Vortag den schlechten Geschmack besaß, dem Herrscher einen Kredit zu verweigern. Oder Asaf ud Daula beschließt, einen neuen Flügel an den Palast zu bauen oder seinen Tierpark zu vergrößern, wozu er einen Handelsherrn im Interesse der Allgemeinheit enteignen muss. Merkwürdig, dass so etwas immer jene trifft, die entweder kein Geld verleihen wollen oder auf Rückzahlung bestehen.«

»Und Sie sind immun?«

Martin hob das Glas. »Lieber Freund, nach all den Tagen unter meinem Dach ... wollen wir nicht den Förmlichkeiten entsagen, *mon cher* Benoît?«

De Boigne verneigte sich im Sitzen und hob ebenfalls das Glas. »Auf dein Wohl, deine Gastfreundschaft und deine Gesundheit, Claude.«

Nachdem sie einander zugetrunken hatten, wandte sich de Boigne an Saldanha. »Sollten wir nicht auch ...?«

»Wir sollten.«

»Gut, gut; nachdem das erledigt ist ...« Martin rutschte auf dem Stuhl herum. »Ich sitze ungut, meine Freunde; lasst uns in den Salon umziehen.«

Vom bequemen Diwan aus, versehen mit Kissen, einer frisch gefüllten Karaffe und Zigarren, erläuterte er dann, dass der Leiter des Arsenals, Offizier der Truppen der Ostindien-Kompanie, natürlich solche Gefahren nicht zu gewärtigen habe. »Was nicht heißt, dass ich mein Geld schnell zurückerhielte, aber hin und wieder doch – meistens, wenn er neues braucht. Für seine tausend luxuriösen Spielereien. Einen kompletten Satz englisches Tafelsilber, oder vielleicht ein hundertvierundsechzigteiliges Porzellanservice aus der Madrider Retiro-Manufaktur. Goldgerahmte Spiegel aus Frankreich; englische Jagdhunde; deutsche Kiesel; italienisches Duftwasser. Zurzeit schuldet er mir ... ah, ungefähr fünfundzwanzig *lakh*.«

»Zweieinhalb Millionen Rupien!?« De Boigne riss die Augen auf.

»Wenn ich sie hätte, wäre ich reich. Da ich sie nicht habe, bin ich möglicherweise noch reicher.« Martin grinste. »Der Nawab besitzt die Stadt Lakhnau und das ganze Reich von Audh, nicht wahr? Wenn er das Gefühl hat, Schulden bei mir bezahlen zu müssen, händigt er mir bisweilen ein Gebäude oder ein Stück Land aus. Ich baue und vermiete. Die Kompanie braucht immer Boden und Häuser, und sie bezahlt mit den Rupien, die der Nawab bei mir leiht oder seinen Leuten als Steuern abnimmt.«

Nach und nach brachte Saldanha das Gespräch auf de Boignes weitere Pläne. Der Offizier druckste ein wenig herum, als es um die angeblichen Aufträge von Warren Hastings ging. Er spielte mit dem Stiel seines Glases, strich sich den geschwungenen Schnurrbart und zupfte imaginäre Flusen von seiner dunkelblauen Jacke.

»Ich habe natürlich immer noch die Hoffnung, für einen der indischen Fürsten ein Heer aufbauen zu können«, sagte er schließlich.

»Und dafür den gebührenden Lohn zu erhalten.«

»Oder ein bisschen mehr?«, sagte Saldanha.

»Oder ein bisschen mehr. Notfalls reite ich durch den Punjab, Kaschmir, Afghanistan, Turkestan und die kaspischen Steppen nach Moskau, um dort zu verkünden, dass für Händler, die das ohnehin wissen, die Landroute begehbar ist und für Feldherren, die das gerne wüssten, ein Spaziergang. Ich weiß nicht, ob es den Briten lieb sein wird. Es könnte aber doch den einen oder anderen indischen Herrscher geben, der vermeiden möchte, neben Briten, Franzosen, Portugiesen, Holländern und Afghanen auch noch Russen im Land zu haben, oder? Was meint ihr?«

»Ich meine«, sagte Saldanha, »dass wir jetzt, da die Förmlichkeiten abgeschafft sind, deutlich reden sollten. Du brauchst Geld, nicht wahr?«

»Wie traurig und ... wie wahr.« De Boigne lächelte knapp. »Aber alle Versuche, an jene Menge Münzen zu kommen, die man braucht, um die Zeit nicht mit jener Sorte Arbeit zu vertun, die einem nie ausreichend einbringen wird, sind gescheitert.« Er zögerte einen Moment, dann sagte er: »Vielleicht sind meine Sterne falsch geordnet. Oder, wer weiß, ich komme zu früh oder zu spät.«

Martin kicherte. »Geht uns das nicht allen so, zum Beispiel in der Liebe? Warum nicht auch im Kriegsgeschäft. Aber – ich könnte dir etwas leihen.«

De Boigne schüttelte den Kopf. »Das kann ich nicht annehmen. Ich missbrauche deine Gastfreundschaft schon so gründlich, dass ich nicht auch noch Geld nehmen mag für etwas, an dem dir keinesfalls gelegen sein kann. Es ginge ja um Krieg, nicht um Geschäfte.«

Martin nickte. »Nun gut, sehen wir es anders. Wenn es mir gelänge, dich mit dem Nawab bekannt zu machen, und der Nawab beschlösse, dich dem einen oder anderen Fürsten zu empfehlen? Zu welcher Empfehlung auch eine Börse gehören müsste, dir den Weg zu nämlichem Fürsten zu ebnen?«

»Ich sähe mich möglicherweise genötigt, so etwas anzunehmen. Vielleicht.«

Fünf Wochen nach Beginn der Einführung von Draht in den Katheter zeigte Martin eines Morgens, als Saldanha von einer genussreichen Nacht zurückkehrte, mit breitem Lächeln das Messingbecken, das er immer neben sich stehen hatte, wenn er feilte.

»Grieß?«, sagte er.

Saldanha betrachtete das Becken und den Urin darin. »Sieht so aus. Wie fühlst du dich?«

»Gut; ich mache gleich weiter.«

»Keine voreiligen Hoffnungen. Es könnte auch dies und das sein, zu Grieß zerriebene Fleischfetzen ...«

Er setzte sich zu Martin und sah zu, wie dieser den Draht einführte und zu feilen begann. Diesmal meinte er, wirklich ein leises Schaben zu hören. Nach ein paar Minuten zog Martin den Draht wieder heraus.

»Dringende Gefühle«, sagte er, »zwingen mich ... Darf ich dich bitten, mich einen Moment allein zu lassen?«

»Sei nicht albern.« Saldanha schüttelte den Kopf. »Nun sehe ich dir schon so lange zu, wie du an deinem Glied herumfummelst und die Hand vor- und zurückbewegst, dass es ohne Draht eine andere Form von vergnüglichem Solitaire sein könnte; wozu so viel Aufhebens, wenn du pissen willst?«

»Ich vergaß, du bist Arzt.«

Martin wandte ihm dennoch den Rücken zu; er stieß einen seltsamen Laut aus – Schmerz oder Lust? Sie schienen nah beieinander zu liegen, dachte Saldanha. Dann drehte der Franzose sich um und zeigte ihm das Becken.

»Ein bisschen Blut, aber vor allem ...« Saldanha nickte nachdrücklich. »Ich bin gespannt, was Doktor Murchison sagt, wenn du ihm davon berichtest. Aber ... noch ist er nicht heraus. So, wie du die Sache beschrieben hast, muss er größer sein. Das da, das ist schon viel, aber nicht alles.«

Drei Tage später feierte Claude Martin ein Fest. Er behauptete, beim Feilen keinerlei Widerstand mehr zu fühlen; zum ersten Mal seit Jahren könne er »pissen wie der Sonnenkönig, wenn er Regen angeordnet hat«, und einige andere, seit vielen trüben Monden aufgeschobene Dinge seien unbedingt aufzuarbeiten.

Das Fest trug sich in seinem Stadthaus zu, wo de Boigne endlich die oft beschwärmte Lise alias Boulone kennenlernte und Saldanha sie wiedersah. Es war ein anstrengendes Fest, bei dem Claude Martin mehrfach verschwand, und seltsamerweise verschwand dann auch Lise; de Boigne und Saldanha vermissten die beiden aber nicht, denn Martin hatte sich der Mitwirkung jenes »Clubs« versichert, den Saldanha aus etlichen Nächten kannte, sodass die Gäste weder leiden noch darben mussten. Es gab Champagner und Musik, erlesene Speisen und angeregte Unterhaltungen.

Zu den Geladenen gehörten neben zahlreichen einheimischen Kaufherren und Fürsten einige Offiziere der Garnison und Mitarbeiter des Residenten; der Resident selbst, der zu Martins bevorzugten

Feinden gehörte, war höflich eingeladen worden und hatte höflich abgelehnt.

Dr. Murchison war, wie Saldanha bald herausfand, mürrisch und von eher bärbeißigem Witz. Ob er den Spitznamen »Tiger« den weißen Borsten des Schnurrbarts verdankte oder einer gewissen Bissigkeit, und was er wirklich von der Genesung seines Patienten hielt, wollte er dem portugiesischen Kollegen nicht verraten.

»Fragen Sie andere, junger Mann. Eh, wie alt sind Sie eigentlich?«

»Sechsundvierzig. Nicht so ganz jung.«

»Keine Frage des Alters.« Murchison blinzelte. »Jedenfalls alt genug, um über dies und das nicht zu erschrecken. Wie haben Sie ihn hingekriegt?«

»Ich habe nur zugeschaut; alles andere hat Claude wirklich selbst gemacht.«

»Feilen und alles?«

»Alles.«

Murchison klopfte ihm auf die Schulter. »Gute Nerven. Der erste Portugiese mit guten Nerven, den ich kennenlerne.«

»Wir hatten schon gute Nerven in Indien, als Ihre schottischen Ahnen noch nicht aus den Hochmooren herausgekommen waren.«

»Sag ich doch. Schlechte Nerven, Unruhe, all das. Wir habens zu Hause ausgehalten.«

»Warum sind Sie dann jetzt hier?«

Murchison grinste flüchtig. »Die Engländer haben uns angesteckt; auch so ein nervöses Volk.«

»Exzessive Sesshaftigkeit ist aber leicht mit dumpfem Brüten zu verwechseln.«

»Es kommt auf das Ei an, das dem Brüten zugrunde liegt.«

Ehe sie den erfrischenden Austausch fortsetzen konnten, geschah etwas Unvorhergesehenes. Martin hatte den Nawab über dessen wichtigsten Berater eingeladen, ihm aber gleichzeitig bedeuten lassen, dass die Damen von Laluns »Club« vielleicht nicht die geziemende Gesellschaft für den Fürsten seien.

Plötzlich erschienen zehn Männer der Leibgarde des Fürsten und bildeten eine Art Spalier. Sie trugen grüne Turbane, rote Westen, weite weiße Hosen und je zwei zeremonielle Krummsäbel. Durch die Ehrengasse schritten zwei Berater, dann kam der Nawab selbst.

Asaf ud Daula sah weit beeindruckender aus, als Saldanha ihn sich vorgestellt hatte; der üppigem Leben ergebene Fürst hätte ebenso gut ein Kriegsherr sein können. Was immer er an Schwelgereien zu betreiben beliebte, schien weder seinen Geist vermindert noch seinen Leib über die Maße der Stattlichkeit hinaus aufgebläht zu haben. Oder waren es nur die geschickt drapierten Gewänder, die durch Bausch und Faltenwurf Muskeln andeuteten, wo Fett war?

Claude Martin fühlte sich sichtlich geehrt; Saldanha sah den Begrüßungen von fern zu. Niemand war überrascht, als der Fürst nach kaum fünf Minuten wieder ging – fünf Minuten, in denen die jungen Frauen von Lalun unsichtbar waren.

»Er wird mich morgen in meinem Haus am Fluss aufsuchen«, sagte Martin später. »Mit ein paar Leuten aus Delhi, die sich bei ihm aufhalten. Ich nehme an, die hohen Gäste langweilen ihn; außerdem will er etwas Geschäftliches besprechen – angeblich.«

»Was für Gäste? Soll ich so lange verschwinden?«

»Aber nein, João. Du und Benoît, ihr bleibt dabei. Beziehungen, verstehst du? Es wird euch nicht schaden; ob es etwas nützt, weiß der Himmel.«

Der hohe Besuch kam abends, nach einem langen hektischen Tag der Vorbereitungen. Offenbar gab es tatsächlich Geschäfte zu bereden; der Nawab und Martin zogen sich bald in kleinere Gemächer zurück, was aber nicht weiter auffiel, da die Menge der Gäste aus Delhi, die er mitbrachte, Salon und Speisesaal und mehrere andere Räume füllte.

Saldanha, ohnehin kein Freund großer Versammlungen, verlor nicht den Überblick, da er von Anfang an keinen hatte und sich verloren fühlte. Er beobachtete Martins Diener, unauffällig geleitet von Kadir Baksh dem Weißbärtigen, trank Champagner, bedachte, wie lange er für den Preis einer Flasche unterwegs leben könnte und wie Claude es geschafft hatte, vom Habenichts zum Millionär aufzusteigen.

Millionär, in dessen Haus der Nawab von Audh, des Kaisers Wesir, zu Gast weilte; und mit dem Nawab kleinere und größere Fürsten, deren Privatarmeen – geführt von de Boigne – Mitteleuropa hätten besetzen können, und Kaufherren, denen es ein Leichtes gewesen wäre, die portugiesischen Staatsfinanzen zu sanieren.

Er sah rote, grüne, weiße und goldfarbene Turbane, goldbestickte Westen, weite Hosen aus weißem und rotem Tuch, Seidenumhänge, europäische Stiefel, Fußbekleidung aus weichem Leder und Brokatstoffen. Der Botschafter des Peshwa trug eine Art Burnus, der Gesandte eines Rajputen-Fürsten hatte das Gesicht dezent blau gefärbt; der freundliche ältere Mann aus Delhi, den irgendwer als Hofastronomen des Kaisers bezeichnet hatte, unterhielt sich mit einem Europäer – wie es schien, da Saldanha ihn nur von hinten sah. Nun drehte der andere sich um. Ein stattlicher Mann in europäischer Kleidung, mit einer leuchtend blauen Schärpe jener Art um den Bauch, die die Perser *kamarband* nannten und die Briten mit ihrer perversen Orthografie *cummerbund* schrieben, war …

Saldanha blinzelte. Der Gesandte des Vizekönigs und Generalkapitäns von Goa. Er hätte damit rechnen müssen, diesen Würdenträger ebenfalls zu sehen. Womit er nicht hatte rechnen können, war … Andererseits hätte er natürlich Martin fragen können, wer zurzeit … Er malmte, unentschlossen, ob das, was er da zwischen Ober- und Unterkiefer zerkleinern wollte, ein Fluch oder ein Ausruf des Erstaunens werden sollte. Wie war noch der vollständige Name? Alvaro Brito de oder da irgendwas. Nachbarschaft in den besseren Zeiten, Wein und flüchtige Gespräche und die eine oder andere gesellschaftliche Begegnung. Schach? Saldanha glaubte, sich an Schachpartien zu erinnern, in einer fernen früheren Inkarnation. Schach und Astronomie? Irgendein derartiges Interesse. Verarmter Adel, deshalb zur Arbeit gezwungen. Jurist. Zuletzt aufstrebender Berater oder Assessor bei den Tribunalen. Den weltlichen, nicht den kirchlichen, aber João hatte ihn zu erreichen versucht, damals.

Der Gesandte näherte sich lächelnd, den Astronomen im Schlepptau und einen Champagnerkelch in der Hand. »Ein Europäer in Lakhnau, den ich nicht kenne?«, sagte er auf Englisch.

»Du irrst dich, Alvaro, oder lässt dein Gedächtnis nach?« Dann wechselte Saldanha vom Portugiesischen ins Urdu. »Der Herr der Sterne möge vergeben, dass ich eine nebensächliche Geheimsprache benutzt habe.«

Die Verneigung des Astronomen zu registrieren und zu erwidern war eines; wichtiger war es, das Gesicht des Gesandten aus Goa zu beobachten.

Verblüffung. Die diplomatische Leutseligkeit des Lächelns schwand. Brito kniff die Augen zusammen. Eine Ahnung? Ah, sagte sich Saldanha, jetzt ... Und gleich wird er sich umdrehen und gehen, denn der Diplomat kann nicht mit dem Ausgestoßenen reden.

Brito nickte plötzlich. »Doktor Saldanha.« Die Stimme war kalt und gefasst. »Lange her, nicht wahr? Entschuldigen Sie mich; ich glaube, ich werde da drüben verlangt.«

Der Astronom blickte hinter dem Gesandten her. »Alte Freunde«, sagte er, »über deren Freundschaft ungünstige Sterne kreisen?« Dann schüttelte er den Kopf. »Vergebt meine Zudringlichkeit, Hakim. Es geht mich nichts an.«

»Da ist nichts zu vergeben. Der zufällige Zeuge eines Erdbebens ist nicht dessen Ursache, noch trägt er Schuld an Verwüstungen.«

Ali Akbar Khan erwies sich als gebildeter und witziger Gesprächspartner. Nach einiger Zeit schlug er vor, einen anderen Raum aufzusuchen, in dem sich die Frauen aufhielten.

»Der Nawab ehrt den Herrn des Hauses, indem er europäischen Sitten folgt und die Frauen der Gäste mitbringt. Es ist eine darunter, mit der Ihr vielleicht zwei genussreiche Worte wechseln könntet.«

Saldanha gluckste leise. »Ich war mir nicht sicher, ob die Anwesenheit von Frauen vielleicht eher eine feinsinnige Beleidigung ist. Wer ist die Frau? Eine besondere Freundin?«

Der Astronom lächelte. »Die klügste unter den tausend Frauen im Roten Palast zu Delhi, und klüger als die meisten Männer dort.

Eine Witwe in unserem Alter, Hakim. Ihr Gemahl war einige Zeit lang Gesandter des Kaisers in Kalkutta. Dort hat sie sich einige … europäische Gedanken angeeignet. Sie heißt Tamira.«

Rückblickend befand Saldanha später, dass es ein sehr angenehmer Abend gewesen sei, trotz des Gedränges und des alten Bekannten aus Goa. Allerdings verschwamm seine Erinnerung ein wenig. Der Astronom und Tamira … Eine Frau von herber Schönheit und kluger Rede, mit dem einen oder anderen sarkastischen Kommentar. Aber seine Gedanken waren in Goa, bei der Inquisition, bei Alvaro Brito gewesen, und er erinnerte sich nur noch daran, dass man übereingekommen war, gelegentlich Briefe zu schreiben.

Und dass er, schweifender Abschaum, vom christlichen Glauben abgefallen, die moslemische Fürstin, Witwe eines Mogul-Diplomaten, vom ersten Blick an begehrt hatte. Unmöglich, sagte er sich; schlag sie dir aus dem Kopf.

Zehn Tage nach diesem Abend bat der Nawab zum Fest. Saldanha war bald entlassen, nachdem Martin dem Fürsten seine Gäste vorgestellt hatte. Es war klar und abgesprochen, dass es vor allem um de Boigne gehen würde. Möglicherweise entschied sich hier die Zukunft des Savoyarden. Was immer Martin an finanziellen Möglichkeiten besaß, wog keinesfalls die guten Worte auf, die Asaf ud Daula einem anderen Fürsten gegenüber sagen beziehungsweise schreiben lassen mochte, gleich ob Freund oder Feind.

Martin hatte Spekulationen angestellt, ob vielleicht der Kaiser selbst, Shah Alam, einen neuen europäischen Offizier benötigen mochte, oder einer der Fürsten des Punjab, die sich der Sikhs einerseits und der Afghanen andererseits zu erwehren hatten. Letztere Chance, sagte er allerdings, sei kaum eine, denn auch der beste Offizier werde weder genug Zeit haben, um eine Truppe im Punjab aufzustellen, noch sei nach Lage der Dinge genügend Glück vorstellbar, um mit dieser hypothetischen Truppe das erste Gefecht zu überleben. Und natürlich wolle er seinen Freund nicht in eine aussichtslose Stellung vermitteln.

Saldanha wanderte durch die Korridore des Palasts, geführt von einem jüngeren Vetter des Nawab, den er in Laluns »Club« kennengelernt hatte. Aber er war zerstreut, achtete kaum auf die kostbaren Wandbehänge, die Einlegearbeiten, die teuren Metalle und wunderbaren Hölzer. Es gab zwei Gründe für die Zerstreutheit. Erstens hatte er gehofft, Tamira wiederzusehen; aber die Gäste aus Delhi waren abgereist. Und zweitens suchten seine Dämonen sich ausgerechnet den *darbar* beim Fürsten aus, um sich zu melden und ihn zum Aufbruch zu nötigen.

Auch die Kampfspiele in der kleinen Arena des Fürsten brachten ihn nicht zu längerer Sammlung. Er beobachtete die wellenförmigen Bewegungen auf der anderen Seite, wo die verschleierten Frauen des Palasts saßen und mit gedämpften Ausrufen die Geparden feierten, die einander dort unten nach mehrtägigem Hungern zerfleischten. Die folgenden Hahnenkämpfe fand er eher albern; die bizarre Auseinandersetzung zwischen zwei spuckenden, schäumenden Kamelen erschien ihm wie ein Traum, der endete, als es einem der Kamele gelang, die hängende Unterlippe des Gegners mit den Zähnen zu packen, worauf das Tier zu Boden sackte und als besiegt galt.

Als Nächstes – »vorletzter Kampf, vor dem Höhepunkt«, sagte sein junger Begleiter – wurden zwei brünstige Elefantenbullen in die Arena gejagt. Mit betäubenden Trompetenstößen aus den Rüsseln jagten sie einander hin und her, traten, versuchten, die langen Zähne einzusetzen; schließlich erwischte einer der Bullen den anderen mit dem Rüssel an einem Hinterbein, warf ihn zu Boden und riss ihm mit den Stoßzähnen den Bauch auf.

Saldanha, der das Schauspiel abstoßend fand, fing einen Seitenblick von Claude Martin auf, garniert mit einem ironischen Blinzeln. Worauf bezog es sich? Der Kampf der Elefanten war kein Anlass zum Zwinkern, fand der Portugiese; es musste also gewissermaßen eine vorausdeutende Ironie sein, den letzten Kampf betreffend, den der junge Fürstenvetter als Höhepunkt bezeichnet hatte. Was konnte nun noch kommen – nach Geparden, Hähnen, Kamelen und Elefanten? Tiger? Löwen? Schneemenschen?

Gewaltiges Gelächter begrüßte die Teilnehmer des letzten Gefechts, die langsam in die Arena traten. Oder schlurften und hinkten; einige hätten Krücken benutzen oder kriechen oder sich tragen lassen sollen. Saldanha traute seinen Augen nicht, verstand aber, weshalb niemand ihn vorgewarnt hatte. Er sah, wie sich Asaf ud Daula die Hände rieb, mit breitem Grinsen, und sich vorbeugte.

»Das ist sein liebstes Schauspiel«, sagte der junge Fürst.

Drei Dutzend alte Frauen aus den untersten Kasten und Schichten der Stadt. Ehrwürdige Großmütter – einige Urgroßmütter waren wohl auch dabei –, die im Schoß ihrer Familien die letzten heiteren oder kargen Tage hätten verbringen sollen. Sie traten in Dreiergruppen an: zum Sackhüpfen, durch die ganze Arena.

Es war ein erbärmlicher Anblick. Frauen, von denen etliche kaum noch gehen konnten, stiegen in grobe Säcke, die um den Hals so zugebunden wurden, dass nur jeweils ein Arm zum Schwungholen und für die Balance frei blieb. Etwa die Hälfte von ihnen trug Gesichtsmasken oder festgezurrte Schleier. Sie hüpften, strauchelten, stürzten, krochen, nur einige kamen wieder auf die Beine.

Die Siegerinnen bildeten neue Dreiergruppen und hüpften zur zweiten Runde, und schließlich traten die letzten vier gegeneinander um den Sieg an. Alles war begleitet von Gelächter, Gezischel, anfeuernden Rufen und nicht nur hämischem Beifall. Die Siegerin erhielt von einem der Hofbeamten einen Beutel mit Goldmünzen.

Die nächsten Tage nahm Saldanha wie durch einen Schleier wahr; die Dämonen des Schweifens zerrten von innen an seinen Haarwurzeln, bohrten in den Nerven und raubten ihm Schlaf und Appetit. Zugleich dachte er an Tamira und nannte sich einen wehmütigen Trottel.

De Boigne hatte vom Nawab Schreiben an den Kaiser und mehrere gute alte Feinde, Maratha-Fürsten, erhalten, dazu ein wenig Bargeld und Zahlungsweisungen an Bankiers in Kabul und Kandahar über insgesamt viertausend Rupien. Drei Tage nach dem absurden

Wetthüpfen nahmen sie Abschied von Claude Martin und brachen auf. De Boigne hatte sich der Gefolgschaft zweier von Martin empfohlener Diener versichert; Saldanha ritt wie üblich allein. Sie blieben zusammen, bis die Wirkungen des Briefs, den Khusrau der Schreiber geschickt hatte, sie trennten, und es vergingen mehrere Jahre, bis de Boigne und Saldanha einander wiedersahen.

Die einzig verlässlichen Götter waren die für Zeit, Elend und Krieg. João Saldanha stellte im Lauf seiner wirren Wanderungen fest, dass er nicht einmal auf den Gott des Hungers bauen konnte.

Auch Ganesh, Gott des glückhaften Beginnens, ließ ihn entweder im Stich oder war nicht mehr zuständig, da der Beginn oder das Beginnen zu lange zurücklag. Der Ganesh-Priester, der angeblich zu Mahadaji Sindhias Hofstaat gehörte und kostbare Objekte hegte, von denen einer ein heiliger Zeh sein konnte, war mit einer Gruppe von Kriegern, Schreibern und Verwaltungsleuten nach Poona gereist, aber auch dort fand Saldanha ihn nicht. Immerhin erfuhr er, dass die geheimnisvollen Gegenstände sich nun im Besitz eines Tempels befanden. Ein Zeh war nicht dabei.

Saldanha wurde wieder zum Pilger nach nirgendwo und Wanderer nach überall. Er versuchte, sich unter den Millionen Bewohnern des Landes zu verlieren, aber wo er auch war, immer fand er sich dort vor, mit den gleichen Fragen und fast immer mit einer neuen Art untauglicher Antworten.

Irgendwann im Lauf der Jahre hatte er eine Theorie entwickelt, von der er annahm, dass sie so nur in Indien, auf diesem Kontinent des Chaos gedeihen konnte. Die Vielfalt der Götter, die Einheit Allahs, die verdreckten Heiligen und die lauteren Mörder, der schmerzhaft eisige Stahl der Schönheit an gewissen Morgen in den Bergen, das Grauen der wimmelnden Kadaver … all dies, dachte er, musste in einer genauen oder vagen, schrägen oder bereinigten Spiegelung die Ewigkeit wiedergeben. Wenn die Menschen lange genug an Göttern bastelten, konnte es sein, dass die Götter eines Tages zu leben begannen.

War es denn nicht so mit allem anderen, was Menschen aushecken? Ein Gedicht, ein Lied, von jemandem erdacht und einer Menge vorgetragen, löst sich vom Sänger, gewinnt eigenes Leben und zieht durchs Land; ein Krieg, von einem Fürsten betrieben, wesenloses Ding zunächst, erfasst die Gemüter der Menschen, die am meisten darunter zu leiden haben, und nimmt Gestalt an, grässliche Gestalt. Ein Gott, erdacht von einem Priester, bevölkert bald darauf die Gehirne von Tausenden, zeugt subalterne Götzen, die seinen Namen tragen und sich von ihm nur insofern unterscheiden, als jeder Gläubige beim Namen eines Gottes an etwas anderes denkt.

Oder Staaten. Absurde Fetzen eines Kontinents, meist weder durch Gebirge noch Gewässer umgrenzt, bewohnt von Leuten, die sich kaum von den Nachbarn unterscheiden, und die Sprache, die im ersten Ort diesseits der Grenze gesprochen wird, ist meist jener im ersten Ort jenseits der Grenze ähnlicher als den Zungen, die man im Binnenland oder der eigenen Hauptstadt benutzt. Aber ein paar Leute haben sich darauf geeinigt, diesen Landfetzen als Heimat oder Vaterland anzusehen und für wichtiger als alle anderen zu halten; und sehr bald sind die Bewohner des kaum von sonstigen Fetzen unterscheidbaren Landes bereit, ihr Blut für die Heiligkeit dieser paar Quadratmeilen zu vergießen. Was, sagte Saldanha sich, ist seltsamer – dass es so ist oder dass es keinem als absurd vorkommt?

Wenn dies so war, dann konnte es doch auch mit den Göttern so sein. Ausgedacht, um eine Ordnung im grauenhaften Chaos des Seins zu haben; eine Ordnung, die auch noch etwas nach dem Tod verhieß, und sei es das für ihn unendlich fremde wiewohl anziehende Nirwana; ausgedacht, wie Staaten und Gedichte und Musik, und plötzlich – ja, was? Greifbar? Hörbar? Fühlbar? Der Existenz ausgeliefert?

Saldanhas Gedankengänge verzweigten sich immer an dieser Stelle. Die Prämisse war einfach – entweder haben die Götter die Menschen und den Rest des Kosmos geschaffen, oder der Kosmos ist keiner, sondern ein Chaos, Zufall; und um nicht darin zu ertrinken, haben sich die Menschen Götter ausgedacht und einen von Göttern geregelten Kosmos. So weit, so schlicht. Vielleicht – dies ein Nebengedanke – ist alles *maya*, und diese Illusion entsteht aus dem Traum eines Gottes: Brahma.

Ebenso gut konnte es aber der Traum eines oder mehrerer Menschen sein, die alles schufen, jeden Tag – jeden Traum – von Neuem, und wehe, alle Schläfer erwachten gleichzeitig. Vielleicht hielten die Götter, falls es sie denn gab, den Kosmos für gerechtfertigt, solange es eine Mindestanzahl guter Menschen gab. Gerechter Menschen vielleicht, oder mildtätiger Menschen, oder reumütig Verworfener oder unbußfertig Heiliger. Vielleicht war eine Mindestanzahl aschebeschmierter *sadhus* die Grundvoraussetzung für alle Existenz. Oder eine Mindestanzahl einbeiniger Bettler, grünäugiger Frauen, lahmer Apotheker, eine unbestimmte Menge von Singvögeln oder müden Kriegern.

Eines Tages – da hielt er sich in Tibet auf, umwanderte mit zahllosen anderen Pilgern den heiligen Berg Kailas – ging ihm auf, dass an ebendiesem Punkt die Verzweigung begann. Und die Verzweiflung.

Wenn, sagte er sich, die Existenz guter oder gerechter oder heiliger Menschen eine Bedingung dafür ist, dass Brahma weiter träumt, dass die Götter ihr Werk nicht schmähen und der Vernichtung preisgeben, und wenn im Fall eines ursprünglichen, von menschlichen Träumern oder Denkern behobenen Göttermangels der Sinn aller echten oder ausgeheckten Götter die Verhängung von Gesetzen, von guten Verhängnissen ist, dann müsste in allen Denkgebäuden und Religionen ein gemeinsamer Kern dessen zu finden sein, was die Götter oder der Weltgeist oder die Gesamtheit aller Träumer für *gut* halten.

Jahrelang hatte er gute Menschen gesucht, und er hatte edle Krieger und blutrünstige Denker gefunden, obszöne Heilige und erhabene Huren. Diese Gruppe verfocht den Krieg, jene die Enthaltsamkeit, eine andere den aktiven Eingriff ins Elend eines fremden Lebens; im Prinzip gab es nahezu ebenso viele Definitionen von *gut*, wie es Menschen gab, die *gut* zu definieren versuchten.

Manchmal dachte er an eine Geschichte, erzählt von einem alten

Maratha-Reiter, der in der furchtbaren Schlacht von Panipat zu Mahadaji Sindhias Garde gehört hatte.

Die Kuhfresser, also die Allianz moslemischer Fürsten mit den Invasoren aus Afghanistan, seien gegen alle Ratschlüsse und Wünsche der unbezweifelbar richtigen Götter nicht in die verdiente Niederlage gesunken; er zählte einige Maratha-Führer auf, denen es im heißen Herzen der Schlacht an der kühnen Kühlheit fehlte, die den Sieg hätte bringen können, nannte Namen auf beiden Seiten, dann kam die eigentliche Geschichte.

Mahadaji Sindhia, der größte aller Maratha-Krieger, liebte ein Bettlermädchen; sie war in der Nacht vor der Schlacht bei ihm, und sie blieb, als ruhmreiche Krieger flohen. Als die Schlacht verloren war und den düsteren Populzai-Afghanen zur Vollendung des Triumphs nur noch Sindhias Kopf fehlte, floh Mahadaji mit den wenigen verbliebenen Kriegern: fünfzig Meilen von Panipat bis Delhi. Und Sindhia hatte das Mädchen hinter sich, auf dem Pferd – dem Pferd, das immer lauter ächzte, das wimmerte wie ein krankes Kind; und die Krieger schrien, er solle die Frau fahren lassen und an das Maratha-Reich denken. Aber Mahadaji antwortete, von allen, die am vergangenen Abend mit ihm das Brot geteilt, sei nur sie zwischen Kugeln und Lanzen treu geblieben. Und je näher sie Delhi kamen, desto näher kam der Feind.

Bis das Mädchen flüsterte: »Herr meines Lebens, das Pferd wird stürzen. Stich zu, stich tief und lass mich sterben!« Denn wisse, Hakim – sagte der Maratha-Krieger –, nichts ist furchtbarer, als lebend in die Hände der Afghanen zu fallen. Aber Sindhia wollte nichts davon hören; da riss sie sich los und glitt vom Pferd, und die Feinde waren sehr nah. Sindhia zügelte das keuchende Tier, riss es herum und beugte sich aus dem Sattel zur Seite und stieß der Geliebten das Messer ins Herz. Aber die Götter waren gnädig; noch ehe er den Todesschrei der Frau hören konnte, stürzte sein Pferd und begrub ihn unter sich, und er lag ohnmächtig da. Die letzten Reiter seiner Leibtruppe packten ihn und brachten ihn nach Delhi.

Lange hatte Saldanha über die Geschichte nachgedacht; nicht wegen der Geschichte, die in eine lange Reihe ähnlicher Geschichten von Kriegerfürsten gehörte – und in eine ebenso lange Reihe Geschichten von heldenmütigen Frauen. Die erhabene Rührung des alten Kriegers, Sindhias Weigerung, die Opfertat, der Todesstoß, die Ohnmacht, all dies war für Saldanha nur Zubehör, Verzierung einer Frage.

Er wäre bereit gewesen, sein Leben – an dem ihm nicht viel lag – darauf zu verwetten: Wenn er diese Geschichte, mit allen blutigen und rührenden Einzelheiten, tausend Gläubigen tausend verschiedener Religionen oder Philosophien erzählte, mit der Aufforderung, alle *guten* und alle *schlechten* Elemente zu benennen, gäbe es tausend verschiedene Antworten, von denen einige vielleicht nur in Feinheiten voneinander abwichen, aber sie würden abweichen. Der eine mochte die Schlacht als von vornherein unsinnig und daher schlecht bezeichnen, der andere befinden, da der Sieg den Dienern des Einen Wahren Gottes gehörte, sei alles andere unwichtig. Man würde die Kühnheit der Frau preisen und verhöhnen, Sindhias Beharrlichkeit loben und schmähen, das Pferd bewundern und bedauern, die Bitte der Frau billigen und verwerfen, ihren freiwilligen Sturz aus dem Sattel bejubeln und tadeln oder bezweifeln – vielleicht hatte Sindhia ja doch nachgeholfen, was wiederum Anlass zu weiteren Urteilen böte –, den Gnadenstoß Mord und Erlösung nennen …

Später machte er die einzelnen Phasen seines umwegigen Denkens an Orten und Dingen fest. Mit brennender Besessenheit hatte er den Gott oder die Götter oder das Göttliche gesucht, ohne die schiere Vernunft im Alltag zu verlieren. Er hatte erwogen, dass, von Anbeginn an oder von Menschen erdacht, irgendwo – falls der Himmel ein Ort war, kein Tümpel aus geronnener Zeit – das Gute sein musste, und dass im Lauf der Jahre einige der zahllosen Suchenden in die Nähe des Guten gelangt sein könnten. Ein Echo, ein Abglanz, vielleicht nur eine verzerrte Spiegelung des Guten musste folglich hier oder da zu finden sein, im Gesicht, in den Taten, in den Worten eines Menschen, der dem Göttlichen nahe gekommen war.

Auf den Stufen des Tempels von Tashilhunpo hatte er in den

Augen eines sterbenden Bettlers einen rätselhaften Glanz gesehen, der erst erlosch, als der Mann schon seit Minuten nicht mehr atmete. In Bombay hatte ihm ein Mann namens Farisht von einem Traum erzählt – er ritt auf einem großen weißen Vogel durch die schwindelnd steile Nacht, stürzte in den Abgrund und starb doch nicht, sondern erhielt ein zweites Leben, und morgens beim Erwachen war er dessen gewiss; etwas nicht in den Zügen, nicht in den Worten, sondern allein in der Stimme, im Tonfall des Mannes hatte Saldanhas Geist jäh geblendet. Eine alte Hure in einem Bordell in Poona; ein Opiumtrinker in Benares; ein wohlhabender Kaufmann in Haidarabad; ein sechsjähriges Mädchen am Ufer des Yamuna; ein Verbannter, der in der Nähe von Dakka sein sengendes Heimweh nach den Klängen und Gerüchen Burmas hinausschrie; ein Mann, der zu Ehren der Todesgöttin Kali Wanderer mit einem Schal erwürgte; ein Knabe, der nach einem Sturz von einem jungen Kamel gelähmt war und nicht sterben konnte; ein Wucherer in Patna; ein Verehrer des göttlichen Gifts der Kobra; ein *mahaut*, der seinen Elefanten mit dem stachligen *ankas* blutig gepeinigt und hinterher ein entrücktes Lächeln um den Mund gehabt hatte; eine alte Frau, das Gesicht eine Wüstenei aus Runzeln, die außerhalb von Lahore auf einem Abfallhaufen saß und an der gurgelnden Wasserpfeife sog; der erschöpfte Muezzin, der dem blutigen Morgen Allahs Größe sang und beim Abstieg vom Minarett einen Herzanfall erlitt; sie alle hatten ihm ein wenig Glanz gegeben, und später, als die Episode längst vergangen war, erinnerte er sich auch an das göttliche Strahlen in den Augen von Claude Martin, der ihm das Messingbecken mit Urin, Blut und den Körnchen des zerfeilten Blasensteins hinhielt.

Aber nichts von alledem war eindeutig, und zwischen diesen Beinahe-Offenbarungen gab es Unterschiede, Widersprüche, gegenseitige Abstoßungen. Alle hatten möglicherweise von der Gottheit genascht; alle hatten vielleicht von einer anderen Gottheit genascht. Alle konnten etwas von dem vermitteln, was für sie gut war, aber aus diesen zerstreuten Farbflecken konnte Saldanha kein Gesamt-Leuchten erschließen.

So kam es, dass er am Rande der großen Thar-Wüste, umgeben von Rajputenkriegern und persischen Händlern, den anderen Weg zu gehen beschloss.

Wenn die Gottheit im absolut Guten ruhte und in dessen Widerschein nicht zu finden war, musste er sie am anderen Ende des Kosmos suchen. Denn das Absolute barg zweifellos auch das Böse – Gott, wenn es Ihn oder Sie oder Alle gab, musste den Kosmos umfassen. Und es war ein schwarzer Blitz im Mittag, eine finstere Offenbarung, die Erkenntnis des João Saldanha: dass die Definitionen des Bösen längst nicht so unterschiedlich waren wie die des Guten, dass der Kern des Bösen eher zu finden sein mochte als die Fünftessenz des Guten, dass jene, die sich Gott genähert hatten, auch in unterschiedlichem Maße Anteil an der absoluten Düsternis haben müssten.

Und dass er hinfort versuchen wollte, die Göttlichkeit in der Niedertracht zu muten. Vielleicht – warum nicht? – mithilfe eines Zehs, falls es diesen tatsächlich noch irgendwo gab. Der Zeh eines angeblich Heiligen, der angeblich für Gott arbeitenden niederträchtigen Inquisition auszuhändigen, dass man ihm seinen Besitz und seinen guten Namen zurückgebe.

Auf diesem Pfad wanderte er, als er Benoît de Boigne wiedersah, im Frühsommer des Jahres 1787.

Über der weiten Ebene kräuselten sich die Rauchsäulen der Feuer in den blassen Abendhimmel. Die Mainacht am Rand der Wüste würde kalt und klar werden. Die leichten schnellen Maratha-Reiter trieben ihre Gefangenen zu einer Art Pferch: ein Viereck, gebildet aus Trosskarren, in dem sich bereits zahllose Kamele aufhielten.

»Allah möge die Götzendiener verdammen«, sagte der persische Handelsherr, dem zwei Fünftel der Karawane gehörten. Gehört hatten, vermutlich. »Warum müssen sie ihren Krieg gerade jetzt veranstalten? Hätten sie nicht warten können, bis wir woanders sind?«

»Du solltest die Ratschlüsse dessen, der unerforschlich und allerbarmend ist, nicht anzweifeln.« Saldanha kratzte sich den grauen

Bart, den er in den letzten Monaten hatte wachsen lassen: Konzession an die moslemische Umgebung ebenso wie an den Wassermangel und die Kargheit von Waschgelegenheiten. »Nicht, dass ich dir zu widersprechen wünschte.«

Der Perser hob die Arme und ließ sie fallen, in einer Gebärde, die Entsagung, Hoffnungslosigkeit, Vertrauen auf Allah und die Aussicht, doch irgendwie davonzukommen, mit Neid verband. Neid auf den Fremden, der mit ihnen gezogen war und nun vielleicht andere, bessere Möglichkeiten des Überlebens hatte als sie. »Du hast gut reden, Hakim. Sindhia hat europäische Offiziere, die sich zweifellos für einen Landsmann einsetzen werden, vor allem, wenn er Arzt ist. In der Schlacht könnten sie dich benötigen. Wir dagegen ... wir sind Läuse in kostbaren Fellen, gewissermaßen, und die Felle werden sie behalten wollen. Was vermutlich bedeutet, dass sie zu diesem Behuf die Läuse totschlagen. Aber das ist bei Allah; er sei gepriesen.«

Sie hatten ihn oft gepriesen und angerufen, sicher auch einige Male bezweifelt in den letzten Wochen. Das nördliche Indien, Quell des einstigen sagenhaften Reichtums der Mogulkaiser und anderer Fürsten, war nahezu entvölkert; wo seit Jahrhunderten die Handelskarawanen durch Gegenden gezogen waren, in denen es Städte mit Serais gab, sichere Straßen, sorgfältig bebaute Felder und Menschen, mit denen sich handeln ließ, erstreckte sich nun eine endlose Wüstenei. Brachliegende Felder, auf denen nutzlose Pflanzen alles erstickt hatten, was Menschen als Nahrung dienen konnte; geschwärzte Ruinen, die einmal wehrhafte Dörfer gewesen waren; geplünderte und niedergebrannte Städte, in denen ein paar Dutzend ausgehungerte Gestalten herumlungerten. Verwilderte Elefanten, die einmal zu fürstlichen Heeren gehört hatten, zogen umher, und in Gebieten, in denen es seit Jahrhunderten keine reißenden Bestien mehr gegeben hatte, beherrschten Tiger den Abend, die Nacht und die Straße.

Seit mehr als fünfzig Jahren zogen Heere durchs Land: seit dem Niedergang der Moguln, dem Zerfall des Kaiserreichs in einzelne Fürstentümer. Und es waren keine unbedeutenden Heere; die Fürsten der Rajputen, für die selbst die mächtigen Mogulkaiser Emporkömmlinge gewesen waren, hatten einige zehntausend schwere Reiter zusammengezogen, die vielleicht am nächsten Morgen über Sindhias Truppen herfallen würden. Es hatte noch größere Heere gegeben als dieses, das irgendwo nördlich lagerte und Saldanha nicht in heitere Laune zu versetzen vermochte. Nach allem, was er bis jetzt gesehen hatte, würden die zusammengewürfelten Truppen der Marathas, die im Auftrag des ohnmächtigen Kaisers handelten, von der Kavallerie der stolzen Rajputen vernichtet werden. Es wäre Sindhias Ende – bedauerlich; Mahadaji Sindhia war vermutlich der einzige Mann, der so etwas wie Friede und den Neubeginn der Zivilisation herbeiführen konnte –, und es wäre auch das Ende für Saldanha. Die Rajputen waren nicht dafür berühmt, Gefangene zu machen; wenn überhaupt, würden sie persische Händler schonen, aber sicher keinen einzelnen Europäer. Er dachte an all die Heere der letzten Jahrzehnte – der Perser Nadir Shah auf dem Weg nach Delhi, das er gründlich geplündert und dessen Reichtümer er in den Norden gebracht hatte, einschließlich des sagenhaften Pfauenthrons; die verschiedenen afghanischen Könige, die durchs Land gezogen waren, um Delhi abermals zu plündern, bis schließlich in Delhi nichts mehr zu plündern war.

Wenn er an Europa dachte, den Kontinent des Kriegs, wie man so oft behauptet hatte; wenn er an den ewigen Kampf der Briten und Franzosen dachte, an Spaniens Ringen um die Weltmacht, an die Niederlande und den dreißig Jahre währenden deutschen Krieg, an die Kämpfe um Spaniens Krone, erschien ihm all das als minderes Scharmützel, verglichen mit dem, was sich seit Jahrzehnten in Indien abspielte. Jahrelang war es ihm gelungen, die Gebiete offener Kämpfe zu meiden oder sich Karawanen anzuschließen, die meist von Kämpfern eines gründlich honorierten Fürsten geschützt wurden; diesmal schien er am Ende des Wegs zu sein.

Die Trosskarren erlaubten keine Rückschlüsse auf die Größe des Heers; Sindhia pflegte notfalls leicht zu reisen. Indische Heere schleppten oft einen Tross mit sich, der dreimal so groß war wie das

Truppenaufgebot; aber erstens war von hier, aus diesem Karrengeviert, nicht viel zu sehen, und zweitens ...

Saldanhas Gedankengang brach ab; in der Nähe röhrten ein paar Elefanten los, jenseits der Karren, und die Kamele innerhalb des Vierecks reckten die Hälse, blubberten und bliesen Schaumflocken. Ein grauhaariger Maratha-Offizier, begleitet von einem Dutzend leichter Reiter, schien die neuen Gefangenen inspizieren zu wollen, vielleicht auch ihren Besitz.

Saldanha zögerte. Er sollte die Reisegefährten nicht im Stich lassen; andererseits könnte er vielleicht etwas für sie tun, wenn er selbst nicht mehr gefangen war. Er gab sich einen Ruck und wechselte einen Blick mit dem alten Perser. Der Händler nickte.

»Versuch dein Glück, Hakim, und – Allah sei mit dir!«

»Wenn Allah mit mir ist, will ich Ihn an euch erinnern«, sagte Saldanha.

Als der Offizier in seine Nähe kam, rief er ihn an. »Fürst der berittenen Helden, weißt du, ob eure europäischen Krieger einen europäischen Hakim brauchen können?«

Sie brachten ihn aus dem Geviert, nach rechts, wo helle Zelte zu kauern schienen: wie Rauch von breiten Feuern, der nicht aufsteigen mag. Saldanha sah zu Pyramiden gestellte Musketen, ordentlich ausgerichtete Reihen von Feldgeschützen auf stabilen Lafetten; er sah, weiter entfernt, Hunderte von Zugochsen und einige Dutzend Elefanten. Und vor allem sah er zwei geschlossene Truppenkörper in sauberen Uniformen bei einer Art Abendappell – Bataillone, nahm er an, je etwa sechshundert Mann stark.

Der Mann, der sie inspizierte und offenbar eben noch einige Worte an sie gerichtet hatte, war groß und breitschultrig, hagerer als in Saldanhas Erinnerung, und er hatte sich von seinem ausladenden Schnurrbart getrennt. Um de Boigne standen, als die Inspektion beendet war und die Soldaten diszipliniert zu ihren Feuern gingen, an die zwanzig Europäer, alle in der gleichen Uniform und mit europäischen Rangabzeichen.

Auf den Gesichtern der Maratha-Reiter glaubte Saldanha so etwas wie nachsichtige Geringschätzung zu lesen. Fußtruppen, von Fremden befehligt; mindere Geschöpfe, ohne Pferd und Adel und in der Schlacht wahrscheinlich nutzlos.

Der Maratha-Offizier wandte sich an den nächststehenden Europäer und sagte etwas; Saldanha war zu weit entfernt, um es zu verstehen. Der andere Mann drehte sich um, musterte den bärtigen, in schmierige Tücher gehüllten Portugiesen, der wusste, dass er aussah wie der Letzte aller Karawanentreiber, und verzog das Gesicht.

»Ein europäischer Arzt – in diesem Aufzug? Ist das ein Märchen oder Dummheit?« Er sprach ein etwas verschliffenes Englisch.

Saldanha trat einen Schritt näher zu ihm. »Den Abzeichen nach sind Sie Hauptmann«, sagte er, ebenfalls auf Englisch. »Und der Sprache nach kommen Sie aus den abgefallenen Kolonien, oder?«

Der Offizier grinste; die weißen Zähne blitzten im gebräunten Gesicht. Er nickte dem Maratha zu, der das Pferd antrieb und mit seinen Leuten davonritt.

»Hauptmann Boyd, ehemals Offizier der ruhmreichen Truppen von General Washington«, sagte er. »Und mit wem habe ich das Vergnügen?«

»João Saldanha, Arzt, Portugiese, zuletzt Kameltreiber. Aber tun Sie mir einen Gefallen, stellen Sie mich de Boigne nicht vor. Wir sind alte Freunde; ich möchte sehen, ob er mich erkennt.«

Der Amerikaner grinste abermals, nickte und wandte sich um. »Kommen Sie, Doc.«

Sie näherten sich der Traube von Offizieren, die immer noch mit de Boigne redeten. Boyd salutierte.

»Sir – ein Neuzugang.« Er wies auf Saldanha.

De Boigne hob die Brauen, betrachtete die nach Kamelen, Schweiß und Karawanendreck stinkenden Kleider, das Gesicht, den grauen Vollbart; plötzlich lachte er.

»Manche sind schmutzig geboren, andere erringen Schmutz, und wieder andere lassen sich Schmutz aufdrängen. Du gehörst vermutlich zu Letzteren, aber – willkommen, João! Gut, dich zu sehen, nach all der Zeit.«

Sie umarmten einander. Saldanha tätschelte de Boignes Wange. »Ohne deinen Schnurrbart erinnerst du mich an eine Cicero-Büste.« Der Savoyarde schob ihn von sich, rümpfte die Nase und sagte: »Entsetzlich, wie du stinkst, alter Freund. Ein Bad vor dem Essen? Du kommst gerade rechtzeitig zum Sterben, morgen; das willst du doch sicher in geziemender Reinlichkeit hinter dich bringen, Cicero zu Ehren, oder?«

Es gab warmes Wasser, nicht viel, aber genug für eine schnelle Reinigung; danach erhielt Saldanha frische Kleidung – Gewänder, wie sie ein besserer Mann unbestimmter Kaste hätten tragen können – und ging hinüber zu de Boignes Zelt.

Der Savoyarde begrüßte ihn mit einem Becher heißen Kaffees, ohne Sand – göttlich, dachte Saldanha beim ersten Schluck –, und der Mitteilung, dass er einen Boten zu Mahadaji Sindhia gesandt habe mit der Bitte, die persischen Händler gut zu behandeln. Dann wies er auf einen Klappstuhl: ein leichtes Holzgerüst, mit isabellfarbenem Leinen bespannt.

»Setz dich. Ich kann dir eine halbe Stunde geben. Der Rest des Abends gehört den Vorbereitungen.«

Sie aßen – gebratenes Lamm, Obst und Fladenbrot – und redeten: knapp, sachlich, schnell; und meist mit vollem Mund. De Boigne wollte zunächst hören, wie es Saldanha ergangen sei; als dessen Bericht beendet war, räusperte sich der Savoyarde.

»Irgendwann, zwischen einem Feilschen und dem nächsten, hörte ich etwas über einen Brief.«

Saldanha nickte. »Er sollte dir zu einem Kommando verhelfen und mir zu einem Zeh. Den Zeh habe ich nicht gefunden.«

De Boigne schnaubte. »Immer noch die alte Geschichte? Nun ja ... Vielleicht habe ich das Kommando dir zu verdanken. Du hast mich aber auf Umwege geschickt.«

»Lass hören.«

Es war eine komplizierte Geschichte; de Boigne erzählte sie in groben Umrissen und verschob Einzelheiten auf später – nach der

Schlacht, falls es dann nicht Wichtigeres zu bereden gab. Oder überhaupt etwas zu reden.

In Erwartung der Wirkungen eines gewissen Briefes hatte Saldanha sich abgesetzt, bevor sie Agra erreichten. Dort schloss sich de Boigne einem britischen Major an, der in diplomatischer Mission unterwegs war. Es gab Verwicklungen in Agra; der Major reiste nicht weiter, und de Boigne brach auf, um sich David Anderson anzuschließen, Hastings' Residenten bei Sindhia, zu diesem nach Gwalior unterwegs. Nachts wurde sein gesamtes Gepäck gestohlen, darin Pässe, Empfehlungsschreiben und Kreditbriefe für Kontaktleute in Kabul und Kandahar. Ihm blieben nur einige Rupien und das, was er am Leibe trug.

De Boigne sagte, er habe keinen Zweifel daran, dass Sindhia hinter dem Diebstahl steckte; Anderson fand später in Sindhias Lager einen Teil des Gepäcks, nicht jedoch die Briefe. Es gab nur eine sinnvolle Erklärung: Sindhia wollte de Boigne testen. Ein verdächtiger Fremder, Franzose – die Unterschiede zwischen Franzosen und Savoyarden spielten in Indien keine Rolle –, in Gesellschaft des britischen Residenten; ein anderer Franzose, der heimkehren wollte, hatte vor Kurzem einem Gegner Sindhias ein Bataillon Infanterie samt Artillerie verkauft. Und – was de Boigne zu diesem Zeitpunkt noch nicht wusste – er war in einem rätselhaften Brief, Portugiesisch mit indischen Schriftzeichen, als bedeutender Stratege bezeichnet worden, dem man größere Truppen anvertrauen könne.

Vielleicht sollte der Test gar nicht verwickelt sein, aber plötzlich verlangten Vorgänge am Hof des Kaisers Sindhias ganze Aufmerksamkeit. Einer der beiden wichtigsten Minister des Kaisers ließ den anderen umbringen, und der Überlebende machte Sindhia interessante Angebote. Vermutlich vergaß er diesen seltsamen Franzosen, zumindest für ein paar Tage.

Zurück nach Lakhnau, Abzug mit eingekniffenem Schwanz? Undenkbar. De Boigne nahm Fühlung auf mit Major Sangster, einem schottischen Artilleristen und Kanonengießer, der das von jenem anderen Franzosen verkaufte Bataillon befehligte. Es stand im

Dienste eines Radscha, der durch einen Teil von Sindhias Heer belagert wurde. Das Bataillon war nicht stark genug, die Belagerung zu brechen; de Boigne schlug vor, man möge ihm einhunderttausend Rupien geben, damit werde er zwei weitere Bataillone aufstellen.

Der Radscha war nicht bereit, einem Unbekannten so viel Geld auszuhändigen; und Sindhia, durch seine Spione informiert, tat das seinige, um die Sache zu beenden: Ein bestochener Offizier öffnete nachts die Tore der Festung, die Marathas drangen ein, der Radscha und der schottische Major kapitulierten.

De Boigne begab sich zum Radscha von Jaipur, einem der alten Rajputen-Herrscher. Für diesen sollte er zu einem Monatssold von zweitausend Rupien zwei Bataillone Infanterie aufstellen und ausbilden. De Boigne teilte dies Warren Hastings mit.

Der scheidende Generalgouverneur konnte nicht hinnehmen, dass ein Offizier, für den er Empfehlungsschreiben verfasst hatte, einem von Sindhias Feinden diente, während er selbst mit dem Maratha wichtige Abkommen aushandelte. Er bestellte de Boigne zum Rapport.

Sie trafen sich in Lakhnau. Martin mag eine Rolle gespielt haben; jedenfalls erhielt de Boigne die Erlaubnis, doch für den Rajputen zu arbeiten. Aber als er wieder nach Jaipur kam, erhielt er lediglich ein Geschenk in Höhe von zehntausend Rupien: In der Zwischenzeit habe man über das Heer anders befunden.

Zwei Jahre des Reisens, Planens, Feilschens; de Boigne war nun fast vierunddreißig und immer noch ohne Stellung.

Er kehrte zurück nach Agra, und dort erschien einer von Sindhias Gefolgsleuten, Apa Khande Rao, der einen richtigen Offizier, keinen Abenteurer suchte, welcher für ihn ein schlagkräftiges Bataillon aufstellen sollte.

Zugleich verwirrten sich die Dinge in Delhi noch mehr, sehr zugunsten von Sindhia. Kaiser Shah Alams Erster Minister, Mirza Shafi Khan, war auf Befehl seines Rivalen, Afrasyab, ermordet worden. Bald darauf wurde Afrasyab in seinem Zelt außerhalb von Agra von Mirza Shafis Bruder, Muhammad Beg, erdolcht.

Sindhia eilte nach Delhi und bot dem Kaiser seine Dienste an. Von Shah Alam erhielt er zwei Urkunden: Der Herr der Maratha-Fürsten, der Peshwa in Poona, wurde zum höchsten Stellvertreter des Kaisers ernannt, Sindhia zu des Peshwas Stellvertreter in den kaiserlichen Landen. Damit war Sindhia de facto Herrscher von Hindustan, erhielt den Oberbefehl über die kaiserliche Armee und zu deren Finanzierung sowie zur Verwaltung und Besteuerung die Provinzen Delhi und Agra.

Sindhia sagte, er sei dem »Herrn der Welt, Zuflucht des Universums« zu Hilfe geeilt, dessen Unbehagen über das schlechte Benehmen undankbarer Untertanen zu beheben. Tatsächlich herrschte nun er über das Mogulreich; es blieb abzuwarten, wie lange. Einer der ersten Aufträge des Kaisers: ausstehende Abgaben der Rajputen-Herrscher einzutreiben. Dafür brauchte Sindhia Soldaten, und er kannte die Qualitäten europäisch gedrillter Truppen.

Offenbar war er zufrieden mit dem, was er von de Boigne in den vergangenen Jahren gesehen hatte – dies, im Kern, de Boignes Ausführungen. Anderes wie die schnelle Eroberung des Gebiets eines abtrünnigen Fürsten oder Ärger mit den für Geld zuständigen Marathas um die Bezahlung der Soldaten packte er in zwei Nebensätze.

»Und jetzt sind wir hier, vierzig Meilen südöstlich von Jaipur. Das nächste Dorf heißt Lalsot, oder, im hiesigen Idiom, Tunga. Zufällig stehe ich nicht auf der anderen Seite; dort stehen aber genug – Jaipur, Jodhpur, Udaipur. Du bist zum richtigen Zeitpunkt gekommen, falls du mir sterben helfen willst.«

»Du hast also – was? Ein Bataillon? Zwei Bataillone?«

»Zwei Bataillone, als Teil des gesamten Aufgebots. Sindhia hat seine Maratha-Truppen, und dann gibt es noch einige tausend Reiter des Mogulkaisers. Das ist alles.«

»Und Sindhias Leute? Der Peshwa in Poona? Haben die keine Verstärkung geschickt?«

De Boigne lachte gepresst; dabei stand er auf und trank den letzten Schluck kalten Kaffees. »Der Peshwa?«, sagte er. »Der Peshwa würde vielleicht helfen, aber sein Erster Minister, Nana Farnavis, hat nicht zu Unrecht den Beinamen ›der Maratha-Macchiavelli‹. Er tut nur das, was ihm nützt – und Sindhias Sieg für den Kaiser gegen die Rajputen nützt ihm nicht.«

Saldanha nickte. »Geh, mein Freund; kümmer dich um deine Truppen. Den Rest werden wir im Grab erörtern. Hast du Ärzte? Pfleger?«

De Boigne winkte einen Adjutanten herbei. »Bringen Sie Doktor Saldanha zu den anderen Ärzten.«

Die Stille war beinahe unheimlich. Man hatte die am Vorabend längst ausgerichteten Kanonen nicht bewegt, lediglich die Zelte abgebaut und weiter nach hinten gebracht. Rechts und links war das Getöse der zehntausend Maratha-Reiter und der Verbündeten zu hören; de Boignes Infanterie war ruhig auf die angewiesenen Positionen gegangen und bildete mehrere Karrees um die Geschütze.

Saldanha hatte mit einigen Offizieren geredet – Engländer, Schotten, Franzosen, Holländer, Deutsche, Spanier, Italiener, Iren; die Umgangssprachen waren Englisch und Urdu. Sie alle waren seit Jahren, wenn nicht Jahrzehnten, im Umgang mit Kriegern erfahren, kannten die Qualitäten der einzelnen indischen Kontingente, wussten die Übermacht der Rajputen-Koalition einzuschätzen. Und doch waren alle sicher, dass sie die Schlacht nicht verlieren würden. Wenn nicht jemand einen furchtbaren Fehler machte.

Saldanha stand bei den drei anderen Ärzten und der Gruppe von Pflegern. Sie unterhielten sich leise; einige tranken Tee. Ein deutscher Mediziner – er hieß Baum – stieß einen absolut diabolischen Pfiff aus, mehrstimmiges Jaulen.

»So ruhig«, sagte er. »Aber das wird sich ändern.« An Saldanha gewandt setzte er hinzu: »Schön, dass Sie so aus dem Himmel gefallen sind. Drei, also mit Ihnen vier Ärzte. Das hab ich noch bei keiner Truppe gehabt.«

»Wie viel sind es sonst?«

Baum hob die Schultern und schnaubte. »Keiner, und ein paar Leichenträger. Manchmal ist ein Tierarzt in der Nähe. Bei den Briten und Franzosen ist das anders, die haben immer wenigstens einen für drei oder vier Bataillone, aber die irregulären Korps?«

Er erzählte eine umwegige Geschichte über das Bataillon des Walter Reinhardt, den die Briten *the butcher* nannten, weil er in Europa Metzger gewesen war und sich auch in Indien entsprechend benommen hatte.

»Der hat keine Ärzte gebraucht; die Schwerverletzten hat er immer selbst erledigt«, sagte Baum.

Der Franzose Delauney, der dem Austausch gelauscht hatte, deutete auf den großen breitschultrigen Mann in roter Uniform, der sich weiter entfernt offenbar mit den einfachen Soldaten des ersten Glieds unterhielt.

»Bei ihm ist alles anders. Ärzte, und er kümmert sich um die Männer. Bezahlt sogar aus der eigenen Tasche, wenn Sindhia oder Apa Khande Rao es nicht so eilig haben mit dem Geld.«

»Die Bataillone sehen gut aus.« Saldanha sah nach Norden, wo eine gewaltige Staubwolke die vorrückenden Rajputen anzeigte. »Aber ob es reicht – gegen die Masse da?«

»Er ist der beste Offizier, den ich je hatte«, sagte Delauney. »Manche werden so geboren.«

»Und wie gut sind die Männer?«

»Erstklassig, wenn sie gut geführt werden. Sie werden ja sehen.«

Und Saldanha sah – zuerst das Verschwinden der kaiserlichen Kavallerie. Muhammad Beg, der Mörder von Afrasyab, dem Mörder des früheren Ersten Ministers, und sein Neffe Ismail Beg verließen die noch nicht fest geformten Reihen der Marathas und liefen zu den Rajputen über. Ob mit oder ohne Anweisung schossen einige Kanoniere der Marathas hinter den Überläufern her. Vermutlich richteten sie nicht viel Schaden an, aber es war wie ein zufälliges Signal, die Schlacht zu beginnen.

Sindhias Adjutanten galoppierten hin und her, um neue Befehle zu erteilen und den Rest des ohnehin zu kleinen Heers neu zu formieren. Die kaiserlichen Fußtruppen standen in der Mitte, de Boignes Bataillone am linken Flügel, die Marathas rechts. Saldanha hielt

Ausschau nach dem berühmten alten Maratha-Krieger, sah ihn aber nicht; Sindhia steckte vermutlich im Gewühl seiner Reiter.

»Was für ein Anfang!«, dachte er. »Er hätte sich sicher etwas anderes gewünscht.« Nach so vielen Jahren fast am Ziel, Erster Minister des Kaisers, und dann von den Rajputen verhöhnt, die ihm mitteilen ließen, einem Maratha-Emporkömmling werde man nicht einmal eine zerbrochene Kauri-Muschel zahlen, nicht zu reden von gutem Silber. Mit unsicheren und nicht eben zahlreichen Truppen losziehen zu müssen war die einzige Möglichkeit; die andere – den Hohn hinnehmen – wäre gleichbedeutend gewesen mit dem Verlust allen Ansehens und der sofortigen Entlassung durch Shah Alam.

Dann brach der Hades auf. Die Artillerie der Rajputen feuerte; Hauptziel waren die Marathas, aber einige Geschosse schlugen auch nahe bei de Boignes Bataillonen ein. Die Karrees standen, ungerührt. Die Männer hatten Bajonette auf den Musketen, und sie waren angewiesen worden, gliedweise Salven zu schießen.

Der Sturm der Rathor begann: die Elite der Besten, zehntausend ruhmreiche, furchtlose Reiter, prachtvoll anzusehen in silbrig glitzernden Kettenhemden; Schwerter und Lanzenspitzen glänzten in der Morgensonne.

Saldanha, wie die anderen Ärzte in der zweifelhaften Deckung eines niedrigen Erdwalls und einiger Karren, wäre am liebsten schreiend davongelaufen. Er sah den Albtraum von glänzender Grausamkeit näher walzen, bildete sich ein, aus dem ungeheuren Lärm die Hufschläge jedes einzelnen Pferds herauszuhören. De Boignes Bataillone reagierten überhaupt nicht. Wie viel Arbeit, Drill, Worte, Strafen waren wohl nötig gewesen, um zu dieser Disziplin zu gelangen, dachte der Portugiese flüchtig.

Dann dachte er nicht mehr, sah und roch und hörte und fühlte nur noch als Teil des einen großen Truppenkörpers. Dessen Front stand, bis die Reiter kaum noch hundert Galoppsprünge entfernt waren. Dann traten die Männer jeweils einen Schritt zur Seite und einen zurück, und die von ihnen bisher verborgenen Kanonen röhrten auf, mit einem einmütigen Schlag, der den Boden beben ließ, spien Schrapnelle in die dichten Reihen der Rathor.

Trotz furchtbarer Verluste setzten diese den Angriff fort, ritten die ersten Geschützbesatzungen nieder, drangen in das dichte Karree ein, in dessen Mitte de Boigne stand, den Säbel in der Rechten. Ruhig, fast zu ruhig, eisig kontrolliert begannen die Soldaten, im Salventakt ihre Musketen abzufeuern, neu zu laden, und als das letzte Glied geschossen hatte, begann das erste von Neuem. Lücken zeigten sich dort, wo die Rajputen mit ihren Lanzen nah genug herangekommen waren; aber die Salven waren mehr, als die Pferde ertragen konnten.

Neben de Boigne stand ein Trompeter. Saldanha sah den Boden um das Karree übersät von Toten und Verwundeten, von angeschossenen, kreischenden Pferden; und zu seiner maßlosen Verblüffung hörte er den Trompeter zum Angriff blasen.

De Boignes Männer rückten vor, immer noch in Salven feuernd. Weiter rechts stürmten die Marathas; aber die kaiserliche Infanterie regte sich nicht. Während die Marathas und die beiden Bataillone den Gegenstoß des zweiten Treffens der Rajputen auffingen und zerbrachen – später hörten sie, dass dabei der Verräter Muhammad Beg, an der Spitze der kaiserlichen Reiter, von einer Kanonenkugel zerfetzt worden war –, blieben die Fußtruppen des Mogulkaisers einfach stehen. Sindhia musste zum Rückzug blasen.

Es folgten zwei Tage und zwei Nächte hektischer Arbeit für die Ärzte und Pfleger; Saldanha sah nicht viel von de Boigne. Sie hatten die Übermacht geschlagen, aber keinen Sieg daraus machen können, und die Offiziere waren damit beschäftigt, ihre Einheiten neu zu formen, zu ermuntern, mit den anderen Stäben zu zanken und mit Sindhia die nächsten Schritte zu bereden.

Am dritten Tag schien alles so weit zu sein, dass der Kriegsherr der Marathas den Angriffsbefehl erteilen konnte. Diesmal bewegten sich die kaiserlichen Fußtruppen. Sie bewegten sich sehr schnell, liefen zum Gegner über.

Sindhia ordnete den Rückzug an, dann den Abmarsch; Saldanha

hörte einige erlesen lästerliche Flüche von den europäischen Offizieren. Rückmarsch nach Delhi, dann nach Gwalior, Sieg und Niederlage zugleich, und de Boigne erhielt den Befehl, den Rückzug zu decken. Er und seine Leute taten dies, geschickt; hundert Meilen und drei Flussüberquerungen lang hielten sie die nachsetzenden Rajputen und die übergelaufenen Kaiserlichen auf Distanz. Kurz bevor sie Delhi erreichten, ließ sich Sindhia blicken, sprach eine Viertelstunde lang mit de Boigne und legte ihm die Hand auf die Schulter, ehe er weiterritt.

»Hat er dich zum Ritter geschlagen?«, sagte Saldanha, als er endlich dazu kam, ein paar Worte mit dem Savoyarden zu wechseln.

»Das nicht.« De Boigne sah so verwüstet und erschöpft aus wie alle; aber er lächelte. »Er hat mich gefragt, ob ich nicht noch ein Bataillon von dieser Güte aufstellen könnte.«

»Und du hast Ja gesagt, nicht wahr?«

De Boigne schüttelte den Kopf; jetzt grinste er. »Ich habe gesagt, darüber könnten wir reden, wenn wir uns über die Bezahlung geeinigt haben. Das hat er verstanden. Und er hat gelacht.«

9. Samru Begum

So spielte der Teufel mit mir Schach, und da er einen Bauern opferte, wähnte er von mir eine Königin zu gewinnen, indem er meine redlichen Bemühungen ausnutzte.

SIR THOMAS BROWNE

Bei der Durchquerung eines Flusses hätte George Thomas beinahe seinen Talisman verloren, den verblassten, abgegriffenen, speckig gewordenen Elefanten. Im Wasser geriet die Tasche, in der die Schachfigur steckte, an die Oberfläche, wurde von der Strömung gedreht und begann, ihren Inhalt zu verlieren, ausgespült und durchnässt. Ein Buch trieb davon, zu einer vom Titel kaum beabsichtigten sentimentalen Reise flussab; Thomas hatte es von einem Schotten geerbt, der mit des Nizams neuem Obersöldner Raymond ins Land gekommen war und auf dem Weg nach Shekar von einer Kobra gebissen wurde, ehe er es zu Ende hatte lesen können.

Er rettete den kleinen Elefanten, verstaute ihn neu. Vieles ging auf dem langen Marsch verloren, darunter auch Erwartungen und Vorstellungen. Irgendwie hatten sie mit Dörfern gerechnet, in denen sie Gastfreundschaft genießen konnten; mit buntem Leben, ein wenig Jagd, umsichtigem Wandern. Aber sie reisten durch ein Land der Geister. Selbst im nördlichen Dekkan, in Gebieten, in denen der Nizam als vom Kaiser ernannter »Subadar des Dekkan« nicht mehr ganz und der Peshwa als Eroberer der angrenzenden Lande bestenfalls halb zuständig war, herrschte niemand, außer den Göttern des Chaos.

Die meisten Dörfer waren verlassen oder völlig zerstört; die Straßen, über die Händler und Heere gezogen waren, gehörten den Tigern. Von Bauern, die in den Wäldern hausten und ihre Felder nur noch in der Dämmerung zu betreten wagten, wurden sie aus dem

Dickicht mit Pfeilen beschossen. Vermutlich dichter besiedelte Gebiete hatten sie zu meiden; jeder Stadtfürst unterhielt seine eigenen Truppen und würde wandernde Kämpfer entweder zwangsrekrutieren oder beseitigen lassen.

Zehn Tage nach dem Aufbruch lagerten sie inmitten einer weiten, öden Ebene; sie machten kein Feuer, tranken schales Wasser, das sie seit dem Vortag in Lederhäuten über den Sätteln begleitet hatte, aßen teils trockene, teils faulige Feigen aus dem letzten durchquerten Wald und unterhielten sich leise, obwohl der nächste mögliche Lauscher mindestens zehn Meilen entfernt sein musste. Die Pferde, mit zu wenig abgestandenem Wasser getränkt, mühten sich an den kargen Pflanzen ab. Ihre Vorderbeine waren lose zusammengebunden, damit sie sich nicht weit entfernen konnten.

Die meisten Pindaris schliefen bereits. Nilambar und Desailly hatten die erste Wache übernommen und gingen langsam um das notdürftige Lager. Auf- und abschwellendes Getöse der Milliarden Zikaden markierte hörbar ihren Weg.

Thomas lag auf dem Rücken, zwischen den Zähnen einen halb zerkauten und ganz ungenießbaren Zweig; er starrte hinauf zum gelblichen Vollmond. In der Ferne heulte ein Schakal; die Erinnerung an jaulende, heulende, knurrende Hunde kam mit dem Klageton. Ein anderer gelblicher Mond – der gleiche, aber nicht derselbe – über einer staubigen Ebene; bösartige, hagere, mondfarbene Hunde, und die Tempelruine mit dem pissenden Portugiesen. Wie lange her? Fünf Jahre? Sechs? Sechshundert?

Weit war er nicht gekommen, sagte sich Thomas; damals, außerhalb von Madras, schien die Welt halbwegs überschaubar, Reichtum und Ruhm knapp außer Reichweite, aber man würde nur bis zum Horizont gehen müssen. All die Geschichten von Händlern und Kriegern ... Inzwischen erschien ihm Indien groß wie der Weltraum und ebenso eisig; die Entfernungen zwischen ihm und bewohnbaren Orten konnten kaum größer sein als die zwischen den Sternen, und eigentlich war es gleich, ob er hier unten lag oder dort oben auf der Oberfläche des Mondes.

Und er war allein gewesen, bei Madras. Jetzt, mit fünfzig bärtigen, ungewaschenen, hungrigen Männern, war er lediglich einsam.

Zerstreut nahm er den kleinen Elefanten in die Hand, spielte damit, hielt ihn hoch.

»Was sagt Ganesh?«

Valmiks Stimme klang nicht nach Spott; es schien eine ernsthafte Frage zu sein.

»Der elefantenköpfige Gott des glückhaften Beginnens«, murmelte Thomas; halblaut sagte er: »Soll ich ihn befragen?«

»Ich dachte, das tätest du gerade.«

»Ich habe ihn viel zu selten berührt, in all den Jahren.« Mit seinem rissigen Daumen streichelte Thomas den Rüssel. Einer der Stoßzähne war abgebrochen.

»Was sagt er?« Auch Ravi hatte sich auf die Ellenbogen gestützt und blickte herüber.

»Er sagt, wenn wir so weitermachen, verhungern wir.«

Valmik nickte langsam. »Da sagt er etwas, was wir selbst wissen. Sagt er vielleicht auch, wie wir das vermeiden können?«

Thomas schwieg. Er musterte den Elefanten, sah dann wieder in die Gesichter der beiden Kameraden. Und plötzlich wurde ihm klar, dass sie auf etwas warteten. Eine Offenbarung, einen Befehl: Führung.

Valmik, der an die vierzig sein musste, Veteran von tausend Schlachten, Kämpfer für und gegen Franzosen, Briten, Marathas und Moguln, Havildar und damit Thomas' Vorgesetzter beim Zug durch die Karnatik, dann lange gleichrangig, zuletzt dem Leutnant George Thomas unterstellt. Als ob hier, mitten im Nichts, Ränge eine Bedeutung hätten.

Ravi, der vielleicht um die dreißig war, ebenfalls erfahren im Vergießen eigenen und fremden Bluts um letztlich zu geringen Lohn. Erfahrener als Thomas, und vermutlich inwendig härter. Oder abgebrühter? Er hatte ihm und den anderen von Mir Tasadduq Ali, Monsieur Raymond – an den er nicht als einen »General« denken mochte – und den Frauen erzählt. Angedeutet, dass er hoffe, die Erinnerung bald zu verlieren und vor allem nie selbst im Mittelpunkt solcher Vorgänge zu stehen. Verständnisloses Schweigen und Schulterzucken, mehr hatte er nicht von ihnen bekommen. Hatte er mehr erwartet?

Nun starrten die beiden erfahrenen Krieger den Elefanten an, oder Thomas' Hand, und vielleicht meinten sie ihn. Einer musste eine Entscheidung fällen, einen Weg suchen, ein Ziel vorgeben.

»Pindaris«, sagte Thomas. Es war als Anrede gemeint, spöttischer Beginn einer Ansprache, aber dann wusste er nicht weiter.

Valmik setzte sich ganz auf. »Du hast recht«, sagte er. »Anders kommen wir nicht durch.«

Thomas zwinkerte. Was meinte Valmik damit? Was hatte er aus diesem einen Wort herausgehört?

»Was sollen wir tun, Sahib?«

War es denn möglich, dass Ravi ihn ernsthaft mit Sahib anredete? Oder sprach er zu dem Gott, der ein Elefant war und doch keiner, eine Schachfigur und ein Glücksbringer, den er viel zu selten aus der Tasche genommen hatte?

Ravis Augen hingen jedoch nicht an Ganesh, sondern an ihm; und Thomas begriff etwas, was er schon längst gewusst, aber sich nie klargemacht hatte. Europäer waren Offiziere, und wenn sie zunächst auch Dienst als einfache Soldaten tun mochten wie er und Desailly, brachten es doch viele innerhalb kurzer Zeit wenigstens bis zum Unteroffizier. Wieso brauchte er den Elefanten und einen gelben Eitermond über Ödland, um zu begreifen, dass er Jahre sinnlos vertan hatte? Vielleicht nicht ganz sinnlos; es waren gute Zeiten dabei gewesen, und er hatte gelebt, überlebt. Er hatte Münzen im Beutel, deren Gegenwert in Irland einen Bauernhof und ein Jahr sorgenfreies Leben bedeutet hätte. Aber hatte er nicht Radscha werden wollen, reich, sein eigener Herr und der vieler anderer? Zu früh zufrieden mit zu wenig, oder zur falschen Zeit am falschen Platz?

Er dachte an die Geschichten von Männern wie Law, Reinhardt, du Drenec, Médoc, erinnerte sich an Saravia und andere. Einzelne Europäer gingen im Land verloren; alle, die es zu etwas gebracht hatten, waren irgendwann einmal mit anderen zusammen aufgebrochen. Die Chance hatte sich ihm nie geboten – aber hatte er sie gesucht? Oder hatte er Jahre verdöst, in der Hoffnung, irgendwann einmal würde die große Möglichkeit vor seinem Zelt stehen und ihn bitten, herauszukommen und sie zu umarmen?

Pindaris ... Wieder starrte er in den Mond. Tausend Meilen Niemandsland bis Delhi. Räuber, Mörder, Marodeure. Fünfzig Männer, bewaffnet und kampferfahren. Trotzdem keine Chance. Oder nur gegen verängstigte Bauern, denn fünfzig Krieger waren zu viele, als dass Bauern sich zusammenrotten und ihnen die Schädel einschlagen würden. Aber keine Chance gegen kleine Fürsten mit ihren kleinen Heeren, und noch weniger gegen ... andere Pindaris.

Er steckte den Elefanten ein und setzte sich auf. »Hört zu, ihr zwei. Ab morgen gehen wir anders vor. Und zwar zurück.«

»Aufgeben?«, sagte Valmik. Es klang fast, als ob dies sein geheimer Wunsch gewesen sei.

»Nicht aufgeben – Verstärkung holen.«

»Wo willst du Verstärkung bekommen?« Ravi schüttelte den Kopf. »Zurück nach Shekar und mehr Männer holen? Aber mehr als die, die hier sind, wollten doch nicht mitkommen.«

»Nicht nach Shekar. Valmik, du hast verstanden, oder?«

Aber das war nur eine Finte; Thomas wollte wissen, was Valmik erraten, erahnt, sich ausgedacht hatte, vorhin. Ob es das war, woran er plötzlich zu denken begann?

Valmik räusperte sich mehrmals. »Jawruj Sahib«, sagte er dann. »Du willst die Pindaris angreifen, denen wir vor zwei Tagen ausgewichen sind, nicht wahr?«

Ravi riss die Augen auf. »Aber wozu? Das waren doch ... ah, mindestens hundert. Nach den Spuren und nach dem, was die paar Bauern gesagt haben.«

Ein geplündertes Dorf, die Spuren vieler Pferde, offenbar nach Norden unterwegs, und Thomas und seine Leute, die auch nach Norden wollten, waren nach Nordosten geritten.

Ein wahnsinniger Gedanke. Oder war die Überlegung nicht wahnsinnig, sondern vernünftig?

»Was sind hundert herumziehende Räuber«, sagte er langsam, »gegen die erfahrenen, unbesiegbaren Pindaris?«

Ravi schwieg; etwas wie Begreifen kroch über seine Züge.

»Wir verhungern«, sagte Valmik leise, »wenn wir nicht kämpfen. Wir müssen uns den Weg nach Delhi frei hacken. Anderen, die vielleicht auch dorthin wollen, die Beute, die Vorräte nehmen – ist es das?«

»Das ist es. Und wer von den anderen gut genug ist, um zu überleben, kann sich uns anschließen. Je mehr wir sind, desto weniger sind wir angreifbar. Und desto willkommener werden wir einem Fürsten sein.«

Ravi blickte zu den verstreut auf der Ebene liegenden Kameraden. »Machen die mit?« Dann lächelte er und nickte. »Ja, sie machen mit.«

»Du musst ihnen etwas geben«, sagte Valmik versonnen. »Nicht nur die Aussicht auf Blut und Beute, etwas ... Heiliges? Etwas, was sie zusammenhält?«

Thomas stutzte. »Etwas Heiliges? Ich bin kein Priester. Ich habe nichts, was mir heilig wäre.«

»Dir nicht, aber ihnen. Uns.«

»Ah.«

Ravi betrachtete ihn mit gerunzelter Stirn. »Etwas Heiliges wäre gut, Jawruj Sahib. Du weißt, man stirbt lieber für etwas Großes als für bedeutungslose Dinge wie Menschen.«

»Ihr habt recht. Ein heiliger Eid auf etwas Heiliges ...« In dem Moment, da er es aussprach, wusste er plötzlich, was das Heilige sein konnte. Sein musste – etwas anderes war nicht vorhanden.

»Woran denkst du?« Valmik klang plötzlich aufgeregt. Thomas holte den Elefanten wieder aus der Tasche. »Einen Schwur, auf Ganesh, Gott des Glückhaften Beginnens für Diebe, Händler und Dichter. Passt sehr gut auf Iren, falls ihr das versteht. Ab sofort sind wir die Irischen Pindaris. Ganeshs Irische Pindaris. Wir ziehen nicht nur nach Delhi, um dort etwas zu suchen. Nein, wir suchen und finden schon unterwegs. Seid ihr dabei?«

Die folgenden Monate konnte Thomas nicht aus dem Gedächtnis tilgen; manchmal war er durchaus im Zweifel, ob er sie tilgen wollte, an anderen Tagen wiederum fiel er in Gewohnheiten seiner Kindheit zurück, sehnte sich nach einem väterlichen Priester, einer Beichte und der unerreichbaren Hoffnung, all die Gewalt und das Blut in einem *ego te absolvo* verbergen und vergessen zu können.

Als die Irischen Pindaris Anfang 1788 Delhi erreichten, war die Truppe hundertvierzig Mann stark. Thomas scheute sich davor, Ränge zu vergeben, die bei der Aufnahme in eine größere reguläre Einheit widerrufen werden müssten; um aber einen erhofften Patron – Fürst, König, Sultan, was auch immer – beeindrucken zu können, sorgte er auf dem langen Ritt für Disziplin. Was den blutigen Episoden seltsamerweise zu noch mehr Grässlichkeit verhalf.

Aber die straffe Ordnung auf diesem »Exerzier-Ritt« machte es leichter, Neulinge aufzunehmen und einzugliedern. Sie lasen versprengte Marodeure auf und übernahmen dreimal, nach heftigen Gefechten, diejenigen Überlebenden des Gegners, die sich ihnen anschließen wollten.

Ziemlich früh kam ihm der Gedanke, dass es hilfreich wäre, sich bei der nächsten Auseinandersetzung durch Zurufe verständigen zu können, die sonst niemand zu deuten wüsste. Der alberne Name der *Irish Pindaris* brachte ihn darauf, die wilde Mischung europäischer Nationen und indischer Völker, deren »Arbeitssprachen« Englisch und Urdu waren, mit keltischen Brocken zu versehen. Sein heimisches Irisch wurde nach und nach zu einer für Außenstehende unzugänglichen Kommandosprache – zumindest in Stichworten: rechts, links, fünf Mann hinter die Hütte, sieben von euch postieren sich am Brunnen, derlei. Nichts, was einen irischen Sänger hätte befriedigen können, aber immerhin. Lange vor Delhi wusste Thomas, dass er mit dieser Truppe nicht nur die erste, sondern auch die zweite Inspektion bestehen würde. Und immer wieder fragte er sich, wieso er nicht längst, vor Jahren, so gehandelt hatte.

Die Stadt der Mogulkaiser war von Gespenstern behaust. Eines davon hieß Murad Ali Beg und lebte unter den Trümmern eines kleineren Palasts. Der Fürst, dem das Gebäude gehört hatte, stammte aus einer Nebenlinie des Kaiserhauses und war bei der letzten Plünderung Delhis durch die Afghanen gefoltert und zerhackt worden; niemand hatte Geld oder Lust gehabt, den Palast aufzubauen oder ganz abzureißen.

Das prächtige Trümmerstück lag inmitten einer Gruppe kleiner Paläste südlich des Lal Kila – »Rote Festung«, wie der von Shah Jahan fast hundertfünfzig Jahre zuvor erbaute Kaiserpalast wegen der mächtigen Befestigungsmauer aus rotem Sandstein auch genannt wurde. Der Khas-Basar zwischen Roter Festung und Großer Moschee wimmelte von Händlern, Kunden und Bettlern; alle Trachten, Gesichter und Hautfarben Indiens drängten sich in den halb zerfallenen, halb ausgebesserten Bogengängen, die früher – wie die kleinen Paläste zu beiden Seiten – Teil des Palastumfelds gewesen waren und nun seit Jahren von den Untertanen des Kaisers genutzt wurden.

Die einzige ihm verbliebene Macht war die Achtung aller Fürsten vor dem Amt. Es herrschte eine Art stillschweigender Übereinkunft darüber, dass in den Ruinen des Mogulreichs der Kaiser Quell der einzigen Legitimität sei. Wer eine Stadt oder eine Provinz eroberte, »besaß« diese erst, wenn der Kaiser ihm Rang und Titel verliehen hatte – was den nächsten Eroberer nicht daran hinderte, ihm alles wieder abzunehmen.

Selbst der große Mahadaji Sindhia, wichtigster Feldherr der hinduistischen Marathas, hatte sich bemüht, vom moslemischen Kaiser Shah Alam zum Ersten Minister ernannt zu werden. Es änderte nichts an den Machtverhältnissen, aber es verlieh Sindhias Position einen Hauch von Rechtmäßigkeit, vor allem gegenüber den eigenen Leuten.

Shah Alam, nominell Herrscher des »Hindustan« genannten zentralen Nordindien, war jedoch nicht einmal mehr in der Lage, eigene Krieger zu halten und zu bezahlen. Was unter dem Namen »Mogulheer« existierte, waren Truppenkontingente, die von diesem oder jenem Fürsten zur Verfügung gestellt wurden, nicht aus Loyalität, sondern gegen Bezahlung. Und da der Kaiser nicht in Geld zahlen konnte, zahlte er in Titeln oder *jagirs*.

In den meisten Fällen war jedoch ein von ihm zur Verwaltung und Verwesung übertragener Bezirk zunächst wertlos; der neu ernannte *jagirdar* musste das jeweilige Land in Besitz nehmen, um es verwalten und besteuern zu können, und in der Regel war dies nur mit Gewalt möglich. Im allumfassenden Chaos gab es so gut wie keinen Verwaltungsbezirk, der nicht von einem benachbarten Fürsten oder einem schweifenden Eroberer gehalten wurde. Es kam auch vor, dass der Kaiser den gleichen Titel mehrfach vergab, wenn der bisherige *jagirdar* nicht gezahlt hatte. Und die meisten *jagirdars* zahlten nicht, da der Kaiser keine Möglichkeit hatte, sie dazu zu zwingen.

Diese und andere heitere Geschichten hörte George Thomas im Kaschmir-Serai. Das weitläufige Gebäude mit Ställen, Bogengängen, Feuerplätzen und einer insgesamt undurchschaubaren Architektur lag außerhalb der Stadt. Der Besitzer, Muhammad Jan, ein hagerer Punjabi mit mehrfach gebrochener Nase, einer Zickzack-Narbe auf der linken Wange und grauem Bart, hatte vor Jahren darauf verzichtet, die Anlage zur Festung zu machen. Es gab Lehmwälle und ein Tor, aber damit konnte man nur Räuber abschrecken, keine Truppen.

»Allah wird mich den Feinden ausliefern oder vor ihnen schützen, seinem unerforschlichen Ratschluss gemäß«, sagte er, als Thomas ein paar Worte über die Höhe der Außenmauern und die zu ihrer Verteidigung nötige Menge von Bewaffneten fallen ließ. »Wenn es im Buch des Schicksals verzeichnet ist, dass mein Besitz den Schakalen anheimfalle, wäre es töricht von mir, ihn den Panthern zu vermachen, nicht wahr?«

»Aber wie überlebst du, Herr der Gastfreundschaft?«

Muhammad Jan strich sich den Bart; etwas, das ein freundliches Lächeln hätte sein können, wurde durch die Raubvogelnase und die zerklüftete Wange zu einer tückischen Grimasse. »Ich habe gute Vorräte und gute Köche«, sagte er. »Ich bewirte jeden, der anständig zahlt und sich anständig benimmt. Wenn jemand die Stadt belagert oder die Gegend besetzt, bewirte ich ihn ganz vorzüglich und auf meine Kosten. Ich kenne alle und alles, weiß Bescheid über Palastränke und Basargerüchte, und wenn es einem gefallen sollte, den Born meiner Kenntnisse und den Quell aller Labungen zu verstopfen ...« Er zuckte mit den Schultern. »Es gibt keine Gewissheit, außer bei Allah. Ich habe viele sterben sehen, die sich hinter dicken Mauern sicher wähnten. Ich dagegen lebe noch, Fremder.«

Nilambar murmelte auf Irisch: »Aufhängen, besetzen.«

»Ich verstehe nicht, was dein Begleiter sagt.« Muhammad Jan kratzte sich den Kopf. »Ich denke mir aber, dass er sich Gedanken über Zahlung und Betragen gemacht hat, nicht wahr? Sagen wir so: Du hast hundert wilde Krieger bei dir. Du kannst mich an diesen Pfosten dort nageln, meine Mädchen schänden und meine Serai-Knechte töten. Aber dann wirst du nie wissen, welcher Wein vergiftet ist, welcher Brunnen krank macht und woran eure Pferde gestorben sind. Ihr werdet Kammern aufbrechen, um Speisen zu suchen, und in ein Loch voller Kobras fallen. Ihr werdet vielleicht voll Behagen schmausen und schnarchen, und am nächsten Morgen werdet ihr zu eurer Verblüffung und eurem Ungemach tot erwachen, weil gute Freunde, die diesen Ort schätzen, in der Nacht mit Messern vorbeigekommen sind. Mahadaji Sindhia war hier, ebenso sein alter Freund Rana Khan, sein lieber Feind Holkar, die Radschas von Udaipur und Jodhpur, englische Offiziere, französische Gesandte und afghanische Fürsten. Wäre es nicht besser, die Waffen abzugeben, meine überhöhten Preise zu zahlen und sich gut zu benehmen?«

Thomas lachte. »Und was, wenn sich einer schlecht benimmt?«

»Ich rede ihm gut zu.« Muhammad Jan grinste wieder, streckte den Arm aus, packte Thomas am Gürtel und hob ihn anscheinend mühelos hoch. »So etwa. Und wenn das nicht hilft, werfen meine Diener ihn hinaus. Mit Allahs Hilfe und Billigung haben wir auch schon verschiedene Streitsucher im Hinterhof gehängt. Ein unschöner Tod; man zappelt so lange.«

»Du sprachst von Wein, Herr der Behaglichkeit. Hat dir Allah dies nicht untersagt?«

»Er ist allwissend und allgütig; sein Name sei gepriesen. Wenn er nicht wollte, dass du Wein trinkst, Fremder, hätte er ihn dir sicher verboten.«

Sie feilschten eine Weile, einigten sich auf einen Preis, den Thomas für hoch, aber nicht übertrieben hielt, gaben die Waffen ab bis auf Messer, die auch zum Essen dienten, und brachten die Pferde in einen der zahlreichen Hinter- oder Nebenhöfe, wo es Tröge und Krippen gab. Mit den Sätteln und Satteldecken und ihrem sonstigen Besitz belegten sie den größten Teil des dritten Hofs und machten es sich unter den Arkaden bequem.

In einem kleinen Geviert am Durchgang vom dritten zum vierten Hof gab es Waschplätze, gespeist mit Wasser des Yamuna, und in drei Höfen ummauerte Tiefbrunnen mit Ledereimern zum Schöpfen. Speiseräume und Zimmer für anspruchsvolle Gäste lagen in den Gebäudeflügeln; es gab auch größere Schlafsäle, in die man sich bei Regen zurückziehen konnte.

In einer Ecke des vierten Hofs hörte einer der Männer Kichern und Getuschel, oder behauptete dies zumindest. An dieser Stelle waren die Arkaden etwa hüfthoch zugemauert; darüber saß ein hölzernes Gitter, fein geflochten und mit geschnitzten Ranken verziert. Thomas empfahl ihm und den anderen, sich hinsichtlich der dahinter befindlichen Blüten des Serai mit Muhammad Jan zu unterhalten.

Abends bat er den Wirt ans Feuer, das die Männer im Hof entzündet hatten, bot ihm – »falls es Allah gefällt« – einen Becher des zuvor bei ihm gekauften Weins an und fragte nach der Lage der Dinge, den politischen Wirren, dem Bedarf an Kriegern.

»Schwierig«, sagte der Punjabi. »Der Kaiser – Allah schenke ihm volles Haupthaar und so viele Jahre wie Locken – kann nicht bezahlen. Und wer Krieger braucht, hat Krieger. Hier und in der unmittelbaren Umgebung jedenfalls.«

Nach längerem Grübeln empfahl er Thomas, den alten Murad Ali Beg aufzusuchen; er nannte ihn eine Art Makler.

»Makler? Was makelt er?«

»Kenntnisse. Und Wünsche. Wenn du einen Feind in Lahore hast, den du erdolcht wissen möchtest, wird Murad dir einen zuverlässigen Meuchler nennen. Wenn du ein Fürst bist und einen guten europäischen Offizier suchst, wird Murad ihn für dich finden.«

»Wo finde ich ihn?«

Der Punjabi beschrieb den Weg zum zerstörten Palast, in dessen unterirdischen Irrgängen der Makler des Meuchelns Hof hielt.

Thomas nahm Valmik mit, außerdem den aus Delhi stammenden Hussain, der behauptete, alle Sprachen, Dialekte und Feinheiten Hindustans zu beherrschen.

Er bedurfte allerdings der Aufmunterung. Gleich nach ihrer Ankunft hatte er sich in die Stadt begeben, um Verwandte und Freunde zu suchen. Offenbar gab es niemanden mehr, der sich an ihn erinnerte. Alle waren fortgezogen, geflohen oder bei den Besetzungen und Plünderungen der vergangenen Jahrzehnte ums Leben gekommen.

Sie gingen schnell, bis sie den Khas-Basar erreichten, der einmal Teil des kaiserlichen Haushalts gewesen war und wo man nun alle Waren kaufen konnte, für die der Kaiser selbst kein Geld hatte. Immer wieder mussten sie sich den Weg durch Menschentrauben bahnen, wurden angerempelt und von flinken Fingern abgetastet, aber darauf hatte der Wirt sie vorbereitet, sodass sie ihr Geld nicht greifbar trugen.

Sie mussten Händler und Hökerer abschütteln und sich von besonders schönen Dingen losreißen: goldgefasste Saphire, Halsketten aus filigranen Silberspitzen, Krummdolche, deren juwelenbesetzte Griffe nach Auskunft des Händlers mehr wert waren als das Reich des Fürsten, den man damit ermorden wollte, Säbel, Reiterpistolen, Schmuck und Gebrauchsgegenstände aus Elfenbein, Seidentücher, Schals aus hauchfeiner Kaschmirwolle; und all jene Köstlichkeiten, die kleine Bäcker und Garküchen feilboten – und die die Mägen zum Knurren brachten.

Am Eingang zum unterirdischen Reich von Murad hielt sie ein ungeheurer Koloss auf, ein wandelnder Berg aus Muskeln und Stahlklingen. Er tastete sie nach Waffen ab, nahm ihre Messer in Verwahrung und erlaubte ihnen dann, eine halb verfallene Treppe hinabzusteigen.

Unten kamen sie in einen finsteren Gang, an dessen Ende eine trübe Funzel etwas absonderte, was Thomas bei sich Unlicht nannte. Es war eine kleine Öllaterne mit winzigem Docht, die auf einem Stein neben einem Türbogen stand. Der Raum, zu dem der Bogen führte, schien nur der erste einer langen Flucht ähnlicher Gemächer zu sein.

Eine unglaublich feiste Frau in grellen Gewändern, die Augen schwarz umrandet und die Finger rötlich gefärbt, saß dort auf einem Stapel von Kissen und las im Schein einer helleren Laterne in einem Buch. Als sie aufblickte, klappte sie das Buch zu, wobei sie einen Finger als Lesezeichen darin beließ. Thomas registrierte, dass es sich um ein europäisches Druckerzeugnis handelte; der Titel *Les Mille et une Nuits* sagte ihm jedoch nichts, da er kein Französisch konnte.

Die Frau musterte ihn, dann seine beiden Begleiter, nickte und stieß einen halblauten Schrei aus. Aus einem der nächsten Räume antwortete eine tiefe, knarrende Stimme. Sie wies mit dem Daumen über die Schulter – offenbar eine Aufforderung, weiterzugehen und sich dem Besitzer der Stimme zu nähern.

Der Raum, den sie betraten, war mit dicken Teppichen ausgelegt; sie fühlten sich kostbar an, waren jedoch kaum zu sehen, da die Leselampe der feisten Frau die einzige Lichtquelle war. Auf einer Art Diwan saß dort im Dunkeln ein Mann, dessen Umrisse nur zu ahnen waren. Er schien von mittlerer Statur, mehr ließ sich nicht sagen.

»Wer schickt euch? Wer seid ihr?« Die tiefe, grollende Stimme klang zu groß für den gewöhnlichen Körper, aus dem sie kam; sie hätte einer fünf Männer großen Götterstatue gehören können.

Thomas nannte seinen Namen, erwähnte den Besitzer des Kaschmir-Serai, sagte, seine Begleiter seien zwei von hundertvierzig tüchtigen Kriegern und bat, der weise Murad möge das Füllhorn seiner Kenntnisse durchwühlen, um festzustellen, ob darin der Name eines geeigneten Kriegsherrn sei.

»Erzähl mir deine Geschichte.«

Thomas, Valmik und Hussain ließen sich auf den fetten Teppichen nieder. Der Ire räusperte sich.

»Willst du eine lange oder eine kurze Geschichte hören?«

»So lang wie nötig, so kurz wie möglich.«

Thomas lachte leise. Er sprach vielleicht fünf Minuten lang, ohne wesentliche Dinge auszulassen oder unwesentliche wie die Zeit im Dschungeldorf zu erwähnen.

»Also: Du bist Ire, hast für die Engländer gekämpft, gegen die Franzosen, dann für den Nizam? Sag mir, wie der Mann heißt, der einen Teil der Kämpfer in der namenlosen Nordfestung befehligt, und wie der Name des Mannes lautet, der die Kanonen hütet.«

»Don Paco Saravia«, sagte Thomas erstaunt, »und Don Wim, ein Holländer.«

»Gut, gut. Und nun erzähle ich euch eine Geschichte. Oder mehrere. Jede Geschichte kostet zehn silberne Rupien.«

»Und wenn uns deine Geschichten nicht gefallen?«

Der Mann stieß ein röhrendes Gelächter aus, das wahrscheinlich ein diskretes Kichern darzustellen hatte. »Wenn euch meine Geschichten nicht gefallen, müsst ihr euch einen anderen Erzähler suchen. Ich warte.«

Thomas seufzte leise, zog den Geldbeutel unter dem Hemd hervor und zählte zehn Rupien in die ausgestreckte Hand des Mannes. Mehr als das Doppelte dessen, was im fernen Shekar ein einfacher Krieger im Monat an Sold erhielt.

»Vortrefflich. So wollen wir denn beginnen, und mit Allahs Hilfe wird es wohlgeraten.«

Murad erzählte von einem Fürsten jenseits des Yamuna, der einen kleinen, eher kargen *jagir* zu verwalten hatte und sich der pathanischen Rohillas erwehren musste.

Als er fertig war, sagte Thomas: »Es ist eine nette Geschichte; ich glaube aber nicht, dass sie uns begeistert.«

»Gib mir zehn Rupien, dann erzähle ich dir eine andere.«

»Und wenn uns diese auch nicht gefällt? Wie oft sollen wir zahlen?«

»So oft, bis ihr entweder etwas Angenehmes gehört oder kein Geld mehr habt.«

»Ein gutes Geschäft für einen, der viele Geschichten kennt. Und was, wenn wir eine passende Geschichte finden?«

»Dann zahlt ihr noch einmal die Hälfte dessen, was ihr bis dann gezahlt habt, und ich entlasse euch mit meinem Segen und empfehle euch Allahs Obhut.«

Hussain beugte sich vor und berührte Thomas' Schulter. »Ich habe von ihm gehört«, flüsterte er. »Das ist so, wie es ist. Wir müssen aufgeben oder bezahlen.«

»Wenn du von ihm gehört hast, warum hast du es nicht vorher gesagt?«

»Ich hatte seinen Namen vergessen. Erst jetzt, als er seine Geschäfte erläutert hat, fiel es mir wieder ein.«

Murad Ali stieß eine Art Gewitter aus, wohl ein Räuspern. »Woher kommst du, Söhnchen? Und für wen hast du gekämpft?«

Hussain murmelte einige Namen: Delhi, Wanderungen, ein besonderer Ort, Fürstentum, Feldherren. Murad schien alles zu kennen; er teilte Hussain mit, dass inzwischen ein Neffe seines alten Fürsten dabei sei, das Fürstentum durch einfallsreiche Schwelgereien zu ruinieren. Dann hielt er die ausgestreckte Hand hin; Thomas knirschte mit den Zähnen und zählte weitere zehn Rupien hinein.

Die zweite Geschichte war noch weniger verlockend als die erste. Sie behandelte ein kleines Fürstentum zwischen dem Einflussbereich der Marathas und dem der Rajputen-Radschas.

Thomas seufzte und bezahlte abermals.

Murad gluckste. Es klang, als schlage jemand eine geborstene Glocke mit einem Knochen.

»Dein Seufzer sagt mir, dass die Geduld deines Beutels sich dem Ende nähert.«

»Dreißig Rupien für ein wenig Basargeschwätz ... Was wäre da mit deiner Geduld?«

»Ganz recht, Basargeschwätz. Nur bin ich der einzige Basar, der diese Sorte Geschwätz zu bieten hat. Vielleicht gefällt dir ja die dritte Geschichte.«

Murad begann zu erzählen; die Geschichte war nicht länger als die vorigen, wimmelte aber von Verweisen auf Zeiten und Orte, die sich Thomas nach und nach aus indischen und moslemischen Bezügen übersetzen musste.

1760 wurde der Kaiser in Delhi ermordet; der Kronprinz erklärte sich unter dem Namen Shah Alam zum Nachfolger, hatte aber auf dem Weg nach Delhi einiges an Widerstand zu bekämpfen, wobei ihm anfangs die Söldnertruppe eines Schotten namens Law half. Zu dieser gehörte auch ein Deutscher, Walter Reinhardt.

Er war als Sergeant mit Law nach Bengalen gekommen; dort schloss er sich dem neuen Nawab Kasim Ali an. Dieser war der britischen Bevormundung überdrüssig und stellte ein eigenes Heer auf, geleitet von einem Armenier; Reinhardt befehligte ein Bataillon Infanterie. Ein Agent der Ostindien-Kompanie versuchte, die Stadt Patna einzunehmen, unterlag und geriet mit hundertfünfzig Briten und Sepoys in Gefangenschaft.

Als die Verhandlungen zwischen dem Nawab und Kalkutta immer umwegiger wurden, verlor Kasim Ali die Geduld und befahl, die Gefangenen abzuschlachten. Sein armenischer Kommandeur und dessen Leute weigerten sich; Reinhardt übernahm die Aufgabe, ließ die Gefangenen in einem Innenhof zusammenbringen, verteilte ausgesuchte Männer seines Bataillons ringsum auf den Mauern und eröffnete selbst mit einem Treffer aus einer Muskete das Gemetzel. Ein britischer Arzt überlebte als Einziger und berichtete später davon.

Aus anderem Munde erfuhr George Thomas in den folgenden Jahren mehr über Walter Reinhardt. Er stammte aus einem Dorf bei Trier, war Metzger – »und benahm sich auch so«, wie die Briten sagten –, gab mit etwa fünfundzwanzig Jahren, 1745, Beruf und Heimat auf, um sich von den Franzosen anwerben und nach Indien schicken zu lassen. Angeblich bedrückte ihn das Massaker von Patna so, dass er später zu dumpfem düsteren Brüten neigte; man nannte ihn »Mister Sombre«, den Finsteren, woraus seine indische Umgebung Samru Sahib machte. So, wenn auch ohne den Sahib, nannte ihn auch Murad im weiteren Verlauf seines Berichts.

Samru verdingte sich bei etlichen indischen Fürsten; zeitweilig schwoll seine Söldnerarmee auf vier Bataillone Infanterie, ein paar Schwadronen einheimischer Kavallerie und bis zu vierzig Kanonen an. Die Offiziere waren »europäischer Abschaum«. Meistens schickte Reinhardt seine Leute ohne Rücksicht auf fürstliche Befehle zu einem Zeitpunkt ins Treffen, der ihm günstig erschien; unter Feuer waren sie diszipliniert, hielten ihre Stellung und strichen im Fall des Sieges ihren Teil der Beute ein, im Fall der Niederlage traten sie in die Dienste des Siegers.

1774 war er bei den Jats, die Agra besetzt hatten, als Kaiser Shah Alam aus Delhi kaiserliche Infanterie und persische Reiter schickte, um sie zu vertreiben. Reinhardts Truppe war diszipliniert wie immer, wurde nicht von der heillosen Flucht der Jats angesteckt und trat am nächsten Tag geschlossen in den Dienst des Kaisers. Reinhardt erhielt Stadt und Land Sardhana als *jagir*, residierte zeitweilig in Agra und starb dort 1778.

Er hinterließ zwei Witwen: eine Frau, von der es hieß, sie sei wahnsinnig geworden – sie lebte mit ihrem fast erwachsenen, möglicherweise ebenfalls schwachsinnigen Sohn irgendwo in Delhi –, und eine zweite, mit der er zuletzt zusammengelebt hatte. Diese wurde Samru Begum genannt und versuchte, mit den Resten von Samrus einstiger Truppe den *jagir* Sardhana zu halten.

»Sie braucht Männer. Der Kaiser will ihr den *jagir* nehmen. Eine harte, kluge Frau.«

Nachdem Murad ihm noch mitgeteilt hatte, wie er mit Samru Begum Kontakt aufnehmen konnte, zahlte Thomas ihm weitere fünfzehn Rupien.

Sie verließen Murads unterirdischen Basar. Valmik ging zurück zum Serai, um alles für den Aufbruch am nächsten Morgen vorzubereiten. Thomas hatte das Bedürfnis, mehr von der Kaiserstadt zu sehen, da er nun schon einmal hier war; mit Hussain wanderte er durch die Basare, die verwahrlosten Gärten, über die Plätze zwischen Palästen.

Kurz vor Sonnenuntergang erklommen sie einen Hügel, der nach irgendeiner Belagerung aus Trümmern und Abfällen aufgetürmt worden war. Von dort, so hatte es im Ort geheißen, habe man einen bemerkenswerten Blick auf den Roten Palast.

Die Ebene jenseits des Hügels war ein Meer aus Dunst und Trümmern; hier und da stiegen, vom Abendwind aufgerührt, wie schweifende Geister Staubfahnen auf, bewegten sich eine kurze Strecke und sanken wieder zusammen. Die Luft war schwer und schwül. Ein nicht mehr ganz voller Mond hing niedrig über dem Horizont, von gelblichen Staubschleiern verhangen, die von der sinkenden Sonne blutig gefärbt wurden. In der Ferne bellten Schakale, und wie schläfrige Schwimmer lagen auf der heißen Luft etliche Geier, die sich kaum zu bewegen schienen.

»Jawruj Sahib, dies ist ein Ort der Dämonen.« Hussain hatte eine Hand an den Griff seines Messers gelegt; seinem Gesicht nach erwartete er, bald von Dschinns, Afrits oder anderen Wesen in eine Unterwelt oder Anderwelt gezerrt zu werden. Vielleicht alle zusammen, dachte Thomas; ein Dschinn, der ihn festhielt, damit ein Afrit ihn qualvoll umbringe und ein Ghul sich an der noch warmen Leiche erbaue.

»Geh zum Serai, Krieger; ich komme bald nach.«

Hussain nickte, salutierte und verschwand. Thomas setzte sich auf einen Steinbrocken, zündete seine letzte Zigarre an und nahm sich vor, in Delhi Nachschub zu besorgen; hier, im Basar, wo es alles gab, würde er vielleicht sogar karibische Zigarren finden, während im Hinterland wahrscheinlich nichts aufzutreiben war, dessen Genuss nicht durch Gedanken an die Art der Zubereitung behindert wurde.

Er erinnerte sich an einen jungen Mann, der außerhalb von Haidarabad an der Straße gesessen und Zigarren feilgeboten hatte – unschöne Blätter, mit schmierigen Händen gerollt und zwischendurch zur Befeuchtung und Befestigung in ein Rinnsal neben der Straße getaucht, das den Latrinen entfleuchte. Es waren edle Latrinen, die der Leibgarde des Nizam, aber bei gewissen Dingen ist Adel überflüssig.

Er klackte mit der Zunge, kicherte unterdrückt, stieß eine dicke Wolke aus und betrachtete die mächtige Rote Festung im blutigen Abend. Dann wandte er sich wieder dem Mond zu, einem pockennarbigen Ungetüm, das immer noch vergeblich versuchte, sich vom Horizont hochzustemmen, vielleicht zurückgehalten durch die gelbroten Staubschleier.

Ein Mann näherte sich dem Hügel, suchte einen gangbaren Weg zwischen den Trümmerbrocken und kletterte empor. Er trug europäische Kleidung, und die offene rote Jacke mochte Teil einer Uniform sein. Als er oben war, presste er die Handflächen aneinander, deutete eine Verneigung an und blickte zum Palast hinüber. Dann schien er zu stutzen und wandte Thomas sein Gesicht zu.

»Kennen wir uns nicht?« sagte er auf Englisch. »Nicht, dass nicht alle Europäer irgendwie gleich aussähen.«

Thomas kniff die Augen zu schmalen Schlitzen zusammen. »Da ist etwas. Irgendwo … Lassen Sie mich Ihre Stimme noch einmal hören. Wo war es? Im Süden?«

Der Mann hob die Schultern. »Norden, Süden, Osten, Westen – ist nicht alles gleich? Es sei denn, man wäre nicht überall gewesen.« Dabei grinste er. »Ihre Stimme …«

Thomas deutete mit der Zigarre auf ihn. »Madras«, sagte er. »Ein räudiger Mond, widerliche Hunde, eine Tempelruine?«

»Der entlaufene Ire, der Radscha werden wollte!«

»George Thomas, zu Diensten. Und du – irgendwas mit Sandalen?«

»João Saldanha.« Immer noch grinsend, trat der Portugiese näher; sie schüttelten einander die Hände.

»Hast du diesen Zeh gefunden? Und wie geht es den Göttern?«

»Vermutlich bin ich alledem so nah wie du deinem Ziel, Radscha zu werden. Was hast du gemacht, in diesen – wie viel sind es? Sieben Jahre?«

Sie redeten, bis der Mond hoch am Himmel stand; dann gingen

sie, immer noch redend, durch die Stadt zum Serai, das Saldanha nur aus Gerüchten kannte. Als sie es erreichten, war Thomas eben fertig geworden mit seiner Geschichte.

»Samru Begum? Ein wildes Weib ...« Saldanha lachte leise. Er erzählte, sie sei ein kaschmirisches Tanzmädchen gewesen, mit allen gängigen Formen des Nebenerwerbs, bis Samru sie irgendwo aufgabelte. »Sie ist umgeben von französischen Artilleristen und wüsten Anekdoten; angeblich hat sie sich inzwischen von einem Franziskaner taufen lassen. Vielleicht ist das aber auch nur die unglaublichste aller Anekdoten.«

»War die Information denn wohl die fünfundvierzig Rupien wert, die ich bezahlt habe? Oder willst du mir davon abraten, zu ihr zu reiten?«

Saldanha hielt ihn am Arm fest; sie standen vor dem Hauptor des Serai. »In deiner Situation ... Ich könnte dich mit de Boigne verkuppeln, aber so, wie du von Raymond redest, liegt dir wohl nichts daran, unter einem Europäer zu dienen. Du willst unmittelbar mit einem Fürsten zu tun haben, nicht wahr?«

»De Boigne? Noch so ein Franzose ... Was du von ihm erzählst, klingt so, als ob er die Hälfte meiner Pindaris gleich erschießen lassen und die anderen auf verschiedene Kompanien aufteilen würde.«

»Könnte sein. Was spräche dagegen?«

Thomas seufzte leise. »Hundertvierzig, von zwischenzeitlich bis zu fünfhundert. Einige habe ich eigenhändig erschossen; die anderen sind abgehauen oder gefallen auf dem langen Weg hierher.« Er zögerte; schließlich sagte er: »Ich fürchte, wenn alles erzählt würde, was geschehen ist, stünde mein Name gleich neben dem von Reinhardt im Katalog der Bluttaten. Ich glaube, ich wäre bei Samru Begum gut aufgehoben.« Dann kicherte er. »Kannst du mir sagen, wie ihre Füße aussehen?«

»Ihre Füße?« Saldanha lachte. »Man redet nicht über die Geschlechtsteile von Fürstinnen. Nein, da weiß ich nichts. Hast du einen Hang zu Füßen? Ah ja, ich erinnere mich dunkel; die Geschichten, die du damals erzählt hast ...«

»Komm, lass uns hineingehen. Oder wirst du erwartet? Hast du etwas zu erledigen?«

Saldanha schwieg einen Moment. »Ja und nein«, sagte er dann.

»Kannst du das erläutern?«

»Wie genau willst du es wissen?«

Thomas grunzte. »Ich habe Geld für Geschichten bezahlt, viel Geld. Irgendwie würde ich gern noch ein paar kostenlose Geschichten hören.«

Saldanha murmelte etwas Unverständliches.

»Bitte?«

»Was ist kostenlos? Es kostet deine Zeit. Und meine. Etwas, was zu erzählen sich lohnt, hat Lebenszeit gekostet. Es ist zweifellos gratis – oder frei. Ein anderes Wort für umsonst.«

»Erspar mir deine Philosophie, Hakim. Ich bin nur ein dummer Soldat, kein Denker.«

»Beneidenswert. Also: Ja, ich werde erwartet. Nein, ich habe nichts zu erledigen. Jedenfalls nicht heute.«

»Wer erwartet dich?«

Saldanha drehte sich halb um, schaute zurück zur Stadt, aber in der Dunkelheit war nichts mehr auszumachen. »Im Roten Palast gibt es eine Fürstin. Witwe. Eine bemerkenswerte Frau. Wir haben einander seit Jahren Briefe geschrieben. Von unterwegs nach Delhi, von Delhi nach … irgendwo.«

»Bist du deshalb nicht bei deinem de Boigne geblieben?«

»Nein. De Boigne wollte mich als – nun ja, eine Art Stabsarzt. Aber ich bin ungeeignet für feste Arbeitsverhältnisse. Ich wollte mir Delhi anschauen. Die Fürstin sehen. Feststellen, ob da mehr sein kann als Briefe.«

Thomas pfiff leise. »Ein von der Inquisition gehetzter portugiesischer Arzt und eine Mogulfürstin?«

»Es gibt mehr Dinge zwischen Himmel und Erde als an sonstigen Plätzen. Außerdem hat es sich zufällig ergeben, dass der Kaiser zwar kein Geld hat, aber für sich und seine Familie, jedenfalls vorübergehend, einen europäischen Arzt zu schätzen weiß. Er bezahlt nichts, aber so hindert mich niemand daran, im Roten Palast zu wohnen.«

Thomas nahm ihn beim Arm. »Komm«, sagte er. »Lass uns ein wenig trinken und reden; damit wir, falls wir uns in sieben Jahren wiedersehen, besser wissen, wo wir weitermachen sollen.«

Als der Ire und seine Pindaris das Hauptquartier von Begum Samru in Sardhana erreichten, fanden sie einen verlotterten Haufen vor. Achtzig europäische Offiziere, die meisten Franzosen, standen auf der Soldliste der Fürstin; es gab drei Dutzend Kanonen, für die sich niemand so recht interessierte, und ein paar tausend Sepoys, in deren Disziplin und Schneid Müßiggang und das schlechte Vorbild der Offiziere Scharten gewetzt hatten.

Mit ihrem Hofstaat bewohnte die Begum einen kleinen Palast in einem Park außerhalb der Stadt. Der Hauptort ihres *jagir* wirkte heruntergekommen, mit unebenen, staubigen Straßen, staubigen Bäumen, staubigen Menschen, denen zur Reinlichkeit und zum Waschen Mut oder Wasser oder beides fehlte. Auch der Park war staubig; Bretterhütten und Zelte beherbergten die Unteroffiziere, während die Offiziere in Nebengebäuden des Palasts lebten. Bis auf einige bevorzugte Artillerieoffiziere, die näher an den Gemächern der Fürstin schliefen. Hierfür gab es, wie man sagte, gute Gründe, die ein holländischer Kanonier so formulierte: »Nächtliches Behagen – lecker schlafen.«

Auf der ebenen Fläche vor dem Palast ließ Thomas seine Pindaris absitzen. Mit geschulterten Musketen bildeten hundertzwanzig der Männer eine Reihe, während die Übrigen die Pferde bewachten. Die Kämpfer standen in der Hitze des Nachmittags, unbewegt und geduldig. Thomas, den die Begum sofort empfing, vertraute auf die Wirkung des Anblicks.

Als ein Hofdiener ihn in den Saal führte, wo die Fürstin mit drei französischen Offizieren saß und würfelte, zögerte er einen Moment. Er nahm Haltung an, salutierte und sagte auf Urdu: »Die besten Kämpfer nördlich des Dekkan verzehren sich danach, der Erhabenheit zu dienen.«

Die Begum stellte den Würfelbecher ab und musterte den Iren. »Die besten Krieger? Gute Kämpfer würden mir genügen; bessere sind zu viel, und die besten? Das mag ich nicht glauben, und die kann ich nicht bezahlen.«

Thomas erlaubte sich ein kleines Lächeln, das ihm, wie er wusste, gut zu Gesicht stand. »Männer, die in der Hitze Haltung bewahren, bewahren diese auch im Gefecht.«

Die drei Franzosen wechselten amüsierte Blicke; einer sagte halblaut etwas. Die Begum schüttelte den Kopf und erhob sich aus ihrem Sessel.

Thomas sah, dass sie knapp über fünf Fuß groß und keineswegs unangenehm mollig war; in dem ovalen Gesicht kämpften volle, sinnliche Lippen und scharfe, schwarze Augen um die Vorherrschaft. Zu seinem Bedauern konnte er ihre Füße nicht sehen, da sie unter den langen Röcken halbhohe Stiefel aus weichem Leder trug. Rückschlüsse auf ihren Charakter musste er daher verschieben.

Sie trat mit ihm auf die Terrasse hinaus, die auch ein Balkon sein mochte; in der Eile hatte Thomas nicht auf die Architektur des Gebäudes geachtet. Die Franzosen erhoben sich und folgten ihnen.

Die Pindaris standen immer noch stramm, in einer sauberen Reihe. Die Begum musterte die Männer, nickte und sagte: »Wenn sie auch im Gefecht so gut stehen, sind sie mir wahrscheinlich zu teuer.«

»Ob sie auch unter anderen Umständen so gut … stehen?«, sagte einer der Franzosen; die beiden anderen kicherten. Ohne sich zu ihnen umzudrehen, sagte die Begum: »Auch französische Offiziere stehen nicht immer. Ihren Mann.«

Da Thomas nicht so recht wusste, wie er darauf reagieren sollte, falls überhaupt, gestattete er sich ein weiteres winziges Lächeln; er widerstand der Versuchung, auf der Unterlippe zu kauen.

»Die Männer sollen bequem stehen, oder sitzen, während wir feilschen.« Die Begum deutete auf eine Türöffnung in der Kopfwand des Saals; dort standen zwei Sepoys mit Säbeln Wache. »Die Herren Offiziere mögen uns allein lassen.«

»Aber, Madame«, sagte einer der Franzosen. »Ohne unseren Rat ...«

»... ist die Fürstin durchaus zu handeln fähig.«

Während die Offiziere eher widerwillig gingen, sah sich Thomas unauffällig im Saal um. Keine Pracht, keine kostbaren Wandteppiche, keine Leuchter aus massivem Gold, keine lebensgroßen Standbilder aus kostbar gearbeitetem Elfenbein. Alles wirkte eher schlicht. Es gab europäische Sitzmöbel, eine Art Konferenztisch, Leuchter und Truhen und Wandbehänge aus bemaltem Leder.

Die Begum deutete auf den kleinen Tisch, an dem sie mit den anderen gewürfelt hatte. »Setzen wir uns. Und – wir wollen Englisch miteinander sprechen; das erspart uns vielerlei Höflichkeiten, die beim Feilschen im Wege wären.«

Sie klatschte in die Hände. Ein Diener brachte Tee und eine Glaskaraffe mit einer gelben Flüssigkeit. Thomas traute weder seinen Augen noch seiner Nase: Es war tatsächlich Bier.

»Sie sollen sich erfrischen, damit Sie mir gewogen sind, was den Preis angeht. Erzählen Sie, wer Sie sind, wer die Leute sind, was Sie bisher getan haben.«

Eine Stunde später hatten sie sich auf die wesentlichen Dinge geeinigt. Für den Anfang sollte Thomas für sich und seine Männer Essen, Unterkunft und sechshundert Rupien im Monat erhalten. Die Pindaris würden eine eigene Kompanie bilden, ausgestattet mit den Uniformen der Begum, und Thomas würde in den Listen der kleinen Armee als Leutnant geführt. Die Begum sagte, es gebe einige gute Richtkanoniere, aber der Ehrgeiz der Offiziere hinsichtlich der Beschäftigung mit Kanonen lasse zu wünschen übrig.

»Vermutlich deshalb, weil die Gentlemen es vorziehen, zu Fuß und zu Pferd Steuern einzutreiben und davon einiges für sich zu behalten«, sagte Thomas mit einem Lächeln.

Er hatte den Eindruck, dass die Begum für dieses Lächeln nicht unempfänglich sei.

Sie sagte: »Sechshundert Rupien und die Kanonen. Beteiligung an Beute, falls es zu Kämpfen kommt. Einverstanden?«

Thomas zögerte einen Moment. Der Verzicht darauf, sich an der Eintreibung von Steuern lukrativ zu beteiligen, mochte schmerzlich sein; zunächst war es jedoch wichtiger, mit der Fürstin einig zu werden. Im Lauf der Zeit ließen sich andere Dinge zweifellos regeln. Und sechshundert Rupien? Er hatte einhundertfünfundzwanzig Gemeine und vierzehn Unteroffiziere; er selbst war Leutnant. Theoretisch, sagte er sich, macht das einhundertfünfundzwanzig mal vier plus vierzehn mal sieben plus fünfzehn, nach den Maßstäben der Festung Shekar – sechshundertdreizehn. Aber Shekar war am Ende der Welt gewesen, billiges Leben, niedriger Sold. Ein Leutnant der Ostindien-Kompanie erhielt fünfundneunzig Rupien im Monat ... Er unterdrückte einen Seufzer.

Mit einer eleganten Bewegung glitt er von seinem Sitz, ließ sich auf ein Knie nieder, legte die rechte Hand aufs Herz und lächelte die sitzende Fürstin an.

»Einverstanden, bis auf einen Wunsch – ich mag es nicht Forderung nennen.«

»Und zwar?« Die Begum schien sich nur mühsam ein Kichern verkneifen zu können.

»Nach dem ersten Sieg den Fuß der Hoheit küssen zu dürfen, ohne Stiefel.«

Die Begum brach in ein helles Gelächter aus. »Genehmigt. Mit Wonne.«

In den nächsten Wochen machte sich Thomas ein Vergnügen daraus, seine Pindaris mit den Kanonen exerzieren zu lassen. Es war die schiere Vergeudung, da die Männer am besten im Nahkampf einzusetzen waren; er baute jedoch darauf, dass gewisse eingestaubte Soldateninstinkte bei den anderen durch das gute Beispiel freigelegt würden.

Und er hatte sich nicht verrechnet; nach wenigen Tagen konnte er die Pindaris seinem Stellvertreter Desailly überlassen und mit den eigentlichen Geschützbedienungen – je ein europäischer Kanonier und fünf Sepoys – ernsthaft zu arbeiten beginnen. Selbst die drei

»Haremsfranzosen«, alle im Majorsrang, senkten ihre Hochnäsigkeit so weit ab, dass sie sich wieder mit der Truppe befassten.

Die Meldung, dass der Kaiser mit einem spärlichen Heer ausgerückt sei und vermutlich in einen Hinterhalt geraten würde, kam in einem günstigen Moment und doch zu früh. Günstig, weil Thomas darauf brannte, der Begum zu zeigen, was er und seine Leute wert waren; zu früh, weil er sie gern länger geschliffen hätte.

Im Palast fand eine hitzige Debatte statt. Die Begum sagte, man habe zu bedenken, dass die Macht des Kaisers sehr begrenzt sei. Andererseits seien alle – sogar die Marathas; sogar der große Sindhia – darum bemüht, ihre mit Waffengewalt errungene Macht vom Kaiser legitimieren zu lassen. Der *jagir* der Begum, Sardhana, sei unsicher und bedürfe der endgültigen kaiserlichen Zustimmung. Sie bat um Meinungen.

An der Besprechung nahmen teil die drei französischen Majore, sechs Hauptleute – zwei Franzosen, ein Brite, ein Italiener, ein Russe und ein Grieche – sowie George Thomas: nur Leutnant, aber Kommandeur der Artillerie.

Er hielt sich zunächst zurück, lauschte den Äußerungen der anderen und beobachtete die Fürstin. Nicht zum ersten Mal bedachte er ihre Position. Kaschmirisches Tanzmädchen, hatte es geheißen; einem anderen Gerücht zufolge war sie die Tochter eines nach der Zeugung verschwundenen arabischen Händlers. Getanzt hatte sie auf jeden Fall und damit sich und ihre Mutter ernährt. Samru Sahib hatte sie angeblich gekauft; von der Sklavin war sie zur Kebse geworden, ohne Vermählung: Der Katholik Reinhardt war ja bereits verheiratet gewesen, mit einer inzwischen wahnsinnig gewordenen Moslemin. Ein unsicherer *jagir*, eine Frau unter tausend Männern, eine Fürstin aus dem Basar ...

Wie war es ihr gelungen, den finsteren Reinhardt zu erhellen? Wie gelang es ihr nun seit Jahren, diese Horde von Totschlägern, Deserteuren und Glücksrittern zu gängeln? Es hieß, die Männer hätten vor Jahren, nach dem Tod von Samru, eine Bittschrift an den Kaiser geschickt, der erwogen habe, den *jagir* neu zu vergeben oder angeblich dem schwachsinnigen Sohn Reinhardts anzuvertrauen. Keine Leistung ohne Gegenleistung; zweifellos war ihr Bett die Kommandozentrale, und zweifellos wusste die Frau genau, weshalb sie drei Majore, aber keinen Oberbefehlshaber hatte.

Sie lauschte, ohne durch Gesten oder ihre Miene zu zeigen, was sie von den Beiträgen der Offiziere hielt. Der »Dienstälteste«, Major Dutronc, hielt ein großes Blatt hoch, das er mit schwarzem Stift bemalt hatte. Er versuchte, die wahnwitzigen Verwicklungen zu illustrieren, mit denen man es zu tun hatte.

Shah Alam, Kaiser in Delhi, hatte Sindhia zum Ersten Minister gemacht, wenn nicht dem Titel, so doch dem Rang nach. Ein Pathane aus Rohilkhand, Ghulam Kadir, war eben dabei, dem Kommandeur der desertierten kaiserlichen Kavallerie, Ismail Beg, ein Bündnis aufzuschwatzen, dessen Ziel die Herrschaft über Hindustan war. Er hatte Delhi besetzt, und gleichzeitig belagerte Ismail Beg Agra – die wichtigen Kaiserstädte, in denen die Marathas Garnisonen unterhielten. Unterhalten hatten: Die in Delhi existierte nicht mehr.

»Delhi und Agra gehören Sindhia, der dem Kaiser untersteht. Agra wird belagert von Ismail Beg, mithilfe von Truppen, die dem Kaiser die Treue aufgekündigt haben. Delhi ist besetzt von Ghulam Kadir, der Sindhias Krieger vertrieben hat, aber den Kaiser nicht anrührt. Sindhia nähert sich, um Agra zu entsetzen und Delhi zu befreien. Gleichzeitig rückt der Kaiser mit seinen geringen eigenen Truppen nach Norden aus, allgemeine Richtung Ajmir, um einen kleinen Rajputen-Radscha zu bekämpfen. Habe ich etwas vergessen?«

Major Levassoult strich sich den schmalen Schnurrbart; er lächelte. »Eines, ja. Ghulam Kadir hält Delhi besetzt, hat aber mit einem Teil seiner Truppen gerade die Stadt Aligarh erobert. Das Ganze sieht aus wie ein großer Platz, auf dem einige verrückte Wagenlenker mit morschen Karren unterwegs sind. Alle fahren durcheinander, und niemand weiß, wann welcher Karren mit welchem anderen zusammenstößt oder zerbricht; nicht zu reden von der Frage, wann wessen Pferde durchgehen.«

»Sehr schön formuliert.« Major Dutronc wandte sich an die Begum. »Und in dieses Gewirr sollen wir uns begeben, Hoheit? Wozu? Mit welchen Aussichten?«

Der italienische Hauptmann hob die Hand. »Wie sicher sind denn die Nachrichten überhaupt, was den Kaiser angeht?«

»Sie sind zuverlässig«, sagte die Begum. »Ein vertrauenswürdiger Mann ... Ich nehme an, die Gentlemen wollen nicht grundsätzlich bezweifeln, dass es vertrauenswürdige Männer gibt.«

Thomas räusperte sich. »Wenn der Leutnant der Artillerie etwas sagen darf?«

Die Begum nickte.

»Wer vom Kaiser einen *jagir* erhält oder diesen behalten will, schuldet dem Kaiser Treue. Und Hilfe. Ich habe keinen Zweifel daran, dass am Ende dieses Durcheinanders Sindhia wieder in Delhi sitzen wird. Dann werden er und der Kaiser fragen, auf wen sie sich wirklich verlassen können. Hoheit, die Begum kann sich auf die Artillerie verlassen. Und auf die Pindaris.« Die Begum ließ Major Levassoult mit einigen anderen Offizieren und geringen Truppen in Sardhana zurück. Thomas nutzte den Marsch; mit verschiedenen Vorwänden – alle gleich durchsichtig, von einigen Offizieren mit Stirnrunzeln, aber von der Mehrzahl mit Beifall bedacht und von der Begum gebilligt – drillte er unterwegs Truppenteile, für die er nicht zuständig war. Einer der Vorwände lautete, es könne sein, dass Teile der Geschützbesatzungen ausfielen und die Kanonen von anderen bedient werden müssten.

Am 4. April 1788 stießen sie in der Nähe von Gokalgarh auf die kaiserlichen Truppen. Shah Alam hatte darauf verzichtet, die Begum zur Teilnahme am Feldzug aufzufordern. In diesem Fall wäre er zumindest teilweise für den Unterhalt der Krieger zuständig gewesen, aber der kaiserliche Schatz reichte kaum für die Bezahlung seiner Leibgarde.

Thomas sah den nominellen Herrn über ganz Indien nur einmal, aus der Ferne; er hatte den Eindruck, dass der Mann im *haudah* alt und schwach war, weniger wichtig als der Elefant, der ihn trug. Und was diesen kaiserlichen Elefanten anging, so fand Thomas, dass einige der Tiere, die seine Geschütze zogen, beeindruckender aussahen und besser gepflegt wirkten.

Ohne Überraschung begrüßte er João Saldanha, der sich als »freiwilliger Leibarzt« der Expedition angeschlossen hatte. Er sagte, der Kaiser sei begeistert über die Verstärkung, vor allem, weil sie als kostenloses Geschenk komme.

»Was ist in Delhi los? Man hört die wildesten Geschichten. Dieser Pathane ...«

Saldanha kratzte sich den Kopf; dann spuckte er ins Feuer. Es zischte, stank aber nicht mehr als ohnehin. Der arme Kaiser hatte nicht viel Brennholz mitnehmen können; die meisten Feuer nährten sich von trockenem Kameldung.

»Ghulam Kadir?«, sagte Saldanha. »Ich glaube, er ist wahnsinnig. Angeblich hat man ihn kastriert, und das soll sich, sagt man, auf die geistige Gesundheit auswirken.«

»Wie benehmen sich seine Leute in Delhi? Und wie kommt es, dass der Kaiser auf diese Expedition geht, als ob nichts wäre?«

»Ghulams Leute haben Delhi besetzt und die Marathas verjagt, benehmen sich aber bis jetzt gut. Ghulam haust in einer Zeltstadt, in der Nähe des Kaschmir-Serai, und abgesehen von einer Audienz beim Kaiser hat er sich in der Stadt nicht blicken lassen. Nun ja, man wird sehen. Reden wir von dir. Wie ist die Begum? Läuft alles so, wie du es dir vorgestellt hattest?«

Gegen Mitternacht ging Thomas zu seinen Geschützbesatzungen. Er wickelte sich in eine Decke und legte sich zwischen zwei Kanonen auf den Boden. Lange Zeit konnte er nicht einschlafen; er verlor sich in der Betrachtung des gleißenden Sternenhimmels, sammelte seine Gedanken, versuchte, einen Teil der Auseinandersetzungen des nächsten Tages zu berechnen, zählte dann wieder Sterne. Irgendwann schlief er ein.

Der Hinterhalt, den jener »vertrauenswürdige Mann« prophezeit hatte, wurde am nächsten Tag beinahe zum Untergang des kaiserlichen Heers. Der Radscha hatte sich in die Stadt Gokalgarh zurückgezogen, aber neben seinen Truppen lagen dort auch Einheiten anderer

Rajputen-Fürsten. Als die kleine Mogul-Armee mit der Belagerung begann, strömte die Übermacht der Belagerten heraus.

Das Kontingent aus Sardhana – drei Bataillone Infanterie, zweihundert Reiter und die Geschütze – hatte noch gar nicht in die Auseinandersetzung eingegriffen, als die Armee des Kaisers bereits in heillosem Durcheinander war. Die Gegner rollten die aufs Belagern, nicht auf eine Schlacht eingestellten Truppen einfach auf und stießen ins Lager vor, zum Zelt des Kaisers.

Thomas sah den Arm der Begum zwischen den Vorhängen ihrer Sänfte; sie winkte ihm. Er trieb sein Pferd zu ihr hinüber.

»Weißt du, was zu tun ist?«, sagte sie auf Urdu.

»Die Erhabenheit mag sich auf mich verlassen«, sagte Thomas. Leise setzte er hinzu: »Wenn sich nicht die Majore einmischen.«

»Ich werde sie beschäftigen.«

Desailly, der die Pindaris in Formation gebracht hatte, fing den Blick und die Gesten von Thomas auf. Er nickte. Sekunden später begannen die Pindaris mit diszipliniertem Musketenfeuer; gleichzeitig gab Thomas seinen Kanonieren Anweisungen.

Ein Geschütz, mit Schrapnell geladen, räumte den Platz unmittelbar vor dem Zelt des Kaisers frei; die anderen Geschütze bestrichen mit Einzelfeuer die Hauptmasse der Rajputen-Reiter. Der Angriff geriet ins Stocken; sie hatten offensichtlich nicht mit geordnetem Widerstand gerechnet.

Nun griffen die übrigen Bataillone der Begum ein, rückten vor, feuerten ihre Musketen ab; die zweite Reihe überholte die erste und schoss, während die Männer der überholten Reihe luden und dann ihrerseits wieder vorrückten.

Hier und da kam es zu den ersten Nahkämpfen – Reiter mit Säbel und Lanze gegen die Bajonette der Infanterie. Der Angriff der Rajputen war noch nicht zusammengebrochen, aber gestaut; das Zelt, in dem der Kaiser saß, schien im Moment außer Gefahr.

Dann hörte Thomas die Trompetensignale. Der griechische Hauptmann, Glosoris, kam mit den Reitern der Begum, die am anderen Ende des Lagers kampiert hatten. Sie entschieden die Schlacht und trieben die Rajputen zum Rückzug, der bald in eine kopflose Flucht mündete.

Am Nachmittag gab es einen *darbar*. Der Kaiser lobte die siegreichen Kämpfer, wobei er genug Politiker war, um auch die Offiziere seiner nicht eben ruhmreichen Einheiten zu preisen. In einer kleinen Ansprache dankte er der Begum und verlieh ihr den Titel *Zeb-un-nissa*, »Zierde der Frauen«; er sagte, sie habe ausgezeichnete Offiziere, von denen einige höheren Ranges würdig seien. Die Begum, geziemend verschleiert, berührte den Fuß des Kaisers mit der Stirn.

Thomas sah ihn diesmal aus der Nähe. Der »Herr der bewohnten Welt, Beschützer der Menschheit, Zuflucht des Universums« war alt und schmächtig; das Gesicht, dachte Thomas, könnte einem listigen Wolf gehören, hoffnungslos in die Enge getrieben. Vielleicht wusste der Wolf selbst nicht, ob er noch Zähne hatte; vielleicht hatte er vergessen, wozu man sie benutzen kann.

Die feierliche Siegesparade begann. Die Reiter zogen vorüber; danach die Fußsoldaten, schließlich die teils von Elefanten, teils von Ochsen gezogenen Geschütze mit ihren Besatzungen.

Irgendwann fühlte Thomas ein Zupfen am Ärmel; als er sich umdrehte, sah er in Saldanhas grinsendes Gesicht.

»Gut gemacht, Junge«, sagte der Portugiese. »Noch nicht Radscha, aber auf dem Weg. Hast du deinen Leuten all das in diesen paar Wochen beigebracht?«

»Gute Männer, von erbärmlichen Offizieren fast ruiniert. Aber eben nur fast – man wird noch viel mit ihnen tun müssen, um mehr mit ihnen tun zu können.«

Saldanha klopfte ihm auf die Schulter. »Irgendwann mache ich dich doch mit de Boigne bekannt; ihr müsstet euch bestens verstehen.«

Thomas winkte ab. »Danke, kein Bedarf. Irgendwie mag ich Franzosen nicht.«

»De Boigne ist Savoyarde.«

»Gibts da Unterschiede?«

Kurz nach Sonnenuntergang erschien einer der entmannten Leibdiener der Fürstin. Thomas folgte ihm an den Rand des Lagers, zu einem kleineren Lederzelt, vielleicht fünfzig Schritte vom Zelt der Fürstin entfernt, vor dem er Major Dutronc sitzen sah. Der Diener bedeutete ihm hineinzugehen; als Thomas das Zelt betreten hatte, schloss der Eunuch hinter ihm den Eingang. Thomas hörte, wie er die Posten anwies, niemanden einzulassen.

Das Zelt war schwach beleuchtet; zwei Öllichter standen auf niedrigen Tischen. Die unverschleierte Fürstin saß auf einem Stapel Kissen. Unter dem Umhang trug sie eine Hose, die sie bis zu den Knien hochgeschoben hatte. Ihre Füße steckten in einer Metallschüssel.

Die Begum betrachtete ihn; um die Mundwinkel spielte ein ironisches Lächeln. »Willkommen, Hauptmann Thomas«, sagte sie auf Englisch.

Thomas salutierte lächelnd. »Eine schnelle Beförderung, Hoheit. Habe ich das verdient?«

»Als ich getauft wurde, hat man mir den Namen Johanna Nobilis verliehen. In diesem Zelt, unter uns, nenn mich Johanna – Georgie Sahib.« Nun grinste sie. »Und was die Beförderung angeht, will ich sehen, ob du sie verdienst. Knie nieder.« Sie wies auf den Boden vor der Wasserschüssel.

Thomas schnallte den Säbel ab. »Mit Verlaub – Johanna.« Er ließ sich auf ein Knie sinken, bedeckte das andere mit dem feinen weichen Tuch, das neben der Schüssel gelegen hatte, und die Begum setzte ihren rechten Fuß darauf. Behutsam tupfte Thomas den Fuß trocken.

Dann stöhnte er leise. Es war ein hinreißender Fuß, feingliedrig und doch kräftig, ohne Schwielen oder Krampfadern; die Zehen – mit glatten, rotlackierten Nägeln – eine perfekte Fünferbatterie, auf seinen Unterleib gerichtete, zauberhaft geformte Geschütze mit nach außen hin abnehmendem Kaliber, trefflich angeordnet mit kleinen Zwischenräumen. Zwischenräume, sagte er sich, die von schlüpfrigen Göttern dazu geschaffen waren, seine Zunge aufzunehmen. Bevor die Zunge andere Zwischenräume suchte.

Vorsichtig, langsam, wie um den Genuss hinauszuzögern, schob er die rechte Hand unter diesen Fuß, hob ihn ein wenig an und beugte sich vor. Mit den Lippen berührte er den Spann; dann hielt er inne.

»War das alles?«

»Keineswegs, Hoheit – Johanna. Wenn ich darf …«

Stückchen für Stückchen arbeitete sich sein Mund zu den Zehen vor. Als er endlich mit zögernder Wonne seine Zunge einsetzte, seufzte die Begum.

»Ah, so einer bist du? Nur da oder auch woanders?«

»Vor allem woanders«, sagte er, ein wenig undeutlich, da sein Mund beschäftigt war.

»Dann wollen wir das erforschen.« Sie entzog ihm den Fuß, stand auf, bückte sich zu ihm, streifte seinen Mund mit den Lippen und sagte: »Gedenke der Reinlichkeit. Und beeil dich; verzögern können wir später.«

Er begann, die Uniform aufzuknöpfen, während die Fürstin sich auszog. Er sah viel Fleisch, festes Fleisch, kein Haar zwischen den Schenkeln, wo es für seine Zunge eine Schatzhöhle zu erforschen gab; und er hatte Mühe, aus seinen plötzlich viel zu engen Beinkleidern zu steigen.

Die Begum blickte an ihm hinab, lächelte, fuhr sich mit der Zungenspitze über die Unterlippe; dann deutete sie auf die Wasserschüssel, wandte sich um und ging zu den aufgeschichteten Teppichen, dem Lager.

10. Das Buch der Niedertracht

Die Blütezeit kam; die Vögel
ließen sich nieder, zu knabbern und zu essen.
Falken pflückten einige,
andere gerieten in Netze.
Manche wurden auf Spieße gesteckt.
Wer Beute des Schicksals ist, was soll der tun?

BULLEH SHAH

Nach den durch Hofzeremoniell verschärften Strapazen des absurden Feldzugs empfand Saldanha den Roten Palast tatsächlich als so etwas wie die Zuflucht des Universums.

Der Kaiser, ein frommer Moslem, suchte Zuflucht im Koran; die kostbare Handschrift, angefertigt von persischen Kalligrafen zur Zeit von Aurangzeb, war sein Schanzwerk wider die Welt.

Die Damen des kaiserlichen *zenana* suchten Zuflucht in Musik, Dichtung und Gerüchten. Die besseren Hofbeamten suchten Zuflucht im Verwalten, immerhin ein Anschein von Regieren. Die gewöhnlichen Höflinge suchten Zuflucht in Ränken.

Saldanha suchte Zuflucht an verschiedenen Orten. Einer davon war eine Art Schwerpunkt, das tiefe Zentrum der verwitweten Fürstin Tamira. Und eigentlich war dies, wie er sich nach und nach zugab, der Mittelpunkt des Universums.

Sie hatte drei Söhne geboren, von denen nur der jüngste noch lebte – irgendwo weit weg, bei ihrer Schwester, in einer Gegend, in der Kriege nicht häufiger waren als der Wechsel der Jahreszeiten. Die beiden älteren Söhne waren ebenso wie ihr Mann, der Fürst und ehemalige Gesandte des Kaisers in Kalkutta, in einem der zahllosen Gefechte gefallen, irgendwo zwischen Panipat im Norden und Agra im Süden. Ihre vier Töchter waren mit edlen Männern vermählt und lebten ebenfalls nicht mehr im Palast.

Als mehrfache Großmutter und Witwe war Tamira über Schleier und andere Konventionen erhaben. Umfassende Bildung und in Kalkutta betrachtete, erwogene und teilweise angenommene Gepflogenheiten kamen hinzu.

Wenn die Kriegslage es erlaubte, ritt sie gern; als Saldanha sie eines Tages auf Gerüchte ansprach, denen zufolge sie einmal in Männergewändern an Hetzjagden teilgenommen habe, leugnete sie dies nicht. Mit achtundvierzig war sie fünf Jahre jünger als er, ebenso groß, und anders als die meisten ihrer Leidens-, Alters- und Geschlechtsgenossinnen hielt sie nicht viel davon, ihren Leib aufzublähen, indem sie Naschwerk hineinstopfte, dass die Bürde der Stunden besser zu ertragen sei.

Bei Wind und Wetter, Hitze und seltener Kälte erging sie sich auf den meilenlangen Wällen der Festung, eher stürmend denn wandernd. Mit einem alten Havildar der Leibgarde focht sie bisweilen stundenlang in einem kleinen Pavillon nahe der Kuppel des Mumtaz Mahal.

Ihre Hauptbeschäftigung aber waren Bücher. Solche, die sie mit Genuss oder Missbilligung las, und solche, die sie mit präzisen, vielfarbigen, ungeheuer detaillierten Miniaturen illustrierte. Sie kannte die arabischen, persischen und Mogul-Klassiker, und da sie Maratha und zwei oder drei andere Sprachen der nichtmoslemischen Inder beherrschte, war sie auch mit der Dichtung, den Epen und Sagen der jeweiligen Regionen vertraut. Sie verhalf Saldanha zu seiner eigentlichen Zuflucht.

Seine Pflichten, sofern ein unbezahlter Arzt Pflichten haben kann, waren geringfügig. Morgens, vor dem zweiten Gebet, wünschte der Kaiser gewöhnlich seine Berater und die wichtigsten Beamten zu sehen; Saldanha hatte anwesend zu sein, so war es vereinbart, und bisweilen nickte der Kaiser ihm zu, hin und wieder lächelte er sogar.

Wünsche, Klagen, Äußerungen über schlechte Träume oder Leibdrücken waren selten. Manchmal hatten andere Mitglieder des kaiserlichen Haushalts Beschwerden; bei solchen Gelegenheiten übernahm Tamira als nicht mehr den Regeln der Frauengemächer Unterworfene die Übermittlung von Befindlichkeiten der Damen des *zenana*.

Wenn niemand der Behandlung oder indirekten Beratung bedurfte, konnte Saldanha mit dem Rest des Tages tun, was ihm beliebte. Anfangs streunte er durch die Stadt, die nach all den Plünderungen, Belagerungen und Verwüstungen eine bizarre, aber nicht besonders ersprießliche Umgebung war. Manchmal begab er sich zum Kaschmir-Serai, wo er mit Muhammad Jan die neuesten Gerüchte austauschte, von denen sich einige als verblüffend zuverlässige Nachrichten erwiesen.

Tamiras Zuneigung schien die ihm innewohnende Anderwelt zu beschwichtigen. Die Dämonen schwiegen; nichts trieb ihn. Dafür reizte ihn die absurde Lage: ein ohnmächtiger Kaiser als Quell aller Legitimität; ein mächtiger Erster Minister namens Sindhia, dessen Truppen man aus der Stadt gejagt hatte; ein Besatzer namens Ghulam Kadir, der abwesend war.

Und die Wetten im Basar, den Ausgang des Gemenges betreffend. Angeblich rückte Sindhia gegen Ghulam Kadir vor. Angeblich hatte es bereits eine Schlacht gegeben, über deren Ausgang man nichts wusste. Angeblich war Sindhia gefallen, angeblich lebte Ghulam Kadir nicht mehr. Ismail Beg hatte Agra eingenommen; oder vielleicht doch nicht.

Saldanha wollte abwarten, bis irgendeine vorübergehende Klärung sich ereignet haben mochte; oder bis die Dämonen sich meldeten. Allerdings wusste er nicht, worauf er wirklich wartete. Zum ersten Mal, seit er Goa verlassen hatte, befand er sich an einem Ort, an dem er sich wohlbefand. Andere Stätten, auch Claude Martins gastfreundliches Haus in Lakhnau, waren Aufenthalte gewesen, die er im Vorübergehen berührt hatte, ohne sich je zu befinden.

Der Rote Palast mit seinen etwa dreitausend Bewohnern, den Labyrinthen aus Gängen, Gelassen, Kammern und Sälen, war jedoch nicht der Ort seines Befindens. Saldanha hätte nicht sagen können, ob er sich in Tamiras Armen oder Augen aufhielt, ihrem Mund oder ihrem Herzen. Nachts versuchte er manchmal, den wahren Ort zu bestimmen, gab derlei Lokalisierungen aber wegen metaphysischer und anatomischer Zweifel bald auf.

Anfangs war Tamira nur eine angenehme Zerstreuung. Das galt auch umgekehrt. »Wo immer der Sitz deiner Gefühle sein mag, Hakim ...« Dann folgte eine lange Erörterung über die verschiedenen Ansichten hierzu, belegt mit blutrünstigen, witzigen oder Schwindel erregenden Anekdoten: die Leber, das Herz, die Milz, bei Männern die Hoden, bei Frauen der Uterus; nach Ansicht eines uralten Dschungelvolks im Dekkan der große Zeh – Saldanha nahm sich vor, bei der nächsten Begegnung dem Fußanbeter Thomas davon zu erzählen –, nach Aussage dieses Weisen das Gehirn, nach Aussage jenes Dichters der Nabel.

Wenn dies erschöpfend erörtert war, fuhr sie fort: »Wo immer deine Gefühle sitzen, häng sie nicht an mich. Ich bin eine alte Frau, nutzlos und unfruchtbar, und du bist ein alter Mann, unnütz und fruchtlos. Lass uns vergnügt miteinander plaudern und, sooft es geht, jene Gefechte austragen, durch die wir zum Glück die elende Bevölkerung nicht länger zu vermehren vermögen. Was die Vielfalt der Lust vermehrt. Wenn es zu Ende ist, werden wir sagen, es war gut.«

Es war sehr gut. Es wurde noch besser, als Saldanha ihr eines Abends, nachdem sie zu hemmungslosem Gelächter alle Möglichkeiten erörtert hatten, heilige oder unheilige Zehen in Indien zu verstecken, von seiner neuesten Idee berichtete: die Göttlichkeit in der Niedertracht zu suchen, im negativen Abbild des Glanzes, und zu diesem Behuf ein Buch der Niedertracht anzulegen, in dem alle besonders erwähnenswerten Scheußlichkeiten verzeichnet sein sollten, die Menschen einander im Namen irgendeines oder keines Gottes zugefügt hatten.

»Komm mit. Ich will dir etwas zeigen.«

Sie führte ihn durch Gänge, Treppen hinauf und hinab, Korridore entlang, und er gab jeden Versuch auf, sich den Weg einzuprägen. Nach einer halben Ewigkeit kamen sie oberhalb der Ebene, auf der die wichtigsten Gebäude und Gemächer lagen, zu einer Tür aus schwerem schwarzem Holz, die verschlossen war. Tamira hatte den Schlüssel, der in das schwere Vorhängeschloss passte.

Aus hoch angebrachten, verglasten Fenstern fiel Abendlicht in den Raum, der nur der erste von fünfen war. Es gab darin Schreibtische, tragbare Pulte, niedrige orientalische Sitzbänke, hohe europäische Sessel; und an den Wänden standen Regale. Sie waren voller Bücher – viele davon handgeschrieben, wie Saldanha mit ungläubigem Staunen feststellte. Er begann, in einem wahllos herausgezogenen Band zu blättern.

»Die geheimen Aufzeichnungen des Hauses von Babur, Akbar und Humayun. Und all ihrer Nachfolger, in den Haupt- und Nebenlinien.« Tamira blickte über seine Schulter. »Kannst du das lesen?«

»Langsam, mit ein wenig Mühe; aber wird man einen fremden Hakim nicht vierteilen, wenn er sich daran vergreift?«

»Höchstens ein wenig entmannen, aber nicht sehr.«

»Tröstlich.«

Tamira lachte. »Es ist abgeschlossen, damit niemand etwas stiehlt. Heute – ich meine: in diesen würdelosen Zeiten – liegt aber niemandem an diesen Büchern. Sie sind nicht verboten, nicht einmal für fremde Hakims, sie sind einfach nicht vorhanden, was den Kaiser angeht.«

Also stürzte sich Saldanha ins nicht mehr geheime Archiv der Moguln. Sehr bald stellte er fest, dass die meisten Schriften offenbar einmal aus einem gewöhnlichen Archiv ausgelagert worden waren. Es handelte sich um Steuerlisten, Namenslisten, Soldlisten, Aufzeichnungen von Hofbeamten über Empfänge; manche Bücher enthielten die tausend Seiten Vorstudien, die hinterher ein Gesetz ergeben hatten, das aus zwei Sätzen bestand.

Tamira half ihm, führte ihn zu den fesselnderen Dingen. So wurde Saldanha vertraut mit den vielen Möglichkeiten, eine Thronfolge zu regeln – indem man den eigentlichen Thronfolger blendete, kastrierte, erwürgte, verbannte und seinen Teil der Sippe systematisch ausdünnte. Nichts davon war ihm aus der europäischen Geschichte unbekannt, die meisten Vorgänge ließen sich auch in den Königshäusern Spaniens und Portugals finden, aber es gab höchst pittoreske Varianten, die er teils amüsiert, teils schaudernd in sein Buch aufnahm.

Dieses bestand aus zweihundert großen, nicht ganz weißen Blättern, vernäht und in duftendes dunkelrotes Leder gebunden. Tamira steuerte Palastklatsch bei, Geschichten, für die es keine schriftlichen Quellen gab, deren Grässlichkeit aber ausreichend glaubwürdig war, sodass Saldanha sie übernahm. Nach kurzer Zeit war er zu der Ansicht gelangt, dass sich der Umgang der Menschen miteinander überall nach den gleichen Prinzipien der Ruchlosigkeit vollzog, wobei örtliche Varianten vielleicht interessanter waren als die grundsätzlichen Übereinstimmungen.

Manchmal wanderten sie durch Delhi und die Umgebung, besichtigten das Grabmal von Shah Humayun, ergingen sich in der Großen Moschee, tranken Tee im Kaschmir-Serai, und bei diesen Gelegenheiten trug Tamira eine seltsame Mischung aus europäischem Männergewand, dem Kopfputz einer Hindu-Göttin und hauchdünnem Seidenschleier.

Die Expedition des Kaisers gegen den aufmüpfigen Rajputen-Fürsten war eine nicht unwillkommene Unterbrechung. Saldanha konnte andere Luft atmen, äußere Dinge sehen und mit ein wenig Abstand die inneren Dinge prüfen. Er stellte fest, dass es bei der Fürstin gut war, für Leib und Gemüt und die Abwesenheit der Dämonen; danach nahmen sie das gemächliche Leben des Lesens, Wanderns und nächtlichen Liebens wieder auf.

Bald nach der Rückkehr hörten sie im Kaschmir-Serai, dass Sindhias General Lakwa Dada noch immer die Festung von Agra gegen Ismail Beg verteidigte und dass dieser sich mit dem immer noch abwesenden Besetzer von Delhi, Ghulam Kadir, vereinigt habe, um Sindhia zu bekämpfen. Einige Tage später, Ende April 1788, hörten sie Genaueres über die Schlacht.

Der Bericht kam von einem gewissermaßen neutralen Beobachter, einem chinesischen Händler namens Yang, der zufällig in der Nähe gewesen war.

Er berichtete, Sindhia, seine Maratha-Reiter und die beiden Bataillone unter de Boigne seien verstärkt worden durch ein weiteres Bataillon: Jats, befehligt von einem Franzosen namens Lestineau. Diesmal – anders als bei Lalsot – verloren die Maratha-Reiter die Nerven, und bei Einbruch des Abends mussten die drei disziplinierten Bataillone den Rückzug decken.

Danach hatte Sindhia Glück, oder das glückliche Ergebnis einer List: Sein alter General Rana Khan hatte einige Marathas mit in den Norden genommen, wo gerade die Sikhs einen ihrer periodischen Beutezüge unternahmen; er half ihnen beim Plündern und lenkte sie dabei zum Kernland von Ghulam Kadir, der nach der gewonnenen Schlacht nicht nachsetzte, sondern mit seinen Truppen schleunigst nordwärts marschierte, um seine Heimat zu sichern.

Im Serai sagte man, Ismail Beg vergnüge sich wieder mit der Belagerung von Agra, und Sindhia ziehe Verstärkungen zusammen, um seinem eingeschlossenen General Lakwa Dada zu helfen und die alte Kaiserstadt nominell wieder Shah Alam zu unterstellen.

An einem Abend Anfang Juni, als die Hitze nicht nur für Saldanha unerträglich geworden war, erwarteten sie den Sonnenuntergang in einem kleinen Pavillon zwischen Humayuns Grabmal und dem Fluss. Eine alte Frau – »eine andere alte Frau«, sagte Tamira – verkaufte dort Tee, Brunnenwasser und Fruchtsäfte aus Tonkrügen, die mit feuchten Tüchern gekühlt wurden. Der dazugehörige alte Mann saß am dunkelsten und vielleicht kühlsten Punkt des Gebäudes, das luftig gewesen wäre, wenn die Luft sich nicht in Schichten gestaut, sondern bewegt hätte.

Unter dem Schatten spendenden Dach gab es sieben niedrige Rohrtische mit Steinblöcken als Hocker; anders als Tamira und Saldanha hatten die übrigen Gäste – Familien mit verschleierten Frauen und wie betäubt sitzenden Kindern – Sitzkissen mitgebracht.

Plötzlich trat, nach fast unmerklichem Zögern, ein Mann zu ihnen: Oberst Mir Jafar, Kommandeur des Kaiserlichen Leibregiments, wenn auch das *rissala* bestenfalls ein Bataillon war. Er streifte Tamira mit einem Blick, der eher durch sie hindurch oder um sie herumzugehen schien, und deutete eine kleine Verneigung vor Saldanha an.

»Darf der minderwertige Krieger dem Himmelsgeborenen seine Anwesenheit aufdrängen?«, sagte er.

»Willkommen, Rissaldar.« Saldanha deutete auf eine der freien Steinplatten. »Kissen haben wir allerdings nicht, und wenn du von einem fremden Hakim ein Mittel gegen Hitze erhoffst, werde ich dich enttäuschen müssen.«

Mir Jafar strich sich den feinen Schnurrbart. »Das ganze *Khas Rissala* schwitzt und ächzt, die Männer ebenso wie die Pferde. Wenigstens sind die Krieger zu matt, um zu wiehern.« Er klatschte in die Hände; als die alte Frau herbeigewatschelt kam und sich verneigte, befahl er ihr, kalten Tee zu bringen.

»Ich habe dich im Palast gesucht«, sagte er dann. »Aber niemand wusste, wo du sein könntest.«

»Hier und da, wie immer. Warum suchst du mich?«

»Morgen früh reiten wir.«

»Wer ist wir, und wohin geht es?«

»Das halbe *rissala*, nach Agra.«

»Ah.« Saldanha beugte sich vor, die Ellenbogen auf die Oberschenkel gestützt. Mit dem Ärmel seines weiten hellen Umhangs strich er sich Schweiß aus dem Gesicht. »Will der Kaiser dem Götzendiener Sindhia bei der Befreiung der Stadt helfen oder doch lieber Ismail Begs rechtgläubigen Belagerern beistehen?«

Jafar blickte zum Fluss, wo einige Unverzagte Kühlung suchten. Aber der Yamuna war nur träge Brühe, eher zum Kochen geeignet. »Du sagst, was manche am Hof denken.« Der Rissaldar wartete, bis die Frau den Tee abgestellt hatte; er nahm einen Schluck aus dem Tonbecher, verzog das Gesicht und fuhr fort:

»Andere wiederum sagen, der Hindu Sindhia sei des Kaisers treuer Sohn, der edle Moslem Ismail Beg dagegen ein schmutziger Verräter, der bei Lalsot mit den Reitern zu jenen übergelaufen ist, die dem Kaiser und seinem Diener Sindhia trotzen.«

Saldanha kniff die Augen zusammen. »Deshalb nur das halbe *ris-*

sala, diesmal? Damit nicht alle verschwinden, wenn es wieder so geht wie ... damals?«

Mir Jafar seufzte. »Es wird zu einer Schlacht kommen, die sehr wohl über die Zukunft von Hindustan entscheiden kann. Sindhia ist Stellvertreter des Peshwa in Hindustan, der Peshwa ist Stellvertreter des Kaisers. Ghulam Kadir ist ein Rohilla, der Delhi schon einmal besetzt hatte, und Ismail Beg ist ... ein Verräter. Es ist geziemend, dass der Kaiser sich beteilige, wenn um den Sieg in Hindustan gestritten wird.«

»Du willst einen Hakim mitnehmen; ist es das?«

»Das ist ein Teil.«

Tamira, die bis jetzt geschwiegen und durch ihre Körperhaltung Abwehr gegen den Reiterobersten ausgedrückt hatte, legte die linke Hand auf Saldanhas Arm. »Der andere Teil ist, dass du de Boigne kennst, nehme ich an. Es wird das halbe *rissala* reiten, wahrscheinlich mit einigen hohen Beamten; der Kaiser bleibt hier – Agra ist zu weit, der Weg zu beschwerlich für den alten Mann. Wenn Sindhia gewinnt, werden sie mit ihm feilschen, und du sollst de Boigne und die anderen Europäer freundlich stimmen. Wenn Sindhia verliert, werden sie mit Ghulam und Ismail feilschen, und du wirst deren Verwundete pflegen.«

So etwa kam es auch. Der schnelle Ritt von Delhi nach Agra, fast immer in Flussnähe, war in der Sommerhitze derart mörderisch, dass Saldanha den im Palast gebliebenen Kaiser bald beneidete. Es war gewiss keine Ausrede, dass derlei nichts für einen alten, schwachen Mann sei.

Am Abend des 17. Juni 1788 erreichten sie Sindhias Lager, knapp nördlich von Agra, halb in den Hügeln. Das *rissala* schlug ein eigenes Lager auf, um jeden Anschein einer Parteinahme zu vermeiden. Die kaiserlichen Gesandten begaben sich zu Sindhia; Saldanha begleitete sie bis an den Rand der Stadt aus weißen Zelten.

Ein Maratha-Offizier führte ihn zu de Boigne. Der Savoyarde hatte eben ein Gespräch mit den Kommandeuren seiner Artillerie beendet; er wirkte ruhig, aber eher selbstbewusst und gelassen denn fatalistisch. Er begrüßte Saldanha, als habe man einander erst gestern gesehen; dann bat er ihn, einen Moment im Zelt zu warten, bis er den Offizieren letzte Anweisungen für die Nacht und den Morgen gegeben habe.

Ein Diener brachte eine Kanne mit Wasser, die er neben ein kleines Becken stellte; Saldanha wusch sich flüchtig, aber mit Genuss. Aus einem mit feuchten Tüchern umwickelten Krug goss der Diener ein Gemisch aus Wasser, Saft und Wein in einen Becher.

Saldanha ließ sich mit gekreuzten Beinen auf einem Sitzkissen nieder, betrachtete die spartanische Einrichtung des Zelts – ein Feldbett, eine Truhe, ein Kartentisch, mehrere Schemel, Kissen, kleinere Gebrauchsgegenstände wie Krüge und Becken, und Waffen –, trank und wartete.

Er schloss die Augen. Von draußen hörte er die leisen Stimmen der Männer, verstand aber nichts. Er versuchte, aus der Größe des Lagers auf die Anzahl der Kämpfer zu schließen; es mussten mehrere zehntausend sein. Eine große Menge tüchtiger Männer, alle bereit, zu töten und zu sterben; und ein gewaltiger Einsatz.

Seit so vielen Jahren arbeitete Sindhia nun schon darauf hin, Hindustan, das Herz des Mogulreichs, zu kontrollieren und die entsetzliche Kette von Kriegen, Gegenkriegen, Gemetzeln, Aufständen, Intrigen, Verträgen, Vertragsbrüchen zu beenden. Nicht uneigennützig; wenn es ihm gelänge, Hindustan zu befrieden, legitimiert durch den Kaiser, wäre er nicht länger ein wichtiger Maratha-Fürst, jederzeit abhängig vom Peshwa und seinem Ersten Minister, Nana Farnavis, sondern er wäre Mahadaji Sindhia der Große, der mächtigste Mann Indiens.

Und einer der reichsten. Sobald ein Mindestmaß an Sicherheit hergestellt war, sobald die Bauern und Händler und Handwerker nicht mehr jeden Abend befürchten mussten, in der Nacht dem Dolch des nächsten beutegierigen Teilfürsten zu erliegen, würden Ackerbau, Handel und alles, was zu sinnvoller Besteuerung und Verwaltung nötig war, wieder aufblühen. Das reiche Land, von fünfzig Jahren des Chaos verwüstet, wäre nicht mehr wüst und leer, sondern wieder reich; und Sindhia würde mit dem portugiesischen Vizekönig von Goa und dem britischen Generalgouverneur von Bengalen nicht mehr wie mit Gleichen verhandeln, sondern ihnen Anweisungen erteilen. Wenn, wenn, wenn ...

Er dachte an de Boigne. Bei Lalsot und in jener anderen Schlacht, gegen Ghulam Kadir, hatte der Savoyarde mit seinen disziplinierten Truppen gewonnen und doch verloren, weil andere Heeresteile überliefen oder die Nerven verloren. Saldanha zweifelte nicht daran, dass am folgenden Tag auf die indischen Infanteristen mit dem »Korsett« aus europäischen Offizieren, vor allem auch auf die Geschützmannschaften Verlass sein würde; aber ebenso zweifellos würden die Krieger der anderen Seite bis zum Äußersten gehen, denn alle wussten, was auf dem Spiel stand: Hindustan, die Macht, vielleicht ganz Indien.

De Boigne betrat das Zelt, zusammen mit einem anderen Offizier, den Rangabzeichen nach einem Major. Erst jetzt kam Saldanha auf den Gedanken, die Ärmel der Uniformjacke des Savoyarden zu mustern: Oberst.

»Das ist Major Lestineau«, sagte de Boigne. »Ein alter Freund, Doktor João Saldanha.«

Der Franzose, der sich mit seinem kompletten Bataillon Sindhia und de Boigne unterstellt hatte, mochte etwa dreißig sein. Als er den rötlichen Dreispitz abnahm, sich damit ein wenig Kühlung zufächelte und eine knappe Verbeugung andeutete, sah Saldanha, der von seinem Kissen aufgestanden war, die Schweißperlen im kurzen schwarzen Kraushaar.

In Europa, dachte der Portugiese, müssten die beiden Offiziere auch bei diesem Wetter lange Perücken tragen. Er wusste nicht, welche Sorten Krieg oder Friede zurzeit in Europa ausgetragen wurden; aber dort wäre ein Dreißigjähriger aus bürgerlichen Verhältnissen niemals Bataillonskommandeur.

Sie tauschten einige Höflichkeiten aus, während das Licht draußen sehr schnell schwand und die hellen Zeltbahnen schwarz wurden. Der Diener erschien, um eine Lampe anzuzünden; de Boigne hob die Hand.

»Sindhia erwartet uns«, sagte er. »Entweder kommst du mit, oder du wirst hier lange warten müssen. Die übliche Besprechung – ermuntern, große Dinge versprechen, du weißt schon.«

Endlich sah Saldanha den großen Maratha aus der Nähe. Auf dem Platz vor dem Feldherrnzelt drängten sich die Offiziere aller Heeresteile. Sindhia saß auf einem Sattel, unter den man einen Kissenstapel geschoben hatte. Seit seiner Verwundung in der Schlacht von Panipat war das linke Bein fast völlig gelähmt; der Fürst und Feldherr konnte nicht mit gekreuzten Beinen sitzen.

In einem Halbkreis vor dem Zelt loderten hohe, in den Boden gesteckte Fackeln. Sindhia trug keine Uniform, sondern ein weites weißes Gewand, fast eine Art Burnus. Er musste Anfang fünfzig sein und war einigermaßen beleibt, nicht zuletzt deshalb, weil das lahme Bein ihn daran hinderte, sich viel Bewegung zu verschaffen. Aber die Gebärden waren kraftvoll; er hatte die Ärmel des Gewands fast bis zur Schulter hochgestreift, und Saldanha sah die mächtigen Muskeln.

Auch für einen Maratha, in dessen Sippe wahrscheinlich Blut aus den südlichen Teilen Indiens floss, hatte er eine ungewöhnlich dunkle Gesichtshaut, selbst unter diesen Lichtverhältnissen; die Augen waren durchdringend, die Züge sprachen von Intelligenz und Umgänglichkeit.

Saldanha hatte viele Geschichten über ihn gehört. Es hieß, er sei gewöhnlich gut gelaunt, aber temperamentvoll und notfalls jähzornig. Er galt als äußerst freimütig, und man sagte ihm nach, dass er nicht viel für Hofzeremoniell und andere Umschweife übrighabe. Nachtragend bei jenen, hieß es, die ihm etwas angetan hatten, aber nicht grausam, seinen Dienern und Untergebenen ein guter und meist nachsichtiger Herr. Gnadenlos nur gegenüber Offizieren, die in der Schlacht feige gewesen waren. Saldanha hatte auch gehört, Sindhia lege keinen Wert auf Luxus, sei erstaunlich belesen, spreche und schreibe neben Maratha und einigen anderen Sprachen seiner Heimat fließend und stilsicher Persisch und Urdu; ferner sei er ein guter Verwalter und ausgezeichneter Rechner, überlasse aber Einzelheiten seinen Mitarbeitern, die er gründlich auszusuchen pflege.

Unter den Anwesenden war auch Mir Jafar, obwohl das *rissala* des Kaisers nicht an der Schlacht teilnehmen würde. Und da bekannt war, dass Sindhia nichts von Gelagen hielt, sprachen die Hindus unter den Offizieren den alkoholhaltigen Getränken nur mäßig zu, ebenso die Europäer.

Irgendwann winkte de Boigne Saldanha beiseite, führte ihn zu Sindhia und machte sie miteinander bekannt. Sie tranken einen Schluck Wein, französischen Wein, wie de Boigne betonte. Saldanha nutzte die Gelegenheit, Sindhia nach jener prachtvollen Geschichte zu fragen, die ihn seit Jahren begleitete: die Flucht nach der Katastrophe von Panipat und der Opfergang des Mädchens.

»Eine Frau sich für dich opfern lassen – würdest du das tun, Hakim?«, sagte Sindhia.

»Ich weiß nicht; ich werde nie so viel zu gewinnen oder zu verlieren haben.«

Sindhia lachte leise. »Es gab ein Mädchen – vorher, nicht in der Schlacht oder danach«, sagte er. »Was wären wir ohne die Dichter. Ich wurde von einem riesigen afghanischen Reiter vom Pferd gerammt. Er hat mir das Knie zertrümmert, mich ausgeraubt und mein Pferd genommen. Da er nicht wusste, wer ich war, hat er mich liegen lassen. Ein *bhisti*...«

»Wasserträger«, sagte de Boigne. Saldanha nickte.

»... hat mich gerettet. Aber diese Geschichte kennen alle.«

Der Savoyarde lächelte. »Ein Moslem, dieser Wasserträger, der den halb toten Hindu auf seinen Ochsen gepackt und in Sicherheit gebracht hat. Du wirst seinen Namen gehört haben; es ist Rana Khan – der Rana Khan, General und Sindhias ›Bruder‹.«

Die Katastrophe von Panipat, sagte der Savoyarde später, habe noch heute, siebenundzwanzig Jahre danach, Konsequenzen. Sindhia habe damals versucht, die wild anstürmende leichte Reiterei der Marathas zu disziplinieren, beinahe europäisch kämpfen zu lassen. Aus der furchtbaren Niederlage, die Hindustan ins Chaos stürzte und Delhi für Jahre zu einer Geisterstadt machte, hätten die Marathas den Schluss gezogen, dass man nur so kämpfen könne wie schon immer; Sindhia habe sich seither bemüht, allen klarzumachen, dass nicht zu viel, sondern zu wenig Disziplin zur Katastrophe geführt habe.

»Ich glaube«, sagte der Savoyarde, »wenn es nur nach ihm ginge, wären alle wichtigen Ränge von Europäern besetzt. Aber er muss Rücksicht auf die eigenen Leute nehmen. Nicht nur auf ihre gewöhnlichen Eitelkeiten, sondern auch darauf, dass die Maratha-Fürsten ja ihre eigenen Krieger mitbringen.«

»Und wie wird es morgen sein?«

»Wie immer, nur schlimmer. Und … sehr pittoresk. Kennst du das Taj Mahal?«

»Und ganz Agra, seit Jahren.« Saldanha lächelte versonnen. »Welch ein Hintergrund für ein Gemetzel! Jeder europäische Schlachtenmaler würde sich ein Bein abhacken, um dabei sein zu können.«

»Ein Glück, dass wir uns nicht auch noch um beinlose europäische Schlachtenmaler kümmern müssen.«

Am Morgen des 18. Juni 1788 stand Saldanha mit den anderen Ärzten – inzwischen sechs Europäer und an die zwei Dutzend indische Hakims, dazu über hundert Pfleger und Träger – auf einem kleinen Hügel. Es wurde nicht viel gesprochen; die meisten Männer waren vertieft in den unglaublichen Anblick, der sich den Betrachtern bot.

In der Mitte die beiden massierten Heerhaufen, aus allen Teilen Indiens und in allen nur vorstellbaren Farben und Farbmischungen. Die polierten Rohre von de Boignes Kanonen warfen blendend das Sonnenlicht zurück; überall blitzten Bajonette und Lanzenspitzen. Weit im Rücken von Sindhias Truppen, aber noch gut sichtbar, ragten die gewaltigen Ruinen der alten aufgegebenen Kaiserstadt Fatehpur-Sikri in den blauen Himmel.

Hinter und neben den Ärzten die weißen, braunen und roten Zelte von Sindhias Heer. Weit voraus, jenseits der gegnerischen Truppen, die Zeltstadt – weiß und grün – von Ismail Beg. Dahinter die roten Wälle der belagerten Festung von Agra.

Weiter rechts, ein schwebender Traum, eine Fata Morgana, die

Marmorkuppel und die schlanken Türme des Taj Mahal, ein unendlich kostbares Juwel unter der Sommersonne, glitzernd und strahlend wie der höchste Diamant im tiefsten Lusttraum des größten Kalifen. Zu Füßen der Festung und des Taj Mahal der breite, hier auch in dieser Jahreszeit wasserreiche Yamuna. Weiter links, noch eben sichtbar, das prachtvolle Grab Akbars des Großen. Und über allem die Zukunft von Hindustan.

Dann bewegten sich die Krieger; Staub stieg von der ausgedörrten Ebene in den Himmel, bildete Schlieren und Schwaden. Vereinzelte Kanonenschüsse, beinahe ungezielt, eröffneten das Treffen und ergänzten die Staubwolken durch Pulverdampf.

Den ganzen langen Tag, in der erbarmungslosen Hitze, in Staub und Qualm und Blut, dauerte die Schlacht. Es war Sindhias Schlacht und die von de Boigne, aber lange Zeit war es auch die des tapferen Verräters Ismail Beg, der an der Spitze der ehemals kaiserlichen Kavallerie wieder und wieder attackierte: mächtige Brandungswellen, die einen Felsen überspülen sollten und an ihm zerbrachen. Der Felsen bestand aus den Bataillonen von de Boigne und Lestineau.

Saldanha und die anderen Ärzte sahen nicht viel; der Portugiese behielt das atemberaubende Bild der letzten Sekunden vor der Schlacht im Gedächtnis. Der Rest war Blut, Schweiß, abgetrennte Gliedmaßen, schreiende Männer, kreischende Pferde; ein Chaos aus Dampf, Staub und Lärm, eine Hölle aus Körpern, Kugeln und Stahl. Ein Arzt und vier Pfleger starben, als mehrere Kugeln einer fernen Geschützbatterie die rastende Gruppe zum Ziel ihres Stelldicheins wählten.

Tausende fielen, während Saldanha mit den anderen Verletzte zu Sammelplätzen trug, Wunden verband, Stümpfe abband, den letzten köstlichen Schluck warmen Wassers in ausgedörrte, verzerrte Münder goss, die sich entspannten und dann reglos wurden.

Die Schlacht dauerte Jahre, Jahre in irgendeiner scheußlichen Unterwelt, die keiner Religion ausschließlich zu eigen war, und in der alle – Moslems, Hindus, Christen, Atheisten – einmütig und vorurteilsfrei leiden durften. Und außer den Dingen, die unmittelbar um ihn herum geschahen, nahm Saldanha nichts wahr, hätte nichts wahrnehmen können, selbst wenn er es versucht hätte; eine Wand aus Staub und Schreien und Detonationen trennte ihn von allem, was nicht zu seinen dringenden Aufgaben gehörte.

Einmal, als er sich aus der gebückten Haltung aufrichtete, um den schmerzenden Rücken zu entlasten, schaute er in den Himmel. Da sah er, erhaben und unberührt kreisend, die göttlichen Geier, die einzig neutralen Beobachter des Geschehens.

Stunden, Stunden, Stunden. Irgendwann am Nachmittag waren Schwung und Tapferkeit der Krieger, an deren Spitze Ismail Beg ritt und zweimal verwundet wurde, ebenso abgenutzt wie die Säbel der Reiter, ebenso aufgebraucht wie die Pulvervorräte und Kugeln der Artillerie.

Die beiden Bataillone von de Boigne und neben ihnen das von Lestineau hatten schlimme Verluste hinnehmen müssen, aber sie hielten stand, die Reihen wiesen die Angriffe der gegnerischen Reiter ab. Und als des Kaisers treulose Kavallerie zu bröckeln begann, hob de Boigne den Säbel, deutete nach vorn, die Trompeter bliesen das Signal; die Infanterie rückte vor.

Eine Salve aus den Musketen; eine weitere, eine dritte, dann die Bajonette. Der Sturm der Maratha-Reiterei verwehte die Reste von Ismail Begs großem Heer. Der Fürst selbst, geschlagen, zweimal verwundet, trieb sein Pferd in den Yamuna und erreichte das andere Ufer.

Später erfuhren sie, dass er dort auf Ghulam Kadir und seine erschöpften Truppen traf, die weiter im Norden die Sikhs vertrieben hatten und in Gewaltmärschen nach Agra gezogen waren. Sie kamen zu spät, zwei Tage zu spät, und ihre geringe Zahl – nicht zu reden von der Erschöpfung – hätte die Schlacht nicht wenden können.

Und wie nach der Schlacht von Lalsot fragte sich Saldanha auch diesmal, wann endlich die Krieger, die Fürsten, die Offiziere begreifen würden, dass Kanonen und Musketen erfunden waren, dass es Feuerwaffen gab, dass man bestimmte Dinge würde ändern müssen.

Im Geiste verbesserte er sich: Begriffen hatten sie es längst, aber nur hinsichtlich des Einsatzes, nicht hinsichtlich des Erleidens dieser Waffen. Seit Jahrhunderten oder Jahrtausenden focht der Tapfere aufrecht, bot dem Gegner die Stirn, die Brust; ob nicht irgendwann einmal die Vernunft über uralte Ehre siegen und es den Männern erlauben würde, sich unter Beschuss hinzulegen, Deckung zu suchen, danach aufzustehen und anzugreifen?

Aber dann sagte er sich, dass die Nutzung der Vernunft vielleicht auch einsetzen könnte, bevor das Schlachtfeld erreicht war. *»Dulce et decorum est pro patria mori«,* murmelte er; aber Horaz hatte vermutlich bei diesem süßen und ehrenvollen Tod nicht an Söldnerhaufen gedacht, auch nicht an ein Land, in dem es längst keinen Augustus mehr gab, in dem Legionen sengend und mordend umherzogen, in dem, wer nicht zur Waffe griff, starb, und wer zur Waffe greifen musste, kaum je überlebte.

Agra war befreit, Ismail Begs Heer aufgerieben, Ghulam Kadir im Moment nicht in Reichweite – Sindhia hatte einen gewaltigen Sieg errungen. Aber es gab noch mehr als genug zu tun für seine Reiter und die Bataillone der beiden Franzosen. In zahlreichen Städten und Festungen lagen Besatzungen, detachiert von Ismail Beg; nicht zu vergessen all die Fürsten, Kriegsherren und aufgestiegenen Räuber, die Plätze in ganz Hindustan besetzt hielten und nicht daran dachten, eine übergeordnete Macht anzuerkennen.

Saldanha ritt mit Mir Jafar und dem halben *rissala* zurück nach Delhi, nicht so eilig wie auf dem Hinweg. Er hatte genug Muße, in sich hineinzulauschen; irgendwo, tief unten, regten sich die Dämonen, geweckt vielleicht durch zu viel Blut, aber noch drängten sie ihn nicht zum Aufbruch. Er sehnte sich nach den Gärten des Palasts, dem dunklen Wispern der Rosen im Abendwind; nach Vormittagen in der Bibliothek, Abenden und Nächten mit klugen Reden und klügerem Schweigen in Tamiras Gesellschaft.

Deshalb war er nicht besonders erfreut, beim Erreichen der Stadt George Thomas an der Spitze einer kleinen Reitertruppe zu sehen. Er befürchtete, dass der Ire langwierige Ansprüche in Sachen Trinken und Reden stellen könnte. Ansprüche, die seinen eigenen Wünschen entgegenstünden.

Aber Thomas hatte nicht viel Zeit. Er trieb sein Pferd neben das von Saldanha und sagte halblaut: »Zwei Worte, Hakim?«

»So wortkarg?«

»Zwangsläufig und ungern.« Thomas lachte gepresst; er wirkte nicht besonders heiter. »Du solltest nicht in die Stadt reiten«, sagte er.

»Ah, das hatte ich aber vor, und zwar dringend. Warum?«

»Der Kaiser hat seine Getreuen gebeten, ihm zu helfen. Er befürchtet, dass Ghulam Kadir, der in der Nähe ist, wieder nach Delhi greifen könnte.«

»Wenn die Getreuen helfen, gibt es doch nichts zu befürchten.«

Thomas schüttelte den Kopf. »Das hier« – er wies hinter sich, auf die vielleicht zwei Dutzend Reiter – »sind alle Getreuen, die du sehen wirst. Die Begum ist eine kluge Frau. Treue zum Kaiser, sagt sie, ist nur dann sinnvoll, wenn anzunehmen ist, dass er die nächsten paar Tage überlebt.«

Saldanha nickte. »Weise gesprochen. Wiewohl nicht unbedingt – wie soll ich sagen: treu? Patriotisch?«

»Sie ist in der Nähe; ich sehe mich für sie ein wenig um. Und habe festgestellt, dass wir die einzigen Getreuen sind, die überhaupt nach Delhi reiten. Das heißt, wir ziehen uns wieder zurück. Die paar Kämpfer aus Sardhana sind machtlos gegen Ghulam Kadir.«

»Ist er denn in der Nähe?«

Thomas hob die Schultern. »Angeblich. Vielleicht. Möglicherweise. Aber noch einmal: Wenn er in der Nähe ist, solltest du fern sein.«

Saldanha beugte sich seitlich vor und klopfte ihm auf die Schulter. »Ich danke dir, aber … Er hat Delhi schon einmal besetzt, ohne dass Schlimmes geschehen wäre.«

Natürlich war ihnen die Nachricht vom großen Sieg vorausgeeilt. Die Männer des *rissala* wurden von ihren Kameraden begrüßt, als hätten sie allein das Schicksal Hindustans entschieden; im Palast und in der Stadt herrschte jedoch eine merkwürdig zwiespältige Stimmung.

Ismail Begs Reiter, die ehemals kaiserlichen Kavalleristen, mochten desertiert sein, aber sie waren Rechtgläubige, hatten Verwandte in der Stadt und waren insgesamt »unsere Leute«. Sindhia erfreute sich einer gewissen Wertschätzung, als verkörperte Hoffnung auf ruhigere Zeiten, aber er war Hindu, aus dem fernen Südwesten, ein Ungläubiger und fast ebenso fremd wie ein beliebiger europäischer Söldner.

Die kaiserlichen Hofbeamten wiesen Saldanha an, am nächsten Morgen wie üblich zum *darbar* zu erscheinen und über seine Sicht der Ereignisse zu berichten – falls Shah Alam dies wünsche. Er war erleichtert, nicht gleich antreten zu müssen.

Tamira hielt sich in ihren Gemächern auf, in einem abgelegenen Teil des Palasts, drei Stockwerke oberhalb der Gärten. Einen kurzen Moment zögerte Saldanha, bevor er die Treppen erstieg und sich der dunklen Tür näherte, hinter der ihr Reich begann. Ein fremder Hakim, ein Ungläubiger, der sich im Palast des Kaisers einer mit dem Kaiser verwandten Frau nähert ... Nach der Abwesenheit von sechs Wochen, fast genau einen Monat nach der Schlacht fühlte er sich fremd und befremdet; irgendwie erwartete er strenge Haremswächter mit blanken Säbeln und gebleckten Zähnen.

Tamira war nicht allein. Als die Dienerin geöffnet und ihn in den größten der drei Räume geleitet hatte, fand er dort Ali Akbar Khan vor, den Hofastronomen, den alten Schreiber Mahbub und Nawaz Shah, einen Dichter mittleren Alters. Sie saßen mit Tamira auf den dicken, weichen Teppichen im Erker, tranken Tee und Säfte und schienen über Karten, Diagrammen und Versen zu brüten.

Tamira erhob sich lächelnd, kam ihm entgegen und legte beide Hände auf seine Schultern. »Die Heimkehr des Kriegers«, sagte sie, »ist Anlass zu Jubel. Hörst du mich jauchzen, Hakim?«

»Ich bin betäubt von der Pracht deines Frohlockens.« Mit den Blicken streichelte er das ovale Gesicht, die hohen Wangenknochen, die kleinen vertrauten Falten, die schmale Nase, die warmen Lippen;

dabei bedauerte er die Anwesenheit der drei Männer, über die er sich zugleich freute, suchte die Regungen seines Gemächts niederzukämpfen und zu genießen, fragte sich, womit er die Zuneigung dieser klugen und schönen Frau verdient hatte, wünschte, dass alles bald enden möge, damit er eine vollkommene Erinnerung an so etwas wie vollkommenes Glück besitzen konnte, und dass es nie aufhöre.

Er wusste, dass er willkommen war; er wollte nicht versuchen, sich alte Tage in Goa ins Gedächtnis zurückzurufen, als er zum letzten Mal so intensiv dieses Gefühl verspürt hatte; er dachte an das Grauen des Schlachtfelds von Agra, daran, dass er unverdient überlebt hatte, daran, dass inmitten des grässlichen Chaos, das man als »Welt« bezeichnete, er der Letzte war, dem so etwas wie Glück zustand. Wieso straften ihn – falls es ihn gab – die Götter – falls es sie gab – mit Glück, da er doch die Niedertracht und das Unheil suchte, nicht nur, um ein albernes Buch vollzuschreiben?

»Deine Augen sehen aus, als hättest du zu viel gesehen«, sagte Tamira leise.

»Kann man zu viel sehen?«

»Man kann mehr essen, als der Leib zu verdauen vermag. Man kann mehr sehen, als die Seele zu verdauen vermag. Man kann mehr denken, als das Gehirn zu verdauen vermag. Und es ist sogar möglich, dass einer mehr denkt, als zwei ertragen.«

Nawaz Shah stand auf. »Willkommen, und ich hoffe, Allah hat deine Wege geebnet«, sagte er. »Ich stelle nur eben fest, dass ich ein Gedicht, über das wir reden wollten, vergessen habe. Ich will es suchen. Es wird sicherlich zwei Stunden dauern. Oder sollen wir morgen darüber reden?«

Auch Mahbub und der Astronom erhoben sich. Ali Akbar sagte, er habe vor einigen Tagen ein kostbares Astrolabium bekommen, das er seinem Freund, dem Hakim, zeigen wolle; der Schreiber behauptete, noch bis zum Abend ein Schriftstück für den Kaiser vollenden zu müssen. Beide äußerten die Mutmaßung, in etwa zwei Stunden wieder verfügbar zu sein.

»In zwei Stunden werden wir speisen, trinken und über Gedichte sprechen.« Tamira lächelte. »Ich danke euch, edle Fürsten.«

Es war köstlich, den Staub des langen Ritts mit warmem Wasser und duftenden Ölen abzuwaschen; köstlich zu spüren, wie verspannte Muskeln und ächzende Sehnen unter den kühlen, klugen Fingern von Tamira ein besseres Leben begannen; unvergleichlich köstlich, nackt zu sein nach Wochen des Verbergens, Verschanzens und Maskierens; unglaublich köstlich, Tamira zu Nacktheit zu verhelfen; »und ach wie betrüblich, feststellen zu müssen«, sagte Saldanha danach, »dass zwei Stunden kürzer sind, als man will, länger, als man kann, und verwickelter, als man angenommen hatte.«

Am Abend setzten sich die Köstlichkeiten fort. In irgendeiner der hundert Küchen des Palasts hatte Tamira Gerichte anfertigen lassen, »zur Belebung der Lenden, zur Festigung der Gemütsfasern, zur Beförderung des Gesprächs – dass die Gedanken hurtig seien und die Worte sättigend.« Es gab Näpfe mit verschiedenen Tunken: eine Spinattunke mit scharfem *garam masala* – die Überwältigung durch Kümmel, Koriander, Pfeffer, Zimt, Kardamom, Nelken, Lorbeer –, eine Nuss-Joghurt-Marinade mit süßem *garam masala* – Kardamom, Kardamomsamen, Lorbeer, Muskat, Ingwer ... –, vielerlei Sorten Fisch- und Fleischstückchen, scharf gebraten, die in diese Tunken getaucht wurden, Mandel-Korma mit Hühnerbrust und Rosenwasser, sahnetriefende Safranpastete, gefüllt mit Mandeln, *sasranga* aus gehacktem Lammfleisch, *ghi*, Zwiebeln, Kümmel, Rosinen, Pfeffer, Eiern und Sahne, gebratenen Fisch in einer Gewürzkruste, Früchte, Saft, Wasser, Wein, Kaffee ...

Der Schreiber hatte die geringste Mühe mit seiner Ausrede gehabt; er sagte, das Schriftstück sei beendet. Der Astronom hatte zweifellos zwei Stunden lang suchen müssen, um ein kostbares altes Astrolabium zu finden, zu entstauben und zu reinigen. Saldanha fühlte sich verpflichtet, es ausgiebig zu bewundern und sich die Handhabung erklären zu lassen; dabei entdeckte er, dass es ihm jenseits der Verpflichtung Vergnügen bereitete.

Nawaz Shah hatte möglicherweise die Zwischenzeit genutzt, um die Verse zu verfassen, mit denen er nach dem Essen die Gastlichkeit und den Genuss freundschaftlicher Gespräche pries und sie dem allgemeinen Zustand der Welt draußen gegenüberstellte. Er trug sie eher unterkühlt vor, mit einigen kleinen Gebärden und einem spöttischen Zwinkern. Dazu begleitete er sich mit flinken Fingern auf einer Laute.

Draußen ist Dunkel, nur im fernen Westen,
in Mekka, flammt im Schwarzen Stein ein Licht –
so sagt man. Herrin: Dir und deinen Gästen
glimmt drinnen mild der Docht der feinsten Pflicht:
die Finsternis zu schmähen, den Gebresten
zu trotzen, zu entsagen dem Verzicht,
dem argen kargen Fasten. Feisten Festen
sehn wir ins aufgedunsene Gesicht –
doch schreckt uns dinsen? Schrecklich ist, bei Resten
zu darben, nicht verdoppeltes Gewicht.
Die Freundschaftstrunkenen, von Wein Durchnässten
sind frei von grimmen Alters Gram und Gicht.
Lasst leichte Leichen baumeln von den Ästen,
legt schwere Schlemmer lustvoll dicht an dicht
auf Kissen. Eh sie mit uns Tiger mästen,
eh wir als fransig flache flaue Schicht
 am Fuß des Elefanten ... O ihr Besten
der Huldvollen, dies schäbige Gedicht
vermindert, was aus Küchen, Keltern, Kästen
an Köstlichkeiten kam. Damit nun nicht
am Fels des untauglich zum Dienst gepressten
Gereimes kluger Reden Kahn zerbricht,
verstummt der Wicht.

Am nächsten Morgen hörten sie ferne Geräusche, gedämpftes Geschrei, dann schwere Schritte auf den Fluren.

Saldanha, eben damit beschäftigt, seine Zunge für den Tag geschmeidig zu machen, indem er sie an Tamiras Brüsten erprobte, hielt darin inne und blickte auf.

»Gibt es aufregende Dinge, die für diesen Morgen vorgesehen waren?«

»Ich weiß nicht.« Tamira knurrte leise. »Mach weiter.«

Gepolter, als ob die schwere Eingangstür aufgebrochen würde, dann der schrille Schrei einer Dienerin, der in einem Gurgeln endete. Saldanha hatte sich eben erst aufgesetzt, als vier riesige, bärtige, bis an die Zähne bewaffnete afghanische Krieger im Schlafgemach auftauchten.

»Der ungläubige Hund von einem Hakim und die verrückte alte Hure«, sagte der Erste. Er berührte Saldanhas Brust mit der Spitze seiner Lanze. »Steh auf, Hund.«

»Soll ich dabei bellen?« Saldanha erhob sich langsam, wobei er verzweifelt und, wie er wusste, völlig sinnlos versuchte, Tamira mit seinem Körper zu schützen.

»Nein; mit dem Schwanz wedeln.«

Der zweite Afghane bewegte die Lanze; das Blatt der Spitze glitt eisig unter den Hodensack des Portugiesen.

»Wie jämmerlich«, sagte der Krieger. »Jagen euch deswegen eure Frauen aus dem Land? Wir sollten sie gelegentlich besuchen.«

»Steh auf, Großmutter. Zeig uns deine Runzeln.«

»Wie könnt ihr es wagen, Gäste des Kaisers im Palast des Kaisers so zu behandeln?« Saldanha bemühte sich, Schärfe und Autorität in seine Stimme zu legen, aber noch während er sprach, wusste er, dass es erbärmlich misslang.

Er hörte, wie Tamira sich hinter ihm bewegte; dabei sagte der erste Afghane: »Im Palast des Kaisers befiehlt jetzt Ghulam Kadir.« Der Mann setzte ein Grinsen auf, das so schäbig war wie sein Urdu. »Zieh dich an, Hakim; wenn du nicht nackt ins Verlies gehen willst.«

»Was habt ihr mit uns vor?« Tamiras Stimme klang gelassen.

»Der Hund kommt ins Verlies, bis unser Herr sehen will, wer der Mann ist, der unsere Feinde daran hindert, geziemend zu sterben. Mit dir werden wir ein wenig spielen.«

Alle vier Krieger starrten auf die Frau. Ohne langes Denken oder Zögern riss Saldanha dem zweiten Mann die Lanze aus der Hand und stürzte sich auf den ersten. Es gelang ihm, dessen Lanze zur Seite zu drücken. Dann traf ihn ein harter Schlag auf den Kopf, und er verlor das Bewusstsein.

Als er erwachte, lag er nackt auf kalten Steinen; drei oder vier Ratten, die sich an ihm zu schaffen gemacht hatten, huschten ins Dunkel, als er schreiend um sich schlug.

Ekel und Entsetzen waren stärker als die Nachwirkungen der Ohnmacht. Er sprang auf, taumelte, lehnte sich gegen die Wand. Es dauerte einige Zeit, bis vor seinen Augen nicht länger Sterne tanzten und die Gegenstände des Verlieses ihre gewöhnlichen Farben und Formen annahmen.

Zunächst untersuchte er sich flüchtig. Sein Glied schmerzte und blutete, ebenso ein Zeh und ein Finger. Es schienen jedoch keine schlimmen Verletzungen zu sein; wahrscheinlich hatten ihn die Zähne der Ratten rechtzeitig geweckt. Die Wand, an der er lehnte, war kalt und trocken.

Er sah sich um. Der Raum war riesig, die anderen Wände verloren sich im Dunkel. Weit oben, mindestens drei Mannshöhen über ihm, drang grelles Tageslicht durch eine Scharte. Als er die Augen wieder sinken ließ, war er zunächst geblendet. Er machte ein paar zögernde Schritte in den Raum hinein.

Nach und nach fand er sieben weitere Männer. Zwei waren bewusstlos; da sie aber Kleider trugen, hatten ihnen die Ratten bis jetzt nicht viel antun können. Einer der Männer hatte Verletzungen im Gesicht, die ebenso gut von Zähnen wie von der Spitze eines Messers oder einer Lanze stammen konnten.

Der zweite Bewusstlose war Ali Akbar Khan, der Astronom. Der Turban fehlte, und das graue Haupthaar war blutverkrustet. Saldanha ließ sich auf die Knie nieder und untersuchte ihn. Ali Akbar Khan atmete nur schwach. Abgesehen von der Kopfverletzung fand Saldanha nichts; allerdings befürchtete er, nachdem er den Kopf vorsichtig abgetastet hatte, dass der Astronom mit einem Gewehrkolben oder einem anderen harten Gegenstand niedergeschlagen worden und die Verletzung nicht nur oberflächlich war.

Von den übrigen fünf Männern kannte er keinen mit Namen und nur zwei vom Sehen. Sie hockten teilnahmslos, jeder für sich, und starrten auf den Boden. Saldanha schloss, dass sie noch nicht lange im Verlies sein konnten. Dann verbesserte er sich in Gedanken: Vielleicht waren sie schon zu lange hier.

Er setzte sich neben den Astronomen auf den Boden, fühlte Alis Puls, schloss einen Moment die Augen, als ihm vor Kopfschmerzen schwindlig wurde, und fuhr dann schreiend wieder hoch. Er musste eingeschlafen sein; die Ratten waren zurückgekommen.

Einer der anderen Männer erwachte aus der Teilnahmslosigkeit. Er stand auf und kam zu ihm herüber.

»Du bist der Hakim, nicht wahr?«

Saldanha nickte.

Der Mann musterte ihn, schüttelte den Kopf, zog seine schwere, bestickte Jacke aus, dann das Hemd, und reichte es dem Portugiesen.

»Zieh es an, zerreiß es, mach dir einen Schurz daraus. Was immer du willst.«

»Allah möge es dir vergelten, Freund.« Saldanha nahm das Hemd zwischen die Zähne, riss einen zwei Hände breiten Streifen ab, schlang ihn sich als Lendenschurz um und zog die restlichen Fetzen über Brust und Schultern.

Im Lauf von Stunden – oder Tagen – kamen auch die Übrigen wieder in die Gegenwart des Kerkers zurück. Saldanha hatte gehofft, von einem der Männer zu erfahren, was im Palast im Einzelnen geschehen war; und vor allem, ob Tamira lebte. Aber keiner konnte mehr sagen, als dass Ghulam Kadirs Krieger aufgetaucht waren und bestimmte Leute gesucht hatten, um sie ins Verlies zu bringen.

Einige der Männer berichteten, leise und stockend, von Vorgängen, die sie noch hatten ansehen müssen, ehe sie in die Unterwelt des Palasts geschleppt wurden. Einer sagte – dabei rannen ihm die Tränen in den Bart –, ein Pathane habe seinen Diener mit einem einzigen Säbelhieb geköpft, als der Mann zwei andere Krieger daran hindern wollte, sich auf die Gattin des Herrn zu werfen. Geschändete Dienerinnen, ein in der Wiege mit der Lanze durchbohrter Säugling, fünf Krieger, die die Frau eines der Gefangenen auszogen, festhielten und nacheinander vergewaltigten.

Saldanha fühlte sich inwendig betäubt; er begann zu hoffen, dass Tamira tot sei, und stellte dann fest, dass er sich den Kosmos ohne Tamira nicht vorstellen mochte und dass Hoffen eine Tätigkeit war, die mehr Kraft verlangte, als er besaß.

Hin und wieder hörten sie, wie aus unendlicher Ferne, Schreie der Qual oder Todesschreie, manchmal auch brüllendes Gelächter. Da es mehrere Verliese an verschiedenen Stellen des Palastkomplexes gab, wusste keiner der Männer, ob die Lichtscharten sich innerhalb oder außerhalb der Festungsmauern öffneten.

Man schien sie vergessen zu haben oder vergessen zu wollen. Zwei Tage lang, gemessen an Helligkeit und Finsternis, erhielten sie weder Wasser noch Speisen. Am Abend des zweiten Tages starb der Astronom, ohne das Bewusstsein wiedererlangt zu haben.

Saldanha und der Mann, dessen Hemd er trug, schleppten den Toten in die entlegenste Ecke des Verlieses. Dort zögerte der Portugiese, seufzte und wechselte mit dem Leidensgenossen einen Blick; dann zogen sie den Toten aus, der etwa die gleiche Statur hatte wie Saldanha. Der andere Mann erhielt das Hemd; Saldanha fühlte sich angezogen etwas besser, zumindest sicherer vor den Ratten, aber gleichzeitig eines scheußlichen Vergehens schuldig.

Am dritten Tag, als zwei der Männer zu fantasieren begannen und auch der andere Bewusstlose starb, öffnete sich irgendwo eine Tür, jemand stellte zwei Krüge mit Wasser auf den Boden, warf einige Brotfladen daneben und verschloss die Tür wieder.

Es gelang ihnen nicht festzustellen, warum man ausgerechnet sie eingesperrt hatte. Ein Bäcker, ein Sattler, ein Eunuch, ein Schreiber, ein Pferdeknecht und der Arzt – sie hatten weder beruflich etwas gemein, noch waren sie mit Afghanen verwandt oder als Afghanenhasser bekannt.

Saldanha nahm an, dass er gezielt ausgesucht worden war; zumindest ließ das, was die Krieger gesagt hatten, darauf schließen. In anderen Fällen mochte es sich um willkürliche Akte handeln, deren einziger Sinn es war, allen im Palast Schrecken einzujagen.

Am fünften Tag, als die sechs Männer begannen, sich in jener Ecke zusammenzukauern, die von den stinkenden Leichen am weitesten entfernt war, wurde die schwere Tür des Verlieses wieder geöffnet. Ein Afghane mit goldener Brosche am Turban trat ein, eskortiert von vier Kämpfern, die blanke Säbel in den Händen hielten. Er stand einen Moment still, schnupperte, dann klatschte er in die Hände und winkte den Gefangenen.

»Acht wart ihr, jetzt seid ihr sechs, also stinken dort zwei. Los, holt sie her, und dann nach oben mit euch.«

Sie schleppten sich und die beiden Toten Treppen hinauf und Gänge entlang; irgendwann, entkräftet und außer Atem, erreichten sie einen der Innenhöfe des Palasts. Der afghanische Offizier winkte einigen kaiserlichen Dienern und befahl ihnen, die Leichen verschwinden zu lassen.

»Und ihr da, weiter, da vorn, die Treppe hoch.«

Keuchend quälten sie sich die steilen, ungleichen Stufen zur Festungsmauer hinauf. Überall standen oder schritten afghanische Posten. Der Offizier befahl den Gefangenen, sich mit dem Rücken an die Brüstung zu stellen; dann zog er ein gefaltetes Papier aus dem Gürtel.

»So, wer ist wer?«

Er verlas Namen. Saldanha, schweißgebadet und wie berauscht von der stickigen Sommerluft, die köstlich und kostbar frei war, hob nur die Hand, als eine wirre Folge von Lauten verlesen wurde, die möglicherweise seinem Namen entsprechen sollte, aber nur durch den Zusatz Hakim kenntlich war.

»Was machen wir mit euch?« Der Afghane riss das Papier in kleine Fetzen und warf sie in die Luft. »Den Hakim will der Fürst sehen, für die anderen hat er keine Verwendung, er hat aber auch keine Anweisungen erteilt, was euch betrifft. Bäcker, Sattler, Schreiber, Eunuch, Pferdeknecht – was fällt mir dazu ein?«

Einer der vier begleitenden Soldaten sagte etwas; Saldanha konnte ein paar Brocken Pashtu, verstand aber nichts von dem, was der Mann da absonderte.

Der Offizier nickte. »Das stimmt, du hast recht. Schreiber sind nutzlos, die Sklaven des neuen Herrn von Delhi müssen nicht schreiben. Und Eunuchen können wir jederzeit herstellen, wenn wir sie benötigen. Außerdem haben wir einen besseren. Nicht, dass die Männer hier Männer wären.«

Die Soldaten lachten. Zwei von ihnen hielten die Säbel bereit, die beiden anderen packten den Eunuchen, der kreischte und um sich schlug, hoben ihn hoch und stießen ihn über die Brüstung. Danach nahmen sie den Schreiber, dessen Hemd Saldanha noch immer trug. Der Mann wehrte sich nicht, hielt die Augen geschlossen und fiel schweigend in die Tiefe. Unten gab es Felsen, und bald würden die Schakale nachsehen, was die Geier ihnen übrig gelassen hatten.

»Du kommst mit, Hakim. Ihr anderen, verschwindet. Geht wieder an eure Arbeit.«

Saldanha stolperte hinter dem Offizier her. Man brachte ihn in eine der Unterkünfte der Krieger, wo er sich ausziehen, mit kaltem Wasser reinigen und frische Sachen anziehen konnte: einen hellen Leibschurz, eine weiße weite Hose, Sandalen, ein Hemd und eine Uniformjacke der kaiserlichen Reiter.

Ghulam Kadir hielt sich im Thronsaal auf, den Saldanha von den zahlreichen Morgenempfängen bei Shah Alam kannte. Er erkannte ihn aber kaum; der Schauplatz der *darbars* hatte seinen heruntergekommenen, aber immerhin noch würdevollen Glanz völlig verloren.

Hinter dem Marmorpodest, auf dem der Thron stand, waren sechs oder sieben Männer damit befasst, die Silberschicht abzulösen, mit der reichere Herrscher die Wand geschmückt hatten. Dies geschah mit Hämmern, Meißeln, Brecheisen, ohne jede Rücksicht auf die Schönheit der Koranverse, Ranken und blütentragenden Zweige, die von Silberschmieden dort angebracht worden waren.

Auch der wunderbare, lichte Wald aus schlanken Säulen, auf denen die Decke ruhte, war versehrt, die vielfarbige Ornamentierung angeschlagen und abgetragen; alles, was nicht einmal kostbar, sondern allenfalls teuer sein mochte, hatten die Pathanen entfernt: kleinste Stückchen Blattgold, in Mosaiken eingearbeitete Perlen, Stuckranken, in denen Metall vermutet wurde, das vielleicht Eisen, vielleicht aber auch Silber war.

Flimmerndes, vielfach gebrochenes buntes Licht hatte zuvor den Saal erfüllt und die Illusion erzeugt, dass alles schwebe, dass die schlanken Säulen nichts zu tragen hätten, sondern Schmuck seien, dass die flache Decke, die durch ein kunstvolles Spiralmosaik zur Kuppel zu werden schien, auf Licht und Luft und den Gedanken des Herrschers ruhe. Nun war der Saal nur noch eine beschädigte Halle.

Ghulam Kadir saß auf dem Thron. Er hatte sich in einen dunkelroten Seidenmantel gehüllt; sein Kopf war unbedeckt. Als Saldanha vor ihm stand, blickte der Rohilla von der Schüssel auf seinen Knien hoch. Neben ihm, griffbereit, lag auf einem gepolsterten Schemel ein blanker Krummsäbel.

»Es ist gut, geh.«

»Aber, Herr ...«

Ghulam Kadir machte eine wegwerfende Handbewegung. »Dieser ungläubige Hund mag bellen, aber er kann nicht beißen.« Dabei blickte er auf den Säbel.

Der Offizier ging; auf dem Weg zum Eingang sprach er mit einigen der Männer, deren Aufgabe das gründliche Plündern war. Zwei von ihnen stellten das Hämmern, Kratzen und Brechen ein und beobachteten den Fürsten und den Portugiesen.

»Ich hörte, du seist ein kundiger Hakim. Gewisse Kenntnisse mehren sich, wenn sie ein wenig ablagern. Ich hoffe, die Lagerung im Verlies ist deinen Kenntnissen wohl bekommen.«

»Ich hatte noch keine Gelegenheit, sie zu erproben ... seitdem.«

»Knie nieder, Hund, wenn du mit einem Fürsten sprichst. Sonst bekommst du nie wieder Gelegenheit, deine angeblichen Kenntnisse zu verwenden.«

Saldanha kniete. Etwas in ihm wollte nicht knien; etwas anderes wollte die Füße des Rohilla küssen. Oder auf dem Bauch durch den

Saal kriechen, ganz gleich, was Ghulam Kadir verlangen mochte: nur überleben.

»Braver Hund.«

Die rechte Hand des Fürsten hatte die ganze Zeit in der Schüssel gesteckt; nun bewegte sie sich. Die Schüssel kippte ein wenig, gerade so viel, dass Saldanha einen Teil des Inhalts sehen konnte. Fettes Fleisch, wahrscheinlich von einem Hammel, große Brocken schieren Fetts, und Augen. Ghulam Kadir langte nach einem dieser runden Gegenstände, schob ihn in den Mund, lutschte, kaute, schluckte.

»Schafsaugen«, sagte er. Er rülpste. »Menschenaugen sind besser, aber manchmal muss man sich bescheiden.« Als er die Finger bewegte, um seine Worte mit einer Geste zu unterstreichen, tropfte etwas auf den teuren Seidenmantel, der – wie Saldanha jetzt sah – schon reichlich befleckt war.

»Was weißt du über verborgene Schätze?«

»Nichts, Herr.« Saldanha räusperte sich. »Ich weiß nichts, weil mich niemand in derlei Geheimnisse eingeweiht hat. Ich glaube aber auch nicht, dass nach all den Plünderungen ...«

Ghulam Kadirs Miene verfinsterte sich. Die kleinen, kalten, tückischen Augen bohrten sich in Saldanhas Gesicht. »Lüg nicht, Hund. Es geht um deinen Kopf.«

»Ich lüge nicht, Herr. Ich weiß nichts. So etwas weiß nur Shah Alam. Oder einer seiner Vertrauten.«

»Dann wirst du dich für mich ein wenig umhören.« Der Fürst winkte einem der aufmerksamen Krieger. »Bring ihn in die Ställe; dieser Hund soll die Pferde füttern und verbellen, zu mehr sind ungläubige Hakims nicht imstande. Und hörst du, Hund? Gerüchte sind wie Jauche, sie sickern von oben nach unten. Tiefer hinab als in die Ställe kann ich dich kaum schicken. Wenn dort unten ein nach Jauche stinkendes Gerücht über Schätze, die hier irgendwo versteckt sind, über dein Gesicht rinnt, dann leck die Jauche auf, birg sie in deinem Mund und bring sie, zur Nachricht geläutert, in die Nähe meiner Ohren.«

»Ja, Herr.«

Saldanha stand langsam auf, senkte den Kopf und folgte dem Posten. Er hütete sich, dem Fürsten den Rücken zuzuwenden. Er wusste nicht, was ihn erwartete, nur, dass er offenbar zunächst leben durfte.

Nach und nach wich die Benommenheit, die ihn erfüllte: Fischtran in einem rissigen Gefäß. Die Risse, die er allzu deutlich spürte, waren entstanden, als die Selbstachtung ihn verließ, hinaussickerte, durch bestenfalls tierischen und jedenfalls feigen Überlebenswillen ersetzt. Oder schon früher? Vielleicht waren die Risse entstanden, als die vier Krieger zu Tamiras Bett traten und er wusste, dass etwas Entsetzliches geschehen würde und dass er es nicht verhindern konnte. Vielleicht auch im Verlies, ohne Wasser, in Gesellschaft der Leichen; vielleicht auf der Mauer der Festung. Wo auch immer – die Risse waren da, und die tranige Brühe der Betäubung konnte durch sie abfließen. Sie war tranig und klebrig genug, diese Risse oder Spalten im Gewebe, das ihn vom Chaos und von den Göttern trennte, im Hinaussickern notdürftig zu verschließen.

Sie nahmen ihm die Jacke und brachten ihn in die Ställe. Statt zu sterben, durfte er Pferde striegeln, Pferde füttern, Fohlen in die Welt helfen, Mist entfernen. Er wurde behandelt wie die anderen Pferdeknechte: Sklaven, die man schlecht ernährte und im Übrigen nicht beachtete. Aber diese Nichtbeachtung bedeutete Ruhe, beinahe so etwas wie Geborgenheit. Ruhe, um über etwas nachzudenken, das er bisher nie so deutlich empfunden hatte:

Angst. Sie lag wie eine Dunstschicht über allem, auch in den Ställen; manchmal erschien sie ihm eher wie ein Gemenge aus Asche und noch schwach glimmenden Holzkohlen, jederzeit anzufachen durch einen Hauch aus dem Mund von Ghulam Kadir. Und auf merkwürdige Weise war die Angst, die das Gefühl von Geborgenheit durchlöcherte, zugleich Teil der Geborgenheit: etwas Sicheres, etwas Dauerhaftes und Verlässliches.

Ghulam Kadir und seine Männer erfüllten den Palast mit Terror: drei Monate des Grauens. Saldanha verbrachte viel Zeit damit, über den Fürsten nachzudenken, der Delhi besetzt hielt.

Seine Züge hatten etwas Unfertiges, Weiches, aber die Gesamtheit der Züge ergab grausame Härte. Das Schicksal des Mannes, den man angeblich im Jünglingsalter entmannt hatte, berührte ihn, ohne dass er sich dies zugegeben hätte. Er hielt ihn für krank, verbogen, verformt; welche Scheußlichkeiten musste der Junge erduldet haben, damit der Mann so wurde?

Aber immer, wenn er diesen Punkt erreicht hatte, sagte er sich, dass es viele Menschen mit schlimmen Schicksalen gab, und nicht jeder von ihnen sah später seine Aufgabe darin, Entsetzen in die Welt zu bringen, um den ohnehin reichlich vorhandenen Schrecken zu mehren.

Niemand in den Ställen wusste, was mit Tamira geschehen sein mochte; die meisten hatten den Namen nie gehört, arbeiteten seit Jahren dumpf zwischen Mähnen und Mist. Sie wussten auch nichts über die sonstigen Vorgänge im Palast – ob der Kaiser noch lebte, wie viele Menschen bis jetzt unter Qualen hatten sterben müssen oder ungequält hatten sterben dürfen.

In unregelmäßigen Abständen ließ Ghulam Kadir Saldanha zu sich bringen; meistens, um ihn bei der einen oder anderen Schändlichkeit zusehen zu lassen. Später, viel später, gelang es ihm, einzelne Vorgänge mit genauen Daten zu verbinden; was nichts an den Vorgängen änderte und ihn erneut dazu brachte, die Zeit als allgewaltig und allabsurd anzusehen.

Und all das, was in diesen drei Monaten geschah, die auch drei Jahre oder drei Jahrhunderte waren, sorgte später dafür, dass er ein kleines Feuer entfachte. Um etwas zu verbrennen, was nicht zu verbrennen war, weshalb er etwas anderes verbrannte, was der Verbrennung nicht bedurfte.

Oft nahm er sich vor, eine eingehende Chronik der Erniedrigung zu erstellen, Stunde um Stunde aufzuzeichnen. Im Geiste bewahrte er jeden Moment der Angst, der Schmach, des Hasses; als er dann wieder Zugang zur Menschheit, zu gewöhnlichen Dingen wie sauberen Händen, lächelnden Gesichtern, reinlichen Tüchern und Papier hatte, fand er all diese erinnerten Dinge wesenlos. Wesenlos wie seine Dämonen, genauso ungreifbar und genauso wenig in Worte zu fassen.

Bei einigen der Vorgänge im Audienzsaal durfte er abwesend sein. Andere erzählten später davon. Und alle sagten, man habe die ganze Zeit, da dieses rechtgläubige Ungeheuer die Welt schändete und die Menschen schand, Allah angerufen, angefleht, den räudigen Hinduhund Sindhia zu schicken, als Werkzeug der Erlösung. Sindhia, auf dessen Redlichkeit ebenso Verlass war wie auf sein Wort und sein Schwert. Sindhia, dessen Truppen ausreichten, das weite Land zwischen Agra und Delhi zu säubern, nicht jedoch dazu, die Städte und Festungen durch Besatzungen zu sichern. Sindhia, der auf Verstärkungen wartete, die der eigentliche Herr von Poona, Nana Farnavis, nicht schickte, um nicht die Stellung seines Rivalen zu festigen.

Am 18. Juli 1788 hatten Ghulam Kadir und Ismail Beg Delhi erreicht. Während ihre Truppen sich in der Stadt verteilten, begaben sie sich zum Palast, wo der Kaiser sie mit allen Ehren empfing. Sie mochten gegen ihn rebelliert haben, sie hatten eine Schlacht gegen den von ihm beauftragten Sindhia verloren, aber sie waren moslemische Fürsten, und die Gastlichkeit des Palasts stand ihnen zu.

Es hieß, schon bei diesem ersten Empfang hätten beide durchblicken lassen, dass sie den Kampf um Hindustan für verloren hielten, dass es nur darum gehen konnte, mit möglichst reicher Beute heimzukehren. Shah Alam war beunruhigt; er versuchte wohl, einen Brief an Sindhia zu schicken, in dem er um Hilfe bat, aber Ghulam Kadir fing den Brief ab, und außerhalb von Delhi erfuhr niemand Genaues über die Vorgänge im Palast.

Ghulam Kadir übernahm alles, seine Männer plünderten und mordeten; Ismail Beg zog es vor, sich in einem der anderen Paläste Delhis aufzuhalten und nichts zu sehen. Am zweiten Tag ließ Ghulam Kadir den Kaiser zu sich bringen, verlangte die Auslieferung aller Schätze und hielt die Klinge seines Krummsäbels an Shah Alams Kehle. Als der Kaiser, ergeben in Allahs Willen und ohne ein Zeichen von Angst, den Besitz von Schätzen leugnete, ließ der Rohilla die gesamte kaiserliche Familie in ihren Gemächern einsperren – drei Tage lang, ohne Nahrungsmittel; in diesen drei Tagen plünderten seine Männer den ganzen Palast, zerschlugen Möbel, in denen etwas verborgen sein mochte, rissen Täfelungen von Wänden, zerbrachen Bodenfliesen. Als nichts zu finden war, beschloss Ghulam Kadir, dass die zweifellos unermesslichen Reichtümer des Kaisers irgendwo in den Wänden eingemauert sein müssten, und seine Männer gingen mit Hacken, Meißeln und Rammen ans Werk.

Am 29. Juli hatten die überlebenden Würdenträger im Audienzsaal anzutreten, unter ihnen auch der französische Gesandte, dazu nebensächliche Zeugen wie Saldanha. Ghulam Kadir saß auf dem Thron, als Shah Alam in den Saal gebracht wurden. Der Rohilla schrie den alten Mann an, spuckte ihm ins Gesicht, ließ ihn von seinen Kriegern entkleiden und peitschte ihn eigenhändig, bis der Rücken des Kaisers eine einzige blutige Fläche war.

Am nächsten Tag – dieser Anblick blieb Saldanha erspart – ließ Ghulam Kadir die Töchter, Schwestern, Frauen und Nichten des Kaisers im Audienzsaal ausziehen und peitschen, da auch sie keine Schätze preiszugeben hatten. Dann zählte er die nackten Frauen ab und gab jede Dritte seinen Soldaten. Alle anderen, auch die Witwen früherer Herrscher, wurden noch des kleinsten Schmuckstücks beraubt und aus dem Palast getrieben.

»Sie sollen sich auf den Straßen und in den Basaren verkaufen; oder verhungern«, sagte der Rohilla.

Am 1. August durfte Saldanha zusehen, wie Ghulam Kadir es beim Kaiser mit freundlichen Worten und Scherzen versuchte. Die Schlangenaugen in dem lächelnden Gesicht des Verschnittenen machten alles womöglich noch unheimlicher, als es die Quälereien gewesen waren. Shah Alam weigerte sich, auf dem Sitz Platz zu nehmen, den er bei seinen Empfängern dem jeweils ranghöchsten fremden Gesandten zugewiesen hatte. Hoch aufgerichtet stand der alte Mann vor dem Scheusal, das den Thron besetzt hielt, und rief: »Wenn es hier einen Schatz gibt, dann muss er in mir sein, in meinem Leib. Schneid mich auf und sieh nach!«

Am 10. August musste Saldanha miterleben, wie Ghulam Kadir die Söhne und Enkel des Kaisers vor dessen Augen foltern ließ, länger als eine Stunde. Neben denen, die gezwungen waren, bei alledem zuzusehen, standen jeweils zwei afghanische Krieger mit blanken Säbeln und sorgten dafür, dass auch ja alle in die richtige Richtung schauten. Und dass niemand die Augen schloss. Als ein Vetter des Kaisers, selbst ein alter Mann, seine Wächter beiseitestieß und sich mit einem Schrei auf den obersten Folterer stürzen wollte, packten ihn einige andere Krieger, hieben ihm Arme und Unterschenkel ab und ließen ihn vor dem Thron liegend verbluten.

All dies führte zu nichts – der Kaiser hatte keine Schätze, hatte nichts zu verraten, nichts preiszugeben. Ghulam Kadir ließ den jüngsten Enkel, der noch nicht unter der Folter ohnmächtig geworden war, entmannen; die brennenden Augen im bleichen Gesicht des Kaisers zu sehen war für Saldanha fast noch schlimmer als die übrigen grausamen Anblicke.

Plötzlich lachte Ghulam Kadir. »Was schaust du so fragend in die Welt, alter Mann?«, schrie er. »Du bist hier nicht mehr der Herrscher, Beschützer der Armen, Zuflucht der Welt; du brauchst nichts mehr zu sehen.«

Er stieß einige Befehle aus. Seine Männer warfen Shah Alam zu Boden, und Ghulam Kadir setzte sich auf die Brust des Kaisers und riss ihm mit den Fingern die Augen aus. Dabei bejammerte er sein arges Los, große Taten wie diese tun zu müssen, ohne einen kunstfertigen Maler, sie geziemend festzuhalten.

Später war zu hören, dass die Mitteilung hiervon Ismail Beg dazu gebracht habe, seinen Verbündeten zu verlassen. Irgendwann in den nächsten Tagen tauchten Maratha-Truppen vor der Stadt auf. Sindhia hatte seinen engsten Vertrauten und Lebensretter, den ehemaligen Wasserträger Rana Khan geschickt; aber es dauerte noch bis zum 11. Oktober, bis Ismail Beg und der Kommandeur der Marathas sich auf die Übergabebedingungen geeinigt hatten.

Ghulam Kadir schickte alles, was er und seine Männer in den vergangenen Monaten zusammengetragen hatten, nach Norden aus der Stadt, auf der dem Lager der Marathas abgewandten Seite. Bei Sonnenuntergang ließ er Feuer im Pulvermagazin der Roten Festung legen, nahm einige Angehörige der kaiserlichen Familie als Geiseln mit und verließ die Stadt. Er ritt auf einem Elefanten, der ihn durch den Fluss trug.

Rana Khan, der bereits einen Teil der Stadt besetzt hatte, drang sofort in den Palast ein; es gelang seinen Leuten, das Feuer im Pulvermagazin zu löschen. Der General selbst holte den geblendeten, halb verhungerten Kaiser aus den Gemächern, in die Ghulam Kadir ihn gesperrt hatte, führte ihn zum Thron und kniete vor ihm.

Saldanha war nicht dabei, hatte aber keine Schwierigkeiten, zu glauben, dass der alte Mann gesagt habe: »Es ist, bei Allah, erstaunlich, wie sehr ich plötzlich Hindus liebe.«

»Das betrübt mich«, sagte Rana Khan, »denn ich diene zwar meinem Bruder Sindhia, bin aber Moslem.«

Ghulam Kadir verschanzte sich in einer Festung in der Nähe von Mirat. Sindhia selbst leitete die Belagerung, de Boignes Kanonen schossen die Festung sturmreif. In der Nacht vor dem letzten Ansturm kroch Ghulam Kadir durch eine Abflussrinne, stahl den Belagerern ein Pferd und galoppierte los, um seine Heimat, Rohilkhand, zu erreichen. In der Dunkelheit trat das Reittier in ein Erdloch, überschlug sich und warf den Rohilla ab, der bewusstlos liegen blieb. Morgens fanden ihn Bauern, die ihn zu ihrem Grundherrn brachten. Dieser erkannte ihn und lieferte ihn der nächsten Einheit der Marathas aus. Zufällig war dies eine Kompanie des Bataillons von Lestineau.

Lestineau durchsuchte ihn persönlich, nahm ihm alle Waffen und Münzen ab und fand die Kronjuwelen der Moguln. Danach wurde der Franzose nicht mehr gesehen; es hieß, er sei ins Territorium der Englischen Ostindien-Kompanie geritten und habe sich von Kalkutta aus nach Europa eingeschifft.

Sindhia befahl, Ghulam Kadir die Augen auszustechen und ihm Nase und Ohren abzuschneiden. Er wurde an Händen und Füßen gefesselt und mit einem unter den Achseln hindurchgeführten Strick an einen Baum am Straßenrand gehängt. Man sagte, er habe sich mit dem Sterben Zeit gelassen.

Fünf mit Juwelen besetzte Kistchen wurden nach Delhi gebracht und im Palast dem Kaiser überreicht. Sie enthielten Augen, Ohren und Nase des Rohilla. Auch davon sah Saldanha nichts; nach der Befreiung war er froh, dass es für den Hakim genug zu tun gab. Die Arbeit hinderte ihn daran, sich zu gründlich mit den Dingen zu beschäftigen, die geschehen waren.

Er erfuhr nichts über Tamira; bei aller Trauer war er beinahe froh über die Ungewissheit. Den Dichter Nawaz Shah hatten die Afghanen angeblich erstickt, indem sie ihm die eigenen Schriften in Mund und Hals stopften. Der alte Schreiber, Mahbub, hatte in der Palastküche überlebt und die grausige Geschichte vom Ende des Dichters gehört; er erzählte sie, als er João half, im Garten ein Feuer zu machen.

»Du warst doch so stolz darauf; warum willst du es verbrennen?«, sagte er, als Saldanha begann, sein *Buch der Niedertracht* Blatt für Blatt dem Feuer zu übergeben.

»Es ist erledigt, Freund; was sollte ich jetzt noch hineinschreiben? Alles wäre fahl und seicht.«

11. Jehazi Sahib und die Begum

Manche schwören den Frauen ab, gehen in den Dschungel.
Aber meinst du, sie haben
keine feuchten Träume?
Wenn dich der Tiger deines eigenen Geistes zerreißt,
wer kann ihn dann aufhalten?

LALAN FAKIR

Manchmal fiel es ihm schwer, bei alledem, was die nicht ganz so alte Hexe tat, an das Versprechen zu denken, das ihm die alte Hexe in Irland abverlangt hatte. Weniger ein Versprechen als eine Verheißung – es werde ihm gut gehen, solange er die Frauen ehre.

Er tat dies; er ehrte die Begum. Er ehrte sie aus nächster Nähe, auf ihrem Lager, das immer aus weichen Kissen auf einer Schicht von mindestens zwanzig kostbaren Teppichen bestand. Er ehrte sie, wenn er ihr gegenübersaß, beim Essen, das sie fast immer mit einem halben Dutzend ihrer Offiziere einnahm, oder am Beratungstisch. Er ehrte sie im Palast, in der Festung, die den Palast zu umgeben begann, im Lager, wenn die Truppe unterwegs war und die Begum in ihrer Sänfte das Kommando übernahm. Er ehrte sie auch aus der Ferne, als sie ihm mehrere Bezirke zur Verwaltung übertrug.

Er ehrte sie gründlich; bisweilen war dies nur zu ertragen, wenn er das Ehren mit Schnaps aufwog. Eine Stunde ehren, ein Glas Schnaps. Und manchmal dachte er an einen Satz, den er daheim, in Irland, von einem alten Säufer gehört hatte: Die Wirklichkeit ist jene Sinnestäuschung, die durch Mangel an Alkohol entsteht.

Er hatte von vornherein gewusst, wie es ihr gelang, die widerstrebenden und allesamt streitsüchtigen Formen von Ehrgeiz auszugleichen und zu zügeln, an denen ihre Offiziere mehr oder minder triumphal litten. Es gab keine Reichtümer zu verteilen, bei den meisten Offizieren gab es keine Ehre, an die man hätte appellieren können, es gab kaum Sold einzubehalten, und wenn einer schmollte, war das kein ausreichender Grund für Degradierung. Sie hatte nicht seine Statur, konnte aufmüpfige Offiziere nicht einschüchtern oder niederbrüllen. Ihre Klugheit, der Scharfsinn, den sie bei Besprechungen zeigte, die Kühnheit, mit der sie von der Sänfte aus kriegerische Unternehmungen leitete, hätten bessere Offiziere beeindruckt – aber Thomas wusste allzu gut, dass sie außer ihm keinen fähigen Offizier hatte.

Was blieb also? Was konnte sie nutzen, um sich durchzusetzen, um die Offiziere zu zähmen, zu beschwichtigen, zu manipulieren? Das Lager. Nicht das im Feld, sondern das auf den Teppichen.

Es kam das Problem des Geldes hinzu. Vor Jahren, als der Kaiser dem finsteren Walter Reinhardt den *jagir* Sardhana übergab, waren solche Stellungen noch mit einem Gehalt verbunden. Shah Alam hatte Reinhardt damals fünfundsechzigtausend Rupien im Monat gezahlt. Hieß es jedenfalls; vielleicht zog Reinhardt Samru diese Summe aber von den Steuern ab, die er für den Kaiser eintreiben musste. Außerdem hatte der *jagirdar* auf Anforderung Kriegsdienste zu leisten und den Bezirk zu verwalten. Reinhardt begann, den alten Palast auszubauen und zu befestigen; alles Übrige vernachlässigte er. Er hatte einige halbwegs ruhige Jahre erwischt, und am Schluss machte ihn der Kaiser sogar zum Verwalter der Stadt Agra.

Inzwischen sahen die Dinge anders aus. Samru Begum erhielt kein Geld aus Delhi; am Ende der halbwegs ruhigen Zeiten war wieder das Chaos über Hindustan gekommen, die kleine Truppe musste ständig einsatzbereit sein und war aus den Einkünften des Landes zu ernähren und zu bezahlen. Die Einkünfte litten jedoch unter der jahrelangen Vernachlässigung, unter unredlichen Steuereinnehmern, unter Verwüstungen und Plünderungen.

Und da Thomas ihr bester Mann war, ließ die Begum ihn zunächst die Truppen reorganisieren, ungeachtet der Grimassen anderer Offiziere; als dies geschehen war, schickte sie ihn mit einem Bataillon an die Nordgrenze des *jagir*. Die Bezirke, die sie ihm zur Verwaltung und Ausbeutung übergab, waren die ärmsten ihres kleinen Reichs, und sie gehörten zu den Gebieten, in denen die Sikhs immer wieder Beutezüge unternahmen.

Harte Arbeit, hartes Reiten, harte Kämpfe. Und hartes Trinken. Mit seinen Kriegern – der Kern waren die irischen Pindaris, und für die schnellen Vorstöße wurde das Bataillon zur »berittenen Infanterie« – schlug er die Sikhs so gründlich zurück, dass an der Grenze eine Weile Ruhe herrschte.

Er setzte die Krieger auch ein, um den Dorfbewohnern beim Wiederaufbau zerstörter Häuser zu helfen, und legte selbst Hand an. Innerhalb von zwei Jahren waren aus verwüsteten Brachen blühende Felder geworden, es gab Früchte und Vieh, die Handwerker konnten sorglos arbeiten, und Händler, die lange die Gegend gemieden hatten, tauchten wieder auf, um zu feilschen und zu tauschen.

Gegen Ende des zweiten Jahres besuchte Saldanha ihn in Tappal. Sie sprachen kurz über Delhi und die schlimmen Folgen, die sich einstellen, wenn man gut gemeinte Warnungen eines Iren ignoriert; Saldanha war nicht besonders mitteilsam, erwähnte lediglich, dass er »irgendwo in den Hügeln jenseits von Mirat« als Dauergast eines kleinen Radscha lebe und zwischendurch eine Nase voll anderer Luft zu sich nehmen wolle. Da Thomas wusste, welche Scheußlichkeiten Ghulam Kadir in der Kaiserstadt angerichtet hatte, verzichtete er darauf, nach jener verwitweten Fürstin zu fragen.

Saldanha ließ sich von ihm Tappal zeigen. Thomas' Hauptquartier war eine alte Festung, vermutlich vor Jahrhunderten von einem expansiven Rajputen-Fürsten angelegt, danach von den Moguln genutzt und zuletzt gründlich verfallen: ein Viereck am Rand der Wüste, etwa zweihundert mal zweihundert Schritte groß.

»Die Steinfundamente waren noch brauchbar; der Rest ist neu.« Thomas klopfte an die Innenseite des zweieinhalb Männer hohen Ziegelwalls. »Lehm gibt es hier reichlich, die untere Schicht ist sogar aus gebrannten Tonziegeln. Der Brennofen steht da drüben.«

»Ziemlich aufwendig, oder?«, sagte Saldanha.

»Deshalb haben wir auch nur eine Schicht davon gemacht. Zu wenig Brennholz, von Kohle überhaupt nicht zu reden. Komm mit, ich will dir etwas zeigen.«

Vom nächsten der vier Ecktürme rief ein Posten ihnen etwas zu. Als Saldanha aufblickte, sah er die Silhouette des Mannes scharf umrissen von einer unheimlichen, grellroten Wolke. Thomas lachte und brüllte zurück: »Wehr lieber den Staubsturm ab, statt dich um mein Gemächt zu kümmern.«

»Was hat er gesagt?«

Thomas gluckste. »Er wollte wissen, ob wir uns Kühlung zu verschaffen gedenken, indem wir das mittlere Gebaumel in den Brunnen hängen.«

Saldanha lachte. »Mittleres Gebaumel? Das ist hübsch.«

Bereits im Schatten, gleich innerhalb der Wälle, war es unerträglich heiß; als sie den sonnigen Teil des Innenhofs erreichten, traf das Sengen der Nachmittagssonne sie wie ein Faustschlag. Ziemlich genau in der Mitte der Festung stand ein schlanker Bau aus bunten Ziegelsäulen, mit einem Holzdach, das einer Schlafmütze ähnelte.

»Der Grund, weshalb die Festung hier angelegt worden ist.« Thomas nahm den Portugiesen beim Arm und zog ihn in den Schatten des Dachs. Dort war es zweifellos genauso heiß wie einen halben Schritt entfernt in der Sonne, aber die Minderung des Gleißens sorgte für die Illusion von Kühle.

»Eine Quelle, die immer genug Wasser führt. Die Mauer ist alt und musste nicht einmal ausgebessert werden. Die Menschen aus der Gegend haben den Brunnen genutzt und geehrt. Siehst du, warum?«

Saldanha beugte sich über den niedrigen Mauerkranz. Thomas trat neben ihn.

Der Brunnen hatte einen Durchmesser von etwa zwei Metern. Der Geruch und die nicht minder köstliche Kühle von Wasser drangen aus einer Tiefe von kaum mehr als zwei Mannslängen. Das schräg einfallende Sonnenlicht wurde von den bunten Flächen der Ziegel reflektiert, bildete innerhalb des Kiosks eine irrlichternde Wabe; ein wenig schien auch in die Tiefe zu fallen und Lichtpunkte aufs Wasser zu malen. Es wirkte aber so, als würden Dinge, die dort längst vorhanden waren, durch das Licht geweckt. Ein bösartiges oder gutmütiges, jedenfalls fremdartiges Ungeheuer schien dort unten zu leben; die Wasserfläche war sein Auge.

»Ein Böses Auge«, sagte Saldanha. »Oder, wenn es gutmütig ist, dann ist es eine mir unfassbare Gutmütigkeit.«

»Das ist ein namenloser Gott. Die Leute der Gegend wissen nicht, ob er gut oder böse ist. Sie nehmen aber an, dass er böse wird, wenn man zulässt, dass er Sand ins Auge bekommt. Deshalb haben sie diesen Kiosk gebaut.«

»Ein Gott, der Sand ins Auge kriegt?«

»Das ist nicht alles«, sagte Thomas. »Wenn er gut gelaunt ist, weint er; dann gibt es Wasser. Hast du schon einmal von gutmütigem Heulen gehört?«

»Wenn er mürrisch würde, müsste das Wasser versiegen, nicht wahr? Vielleicht ...« Saldanha lachte plötzlich. »Vielleicht verwandelt er sich ja zwischendurch zur Wolke, aus der es dann regnet; oder er ist nebenher ein Vogel, der etwas Feuchtes fallen lässt. Wenn er aber auch als Vogel so leicht zu verstimmen ist, sollte er da draußen über der Wüste lieber rückwärtsfliegen, sonst kriegt er Sand ins Auge.«

Auf dem Weg zum Hauptgebäude, das an der Innenseite der südlichen Mauer lag, sagte Saldanha: »Wenn das aber ein Gott ist, wieso dulden die Leute dann, dass ihr um ihn herum eine Festung anlegt?«

»Das macht die Festung zum Tempel. Wir sind die Priester, die auch für die Sicherheit der Leute hier sorgen. Komm rein.«

Im ebenfalls aus Ziegeln gebauten Haus, in dem Thomas und seine Offiziere wohnten, war es beinahe kühl. Ein paar Jungen aus dem nächsten Dorf, die als Diener, Tierpfleger und Offiziersburschen den Tross abgaben, halfen den Männern, die verschwitzten Kleider auszuziehen und sich zu reinigen. Abgesehen von den gemauerten Waschtrögen bestand die gesamte Inneneinrichtung aus schnell und lieblos gezimmerten Holzmöbeln. Die einzige Ausnahme war eine geschnitzte Truhe aus dunklem Holz; sie stand in Thomas' Schlafzimmer und wirkte so leicht, dass man fürchten mochte, der nächste Luftzug werde sie aufheben und an die Wand schmettern.

Der Staubsturm, eine dunkle, glühend rote Wand, zog westlich an der Festung vorüber; die Offiziere und ihr Gast konnten essen und trinken, ohne unausgesetzt Sandkörner malmen zu müssen.

Thomas stellte Saldanha seine sechs Offiziere vor: die Engländer Morris und Satterthwaite, den Franzosen Desailly, den Spanier Velázquez, den Iren O'Brady und den Dänen Larsen. Er wartete darauf, dass Saldanha sich nach Einheimischen erkundige. Aber der Portugiese sagte nur, er nehme an, dass die übrigen Offiziere aus Gründen von Religion und Kaste getrennt äßen.

»Ganz recht; es ist immer schwierig – einer kein Fleisch, einer keinen Alkohol, einer darf nur mit der rechten Hand essen, und so weiter. Aber du wirst sie nachher sehen.«

Mit einem flüchtigen Grinsen setzte Desailly hinzu: »Sie werden noch etwas anderes sehen; da Sie uns nun schon in einem der seltenen ruhigen Momente besuchen ...«

Beim Essen – einer der Offiziere hatte vor wenigen Tagen einen Antilopenbock erlegt – unterhielten sie sich angeregt. Die Offiziere erzählten von den letzten Scharmützeln und von den Vorzügen, unter Thomas zu dienen. Er überlegte, ob er aus höflicher Bescheidenheit Einspruch gegen allzu viel Lob erheben oder das Thema wechseln sollte; aber dann sagte er sich, dass er durchaus stolz auf das Erreichte sein konnte.

Desailly und Morris, die Männer mit der besten theoretischen Bildung, übernahmen es, Saldanhas Fragen zu Verwaltung, Steuereinkünften und der allgemeinen Lage zu beantworten. Thomas trank – zuerst Wein, dann aus dem gleichen Glas und in gleicher Menge Whisky –, hörte zu und warf gelegentlich eine Verbesserung ein.

Im letzten »ordentlichen« Vergleichsjahr, zehn Jahre her, hatte der Distrikt, für den Thomas zuständig war, ein *lakh* Rupien eingebracht. Durch Vernachlässigung und Verwüstungen waren die Einnahmen auf zuletzt kaum noch ein Zehntel gesunken, und zehntausend Rupien im Jahr reichten nicht einmal dazu, das Bataillon zu ernähren, nicht zu reden von den Bedürfnissen des gesamten »Staats« Sardhana.

»Geh davon aus, dass die fünfhundert Mann – Gemeine und Offiziere – etwa dreitausend Rupien im Monat kosten, allein an Sold«, sagte Thomas. »Sagen wir, fünfunddreißigtausend im Jahr; nicht zu reden von Pferden, Futter, Schießpulver, Ausgaben für Gebäude … Schmelzöfen und Metall, nicht zu vergessen, da wir meistens Gewehrkugeln, Kanonenkugeln, Schrapnelle und die Kanonenrohre selber gießen. Im Jahr brauchen wir an die fünfzigtausend plus Beute, also ein halbes *lakh*.«

Im laufenden Jahr, sagte Desailly, werde der Distrikt, ohne ausgebeutet zu sein, wohl fast zwei *lakh* einbringen: das Ergebnis gründlicher und anständiger Arbeit, Frucht der sicheren Grenzen und – er lächelte – der vermehrten Lebensfreude der Einwohner.

»Anderthalb *lakh* für die Begum?«, sagte Saldanha.

»Ein *lakh*, wie in den alten Schätzungen festgeschrieben. Der Rest … lässt sich woanders besser verwenden.«

»Und Major Thomas« – Morris blickte seinen Kommandeur an und verneigte sich im Sitzen – »sorgt dafür, dass wir wahrscheinlich das einzige Bataillon in ganz Indien sind, das regelmäßig bezahlt wird. Abgesehen von den Truppen der Ostindien-Kompanie natürlich.«

Saldanha widersprach. »Es gibt noch eine Ausnahme: die Bataillone von de Boigne. Aber das hat ihn harte Kämpfe gekostet. Seltsam, dass die Maratha-Fürsten nicht begreifen, dass ihre Macht aus den Gewehren der einfachen Soldaten stammt … Aber zwei *lakh*! Doppelt so viel wie in früheren Friedenszeiten? Wie geht so etwas?«

»Ganz einfach.« Velázquez beugte sich vor; er zwirbelte seinen Schnurrbart, der einem kleinen Kampfstier als Gehörn hätte dienen können. »Es gibt die schöne alte Sitte, bei hohen Beamten und kleinen Steuereintreibern, dass die Hälfte des anvertrauten Geldes behalten wird. Erstaunlich, wie viel die Übrigen abliefern, wenn man drei oder vier aufgehängt hat.«

»Die Begum dürfte sehr zufrieden mit Ihnen sein.« Saldanha stützte einen Ellenbogen auf den Tisch, legte die rechte Wange in die Handfläche und schielte zu Thomas hinüber. »Wem gehört denn nun eure Treue?«

»Wem wohl?« Larsen öffnete endlich seine Uniformjacke, wie alle anderen es längst getan hatten, faltete die Hände und blickte mit einem frommen Gesichtsausdruck an die Decke.

»Jeder weiß, dass man bei diesem Bataillon bezahlt wird und dass der Major nur Siege kennt. Wir können uns kaum vor Sepoys retten, die von ihm gedrillt werden wollen. Die Männer würden sich für ihn in Stücke hauen lassen.«

»Dann seht zu, dass die Begum es nicht erfährt.«

Thomas fühlte heiße Wut in sich aufsteigen; er wusste, dass der Whisky ein wenig Hitze zugab. Mit der geballten Faust schlug er auf den Tisch; Teller und Bestecke klirrten, und zwei Gläser fielen um. »Ich dulde kein Wort gegen die Fürstin!«, schrie er. »Auch nicht von dir, Portugiese!«

Mit Befriedigung stellte er fest, dass die Offiziere betreten schwiegen und gewissermaßen die Köpfe einzogen. Saldanha hob lediglich die Brauen. Thomas hörte, wie der neben dem Portugiesen sitzende O'Brady leise sagte:

»So sieht er auch im Kampf aus. Eigentlich sind wir überflüssig – sein Gesicht und eine Kanone vertreiben alle Gegner.«

Thomas leerte sein Glas, klatschte in die Hände und brüllte: »Aufräumen!« Die halbwüchsigen Diener erschienen, entfernten das Geschirr und schoben die zu einer langen Tafel zusammengestellten Tische auseinander.

Draußen begann die jähe tropische Dämmerung. Öllampen und an den Wänden in Halterungen steckende Fackeln wurden angezündet; die Diener brachten mit feuchten Tüchern umwickelte Krüge herein und gossen ein bräunliches, schäumendes Getränk in die Gläser.

»Das verdanken wir Satterthwaite«, sagte Thomas; »der beste Bierbrauer diesseits des Kaukasus.« Er hob sein Glas. »Freunde, trinken wir auf den besten portugiesischen Arzt diesseits von Gibraltar!«

Sein Zorn war abgeflaut – oder versiegt, je nachdem, ob es sich um ein gasförmiges oder flüssiges Phänomen handelte. Er wusste es selbst nicht genau, schwankte zwischen zwei Annahmen: wallendes Blut, erhitzt und in den Kopf gepumpt, oder so etwas wie ein Seelenfurz.

Eine seiner Erklärungen war, dass in ihm etwas brannte, um die Kraft zu liefern, die er brauchte; ständig in Bewegung, manchmal tagelang im Sattel, Feinde waren zu bekämpfen und die eigenen Leute anzufeuern. Er wusste, dass er länger auf den Beinen bleiben konnte als die meisten anderen; vielleicht besaß er etwas, was ihnen fehlte – vielleicht hatten sie nur ein Herz, er dagegen zwei, und was dieses zweite Herz an Kraft und Hitze lieferte, musste verbraucht werden, damit er nicht platzte.

Die Ausbrüche von Zorn ereigneten sich meistens, wenn er die zusätzliche Kraft gerade nicht benötigte; vielleicht war dies dann immer eine Art Ausbruch von Kraft, so ähnlich wie bei einem Vulkan, der in Abständen Feuer und Lava spucken muss, um nicht zu bersten.

Er spürte, dass Saldanha ihn beobachtete; plötzlich grinste er, als er sich an den Anblick seines verzerrten Gesichts in einer spiegelnden Metallfläche erinnerte.

Saldanha schien das Grinsen als Mitteilung verstanden zu haben. »Ein guter Ire«, sagte er mit einem Lächeln. »Aufbrausend und gleich darauf honigzüngig. Ich trinke auf dein Wohl.« Er hob das Glas, zwinkerte und setzte halblaut hinzu: »Radscha!«

»Radscha?«, sagte Desailly. »Wissen Sie, wie die Leute hier ihn nennen? *Jehazi Sahib* – edler Herr Seemann.«

»Woher wissen die das, das mit dem Seemann?«

»Wir wissen es – die Pindaris; und am Feuer erzählt man manches.«

»Ah, das ruhige Leben zwischen zwei Gemetzeln!« Larsen klatschte in die Hände.

In der Tür erschien ein *nautch*-Mädchen. Um Brust und Oberarme trug sie ein helles, fast durchscheinendes Hemd mit Fransen, das den Inhalt andeutend verbarg. Es endete eine Handbreit über dem Nabel; eine Handbreit darunter begann die offenbar schwere, enge Hose aus dunkelrotem Samt. Unterhalb der Knie weiteten sich die Hosenbeine; sie waren auch nicht um die Knöchel zusammengebunden. Das Mädchen war barfuß; in der Hand trug sie eine silbrig glänzende Flöte.

Hinter ihr kam Vikram, der sein langes Instrument vorsichtig in den Raum trug, um es nicht an den Wänden oder in der Tür zu beschädigen. Thomas hatte den Sitar-Spieler im Basar von Mirat gehört, und er hatte ihn auf Dauer gemietet, weil der Mann nicht nur gut war, sondern auch einige halbwegs europäische Melodien spielen konnte, wenn auch in Form wildester Improvisationen.

Das Mädchen mit den Tablas trat ein, dann die übrigen *nautch*-Mädchen, zum Schluss die indischen Offiziere und Sergeanten: Valmik, Nilambar, Ravi, Hussain, Zulfiqar und die anderen.

Thomas lehnte sich im Sessel zurück. Schlagartig fühlte er sich müde; die Untätigkeit, dachte er, und die Hitze. Er lauschte der Musik, betrachtete mit Wohlgefallen, wenn auch ohne Anteilnahme, die Bewegungen der Mädchen, dachte an ein Beilager mit Schlangen, dachte allen möglichen anderen Unsinn, wünschte sich die Begum mit ihren Zehen herbei, erinnerte sich an Chandrika, schwamm auf der schaumigen Bierbrandung nach Hause, nach Irland, wo er – da hielt er einige Momente die Augen geschlossen – mit alten Kumpeln eine Hafenkneipe in Youghal leer trank, erinnerte sich an die jüngste Schwester, die vermutlich längst Mutter war, kehrte zurück in die hitzige Gegenwart, stellte plötzlich fest, dass er tanzen wollte, ließ Vikram ein paar *jigs* und *hornpipes* auf der Sitar spielen, fand die Mädchen, die er alle längst von vorne und hinten, oben und unten kannte, aufregend neu und hinreißend sinnlich, hörte Satterthwaite sagen, er wolle sich ein wenig mit der Flötenspielerin befassen, da die übrigen *nautch*-Mädchen vom Tanzen in den schweren Hosen wohl arg heiß und feucht zwischen den Beinen seien, dachte »und ob!«, und irgendwann, kurz vor Morgengrauen, fand er sich beim Brunnenkiosk liegen, im linken Arm ein schnarchendes Mädchen, in der rechten Hand eine leere Flasche.

Saldanha blieb drei Tage; in dieser Zeit schnitt er ein paar Geschwüre auf, zog vereiterte Zähne, untersuchte nahezu das gesamte Bataillon. Er sagte, die Männer seien im Prinzip gesund, und gegen die Geschlechtskrankheiten könne er nichts tun.

Thomas sagte, da dies so sei, werde er auch weiterhin darauf verzichten, Geld für Ärzte auszugeben. »Wer nicht stark genug ist, eine Verwundung zu überleben, taugt ohnehin nicht als Soldat.«

Saldanha wies darauf hin, dass de Boigne gesunde Soldaten und ein richtiges Feldlazarett habe und für seine Leute besser sorge als jeder europäische Heerführer.

Thomas rümpfte die Nase. »Absolut übertrieben, wenn du mich fragst, dein de Boigne, bah ... Noch so ein Franzose.«

Am Abend vor Saldanhas Abreise saßen sie außerhalb der Festung, auf einem kleinen Hügel, wo man die Illusion eines Lufthauchs genießen konnte. Über der Wüste starb eben eine seltsame Spiegelung, die Thomas als »marodierende Gazelle« bezeichnet hatte, während der Portugiese einen auf dem Rücken schwimmenden Elefanten gesehen haben wollte. Weiter nach Osten zu, wo das Grasland begann, lehnten einige Sepoys am Pferch, in dem sich die Pferde befanden. Einer der Männer wickelte seinen Turban ab, und ein jäher Windstoß verwandelte das Tuch in eine helle Flatterschlange.

Thomas drehte seit einiger Zeit ein kleines Problem im Kopf hin und her; er wusste nicht, ob Saldanha ihm bei der Lösung helfen konnte, raffte sich dann aber dazu auf, ihn einfach zu fragen.

»Ein Viertel *lakh* – fünfundzwanzigtausend Rupien«, sagte er, ohne den Portugiesen anzusehen.

»Was ist damit?«

»Wie viel ist das, in Pfund Sterling?«

»Ungefähr zwölfhundert, vielleicht ein bisschen weniger.«

»Das Geld liegt bei einem Bankier in Mirat. Dieses, und etwas mehr. Fünfundzwanzigtausend, oder den Gegenwert, will ich meinen Schwestern in Irland zukommen lassen. Hast du einen Vorschlag?«

Saldanha überlegte kurz. »Ich nicht«, sagte er dann, »aber ich kenne einen, der sich mit so was auskennt. Claude Martin in Lakhnau. Ich habe dir von ihm erzählt, damals, in Delhi.«

»Ein Franzose?«

»Was hast du gegen Franzosen? Ist nicht einer deiner Offiziere einer?«

»Desailly? Der ist kein Franzose, der ist Pindari.«

»Noch einmal: Was hast du gegen Franzosen?«

»Ich nehme an, sie sind nicht alle so nutzlos wie die Lumpen, die bei der Begum Offizier spielen, aber irgendwie …« Er schüttelte den Kopf. »Ich bin zwar Ire, aber als Ire Untertan Seiner Majestät des Königs von England; jedenfalls fühle ich mich hier immer mehr als Engländer, und die Franzosen – nun ja, das ist eine fünfhundert Jahre alte Feindschaft. Und die Leute, die ich hier kennengelernt habe, bringen mich nicht gerade dazu, Franzosen zu lieben.«

Saldanha lachte. »Du solltest de Boigne kennenlernen; ein echter englischer Gentleman, wenn es so etwas überhaupt gibt. Und vergiss nicht, was jetzt hier an Franzosen herumläuft, ist vor allem so etwas wie … Strandgut, Abschaum, die schäbigen Reste eines erstklassigen Heers, das euch Briten vierzig Jahre lang in Indien meistens überlegen war. Die guten Leute sind heute wieder in Frankreich – bis auf de Boigne und noch zwei oder drei. Aber das tut nichts zur Sache. Soll ich mit Martin reden?«

Irgendwie war Thomas der Gedanke zuwider, sich von einem fremden Franzosen abhängig zu machen. Aber er sagte sich, dass es auch britische Lumpen gab, nicht nur bei der Flotte, nicht zu reden von jenem unsäglichen General, der Kadalur belagert und seine Soldaten sinnlos geopfert hatte.

»Na gut. Wenn du meinst, dass man sich auf ihn verlassen kann.«

»Das tut die Kompanie seit Jahren, ebenso der Nawab von Audh und jener vorzügliche General, der Sindhias Heer leitet und dessen Namen ich nicht noch einmal nennen will. Damit du nicht aus dem Hemd springst.«

Thomas lachte. »Gut, gut, ich schweige. Kann ich dir eine Zahlungsanweisung mitgeben?«

»Kein Problem. Wenn der Bankier in Mirat gut ist, wird die Zahlungsanweisung in Lakhnau honoriert. Und was machst du mit deinem übrigen Geld?«

Thomas hob die Schultern. »Von mir aus frag deinen Martin. Und, eh – was schulde ich dir für Rat und Übermittlung? Die Behandlung meiner Leute nicht zu vergessen.«

Saldanha kratzte sich den Kopf. »Ich nähme notfalls fünfzig Rupien an; damit komme ich mindestens vier Monate weiter.«

Bald nach Saldanhas Aufbruch tauchten an der Grenze wieder Sikhs auf, diesmal eine ziemlich große Truppe; Thomas nahm das halbe Bataillon mit, dazu ein paar leichte Geschütze, schwenkbar auf Kamelen montiert, und fünf Marathas, die einige Tage zuvor bei ihm aufgetaucht waren.

Es waren Spezialisten einer Sorte, von der er gehört hatte, die ihm als Gegner bisher jedoch erspart geblieben war: Raketenschützen. Die von ihnen gebauten und abgefeuerten Projektile hatten hinten Treibsätze und vorn einen Hohlraum, der beim Aufschlagen platzte und gehacktes Blei ausspuckte. Er hielt nicht viel davon, wollte aber nichts unversucht beziehungsweise ungetestet lassen.

Beim Kampf gegen die Sikhs stellte sich dann auch heraus, dass die Dinger bestenfalls gut dazu waren, die Pferde der Gegner zu erschrecken. Angeblich bastelten die besseren Waffenmeister der Marathas an Weiterentwicklungen, die auch an der Spitze eine Art Treibsatz aus Pulver und Zutaten besaßen. Neben der Lunte, die angezündet werden musste, um die Raketen abzuschießen, gab es auch für den vorderen Treibsatz Lunten; es hieß, die guten Raketenschützen seien imstande, durch Dicke und Länge und entsprechend geschicktes Verkürzen der Lunten vor dem Abschuss genau zu bestimmen, wann die Geschosse explodierten: in der Luft, über den Köpfen der Gegner oder beim Aufschlag. Er nahm sich vor, nach solchen Raketenmeistern zu suchen; die fünf, die gegen die Sikhs mitgezogen waren, entließ er anschließend wieder, da sie ihm nutzlos erschienen.

Kurz vor Beginn der Regenzeit händigte ihm einer der Boten, die immer wieder zwischen Thomas in Tappal und der Begum in Sardhana Botschaften oder – unter Bedeckung – Geld überbrachten, einen Brief aus, in dem die Begum ihn nach Agra bestellte. Die Formulierungen waren mehrdeutig; es konnte eine Belohnung sein oder eine Falle.

Er hatte lange und gründlich über die Begum nachgedacht. Über die Frau, die er bewunderte und deren Lager er gern teilte; über die Frau, der er Treue geschworen hatte; über die Frau, die er ehren musste und der er alles zutraute.

Es bekümmerte ihn nicht weiter, zu wissen, dass die wichtigen Entscheidungen zwischen ihr und demjenigen fielen, der gerade den Vorzug genoss, ihr Teppichlager teilen zu dürfen. Von ihm aus mochte sie schlafen, mit wem sie wollte. Was hieß: mit wem ihr sinnvoll erschien. Er wusste, dass er ihr bester Offizier war; er wusste aber auch, dass die anderen, vor allem die Franzosen, die bereits ihre Majore gewesen waren, bevor er kam, nichts unversucht lassen würden, um ihn herabzusetzen und, vielleicht, auszuschalten.

Wenn er in düsterer Laune war, meistens nach zu viel Arrak oder Whisky, konnte er sich zwei Dutzend Gründe ausdenken, weshalb die Begum sich auf derlei Intrigen einlassen mochte. Dutronc, der aufstrebende Saleur, Levassoult, oder vielleicht dieser neue Mann, der gekommen war, ehe sie Thomas nach Tappal schickte, Bourquin, ein ehemaliger Konditor, der offenbar hoch hinauswollte und den er ganz besonders widerlich fand. Vermutlich war das gegenseitig.

Er erwog, dass all diese Männer ihm eines voraus hatten: Sie waren ausgebildete Offiziere, sogar Bourquin, keine ehemaligen Stauer und Seeleute, und der Himmel allein wusste, welche Arten von Intrigen man in der Offiziersausbildung lernte. Er war keineswegs unsicher, was Tischmanieren oder das richtige Wort zur richtigen Zeit anging; aber vielleicht gab es da ja doch noch ein für ihn ewig unzugängliches Geheimwissen; woran sonst konnte es liegen, dass Adlige seit Jahrhunderten die Macht in Händen hielten?

Levassoult und Dutronc kamen aus diesen Kreisen, Bourquin sicher nicht, aber sie würden im Zweifelsfall eher mit einem ungebildeten Landsmann tuscheln – einem, der ihnen die Zunge bis zum Zäpfchen in den After schob – als mit einem irischen Emporkömmling flüstern.

Die Begum … Was für eine Frau! Und sie kam aus dem Dreck; einer Sorte Dreck, gegen die irischer Bauerndreck von paradiesischer Reinheit war. In den Stunden zwischen Mitternacht und Morgengrauen, wenn er sie Johanna nannte, hatte sie Geschichten erzählt: das kaschmirische *nautch*-Mädchen, Tochter eines früh verstorbenen Händlers und einer Mutter, die mit ihr durch die Basare gezogen war und sie in die Gepflogenheiten der Karawanen-Serais eingeführt hatte. Der Serais, der Lagerplätze am Straßenrand, der Händlertreffen und … anderer Dinge.

Er erinnerte sich an ihren fast tonlosen Bericht, mit geschlossenen Augen vorgetragen, während er auf den linken Ellenbogen gestützt neben ihr lag und sich einbildete, die Kreise, die sein rechter Zeigefinger um ihren Nabel streichelte, könnten Teile der Vergangenheit auslöschen oder wenigstens Bilder abschwächen.

Etwas Grässliches, über Brenn-Ghats irgendwo am Ganges, über halbverbrannte Leichen, die im heiligen Fluss mit den Wellen einen langsamen, feierlichen Tanz begingen, über Männer, die jemanden auf diese Weise in den Kreislauf der Dinge zurückgeschickt hatten und mit stinkenden, aschebeschmierten Körpern, an denen noch fremde Fetzen klebten, zum hinteren Rand der Brenn-Terrasse kamen, um sich kauernd zu erleichtern und sich dann, das abgewickelte Lendentuch über der Schulter, für ein paar Paisa in irgendeiner Frau zu verspritzen. In ein kaschmirisches Mädchen, das noch nicht Johanna Nobilis hieß.

Die Geschichte vom Tanz im Lager der Totschläger von Walter Reinhardt, als sie schon – wenn auch noch unsichtbar – ein Kind im Bauch trug, das Kind eines flüchtigen Mörders aus Tibet, der in Saharanpur abermals gemordet hatte und weiter fliehen musste; und die Augen von Samru Sahib dem Düsteren, die das *nautch*-Mädchen fraßen – das Mädchen, das noch nicht Johanna Nobilis hieß und noch längst nicht Samru Begum.

Hatte sie ihm je verraten, wie ihr wahrer Name lautete? Oder war der wahre Name Symbol des inneren Kerns, den sie nicht preisgeben wollte und durch allen Dreck, alles Elend hindurch unbefleckt bewahrt hatte? Er erinnerte sich, dass er sich winzig und bedeutungslos vorgekommen war, als er den Geschichten lauschte; zugleich aber hatte er sich damals gesagt, dass sie und er aus dem gleichen Holz, dem gleichen Lehm verfertigt seien und dass die edlen französischen Majore gewisse Dinge nie ahnen würden.

Aber er wusste ja nichts über die Geschichten, die sie den anderen erzählte. Ob sie ihnen überhaupt etwas erzählte. Ob die Geschichten, die sie ihm erzählt hatte, wahr oder für ihn erfunden, zu einem bestimmten Zweck ausgeheckt waren. So viele Widersprüche ...

Die Tochter des tibetischen Mörders, die den Namen Marie erhalten hatte, als Johanna Nobilis mit ihr unter die Taufkelle des Franziskaners oder Karmeliters in Agra trat, in jenen langen Nächten von der Mutter gelobt, war nicht mehr als eine beliebige andere Sklavin im Palast zu Sardhana.

Die unverbrüchliche Treue gegenüber Shah Alam, dem sie Titel und *jagir* verdankte – ah nein, den *jagir* verdankte sie sich selbst und ihren Truppen –, würde zweifellos ewig währen, abgesehen von Perioden, in denen übermächtige Gegner wie damals Ghulam Kadir sie an der Ausübung von Treue hinderten.

Ewig, sofern man Ewigkeit als jenen Zeitraum bezeichnete, in dem der Kaiser irgendeine Form von Bedeutung behielt; sollten die Marathas ihn eines Tages nicht mehr benötigen, so hatte sie gemurmelt, würde sie ohne Zögern ihre Treue und die Dienste ihrer Truppen jenem übergeben, der die siegreiche Maratha-Dynastie vertrat – einem Sindhia aus dem Haus Gwalior, zum Beispiel, oder einem Holkar aus dem Haus Indore ... Und er? Manchmal hatte er überlegt, ob er sich nicht doch absetzen sollte, mit seinem Bataillon die Begum verlassen – die meisten Männer, fast alle, würden mit ihm kommen, dessen war er sicher. Mit ihm kommen, um ihm zu dienen und mit ihm reich zu werden, wenn er es endlich zum Radscha brachte. Alberner Gedanke.

Oder wenn er beschlösse, sich einem anderen zu unterstellen. Dieser Franzose, de Boigne … trotz des de kein Adliger, ein anständiger Mann, wie es hieß, der erst dann Silber einsteckte, wenn er seine Sepoys bezahlt hatte. Anständig wiewohl Franzose. Beziehungsweise Savoyarde, aber das war kein so großer Unterschied. Möglicherweise anständig. Andererseits … Nach dem, was er wusste, hatte de Boigne die Absicht, irgendwann nach Europa heimzukehren, zweifellos als reicher Mann nach guten Diensten.

Gute Dienste hatte er bis jetzt schon geleistet; Thomas hielt die Schlacht von Agra für ein Meisterwerk, und es kostete ihn umso weniger, das insgeheim zuzugeben, als er wusste, dass de Boigne und er die Einzigen unter den hohen und niedrigen Söldnern waren, die – Offiziersausbildung hin oder her – vorher keine selbstständigen Kommandoposten gehabt hatten. De Boigne, hieß es, habe in verschiedenen Heeren gedient, ohne je unter Beschuss gewesen zu sein, und in seinem ersten wirklichen Einsatz, in der Schlacht gegen die Rajputen bei Lalsot, musste er mit der kühlen Sicherheit eines erfahrenen Feldherrn gehandelt haben. Kein schlechter Vorgesetzter, wahrscheinlich; und dennoch war diese Möglichkeit ausgeschlossen.

Dafür gab es zwei Gründe. Zum einen die alten Träume. Thomas wollte nicht dienen, reich werden und heimkehren wie de Boigne; er wollte sein eigener Herr werden, ein Fürst, ein Radscha. In einer schlossartigen Festung mit tausend Zimmern und zweitausend Fenstern. Und Windgeistern. Über die Heimkehr ließe sich später noch nachdenken.

Zweitens die Heiligkeit des gegebenen Worts. Er hatte der Begum Treue gelobt; mehr gab es dazu nicht zu sagen. Er wusste sehr wohl, dass manche ihn wegen dieser altmodischen Auffassung von Ehre und Eid belächelten; aber er sagte sich immer wieder, es sei dies seine einzige Chance, sich inmitten des Gemetzels, der wechselnden Bündnisse, des Chaos und des Geldes als Mensch zu empfinden. Etwas Heiliges musste bleiben; wenn alles unheilig war, wozu dann leben? Vegetieren wäre in diesem Fall mehr als genug.

Nicht zu vergessen – drittens oder doch erstens? – die Prophezeiungen der irischen Hexe. Fee. Hexenfee. Frauen ehren. Wenn die Begum eine Frau war und keine Dämonin, was einige Männer behaupteten, hatte er sie zu ehren.

Blieb die Frage, was es mit der Einladung nach Agra auf sich hatte. Belohnung für gute Dienste? Eine Falle, um ihn auszuschalten? Oder wollte die Begum vielleicht ihren bestdressierten Tanzbären anderen Fürsten vorführen?

Natürlich folgte er der Einladung. Auf dem langen Ritt nach Agra erwog er immer wieder diese und andere Möglichkeiten; irgendwann schloss er die Falle aus. Nicht, dass er der Begum derlei nicht zugetraut hätte, aber so etwas konnte sie einfacher haben, irgendwo zwischen Tappal und Sardhana. Immerhin, es war besser, sich vorzusehen; außerdem brauchte man eine ungehörige Menge Leichtsinn, um allein durch das Land zu reiten, in dem jederzeit marodierende Truppenreste und Wegelagerer umherzogen.

Thomas nahm fünfzig Mann mit, darunter den Kern seiner Pindaris. Genug, um sicher zu reiten; genug auch, um ihn notfalls aus einer Klemme zu hauen.

Seit Reinhardt der Düstere des Kaisers Gouverneur von Agra gewesen war, besaß die Begum dort einige Häuser, Mietshäuser ebenso wie einen kleinen Stadtpalast. Frühere Offiziere und ihre Familien (oder die Witwen und Waisen ehemaliger Kämpfer) lebten dort, hielten die Gebäude in Ordnung, verwalteten die Liegenschaften, und wenn die Begum in die Stadt kam, fand sie in ihnen Diener und Wächter.

Sie war mit kleiner Bedeckung gereist, fünfzig Reiter und drei Elefanten. Einer davon trug den *haudah*, in dem sie die Reise zurücklegte. Als Thomas die Stadt erreichte, hatte die Begum längst alles in Besitz genommen. Ein wenig zu seiner Überraschung fand er, dass sie ihre Tochter mitgebracht hatte: als Tochter, nicht als Dienerin.

Er kannte Agra nicht; auf ihrem langen Weg von Süden nach Delhi hatten die Pindaris einen weiten Bogen um die Stadt gemacht, in deren Nähe sich damals zu viele marodierende Rohillas aufgehalten hatten. Nun genoss er es, sich einigermaßen unbesorgt in der alten

Kaiserstadt umzuschauen. Einige Tage lang trieb er sich durch die Gassen und Basare der Stadt, betrachtete die Rote Festung, besuchte einige Moscheen, und einmal begleitete er die Begum hinaus zum Taj Mahal.

Er genoss auch mysteriöse Nächte, in denen sich die Begum ihm hingab, ihn besaß, Magd und Mannschaft und Beritt war, über die Franzosen schwieg und von ihrer Tochter redete. Thomas fand, dass Marie, die inzwischen sechzehn war, ein hübsches Mädchen sei – »mehr kann ich nicht sagen; du weißt, dazu müsste ich zuerst ihre Zehen sehen«.

Sie hatte die Eskorte dem Kommando eines jungen Briten unterstellt. Er hieß Broadbent, konnte kaum älter sein als zwanzig und war der Sohn eines Offiziers der Kompanietruppen. Abenteuerlust hatte ihn aus dem allzu kaufmännischen Kalkutta nach Hindustan getrieben.

Thomas freundete sich schnell mit ihm an; der junge Mann war ein angenehmer Gesprächspartner an den langen Nachmittagen und Abenden, und er schien viele Dinge ähnlich zu sehen. Zum Beispiel die Ehre des Ehrenworts. Mit ihm machte Thomas einen zweiten Ausflug zum Taj Mahal; schweigend, wie erschlagen und dabei erhoben, umrundeten sie das Gebäude, streiften durch die verwilderten Gärten, saßen am Rand des großen Wasserbeckens. Als sie zur Stadt zurückritten, sagte Broadbent plötzlich: »Unbeschreiblich. Von einem trunkenen griechischen Bildhauer aus dem Duft einer weißen Rose geformt.«

Thomas staunte. Er beugte sich weit nach rechts, legte dem neben ihm reitenden Leutnant der Begum die Hand auf den Oberschenkel und sagte: »Wenn die Fürstin Sie gehen lässt, hätte ich Sie gern in meinem Bataillon.«

An diesem Abend fanden sie, als sie zum Stadtpalast zurückkehrten, eine Aufforderung der Begum vor, die Stadt gleich wieder zu verlassen. Der Diener, der den Befehl übermittelte, wirkte verstört. Er sagte, die Fürstin halte sich mit den meisten Männern der Eskorte am Rand der Wüste auf; er beschrieb den Weg.

Thomas erkundigte sich, was die Ursache für den ungewöhnlichen Ausritt und den Befehl sei, sich zu ihr zu begeben.

»Es ist etwas vorgefallen«, sagte der Diener, »und zwar in der Stadt, was außerhalb der Stadt und der Rechtsprechung des kaiserlichen Statthalters bereinigt werden muss.«

Thomas gab sich mit dieser Auskunft nicht zufrieden. Er bohrte nach; der Diener wand sich ein wenig, sprach aber schließlich immer schneller.

Offenbar hatten zwei Sklavinnen der Begum sich mit zwei Sepoys zusammengetan, die eines der Häuser der Fürstin bewachen sollten – jenes, in dem die Begum wertvolle Handelsgüter und einen Teil ihrer Reisekasse untergebracht hatte, da ihr der Palast, in dem Gäste aus und ein gingen, zu unsicher dafür erschien. Die beiden Soldaten und die Mädchen hatten alles Geld, dessen sie habhaft werden konnten, an sich genommen und waren geflohen. Vermutlich wäre ihre Flucht nicht so bald bemerkt worden, wenn sie nicht in der Absicht, Spuren zu verwischen, allzu auffällige Spuren hinterlassen hätten: Sie hatten das Lagerhaus angezündet. Nachbarn löschten und benachrichtigten natürlich sofort die Begum – all dies schien sich am frühen Vormittag zugetragen zu haben, kurz nachdem Thomas und Broadbent zum Taj Mahal hinausgeritten waren.

Reiter der Eskorte wurden losgejagt, um die Fliehenden zu verfolgen; nach kaum einer Stunde kehrte einer der Männer zurück und meldete, man habe die vier gefangen.

Thomas seufzte. »Ich nehme an, es gibt eine Art Kriegsgericht; alle anwesenden Offiziere müssen teilnehmen. Dann los.«

Als sie in der Abenddämmerung die beschriebene Stelle erreichten, fanden sie, dass die Begum ihr Reisezelt aus der Stadt hatte bringen und hier aufschlagen lassen. Vor dem Zelt, rechts und links des Eingangs, waren zwei Köpfe zu sehen, mit aufgerissenen Augen und Knebel im Mund.

Das Urteil über die Soldaten konnte die Begum nach Recht und Gesetz nicht allein fällen; sie war zwar ihr eigener Oberkommandeur, aber am Kriegsgericht mussten alle Offiziere teilnehmen, soweit vorhanden.

Das Urteil über die Sklavinnen dagegen hatte die Fürstin bereits gefällt. Unter ihren Augen hatte einer ihrer Leibdiener die beiden gepeitscht, bis sie blutüberströmt waren und bewusstlos zusammenbrachen. Man hatte die Mädchen wieder geweckt, Salz über die offenen Rücken gestreut und sie dann vor dem Eingang des Zelts eingegraben. Nur die Köpfe blieben über der Erde, und so würde es bleiben, bis die Frauen starben.

So unbehaglich Thomas auch zumute war, konnte es doch hinsichtlich der beiden Soldaten nur ein Urteil geben: Tod durch Erschießen.

In der nächsten Nacht, wieder in Agra, lag er nicht bei der Begum, die ihn in ihre Gemächer hatte holen lassen. Er blieb in einem Sessel sitzen, während sie auf den Teppichschichten lag; es gelang ihm nicht, ihr verständlich zu machen, dass er die Bestrafung der Sklavinnen über alle Maßen grausam fand.

Irgendwann sagte die Begum: »Hör zu, Georgie Sahib.« Dann richtete sie sich auf und ging vom Englischen zum Urdu über. »Die Fürstin hat befunden, dass ihr getreuer Diener, der treffliche Verwalter des Landes Tappal, nicht länger Gegenstand übler Gerüchte sein soll, die ihn mit dem Lager seiner Fürstin verbinden, was unstatthaft ist und, wenn es wahr wäre, gegen alle Gepflogenheiten verstieße.« Sie glitt von der Bettstatt und stand aufgerichtet vor ihm. »Wir haben daher beschlossen, ihn mit einer jungen, hübschen, edlem Schoß entstammenden Frau zu vermählen; diese Vermählung wird morgen früh hier im Palast stattfinden.«

Bis zum nächsten Morgen hatte Thomas sich von seiner Verblüffung ausreichend erholt, um Gefallen an dieser Idee zu finden. Die Tochter eines tibetischen Mörders – wenn die Geschichte stimmte – und eines zur Fürstin gewordenen kaschmirischen Tanzmädchens, wahrlich edlem Schoß entsprungen, als Gemahlin eines irischen Tagelöhners, der es zum Major gebracht hatte!

Aber er erinnerte sich daran, dass er Frauen ehren sollte. Mit einiger Mühe machte er der Begum klar – sie hatten die ganze Nacht geredet –, dass er nur zustimmen könne, wenn er von seiner künftigen Gemahlin gehört habe, dass sie einverstanden sei. Die Begum murmelte etwas von europäischem Unfug, weckte eine der Dienerinnen, die in ihrem Vorzimmer schliefen, und befahl ihr, Thomas bei Marie anzumelden.

Die Tochter der Begum empfing ihn mit einem spöttischen Lächeln, in der Stunde zwischen dem Ende der Nacht und dem Beginn des Tages, der Stunde der Diebe und der flüchtenden Liebhaber. Sie war unverschleiert und nur in ein langes, lichtes Leinentuch gewickelt. Während er näher trat, dachte Thomas, dass er, sollte er die Szene je beschreiben müssen, zu diesem Gewand kaum etwas anderes würde sagen können als »von unzüchtiger Sittsamkeit«.

»Ich nehme an, die Begum hat von ihren Beschlüssen gesprochen, Major Jehazi Sahib.«

»So ist es. Der Bräutigam eilt im frühen Morgen zur Erwählten, um sie zu befragen, was sie dazu meint.«

Marie lachte leise. Mit einigem Aufwand versuchte sie, verschämt dreinzuschauen, senkte die Blicke auf die eigenen Füße und sagte, mit einem unterdrückten Kichern: »Mag der Jehazi Sahib meine Zehen sehen? Sie ähneln denen meiner Mutter.«

Thomas starrte sie sprachlos an.

»Der Sahib darf mit ihnen gern verfahren wie mit jenen der Begum. Auch mit den übrigen ... Dingen.«

Er riss sich zusammen. Mit einer Verbeugung sagte er: »Ich nehme das als Einverständnis, schönste Blume Hindustans.«

»Was denn sonst?« Sie zupfte an dem Tuch, hob das linke Bein und reckte ihm ihren Fuß entgegen.

Thomas lachte, kniete, nahm den Fuß in die Hände, fand die Zehen mit den Augen, mit Wohlgefallen, mit den Lippen, mit der Zunge und mit Lust.

»Aber, Sahib, doch nicht vor der Vermählung!«

Zwei Monate verbrachten sie in Agra, und es waren die seltsamsten Flittermonde, die Thomas sich vorstellen konnte. Einerseits war er mit seinem neuen Zustand sehr zufrieden und in Marie durchaus ein wenig verliebt, was sie erwiderte. Andererseits hätte man wegen einiger finsterer Blicke meinen können, die Begum sei eifersüchtig – auf Marie, auf Thomas, auf beide –, nachdem sie doch alles eingefädelt hatte.

Der kleine Stadtpalast bot nicht genug Raum für die üblichen fürstlichen Suiten und Fluchten – *zenana* für Gemahlin und Dienerinnen, Gemächer für den Gemahl und sein Gefolge. Thomas, der außer seinen Offizieren und einem Burschen ohnehin kein Gefolge hatte, blieb mit Broadbent und anderen Männern in dem kleinen angebauten Flügel, in dem er von Anfang an untergebracht worden war, und Marie behielt das »Tochterzimmer« im kaum abgetrennten *zenana*-Teil des Palasts. Wo ihr Gemahl sie nachts besuchte, um in den frühen Morgenstunden jeweils wieder ins Offiziersquartier zurückzukehren.

Außerhalb des provisorischen »Ehegemachs« war Marie sittsam, gefügig und ihrem Gemahl so untertan, wie eine wohlerzogene moslemische Fürstentochter dies vor allem auch nach christlicher Taufe sein sollte. In den Nächten fand Thomas bei ihr schmackhafte Schamlosigkeit und schwelgerische Neugier. Witz und Wärme, die sie ihm gab, erwiderte er umso lieber, als ihr bei aller sonstigen Ähnlichkeit die Härte der Mutter fehlte, was er nicht als Mangel ansah.

Broadbent, den Thomas bei der kleinen Feier zum Brautführer befördert hatte, vertrieb Marie bisweilen die Zeit, indem er mit ihr Schach spielte. Thomas, der zu derlei sesshaften Betätigungen keine Geduld hatte, verkniff sich ein Grinsen, wenn der Leutnant ihm von unwiderlegbar tückischen Zügen der Gegnerin berichtete.

Irgendwann liefen Gerüchte um, Sindhia und de Boigne seien in der Stadt, man bekam sie jedoch nicht zu Gesicht. Nur einer von de Boignes Hauptleuten erschien einmal nachmittags im Palast, um den »hochgelobten Kameraden und Kollegen« zu sehen.

Er nannte sich Perron, gab aber zu, eigentlich anders zu heißen: Pierre Cuiller, was, wie er sagte, ein etwas alberner Name sei. Ob Thomas vielleicht gern Peter Spoon heißen würde? Im umständlichen Gespräch – auf Urdu; Perrons Englisch war kaum besser als Thomas' Französisch, das nicht existierte – stellten sie fest, dass sie gleichzeitig nach Indien gekommen waren: Thomas mit der britischen Flotte des Admirals Hughes, Perron mit der des französischen Gegenspielers, Admiral de Suffrein. Beide waren sofort desertiert, und beide waren einander herzhaft unsympathisch.

Nach drei Monaten verließen die Begum und ihr gesamtes Gefolge Agra. Marie war schwanger. Auf dem langen, langsamen Heimweg schlug die Begum eines Abends vor, dass Marie doch besser bei ihr in Sardhana bleibe, statt mit Thomas in seine unbequeme Festung bei Tappal zu reisen.

Nach kurzem Bedenken nahmen beide den Vorschlag an, wobei die Begum ihnen bessere Tage verhieß: Bis zu Maries Niederkunft solle Thomas seine Arbeit im Distrikt Tappal vollenden; danach werde sie einen anderen mit der Fortsetzung betrauen und Thomas in herausgehobener Stellung in Sardhana verwenden. Seine Bitte, Leutnant Broadbent zu seinem Bataillon zu versetzen, lehnte sie ab.

Alles ging weiter wie zuvor: Verwaltung, die Steuern und harte Kämpfe, dazwischen ebenso anstrengende Nächte in der Festung, mit Alkohol, Musik und *nautch*-Mädchen. Thomas sagte sich, dass die Tochter der Begum als gute Orientalin bestenfalls verblüfft gewesen wäre, wenn er begonnen hätte, an Monogamie zu leiden.

Sie wechselten Briefe. Es kamen auch andere Schreiben, zum Beispiel von Claude Martin aus Lakhnau, der ihm mitteilte, auf das Betreiben von João Saldanha hin habe er Aktien der Ostindien-Kompanie im Gegenwert von fünfundzwanzigtausend Rupien gekauft; die Aktien würden in London verwahrt, und er habe seinen dortigen Bankier angewiesen, die Schwestern von George Thomas in der Grafschaft Tipperary ausfindig zu machen und dafür zu sorgen, dass alle Dividendenzahlungen ihnen zugutekämen. Er sei jederzeit bereit, gegen Erstattung der Unkosten oder eine geringe prozentuale »Bearbeitungsgebühr« ähnliche Vermittlungen zu übernehmen.

Thomas schrieb ihm, damit sei er sehr einverstanden, und fügte eine weitere Zahlungsanweisung bei, über dreißigtausend Rupien.

Die Briefe gingen jeweils über Delhi, wo der Resident der Kompanie in regelmäßigen Abständen Kuriere mit Eskorte empfing und losschickte.

Dann kam das Jahr 1792 und mit ihm die nächste große Umwälzung, mit der Thomas bei allen skeptischen Erwägungen hinsichtlich der Begum nicht gerechnet hatte.

Ein Bote aus Sardhana brachte ihm ein Schreiben, von der Begum persönlich verfasst. Sie teilte ihm mit, ihr neuer Zustand als Großmutter mache sie gewissermaßen zur alten Frau, was nur erträglich sei, da man den Enkel als wohlgeraten bezeichnen dürfe.

Thomas war von dieser umwegigen Mitteilung seiner Vaterschaft nicht überrascht – erstens war die Niederkunft für diese Zeit errechnet worden, und zweitens hatte er einen halben Tag zuvor einen anderen Brief erhalten, von Leutnant Broadbent, überbracht durch einen vertrauenswürdigen Sepoy, der in der Nacht aufgebrochen war und zwei Pferde zuschanden geritten hatte.

Broadbent schrieb, Marie und das Kind seien gesund und würden als Geiseln gehalten. Die Begum habe Major Levassoult geheiratet. Pater Gregorio, ein Karmeliter, der sie vor vielen Jahren auch mit Reinhardt vermählt, habe die Trauung vorgenommen. Trauzeugen seien zwei weitere Franzosen gewesen, die Majore Bernier und Saleur.

Kurz vor Sonnenuntergang fand die Abstimmung statt. Thomas hatte das Bataillon im Innenhof der Festung antreten lassen. Seine Ansprache war kurz.

»Männer – ihr habt das Salz der Begum gegessen wie ich, und ihr habt mein Salz gegessen. Die Begum hat die Mutter meines Sohnes zum Pfand genommen, dass ich vor ihr krieche. Damit ist das Salz, das ich mit ihr gegessen habe, schal geworden. Ich werde durch die Nacht reiten, um im Morgengrauen meinen Sohn und seine Mutter zu befreien. Wer mit mir kommen will, soll all seinen Besitz packen. Wer mit mir kommen will, wird nicht mehr für die Begum kämpfen. Ich verspreche, eine andere und bessere Aufgabe für uns zu finden. Wer der Begum die Treue halten will, dem sage ich, ich habe Verständnis und werde nie gegen ihn kämpfen. Entscheidet euch.«

Das halbe Bataillon war mit George Thomas, und das halbe Bataillon genügte, um am nächsten Morgen den schwach bewachten Palast der Begum zu besetzen, bis Marie, das Kind, einige Dienerinnen und ein paar Habseligkeiten in Sicherheit waren. Leutnant Broadbent deckte mit ein paar Pindaris den Abzug und schloss sich der kleinen Truppe an.

Drei Tage später trafen sie in Delhi ein. George Thomas suchte eine neue Aufgabe für sich und seine Kämpfer. Einen neuen Weg, Radscha zu werden. Den Königsweg schien es nicht zu geben.

12. Zuflucht

Wirklich, ich lebe in finsteren Zeiten!
Das arglose Wort ist töricht. Eine glatte Stirn
Deutet auf Unempfindlichkeit hin. Der Lachende
Hat die furchtbare Nachricht
Nur noch nicht empfangen.

BERTOLT BRECHT

Nach der Flucht von Ghulam Kadir besetzten die Marathas Delhi; aber sie kamen nicht allein. Als João Saldanha nach den langen Monaten des Pathanen-Terrors den Palast verließ, sah er auch jede Menge roter Röcke: de Boignes Infanterie. Saldanha nahm an, dass der Savoyarde und seine Leute eine wichtige Rolle bei den langwierigen Säuberungsarbeiten in Hindustan gespielt hatten; später bestätigte de Boigne dies.

Ein Havildar, den Saldanha im Basar traf, erinnerte sich an den Arzt und sagte ihm, wo er de Boigne finden könne: im Haus des Residenten der Ostindien-Kompanie. Saldanha war einerseits berauscht vom Gefühl der Freiheit – es war, als hätte er lange Zeit einen schweren, stiellosen Morgenstern getragen und alle Kraft darauf verwendet, die Stacheln dem eigenen Fleisch fernzuhalten –, andererseits zerfressen von Erinnerungen an das Grauen und von Gedanken an das, was Tamira vor dem hoffentlich gnädigen Tod durchgemacht haben musste. Deshalb nahm er die Information zur Kenntnis, ohne sich zu wundern. Er hatte das Gefühl, durch die Stadt zu taumeln oder zu fliegen; wahrscheinlich ging er, wie jeder gewöhnliche Sterbliche.

Der Resident der Kompanie war in den Wirren der pathanischen Besetzung von Delhi umgekommen. Man nahm dies in Kalkutta nicht als Affront, da man Ghulam Kadir zwar für verrückt, aber nicht für unzurechnungsfähig hielt. Bis zur Entsendung eines neuen Mannes aus Kalkutta sollte der erfahrene William Palmer, Resident in Agra, die Interessen der Kompanie am Hof des Kaisers und bei Sindhia vertreten.

Das Gebäude – ein kleiner viereckiger Stadtpalast mit Ställen und einem von Palmen und Zypressen bestandenen Innenhof – wurde von Sepoys der Ostindien-Kompanie bewacht. Der Offizier der Wache, unüberhörbar ein Schotte, musterte Saldanha misstrauisch, als dieser de Boigne zu sprechen wünschte.

»Wie sehen Sie denn aus, Mann? Ich glaube nicht, dass ...«

Zufällig verließ in diesem Moment einer von de Boignes Hauptleuten den Palast, blieb auf der obersten der von Säulen gerahmten Eingangsstufen stehen, deutete eine kleine Verneigung an und sagte: »Der portugiesische Hakim! Willkommen, Doktor Saldanha. Sie wollen sicher zum Kommandeur?«

»Wenn es Ihnen gelingt, diesen schottischen Zerberus zu beschwichtigen ...«

Der Wachoffizier nahm Haltung an. »Nichts für ungut, Sir, aber so, wie Sie aussehen ...«

Saldanha nickte. »Ich weiß; aber nach vier Monaten mit Ghulam Kadir sähen Sie auch nicht besser aus.«

De Boigne saß mit einem Adjutanten und zwei eher symbolisch verschleierten Frauen im Bogengang an der Nordseite des Innenhofs, von der Abendsonne benetzt, wie Saldanha fand, und von Kaffee umhegt. Er stand auf, entließ den Wachoffizier mit einem Nicken und schüttelte die Hand des Portugiesen.

»Du siehst aus wie ...« Er zögerte, suchte in Saldanhas Augen nach dem passenden Vergleich. »Zurück aus der Hölle, was?«

»Da war ich noch nie«, sagte Saldanha. »Früher oder später kann ich dir aber bestimmt Genaueres über das dortige Interieur erzählen.«

De Boigne stellte ihn den anderen vor, schob ihm einen Korbsessel hin und goss selbst Kaffee ein, ehe ein herbeieilender Diener es tun konnte.

»Genügt zuerst Kaffee, oder bist du verhungert?«

»Im Moment ist das genau richtig.«

Der Adjutant entschuldigte sich bald. Während er mit de Boigne beiseiteging und etwas Dienstliches besprach, genoss Saldanha den ersten richtigen Kaffee seit einer Ewigkeit und bemühte sich, mit den Damen ein wenig höfliche Konversation zu betreiben. Die Ältere sprach ihn gleich auf Claude Martin an; sie war die Frau des Residenten Palmer, Tochter eines hohen Hofbeamten in Lakhnau, und die Jüngere ihre Schwester.

»Ich bedaure sehr, ein wenig verwildert zu sein«, sagte Saldanha. »Wenn ich gewusst hätte, dass mich die Augen edler Fürstentöchter erdulden müssen, hätte ich versucht, deren Leid zu mindern.«

Die jüngere Schwester lächelte; Saldanha sah es an den unverschleierten Augen, die an de Boigne hingen, der zehn Schritte entfernt leise mit seinem Adjutanten sprach.

»Wir sind Schlimmeres gewohnt.« Die Frau des Residenten lachte leise. »Dieser Teil der Stadt war zwar schon länger von den Marathas besetzt, aber wir sind erst seit gestern hier; auch die Residenz ist noch ziemlich verwildert.«

Ihr Englisch war fast ohne Akzent. Saldanha überlegte, dass die Verwilderung der Residenz vermutlich harmlos war gegenüber jenen Dingen, die sie während der langen Belagerung von Agra gesehen hatte.

»Und da meine Schwester bald die Ehre haben wird, die Frau des kühnen und großherzigen Bennett zu werden, muss sie darauf gefasst sein, die eine oder andere Verwilderung zu sehen.«

»Bennett? Ah, Benoît.« Er murmelte ein paar höfliche Glückwünsche; dabei sehnte er sich nach einem warmen Bad, Seife und besserer Kleidung – nicht, weil ihm nach Luxus zumute gewesen wäre, sondern weil er annahm, dass bessere Kleidung in dieser Umgebung seine Konversation beflügelt hätte.

Aber de Boigne ersparte ihm dies und anderes. Sobald er das Gespräch mit seinem Adjutanten beendet hatte, nahm er Saldanha beiseite und stellte ein paar schnelle, präzise Fragen.

»Noch schlimmer, als ich befürchtet hatte«, sagte er schließlich. »Über meine Schulden bei dir reden wir später, mein Freund ...«

»Ich weiß nichts von Schulden«, unterbrach Saldanha.

De Boigne winkte ab. »Ich nehme an, du hast alles verloren; dir steht mindestens der Sold eines Hakim zu, der an zwei Schlachten teilgenommen hat. Aber das kann warten. Was du jetzt brauchst, sind Ruhe, gutes Essen und nicht zu viel Gesellschaft.«

Saldanha wollte widersprechen, sagte sich aber, dass es nutzlos sei, dem scharfsinnigen Kommandeur Lügen erzählen zu wollen, und unsinnig, das Angebot eines alten Freundes abzulehnen.

»Dann lass uns über meinen Dank reden, wenn wir über deine Schulden sprechen.« Er lächelte. »Kannst du mich irgendwo unterbringen?«

De Boigne machte eine Armbewegung, die das gesamte Palastgebäude einschloss. »Unter den obwaltenden Umständen hat mir Palmer das Gebäude zur Verfügung gestellt – mindestens die Hälfte. Bis auf weiteres. Es gibt da einiges zu klären.«

In den nächsten zwei Wochen beschäftigte sich Saldanha damit, ein paar Pfund zuzunehmen, zu schlafen, jedenfalls soweit seine Albträume dies zuließen, gierig zu lesen – die offenbar nie besonders reiche Bibliothek der Residenz hatte unter den Plünderungen gelitten, barg aber für ihn immer noch ungeheure Schätze –, seltener mit den Damen und häufiger mit Offizieren zu reden. Sowohl die Frau des Residenten als auch ihre jüngere Schwester, de Boignes Zukünftige, behandelten ihn zuvorkommend und erwiesen sich als unkompliziert; in ihrer Gegenwart hatte er jedoch das ihm selbst unerklärliche Gefühl, von den furchtbaren Dingen sprechen zu müssen, die man im Palast den Frauen angetan hatte, während er mit den Kompanie-Offizieren und den Leuten des Savoyarden einfach über dies und das und Ghulam Kadir, die politische Lage in der Karnatik oder das Verschwinden absurder Reliquien reden konnte.

De Boigne schien den Damen in groben Zügen berichtet zu haben, was im Palast geschehen war und auch, dass Saldanha dort unter ungeklärten Umständen eine ihm teure Frau verloren hatte. Bei der kleinen Hochzeitsfeier – die große sollte demnächst in Lakhnau stattfinden, mit der gesamten Verwandtschaft der jungen Frau – konnte er sich mit dem Verständnis der Brautleute zurückziehen, nachdem er gratuliert hatte. Er hätte sich an der Tafel gefühlt wie Tirsos Steinerner Gast.

Auch der provisorische Resident drängte ihn nicht zur Teilnahme an gesellschaftlichen Veranstaltungen. Er bat ihn lediglich um einen möglichst ausführlichen Bericht, den Saldanha, am dritten Tag nach seiner »Wiedergeburt«, in Palmers Anwesenheit und unterstützt von dessen Fragen einem Sekretär diktierte.

Bei dieser Gelegenheit erfuhr er auch, weshalb der Savoyarde nicht in Sindhias Lager bei seinen Bataillonen weilte: Er hatte »gekündigt«. Saldanha sagte sich, dass ihm dies von Anfang an hätte klar sein müssen, als der Havildar ihn zur Residenz wies.

»Es ist einfach und kompliziert zugleich«, sagte Palmer. Er hob das Glas mit Portwein, mit dem sie den Abschluss des Berichts begingen. Der Sekretär hatte das geräumige Arbeitszimmer des Residenten verlassen. Palmer lehnte sich in seinem Ledersessel zurück, murmelte eine Bitte um Vergebung und legte das rechte Bein auf die Kante des schweren dunklen Schreibtischs. Der Resident – gleichzeitig Major der Kompanietruppen – war etwa fünfunddreißig, mit schon leicht angegrauten Schläfen und einem seltsam dezent wirkenden Bauchansatz.

»Kompliziert und einfach, oder andersherum, wie man will. Seit der Katastrophe von Panipat hat Sindhia einen Offizier gesucht, der ihm disziplinierte Infanterie beschafft, dazu – wie soll ich sagen? Stoische Kanoniere, Geschützbesatzungen mit europäischem Ladetempo. Unser Freund Bennett ist genau das, was Sindhia sich immer gewünscht hat. Die Schlacht von Lalsot, die er beinahe gewonnen hätte, wäre ohne ihn verloren gegangen, und Agra hätte Sindhias Ende sein können. Die Geschütze, dazu die zwei Bataillone und die Reste des Bataillons von Lestineau; das wäre der Kern eines guten *campoo*, nennen Sie es Brigade oder Armeekorps von etwa zehntausend Mann. Bennett hat vorgeschlagen, dass er so ein *campoo* aufstellt und ausbildet.«

Saldanha nippte an seinem Portwein. »Ein Genuss, nebenbei. – Und was spräche dagegen?«

Palmer lachte. »Nichts; nur alles. Sindhia ist ein gerissener Politiker und ein guter Feldherr; er ist großmütig und gebildet und alles, was man von einem solchen Mann erwartet. Aber er ist auch geizig. Und er hat politische Rücksichten zu nehmen. Bennett will das *campoo*, und er will es selbst befehlen, keinem anderen als Sindhia unterstellt. General de Boigne ... Der Sold und alle anderen Kosten müssten garantiert sein, damit er nicht jede Woche von Neuem feilschen muss. Dazu hat er vorgeschlagen, dass Sindhia ihm einen *jaidad* gibt, also mehrere große *jagirs*.«

»Ich sehe, worauf das hinausläuft.« Saldanha nickte; dabei setzte er ein schräges Lächeln auf. »Der Geiz, die anderen Generale, die anderen Maratha-Fürsten und Poona, nicht wahr?«

»Ganz recht. Sindhia kann sich nicht darauf verlassen, dass der Peshwa ihn unterstützt. Er kann sich aber darauf verlassen, dass die anderen Maratha-Fürsten versuchen werden, ihm das Leben so schwer wie möglich zu machen. Solange er keine eindeutige Unterstützung des Peshwa hat, ist er auf seine eigenen Generale und die kleinen Fürsten, die zum Hause Sindhia aus Gwalior stehen, nahezu bedingungslos angewiesen; und Leute wie Lakwa Dada, Rana Khan oder Apa Khande Rao werden niemals dulden, dass so ein europäischer Emporkömmling wie Bennett gleichrangig neben ihnen steht.«

»Er kann sich nicht leisten, sie vor den Kopf zu stoßen. Das ist leider allzu wahr. Und?«

»Für die Öffentlichkeit« – Palmer grinste – »hat Bennett ihm den Kram vor die Füße geschmissen.«

»Und tatsächlich?«

»... haben sie sich freundschaftlich getrennt. Sindhia sagt, er rechne damit, dass spätestens in einem Jahr die Lage derart verwickelt sein wird, dass ihn die eigenen Generale bitten, Bennett zurückzuholen.«

Einige Wochen später traf der neue Resident der Kompanie ein; de Boigne, Palmer, die Frauen und die Haushalte bereiteten ihre Abreise vor. De Boigne hatte den meisten Kämpfern seiner Bataillone ein fürstliches Abschiedsgeld aus der eigenen Tasche gezahlt. Früher oder später, sagte er, werde es sich auszahlen, dass er die Leute gut behandelt habe; außerdem hätten sie es verdient. Vorläufig behielt er zwei Kompanien, als eine Art Leibgarde und Bedeckung für die Reise nach Lakhnau. Er forderte den Portugiesen auf, sie zu begleiten und eine Weile als Gast in Lakhnau zu verbringen.

Saldanha zögerte. Das Angebot war großherzig und verlockend, aber er rechnete damit, bald wieder von seinen Dämonen zu hören.

»Es ist ein Knäuel von Schlangen, weißt du«, sagte er, die Ellenbogen auf de Boignes Schreibtisch gestützt. Es war später Nachmittag, und sie tranken Tee, mit einem Schuss Arrak bekräftigt. Der Savoyarde spielte mit dem ledernen Geldbeutel, den sie einander mehrfach zugeschoben hatten. »Vielleicht auch nur eine Schlange mit mehreren Köpfen; die Hydra, oder ein bezauberndes Geschwist von ihr.«

»Und was tun diese netten Tierchen?«

»Sie schlummern. Mal länger, mal kürzer. Irgendwann wachen sie auf, und dann wollen sie gefüttert werden.«

De Boigne lächelte; er führte die Tasse zum Mund, trank, setzte sie wieder ab und wischte sich die Lippen mit dem Handrücken. »Haben sie einen heiklen Geschmack, oder sind sie einfach zu befriedigen?«

»Beides. Sie ernähren sich von ... Bewegung, und von Fremdheit. Solange ich mich in einer bekannten Umgebung aufhalte, beißen sie; die Hälse zucken umher, die Köpfe schlagen ihre Giftzähne in mein Seelenfleisch, und dort lösen sie ein großes Krabbeln aus, Hitzewallungen, Unruhe.«

»Und sonst kann man nichts dagegen tun?«

»Nichts. Sie waren lange still; sie werden bald wiederkommen.«

De Boigne schob ihm den Lederbeutel wieder zu. »Tausend Rupien«, sagte er. »Für mehrfachen Dienst in der Schlacht, zur Begleichung alter Schulden, oder insgesamt irgendwie überhaupt, beziehungsweise so ähnlich.« Er grinste.

Saldanha schob den Beutel abermals zurück. »Unmöglich. So viel kann ich nie annehmen.«

»Wie viel, wenn nicht tausend?«

»Zwanzig?«, sagte Saldanha. »Dreißig?«

Am Schluss waren es hundert, nach langem Zureden und Zetern; aber de Boigne gab nicht nach, bis Saldanha sich bereit erklärt hatte, neue Binden, Salben, Skalpelle und ähnliche Hilfsmittel aus den Beständen der Kompanietruppen anzunehmen. »Falls Palmer einverstanden ist«, sagte Saldanha; er hatte aber keinen Zweifel daran, dass der Major zustimmen würde.

Als er den Raum verließ, in dem de Boigne seine restlichen Schreibarbeiten erledigte, fühlte er sich jäh vom Eishauch der Ewigkeit gestreift. Noch ehe er den Mann, der im Schatten an eine Säule gelehnt saß, wirklich gesehen hatte, wusste er, dass er eine Nachricht brachte, und dass sie ihm galt. Es war eine Art Offenbarung – unglaublich, durch nichts zu begründen; zuerst der Eishauch, dann das Gefühl, dass ihm ein Eiszapfen ins Gemüt getrieben wurde. Mit so etwas wie erwartungsvoller Abscheu bemerkte er, dass die Dämonen sich regten.

Der Mann trug einen langen, roten Kaftan; er stank nach Schweiß, nach Pferden, Kamelen und Weite. Ein Karawanenmann aus dem Norden, dachte Saldanha; er musterte das wettergegerbte Gesicht, den schütteren Bart, die klaren dunklen Augen.

»Herr der Pferde und Kamele, suchst du mich?«, sagte er auf Urdu.

»Bist du der Hakim Zhu-Ao?« Der Mann stand auf, machte aber keinerlei Anstalten, sich etwa zu verneigen.

»Der bin ich. Muss ich es beweisen?«

Der Karawanenmann lächelte. »Die beiden Wächter in roten Röcken, die mich widerstrebend eingelassen haben, sagten, du würdest aus einem der hinteren Gemächer kommen. Du bist aus einem der hinteren Gemächer gekommen, und du gleichst dem Mann, der mir beschrieben wurde. Sag mir, was du suchst.«

Saldanha holte tief Luft. »Einen Zeh«, sagte er mit mürber Stimme.

»Allah sei gepriesen für die Vielfalt seiner Geschöpfe und die wunderlichen Formen ihres Wahnsinns.« Der Mann berührte nacheinander Brust, Mund und Stirn. »Einen Zeh, der der mittlere eines kleinen oder der zweitkleinste eines großen Fußes sein könnte?«

»So ist es, Freund, und welche Form hat er?«

»Er wurde beschrieben als ein kleiner Hammer, dessen Kopf sich zur Seite krümmt.«

Noch am gleichen Abend wilderte Saldanha mit Zustimmung von Major Palmer in den Ställen der Residenz und entschied sich für einen nicht mehr ganz jungen, frisch beschlagenen Rappen, der Ausdauer versprach. Bei Sonnenaufgang verließ er die Stadt und ritt nach Norden. Er ritt allein, da der Karawanenmann nach Erledigung des Botengangs die Freuden der Basare auszukosten gedachte. Eine Belohnung wollte er nicht annehmen; er sagte, er sei vorab belohnt worden, und man habe ihm die Qualen der Dschehenna angedroht für den Fall, dass er vom Hakim Silber nähme. Er nannte den Namen seines Auftraggebers, eines Händlers, den Saldanha jedoch nicht kannte; es schien sich, allen wirren Informationen nach, um einen Kaufherrn zu handeln, der häufig Geschäfte in Lakhnau tätigte und zuweilen für Claude Martin Dinge erledigte.

Saldanha wusste, dass es nie ratsam war, allein zu Pferd zu reisen. Zerlumpte Wanderer wurden von Räubern gewöhnlich ignoriert, ein Pferd dagegen war ein Wert an sich. Daher hatte er sich vor dem Aufbruch im Basar erkundigt und war abends noch zum Kaschmir-Serai geritten; dort hatte er erfahren, dass vor zwei Tagen eine Karawane aufgebrochen war, die nach Mirat und Saharanpur und dann weiter zu den Bergen des Grenzlands wollte; jemand hatte Kulu erwähnt, und irgendwo dort oben sollte angeblich auch der Zeh sein.

In der unmittelbaren Umgebung von Delhi brauchte er um seine Sicherheit nicht zu fürchten. Hier schwärmten noch immer größere und kleinere Maratha-Trupps durchs Land, deren Aufgabe es war,

Orte und Festungen zu sichern und die Reste von Ghulam Kadirs Horden aufzugreifen.

Ein Tag scharfen Reitens genügte ihm, um festzustellen, dass er sich mit dem Pferd nicht vergriffen hatte. Das Tier war stark, ausdauernd und fügsam.

Am folgenden Mittag holte er die Karawane ein. Sie wurde geleitet von einem Punjabi aus Lahore, dem auch der größte Teil der Waren gehörte. Er hieß Hafis; nach kurzem Feilschen erreichte Saldanha, dass er Strecke und Feuer der Karawane teilen durfte, ohne dafür bezahlen zu müssen. Allerdings würde auch niemand ihn bezahlen, wenn unterwegs die Künste des Hakim gefragt sein sollten.

»Wie kommt es, dass ein so bedeutender Handelsherr einen so kleinen wiewohl ruhmreichen Namen trägt?«, sagte er, als sie das Geschäftliche besprochen hatten und weiterritten.

Der Punjabi grinste. Seine kleinen Augen neben der gewaltigen Nase und über dem buschigen Schnurrbart wirkten listig. Saldanha schätzte, dass Hafis, der kaum größer als fünfeinhalb Fuß war, an die drei Zentner wog.

»Ein meiner Bedeutung und meinem Umfang angemessener Name«, sagte er, »wäre so lang, dass sein Ende das Kaschmir-Serai jetzt noch nicht verlassen hätte. Ebenso wie ein großer Mann keine große Frau braucht, sondern sich mit vielen kleinen begnügt, brauche ich keinen großen Namen. Und von den vielen kleinen ist Hafis heute der Beste.«

»Was bringt dich dazu, zwischen Hindustan und Tibet herumzuziehen? Du könntest doch auch im Punjab Geschäfte machen.«

Einen Moment lang verfinsterte sich das Gesicht des Händlers. »Die Sikhs – Allah möge ihnen die Bärte ausreißen – machen dort das Land unsicher. Die Steuern und Zölle, die der Kaiser oder die Marathas verlangen, sind gewissermaßen Frühlingsblüten, die man als Geschenk erhält, verglichen mit jener Habgier, die einer dieser ungläubigen Wegelagerer in Maut verwandelt.«

Sie kamen langsam voran, aber das war Saldanha durchaus recht. Die Karawane bestand aus drei Dutzend Lastkamelen, bewaffneten

Treibern, Hafis und drei anderen Händlern und zahlreichen Fußgängern: Pilger, die zu den heiligen Bergen Kedarnath, Badrinath und Gangotri an der tibetischen Grenze wollten, einige sogar nach Tibet hinein, zum Weltenberg Kailash. Saldanha hatte es nicht allzu eilig; dem Vernehmen nach befand sich der Zeh in einem Kloster in der dünnen Höhenluft, noch knapp diesseits der Grenze. Das Kloster bestand seit einigen Jahrhunderten und würde nicht in den nächsten Wochen zu wandern beginnen. Er hatte genug Zeit, mit den Leuten zu reden, die Dinge am Wegrand zu betrachten, und vor allem blieb ihm reichlich Zeit dazu, nach den wirren Monaten in Delhi in sich hineinzuhorchen.

Einzig vertraut waren ihm die Dämonen, die sich nicht allzu intensiv regten. Alles andere bedurfte der Betrachtung, des Bedenkens, des Erwägens. Der Mann, der bereit gewesen war, Ghulam Kadirs Füße zu küssen, der sich erniedrigt hatte, um zu überleben, war nicht mehr jener João Saldanha, mit dem er seit Jahren durch die Welt gezogen war.

Ein portugiesischer Arzt, dem die Inquisition Frau, Kinder und Besitz geraubt, den sie auf eine wahnsinnige Reise geschickt hatte, auf der ihm jeder Glaube abhandengekommen war, außer dem Glauben daran, dass irgendwo etwas Glaubenswertes sein musste; ein illusionsloser Mann, der dem Leben nicht mehr Wert beimaß als dem Zirpen einer Grille oder dem Rauschen eines Bachs.

Wer war dieser Fremde, der sich daran erinnerte, eine Frau namens Tamira geliebt und verloren zu haben, der sich hatte demütigen lassen, weil ihm das Leben allzu kostbar erschien, um es einem beliebigen Trotz angesichts eines beliebigen Pathanenschwerts zu opfern? Ein Mann jenseits der fünfzig, mit gewissen Medizinkenntnissen, mit Erinnerungen an hunderttausend Dinge, zu denen er keine Beziehung mehr herstellen konnte. Tote Frauen, tote Dichter, die leeren Augenhöhlen eines heruntergekommenen Kaisers, der sich immer noch »Zuflucht der Welt« nannte.

Und der Zeh eines Jesuiten, der besser Dominikaner geworden wäre; der abgebissene Zeh eines maroden Missionars, bedeutungslos, unverwest, aufgebahrt in der Kirche einer fernen Stadt, die möglicherweise Goa hieß und vielleicht einmal so etwas wie Heimat gewesen war. Ein Zeh, prunkvoll verkleidet von frommen Künstlerhänden – oder unfrommen Händen eines skeptischen Handwerkers? Besudelten Händen eines kunstfertigen Mörders? Händen eines guten Moslems, der die Wahnvorstellungen der Götzendiener verfluchte, während er das Gold formte, diesen Zeh einzufassen?

Aber während er an Francisco Javier dachte, an Isabel de Carom, die den ersten Zeh abgebissen und wieder ausgespien hatte, machte er sich klar, dass es keinen Unterschied gab zwischen einem schweifenden Hakim ohne Glauben und einem gläubigen Handwerker, der sich für die Sesshaftigkeit entschieden hatte; ebenso wenig gab es einen Unterschied zwischen dem Saldanha, der Delhi erreicht hatte, und dem, der es verließ; zwischen einem Berg an der Grenze Tibets und einem Maulwurfshügel in einem Garten von Goa.

Wenn es die Götter gab – oder einen Gott, oder ein Göttliches Etwas –, dann so unendlich erhaben, in so unvorstellbarer Ferne oder Höhe, dass von dort gesehen Delhi ein Fliegendreck war, der Yamuna ein einsamer Wassertropfen, der Himalaya blöde Aufwallungen einer Kruste und Saldanha nichts, von anderem *nada* nicht zu unterscheiden. Wozu auch? Haben Sandkörner eine Identität? Aus der Ferne betrachtet sind sie identisch, aber dieses Adjektiv birgt nicht die Gewissheit eines erkennbaren Wesens.

Wenn dies aber so ist, wenn für eine erhabene Intelligenz Unterschiede zwischen zwei Sandkörnern belanglos sind, sagte sich Saldanha, dann gibt es eigentlich keinen Unterschied zwischen dem Saldanha vor Delhi und dem danach; es wäre auch zu bezweifeln, ob Gott zwischen dem Inquisitor und seinem Opfer einen Unterschied wahrnehmen kann. Aus der nötigen Distanz betrachtet sind alle gleich. Ghulam Kadir ist Shah Alam. Es wollte ihm zwar nie so recht gelingen, jene Distanz und Abstraktheit des Denkens zu erreichen, zu der sich Philosophen und Theologen aufschwingen, wenn sie versuchen, die Perspektive Gottes einzunehmen, sich in eine Gottähnlichkeit hineinzumutmaßen; aber er ahnte, dass aus dieser Höhe betrachtet die Existenz ebenso wesenlos war wie das Nichtexistieren im Nirwana.

Theologische Luftschlösser, dachte er; wie nannten es die Franzosen – *des châteaux en Espagne*, Schlösser in Spanien? Pyramiden im Punjab, Tanzsäle in Tibet, Schatzhöhlen in einem Märchenland, oder doch wurmstichige Luftsärge? Und die Mutmaßung, dass etwas die Dinge aus dieser Höhe betrachtete, erwies dessen Existenz keineswegs; die Annahme, dass für einen Adler, der sich mit den Wolken balgt, alles hienieden winzig sei, bedarf keines existierenden Adlers, um zu überzeugen.

Vielleicht gab es keinen Adler, vielleicht war der edle Adler tatsächlich ein Aasgeier, dem ebenfalls alles winzig erschien. Wenn er sich nicht in die Nähe des Bodens begab, um sich am Verfall zu mästen. Vielleicht waren Adler und Aasgeier zwei Aspekte eines Wesens: der Adler die Vision der Theologen, der Aasgeier Sicht der Leidenden. Vielleicht hatte Gott alles nur geschaffen, um sich an der Qual zu ergötzen, in die jede Wonne mündete.

Immer wieder sagte er sich, dass all dies sinnlos sei, diese Gedanken, die einer unbeweglichen, aber verwüstenden Windhose glichen; und dass er diesen öden Wirbel seit Jahren immer wieder dachte, um in der Suche nach Antworten oder wenigstens nach überzeugend formulierten Fragen einen Grund zu haben, den Selbstmord aufzuschieben. Eine Ausrede. Welche Wonne es wäre, den wahren Gott irgendwo als Feuerball zu finden und sich hineinzustürzen – die Entzückung des Selbstmords als absolute Offenbarung ...

Wenn er auf dem langsamen, langwierigen Ritt zuweilen den eigenen Kopf verließ und die Umgebung sah, die von Jahrzehnten des Kriegs und der Plünderung verwüsteten Lande, die zerstörten und immer wieder notdürftig aufgebauten Dörfer, die hoffnungslos hoffenden Bauern, kam er sich schäbig und überflüssig vor. War nicht dies das eigentliche Heldentum: säen, ohne zu wissen, ob ein Grundherr oder Fürst einen Teil der Ernte nimmt oder marodierende Krieger alles rauben; den kargen Ertrag so oft geplünderter Felder auf einen

Karren laden, eigenhändig aus versengten Trümmern des vorigen und eines Schuppens gebaut, und es auf den Markt bringen, in der Erwartung, von Händlern übers Ohr gehauen zu werden, ohne jedoch sicher zu sein, dass der Ochse, der den Karren zieht, nicht abends über einem Feuer gedreht wird, dessen Flammen ein paar schweifende Söldner mit dem Holz des Karrens nähren. Den Eltern untergebene Kinder, den Männern untergebene Frauen, den Fürsten untergebene Männer. Hitze und Staub des späten Herbstes weniger gnadenlos als die Augen von Ghulam Kadir, der drohende Winter des Berglands wärmer als die Herzen der Fürsten.

Bei klarem Verstand empfand er diese Binnenschau als ebenso krankhaft wie jene andere, die er meiden wollte und nicht vermeiden konnte: die Beschäftigung mit der Frage, warum er überlebt hatte. Warum nicht Tamira, die fraglos geliebt, Kinder geboren, niemandem geschadet und keine sinnlosen Erkundungen unappetitlicher Seelenwinkel betrieben hatte; warum nicht der Dichter Nawaz Shah, dessen Verse nicht mit den Göttern um Unsterblichkeit hadern, sondern der Erheiterung oder Erbauung der Menschen dienen wollten?

Immer wieder dachte er an jenen eisigen Moment auf der Festungsmauer. War nicht jeder, der durch Zufall oder dank äußerster Erniedrigung überlebte, damit und dadurch schuldig am Tod der anderen? Schuldig in Ohnmacht, aber schuldig.

Mit diesen und ähnlich ersprießlichen Gedanken beschäftigte sich Saldanha noch immer, als die Karawane Mirat erreichte. Er kannte die Stadt nur flüchtig, aber seine Dämonen hinderten ihn daran, dieses Versäumnis aufzuholen. Tagsüber war das Flachland immer noch heiß und stickig, aber nachts und in den beiden Dämmerungen kündete der Wind vom nahenden Winter. Es mochte möglich sein, das Hochland, die Vorberge des Himalaya noch zu erreichen, ehe der Schnee auch die niedrigeren Pässe sperrte; aber nur, wenn Saldanha sich nicht aufhielt.

Der Herr der Karawane hatte keine Eile: Hafis wollte einige Tage lang den Basar erforschen, die Serais, seine Angebote und fremde Nachfrage abwägen, mit anderen Händlern Nachrichten austauschen und ganz allgemein, wie er sagte, »die Seiten im Buch des Schicksals nicht durch hastiges Umblättern beschädigen«.

Keine andere Karawane würde in den nächsten Tagen nach Norden oder Nordosten ziehen. Saldanha erwog bereits, sein Pferd zu verkaufen, seine Kleider mit Schmutz und Löchern zu versehen und als erbärmlicher Fußgänger, den auszurauben sich nicht lohnen konnte, allein weiterzuziehen.

Aber die Glücksgötter, an die er nicht glaubte, schienen seine Existenz mit zweifellos vorübergehendem Wohlwollen zu betrachten und sorgten dafür, dass ein kleiner Fürst aus dem Hinterland, der sich in Geschäften und zu Vergnügungen in Mirat aufgehalten hatte, mit seiner Leibtruppe von etwa hundert Reitern am nächsten Morgen eilig heimreisen wollte. Ein Bote hatte ihm gemeldet, seine Lieblingsfrau, Mutter zweier prächtiger Söhne, sei erkrankt. Der europäische Hakim durfte sich dem Zug anschließen, und seine Bereitschaft, die Klagen der Fürstin anzuhören, sollte in Gold aufgewogen werden. Die Frage, welches Gewicht so eine Bereitschaft haben mochte, würde man später erörtern.

Das kleine Fürstentum von Mir Najaf lag ein Stück östlich von Saharanpur. Sorge, sagte der Fürst, verleiht dem Hurtigen Flügel, sodass er zum Eiligen wird; oft ritten sie über Ackerland und durch lichte Wälder, um die Strecke zu verkürzen. Und je näher sie dem Fürstentum kamen, umso frischer wurden die Spuren einer Bande von Marodeuren, die in die gleiche Richtung zog.

Bauern, die in den Wald geflüchtet waren, und überlebende Dorfbewohner berichteten, es handle sich um einen etwa drei Dutzend Krieger starken Trupp Rohillas, mit mehreren Dutzend Gefangenen oder Sklaven. Wahrscheinlich waren es versprengte Leute des Heers von Ghulam Kadir, Männer, die er vor dem Eintreffen der Marathas aus Delhi fortgeschickt hatte und die größere Umwege des Plünderns der sofortigen Heimkehr vorzogen.

Mir Najaf zauderte nicht. Er beriet sich mit seinem Rissaldar, dann machten sie sich an die Verfolgung der Bande. Die beiden Männer, der Fürst und sein Rittmeister, ähnelten einander nicht nur im Äußeren – beide waren um die fünfzig, schlank, trugen sorgsam gestutzte Bärte und achteten auf peinliche Sauberkeit –, sondern auch hinsichtlich Tatkraft und Wagemut. Der Rissaldar sagte, nur eine Mischung aus List, klugen Bündnissen und der Bereitschaft, zum Schwert zu greifen, habe es einigen Fürsten und ihren Untertanen möglich gemacht, die wirren Jahrzehnte zu überstehen; wenn es, vor allem in größeren Fürstentümern, mehr Männer wie Mir Najaf und vor ihm seinen Vater gegeben hätte, könnte Hindustan noch immer ein Hort von Frieden und Reichtum sein.

»Wahre Worte, Herr der Reiter«, rief Saldanha; sie galoppierten durch ein weites, steiniges Tal, nachdem die von der Vorhut geschwenkte Fahne am fernen Talende signalisiert hatte, dass dort im Moment keine Gefahr drohte. Hundert Pferde im Galopp auf steinigem Boden verhinderten jedes Gespräch in normaler Lautstärke. »Leider gibt es nicht viele Fürsten, denen das Wohl ihrer Untertanen den Einsatz des eigenen Schwerts wert ist.«

Der Rissaldar lachte. »Es ist nicht die reine Menschenfreundlichkeit, Hakim; vergiss nicht, dass geplünderte Bauern keine Steuern zahlen können.«

In der Abenddämmerung sahen sie weit voraus die Feuer, die die sorglosen Marodeure angezündet hatten. Dem Fürsten und seinen Männern gelang es, die Bande zu überraschen. Die Rohillas ergaben sich keineswegs wehrlos in ihr Schicksal; dennoch war es dank der Überraschung und der Überzahl eher ein Gemetzel als ein Gefecht.

Hier und da fiel ein Schuss, aber die meiste Arbeit erledigten die Schwerter – krumme Säbel, genauer gesagt. Saldanha hörte Waffen gegeneinanderklirren, hörte den dumpfen Einschlag von Stahl in Fleisch und das grässliche Knirschen von Stahl auf Knochen, hörte Gewimmer und Todesschreie, sah zuckende Leiber vor zuckenden Flammen, roch Blut und Eingeweide und versengte Haare, und er hielt sich zurück, hielt sich bereit, die Leichtverwundeten zu versorgen.

Er war dankbar, nicht kämpfen zu müssen, froh, nicht von Artillerie beschossen zu werden, und er versuchte, dem Unvermeidlichen – der Tötung aller Schwerverletzten durch die Sieger – mit etwas entgegenzusehen, für das ihm der Begriff Stoizismus weniger angemessen schien als Wörter wie Ohnmacht oder Hilflosigkeit.

Vorsichtshalber hatte er das Schwert gezogen, falls er sich doch eines Angreifers erwehren müsste. Er blieb am Rand der Lichtung, nahezu reglos, auf seinem bemerkenswert unaufgeregten Pferd. Später sollte er bedauern, wenn nicht sogar bereuen, sich nicht an dem Gemetzel beteiligt zu haben.

Als alles vorüber war und er die Verwundeten versorgt hatte, bat ihn der Rissaldar, einen Blick auf die Gefangenen der Rohillas zu werfen.

»Vielleicht sind Leute aus Delhi dabei, vielleicht wäre es für einige besser, schnell zu sterben; vielleicht kannst du uns helfen, die Todgeweihten, die Freizulassenden und jene, die wir als Sklaven verkaufen können, voneinander zu trennen.«

Im tanzenden Licht der Feuer, durchbohrt vom eisigen Nachtwind aus den Bergen, der Gestank und Elend minderte, konnte Saldanha nicht entscheiden, ob die Züge des Rittmeisters ein Lächeln oder eine Grimasse des Entsetzens zeigten.

Er fand den Dichter Nawaz Shah. Oder das, was von ihm übrig geblieben war. Der abgemagerte, ausgemergelte Körper eines gepeitschten Sklaven, billiger und wertloser als ein Lasttier. Saldanha dachte an das Lautenspiel im dämmerigen Palast und an geschliffene, spöttische Verse, makellos vorgetragen, trefflich betont, überaus angenehm gesungen. Sie hatten ihm die Finger und die Hände gebrochen; als Nawaz Shah den Mund öffnete und gurgelnde Laute ausstieß, reichte der Feuerschein, die grausigen Reste der abgeschnittenen und mit einem heißen Eisen versiegelten Zunge zu sehen.

Er fand Tamira. Oder das, was von ihr übrig geblieben war. Der abgemagerte, ausgemergelte Körper einer gepeitschten Sklavin, wieder und wieder von rohen Kriegern geschändet, billiger und wertloser als ein Sklave, der Beute oder Ausrüstung schleppen konnte. Die Augen – stumpfe Steine – waren lichtlos und hatten keine Tränen mehr. Sie kniete neben einem Feuer, reglos, eine Statue. Als er neben ihr niederkniete, hob sie abwehrend die Arme; da die befürchtete Berührung ausblieb, ließ sie die Arme sinken, betastete sein Gesicht mit ihren Blicken. Etwas zuckte, Teile ihres Gesichts schienen sich gegeneinander zu verschieben. Dann verbarg sie sich in ihren Händen und stieß ein furchtbares, krampfartiges Keuchen aus, das Schluchzen einer Wiedergängerin. Saldanha weinte laut und wagte nicht, sie in die Arme zu nehmen.

Auf die Deodars in den höheren Regionen war bereits Schnee gefallen; während des einstündigen Ritts zum Palast im Tal bekam er immer wieder Schneeladungen ab, wenn Languren über ihm durch die Äste turnten und deren Last abstreiften.

Mir Najaf empfing ihn in einem Erkerzimmer, nachdem João eine Weile an der Trennwand aus Flechtwerk zwischen Speisesaal und Frauengemächern mit der verschleierten Fürstin gesprochen hatte. Ihre Unpässlichkeiten – ungewöhnlich starke, aber keineswegs bedrohliche Begleiterscheinungen der Wechseljahre – hatte Saldanha in einem ähnlichen Gespräch durch Schleier und Flechtwand diagnostiziert und durch pflanzliche Mittel, Pulver und Essensvorschriften weitgehend behoben. Nun galt das Interesse der Fürstin vor allem Tamiras Befinden; auch der Fürst erkundigte sich zunächst nach ihr und dem verstümmelten Dichter.

Saldanha leerte das kostbare, hauchdünne Kaffeetässchen, trank einen Schluck des mit Blütenaromen versetzten Wassers und nahm dann statt des von Mir Najaf angebotenen zweiten Mundstücks für die Wasserpfeife lieber eine schlanke, fast gelbe Zigarre aus dem geschnitzten Kästchen.

»Es geht beiden nicht gut, aber besser«, sagte er in die erste Wolke hinein. »In diesem Fall ist besser weniger als gut, aber auch weniger als schlecht. Denn mehr als schlecht wäre schlechter. Dank der trefflichen Künste des Kochs, dessen Fehlen im Palast schmerzlich sein muss, haben beide ein wenig zugenommen. Aber es liegt noch ein langer Weg vor ihnen.«

Er wusste sehr wohl, dass der Fürst über mehrere Köche verfügte;

auch die zwei Dienerinnen, die die Fürstin für Tamiras Pflege abgestellt hatte, und die beiden Männer, die sich um Feuer, Sauberkeit und sonstige Bedürfnisse kümmerten, wurden im Palast kaum vermisst. Er hielt es aber für höflicher zu tun, als brächte der Fürst persönliche Opfer.

Mir Najaf sog an der *huqa*. Er hielt den Kopf ein wenig schief und schien dem Gurgeln im Bauch der Pfeife zu lauschen, als ob es sich um ein Orakel handelte.

»Nun ja, ein langer Weg ... Winter ist eine schlechte Reisezeit. Wir wollen hoffen, dass bis zum Frühjahr die Besserung des Schlechten zur Erträglichkeit des Guten werde.«

»Die Großherzigkeit des Himmelsgeborenen übersteigt alles herkömmliche Maß.« Saldanha schüttelte den Kopf. »Ich ... wir können unmöglich ein so üppiges Gastgeschenk annehmen.«

»Der Hakim hat die Mutter meiner Kinder geheilt, meine verwundeten Krieger versorgt, und nun richtet er diesen abgelegenen Schuppen her, der bestenfalls für Ziegen geeignet ist. Für all dies will er kein Gold nehmen; mehr ist dazu nicht zu sagen.«

Saldanha seufzte. »Gute Menschen leben nicht lang in diesen würdelosen Zeiten; es sei denn, sie sähen sich vor.«

»Dann wäre dir ein baldiges Ende beschieden.« Mir Najaf fuhr sich mit der Hand über den Mund; vielleicht wollte er ein Lächeln verbergen. »Aber das ist im Buch des Schicksals verzeichnet, und wer wollte sich gegen Allahs Willen auflehnen?«

»Nur Narren und Heiden«, sagte Saldanha. »Ein doppelter Grund für mich, behutsam aufzutreten.«

Morgens war einer der Diener mit zwei Packpferden vorausgeritten, um Vorräte zu ergänzen. Als Saldanha und er zurückkehrten, jeder mit einem Packpferd neben sich, war auch auf den Höhen der Schnee geschmolzen; die mit Kupferplatten verkleidete Kuppel des kleinen Sommerpalasts, den Mir Najaf als Ziegenstall bezeichnet hatte, glitzerte grünlich zwischen den Zedern. Mit Staunen und ein wenig Dankbarkeit bemerkte Saldanha, dass er eher ein Gefühl von Heimkehr als von Rückkehr empfand.

Die erste Zeit war schlimm gewesen. Zwei zerstörte Menschen, in sich gekehrt, allein mit der Schau ihrer verwüsteten Seelenlandschaften befasst. Und, natürlich, mit den geschundenen Körpern, der Heilung von Wunden, stummer Ernährung, hin und wieder ein wenig Bewegung.

Tamira, an Leib und Seele versehrt, erniedrigt, zerschürfte Fleischfasern, zusammengehalten – aber nicht gebündelt – von einem hauchdünnen Gemütsfaden; und Nawaz Shah, verstümmelt, verstummt, wundgepeitschtes Lasttier, Dichter ohne Zunge, Musiker mit zertrümmerten Händen. Ein paar gutwillige, überforderte Diener. Eine kluge alte Dienerin, mit der Tamira sich ausschweigen konnte.

Und Saldanha, der darunter litt, weniger gelitten zu haben; der am liebsten gestorben wäre, weil er überlebt hatte; der sich gehen lassen wollte und den anderen das Gehen wieder beibringen musste; Mensch, Mann, Arzt, alles zusammen und jeder einzelne Teil im Konflikt mit den anderen.

Nawaz Shah brachte als Erster ein Lächeln zustande. Tamira war nach außen eisige Abwehr – ein unüberwindlicher Wall, verstärkt durch die Trümmer dessen, was er hatte schützen sollen. Ein paar Tage lang zweifelte Saldanha an der Richtigkeit seines Entschlusses, Tamira nicht, wie von der Fürstin gewollt, im *zenana* zu lassen. Die abgeschiedene Welt von Mir Najafs Frauengemach mochte der Heilung förderlicher sein; aber er wollte sich selbst um die geliebte Frau kümmern, soweit sie dies zuließe, und zur Heilung gehörte nach seiner Ansicht unbedingt die Gewöhnung an die Anwesenheit von Männern.

Sechs Wochen – das Ärgste schien überstanden. Nawaz Shah hatte zugenommen, die äußeren Wunden waren verheilt, und seit ein paar Tagen versuchte er, die verkrüppelte Hand zum Umgang mit Feder und Tinte zu zwingen. Tamira war noch immer blass, aber sie konnte wieder lächeln, aß und trank normal, begann – wenn auch zögernd –, von den furchtbaren Tagen zu erzählen, und Saldanha erwachte nicht mehr jede Nacht von den Schreien aus dem Nebenzimmer, aus ihren Träumen.

Bei seiner Rückkehr fand er sie am Feuer im kleineren Aufenthaltsraum; als er eintrat, erhob sie sich, lächelte und legte zur Begrüßung ihre rechte Wange an seine. Später, nachdem sie mit Nawaz Shah gegessen hatten, sprachen sie über Mir Najaf und sein weites Herz.

»Nicht jeder Najaf ist wie dieser«, sagte Tamira. Nawaz Shah nickte, öffnete den Mund, schloss ihn wieder, stöhnte und deutete auf Tamira.

»Soll ich erzählen?«

Er nickte wieder, nachdrücklicher.

»Der Kaiser, Shah Alam«, sagte sie, »hatte einen Minister und General namens Najaf.«

»Ich erinnere mich«, sagte Saldanha. »Aber es ist lange her, damals war ich noch nicht in Delhi. Was war mit ihm? Soweit ich mich erinnere, muss er doch durchaus fähig gewesen sein.«

Zunächst wusste er nicht, warum Tamira diese Geschichte erzählte. Oder, genauer, warum sie die Geschichte von Hass und Ränken, doppelbödigen Verschwörungen, strahlender Ohnmacht und glänzender Niedertracht an diesem Tag erzählte.

Najaf Khan, Minister und Feldherr des Kaisers, und Abdul Ahad, wichtigster Berater von Shah Alam – ein starker General, dessen Siege niemandem nützten, ein tückischer Politiker, dessen Intrigen allen schadeten, und ein Kaiser fast ohne Land. Shah Alam, der sich als Thronfolger den Weg nach Delhi freigekämpft hatte, mochte längst nicht mehr zum Schwert greifen. Da er im so oft ausgeplünderten Delhi kaum genug vorfand, um die Kämpfer zu entlohnen, die ihm zur zweifelhaften Macht verholfen hatten, gab er ihnen *jagirs,* und aus dem Steueraufkommen dieser Bezirke konnten sie ihre Krieger bezahlen und sich bereichern. Sodass dem Kaiser kaum noch Bezirke verblieben, die Steuern an ihn entrichteten. Sodass Najaf Khan, ein kluger und verwegener General, Gegner des Kaisers nur bekämpfen konnte, indem er zugleich deren Ländereien auspresste, um die zum Kampf und zur Steuereintreibung benötigten Truppen zu bezahlen.

Es war eine Geschichte mit bitteren Wechselfällen und absurden

Einzelheiten. Najaf und seine Truppen verzehrten die Gelder, indem sie diese für den Kaiser eintrieben, dessen Kasse leer blieb; und da Najafs Siege dem General Ruhm und Einfluss brachten, erging sich des Kaisers Berater Abdul Ahad in verwickelten Intrigen, um aus militärischen Siegen politische Niederlagen zu machen.

Von alledem hatte niemand auch nur das Geringste, außer Abdul Ahad, der den Kaiser beriet und den General überlebte. Einmal, als eine Meuterei der unbesoldeten Kämpfer drohte und Najaf von einem Fürsten Geld lieh, um den Feldzug fortsetzen zu können, sorgte Abdul dafür, dass ein Gegner des Kaisers dem Fürsten die Summe zurückerstattete, worauf dieser die Seiten wechselte und Najaf in den Rücken fiel. Immer wieder Geld, Verrat, Intrigen, Verschwörungen, notfalls ein Dolch im Dunkeln.

Der Vater von Ghulam Kadir spielte zeitweilig eine Rolle, gegen den Kaiser, gegen Najaf, mit Abdul ... Nach Najafs Tod und einigen Jahren völlig undurchschaubaren Wirrwarrs, in denen die Briten und die Marathas durch bloße Passivität das Durcheinander mehrten, war Hindustan schließlich so zerrüttet, dass Mahadaji Sindhia beschloss, die überreife Frucht zu pflücken. Ab diesem Zeitpunkt – die erste größere Aktion war der Zug gegen den Radscha von Jaipur – kannte Saldanha die wesentlichen Einzelheiten.

Es war gut, in den Sonnenuntergang zu reden, der wiedergeborenen Tamira zu lauschen, die Gesten und Grunzlaute von Nawaz zu deuten; und später, nachts, begriff Saldanha, dass Tamira zwei Gründe für die umwegige Geschichte gehabt hatte.

Der erste Grund war eigentlich ein ganzes Bündel von Warnungen. Warnungen, Erinnerungen, Ratschläge, je nachdem; Saldanha übersetzte sie sich so: Auch Männer namens Najaf sterben, weil neben jedem Najaf ein Abdul Ahad steht, der Najafs Aktionen hintertreibt; alles in Hindustan (und Umgebung) geschieht des Geldes wegen – wer Geld hat, wird es verlieren; wer keines hat, kann nichts gewinnen. Sieh dich vor, João; vertrau niemandem, und schon gar nicht der Dauerhaftigkeit.

Der zweite Grund war schwieriger und einfacher zugleich. In der

Nacht wurde Saldanha wach, als Tamira sich auf die Kante seines niedrigen, beinahe europäischen Betts setzte.

»Zhu-Ao?«, sagte sie leise; es war kaum mehr als ein Flüstern.

Er setzte sich auf, beunruhigt. »Was gibt es?«

Sie legte ihm eine Hand auf die Schulter und drückte sie sanft. »Leg dich hin; nichts, worüber du besorgt sein musst.«

Sie trug einen weiten Schlafanzug aus weicher Wolle; die Ärmel reichten bis zu den Handgelenken, und die Hosenbeine schlossen sich eng um die Knöchel. Im fahlen Licht des nicht mehr vollen Monds sah er, dass sie barfuß war und in der Kälte zitterte.

»Ich wollte nur«, sagte sie; dann sprach sie nicht weiter, weil ihre Zähne zu klappern begannen. Sie seufzte unterdrückt, schien noch einen Moment zu zögern, und schließlich ergriff sie einen Zipfel seiner geschichteten Decken. »Darf ich ...?«

»Natürlich.« Um seine Ratlosigkeit, die auch Verlegenheit war, zu überspielen, setzte er hinzu: »Niemand soll frieren, ohne zu hungern.«

Tamira kroch unter die Decken. Steif lag sie da, eine Handbreit und drei Meere neben ihm.

»Ich ...«, sagte sie.

Er wartete.

»Du bist geduldig und sanft«, murmelte sie, das Gesicht abgewandt. »Aber es wird noch eine Weile dauern, bis ... ich die Männer vergessen habe; die Rohillas.«

»Ich weiß«, sagte er leise. »Liebste.«

»Sag das noch einmal.«

»Ich weiß. Liebste.«

Sie stieß ein trockenes Schluchzen aus. »Willst du mich denn überhaupt noch? Nach ... nach allem?«

»Alte Männer, besonders Hakims aus Portugal, sind nicht viel wert. Ein Dunghaufen am Karawanenweg, allenfalls gut für ein bisschen Feuer. Und wenn eine Himmelsgeborene sich zu diesem Dunghaufen bückt ...«

»Aber ich bin besudelt«, sagte sie heftig. »Entehrt. Ein Gemahl würde mich verstoßen. Oder steinigen.«

»Schmutz lässt sich abwaschen; man muss ein wenig Geduld haben und warten, bis er aus dem Gedächtnis schwindet. Und entehrt? Wenn deine Ehre durch grobe Taten von Rohillas beschädigt werden könnte, hätte sie nicht viel Wert.«

Da sie schwieg, setzte er hinzu: »Allerdings, o du Makellose, würdest du den alten Dunghaufen ehren, wenn du ihn zum Wärmen benutztest – ohne Befürchtungen, was Zudringlichkeit angeht. Licht meiner Finsternis, du zitterst.«

Langsam, als müsse sie einen Berg überwinden, bewegte sie sich zu ihm hin. Es kam ihm vor wie eine Stunde, bis er endlich ihre Kälte und ihre Verletzungen fühlte.

»Nimm mich in die Arme, einfach nur so«, sagte sie undeutlich. »Sind alle Europäer so, Herr des Erbarmens?«

Er hielt sie fest und spürte, wie das Zittern nachließ. »Nein. Es gibt überall diese und jene Sorte, und viele dazwischen. Aber es ist kein Erbarmen, Fürstin. Magst du es Liebe nennen?«

»Liebe?« Sie schwieg eine Weile. »Dafür ist die Welt der falsche Platz.«

In den ersten Wochen des milden Winters – nur auf den Höhen fiel gelegentlich ein wenig Schnee – ergab sich ein regelmäßiger Tagesablauf. Nach dem gemeinsamen Frühstück half Tamira dem verstümmelten Nawaz bei der kalligrafischen Aufbereitung der Verse, die er abends und in der Nacht notdürftig zu Papier gebracht hatte. Saldanha besprach mit den Dienern, was zu besprechen war; jeden zweiten Tag ritt er in die Hauptstadt – Mirzabad, benannt nach Mir Najafs Großvater, dem Gründer –, kümmerte sich um die wenigen anfallenden Krankheiten, verbrachte kurze Zeit im Palast und ritt nachmittags wieder zurück.

An den anderen Tagen gab es lange Spaziergänge, immer mit Tamira, manchmal auch mit Nawaz. Die Abende, ruhige lichte Abende, gehörten dem Nachtmahl, Brettspielen, Gesprächen mit Tamira – Nawaz saß meist in einer Ecke und versuchte zu schreiben; hin und wieder beteiligte er sich mit Gesten oder Knurrlauten – und

Büchern: Werken heimischer Dichter und Chronisten, darunter Mīr Hasans *Masnawī*, der in Urdu verfasse *Diwān* des Khwīja Muhammad Mīr, das kuriose *Jam-i-Jahān-nāma* des Arztes und Anekdotensammlers Muzaffar Husain, aber auch europäische Werke wie Voltaires *Histoire de Charles XII, Roi de Suède*, eine anonyme portugiesische Seefahrerchronik, Defoes *The Life, Adventures and Pyracies of the Famous Captain Singleton* und einige andere Bände, die Saldanha durchaus überrascht bei einem Hökerer in Mirzabad gefunden hatte.

Hin und wieder erschienen der alte Rittmeister und einige seiner Leute, zuweilen auch der Fürst mit geringem Gefolge, und alle zwei bis drei Wochen begleitete ihn die Fürstin. Zunächst wollte sie sich vergewissern, ob man in diesen entlegenen Gefilden in einem kaum nutzbaren Gebäude überhaupt, und besonders als Frau, überleben konnte und wie es Tamira ging; später kam sie einfach, um sich mit einer klugen Frau zu unterhalten. Niemand nahm Anstoß an den »europäischen« Wohnverhältnissen des Hauses, in dem es keinen getrennten Frauenbereich gab.

Wenn er in der Stadt war, seine »Sprechstunde« nicht zu viel Zeit in Anspruch nahm und der Fürst sich nicht mit anderen Dingen befassen musste, tranken sie oft Kaffee miteinander, spielten Schach und redeten: über die Dinge und die Undinge, den Kaiser, die Marathas und die Briten, die allzu nah lebenden Rohillas, Gerüchte über Sindhia, de Boigne, die nicht weit entfernte Begum Samru und ihren neuen irischen Offizier. Manchmal sprachen sie auch über wunderliche Objekte der Verehrung – Zehen, zum Beispiel.

Mir Najaf hatte irgendwann am Anfang gesagt, er kenne den Abt des Klosters, in dem sich die von Saldanha gesuchte Reliquie angeblich befand; er habe einen Boten geschickt, der sich danach erkundigen solle, und der Abt, ein alter Bekannter, schulde ihm noch etwas.

Mehr erfuhr Saldanha zunächst nicht. Allerdings rechnete er auch nicht damit, viel mehr zu erfahren, denn das Kloster war weit und befand sich außerdem in den Bergen, von denen es hieß, sie seien im Winter unzugänglich.

Das Quartier der fürstlichen Leibgarde, in einem Flügel des Palasts, war auch Schauplatz der »Sprechstunde«, die Saldanha jeden zweiten Tag abhielt. Dies war seine von keinem geforderte und von keinem abgelehnte Gegenleistung für die Gastfreundschaft des Fürsten. In einem großen Raum, ausgelegt mit Teppichen und versehen mit dem nötigsten Mobiliar, untersuchte, behandelte und beriet Saldanha nicht nur Angehörige des fürstlichen Haushalts und der Truppen; auf seinen Wunsch hin machten die Diener und Krieger in der ganzen Stadt bekannt, dass ein europäischer Hakim an jedem zweiten Vormittag die Kranken empfange, und dass seine Dienste kostenlos seien, da der Palast ihn durch Unterkunft und Vorräte bezahle.

Nach und nach gewöhnten sich die Leute daran, und da Saldanha die übrigen Ärzte, Apotheker und Kräuterkundigen des Orts in unterschiedlicher Weise hinzuzog, gab es kaum »professionelle« Reibereien.

Einer, dem er nicht helfen konnte, war der Dichter, der ohne Zunge seine musikalischen Verse weder singen noch sprechen konnte und dessen Finger zum Schreiben kaum und zum Lautenspiel gar nicht mehr taugten.

Dreimal verbrachte er die Nacht in einem »Haus der Ersprießlichkeit« in der Stadt. Am Morgen nach der dritten Nacht kam er früh zurück und begleitete Tamira und Saldanha, die ihren liebsten Morgenmarsch unternahmen: durch einen von Affen und Vögeln bewohnten lichten Wald zu einem etwa vierhundert Meter hohen Felsen, der einen weiten Blick über das Tal bis hin zur Hauptstadt bot.

Saldanha mochte auf diesen Spaziergängen keine Diener mitschleppen und trug selbst den kleinen Korb mit süßem Gebäck und Tee in einer ledergefassten Metallflasche. Er hatte den Korb abgesetzt und kniete neben ihm, um den Imbiss vorzubereiten, als Nawaz, der neben Tamira auf dem Felsen gestanden hatte, zu ihm trat und ihm den Kopf tätschelte. Saldanha blickte auf und erwiderte das Lächeln des Dichters. Nawaz nickte, ging zurück zu Tamira, zog ein gefaltetes

Blatt heraus, das er vermutlich unter dem Hemd, an der Haut getragen hatte, reichte es Tamira, berührte ihre Wange, breitete die Arme aus und sprang vom Felsen.

Nawaz hatte keinen Abschiedsbrief hinterlassen, sondern ein Gedicht. Saldanha konnte das Gekritzel nicht lesen, und Tamira mochte in den ersten Tagen nicht zu Feder und Tinte greifen, um eine Reinschrift anzufertigen. Es verging fast eine Woche, bis sie sich dazu aufraffte.

Abends las sie es Saldanha vor; durch einen seltsamen Zufall – die Klangeigenschaften des Hauses? Magie der Erinnerung? – ähnelte ihre Stimme der des unbeschwerten, unversehrten Nawaz Shah in Delhi. João empfand den Text als Vermächtnis eines Freundes; hinsichtlich der poetischen Qualität wollte er sich kein Urteil erlauben.

> Er gab mir die Lust als Lehen,
> ohne Rest zu verbrauchen;
> als Darlehen Ruhm,
> zu tilgen durch Leid, und die Zinsen
> in Ausdauer zu begleichen.
> Allah ist mit den Standhaften.
> Flinke Finger: die Saiten zu zähmen,
> Früchte zu pflücken, Frauen zu streicheln,
> Pferde zu striegeln, Brot zu brechen
> und Becher zu heben.
> Allah ist mit den Hurtigen.
> Eine geschmeidige Zunge: Sein Werk zu preisen,
> Wörter zu flechten, die Welt zu lieben,
> die Nachtigall zu beschämen,
> das Leben zu loben.
> Allah ist mit den Lebendigen.
> Ein großer Sprung, die Schritte zu tilgen;
> kurzer Schmerz, die lange Qual auszulöschen.
> Kali ist mit den Toten.

An diesem Abend lasen sie teils gemeinsam, teils abwechselnd, lauter und leiser nahezu alle Gedichte, die sie unter den wenigen Habseligkeiten fanden, die Nawaz hinterlassen hatte. Dabei lachten sie zuweilen über witzige oder freche Wortspiele, und manchmal weinten sie ein wenig, wenn aus zwei oder drei Zeilen der abwesende Freund ins Zimmer zu treten schien. Oder, genauer, nicht der Freund, sondern dessen Abwesenheit. Ebenfalls abwechselnd, aber mit nie unterbrochenem Bedauern gehorchten sie den Anweisungen und übergaben jedes gelesene Blatt dem Feuer.

Als der Diwan des Nawaz Shah mit dem Feuer niedergebrannt war, legte Tamira eine Hand auf Saldanhas Oberschenkel.

»Das Leben ist zu kurz für lange Heilungen, Hakim. Oder hat es schon zu lange gedauert?«

»Was? Das Leben oder das Heilen?«

Sie lachte. »Was wohl?« Dann, ernster, setzte sie hinzu: »Für Nawaz hat das Leben offenbar zu lange gedauert; für mich … uns dauert ein – Unleben schon zu lang.«

Saldanha sah in ihre Augen; mit dem Zeigefinger folgte er der salzigen Spur getrockneter Tränen. »Gibt es denn eine Heilung, Fürstin meiner Seele?«

Leise sagte sie: »Lass es uns versuchen. Mich hungert und dürstet. Und friert.«

»Ein weiser Mann namens Aristoteles – Aristu, für euch, glaube ich – hat so etwas in einem anderen Zusammenhang Katharsis genannt. Die furchtbare Erschütterung durch eine Katastrophe, irgendetwas Entsetzliches, führt zur Läuterung.«

»Stand nicht so etwas auch in einem Gedicht? Das letzte Unheil, größer als alle davor, löscht die anderen aus, und da es unfassbar groß ist, kann man es nur heiter leugnen.«

»So hat der Grieche es nicht gemeint.« Saldanha gluckste. »Ist aber eine interessante Erklärung für den Vorgang der Läuterung.«

»Läuterung.« Tamira versuchte ein schräges Lächeln, aber es missglückte; sie schien nervös zu sein. »Wenn ich eure seltsame Religion in dieser Sache richtig verstehe, ist das, was ich will, aber für euch nicht lauter.«

»Was sagt der Prophet über unlautere Dinge?«

Sie hob die Schultern. »In der Ehe ist alles lauter. Und alte Witwen sind immer unlauter. Such es dir aus.«

Saldanha stand auf, ergriff ihre Hand und zog sie vom Sofa hoch. »Dem Reinen ist alles rein, und da ich unlauter bin, wird es mir eine Wonne sein, dich zu besudeln.« Er drückte sie an sich; dabei sagte er leise: »Hab keine Angst, Liebste. Und wenn du den Rückweg antreten willst, wirst du mir nicht weniger teuer sein.«

Sie wandte sich ab, nahm seine Hand, zögerte einen Moment und ging dann zu seinem Schlafzimmer. »Katharsis«, murmelte sie. »Klingt wie eine verwickelte Form der Lust. Komm, lass uns Katharsis betreiben.«

Ob es an den häufigen Anfällen von Katharsis lag, am Selbstmord des Dichters, am Winter, an seinen Patienten, am Gefühl, gebraucht zu werden, an der diskreten Freundschaft des Fürsten oder an allem oder an etwas anderem – die Dämonen schwiegen. Wie in den guten Tagen in Delhi, den Tagen vor Ghulam Kadir, trieb ihn nichts dazu, durch den Kosmos zu wandern oder, wie er es sah, durch das Chaos zu schweifen. Vielleicht, sagte er sich manchmal, lag es auch nur am Alter. Er hörte auf, Wochen zu flechten, Monate zu spleißen und Jahre zu riffeln.

Aber wenn ihn auch nichts trieb, so trieb er sich doch selbst. Er befürchtete, ohne sich dies wirklich einzugestehen, dass die Kette guter Tage, falls er sie nicht zuweilen unterbrach, sich irgendwann würgend um seinen Hals legen würde.

Also unternahm er, ohne getrieben zu sein, einige kleinere Reisen: mit dem Fürsten nach Saharanpur oder Mirat – einmal kam auch Tamira mit –, allein in die Nähe von Sardhana, um George Thomas zu besuchen, und von dort reiste er sogar über Aligarh, wo de Boigne sich aufhielt, bis Lakhnau, als ein Brief von Claude Martin ihm mitteilte, dass er die Briten als Adjutant des Generalgouverneurs in den nächsten Krieg gegen Tipu Sultan von Maisur begleiten werde. Vor einem Kriegszug, sagte sich Saldanha, sollte man einem Freund noch einmal die Hand schütteln.

Ein Jahr danach ergab sich für ihn und Tamira die Gelegenheit, mit einer bewaffneten Gesandtschaft des Fürsten in den Punjab zu reisen, wo einer der neuen Sikh-Fürsten, des Plünderns und Schweifens müde, diplomatische Beziehungen zu verschiedenen Fürsten aufnehmen wollte. Von dort zogen sie mit einer großen Karawane Richtung Ladakh, betraten die Grenze des verbotenen Tibet und kehrten zurück, ehe der Winter die Pässe blockierte.

Kurz nach der Jahreswende hielt sich eine von Tamiras Töchtern mit ihrer Familie in Delhi auf; João begleitete Tamira dorthin, blieb aber »unsichtbar« im Kashmir-Serai, wo er mit Muhammad Jan Tee trank und Lügengeschichten austauschte.

In der Erinnerung verschwammen all diese Reisen zu einer einzigen unterbrochenen Bewegung des ersprießlichen Stillstands. Irgendwann bemerkte er erstaunt, dass seit dem Tod von Nawaz, im Dezember 1788, mehr als fünf Jahre vergangen waren, und dass es so etwas wie Glück gab. Als er sich auf einzelne Dinge besann, die in dieser Zeit vorgefallen waren, stellte er fest, dass er die Menge der Ereignisse und das Gefühl von Ruhe nicht miteinander verbinden konnte.

Vieles, was jahrelang schwierig, wenn nicht unmöglich gewesen war, fand einfach statt: Der Bote, den der Fürst in die Berge geschickt hatte, kam nach fast einem Jahr mit einem kostbaren Gegenstand zurück. Ein schlichtes silbernes Kästchen barg etwas, das eine kleine Monstranz hätte sein können – eine Scheibe aus verflochtenen Goldfäden, besetzt mit allerlei edlen Steinen, und in der Mitte der Scheibe der nicht verweste Hammerzeh eines hellhäutigen Menschen. Najaf sagte, als er Saldanha das Kästchen überreichte, der Abt habe seine Schulden beglichen.

Nach langen, verwickelten Unterredungen schickte Najaf einen weiteren Boten mit einem diplomatischen Brief nach Goa. Darin teilte er dem portugiesischen Vizekönig mit, gewisse kleinere Fürsten seien daran interessiert, im Westen ein Gegengewicht zu den Briten im Osten und den Marathas in der Mitte zu erhalten; die gegenseitigen Beziehungen ließen sich ohne großen Aufwand fördern, wenn Goa als Zeichen guten Willens den vor Jahren beschlagnahmten Besitz von Doktor João Saldanha freigäbe, da der Hakim unschätzbare Dienste für Fürst und Volk eines kleinen Staates jenseits von Delhi leiste und überdies im Besitz eines Körperteils sei, der einst zum unverwesten Leib eines gewissen Heiligen gehört habe.

Die Korrespondenz erstreckte sich über mehrere Jahre; im Januar 1794 traf im Palast von Mirzabad ein Brief des Vizekönigs ein, in dem dieser um vertrauliche Übermittlung eines Körperteils bat. Dem Brief lag eine in Mirat einzulösende Zahlungsanweisung über fünfundvierzigtausend Rupien bei, Gegenwert des versteigerten Besitzes eines gewissen portugiesischen Arztes.

»Nicht die Dämonen, nur ein wenig Neugier«, sagte Saldanha, als er sich reisefertig machte. »Keine Besorgnis, Liebste; ich will die Zahlungsanweisung einlösen und alte Freunde besuchen.«

»Wen etwa? Und wo?«

Saldanha musterte Tamiras Gesicht. Dann lachte er. »Ah, du willst mitkommen, nicht wahr? Schauen, ob der Palast in Delhi noch steht?«

»Und sehen, wem du diesen Zeh anvertraust.«

Der Zeh, den er selbst in die Nähe von Goa bringen wollte, und der ungeheure – jedenfalls für ihn ungeheure – Reichtum, den der Bankwechsel darstellte, machten Saldanha argwöhnisch: Konnte es denn sein, dass die Götter des Chaos, des Zufalls und der Grausamkeiten ihn vergessen hatten, nur weil er seit Jahren außerhalb der Welt weilte?

Im frühen Frühjahr brachen sie auf, zunächst mit Mir Najaf und seiner Leibgarde, da der Fürst in Geschäften oder in Politik nach Mirat wollte. Dort würden sie die Zahlungsanweisung des Vizekönigs von Goa einlösen; dann nach Delhi, wo Tamira eine Weile zu bleiben beabsichtigte.

»Falls nichts dazwischenkommt«, sagte Saldanha. Tamira lächelte.

»Verlass dich darauf, es kommt etwas dazwischen.«

13. Im Strudel

Wer jetzig Zeiten leben will,
Muss haben tapfers Herze!
Er hat der argen Feind so viel.
Bereiten großen Schmerze!
Da heißt es stehn wohl unverzagt
In seiner blanken Wehre,
Dass sich der Feind nicht an uns wagt,
Es geht um Gut und Ehre.

VOLKSLIED

»Manchmal ist es schwer, eine Frau zu sein und das ganze Leben einem Mann zu widmen. Zu weihen.«

George Thomas blickte von dem Brief auf, der nicht fertig werden wollte. Das Dämmerlicht des Zelts schien halbiert durch einen milden Strahl der späten Nachmittagssonne, der durch die in der Zeltkuppel geöffnete Luftklappe fiel. Er beleuchtete Maries rechte Brust; an der linken sog die sieben Wochen alte Tochter. Aus dem anderen, kleineren Zelt klang das gedämpfte Zetern des Jungen, um den sich eine der Dienerinnen kümmerte.

Thomas lächelte. »Du widmest dich zwei Männern«, sagte er. »Vergiss den Sohn nicht. Und die Tochter. Wenn sie so wird wie ihre Großmutter, wirst du sehr viel zu widmen haben.«

Marie seufzte. Offenbar war die Tochter nuckelnd eingeschlafen und rieb die empfindliche Warze mit den kleinen Gaumen. Thomas sah zu, wie Marie dem Säugling kurz die Nase zuhielt; als die Kleine zum Atmen den Mund öffnete, konnte sich die Mutter befreien.

Nun seufzte Thomas. »Frisch gemünztes Gold«, dachte er, als Marie sich bewegte, um die Tochter wegzulegen, und der matte Lichtstrahl beide Brüste und die Schultern hervorhob.

Sie ließ sich Zeit damit, die Schärpe wieder um die Brüste zu wickeln und die dunkelrote, goldgesäumte Jacke anzuziehen. Vielleicht wollte sie sich aber gar nicht ankleiden – sie ließ sich auf das Lager sinken, streifte die leichten Stoffschuhe ab und wackelte mit den Zehen. Winkte mit den Zehen.

»Weib, ich muss arbeiten.«

Sie stützte sich auf die Ellenbogen. Sie blickte auf ihre rechte Brust, dann lächelte sie Thomas an. »Da ist noch ein wenig Milch. Magst du mich nicht davon befreien? Und mir etwas anderes dafür geben?« Wieder bewegte sie die Zehen.

Thomas legte die Feder neben das Tintenfass. »Arme Frau«, sagte er; dabei stand er auf. »Das ganze Leben widmen, einfach so. Und hat selbst gar nichts davon.«

»Tagsüber, für die Welt, bin ich deine ergebene Sklavin. Ist es denn so furchtbar, dass ich manchmal Wünsche habe, wenn wir allein sind?«

»Furchtbar, fürwahr. Wie soll ich das überleben?« Er ging zu ihr, wobei er sich des Hemds entledigte.

Als er vor ihr auf dem Lager kniete und nach seinem Gürtel fasste, blinzelte sie, beugte sich vor und schob seine Hände beiseite. »Ah, lass mich das machen.«

Später beendete er den Brief an Claude Martin in Lakhnau, dem er über die Wirren im Lager von Sindhias alten Gefolgsleuten berichtete. Martin hatte ihn vor Jahren brieflich gewarnt: Er solle sich nicht mit Apa Khande Rao einlassen, für den de Boigne einmal gearbeitet habe; Apa sei unzuverlässig, unberechenbar, fast immer zahlungsunfähig. Seine Truppen würden in der Regel erst besoldet, wenn ihre Meuterei mit der Notwendigkeit eines Einsatzes zusammenfalle. »Und weil Sie«, schrieb Martin nun, »damals nicht auf mich gehört haben, kann ich Sie nun – gerechte Strafe! – um zwei oder drei Informationen bitten, die mir die Entscheidung über gewisse Investitionen erleichtern sollten.«

Natürlich hatte Martin recht gehabt. Aber was half es, da Apa zunächst der Einzige war, der Thomas und seine Leute beschäftigen wollte? Beim Schreiben dachte er an die Wechselfälle, die gegenseitigen Drohungen, die Schwierigkeiten, den Sold für die Leute aus Apa herauszuquetschen …

Dann dachte er wieder an Marie, die im anderen Zelt den Jungen in den Schlaf sang, und daran, dass dies kein Leben für Frauen und Kinder war, dass er Marie und die beiden Kleinen irgendwo unterbringen sollte. In einer Stadt, vielleicht Delhi oder Mirat – wenn er nur das nötige Geld hätte.

Er blätterte zurück, überflog die Seiten, staunte zwischendurch über die eigene Naivität im Umgang mit Apa und sagte sich, dass diese Form des Lebens zweifellos leichter sei für einen, dem gegebenes Wort, Verpflichtung, Treue weniger heilig waren.

Aber derlei Gedanken waren müßig; er wusste zu gut, dass er sich selbst verachtet hätte, wenn … Und abgesehen von diesem inneren Grund, der so schwer wog, dass er ihn nicht ignorieren konnte, gab es einen leichteren, äußeren: Was immer er in Indien erreichen konnte, würde er nur erreichen, wenn er als unbedingt zuverlässig galt. Menschlich berechenbar, in seiner kriegerischen Verwegenheit jedoch nicht zu kalkulieren.

Der Brief war noch nicht beendet, anders als der Tag. Einer der Burschen brachte ein Windlicht und stellte es auf den Schreibtisch, ein zweiter erschien mit dem Nachtmahl: kaltes Fleisch, ein wenig Brot und ein Krug mit Punsch.

Während er aß, betrachtete er den abgegriffenen, lädierten Elefanten, der das Tintenfässchen bewachte. Dann lachte er. Etwas im Gesicht der Schachfigur erinnerte ihn an Apa – die verschlagenen Augen, die denen des Marathafürsten glichen? Der Rüssel, größer und nicht so runzlig, aber ähnlich … ja was? »Epochal« war das einzige Wort, das ihm einfiel, und zweifellos sollte es nicht auf Nasen angewendet werden. Apas epochale Nase? Warum nicht.

Wenn doch nur Apas Börse ähnlich epochal wäre wie seine Nase! Er dachte zurück an den Tag, da er von einem hohen Diener des

Fürsten in den Palast geführt worden war, in Delhi. Wie die meisten Gebäude hatte auch Apas Palast unter den Plünderungen der letzten Jahre gelitten; und Thomas wollte gar nicht wissen, wem der Palast vorher gehört haben mochte. Ehe der allmähliche Niedergang des Kaiserhauses vom Gleiten zum Sturzflug wurde, hatten Marathas nichts im moslemischen Delhi zu suchen; aber seit Sindhia faktisch wichtigster Mann des Kaisers war, und seit jener unsägliche Pathane, Ghulam Kadir, innerhalb und außerhalb des Palasts die Reihen des Mogul-Adels gründlich gelichtet hatte, waren Marathas in Delhi willkommen, und schließlich musste ja irgendjemand die geplünderten Paläste bewohnen und herrichten, deren alte Besitzer massakriert worden waren.

Apas Palast ... Vollgestopft mit etwas, das der Ire bei sich »Treibgut der Beute-Brandung« nannte. Nichts passte zueinander; falsche Möbel auf falschen Teppichen unter falschen Wandbehängen, und der falsche Fürst an einem falschen Schreibtisch, einem Möbelstück, an dem selbst der letzte Schreiber der Ostindien-Kompanie die Arbeit verweigert hätte. Zerkratzt, zerschlagen, zerschlissen.

Sie feilschten; am Ende erhielt Thomas den Auftrag, ein Bataillon aufzustellen und auszubilden. Tausend Mann Infanterie und hundert Reiter. Aber Apa hatte kein Geld – wer hatte schon Geld?

Der Kaiser war bankrott, da er alle Distrikte, die Steuern zahlen konnten, irgendwelchen Fürsten oder Generälen hatte übergeben müssen. Sindhia war vermutlich nicht bankrott, würde sich aber hüten, das Heer aus der eigenen Tasche zu bezahlen. Das Vermögen des Fürstenhauses von Gwalior dürfte kaum angetastet werden, um im Auftrag des Kaisers die Feinde des Kaisers zu bekämpfen. Dass es zufällig auch Sindhias Feinde waren, spielte hierbei keine Rolle.

Der Kaiser brauchte Geld; Sindhia brauchte Geld; sein General Lakwa Dada brauchte Geld; Apa brauchte Geld. Apa unterstand Lakwa Dada, von dem er etliche Distrikte zur Verwaltung, Besteuerung und Ausbeutung bekommen hatte. Lakwa Dada unterstand Sindhia, von dem er etliche Distrikte zur Verwaltung, Besteuerung und Ausbeutung bekommen hatte. Sindhia unterstand dem Kaiser, von dem er ganz Hindustan zur Verwaltung, Besteuerung und Ausbeutung bekommen hatte.

Ach ja, außerdem sollte er Hindustan schützen.

Der Kaiser, Sindhia, Lakwa Dada, Apa Khande Rao – und irgendwo, ganz am Ende der Kette, nein, nicht Kette, alle waren aneinandergefesselt, aber die Kette erschien Thomas als schlechtes Bild – Pyramide? Ganz oben der Kaiser, ganz unten die Bauern. Und Thomas durfte, sollte, musste mitspielen, Teil der Pyramide sein, denn Apa gab ihm drei Distrikte zur Verwaltung, Besteuerung und Ausbeutung.

Der Fürst rechnete offenbar nicht damit, Geld von Thomas zu erhalten; wahrscheinlich würde das, was im besten Fall aus diesen Distrikten herauszuholen war, nicht einmal genügen, um das Bataillon zu besolden. Das Bataillon, dessen Kern die Männer waren, die Thomas mitgebracht hatte; die Übrigen mussten ausgehoben oder angeworben, gedrillt und ausgerüstet werden.

Die Distrikte Tijara, Tapukra und Firozpur – Thomas begab sich dorthin, fand schartige Festungen und räudige Gebäude, eine ausgeblutete Landbevölkerung sowie Händler und Handwerker, die kaum von der Hand in den Mund leben konnten. Nach den Jahren – Jahrzehnten – von Krieg, Plünderung und marodierenden Banden wäre es ...

Wie hatte es ein reisender Journalist formuliert? »Da sie nichts zu beißen hatten, verloren sie die Zähne; die Hände, mehrfach abgeschlagen, immer wieder nachgewachsen und abermals abgehauen, brauchen noch eine Weile, um sich wieder zu bilden; sie leben von der abgeschlagenen Hand in den zahnlosen Mund, mit Armstummeln halten sie leere Essnäpfe ... und sollen Steuern zahlen.«

Er stellte das Bataillon auf, aber er konnte die Männer nicht ewig auf die nächste Ernte, das nächste Wunder vertrösten. Mit einem Drittel seiner Pindaris – der Ehrenname zierte inzwischen alle, die mit ihm die Begum verlassen hatten – und zweihundert von den Neuen ritt er nach Delhi, um Apa klarzumachen, dass nicht einmal

George Thomas die besten Kämpfer Indiens ohne Geld zusammenhalten konnte.

Apa Khande Rao, frisch gebadet, duftend, in seidene Gewänder gehüllt, einen Säbel in der Hand, empfing ihn umgeben von Höflingen und Offizieren und bis an die Zähne bewaffneten Gardisten. Thomas trug die verstaubte Uniform, stank nach Schweiß und Pferd, führte stinkende, verdreckte Krieger in Apas Empfangsraum, wo sie mit verklumpten Stiefeln auf den Teppichen standen und grinsten.

Er spürte das Grinsen hinter seinem Rücken, sah es reflektiert auf den Gesichtern von Apas Leibwächtern – während er und der Fürst einander anbrüllten.

Es war Abend; ein vielarmiger Leuchter übergoss Apas in ein schillerndes Seidentuch gewickelten Kopf mit falschem Gold, und die Kerzenflammen bogen sich im Luftzug, der zweifellos nicht von Türen oder Fenstern stammte, sondern aus den brüllenden Mündern. Aber die Lautstärke war schwierig durchzuhalten, denn von irgendwo weiter hinten im Palast kam der Ruch heißer, gewürzter Speisen. Thomas hatte seit zwei Tagen nichts außer hartem Brot gegessen und musste das Wasser, das ihm in den Mund sickerte, immer wieder schlucken, um weiter brüllen zu können.

Der Hochmut des Fürsten, seine Autorität und sein Hofstaat gegen die flinke, dreiste Zunge des Iren, seinen Trotz und seinen Mut. Ein Duell: zwei Sorten Zorn, und der irische Zorn gewann.

Thomas verließ den Palast mit vierzehntausend Rupien in der Tasche und Schuldscheinen für den Rest dessen, was er und die Männer von Apa zu bekommen hatten.

Dann die muntere Rückreise … Sie kamen nah an Garath vorbei, einem Ort, der zum Reich der Begum gehörte. Natürlich brauchte Thomas Geld, immer noch und immer mehr, und natürlich schuldete die Begum ihm und seinen Pindaris einiges.

Sie überfielen Garath, plünderten gründlich, aber ohne Blut zu vergießen, nahmen alle Wertsachen mit und pressten den Bewohnern neben Vieh und Vorräten eine große Summe in bar ab.

Diese erfreuliche Übung wiederholten sie in mehreren anderen

Dörfern; bis in einer Nacht sein Lieblingspferd, das in der Nähe seines Zelts angebunden war, mitten aus dem Lager gestohlen wurde.

Er fühlte sich gedemütigt, vor den eigenen Männern lächerlich gemacht. Wutschnaubend brach er mit einer Schwadron seiner Kavallerie auf, im Morgengrauen, galoppierte auf der deutlich sichtbaren Fährte, die die Diebe hinterlassen hatten, zu einem Dorf am Rand des Reichs der Begum.

Dort, auf dem Dorfplatz, fand er das Pferd, aber ihn und seine Männer fanden die französischen Offiziere der Begum und mehrere hundert zwischen den Hütten versteckte Infanteristen.

»Manchmal sollte man die Haare auf dem Kopf festhalten, statt sie in der Wut hochgehen zu lassen«, sagte er sich später. Dabei wusste er nur allzu gut, dass er die dazu notwendige Ruhe, Reife oder Langweiligkeit nicht besaß und vermutlich nie besitzen würde. An der Spitze seiner Männer stürzte er sich auf die Übermacht des Gegners, setzte Häuser in Brand und schlug zugleich auf beiden Flanken Gegenangriffe zurück.

Aber nach und nach gewann die Übermacht die Oberhand; viele seiner Krieger starben, andere blieben verwundet liegen, als die Pindaris zurückgedrängt wurden.

Eine Infanterieeinheit hatte folgen sollen und musste irgendwann eintreffen; Thomas versuchte, den Rückzug nicht in Flucht ausarten zu lassen, und hoffte, dass die Infanterie mit mehreren Geschützen zeitig einträfe.

Die Truppe kam, aber die Lafette der ersten schweren Kanone blieb in einem ausgetrockneten Bachlauf stecken, kurz vor Erreichen des Orts. Als Thomas sich mit den Überlebenden bis dorthin zurückgezogen hatte, griff der Gegner in voller Stärke an.

An diesem Tag starb Valmik. Der alte Pindari, der die Schwadron führte, stürzte sich mit einigen anderen auf die Gegner, hielt sie auf und verschaffte Thomas die nötige Zeit, um die Kanone mit Kartätschen zu laden.

Er sah, langsam und überdeutlich, wie in einem Fiebertraum, das Andrängen der Gegner, sah, wie Valmik und seine Tapferen niedergehauen wurden, sah sich, einen irischen Irrwisch, brüllend und fuchtelnd an der Kanone zappeln und sie in die Masse der Feinde abfeuern, kaum zwei Dutzend Schritte entfernt. Hörte die Schreie, roch das Blut, sah die zuckenden Leiber, ein Grauen in Braun, Rot und Weiß, sah den Angriff stocken, als die hinteren Reihen über die Gefallenen stolperten, bildete sich ein, die Hände der gedrillten Geschützmannschaft flirren zu sehen, die schräg hinter ihm die zweite Kanone lud, und er feuerte ein zweites, ein drittes, ein viertes Mal.

Danach zwang er sich, einige Minuten ruhig nachzudenken, und er sagte sich, dass die Begum dies nicht auf sich beruhen lassen würde. Er rechnete mit einem Überfall, überlegte, wo er angreifen würde, wenn er die Begum Samru wäre, und bereitete einen Hinterhalt im Hauptort des Distrikts Tijara vor. Die erwartete Truppe kam, und Thomas und seine Leute rieben sie fast völlig auf. Sehr zu seinem Bedauern war Major Levassoult nicht dabei.

Gangaga Bishen: der nächste Gegner, ein hoher Beamter, Brahmane, Herr über weite Ländereien, beträchtliche Schätze, mehrere Festungen und vierzehntausend Kämpfer. Bishen unterstand, wie Thomas, dem Fürsten Apa Khande Rao, hatte aber beschlossen, sich einem anderen Herrn zuzuwenden, da er Apa für einen sinkenden Stern hielt.

Thomas schloss ihn in seiner Festung ein, ließ an zwei Stellen Minen mit großen Mengen Schießpulver unter die Mauer treiben und sprengte. Bishen ergab sich, als Thomas ihm zusicherte, dass es kein Blutvergießen geben würde. Man plünderte ein wenig, der Brahmane verpflichtete sich zu neuer Treue gegenüber Apa, und Thomas konnte nicht nur seine Krieger bezahlen, sondern auch einiges an Vorräten mitnehmen.

Als er mit den abgekämpften, siegreichen Truppen in seine Distrikte zurückkehrte, stellte er fest, dass diese ihm nicht mehr gehörten. Lakwa Dada, der Sindhia Geld schuldete, hatte sich daran erinnert, dass Apa ihm Geld schuldete, und da Apa nicht bezahlen konnte, zwang Lakwa ihn, Ländereien abzutreten.

Zufällig waren die drei Distrikte dabei, die Thomas ge- oder missbrauchen sollte. Zu allem Überfluss befand sich Apa sozusagen als Geisel, Pfand des eigenen Wohlverhaltens, im Lager von Lakwa Dada, und die letzten noch verfügbaren Truppen waren nicht mehr verfügbar: Sie hatten lange keinen Sold bezogen, gemeutert und eine Festung besetzt …

Thomas besprach sich mit seinen Offizieren; danach, in der Einsamkeit des nächtlichen Zelts, befragte er den kleinen Elefanten. Im Morgengrauen brach das Bataillon auf, um Apa Khande Rao in die Lage zu versetzen, das Ehrenwort, das Thomas ihm gegeben hatte, entweder zu honorieren oder freiwillig zurückzugeben.

Im Fort von Bairi hielten sich neben der ursprünglichen Garnison und den Meuterern noch dreihundert Rajputen und Jats auf, die man angeheuert hatte, um die Festung zu verteidigen. Hier geriet Thomas erstmals in äußerste Gefahr, seine gesamte Truppe zu verlieren.

Sie stürmten die Festung, drangen ein und wurden unter Verlusten zurückgeschlagen. Einer der Offiziere, der Spanier Velázquez, wurde verwundet, und im Durcheinander von Sturm und Rückzug fiel er in die Hände des Feindes.

Die Gefahr wurde mit jedem Moment größer, da die Stadt an mehreren Stellen brannte und der Rückzug des Bataillons beinahe in den Flammen geendet hätte.

Dabei mussten sie auch noch sehen, wie der Gegner den verwundeten Velázquez folterte und zuerst mit den Füßen, dann mit dem Kopf voran ins Feuer hielt.

Von diesem Schauspiel zugleich angestachelt und empört, begannen Thomas' Kämpfer einen neuen Angriff, mit einer Wut, die zu unwiderstehlicher Wucht wurde. Als die Festung eingenommen war, verlangten die Soldaten des Bataillons Rache und bestanden darauf, alle überlebenden Gegner niederzumachen.

Thomas zögerte kaum; er war mit seinen Leuten durch Blut und Flammen gegangen und nicht geneigt, ihnen dies abzuschlagen. Aber es kostete viel, da die Feinde bis zum letzten Mann tapfere Gegenwehr leisteten.

Das Gefecht zog sich hin. Kämpfer des Gegners, die bereits geflohen waren, kehrten wieder zurück; daher musste das Bataillon wieder alles von Neuem einsetzen, und irgendwann schien die Sache verloren, bis nachrückende Kämpfer – die Lagerwache und ein paar bereits ausgeschiedene Leichtverletzte – eingriffen, sodass die Gegner wieder wichen.

Thomas verfolgte sie mit der Kavallerie. Die Meuterer und ihre Verbündeten formierten sich abermals zum Widerstand, im Dschungel nahe der Stadt. Endlich, nach einem weiteren verbissenen Kampf, gaben die Letzten auf und begannen zu fliehen. Fast alle wurden niedergehauen.

Aber die Distrikte waren verloren, er saß mit seinen Leuten irgendwo in Hindustan, in einem Zeltlager, und in den letzten Wochen hatte er einige absurde Befehle, aber kein Geld erhalten.

Es begann damit, dass ihm nach der Einnahme der Festung Bairi mitgeteilt wurde, er solle seine Soldaten entlassen und sich zu einer Art von Verabschiedung im Lager des inzwischen von Lakwa freigelassenen Apa Khande Rao einfinden.

Thomas fand sich ein, allerdings an der Spitze seines gesamten Bataillons. Es kam zu einem weiteren Brüll-Duell, an dessen Ende Apa kleinlaut zugab, lediglich Befehle von Lakwa Dada auszuführen.

Thomas ritt nach Delhi, um, wenn nötig, Lakwa Dada niederzubrüllen, aber in dessen Hauptquartier wartete eine Überraschung, wenngleich er sich inzwischen sagte, dass er damit hätte rechnen sollen: Lakwa Dada verkündete ihm lächelnd, all dies habe er eingefädelt, weil George Thomas zu schade für einen wie Apa sei. Pünktliche Soldzahlung und das Kommando über drei Bataillone Infanterie mit den nötigen Geschützen, zusammen zweitausend Mann, in Sindhias Armee, unter dem direkten Befehl von Lakwa Dada; dies war das Angebot.

Lakwa Dada blickte verblüfft drein, als Thomas ablehnte. »Ein ehrendes Angebot, Fürst, das jeder ehrlose Offizier sofort annähme. Ich habe mein Ehrenwort Apa gegeben, und solange er mich nicht entlässt, ohne von anderen dazu gezwungen zu sein, gehört ihm meine Treue.«

Und heute, einfach so, der Befehl, ausgefertigt von Apa persönlich, sich vorübergehend dem Kommando von Lakwa Dada zu unterstellen und die Festung Sohawalgarh anzugreifen, zusammen mit vier Bataillonen aus einer der Brigaden von de Boigne. Der Herr dieser Festung hatte nämlich keine Steuern gezahlt.

Thomas seufzte, leerte den nächsten Becher, lehnte sich in dem leichten Tuchsessel zurück und faltete die Hände hinter dem Kopf. De Boigne, noch so ein Franzose ...

Er wusste, dass er dem Mann, der zweifellos ein glänzender General war, Unrecht tat. Gleichzeitig sagte er sich, dass man ab einem gewissen Alter zu seinen Vorurteilen stehen sollte. Französische Offiziere hatten ihn bei der Begum ausgebootet, und bis auf seinen alten Freund Desailly war ihm noch kein erträglicher Franzose begegnet. Claude Martin in Lakhnau zählte nicht; erstens hatte er ihn nie gesehen, zweitens schwor Saldanha auf ihn, drittens arbeitete er für die Briten, war also eigentlich kein Franzose. De Boigne war kein Franzose, sondern Savoyarde, arbeitete aber nicht für die Briten, sondern für die Marathas, typisch französisch.

Die vier Bataillone, mit denen Thomas zusammenarbeiten sollte, wurden von einem Briten geleitet, Major Gardner, der für die Marathas und de Boigne arbeitete und also eigentlich kein Brite war. »Großes Durcheinander«, murmelte er. Er sagte sich, dass er keinen Grund habe, die Briten zu lieben. Er liebte sie auch nicht; schließlich war er Ire, hatte also gute Gründe, sie nicht zu lieben, und er war von einem Schiff der Navy desertiert, ohne die geringste liebevolle Erinnerung. Aber ...

Das große Aber. Seit fünf oder sechs Jahrzehnten kämpfte in Indien jeder gegen jeden. So etwas wie ungestörte Arbeit, Sicherheit, Friede gab es nur dort, wo die Briten zuständig waren. Und die Briten würden immer stärker werden, in dem Maße, in dem alle anderen beteiligten Mächte einander zerfleischten und schwächten.

Früher oder später, sagte er sich, würden sie ihre Herrschaft ausdehnen, bis nach Delhi, vielleicht sogar darüber hinaus, in den Punjab. Er zweifelte nicht daran, dass die Inder sich irgendwann zusammentun und die britische Herrschaft bekämpfen würden. Später, viel später, denn zunächst würden sie aufatmen und feststellen, dass disziplinierte Truppen alle Marodeure aufhängten, und dass an einem anderen Ast des gleichen Baums jene Brahmanen baumelten, die immer die Hälfte dessen eingesteckt hatten, was ausgeplünderte Bauern an Steuern zahlten, ohne dafür auch nur vor Räubern geschützt zu werden.

Moslemische Bauern, Händler, Handwerker, die Urdu sprachen und Maratha sprechenden Hindus Steuern zahlten – oder umgekehrt, und in anderen Teilen des Subkontinents tausend andere Sprachen –, für die sie keinen Gegenwert erhielten, würden zumindest einige Zeit lang Christen, falls Anglikaner und Protestanten Christen, falls *bloody Saxons* überhaupt Menschen waren, die Englisch sprachen und Sicherheit und Gesetze brachten, ihr Geld und ihren Gehorsam aushändigen; nicht gern, aber lieber als den anderen.

Früher oder später – was hieß das für ihn? Er wusste, dass die Ostindien-Kompanie nicht mit Söldnerführern zusammenarbeitete, sondern nur abhängige, von der Kompanie besoldete Offiziere einsetzte. Würden sie ihn, der ja keine europäische Offiziersausbildung besaß, etwa als Leutnant auf Probe einstellen, beaufsichtigt von Hauptleuten, die nie unter Beschuss gestanden hatten?

Er knurrte leise, trank wieder, spielte mit dem kleinen Elefanten; der Punsch lenkte seine Gedanken ab, zu den Franzosen – »diesen Franzosen«. Vielleicht war es das, was ihn störte oder zu seiner Geringschätzung beitrug: schlappe Franzosen, die Wein tranken … Richtige Männer tranken Arrak oder Whisky oder Rum.

Er dachte an Hauptmann Tauziat, seinen besten Artilleristen. Tauziat trank, was richtige Männer eben tranken; also war er kein Franzose, und wenn er auch in der Nähe von Paris geboren war. Und schlappe Franzosen, wie dieser de Boigne, machten schlappe

Schlachtpläne und stellten sich schlapp auf einen Feldherrenhügel, um zuzusehen, wie weniger schlappe Männer die Pläne ausführten. Ob de Boigne überhaupt wusste, was Hauen und Stechen war, ein richtiger Kampf?

»Baah«, sagte er, an den Elefanten gerichtet. Dessen einzige Antwort bestand aus einem Blinzeln.

Also, die Briten. Keine Chance, unter anständigen Bedingungen für sie zu arbeiten; George Thomas als Leutnant auf Probe? Von wegen! Früher oder später würden sie zuschlagen; wann und wo?

Audh gehörte ihnen längst, auch wenn dort ein Nawab saß, dem der Kaiser den Titel Subadar verliehen hatte – »Stellvertreter«, Leutnant des Kaisers. Bombay? Dort hatten sie sich, soweit er wusste, an der Küste nach Süden ausgedehnt, bis in die Nähe von Goa, aber landeinwärts kamen sie nicht weiter oder wollten nicht weiterkommen, denn dort befand sich der Kern des Maratha-Reichs, mit dem nominellen Oberhaupt, dem Peshwa in Poona.

Die zweite Presidency, Madras, war eher unwichtig. Um mit Maisur und dem ewig unruhigen Tipu Sultan fertig zu werden, brauchten sie Hilfe aus Kalkutta. Kalkutta war das Zentrum; von dort beherrschte die Kompanie Bengalen und Audh, der Generalgouverneur zog von dort seine politischen und diplomatischen Fäden, und von dort – Kalkutta, Lakhnau, Benares, egal – würden sie eines Tages nach Hindustan greifen, hatten ja schon gezeigt, wie schnell es notfalls gehen konnte. Sindhia hatte zweifellos nicht vergessen, mit welcher Kühnheit ein Offizier namens Popham im Handstreich Sindhias Festung Gwalior genommen hatte.

Irgendwann, bald, später. Sie würden Hindustan schlucken, wahrscheinlich den Kaiser als nominellen Herrscher im Roten Palast sitzen lassen, und was sollte dann aus George Thomas werden? Er sah nur eine Chance: Wenn es so weit war, musste er etwas besitzen, über das sich zu verhandeln lohnte – Land, Städte, ein eigenes Fürstentum. Radscha Thomas ...

»Womit wir wieder am Anfang wären.« Am Anfang, in Irland, in Madras, am Anfang der langen Kette, in die er sich gewickelt hatte und die nun, als er vom Schreibtisch aufstand, seine Beine so schwer machte. Oder war das der Punsch?

»Wohin mit Marie und den Kindern?«, murmelte er. »Woher Geld nehmen?« Er taumelte ein wenig, hielt sich an der Schreibtischkante fest, gähnte. »Morgen ... vielleicht in ein paar Tagen, in dieser Festung, die Lakwa Dada ...«

Er ließ Broadbent, seinen Freund und Stellvertreter, mit ein paar Pindaris und den Kanonen zurück, um das Lager, den Tross, die zahlreichen Frauen und die wachsende Anzahl Kinder zu schützen. Nach einem dreitägigen Gewaltmarsch erreichten sie abends den kleinen Ort, bei dem sich die Maratha-Truppen versammelt hatten.

Überaus schmucke Ordonnanzen nahmen sie in Empfang, wiesen den Männern Plätze zum Aufschlagen der Zelte zu und eskortierten Thomas zum Kriegsrat, der in den Ruinen eines niedergebrannten Serai stattfand.

Nach der Begrüßung – sie fiel recht üppig aus, und Thomas schloss, dass man sich entweder bisher gelangweilt hatte oder ihm einen besonders mörderischen Auftrag geben wollte – setzte er sich auf einen Klappstuhl, überflog die Skizze, die einer der Adjutanten ihm reichte, konzentrierte sich aber mehr auf das, was die Übrigen sagten.

Das Kommando schien bei Major Gardner zu liegen, und er erörterte den Angriffsplan, den de Boigne in Delhi erarbeitet hatte. Am Schluss der Besprechung, zu der die meisten der europäischen und indischen Offiziere knappe Wortmeldungen beitrugen, bat Gardner Thomas um einen Kommentar.

»Ich habe nichts zu bemerken«, sagte Thomas. Dabei dachte er: »Ich bewundere das vorsichtige Genie von de Boigne, der ohne Kenntnis des Orts einen komplizierten Plan austüftelt, der geringes Risiko und zweifelhaften Erfolg anmutig vereint.«

Die Skizze sah ein allmähliches Vorrücken gegen die Festung vor, die dann von vier Seiten sturmreif geschossen werden sollte. Aufwendig, umständlich, langwierig. Er bemühte sich um eine ausdruckslose Miene.

Major Gardner nahm ihn beiseite, als die anderen zu ihren Einheiten zurückgegangen waren. »Es freut mich, endlich jenen Mann kennenzulernen, von dem es heißt, er sei der Kühnste von uns allen.«

Thomas deutete eine Verneigung an. »Kühnheit ist nicht das Shlechteste, was man einem Offizier nachsagen kann.«

Gardner lächelte. »Sie haben völlig recht, mein Lieber. Hoffentlich ist Ihnen unser Vorgehen nicht zu langweilig.«

»Unter Umständen ist Langeweile eine sehr aufregende Sache; hin und wieder kann sie sogar erholsam sein. Und hilfreich.« Thomas hob die Schultern.

»Dann hoffe ich, dass Sie sich morgen und in den nächsten Tagen diszipliniert erholen.« Gardner lächelte nicht mehr.

»Verraten Sie mir, was die Festung den Marathas schuldet? Die Erwähnung großer Summen trägt immer zu meiner Erholung bei.«

»Zwei *lakh*«, sagte Gardner.

Thomas pfiff leise. »Zweihunderttausend Rupien? Eine erholsame Summe. Alles in Delhi abzuliefern, oder sind davon die Kosten für die Aktion zu bezahlen?«

»Trägt doch sicher zu Ihrer Erholung bei, nicht wahr? Apa ist ein Geizhals, wie wir alle wissen. Nein, Sie werden Ihre Truppen bezahlen können.«

Seit ihrem Eintreffen hatten die Marathas bereits einiges an Verlusten hinnehmen müssen; die disziplinierten Bataillone unter Gardners Kommando waren kaum betroffen. Das Land, das die einzunehmende Festung umgab, war zerfurcht wie das Gesicht eines alten Mannes: kleine Schluchten, trockene Flusstäler, Spalten, alles, was ein ortskundiger Gegner brauchte, um ein anrückendes Heer immer wieder aus dem Hinterhalt zu überfallen.

Thomas besprach sich mit Nilambar und Desailly. Er erfuhr, dass seine Leute aus den Vorräten des Maratha-Heers gründlich zu Abend gegessen hatten; nach dem anstrengenden Marsch der letzten Tage schliefen die meisten Männer. Thomas bat Nilambar, zwei der härtesten und umsichtigsten Pindaris zu wecken.

Etwa drei Stunden vor Morgengrauen kamen sie verdreckt von

ihrem Aufklärungsunternehmen zurück, das sie zum Teil auf dem Bauch kriechend hinter sich gebracht hatten.

»Leise wecken. Die anderen Einheiten dürfen nichts merken«, sagte Thomas. »Die Leute sollen auf einem Bein frühstücken und auf dem anderen ihren Morgenschiss erledigen. In einer halben Stunde brechen wir auf.« Er wandte sich an einen seiner Burschen. »Viel heißen Whisky und ein wenig heißes Wasser.«

Es war noch dunkel, das Morgengrauen nicht einmal zu ahnen. Thomas gliederte sein Bataillon in drei Kolonnen, die schnell und geräuschlos durch trockene Flussbetten marschierten. Im ersten Morgenlicht überraschten sie die Verteidiger der Dörfer und Gehöfte unmittelbar vor der Festung; dort hatte man nur wenige Wachen aufgestellt.

Thomas und seine beiden Begleiter hatten nachts die niedrigste Stelle der Festungsmauer gefunden: von der Position des Maratha-Heers gesehen auf der Rückseite des Forts. Dort erwartete niemand einen Angriff, und dort legten die Pindaris die mitgebrachten Sturmleitern an. Zu diesem Zeitpunkt informierte ein Bursche den Oberkommandierenden, was nicht als Beleidigung gedacht war, von Gardner aber so aufgefasst wurde.

Als Gardners Bataillone und die Kavallerie der Marathas Sohawalgarh erreichten, hielten Thomas und seine Leute ein Tor der Festung, den Vorplatz und mehrere Straßenzüge innerhalb des Forts. Der Kampf dauerte nicht mehr lange, da den Verteidigern klar war, dass sie nicht auf Verstärkung rechnen konnten.

»Siehst du, wie ich weine, Herr meiner besten Krieger?« Apa Khande Rao grinste breit und klopfte Thomas auf die Schulter. »Meine Tränen fließen üppig und hemmungslos, bald werden sie Delhi ertränken.«

Thomas nickte. »Ich sehe es, Fürst, und ich erwäge, mein Hemd zu zerreißen, um es dir zum Trocknen der Tränen zu reichen. Nur der Gedanke an deine empfindsame Haut und den Schweiß, mit dem ich in deinen Diensten das Hemd getränkt habe, hält mich davon ab.«

Seine Hand zitterte nicht, als er zum silbernen Becher griff, den

Apa für ihn mit Arrak hatte füllen lassen. Dabei war ihm durchaus eher nach Zittern als nach scherzhaften Reden zumute. Aber natürlich durfte er dies nicht zeigen.

Mahadaji Sindhia, Herr von Gwalior, mächtigster Fürst der Marathas, kluger Heerführer, gerissener Politiker, Minister des Kaisers, der einzige Mann, der in Hindustan einen – wenn auch unbehaglichen – Frieden hatte durchsetzen können, war in seinem Lager außerhalb von Poona überraschend einem Fieber erlegen.

Und Apa Khande Rao frohlockte. Thomas betrachtete das Grinsen, das nicht schwinden wollte, sah, wie Apa sich immer wieder die Hände rieb, und wartete ohne Vorfreude auf den nächsten Auftrag. Dabei versuchte er abzuschätzen, was Sindhias Tod für Hindustan, für Indien und für ihn bedeuten mochte.

Der Kaiser musste sich einen neuen Beschützer suchen – oder, genauer: darauf warten, dass jemand sich für stark genug hielt, den Kaiser dazu zu zwingen, ihn zum Beschützer der »Zuflucht des Universums« zu ernennen. Die Mächtigsten unter den Fürsten der Marathas, die Sindhias Vorrang bestenfalls zähneknirschend hingenommen hatten, würden vermutlich zu den Waffen greifen, um festzustellen, wer hinfort den anderen zu knirschenden Zähnen verhelfen durfte.

Einige von ihnen waren, wie es hieß, im Süden damit beschäftigt, Tipu Sultan abzuwehren, der sich nach seiner Niederlage gegen die Briten nun mit den Marathas anlegte. Der Peshwa, ein Junge oder inzwischen junger Mann, der in der Mitte des Netzes zappelte, das sein Chefminister Nana Farnavis seit Jahrzehnten spann und spannte, würde die Fürsten nicht daran hindern können, einander an die Kehle zu gehen.

Und verglichen mit der Freude, die Nana empfinden musste, der Sindhia gehasst hatte, war Apas Grinsen vermutlich ein Tränenausbruch. Die Karten wurden neu gemischt, neue Spieler nahmen Platz am Tisch; oder besser so: Der Löwe hatte sich zum Sterben niedergelegt, und um den noch ein wenig zuckenden Leib, der nicht ganz Kadaver war, sammelten sich neue Hyänen.

Denn Karten mochte es geben, aber es gab keinen Tisch – Sindhia hatte versucht, etwas wie einen Tisch zu zimmern – und keine Stühle. Und vor den Fenstern, den verkohlten Fensteröffnungen des niedergebrannten Hauses, standen die Briten, die mit einer Hand die Reste der französischen Macht beseitigten, denn in Europa herrschte wieder Krieg, und mit der anderen Hand das Grinsen verdeckten, während sie beobachteten, wie die Hyänen, die sich ins Haus gedrängt hatten, einander schwächten.

Um sich abzulenken und auf Apas Gesicht etwas anderes als üppiges Vergnügen zu sehen, sagte Thomas: »Wer wird sein Nachfolger?«

»In Gwalior?« Apa winkte ab. Immerhin hörte er auf zu grinsen. »Sein Großneffe und Adoptivsohn, Daulat Rao Sindhia. Aber das hat keine Bedeutung; er wird sich nicht gegen die anderen durchsetzen können, außerhalb von Gwalior.«

»Was ist mit de Boignes Brigaden?«

Der Maratha stutzte. »Du hast recht. Sie sind die eigentliche Macht, aber ... De Boigne ist ein kranker Mann. Und er kann mit seinen Brigaden nicht überall sein.«

»Hat er sich denn schon zur Nachfolge geäußert?«

»Ach, er ist treu, deshalb wird er sich mit Holkar beschäftigen und die Grenzen im Süden sichern. Hindustan?« Apa machte ein trauriges Gesicht; dann grinste er wieder. »Gopal Rao ist über Lakwa Dada, wenn der neue Sindhia ihn bestätigt. Lakwa Dada war über mir, weil Sindhia, der über Lakwa Dada war, dies so bestimmt hat. Nun ist keiner über mir. Wir können an die Arbeit gehen.«

»Vergiss nicht die Brigaden.«

»Die sind weit weg.«

»Wie sieht diese Arbeit aus?«

Apa schloss einen Moment die Augen, als könne er so das, was er im Mund hatte und gleich ausspucken würde, besser genießen. »Bishen«, sagte er. »Er hat noch viel Geld, und da das Gesetz mit Sindhia gegangen ist, kann uns niemand daran hindern, dieses Geld zu holen.«

»Uns?«

Apas Gesicht legte sich in traurige Falten. »Ohne dich und deine Leute«, sagte er mit grämlicher Stimme, »ist das edle Ziel nicht zu erreichen. Ohne meine edlen Ziele kommen wir nicht zu Geld. Ohne Geld kann ich dich nicht bezahlen. Ohne Sold werden deine Kämpfer meutern.«

»Sie meutern schon.« Thomas beugte sich vor, nahm, ohne zu fragen, eine dicke gelbe Zigarre aus dem offenen Elfenbeinkistchen auf dem Schreibtisch, zündete sie an, lehnte sich zurück und schlug die Beine übereinander.

»Betrüblich. Wie kommt es dazu?«

»Mit meinem Teil der zwei *lakh* von Sohawalgarh konnte ich einen Teil des ausstehenden Solds bezahlen; aber eben nur einen Teil.« Thomas runzelte die Stirn und sprach ein wenig schärfer. »Vor dem Angriff auf die Festung habe ich das meiste, was ich besaß, verkaufen müssen, um überhaupt genug kampfbereite Krieger mitbringen zu können, und ich würde gern meinen Besitz wieder zurückkaufen.«

Apa faltete die Hände auf dem Schreibtisch; er nickte heftig und strahlte seinen Kommandeur an. »Sehr lobenswert, wirklich sehr beeindruckend, wie du dich für die gute Sache einsetzt. Ich weiß gar nicht, wie ich dir danken soll.«

»Mit Geld. Ganz einfach.«

»Geld? Ach, Geld ... Aber das wollen wir uns doch erst von Bishen holen!«

»So ungefähr habe ich mir das gedacht.« Thomas sog an der Zigarre; dann blickte er an die mit geschnitzten Hölzern getäfelte Decke. »Seit wir zum ersten Mal in diesem Raum verhandelt haben, hat sich die Einrichtung deines Hauses erfreulich gebessert.«

Apa winkte ab. »Lass dich dadurch nicht täuschen. Ein Teppich hier, ein Tischchen dort; was ist das schon? Nichts, was dich dazu verleiten sollte, etwa auf Reichtum oder gar flüssiges Geld zu schließen.«

»Edler Fürst, Beschützer der Arglosen, Freund der Waisen, o du strahlendes Licht von Hindustan – meine *nautch*-Mädchen sind abgemagert; wenn sie tanzen, zähle ich ihre Rippen, und Mitleid schüttelt mich so sehr, dass keinerlei Begehren aufkommen mag.

Die Mutter meiner Kinder rauft sich die Haare und zerreißt ihren Schleier, um die Tränen zu trocknen, die sie weint, weil sie die Kleinen nicht ernähren kann, indem sie, wie eine Schaf-Mutter, Gras in Milch verwandelt; überdies haben die Kinder inzwischen Zähne und würden die Trinkbehälter beschädigen.«

»Ach, es ist ein Jammer, nicht wahr?« Apa fuhr sich mit der Hand über das Gesicht; vielleicht, dachte Thomas, um ein Grinsen zu verbergen. »Gras, hörte ich, ist für Menschen nicht eben nahrhaft. Sonst könnte man den Kindern ja die Zähne ausbrechen.«

Thomas beugte sich vor. Mit der Zigarre zielte er auf den Maratha wie mit einer Waffe. »Lassen wir die Scherze, Fürst. Ich brauche Geld, um die Truppen zu bezahlen und um selbst nicht zu verhungern.« Er machte eine kleine Pause; dann fuhr er fort: »Entweder werden diese Dinge so geregelt, wie es sinnvoll ist, oder du wirst mich von meinem Wort entbinden.«

»Ah, dein Wort. Die Ehre des Mannes, den man Jawruj Sahib oder Jehazi Sahib nennt, ist ebenso unantastbar wie unauflöslich, hörte ich.«

»Die Ehre ist eine schmückende Fessel, Apa; wenn jener, dessen Glieder sie umgibt, verhungert, wird sie von ihm abfallen.«

»Wenn du mir nach der Eroberung der Festung Geld gebracht hättest, hätte ich dich bezahlen können.«

»Erlaube, dass ich nicht lache.«

Apa bewegte die Finger der rechten Hand in einer anmutigen Geste. »Es sei dir gestattet, nicht zu lachen, solange du diesen Raum nicht mit Tränen überflutest. Es wäre schade um die neuen Teppiche.«

»Kein Geld, was? Dann auch kein Kämpfen.«

»Und trotz allem durch ein nutzloses Ehrenwort nutzlos gefesselt?«

Thomas kratzte sich den Kopf; er tat, als müsse er schwierige Gedanken denken. »O Springquell der Großherzigkeit«, sagte er dann. »Hast du Häuser? In Delhi, in Agra, in einem anderen sicheren Ort?«

Apa erhob abwehrend die Hände. »Jawruj Sahib«, sagte er, »irgendein *rakshasa* muss sich deines Gehirns bemächtigt haben und wringt es nun aus, fürchte ich.«

»Keiner deiner Hindu-Dämonen, Fürst, auch kein moslemischer oder christlicher Teufel.«

»Willst du etwa, dass ich jene baufällige Hütte, in der ich wimmernd mein zahnloses Alter zu verbringen gedenke, zu Geld mache, um dich zu bezahlen? Es käme nicht genug dabei heraus. Nicht zu reden vom Obdach meiner späten Jahre.«

»Ein großes, sicheres Haus, in dem die Mutter meiner Kinder mit diesen und einigen Frauen von Offizieren leben kann, während wir Männer für dich in den Kampf ziehen. Dieses, und dazu eine angemessene Menge Getreide, Mehl, Fleisch, Früchte. Mein letztes Wort.«

Apa lächelte, sehr herzlich und scheinbar erleichtert. »Warum hast du das nicht gleich gesagt? Zufällig bin ich in den Besitz eines Hauses gelangt, hier in Delhi, das man nicht als Palast bezeichnen kann, auch nicht als Festung oder Serai, aber als gute Mischung aus allem. Geld habe ich nicht; das sollst du mit deinen Leuten beschaffen. Und es wird nicht dein Schaden sein. Aber das Haus zur Unterbringung von Frauen und Kindern sollst du haben. Ich will sogar dafür sorgen, dass sie sicher sind, indem ich es von meinen besten Leuten bewachen lasse.«

»Die Bewachung, Fürst, werden einige *meiner* Leute übernehmen. Wir wollen doch vermeiden, dass mich neben einem Ehrenwort auch noch teure Geiseln an dich binden, nicht wahr?«

Apa blickte nun wieder betrübt drein. »O du schadhaftes Gefäß, aus dem übel riechendes Misstrauen sickert – traust du mir etwa nicht?«

Thomas blies eine Rauchwolke an die Decke. »Nein, Fürst, weder dir noch sonst einem.«

Apa gluckste und nickte. »Das hatte ich gehofft. Sonst wäre dir nur ein kurzes Leben beschieden, so wie die Dinge in Hindustan jetzt liegen.«

Einen Monat später war das Haus in Delhi eingerichtet; Marie, die Kinder und die Frauen und Kinder einiger Offiziere befanden sich in Sicherheit. Die Bewachung übertrug Thomas seinem alten Pindari Desailly, der nach mehreren Verwundungen nicht mehr voll einsatzfähig, auf diese Weise sinnvoll beschäftigt und außerdem in der Nähe seiner eigenen Familie war.

»Und damit hast du jetzt Geiseln, wenn etwa deine Offiziere meutern sollten«, sagte Marie, als sie sich voneinander verabschiedeten.

»Ich hätte wissen sollen, dass die Tochter deiner Mutter solche krummen Gedanken denkt.« Thomas deutete einen Kniefall an.

Das Bataillon brach auf, um Gangaga Bishen zum zweiten Mal auszuschalten. Diesmal hatte der Brahmane allerdings weder gegen Apa intrigiert noch die Zahlung von Steuern verweigert, und der Ire fühlte sich mit diesem Auftrag nicht besonders wohl. Aber er hatte sein Wort gegeben, und das Wort war heilig.

Sie brauchten nicht zu kämpfen. Als sie unweit der Festung des Brahmanen ihr Lager aufschlugen, erschien noch am gleichen Abend ein Diener von Bishen.

»Mein Herr möchte mit dem edlen Jehazi Sahib ein Abkommen aushandeln, dessen Ende kampflose Übergabe, Verzicht auf Plünderungen und eine Garantie sein sollte, dass mein Herr den Kopf auf den Schultern behält und nicht zum Bettler gemacht wird.«

Thomas bot dem weißbärtigen, ehrwürdigen Diener – vermutlich eine Art Wesir – Kaffee und einen Feldstuhl an. Als sie im Zelt saßen und einander über die Tassen hinweg musterten, sagte er: »Es ist dies nicht unbillig, und gewiss sind friedliche Einigungen jedem Kampf vorzuziehen. Vor allem in einem solchen Fall.«

»Mein Herr weiß, dass er es nicht mit der Ehrenhaftigkeit von Jehazi Sahib zu tun hat, sondern mit andersartigen Eigenschaften von Apa Khande Rao.«

Thomas seufzte. Er sagte sich, dass er vielleicht dem falschen Herrn diente, dass dieser seine einzige Geldquelle war, dass eben die genannte Ehrenhaftigkeit ihn daran hinderte, gewisse Dinge zu ändern, und dass es keine Hilfe gab.

»Sag deinem Herrn, dass er mein Wort hat. Aber ich muss ihn zu Apa bringen. Wann kann er reisen?«

Sie reisten am nächsten Tag. Als sie Delhi erreichten, brachte Thomas seinen Gefangenen ins Haus, das Desailly hütete. Er verstärkte die Posten, ließ den Rest der Krieger vor der Stadt lagern und schickte einen Boten zu Apa.

Der Bote kehrte bald zurück, begleitet von einigen Bewaffneten. Sie überbrachten Apas Befehl, dass Thomas und der Brahmane sich sofort zu ihm begeben sollten.

»Sagt eurem Herrn, dass Jehazi Sahib einer Frau beizuwohnen gedenkt und danach kommen wird. Habt ihr das verstanden?«

Einer der Männer grinste. »Wir wünschen dem Sahib, dass er gut komme, ehe er zu Fürst Apa geht.«

In der Abenddämmerung ging Thomas mit einem halben Dutzend Pindaris zu Apas Palast. Der Fürst war unwirsch, verlangte die sofortige Übergabe des Brahmanen und sagte, Thomas habe nicht das Recht, Bedingungen auszuhandeln, und erst recht stehe es ihm nicht zu, den Feinden seines Fürsten Schutz zu gewähren.

»Da ich nicht weiß, was ihn zu deinem Feind macht, edler Fürst, abgesehen von seinem Geld, ziehe ich es vor, mein Misstrauen zu hegen.«

»Misstrauen? Etwa mir gegenüber?«

»Jedem gegenüber, der mein Leben oder meine Ehrenhaftigkeit beschädigen könnte.«

Sie wechselten einige weitere Worte, wobei die Lautstärke ebenso zunahm wie die Schärfe der Formulierungen; als sie sich trennten, war nichts geklärt.

Zwei Tage später ließ Apa ihn erneut kommen. Wieder nahm Thomas eine kleine, aber kampfkräftige Eskorte mit. Man sagte ihm, der Fürst sei ein wenig unpässlich und halte sich im oberen Stockwerk auf, um der Ruhe zu pflegen, wolle ihn dort aber sofort sehen. Thomas wies seine Männer an, sich im unteren Empfangsraum niederzulassen und auf ihn zu warten. »Das Wort lautet *Pindaris*«, sagte er mit einem Zwinkern, ehe er treppauf ging.

Er war ein wenig überrascht, Apa bei bester Gesundheit hinter einem schlichten Schreibtisch vorzufinden. Apa bot ihm keinen Sitz an, sondern hielt ihm einen eher heftigen Vortrag über die Pflichten eines bezahlten Gefolgsmanns gegenüber seinem Fürsten.

»Zufällig bin ich noch nicht bezahlt worden, ebenso wenig wie meine Männer«, sagte Thomas sehr ruhig, als Apa geendet hatte. »Und zufällig ist meine Ehre nicht zu kaufen.«

Apa hob die Arme über den Kopf, ließ sie wieder sinken, schnitt eine Grimasse, zerquetschte zwischen den Zähnen einen unflätigen Fluch und trampelte aus dem Raum. Er hatte ihn kaum verlassen, als fünf Bewaffnete eintraten und sich vor Thomas aufbauten.

»Yama mit euch, ihr edlen Krieger«, sagte er. Dann brüllte er: »Stillgestanden, ihr schlappen Säcke!«

Apas Leibwächter starrten ihn verblüfft an; drei von ihnen nahmen unwillkürlich Haltung an. Ohne sie aus den Augen zu lassen, ging er um den Tisch und setzte sich auf den von Apa angewärmten Lederstuhl. Er legte den Kopf in den Nacken, hob die Brauen und musterte die Männer, die seinen Blick mieden und von einem Fuß auf den anderen traten. Was immer ihr Auftrag war – mit dieser Reaktion hatten sie offenbar nicht gerechnet.

Mindestens zehn Minuten vergingen; dann trat ein weiterer Bewaffneter ein, reichte Thomas ein gefaltetes Stück Papier, wandte sich den anderen zu und murmelte etwas.

Das Papier, von Apa persönlich beschrieben, war kein freundschaftlicher Brief, sondern ein Ultimatum: Thomas solle sich sofort bereitfinden, Bishen auszuliefern, andernfalls würden die Wächter ihn töten.

Thomas faltete das Papier zusammen, steckte es ein, stand auf und lächelte den Überbringer an.

»Bring mich zu deinem Herrn.«

Der Mann führte ihn quer über den Flur zu einem anderen Raum; die Wächter folgten.

Apa saß mit untergeschlagenen Beinen auf einem Kissenstapel, hatte die Hände auf die Knie gelegt und die Lippen zu einem schmalen Strich gepresst. Er blickte auf, als Thomas den Kopf ins Zimmer steckte.

»Sonne und Wonne Hindustans, ich wünsche dir einen erbaulichen Abend.« Thomas lächelte, neigte den Kopf, drehte sich auf dem Absatz um und ging die Treppe hinunter. Apa, offenbar verblüfft, reagierte nicht, und die Wächter wagten ohne Befehl nichts zu unternehmen.

Als er mit seinen Pindaris den Palast verlassen hatte, spürte Thomas, wie ihn die Beherrschung verließ; sein Gesicht musste dunkelrot sein. Er schrie ein paar gälische Flüche in den Himmel; dann begann er wiehernd zu lachen.

Noch am Abend schrieb er einen Brief voll erlesener Beschimpfungen, nannte Apa ein schwarzes Maratha-Schwein, finsteres Scheusal, wortbrüchigen Schakal, Rattenarsch und andere freundliche Dinge mehr und schloss mit dem Satz: »Unter dem Banner der Niedertracht ist kein Platz für ehrbare Kämpfer.«

Am nächsten Mittag erschien Apa Khande Rao, begleitet von Dienern, die Geschenke und süßes Gebäck trugen; er überreichte Thomas einen Ledersack, der zehntausend Rupien enthielt, nannte ihn mit honigtriefender Stimme »Liebling des Kriegsgottes« und »treffliches Söhnchen« und »Born der Klugheit, erhaben über Missverständnisse«; er hielt einige längliche Reden, die auf eine Entschuldigung hinausliefen, und sagte schließlich, er werde niemals von Thomas verlangen, unter einem unansehnlichen Banner zu kämpfen. Nun sei es aber an der Zeit, über das nächste gemeinsame Unternehmen zu reden.

Thomas ächzte, deutete auf einen Diwan und ließ Kaffee bringen.

Das Leben wurde eine Abfolge von Gewaltmärschen, Kämpfen, Belagerungen, Verwundungen, Toden, unterbrochen von kurzen Pausen.

Er schrieb Briefe; hin und wieder machte er Notizen, auf die er sich stützte, wenn ein Vertreter der Ostindien-Kompanie oder ein britischer Zeitungsmann aus Bengalen bestimmte Dinge genauer wissen wollte.

Bei seinen seltenen Aufenthalten in Delhi ließen sich manchmal Begegnungen mit »Kollegen« nicht vermeiden; ohne allzu laut mit den Zähnen zu knirschen, plauderte er dann mit pathanischen Räubern, Mogul-Kommandeuren, britischen Offizieren, mit de Boignes Stellvertreter Perron, einmal sogar mit Bourquin, dem ehemaligen Pastetenbäcker, der die Begum inzwischen verlassen und sich einem Rajputen-Radscha angeschlossen hatte – ein Mann, der ihm geradezu physisch widerwärtig war.

Zuweilen brachen die Beteiligten derlei Gespräche kurz vor dem Beginn von Handgreiflichkeiten oder einer Forderung zum Duell ab. Schon Perron war ihm »noch so ein Franzose«, und für Bourquin fielen ihm nur Wörter ein, die er nicht zu Papier bringen mochte.

Claude Martin gehörte nicht in diese Kategorie. In unregelmäßigen Abständen nutzte Thomas den Kurierdienst, den die Briten zwischen Kalkutta, Agra, Delhi und Bombay unterhielten, um Zahlungsanweisungen nach Lakhnau zu schicken, und Martin teilte ihm gewöhnlich innerhalb weniger Wochen mit, welche Investitionen er, nach Abzug von zwölf Prozent für sich, im Interesse des Iren getätigt hatte.

Das seltsam blinde Vertrauen zu Martin beruhte vielleicht auch darauf, dass er diesen Franzosen nie gesehen hatte; vor allem war es aber João Saldanha zuzuschreiben, der Martin als Freund und Bruder bezeichnete.

Saldanha besuchte ihn einmal in Delhi, zweimal in irgendeinem der Feldlager; soviel auch in der Zwischenzeit geschehen sein mochte, war es doch jedes Mal, als sei seit der letzten Begegnung keine Zeit vergangen. Außerhalb von Madras, so lange her, in jener Nacht voll von Gin und Sternen und Hunden und Geschichten, hatte Thomas in Saldanha einen fremden, andersartigen Stiefzwilling gefunden, von dem er eigentlich nichts wusste und nichts wissen musste, um uralte Verwandtschaft zu empfinden.

Mit geringer Verwunderung nahm er zur Kenntnis, dass man ihn zu einem Mythos machte: Jawruj Jang, der »kriegerische George«, der kühne Ire, der irre Ire; Jehazi Sahib, auf dessen Ehre Verlass ist.

Ein weit gereister Zeitungsmann, der sich mit exotischen Wetterphänomenen auskannte, bezeichnete ihn als »Ein-Mann-Kampf-Tornado«, nachdem er einem besonders verbissenen Gefecht beigewohnt und gesehen hatte, wie Thomas den fluchtartigen Rückzug einer geschlagenen Abteilung seiner Truppen in einen Sieg verwandelte, indem er sich brüllend, in jeder Hand einen Säbel, auf die nachdrängenden Gegner stürzte, drei von ihnen tötete und zwei verwundete, die eigenen Leute so wieder sammelte und aufrichtete und auf der Gegenseite Entsetzen verbreitete.

»Tornado« – zuweilen, wenn er nachdachte, erschien ihm sein Leben so. Für Apa Khande Rao, der ihm einige weitere Distrikte übertrug, sicherte er ein großes Gebiet, das bis dahin immer unsicher gewesen war. Im wahnsinnigen Wirbel der Jahre, in jenem blutigen Chaos namens Hindustan, gelang es ihm, so etwas wie eine Oase oder Insel zu schaffen.

Er und sein Bataillon vernichteten Räuberbanden, schlugen die regelmäßigen Plünderzüge der Sikhs, seiner »Lieblingsfeinde«, regelmäßig zurück, bekämpften Apas politische, militärische und finanzielle Gegner … Ohne Rückgriff auf seine Notizen, so erschien es ihm manchmal, lief er Gefahr, als Objekt der Bewunderung anderer orientierungslos durch die Verläufe der eigenen Biografie zu streunen.

Nur eine Aktion, die ihm teils sprachlose, teils allzu geschwätzige Verehrung einbrachte und den Ruf unbegreiflicher Ehrenhaftigkeit mehrte, blieb auch ohne Notizen in seiner Erinnerung immer gegenwärtig.

Die Begum Samru – von ihm ob ihrer Gerissenheit bestaunt und ob ihrer Niedertracht verabscheut – beging einen furchtbaren Fehler, oder wenn es kein Fehler war, so entzog sich der Sinn ihres Vorgehens doch jedem vernünftigen Erklärungsversuch.

Sie machte den Gemahl, Levassoult, zu ihrem Stellvertreter und Oberkommandierenden, und der Mann, zweifellos tüchtig auf ihrem Lager aus Teppichen, trieb die Truppen durch eine Mischung aus Eitelkeit, Anmaßung und Unfähigkeit zur Meuterei. »Die Begum und ihr Beschäler«, wie man die beiden nannte, mussten fliehen, und da sie Sardhana nicht verlassen mochten, ohne alle beweglichen Güter und Schätze mitzunehmen, kam ihre Karawane nur langsam voran.

Offenbar hatten sie abgesprochen, sich das Leben zu nehmen, falls die Meuterer sie einholten, denn vor ihrer Flucht war die Stimmung derart gereizt gewesen, dass gegenüber dem, was sie erwartete, Selbstmord die angenehmere Möglichkeit schien.

Die Meuterer holten sie ein. Levassoult war vorangeritten; als die Verfolger sich um die Sänfte der Begum drängten, nahm sie an, ihr Mann sei bereits tot, zog den Dolch und wollte ihn sich in die Brust stoßen, aber die Klinge glitt von den Rippen ab. Blutüberströmt und ohnmächtig lag die Begum auf ihren seidenen Kissen; was die Meuterer nicht davon abhielt, sie herauszuzerren und auf ein Pferd zu binden.

Levassoult sah das Gedränge, konnte sich aber weder zur Verteidigung seiner Gemahlin noch zum gestreckten Galopp entschließen, der ihn vielleicht gerettet hätte. Man sagte, weniger die Treue zur Gattin und zur getroffenen Vereinbarung als vielmehr diese Entschlusslosigkeit habe ihn dazu gebracht, in Ermangelung eines besseren Einfalls die Pistole zu ziehen, sie sich in den Mund zu stecken und abzudrücken. Die Detonation hob ihn einen Fuß hoch aus dem Sattel; dann stürzte er tot zu Boden.

Die Meuterer schleppten die Begum zurück nach Sardhana, und da sie sich nicht einigen konnten, was mit ihrer bisherigen Fürstin zu geschehen habe, wählten sie den schwachsinnigen Sohn des alten Samru zum Herrscher und überließen ihm die Entscheidung. Die er allerdings nicht treffen konnte, denn inzwischen hatte Thomas von den Vorgängen erfahren, legte einen Gewaltmarsch zurück und attackierte die Meuterer.

Hindustan rätselte, was ihn dazu gebracht habe, die Niedertracht der Begum zu vergessen oder zu vergeben und sein Leben zu riskieren, um sie wieder auf den Thron zu setzen. »Ehre« war schließlich die überzeugendste Erklärung.

Thomas äußerte sich nicht dazu; er hätte, wenn er ehrlich gewesen wäre, von einem kleinen Elefanten und einer alten irischen Fee sprechen müssen, und da schwieg er lieber.

Anfang 1796 hielt er sich einige Tage in Delhi auf. Diesmal blieb ihm die Begegnung mit Apa Khande Rao erspart; sein »Patron« hielt sich in Poona auf, wo er mit etlichen anderen Fürsten um die Zukunft des Maratha-Bunds feilschte.

Die Stadt kam Thomas seltsam unwirklich vor. Der Kaiser, augenlos und unsichtbar, war für alle außer seiner unmittelbaren Umgebung auch stumm geworden, denn er gab Anweisungen, die keiner hörte. Wahrscheinlich stellte er Überlegungen an, die zu nichts führten, und heckte Befehle aus, die niemanden erreichten.

Der Rote Palast prangte unter der Wintersonne, eine Festung, die nicht einmal die Geister der kaiserlichen Ahnen schützte, wie man in den Straßen und Basaren sagte: Akbar und Humayun und Shah Jahan und die anderen Entrückten hätten Besseres zu tun, als dem Untergang ihres Hauses beizuwohnen, da sie doch im Paradies der Gläubigen Huris beiwohnen konnten.

Einmal näherte sich Thomas dem Palast, den alten Pracht- und Paradetoren hinter dem Khas-Basar. Er sah die bröckelnden Lehmziegel, sah die kahlen Stellen, wo Plünderer Verzierungen abgeschlagen hatten, sah die leeren Mauern, auf denen keine Posten standen. Und er sah, dass die Fäule des Verfalls längst begonnen hatte, die roten Mauern bleichzufressen.

Marie war entzückt, ihm grelle Nächte bereiten zu können, und da er das Entzücken teilte, war ihm bei aller sonstigen Abwehr Delhi beinahe teuer.

Apas Abwesenheit sorgte außerdem dafür, dass er sich gründlich mit dem Söldnermarkt beschäftigen konnte, statt an fürstlichen Empfängen teilnehmen zu müssen und Apas langen Reden über die wunderbaren Geschäfte der Zukunft zu lauschen.

Gewöhnlich sammelten sich in Delhi alle möglichen merkwürdigen Gestalten: europäisches Treibgut, Totschläger, unehrenhaft entlassene Offiziere der verschiedenen kolonialen Truppen. Katzengold, das vorgibt, zum goldenen Mohur der Mogulkaiser geprägt werden zu können; Kiesel, die sich mit ein wenig Blut befleckt haben und meinen, deshalb Rubin spielen zu können; alte Knochen, die verzweifelt versuchen, das Moos, das sie längst angesetzt haben, als Oberfläche eines Smaragds zu verkaufen.

Diesmal war es anders, wie Thomas im Kaschmir-Serai erfuhr. Muhammad Jan litt an ungewöhnlich weitschweifiger Gesprächigkeit; nachdem er »Jawruj Sahib, Blume der ehrenhaften Krieger, wie es sie in alter Zeit gab und heute nicht mehr geben dürfte«, begrüßt und einige besonders ausgefallene Speisen hatte bringen lassen, beugte er sich vor, schaute sich dabei um und sagte leise: »Diese dunkle Ecke ist gut für wichtige Mitteilungen, mein Freund. Niemand belauscht uns.«

»Welche teuren Geheimnisse willst du mir verkaufen?« Muhammad Jan hob die Hände. In dem roten Stein eines seiner Ringe sammelte sich das Licht der Öllampe hinter Thomas und troff wie Blut über den Handrücken.

»Wer redet von verkaufen? Ein Geschenk, oder mehrere.«

»Ich zittere, Fürst der Gastlichkeit.«

Der Wirt zwinkerte. »Jawruj Jang zittert nicht – und wenn doch, warum?«

»Deine Geheimnisse sind furchtbar, deine Verkäufe schauderhaft, und beim Gedanken daran, was an deinen Geschenken sein könnte, will ich mich lieber in einen Winkel der Dschehenna verkriechen.«

Muhammad Jan lachte. »Ich sehe, du kennst mich zu gut. Aber dennoch, o Sucher nach guten Subadars, merke auf. Offiziere, besser als all deine bisherigen *sirdars*.«

Thomas sagte nichts, wartete ab und zweifelte. Woher sollten plötzlich gute Offiziere kommen? Hin und wieder gab es so etwas – zuletzt, jedenfalls in größeren Mengen, als die Franzosen in Europa eine Revolution angezettelt hatten und alle königstreuen Offiziere die französischen Truppen in Indien verließen. Aber er wollte keine Franzosen.

»Briten«, sagte Muhammad Jan. »Angrezi.«

»Engländer? Woher?«

»Die Ungläubigen – Allah möge sie alle verdammen, außer dir natürlich und den meisten anderen – haben begonnen, ihr eigenes Grab zu schaufeln. Gründlich.«

»Was ist geschehen?«

Muhammad Jan schüttelte den Kopf, als sei er fassungslos ob all der Dummheit, die ihn umgab. »Kalkutta hat beschlossen, dass nur reinblütige Männer Offiziere der regulären Truppen sein dürfen.«

»Was?«

»Ja, mein Freund. Du weißt, es gibt viele Angrezi, sowohl Handelsherren als auch Offiziere, die sich bengalische Frauen genommen und mit ihnen Kinder gezeugt haben. Seit ein paar Jahren, sagt man, kommen immer mehr weiße Frauen aus Europa, und neben weißen Frauen auch Angrezi-Priester. Sie sagen, die Bewohner von Bengalen und Audh und Hindustan, gleich ob Rechtgläubige oder Hindus, sind allesamt Heiden. Heidnische Frauen soll man nicht nehmen – vor allem, wenn genug Christinnen einen Mann suchen. Und die Kinder heidnischer Mütter sind nicht gut genug, der Kompanie zu dienen. Sie könnten ja« – er gluckste – »ihre Väter verraten und sich auf die Seite schlagen, die die Mütter verlassen haben, als sie sich neben die Väter legten.«

Thomas holte tief Luft; er traute seinen Ohren nicht, sagte sich aber gleichzeitig, dass es zum britischen Hochmut passte. »Und jetzt werfen sie alle Halbblut-Söhne aus der regulären Truppe? Und aus den höheren Rängen der Schreiber und Händler?«

»So ist es. Die Klugheit des Menschen ist begrenzt, sagt man; für die Dummheit hingegen gibt es kein Maß noch Ziel.« Muhammad Jan grinste.

»Ausgebildete Offiziere?« Thomas starrte den Herrn des Serai an. »Wo finde ich sie?« Dann schüttelte er den Kopf. »Ah, was solls? Die Besten sind bestimmt schon vergeben.«

»Du irrst, Jawruj Sahib. De Boigne hätte sie genommen, aber de

Boigne ist nicht mehr da. Perron ist nicht so klug, und er ist Franzose. Die Marathas werden sie nehmen, sobald sie aus Poona zurückkommen.«

»Habe ich wirklich Glück? Weil im Moment keiner da ist, der sie in Dienst nehmen würde?«

Muhammad Jan hob die linke Hand; mit dem Zeigefinger der Rechten zählte er an den Fingern der anderen Hand vier Männer ab, vier Namen. »Skinner«, sagte er, »Birch, Hearsey, Hopkins.«

»Wo finde ich sie?«

Muhammad Jan stand auf; er lächelte selbstgefällig. »Komm, ich mach dich mit ihnen bekannt. Zufällig wohnen sie in meinem kümmerlichen Serai.«

»Haben sie Geld?«

Der Wirt schien zu stutzen und kratzte sich den Kopf. »Ah, merkwürdig, das hatte ich vergessen. Nun, da du es erwähnst, fällt es mir wieder ein. Nein, sie haben kein Geld.«

»Du hast sie also bewirtet, weil du damit gerechnet hast, dass jemand sie braucht und dir abkauft?«

»Welch finstere Meinung du von mir haben musst!« Nun grinste er noch breiter als zuvor. »Sie sind Geschenke, nicht mein Besitz, den man kaufen könnte. Es würde allerdings künftige Geschäfte fördern, wenn du ihre Schulden bei mir übernähmst.«

Aber Thomas bekam nur drei geschliffene Juwelen: James Skinner hatte ein paar Stunden zuvor einen Handel mit einem kleinen Fürsten aus dem nördlichen Dekkan abgeschlossen.

»Schade, dass Sie ihn nicht kriegen können«, sagte Hopkins. Wie die beiden anderen war er »fertiger« Leutnant der regulären Kompanietruppen. Gewesen. »Er ist der Beste von uns.«

Thomas betrachtete die jungen Offiziere. Drei Leutnants, vom Himmel gefallen – drei kräftige junge Männer mit offenen Gesichtern und besten Manieren. Drei Männer mit tadelloser Haltung und, wie er auf dem Weg zu seinem Stadthaus mit ein paar Seitenblicken feststellte, makellos gepflegten Waffen.

»Sind Sie zusammen hergekommen?«

»Nicht nur das. Alte Schulkameraden, und Kameraden in der Truppe.«

Thomas fühlte sich versucht, ein Dankgebet an irgendeine Gottheit in den samtigen Nachthimmel zu schicken. »Also, Skinner hat schon was gefunden. Wollte dieser Sultan oder was auch immer Sie denn nicht?«

Hopkins blieb stehen und sah ihn von der Seite an, mit seltsam leuchtenden Augen, die das flackernde Feuer des Innenhofs reflektierten, an dem sie eben vorübergingen. Blaue Augen, die Augen des Vaters. Eine gewisse Anmut der Bewegungen, ein dunklerer Hautton schienen Erbe der indischen Mutter zu sein. Aber vielleicht täuschte das Flackerlicht, vielleicht sah Hopkins – sahen auch die anderen – bei Tag anders aus.

»Doch, Sir«, sagte Hopkins. »Er wollte uns alle, aber wir wollten nicht.«

»Warum nicht?«

»Wir wollten zu Ihnen.« Das war Hearsey, einen Schritt hinter Thomas und Hopkins. Birch, neben ihm, nickte; auch seine Augen leuchteten seltsam.

»Zu mir? Ich kann Ihnen aber sicher nicht so viel bezahlen wie ein Fürst aus dem Dekkan.«

Hopkins räusperte sich. »Sie wissen es vielleicht nicht, Sir, aber ... in Kalkutta sind Sie ein Held.«

Thomas winkte ab. »Ich war nie in Kalkutta.« Er lachte. »Und ein guter Ruf in der Ferne behebt die Mängel in der Nähe nicht.«

Birch ging schneller, bis er neben Thomas war. »Wir wissen nichts von Mängeln, Sir«, sagte er ruhig. »Und was das Geld angeht – für Sie reiten wir notfalls umsonst.«

Thomas schluckte mehrmals, ehe er antwortete. »Fünfundneunzig zahlt die Kompanie einem Leutnant, nicht wahr? Mehr als achtzig kann ich nicht zahlen. Aber hin und wieder« – er lachte unterdrückt – »kommen Anteile an Beute hinzu.«

Die drei Leutnants verzogen keine Miene.

»Umsonst«, sagte Hearsey mit Nachdruck. »Und achtzig? Aber sowieso, Sir!«

Ein paar Schritte später räusperte sich Hopkins. »Arbeiten Sie noch für Apa Khande Rao?«

»Noch. Ja. Warum? Passt Ihnen das nicht?«

»Wir arbeiten für Sie, ganz gleich, für wen Sie arbeiten. Aber es hieß, Sie wollten sich irgendwann selbstständig machen – Radscha Thomas, Sir.«

»Sagt man das?«

»Nur dumme Gerüchte, wahrscheinlich – oder? Wenn ich fragen darf ...«

»Sie dürfen. Es gibt da ein Ehrenwort, und solange es mich bindet, reite ich ... reiten wir für Apa.«

Aber Apa Khande Rao litt schon lange an einer tückischen, unerkannten Krankheit, die plötzlich ausbrach. Sein Leib schwoll an, eine schmerzende Geschwulst schien neben der anderen zu entstehen. Als die Schmerzen unerträglich wurden, ertränkte er sich im Yamuna.

Zum Zeichen der Trauer ließ Thomas das Bataillon ein Freudenfest feiern; Hopkins und Broadbent hielten Wache, er selbst betrank sich gründlich und ausgiebig. Es wäre sinnvoll, dachte er, noch einige Zeit mit dem Neffen und Nachfolger Vavon Rao zu kooperieren; die ehrenhafte Fessel der Treue hielt ihn jedoch nicht mehr, denn der Eid hatte einem gegolten, der nun tot war.

14. Rundreise nach Hause

Vor drei Jahren [1826] verbrachte ich zwei ersprießliche Tage mit dem Bezwinger der Rajputen in Chambéry. Angesichts des weißen Kreuzes von Savoyen fielen viertausend Rajputen als Märtyrer der Freiheit; und wenn ich auch dem Grafen [de Boigne] ein langes Leben wünsche, mag ich doch bedauern, dass er seine Talente und seinen Mut auf ihre Unterwerfung verwandte ... Als ich vom Schlachtfeld von Merta sprach, trat die Erinnerung an vergangene Tage vor seine Augen; er sagte, alles erscheine ihm wie ein Traum.

JAMES TOD, *Annals and Antiquities of Rajasthan*

Tamira blieb ein paar Tage im »Stadtpalast« von Mir Najaf in Mirat, während Saldanha einen Kurzbesuch bei George Thomas machte. Nach seiner Rückkehr befasste er sich mit der Zahlungsanweisung aus Goa, Gegenwert seines alten Besitzes oder vielleicht nur Gegenwert eines Zehs. Mir Najaf hatte Erkundigungen eingezogen und bestätigte die Redlichkeit des Bankherrn.

Als der Fürst wieder abreiste, zogen Saldanha und Tamira ins Serai um; danach ging João zur Bank. Die Geschäfte waren schnell erledigt; selbstverständlich honorierte der persische Bankier den Wechsel aus Goa. Er empfahl Saldanha, das Geld stehen zu lassen; João erbat sich einige Tage Bedenkzeit hinsichtlich der vom Bankier vorgeschlagenen Investitionen.

Er erwog, sein Geld Claude Martin in Lakhnau zu übergeben; abends im Serai, wo er mit Tamira – sie reiste als Mann und nannte sich Tariq – den teuersten Raum bezogen hatte und diese unverantwortliche Schwelgerei eines Reichen genoss, bat er sie um Rat.

»Ach, was soll denn ein Lustknabe, noch dazu meines Alters, von

Geldgeschäften verstehen?« Sie hatte die Ellenbogen auf den Tisch gestützt, die Finger verschränkt und das Kinn auf diese geflochtene Unterlage gebettet.

»Nur so viel, wie dich selbst angeht.«

Sie sprachen leise miteinander, kaum zu hören im Lärm des Gastraums. Das Serai war voll, sogar die verfügbaren Frauengemächer. Die meisten Männer – Händler, Tierpfleger, Treiber und sonstige Knechte – hockten in den Innenhöfen, deren Boden gestampfter Lehm war, um eigene Feuer, aßen eigene Speisen und tranken Wasser, hier und da auch an den Feuern zubereiteten Kaffee. Der Gastraum wurde nur von den wohlhabenderen Handelsherren und einigen Geschäftsfreunden genutzt, die aus der Stadt zum Serai gekommen waren. Es musste um viele gute Geschäfte gehen, wenn man dies aus den üppigen Speisen schließen konnte. Auch die Anzahl der Handelsherren verblüffte Saldanha; er sagte sich, dass in den Jahren, die er und Tamira jenseits von Mirzabad und außerhalb der Welt verbracht hatten, in Hindustan förderlicher Friede ausgebrochen sein musste.

»Es ist dein Geld«, sagte Tamira. »Dass ich hier als alter Lustknabe oder Eunuch sitze, beteiligt mich keineswegs an deinem Vermögen.«

Saldanha rutschte auf dem Sitzkissen herum und streckte einen Moment die Beine aus.

»Plagt dich etwa dein Gesäß, Herr?«

»Ich bin verwöhnt«, knurrte er. »Zu lange habe ich in Gesellschaft einer schönen Frau auf europäischen Stühlen gesessen; meine Beine sind noch nicht wieder bereit, ohne Wehklagen verknotet zu werden, und das auch noch einem greisen Freudenknaben gegenüber.«

»Dieser, nicht zu vergessen, ist ferner ehrbare Witwe, Mutter und Großmutter.« Sie lächelte, mit den Augen, und zumindest ein Mundwinkel beteiligte sich.

Saldanha wollte sich den Kopf kratzen; im letzten Moment erinnerte er sich an das klebrige Gebäck – Nachtisch, dessen Spuren noch an den Fingern hafteten.

»Du siehst mich ratlos. Da begehre ich, in geringem Maße deiner

Klugheit teilhaftig zu werden, und du überschüttest mich mit gewaltigen Mengen deines Spotts.«

Tamira blinzelte. »Ratloser Hakim, Verweser der Rupien, Hüter des unverweslichen Zehs: Sprich.«

Er sah sich um und schüttelte den Kopf. »Eigentlich ist es der falsche Platz«, sagte er. »Wir sollten so etwas in der Einöde unseres Gemachs besprechen.«

»Einöde? Reglos und ohne Feuchtigkeit? Ach, ein Jammer.«

»Vielleicht hast du recht; vielleicht sollten wir wirklich hier reden und in unserem Gemach bewegt schweigen.« Er streichelte mit den Blicken ihr Gesicht, suchte in den Augen eine Andeutung der Antwort auf die Fragen, die er noch gar nicht gestellt hatte.

»Es scheint etwas Ernstes zu sein, nicht wahr?«

Saldanha nickte.

»Dann will ich sittsam lauschen, Herr meiner Tage und Gespiele meiner Nächte.«

»All diese Zeit, die köstlich war und zu kurz, wiewohl lang, haben wir an die nächsten Schritte gedacht, nicht aber an den Rest des Weges. Bevor wir klären können, was mit dem Geld geschehen kann, wäre herauszufinden, wozu es verwendet werden soll.«

»Es ist dein Geld, nicht meines, nicht unseres.«

»Mach es mir doch nicht so schwer.« Er seufzte. »Auch wenn nun vielleicht die alten Dinge beigelegt sind, zieht mich nichts zurück nach Goa. Und anders als viele Europäer scheine ich Indien zu vertragen, ohne krank zu werden. Es gibt also keinen Grund, nach Europa zu gehen. Was sind deine Pläne, Fürstin meines Herzens?«

»Du vergisst, dass ich die wohlerzogene Witwe eines Mogulfürsten bin. In unserem Land machen Frauen keine Pläne, außer manchmal, aber dann gründlich. Es ist unser Los, dem Mann zu gehorchen.«

»Dann mach jetzt eine gründliche Ausnahme.« Er sah ihr in die Augen; langsam und nur für sie hörbar sagte er: »Magst du bei mir bleiben, bis wir nach dem Tod einander überdrüssig sind? Oder willst du zurück in den Roten Palast? Vielleicht zu einem deiner Kinder?«

»Wirst du mich denn noch mögen, wenn mir die Zähne ausfallen, mein Atem faulig wird und die Haut ein runzliger Sack ist? Wenn alles Behagen zur Last wurde und die Lust eine furchtbare Erinnerung?«

»Unter einer Bedingung.«

»Nämlich?«

»Dass du mich erschießt, sobald ich ein unnützer lallender Greis bin. Falls man das nicht schon mit neunundfünfzig ist.«

Tamira nickte ganz ernsthaft. »Vorher darf ich dich aber noch ein wenig lieben, oder?«

Er lachte. »Häufig. Solange die Kräfte ausreichen …«

Sie fuhr sich mit der Hand über die Augen; als sie weitersprach, klang ihre Stimme einen Moment belegt. »Man sagt, das Glück kommt wie ein Dieb in der Nacht, und es flieht wie ein Dieb im Morgengrauen.«

»Dann wollen wir nachts die Türen offen lassen und einander im Morgengrauen festhalten.«

»Was soll ich im Roten Palast? Und meine Kinder … Alte bettelnde Mütter sind nie willkommen.« Plötzlich lächelte sie. »Das war so etwas wie ein formloser Eheschluss, nicht wahr?«

Saldanha hob die Brauen. »Möchtest du es förmlich haben? Willst nun mich zu einem Mullah schleifen?«

»Ich überlegte eben, ob nun nicht eine besondere Form – oder Formlosigkeit – von Hochzeitsnacht fällig wäre.«

Saldanha stand auf. »Ein guter Vorschlag. Wir wollen ihn gründlich erörtern.«

Die Zustände im Roten Palast zu Delhi waren nahezu unerträglich. Der Kaiser, seine Familie, angeheiratete Verwandte, die Dienerschaft, der gesamte Hofstaat, die kaiserliche Leibgarde, Sklaven, Knechte, Köche, Bäcker … insgesamt fast dreitausend Menschen drängten sich in den Gebäuden, Türmen, Kellern, Verliesen, die nach der Heimsuchung durch Ghulam Kadir und seine Pathanen nie ausgebessert worden waren.

Sindhia hatte sich verpflichtet, dem Kaiser jeden Monat fünfzigtausend Rupien zu zahlen; dies tat er auch, so wurde versichert, aber die für derlei Belange zuständigen Pandits gehorchten alten Gepflogenheiten und behielten etwa die Hälfte der von ihnen zu verwaltenden Beträge für sich.

Saldanha fühlte sich unwohl, als Giaur neben der Witwe eines moslemischen Fürsten. Vor Jahren war es anders gewesen. Damals hatte er eine Funktion im Kreislauf der Dinge des Palasts, als unbezahlter Hakim; diesmal wäre er lediglich betuschelter und wahrscheinlich verhasster Begleiter einer edlen Frau. Deshalb hielt er es für besser, Tamira an den Toren des Roten Palasts zu verlassen und sich ins Kaschmir-Serai zu begeben.

Er war einigermaßen verblüfft, als ihn noch am Abend des Ankunftstags ein Bote in den Palast bestellte.

»Der Kaiser will seinen alten Hakim ehren, Sahib«, sagte der Mann.

»In welcher Form? Durch einen Säbelhieb?«

»Ich weiß es nicht genau, aber es wird wohl eher angenehm sein.«

Saldanha folgte dem Boten, der ihn nicht in den großen, wahrscheinlich immer noch halb verwüsteten Audienzsaal brachte. Kein kaiserlicher *darbar* für ihn an diesem Abend, offenbar.

Aber er bekam den alten, blinden Shah Alam überhaupt nicht zu Gesicht. Tamira, züchtig verschleiert, erwartete ihn in einem Vorraum, wo sie mit einem Würdenträger saß.

Saldanha konnte sich nicht erinnern, den Hofbeamten je gesehen zu haben. Kein Wunder, dachte er, nach den zahlreichen Todesfällen. Viele Posten mussten neu besetzt worden sein. Der Mann murmelte eine Art Begrüßung; dann sagte er, hörbar unwirsch: »Der Beherrscher des Reichs, Zuflucht des Universums, hat in seiner Gnade beschlossen, dass ein gewisser alter Hakim, der ihm in schweren Zeiten diente, ausgezeichnet werde. Wie alle wissen, sind die Möglichkeiten jedoch ... karg.« Er räusperte sich.

Tamira lupfte den Schleier; Saldanha sah ihr seltsames Lächeln. »Wenn es gestattet ist ...«, sagte sie, an den Beamten gewandt.

Als dieser nickte, schaute sie Saldanha an. »Belohnung für Dienste,

Hakim«, sagte sie leise. »Und Schutz einer rechtgläubigen Witwe, die nicht mit einem ungläubigen Habenichts verbunden sein darf.«

Der Beamte blickte zur Decke des Raums; sehr durch die Nase und sehr nach oben, nicht zu Saldanha, sagte er: »Der Hakim Zhu-Ao Saldayya erhält den Rang eines Subadar des Reichs und wird unter die Edlen erhoben als Radscha von Barampur. Damit sind weder Rechte noch Macht noch Bezüge verbunden.« Nun senkte er den Kopf und sah Saldanha an, mit einem leicht sardonischen Lächeln. »All dies hat keinerlei Bedeutung, Hakim, aber es ehrt. Wen auch immer.«

»Ich bin über alle Maßen entzückt und dankbar und fühle mich erhoben. Darf ich fragen, wo dieses Barampur liegt, dessen ohnmächtiger und unzuständiger Radscha ich sein soll?«

»In Bengalen. Das Land wurde der Englischen Ostindien-Kompanie zur Verwaltung übergeben.« Der Beamte zog ein gerolltes Blatt aus seiner goldbesetzten Weste und reichte es dem Portugiesen. »Die Ernennung, Hakim. Vielleicht geben die Engländer das Land irgendwann einmal zurück; dann wirst du den Titel zurückgeben.«

Tamira kam in einer Sänfte zum Serai. Als sie ausstieg, sah Saldanha, dass sie Männerkleidung trug, die Gewänder eines nicht besonders reichen Kaufmanns.

Die nächsten Tage hielten sie sich im Kaschmir-Serai auf – ein alter Hakim namens Zhu-Ao und ein ältlicher Eunuch namens Tariq. Saldanha versuchte, den Gesandten des Vizekönigs von Goa zu finden, um ihm den Zeh auszuhändigen; aber der Diplomat war vor einigen Wochen abgereist und würde erst im Herbst wieder nach Delhi kommen.

Der Portugiese sprach mit Dutzenden von Karawanenmännern und, natürlich, mit dem Herrn des Serai, dem Hort aller Nachrichten. Auch Muhammad Jan wusste keinen absolut zuverlässigen Übermittler von Zehen und anderen seltsamen Gegenständen zu nennen.

»Der große Sindhia ist nach Poona gereist, um dem Peshwa zu

huldigen und Nana Farnavis zu häuten. Niemand weiß, wann genau die Reise endet. Und wenn er nicht gerade mit seinen Kriegern unterwegs ist, sind die Straßen unsicher.«

»Außerdem kann ein alter Hakim nicht Mahadaji Sindhia als Lastkamel verwenden.«

Muhammad Jan kratzte sich den grauen Bart. »Er hat keine Höcker, mein Freund«, sagte er, »und von Poona bis Goa ist es noch weit.«

Am Morgen des vierten Tages brachen sie mit einem britischen Korrespondenten auf, flussabwärts, den Yamuna entlang nach Mathura. Dort hatte de Boigne das »zivile« Hauptquartier eingerichtet, von dem aus er seinen *jaidad* verwaltete.

Der Zeitungsmann hieß Peregrine Ponsonby, war zweiunddreißig Jahre alt, reiste mit nur einem Diener eher leicht, kam aus London, sollte für einige englische Blätter Berichte aus dem wilden Inneren Indiens schicken, hatte die Absicht, einen Teil seiner Artikel auch dem *Calcutta Chronicle* anzubieten und später ein Buch über seine Erlebnisse zu verfassen.

»In Bombay geboren, in Madras aufgewachsen«, sagte er, als sie, noch im Serai, damit beschäftigt waren, einander abzutasten und festzustellen, ob sie es ein paar Tage miteinander aushalten würden. »Dann England, ein bisschen Schule, ein wenig Oxford – Magdalene College, wenn Ihnen das was sagt –, und jetzt seit vier Jahren wieder hier.« Mit einem flüchtigen Grinsen setzte er hinzu: »Zu Hause, könnte man sagen.«

»Wie sieht es mit Sprachen aus?«

Ponsonby rührte in seinem Kaffee. »Hilfreich, besser als stumm, was? Bisschen Marathi, bisschen mehr Bengali, und Urdu – na ja, sagen wir zwei Drittel.«

Der Diener, Anand, war eher ein Freund, Teil der Familie, mit Ponsonby aufgewachsen und dann mit einem reisenden Agenten der Ostindien-Kompanie, einem Vetter von Ponsonbys Vater, durch Indien gezogen, bis der junge Mann aus England heimkehrte. Ponsonby und er redeten miteinander Maratha und Englisch, meist in einem spöttischen Tonfall; Ponsonby nannte ihn Anny und wurde von ihm Pippin gerufen.

Nach den Jahren der Einsiedelei in den Bergen war es für Saldanha ein Genuss, all die Meldungen, Geschichten und Anekdoten aus der wirklichen Welt zu hören; er sog sie auf wie dürrer Boden den ersten Regen.

Ponsonby berichtete von der Revolution in Frankreich – »könnt eigentlich nicht schaden, auch auf unserer Seite vom Kanal ein paar Hochmögende an Laternen zu hängen; ich hätte da Vorschläge« –, von den sonstigen politischen Umwälzungen in Europa, von Krieg und Unfrieden.

Eine der Folgen der Revolution sei der endgültige Niedergang der französischen Macht in Indien, sagte er; zahlreiche Offiziere aus guten Familien, sämtlich Royalisten, hätten den Dienst quittiert und neue Tätigkeiten gesucht.

»De Boigne und alle, die gute Leute suchen, können sich jetzt verstärken. Nicht, dass de Boigne noch Verstärkung brauchte.«

»Kennen Sie ihn eigentlich?«, sagte Saldanha. »Oder ist das jetzt Ihr erster Versuch, näher an ihn heranzukommen?«

»Ich war in Patan und Merta bei ihm.« Ponsonby sagte es beiläufig, aber ein gewisser Stolz war nicht zu überhören.

»De Boigne hat mir kurz davon erzählt, als wir uns zuletzt sahen. Sehr kurz; ansonsten habe ich nur Gerüchte gehört; ich sagte ja schon, ich war ein bisschen außerhalb der Welt.«

»In angenehmer Gesellschaft, was?« Ponsonby streifte Tamira mit einem Seitenblick; leise sagte er: »Sobald wir unterwegs sind, weg vom Serai, können Sie mir ja sagen, wer Mrs Tariq wirklich ist.«

»Ist das so offensichtlich?«, fragte Tamira, die bisher geschwiegen hatte.

»Für erfahrene Augen.« Ponsonby gluckste. »Vor allem dann, wenn der Beobachter so was auch schon mal gemacht hat.« Ohne allzu sehr in Einzelheiten zu gehen, erzählte er von einer verbotenen Liebschaft in Kalkutta. Die Tochter eines Händlers aus Audh … Sie hatte sich, sagte er, in seine Füße verliebt.

»Was ist mit Ihren Füßen?« Saldanha grinste; dabei dachte er an den Zeh, den er immer noch bei sich trug, und an den verrückten Iren mit seiner Zuneigung zu Füßen.

»Sie sind behaart.« Ponsonby rümpfte die Nase. »Ich muss aber jetzt nicht die Stiefel ausziehen und Ihnen die Stampferchen zeigen, oder?«

»Ach nein, bitte nicht. Unterwegs wird sich das schon noch ergeben.«

Unterwegs ergaben sich viele Dinge; vor allem Gespräche. Darüber, dass zum ersten Mal seit Jahrzehnten einzelne Reisende ohne große Bedeckung, ohne bewaffnete Karawane durch Hindustan reiten konnten, ohne mit Überfällen rechnen zu müssen – das Werk von Mahadaji Sindhia und Benoît de Boigne; darüber, dass die Ostindien-Kompanie zwar ihren Teil Indiens ausbeutete, aber dafür immerhin Ruhe und Sicherheit lieferte und zweifellos irgendwann weiter ausgreifen würde; darüber, dass es für blutrünstige Schlachtenbummler viele gute Wetten gab, die meisten allerdings rein theoretisch, etwa diese: ob de Boignes Brigaden, die Hindustan befriedet hatten, auch gegen die disziplinierten Sepoys der Kompanie mit ihren britischen Offizieren und, im Ernstfall, gegen reguläre britische Einheiten bestehen könnten. Ponsonby hätte wohl am liebsten auch noch preußische Infanterie und spanische Dragoner nach Indien verschifft, um eine Art Turnier abzuhalten.

Und er erzählte von Mahadaji Sindhia und seinem rechten Arm, Benoît de Boigne.

»Ich weiß ja nicht, wie viel Sie da in den Bergen mitgekriegt haben; wo soll ich anfangen?«

»Am besten vorn.« Saldanha kniff die Augen zusammen und betrachtete den Yamuna, der im späten Frühjahr noch reichlich Wasser führte. Beim letzten Ritt flussab, von Delhi nach Agra, war der Wasserstand tiefer gewesen, und am Ende des Ritts hatte die Schlacht gewartet. In den versponneneren Phasen dachte er manchmal, ob in solchen abgedroschenen Formulierungen vielleicht die grässliche Wahrheit verborgen war, wartete, darauf wartete, gefunden zu werden und den Finder anzuspringen: dass die Schlacht wirklich auf João Saldanha gewartet hatte und ohne sein Eintreffen nicht stattgefunden hätte.

»Vorn«, wiederholte er. »Ich habe Ihnen ja gesagt, ich war bei Agra dabei, als Arzt, und danach im Palast von Delhi, als Ghulam Kadir sich seinen Belustigungen hingab. Von allem, was nach seiner Vertreibung und Zerteilung geschehen ist, weiß ich wenig. Das meiste habe ich bestenfalls als fernes Raunen gehört.«

»Also, ah, Moment.« Ponsonby wartete, bis Tamira ihr Pferd neben seines gelenkt hatte. Anand ritt zwei Längen hinter ihnen; Saldanha sagte sich, dass er die Geschichten vermutlich drei Dutzend Mal gehört und keinen Appetit auf einen weiteren Aufguss hatte.

»Damals hat de Boigne gekündigt, könnte man sagen; war aber mit Sindhia abgesprochen. Er ist nach Lakhnau gegangen, hat geheiratet und alles, was er bis dahin verdient hatte, in Geschäfte gesteckt. Beraten von Claude Martin, falls Sie den kennen.«

»Und ob.«

Ponsonby nickte. »Hätt ich mir denken können. Der alte Mann – ist ja knapp unter sechzig, ungefähr ...«

»Mein Jahrgang, anno fünfunddreißig«, unterbrach Saldanha. »Aber lassen Sie nicht ab, einen Greis zu informieren.«

»Ah, um Vergebung! Also, er ist als Adjutant mit in den Maisur-Krieg geritten; wussten Sie das? Hat sich offenbar gut geschlagen; jedenfalls hat die Ehrenwerte Kompanie ihn noch einmal befördert. Ach, überhaupt, da gibt es einen Landsmann von Ihnen, Portugiese, José Queiros; kennen Sie den auch? Nein? So was wie Martins rechte Hand – na ja, rechter Arm. Hat die ganze Verwaltung gemacht, während Martin im Süden war. Kümmert sich um alles; guter Mann, für 'nen Südländer. Ah, um Vergebung, abermals, noch so ein, wie sagen die Franzmänner, foppah?«

»*Faux pas*. Geschenkt.«

»Hätt ich fast vergessen, obwohl ichs gerade erst gesagt hatte, was? Von wegen Sie und Ihr Landsmann ... Egal. Weiter mit de Boigne. Geheiratet, eine Tochter gekriegt, Geschäfte gemacht – Indigo und

Salpeter und was so alles ansteht. Wussten Sie eigentlich, dass die Mogulkaiser damit die großen Reichtümer gescheffelt haben? Salpeter? Haben damals, als in Europa dieses Scharmützel stattfand, Dreißigjähriger Krieg, allen Krieg führenden Parteien unparteiisch Salpeter geliefert, für Schießpulver; wurde ja reichlich gebraucht. Scharmützel, hab ich gesagt und mein ich auch so. Verglichen mit dem, was hier seit einem Jahrhundert abläuft ...

De Boigne hat also in Lakhnau gesessen; ich glaub, er wär nicht furchtbar traurig gewesen, wenns dabei geblieben wäre. Ist ein kluger Kopf und ein kühler Kopf dazu. Das war anno '88. Im nächsten Frühjahr hatte Sindhia seine Generäle dann so weit, dass sie gebettelt haben, er soll de Boigne holen. Hing mit diesem und jenem zusammen – die anderen Maratha-Fürsten, Bhonsla und vor allem Holkar, wollten ihre Scheibchen von Hindustan haben, und die alte Kobra in Poona, Nana Farnavis, hat dem Peshwa immer wieder eingeblasen, dass Sindhia sich nicht mit Delhi und Umgebung zufriedengeben würde.

Dazu kam auch noch Ismail Beg. Der hatte ja den Kaiser sitzen lassen, war mit den kaiserlichen Reitern übergelaufen und hat sich die erste blutige Nase oben in Lalsot ... Was, da waren Sie auch? Auch als Arzt? Ah, dann kann ich mir das sparen.

Ismail Beg. Tapferer Kerl, wirklich kein Feigling, aber ungefähr doppelt so zappelig wie tapfer, und als Ergebnis davon ungefähr dreimal so unzuverlässig wie zappelig. Lalsot, dann Agra; danach mit Ghulam Kadir nach Delhi, wissen Sie ja; und schließlich wurde ihm das da alles zu ekelhaft, da hat er seinen Teil der Stadt den Marathas geöffnet. Sindhia hat ihm dafür Land gegeben, das übliche Spiel: ein paar Distrikte hier, samt Fürstentitel, und ein paar Distrikte da. Problem war nur, die Distrikte haben ihm gar nicht gehört. Wusste Sindhia natürlich. Ismail Beg musste sich das alles erst mal mit der Waffe beschaffen, wenn er was davon haben wollte. Gute Idee vom alten Mahadaji, kann man nicht anders sagen – solange der Junge sich mit den anderen Besitzern prügelt, kann er keinen neuen Unfug anstellen.

Hat aber nicht lange gedauert; Ismail Beg war ziemlich bald bedient, mochte nicht weiter durch irgendwelche Käffer am Rand der Welt kriechen, die zu besitzen sich ohnehin nicht lohnt, und hat sich mit den Rajputen zusammengetan, Jaipur und Jodhpur. Irgendwann müsste mal jemand ein Buch über die schreiben; ziemlich schräge Vögel! Uralte Hindufürsten, von Akbar blutig gezwungen, dem Mogulkaiser Treue zu schwören und Steuern zu zahlen; haben sie aber eingestellt, als die Kaiser schwächer wurden. Jetzt könnte man ja meinen, sie tun sich mit den anderen Hindus zusammen, den Marathas; aber die sind für die alten Herren von Rajasthan allenfalls Geschmeiß, dreckige Emporkömmlinge, meistens auch noch mit dunkler Hautfarbe, und aus dem Süden.

Ich sag Ihnen was: Es gibt ja bei uns so ein paar Fortschrittler, die die Gleichheit der Rassen predigen und lauter so Zeug. Wenn ich den Nächsten vor die Flinte kriege, werd ich ihm ein paar Geschichten von den Rajputen erzählen, damit er weiß, was Rassendünkel ist.

Ismail Beg tut sich also mit Jaipur und Jodhpur zusammen, den edlen Herren, die bei Lalsot beinahe gewonnen hätten. Oder beinahe verloren, wie man will. Da kriegen Sindhias Generäle ein bisschen kalte Füße, weil sie wissen, gegen ein paar Zehntausendschaften Rathor-Kavallerie kommen sie mit ihren Maratha-Reitern nicht an. Außerdem gabs da noch so ein Problem: de Boignes Bataillone. Zwei Bataillone hatte er ja für Sindhia aufgestellt, und dann gabs da noch das dritte, von diesem Franzosen, wie heißt er gleich, Lestineau? Ja, genau. Der ist – weiß nicht, ob Sie das noch mitgekriegt haben, damals –, also, der hat bei Ghulam Kadir die Kronjuwelen der Moguln gefunden und ist damit abgehauen, nach Europa. Dessen Bataillon hing auch irgendwo zwischen Delhi und Agra rum, wie die beiden von de Boigne. Und natürlich ist kein Pandit auf den Gedanken gekommen, den Jungs den rückständigen Sold auszuzahlen.

Wie? Ja, kann sein; würd ich Sindhia glatt zutrauen, dass er damit spielt; dass er sich nicht besonders ernsthaft um die Bataillone kümmert, weil er hofft, dass sie irgendwann den dicken Ärger machen und seine Generäle nur noch einen einzigen Rat wissen: de Boigne holen. So ist es dann ja auch gekommen.«

Stundenlang, bis sie abends unter einem Pipal-Baum ihr Lager aufschlugen, erzählte Ponsonby von de Boignes Arbeit mit den alten, später mit neuen Truppen. Der Savoyarde und Sindhia trafen sich in Mathura; es gab kein langes Feilschen. De Boigne erhielt freie Hand, den Rang eines Generals, viertausend Rupien im Monat und einige Distrikte am Yamuna; außerdem gab Sindhia ihm Geld, um die drei Bataillone zur Ruhe zu bringen.

De Boigne ließ sie ohne Waffen zur Parade antreten und schickte sie mit freundlichen Worten ins Zivilleben, um sie im nächsten Satz seiner Ansprache neu zu verpflichten und allen die Hälfte des ausstehenden Solds zu zahlen. Nur diejenigen unter den Offizieren, die zur Meuterei angestiftet hatten, übernahm er nicht – es gab genügend gute Leute, mit denen er sein neues Offizierskorps bilden konnte.

Einige von diesen kannte er bereits. Der Schotte George Sangster, genialer Kanonier und Kanonengießer, wurde Leiter der Artillerie; ein erfahrener Holländer namens Hessing erhielt eines der alten Bataillone. Unter den Übrigen nannte Ponsonby einen ehemaligen Offizier der Black Watch, Sutherland; einen Savoyarden aus der Nähe von Chambéry, Hauptmann Drugeon; und Pierre Cuiller, der sich Perron nannte, schon in der Schlacht von Agra mitgekämpft hatte und nun ebenfalls ein Bataillon erhielt. Es gab Ärzte, völlig unüblich, und Claude Martin – der dabei, vermutete Ponsonby, nicht schlecht verdiente – lieferte anderen »Nachschub«: Uniformen, Musketen, Musiker, Instrumente … all dies für weit mehr als die anfänglichen drei Bataillone: De Boignes Auftrag lautete, eine ganze Brigade aufzustellen, bestehend aus elf Bataillonen zu je sechshundert Mann plus Kavallerie und Artillerie, zusammen etwa achttausend Kämpfer.

Innerhalb nicht einmal eines Jahres gelang es de Boigne, die Truppen zu rekrutieren, zu drillen und auszurüsten. Im Frühjahr 1790 traten sie zur Parade vor Mahadaji Sindhia an: Musiker mit Hörnern und Trommeln, die Infanterie in roten Röcken, blauen Turbanen und schwarzem Lederzeug, die Kavallerie in Grün mit rotem Turban, schwere Artillerie – je acht Ochsen zogen eine Kanone –, leichte Feldgeschütze auf Lafetten, schwenkbare kleine Kanonen auf

Kamelen, die Munitionskarren, weitere Kamele mit Zelten für die Verwundeten, Transportkarren für die Ärzte und ihre Mitarbeiter ...

Im Mai 1790 wartete Ismail Beg, der ein großes Heer zusammengezogen hatte, in der befestigten Stadt Patan, etwa achtzig Meilen nördlich von Jaipur, auf seine Verbündeten; aber Jaipur schickte lediglich sechstausend Reiter, aus Jodhpur kam nichts.

Dafür kam de Boignes Brigade, verstärkt durch leichte Maratha-Reiter. Am Abend hatte die Brigade hundertneunundzwanzig Tote zu beklagen, vierhundertzweiundsiebzig Verwundete zu versorgen, sich um zwölftausend Gefangene zu kümmern; Ismail Beg war die Flucht geglückt, nach hartem Kampf. De Boignes Leute hatten eine vierfache Übermacht bezwungen, über hundert Kanonen erbeutet, dazu zahllose leichtere Waffen, fünfzehn Elefanten, Tausende Pferde und Zugochsen. Und die nie zuvor eroberte Festung Patan.

»Ich war dabei«, sagte Ponsonby, stolz, als habe er mitgekämpft. »Ich habe den Brief gesehen, den Sindhia ihm nach der Schlacht geschrieben hat. Standen so Dinge drin wie ›Tapferkeit‹ und ›Heldenmut‹ und auch, dass er es billigt, dass de Boigne nicht alles hatte massakrieren lassen – ›Euer Versprechen ist so gut wie unseres‹. Ärger gabs natürlich auch, weil der Savoyarde seine Leute nicht die Stadt plündern lassen wollte, und da haben sich wohl vor allem hohe Marathas beim Chef beschwert; oder wollten sich beschweren, ich weiß nicht. Jedenfalls hat Sindhia schon damit gerechnet und ihm geschrieben, dass er sich da keine Gedanken zu machen braucht – ›was immer jemand gegen Euch schreibt, wird keinen Glauben finden‹. Mehr Geld gabs auch für ihn, den General: von viertausend auf sechstausend, dann auf zehntausend Rupien im Monat. Nicht, dass ers nicht verdient hätte, aber ... Wahnsinn, oder? Zwölfhundertfünfzig Pfund, ungefähr, im Monat; ein Schreiber der Kompanie in Kalkutta kriegt fünf, aber wahrscheinlich verdient er ja auch nicht mehr.

Und wissen Sie, was er damit macht? Damit und mit dem Geld, das er aus seinem *jaidad* zieht? Er bezahlt seine Leute! Unerhört, was? Ist man in Indien nicht gewohnt, dass die Truppen das Geld, was man ihnen verspricht, wirklich kriegen. De Boignes Leute meutern nicht, müssen nicht meutern; die verdienen mehr als britische Einheiten im Dienst der Kompanie.

Aber nicht vorgreifen, Pippin. Also, Patan, das war im Juni, zwanzigster, glaub ich. Im September kam die zweite Portion, sagen wir mal so. Diesmal waren die Rajputen dabei; bei denen lief nämlich ein Spottvers um, dass sie in Patan Pferde, Bärte, Turbane, Schwerter und – um Vergebung, Mrs, uh, Tamira – die Eier abgegeben hätten. Ismail Beg hatte noch einmal alles aufgeboten, was er kriegen konnte, und Stelldichein war in Merta.«

Die große Stadt, umgeben von dicken, zehn Meter hohen Lehmwällen, vierzig Meilen nordwestlich von Ajmer, hatte wegen oder dank ihrer Lage schon oft blutige Auseinandersetzungen gesehen, nicht zuletzt zwischen Mogulheeren und Rajputen. Ismail Beg war noch nicht eingetroffen, aber fast hunderttausend Mann Infanterie und mehr als dreißigtausend Reiter warteten auf de Boignes Brigade und die Maratha-Kavallerie unter Lakwa Dada.

De Boigne gab den Angriffsbefehl früh am Morgen des 10. September; so früh, dass die dem Opium ergebenen Kommandeure der Rajputen von der ersten Salve seiner Kanonen geweckt wurden. Salve, dann Einzelfeuer mit Kartätschen; dann stürmte de Boignes Infanterie die ersten Stellungen des Gegners, dessen Fußtruppen zu wanken begannen, trotz der ungeheuren Übermacht.

»Dann gabs beinahe die Katastrophe.« Ponsonby atmete tief und schüttelte den Kopf. »Der rechte Flügel ging zu schnell vor; das war ein Hauptmann Rohan, der hats dann auch nicht überlebt. Ging zu schnell vor, plötzlich reißt die Front, eine riesige Lücke, und die Rathor-Kavallerie stößt durch, reitet die drei Bataillone nieder und schwenkt, um dem Rest in die Flanke zu fallen. Flanke rechts, Flanke links und von hinten. Ohne de Boignes Geistesgegenwart wäre keiner von uns rausgekommen, gleich ob Soldat oder Korrespondent oder Arzt. De Boigne sieht, wie die Lücke entsteht, und noch ehe sie ganz aufgerissen ist, lässt er seine Bläser ins Horn stoßen. Das Signal ist: hohles Karree bilden. Ein paar Kanonen können auch noch gedreht werden; der Rest feuert weiter nach vorn, auf die Infanterie der Rajputen, hält sie uns vom Leib. Jetzt sag ich schon ›uns‹, dabei hab ich nur zugeschaut. Ich hatte aber, für alle Fälle, eine Pistole in der Hand – wenns ans Ende geht.

Und dann treffen die Rathor eben nicht auf wehrlose Flanken und Rücken, sie treffen auf formierte Reihen, das nach allen Seiten stachelige Karree. Neun Uhr morgens war die Sache vorbei, um zehn haben wir ihr Lager gestürmt, und nachmittags um drei Merta. Aber ...

Sie haben sich alles zurückgeholt, die Rajputen: die Ehre und den Turban und das Schwert von Marwar und, bei Gott!, auch die Eier. Ich habe so etwas noch nie gesehen und hoffe, ich sehe so etwas nie wieder. Viertausend Mann, in gelbe Tücher gewickelt – das heißt Sieg oder Tod –, haben auf dem Schlachtfeld Opium miteinander getrunken und reiten gegen das Karree. Dann zweitausend. Dann tausend ... Am Ende sind die Letzten, fünf Fürsten und elf andere, als ihre Pferde tot waren, zu Fuß gegen de Boignes Infanterie gestürmt.«

Eine Weile ritten sie schweigend weiter, in den beginnenden Abend. Irgendwann kicherte Ponsonby und sagte: »Ich weiß nicht, wie empfindlich Mrs Tariq ist, aber ... Merta, die große befestigte Stadt, gestürmt und geplündert – drei Tage lang. Alles ... sagen wir, nach den ersten hektischen Momenten war alles ganz gesittet. Gesittetes Plündern, wenn Sie sich was darunter vorstellen können. De Boigne ... wissen Sie, ohne seinen scharfen Verstand und sein kühles Herz wäre das eine Katastrophe geworden; es war eng. Wir, ah, die Brigade, achttausend Mann, hatte fast siebenhundert Gefallene und eintausendachthundert Verwundete. Dreißig Prozent Verluste. Niemand kann sagen, die Rajputen hätten gekniffen – die beste Kavallerie der Welt, und ohne de Boignes schnelle Reaktion ... Aber, wie gesagt, er hat seine Leute gut gedrillt, all die Jats und Pathanen und die Bauernsöhne aus Audh; hatte sie auch nach der Schlacht in der Hand. Gesittetes Plündern, wirklich. Die Damen von Merta ...«

Er gluckste leise. »Anfangs waren sie unwirsch, klar, als wir da so plötzlich in ihrer Stadt waren, aber nach und nach haben sie beschlossen, dass nur wirklich Tapfere die wirklich Schönen verdienen. Und, mein Lieber, ich sage Ihnen, sie sind schön; und ich war verdammt tapfer!«

Abends am Feuer berichtete er von Vorgängen nach dem Kampf, von de Boignes Fürsorglichkeit – Verwundete erhielten je nach der Schwere ihrer Verletzung einen Extrasold, eine Woche bis drei oder vier Monate, ohne dass ihr normaler Sold in der Zeit der Rekonvaleszenz ausgesetzt worden wäre; für die Invaliden setzte er Halbsold bis an ihr Lebensende durch, und die Angehörigen von Gefallenen erhielten den gesamten Besitz des Toten, dazu Geld. Ponsonby sagte, er habe gesehen, wie die Besitztümer eines gefallenen Rissaldar versteigert wurden. De Boigne selbst habe ein Pferd, einen Satz Küchenutensilien, die er nicht brauchte, und Tafelsilber gekauft; die nächsten Gegenstände wurden von Perron und Hauptmann Drugeon ersteigert. Am Schluss wurden die Schulden des Gefallenen aus der erzielten Summe beglichen, und der Rest, etwas mehr als sechshundert Rupien, ging an das Mädchen des Toten; sie hieß Asharikaman, sagte Ponsonby, und sie habe nicht schreiben können, aber irgendwelche Haken auf den Pergamentbogen gekritzelt, als Quittung.

De Boigne war der Held; und er war so gut wie erledigt. Tropisches Fieber, chronischer Durchfall, dazu die Strapazen des neun Monate dauernden Sommerfeldzugs … Claude Martin schickte einen royalistischen Obersten namens Frémont als Nachfolger, aber Sindhia dachte nicht daran, de Boigne gehen zu lassen, den er als unersetzlich bezeichnete und dem er neben allem anderen eine laut Ponsonby »stoßfeste Freundschaft« entgegenbrachte.

De Boigne erhielt den Auftrag, eine zweite Brigade aufzustellen; Perron sollte sie kommandieren, assistiert von Drugeon, und der neue Mann, Frémont, erhielt die erprobte erste Brigade. De Boigne leitete alles, von der Festung Aligarh aus, zog aber nicht mehr ins Feld; ihm blieb genug zu tun, und er sorgte dafür, dass alles ebenso gut und gründlich getan wurde wie bei den besten europäischen Armeen – es gab detaillierte Listen und Vorschriften für alles, bis hin zur Anzahl der Pfleger und Wasserträger der einzelnen Einheiten,

Meldeläufer, Messeburschen, die täglich zu erstellenden Listen der Kranken, der Beurlaubten. Und de Boigne selbst, sagte Ponsonby, kümmere sich um die Soldzahlungen, führe die betreffenden Listen eigenhändig, »und dabei hat er neben den Brigaden noch genug anderes zu tun«.

Von Aligarh, weit östlich des Flusses, nach Mathura auf dem Westufer des Yamuna, immer wieder vor und zurück – Reisen zwischen dem militärischen und dem zivilen Hauptquartier. De Boigne hatte einen großen *jaidad* zu verwalten, und dies tat er so gründlich und gerecht wie möglich. Zwölf *lakh* Rupien, an die hundertsechzigtausend Pfund, sollten die Distrikte einbringen; als er sie übernahm, erbrachten sie kaum die Hälfte – ausgeplündert, ausgewrungen, immer wieder von marodierenden Horden und nicht minder marodierenden Heeren durchzogen. De Boigne sorgte für Sicherheit, entließ korrupte Steuereinnehmer, senkte die Abgaben so weit, dass die Bauern genug zum Leben übrig behielten, und nach zwei Jahren blühte das zuvor verarmte Land und brachte fast zweihundertzwanzigtausend Pfund ein.

»Guter Schnitt für ihn«, sagte Ponsonby. »Und für Sindhia. Die Brigaden kosten ungefähr zwei Drittel dessen, was die Distrikte einbringen. Sindhia kriegt den Rest und braucht sich um nichts zu kümmern. Und de Boigne hat neben seinen zehntausend im Monat zwei Prozent vom Gesamtaufkommen. Aber dafür muss er arbeiten – na, Sie werden es ja sehen.«

Im März 1794 war Benoît de Boigne dreiundvierzig Jahre alt geworden. Saldanha erinnerte sich an einen großen, breitschultrigen, massigen Offizier, und so hatte er ihn Tamira beschrieben.

Der ausgezehrte, hohlwangige Mann mit schütterem Haar schien Mühe zu haben, aus seinem Schreibtischsessel aufzustehen, und er sah aus wie ein kranker Sechzigjähriger. In den fiebrigen Augen steckte ein stumpfes Glimmen, das sich auch nicht aufhellte, als er bei Saldanhas Anblick lächelte.

»Alter Freund!«, sagte er, als sie einander umarmten. »Lange her, nicht wahr? Ich wusste gar nicht, dass es dich noch gibt.« Dann nickte er Ponsonby zu. »Der reiselustige Korrespondent – wie stehen die Dinge an den Straßenrändern von Hindustan? Und wer ist das?«

Saldanha räusperte sich. Auf Tamiras Gesicht lag noch die Spur des Erschreckens über de Boignes Anblick.

»Ich weiß nicht, wie sittsam du geworden bist, als Maratha-Fürst«, sagte Saldanha. »Wenn hier die strengen Vorschriften aller *zenanas* gelten, möchte ich dich mit meinem Reisebegleiter Tariq bekannt machen.«

De Boigne hob die Brauen. »Ah«, sagte er. »Meine Begum ist in Lakhnau, mit den Kindern; das Klima ist da erträglicher, und deshalb gibt es hier keinerlei *zenana*. Wessen Hand darf ich küssen?« Er nahm Tamiras Rechte, neigte den Kopf und hauchte die Andeutung eines Kusses auf ihre Finger.

Saldanha öffnete den Mund, um sämtliche Namen und Verwandtschaftsgrade und ererbten sowie erheirateten Titel zu nennen, aber sie kam ihm zuvor.

»Tamira«, sagte sie. »Ich war einmal jemand im Roten Palast von Delhi; heute habe ich die anderen Namen vergessen und bin die Frau eines portugiesischen Hakim.«

»Ah, bitte vergiss nicht, Fürstin, du bist auch die Konkubine eines machtlosen Radscha von – wie heißt das Nest?«

»Du bist Radscha geworden?« De Boigne schnalzte. »Das möchte ich gern genauer wissen, Hoheit.«

Das Hauptquartier des Savoyarden war ein überschaubar großer Palast, den vor hundertfünfzig Jahren der zuständige Subadar des Mogulkaisers hatte bauen lassen. Er lag ein wenig außerhalb von Mathura, auf einer kleinen Anhöhe am Yamuna-Ufer, umstanden von Bäumen und Buschgruppen. Im Inneren gab es eine Serie grüner Innenhöfe, fast alle mit Brunnen.

De Boigne ließ ihnen Räume zuweisen, die an einem der Patios lagen. Ponsonby berührte flüchtig Saldanhas Schulter, ehe er sein Zimmer in Besitz nahm.

»Eh, also, ich bin nicht empfindlich gegenüber Geräuschen«, murmelte er.

»Wunderbar; dann muss ich ja auf meinen abendlichen Regentanz mit Kreischen und Klatschen nicht verzichten.«

Tamira entdeckte im Raum und auf den Fluren Dinge, die Saldanha niemals gesehen oder jedenfalls nicht analysiert hätte. »Früher«, sagte sie, »als das Reich noch stark war, haben die Kaiser einen Subadar immer nur für ein paar Jahre ernannt.«

»Ich weiß – damit niemand zu lange zu viel Macht besitzt und keiner eine Dynastie gründen kann.«

»Man sieht das hier.« Sie erwähnte Gegenstände in der Halle, auf den Gängen, wies auf Möbel und Wandteppiche im Raum. »Im Lauf der Jahre zusammengetragen von Leuten, die wussten, dass sie nicht lange bleiben würden. Die Truhe da, aus Kaschmir, ist mit Koranversen beschnitzt und sollte nicht unter diesem Wandteppich stehen.«

Saldanha betrachtete das Webwerk. »Blumen«, sagte er, »Ranken, Tiere, Männer mit Schwert und Bogen, Elefanten – was hat das mit der Truhe zu tun?« Ihm gefiel das bunte Bild des Teppichs.

»Die Ranken« – Tamira stellte sich auf die Zehenspitzen und berührte eine Dschungellandschaft im oberen Teil – »sind alte Schriftzeichen, aus dem Süden, vom Dekkan. Sie erflehen den Beistand von Shiva und Yama bei der Vernichtung der Moslem-Barbaren.«

Saldanha nickte. »Ich verstehe, was du meinst. Gesammelt und verteilt ohne große Überlegung; und de Boigne sieht es entweder nicht, oder es ist ihm gleich, und auf jeden Fall ist er noch nicht lange hier.«

»Er sieht sehr schlecht aus – kein breitschultriger Krieger, ein alter Mann. Ich war ganz erschrocken.«

»Ich auch; mal sehen, ob ...«

Zwei Dienerinnen erschienen in der Tür, verneigten sich und fragten, ob die Fürstin ein »fränkisches Bad« nehmen wolle; fast gleichzeitig tauchte einer von de Boignes Adjutanten auf, ein junger Brite in der scharlachroten Uniform der Brigaden. Er salutierte, lächelte, zeigte blitzende Zähne und verbeugte sich vor Tamira, wobei er die Hacken zusammenschlug.

»Der General bittet Sie um ein paar Momente Ihrer Zeit, Doktor.«

Saldanha folgte ihm in de Boignes Arbeitsraum; der Savoyarde saß wieder hinter dem mit Papieren überladenen Schreibtisch.

»Danke, dass du gekommen bist. – Sie können gehen, Walters. Ah, lassen Sie uns doch Erfrischungen bringen. Hast du Hunger?«

»Kaffee und Wasser wären willkommen; mehr nicht, jedenfalls nicht jetzt.«

Als Diener die Getränke und Gefäße gebracht und den Raum verlassen hatten, sagte de Boigne: »Verzeih, mein Lieber, dass ich dich so kurz nach deiner Ankunft behellige.«

»Ich kann mir den Grund denken.« Saldanha musterte ihn über den Schreibtisch hinweg.

»Außerdem solltest du dir keine Gedanken über Höflichkeit machen, zwischen uns. Was sagen deine Ärzte?«

»Immer dasselbe. Entspannen, nichts essen, nichts trinken, viel schlafen. Und entweder in die Berge reisen oder, am allerbesten, heim nach Europa.« De Boigne lächelte traurig. »Als ob ich das, was ich für Sindhia begonnen habe, einfach so aufgeben könnte, bevor alles so ist, dass es ein paar Jahre übersteht.«

»Was ist mit deiner Begum?«

Er hob die Schultern. »Wie gesagt, sie ist mit den Kindern in Lakhnau. So, wie ich mich fühle, hätte sie nicht viel Vergnügen an mir. Oder ich an ihr.«

Saldanha stellte eine lange Reihe von Fragen – Schmerzen, Vorgänge, Symptome, Entwicklung einzelner Symptome, bisherige Behandlungen, mögliche Ursachen.

»Wie heißt der neue Leibarzt in Lakhnau, bei Asaf ud Daula?«, sagte er schließlich. »Der dich gründlich untersucht hat?«

»Blane. Guter Arzt, guter Freund; kein Vergleich mit diesem mürrischen Schotten von damals, als Claude sich den Stein herausgefeilt hat.«

»Diät, Schonung, Medikamente.« Saldanha stand auf und ging zu einem kleineren Tisch, auf dem de Boigne die Arzneien versammelt hatte. »Hm. Alles in Ordnung, ordentliche europäische Schule, aber ...«

»Was aber?«

»Nicht besonders einfallsreich. Man könnte ...« Er schwieg, runzelte die Stirn und setzte sich wieder.

»Was könnte man?«

»Nichts gegen die Befunde des Kollegen Blane, aber ich würde dich gern ein bisschen betasten. Befragen. Dies und das.« De Boigne nickte. »Jetzt?«

»Warum nicht? Oder hast du ...?«

»Nichts Dringendes. Das heißt, nicht dringender als immer.«

Saldanha deutete auf ein Sofa, das unter dem größten Fenster stand.

De Boigne zog sich aus und ließ sich untersuchen; schließlich sagte Saldanha: »Was man machen könnte ... Vielleicht wirkt es nicht, dann geht es dir hinterher ein paar Tage lang schlechter als jetzt, aber nicht auf Dauer. Nach drei, vier Tagen wärst du wieder da, wo du heute bist.«

»Was hab ich zu verlieren?« De Boigne hob die Schultern. »Also, raus damit.«

»Manchmal heilt der Körper sich selbst, wenn man ihm hilft. Hin und wieder gibt er Signale – zum Beispiel, indem er den Kranken nach einer bestimmten Speise verlangen lässt.«

De Boigne gluckste. »Mein Körper verlangt nach allen möglichen Dingen, die Blane und die anderen Ärzte verboten haben. Und wenn ich ungehorsam bin, werde ich sofort bestraft.«

»Zum Beispiel wie?«

»Milch«, sagte de Boigne. Er seufzte sehnsüchtig. Oder wollüstig. »Macht den Durchfall noch schlimmer. Kaffee – Magenkrämpfe. Rotwein – dito. Fleisch, ah, Fleisch!« Er schloss die Augen und schnalzte. »Auch Krämpfe.«

»Was darfst du trinken?«

»Chinesischen Blätteraufguss – Tee. Und Wasser. Zu essen gibt es vor allem Brei und Suppe. Ich wiege wahrscheinlich nur noch die Hälfte. Wie sehe ich aus – für dich, nach der langen Zeit?«

»Wie ein Kadaver, der nicht weiß, dass er schon tot ist.«

»Brutal, aber klar. – Wie sieht es mit deinem Geld aus, Freund? Darf ich dich bezahlen? Du weißt wahrscheinlich, dass ich nicht ganz arm bin.«

Saldanha grinste. »Ponsonby ist eine Plaudertasche. Du darfst, wenn du dich dann besser fühlst. Aber du musst nicht; ich bin auch zu Geld gekommen.«

»Wie das?« De Boigne blinzelte. »Geld, und eine Mogulfürstin? Schöne Frau, nebenbei; ich hoffe, ich darf sie heute Abend beim Essen ansehen.«

»Wenns weiter nichts ist.«

Während er den kalt gewordenen Kaffee trank und de Boigne an einem Weinglas nippte, das Wasser enthielt, erzählte Saldanha von den wichtigsten Ereignissen der vergangenen Jahre; schließlich sagte er: »Das Geld aus Goa war natürlich willkommen. Ein abgeschlossenes Kapitel und so etwas wie Freiheit für die Zukunft. Übrigens solltest du Wasser nur abgekocht trinken.«

De Boigne legte die Fingerspitzen an die Nase. »Ah, gut. – Aber bist du sicher, dass es der richtige Zeh ist?«

»Was heißt schon sicher. Warum fragst du? Da war so ein Unterton.«

»Geh mal an den Schrank da, *mon ami*.«

Saldanha hob die Brauen, stand dann auf und ging zu dem massigen Möbelstück, das vermutlich von einem britischen Schreiner aus Kalkutta stammte.

De Boigne hustete. »Ich schulde dir ja dies und das …«

»Wenn du schon mit meinem Rücken redest, dann erzähl wenigstens keinen Unfug. Du schuldest mir nichts.« Er drehte den Schlüssel; die schwere Tür ließ sich nur mit Mühe öffnen. »Falls du mir je etwas geschuldet hast, ist das längst erledigt.«

»Ich hatte mehrere lange Unterhaltungen mit einem guten Freund. Mahadaji Sindhia sagt, er hätte mich ohne einen gewissen anonymen Brief nicht einmal erprobt; es laufen jederzeit zu viele angebliche Offiziere in Indien herum.«

»Ah, sagt er das? – Was ist …« Saldanha verstummte und starrte auf das, was der Schrank enthielt.

»Teil meiner Schuldentilgung«, sagte de Boigne. »In meiner Stellung, mit meinem Einfluss, konnte ich einfach hier und da Erkundigungen einziehen, Gefallen erbitten, Gegenleistungen einfordern. Ich hatte gehofft, dich irgendwann zu finden oder von dir zu hören.«
Der Schrank enthielt Zehen: verkümmerte, schrumpelige Zehen in Glasfläschchen; kleine Zehen in Lackdosen; helle Zehen in Seidentüchern; einen riesigen großen Zeh, der einem dunkelhäutigen Unhold gehört haben musste; mittlere Zehen, etliche davon eingefasst oder festgehalten von aufwendigen und zweifellos teuren Gebilden aus Gold, Silber, Elfenbein, Draht, Perlen, Juwelen; einen großen weißen Zeh, in Alkohol konserviert, bei dem über dem Halbmond noch Spuren eines Blutergusses zu sehen waren; eine Art Monstranz, in der eine Oblate und zwei Kinderzehen zu schweben schienen, gehalten von feinsten Drähten …

»Bist du immer noch sicher, dass du den richtigen hast?«

»Nein. Aber damit sollen sich die Herren in Goa beschäftigen.« Saldanha kam zurück zum Schreibtisch. »Hast du eine sichere Möglichkeit, solche … Objekte befördern zu lassen? Ich wollte das Ding eigentlich dem Gesandten in Delhi übergeben, aber der war nicht da.«

»Wie viele willst du denn nach Goa schicken? Die da, im Schrank, gehören alle dir.«

Saldanha zögerte; dann lachte er laut. »Alle. Sie können dann ja zusehen, welcher an den Fuß passt. Welcher wundersam unverwest ist und welche anderen lediglich profan balsamiert sind. Ein Wettbewerb der Wunder, vielleicht – mit welchem neuen Zeh ist der Heilige besonders wirkungsvoll …«

Abends begannen sie mit der »Behandlung«. Der Adjutant Walters hatte einen Diener in die Stadt begleitet, um sicherzugehen, dass die zu besorgende Milch von einer halbwegs sauberen Kuh stammte – einer, die nicht bis zum Bauch im Kot stand.

Saldanha ging in die Küche, sah zu, wie die Milch abgekocht wurde, schöpfte den heißen Rahm ab und trug einen Topf mit abgekochter Milch in die Waffenschmiede des Gardebataillons, das neben dem Palast in langen hellen Gebäuden untergebracht war.

Dort bat er einen Schmied darum, eine Eisenstange zu erhitzen; das rot glühende Metall löschte er anschließend in der Milch, die er zu de Boigne brachte. Einen Becher davon verordnete er ihm als Nachttrunk; der Topf mit dem Rest wurde abgedeckt und im kühlsten Raum des Hauses aufbewahrt.

Am Morgen teilte ihm ein erstaunter General mit, er habe keine »ungebührlichen hinterwärtigen Äußerungen« zu melden, gut geschlafen und fühle sich besser als seit Monaten. Saldanha ließ den Topf mit der übrigen »Eisenmilch« in die Küche bringen, die Milch abermals kochen und brühte damit feingemahlenen Kaffee auf, der durch ein in kochendem Wasser gereinigtes Sieb geschüttet wurde.

»Milchkaffee«, sagte de Boigne; er ächzte. »Und frisches Brot ... Ah, *mon cher,* und wenn es mir hinterher wieder schlechter geht, ich werde es trotzdem genießen.«

Mittags erhielt der General Rinderbrühe, danach das gar gekochte Fleisch mit ein wenig Gemüse und Brot, und dazu stellte ihm Saldanha ein Glas Burgunder hin, in dem er ein frisch gelegtes Hühnerei verrührt hatte.

»Mal sehen«, sagte er, »ob es gut ist. Vielleicht hat dein Körper die falschen Meldungen geschickt – Milch, Rotwein, Fleisch ... Aber sei froh, dass du normal gebaut bist, inwendig; ich weiß nicht, wo wir Yakhufe mit Bärlauch oder Bärentatzen in einer Rheinweintunke hätten hernehmen sollen. Deinem Gemüt wird es jedenfalls guttun.«

Nicht nur dem Gemüt tat es gut; in den nächsten Wochen besserte sich de Boignes Gesamtzustand. Er nahm ein wenig zu, schlief ruhiger, verlor den hungrigen, zermürbten Ausdruck und ging seine Aufgaben mit neuer Energie an.

Saldanha warnte ihn allerdings. »Ein Zufall, oder nenn es Zufallswunder. Vielleicht sind die Götter dir gewogen, oder sie haben mich so gründlich vergessen, dass sie mich nicht mehr behindern. Wie auch immer ...«

»Was soll ich tun, Hakim?« De Boigne versuchte, folgsam und respektvoll dreinzuschauen.

Saldanha lachte. »Die Miene nimmt dir keiner ab, General. Was du tun sollst?« Er brauchte nicht lange zu überlegen. »Heimkehren. Zurück nach Europa. Wen dieses scheußliche Rückfallfieber einmal erwischt hat, den lässt es nicht mehr los. Keine anstrengenden Feldzüge, Master Bennett, und höchstens die Hälfte Papierkrieg. Und, dies ist der scharfen Rede stumpfer Sinn: Europa.«

De Boigne schwieg eine Weile. Er starrte auf den Stapel unerledigter Schreibarbeiten zu seiner Linken; vor der Tür des Arbeitsraums hörten sie gedämpfte Stimmen – wartende Sekretäre, vielleicht auch ein paar Bittsteller.

»Sindhia ist in Poona«, sagte er schließlich. »Er hat Hindustan unter Kontrolle, und der Peshwa wird in diesem Sommer zwanzig. Mahadaji will versuchen, ihn diesem Ränkeschmied Nana Farnavis zu entziehen. Entwöhnen ist vielleicht das bessere Wort.«

»Was hat das mit deiner Gesundheit zu tun?«

»Solange Sindhia in Poona ist, habe ich das Kommando. Gopal Rao ist der offizielle Stellvertreter, aber ...«

»Auch politisch?«

De Boigne nickte.

»Ich spreche gewissermaßen mit dem Mogulkaiser, ja?«

»Kaiser sind gesalbt und heilig, heißt es; du sprichst mit einem von Schwäche und Durchfall erholten Soldaten, der ein großes Gebiet zu verwalten hat.« Er fuhr sich über die Augen. »Dazu gehört, nebenbei, auch die Rechtsprechung, und wenn ich das Gemurmel in der Halle draußen richtig deute ...«

Saldanha stand auf. »Ich habe gesagt, was zu sagen war. Rechne damit, dass ... nein, verlass dich darauf, dass all deine Beschwerden wiederkehren, und beim nächsten Mal könnte es sein, dass Milch und Rotwein nicht helfen. Europa hilft. Oder die Berge von Kaschmir, meinethalben, aber du musst raus aus der Hitze und den Sümpfen.«

»Ich habe hier eine Aufgabe. Du weißt, was vor eineinhalb Jahren geschehen ist, als Sindhia zum Peshwa reiste.«

Sindhias Aufenthalt in Poona war als Gelegenheit betrachtet worden, in seiner Abwesenheit Stäbe wieder zu krümmen, die er und de Boigne eben erst geradegebogen hatten.

Der Maratha-Fürst Tukaji Holkar, Herr von Indore und größter Rivale Sindhias, wollte einen Teil der Steuern erhalten, zu deren Zahlung die Rajputen seit den verlorenen Schlachten wieder gezwungen waren. Nana Farnavis, Erster Minister des Peshwa, nutzte Sindhias Anwesenheit in Poona: Er regte Holkar an, einen Teil von Hindustan zu besetzen und sich der Hilfe der Rajputen zu versichern. Mit dabei war, wieder und letztmalig, Ismail Beg. Und Holkar hatte einen französischen Offizier angeheuert, den Chevalier Dudrenec, der vier Bataillone drillte und führte.

Sindhias Vertreter Gopal Rao, General Lakwa Dada und de Boigne mit einer seiner beiden Brigaden beendeten das Unterfangen bei Lakheri, ein Stück südlich von Ajmer. Holkar floh, Ismail Beg wurde gefangen und in Agra eingekerkert. Der Radscha von Jaipur bot de Boigne drei reiche Städte, damit der Savoyarde die Seiten wechselte; de Boigne sagte kühl, sein Herr Sindhia habe ihm bereits ganz Rajasthan gegeben, zur Zähmung.

»Ich weiß. Befürchtest du Wiederholungen?«

»Ismail Beg wird im Kerker von Agra sterben – wahrscheinlich. Aber Holkar und andere sind jederzeit für alles gut. Solange Sindhia in Poona ist, kann ich nicht weg. Und danach?«

»Meinst du, er lässt dich gehen?«

»Ich weiß es nicht.«

»Erwäge es gut, mein Freund.« Saldanha stützte sich auf die Schreibtischkante und beugte sich vor. »Es ehrt dich, dass du deine Aufgabe nicht fahren lassen willst; aber wenn du tot bist, kannst du keine Arbeit erledigen. Tod und Desertion, wenn du es so nennen willst, haben das gemeinsam: Ein anderer macht weiter.«

De Boigne seufzte. »Herbe Wahrheiten, João. Der Unterschied ist trotzdem nicht unbeträchtlich.«

»Redest du von Ehre?«

»Das auch, ja. Aber weißt du, wie das ist, wenn man für vierzig oder fünfzig Millionen Menschen zuständig sein soll, die nur Krieg und Mord und Brandschatzung und Plünderung gekannt haben und jetzt, plötzlich, frei atmen, in Ruhe ihre Felder bestellen, in Ruhe arbeiten und Kinder zeugen können? Kannst du dir das vorstellen?«

Saldanha nickte stumm.

»Dann kannst du dir vielleicht auch vorstellen, dass man so etwas nicht einfach fallen lassen darf. Es wäre ... ehrlos.«

»Ich kannte mal einen französischen Offizier, der war auch Offizier der englischen Ostindien-Kompanie und wollte nur eins: Ruhm und Reichtum erringen.«

»Das habe ich geschafft, oder?« De Boigne erhob sich nun ebenfalls; er faltete die Hände auf dem Rücken und ging im Zimmer auf und ab. »Ruhm? Mehr als genug. Welcher andere Abenteurer aus Europa hat sozusagen aus dem Nichts zwei komplette Brigaden aufstellen und einem Gebiet von der Größe Europas Friede und Sicherheit geben dürfen? Oder können? Ist das nicht mehr Ruhm, als einem Sterblichen zusteht?«

»Es gibt andere, mit anderen Formen des Ruhms, die vielleicht früher oder später etwas Ähnliches bewirken.«

De Boigne schnaubte. »Meinst du diesen wahnsinnigen Iren da oben? George Thomas? Von dem du erzählt hast? Arbeitet für die Begum Samru, nicht wahr? Noch. In ein paar Jahren wird er versuchen, sich selbstständig zu machen, schätze ich; und nach allem, was ich von ihm weiß, wird er sich und seine Umgebung in Blut ertränken.«

»Vielleicht; man wird sehen. Er will Radscha werden. Anderen fällt so etwas in den Schoß. Nein, ich dachte zum Beispiel an die Kompanie.«

»Ah, die arbeitet für die Aktionäre in London. Und weißt du, es ist ein Unterschied, ob du im Auftrag eines einheimischen Fürsten und Freundes etwas tust, was getan werden muss, oder selbst die Herrschaft über Menschen übernehmen willst, um sie auszubeuten – Menschen, von denen du nichts weißt und die deine Aktionäre nicht interessieren.«

»Europa«, sagte Saldanha mit Nachdruck; er ging zur Tür. »Wir sollten deine Untertanen nicht warten lassen, General Sahib. Ruhm und Reichtum. Bist du reich genug?«

»Für Europa? Immer.«

»Was verstehst du unter reich?«

»Im Moment besitze ich ungefähr fünfzehn *lakh* Rupien; an die hundertneunzigtausend Pfund, umgerechnet. Bis zum Ende des Jahres werden es wohl an die zweihundertzwanzig sein.«

»Sold und Einkünfte aus deinen *jaghirs?*«

»*Jaidad*, João; *jaghir* ist ein zu kleines Wort. Das, ja, und die Geschäfte in Lakhnau.«

»Du klingst weder zufrieden noch besonders stolz.«

De Boigne schüttelte den Kopf. »Zufrieden kann ich erst sein, wenn Hindustan dauerhaft stabil ist. Und stolz? Ich bin stolz darauf, dass ich meine Soldaten gut versorge, auch mit Ärzten, und besser bezahle als alle indischen Fürsten, besser sogar als die Kompanie in Kalkutta. Es gibt Vorkehrungen ... keiner der Männer wird hungern müssen, wenn er alt ist und nicht mehr kämpfen kann. Und ich bin stolz darauf, dass einige Millionen Menschen abends ruhig schlafen gehen können. Aber doch nicht auf ein paar Münzen.«

Drei Tage später gab de Boigne ein Abschiedsfest für »die Saldanhas«.

Tamira hatte in der Zeit des Aufenthalts in Mathura lange Wanderungen unternommen, teilweise mit Peregrine Ponsonby, Land und Leute beobachtet, mit alten Frauen in der Stadt gesprochen und eines Abends João mit einem Beschluss überrascht. Nach kurzem Zaudern – eher Wägen denn Zweifel – stimmte er zu und räumte ein, es sei der vernünftigste aller denkbaren Wege.

»Ich werde ab sofort europäische Kleidung tragen, Liebster. Keine Schleier mehr, und ich will nichts mehr hören von Tariq, dem Lustknaben oder Eunuchen. Wenn du einverstanden bist.«

Er war einverstanden; mehr als das, er war beinahe begeistert. »Eine jener Lösungen, auf die man längst hätte kommen können«, sagte er später, nachts, als sie sich aus seinen Armen gelöst hatte und ihm eine der feinen dünnen Zigarren reichte, die de Boigne bisweilen rauchte und seinen Gästen anbot. »Es erspart uns die tausend Verkleidungen und Verstellungen und Erklärungen, und du kannst dich einigermaßen frei bewegen.«

»Ich freue mich, dass du einverstanden bist. Müssen europäische Frauen ihren Männern gehorchen?«

»Ehren sollen sie die Männer, und ihnen gehorsam nachfolgen, bis der Tod sie scheidet.«

»Kein Verstoßen? Steinigen? Einsperren im *zenana*?«

»Kein Einsperren, nein, aber ansonsten geht es den Frauen bei uns nicht viel besser als hier. Immerhin gelten sie gelegentlich als Menschen.«

»Zweifelhafter Vorzug, wenn man ihn von Männern zugesprochen bekommt«, murmelte sie.

»Wir könnten statt des Verfahrens, das du vorschlägst, natürlich bedenken, dass ich Radscha von Barampur bin – Rani Tamira. Ich trage nur noch bengalische Gewänder und erkläre dich zum wandernden *zenana*.«

»Ach nein, lieber nicht. Du als Bengali? Nicht so witzig.«

»Gut, also Europäer.«

»Wie heiße ich denn ab jetzt? Ich glaube, die meisten Frauen, die sich mit Europäern vermählen, nehmen europäische Namen an, oder?«

Er blies eine Qualmwolke ins Halbdunkel des Raums: ein monströses Gebilde, das sich wabernd dem winzigen Licht auf dem Tisch näherte, es verfinsterte und sich dann auflöste, ohne ernsthaft Unheil anzurichten.

»Das gilt nur, glaube ich, wenn die Frauen zum Christentum übertreten – sich taufen lassen, weißt du; dann kriegen sie den Namen einer Schutzheiligen.«

»Muss das sein?«

»Wenn du mich nicht zu einem deiner Mullahs bringst …«

Sie lachte. »Wir könnten es ja so machen, dass du dich zum Islam bekennst und ich Christin werde. Dann nennen wir dich – ah, Ghulam Kadir, und ich heiße vielleicht Maria.«

»Tun wir einfach so, als ob wir alles schon hinter uns hätten.«

»Du glaubst nicht an euren Gott, nicht wahr?«

»Ich glaube an alle Götter insgesamt, an jeden Einzelnen und an keinen. Wenn du das verstehst.«

»Da du es mir in den letzten Jahren oft genug unverständlich erklärt hast ... Also keine Zeremonie und kein neuer Name?«

»Willst du eine Zeremonie haben?«

»Das, was Männer und Frauen miteinander im Dunkeln – oder im Halbdunkel – machen, ist mir Zeremonie genug. Ich bin einmal vermählt worden.«

»Ich auch.« Er setzte sich auf. »Wie klingt Tamira Saldanha? Tamira und João Saldanha?«

Sie murmelte die Namen mehrmals vor sich hin. »Na ja ...«

»Wenn wir schon so tun, als ob, solltest du auch so heißen, als ob. Nur dann, wenn wir Verwicklungen zu vermeiden haben. Wenn dir Saldanha nicht passt, kann ich mich aber auch anders nennen.«

»Unnötig. Unwichtig. Ich weiß, wer du bist, Gebieter, dem ich zu folgen habe, und ich weiß, wer ich bin; hat es dann irgendeine Bedeutung, wie wir heißen?«

Das Abschiedsfest für Tamira und João Saldanha fand in der großen Halle des Palasts statt, wo ein ausladender Tisch aufgebaut worden war. Zwölf Personen nahmen teil: de Boigne, »die Saldanhas«, Ponsonby – der mit ihnen nach Lakhnau reisen würde –, Adjutant Walters und vier weitere Offiziere, drei von ihnen mit ihren Frauen. Es gab alle möglichen *curries* und *pilaws*; gekochten, gebratenen, gesottenen Fisch; diverse Geflügel; Zicklein; Gemüse, Früchte, Wasser, Säfte und zweierlei Wein. Außerdem mehrere Reden – de Boigne pries den Freund, der aus der Vergangenheit gekommen sei, um ihn zu heilen, was er zweifellos nur deswegen habe tun können, weil eine ebenso schöne wie kluge Frau ihn beraten habe; Saldanha pries den General und Verwalter, Richter und »Schirm der Bedrückten«, prophezeite ihm wachsenden Ruhm und zunehmenden Reichtum sowie erbärmliche Gesundheit, falls er nicht bald nach Europa heimkehre, in welchem Fall die Gesundheit sich in dem Maße erholen mochte, wie Ruhm und Reichtum einen Wettlauf zur Minderung abhielten; Ponsonby, durchtränkt von Wein und Empfindsamkeit, redete wirres Zeug, sonderte zusammengestoppelte Verse aus verschiedenen Shakespeare-Stücken ab, endete mit »adieu, adieu, adieu«, setzte sich, weinte leise und begann zu schnarchen.

Am nächsten Morgen ritten sie los. Benoît de Boigne stand vor dem Portal seines Dienstpalasts und winkte João noch einmal zu sich. Leise sagte er: »Ich habe das Gefühl, wir sehen uns nie wieder, mein Freund.«

»Man soll seinen Gefühlen misstrauen«, sagte Saldanha; er versuchte zu grinsen. »Ich misstraue meinen auch, und die sagen dasselbe wie deine.«

»Glück und langes Leben an der Seite deiner Dame – und solltest du je nach Chambéry kommen, falls ich wirklich heimkehre ...«

»Ich danke dir. Es war gut, dich zu kennen.«

Sie reisten, aber die hellen, angenehmen Tage, die sie sich ausgemalt hatten, wurden verfinstert von der Nachricht, die sie bald nach dem Aufbruch aus Mathura einholte.

Im Frühjahr 1794 starb Indiens Hoffnung, Mahadaji Sindhia, in seinem Lager bei Poona an Fieber; es gab auch die Mutmaßung, das Fieber sei aus einem von Nana Farnavis bereiteten Trank gestiegen.

Gopal Rao, Lakwa Dada und andere Maratha-Fürsten, nicht zu vergessen de Boignes schweigende Brigaden, sorgten dafür, dass der Kaiser Sindhias Neffen und Adoptivsohn, Daulat Rao Sindhia, zum Nachfolger machte; man nahm den jungen Mann nicht ernst, aber er überließ es de Boigne, für die förderliche Ernsthaftigkeit zu sorgen. Zunächst jedenfalls; später verfiel er auf interessante Zerstreuungen und Maßnahmen, die nur eines förderten: Chaos.

In Lakhnau verbrachten sie den Sommer als Gäste von Claude Martin, der damit beschäftigt war, ein neues, größeres Haus außerhalb der Stadt zu bauen. Er erzählte vom Krieg gegen Tipu Sultan, und mit einigem Vergnügen berichtete er von ein paar Experimenten. So hatte er einen Heißluftballon aufsteigen lassen, mit einem einheimischen Schuldner in der Gondel, der vom Wind abgetrieben wurde, irgendwo landete, Reißaus nahm und zwei Tage später seine Schulden bezahlte, damit er auf keinen Fall noch einmal in so ein Teufelsding klettern müsse. Später zeigte er ihnen die Bilder, die der Maler John Zoffany von ihm und seiner Boulone alias Lise gemalt hatte.

»Du hast ihn nicht getroffen, oder? Ah nein, ich glaube, damals war er in Benares. Wusstest du, dass es in England seit ein paar Jahrzehnten eine Königliche Akademie der Künste gibt? Er hat sie mitbegründet.« Dann gackerte er. »Er hat noch etwas, was ihn vor allen anderen Malern auszeichnet.«

»Nämlich? Dass er dich kennt?«

»Ah, unwichtig. Nein; auf der Heimfahrt hat er Schiffbruch erlitten, in der Nähe der Andamanen, und als alle Vorräte aufgebraucht waren, haben die Überlebenden das Los bemüht. Der Seemann, den es traf, wurde gegessen. Ich glaube, Zoffany ist der einzige Kannibale unter den bedeutenden Malern unserer Zeit.«

Es waren gute Tage in Lakhnau, aber Tamira und João stellten fest, dass sie immer dringender heimzukehren wünschten, in die Berge hinter Mirzabad, zu gelegentlichen Besuchen bei und von Mir Najaf, zu langen Spaziergängen und längeren Gesprächen. Zu den wenigen Kranken von Mirzabad. Und zu einem für die Welt unwichtigen Ereignis: Saldanha wollte seinen sechzigsten Geburtstag sesshaft hinter sich bringen.

Claude Martin versuchte, sie zu längerem Bleiben zu bewegen, gab aber bald auf. Im Herbst reisten sie die Ufer des Ganges entlang, dann durch die niedrigeren Vorberge des Himalaya: nach Hause.

15. Radscha von Hariana

Kiesel vor deinen Füßen? Jenseits der Hügel ist Gold.
Mal nicht für Blinde, sing nicht für Taube, o Bruder –
sing für die Blinden, vermach die Gemälde dem Wind.
Besser, ein Ding erträglich als vieles erbärmlich
machen. Wenn du das eine kennst, kannst du sterben.

DYMAS VON HERAKLEIA

Der Monsun machte die Straßen unpassierbar. Manchmal, wenn sie hintereinanderritten, wurden im Regen alle, die weiter als drei Längen entfernt waren, kaum wahrzunehmende Kleckse. Hopkins, der meistens neben Thomas ritt, war eher eine Schlammpfütze zu Pferd denn ein berittener Krieger. Sein Tier hatte sich irgendwann aufgebäumt und den dösenden Mann abgeworfen; vielleicht hatte eine Schlange es erschreckt.

Thomas ertappte sich dabei, dass er im Halbschlaf – er ritt einen Passgänger, auf dem er sich wie in einer Kinderwiege geschaukelt fühlte – Tiere erfand, die zu diesem Wetter passten: Tiger mit Schwimmhäuten, Kobras mit Kiemen, in Bäumen nistende Krokodile. Oder Geier, die auf dem Rücken durch die Wolken schwammen und sich den Bauch vom Geprassel walken ließen.

Dann dachte er an Maries Zehen. Wenn sie jetzt im Innenhof des Hauses in Delhi stünde, könnte sie senkrecht baden, aber danach wären die Zehen schrumpelig. Wie das Gesäß eines Affen, die Borke des abgeernteten Pagoda-Baums; wie die epochale Nase von Apa Khande Rao, nachdem man ihn aus dem Yamuna geborgen hatte.

Thomas kicherte leise. Marie würde sicher nicht im Monsun stehen; er konnte sich auf die Zehen und deren ersprießliche obere

Fortsetzungen freuen, und er brauchte nicht länger an die hässlichen Füße des letzten *nautch*-Mädchens zu denken.

Die erfreulichen Aussichten weckten ihn. Er lupfte den Regenumhang ein wenig, um die stickige Luft darunter durch nicht ganz so stickige zu ersetzen. Der Feuchtigkeitsgehalt war vermutlich gleich – aber der Monsun mochte frischer sein als der Schweiß.

Nichts zu sehen, nur Wasser, dicht wie die Oberfläche eines hochgekippten Teichs. Zwei, drei Stunden noch, dann müssten sie eigentlich Delhi erreichen. Aber das war eine bloße Mutmaßung; da sie nichts sahen, konnten sie nicht einmal sicher sein, dass nicht am Ende des Wegs Rom lag, oder Tipperary.

Er dachte an heißen Punsch, trockene Tücher, ein offenes Feuer, an Maries Körper und den dicken weißen Wollteppich vor dem Kamin. Wozu auch immer General Lakwa Dada ihn so dringend nach Delhi befohlen oder eher gebeten hatte – der Maratha musste bis morgen warten. Mindestens.

Etwas war seltsam in Delhi, eine merkwürdige Stimmung, die Thomas nicht an Einzelheiten festmachen konnte. Es war nass, wie immer im Monsun; die Zeltstadt im Westen, wo Lakwa Dadas Truppen lagerten, konnte nicht besonders wohnlich sein. Die Basarhändler schienen nicht weniger zahlreich als sonst, das Kaschmir-Serai stand noch, und die Menschen, die Dinge im Freien zu erledigen hatten, wirkten weder besonders fröhlich noch niedergeschlagen.

»Niemandsland«, sagte Desailly abends, als Thomas in trockenen Gewändern und guter Laune aus dem *zenana* gekommen war. »Vielleicht ist es das. Essen oder trinken?«

»Beides, mein Freund.«

Desailly ließ Braten, Brot und Punsch servieren; nach und nach gesellten sich andere Offiziere zu ihnen. Im größten Raum des Hauses, den sie als Salon bezeichneten, saßen sie an einem langen Tisch und stärkten sich; einige zogen Stühle vor den Kamin oder hockten auf Teppichen nahe am Feuer.

»Niemandsland«, wiederholte der alte Franzose; er strich sich den grauen Schnurrbart. »Der Kaiser hat nichts zu sagen, Sindhia ist tot, de Boigne ist nicht mehr da. Delhi ist ein Niemandsland.«

»Lakwa Dadas Truppen sind doch vor der Stadt«, sagte Thomas. »Und Sindhias Adoptivsohn ...«

»... ist ein Trottel. Er hat de Boignes Brigaden, aber keinen Verstand. Ich nehme an, das ist der Grund, weshalb Lakwa Dada dich sehen will.«

Hearsey hatte offenbar genug gegessen; er saß auf einem Stuhl, die Beine ohne Stiefel auf einen anderen gelegt, und räusperte sich. »Wenn ich etwas einwenden darf ... Dass Sindhia junior keinen Verstand hat, bedeutet doch nichts. Solange die – wie viel sind es? Drei? Ah ja. Also, solange er die drei Brigaden hat, braucht er keinen Verstand.«

Thomas lachte. »Wir dagegen, knapp drei Bataillone, müssen furchtbar denken, oder was?«

»Ich nehme an, alle müssen denken. Wir haben eine neue Lage.« Birch, wie Hearsey, Hopkins und Broadbent – der die übrigen Krieger und Thomas' *jagir* hütete – längst zum Hauptmann befördert, leerte seinen Becher und stand auf. Er ging zum Kamin, blieb mit dem Rücken zum Feuer stehen und breitete die Arme aus. »Ah, das tut gut – trockene Wärme statt der schwülen Hitze draußen. Und es wird noch heißer werden.«

»Wir werden sehen. Du meinst also, das, was ich da gewittert habe, ist so etwas wie das Gefühl, verloren zu sein?« Thomas rieb sich die Nase. »Niemandsland ... Aber das war Delhi doch schon oft.«

»Sie haben sich daran gewöhnt, unter dem Schutz von de Boigne und den Marathas zu stehen und nicht dauernd geplündert zu werden. Vielleicht fürchten sie, dass jetzt der nächste Pathane namens Ahmad Shah Durrani oder Ghulam Kadir kommt.«

»Was macht Lakwa Dada mit seinen Leuten hier?«

Desailly hob die Brauen. »Wenn ich das wüsste. Irgendwas geht bei den Marathas vor, nehm ich mal an. Aber was?«

»Vielleicht erfährt Hopkins mehr«, sagte Birch. »Beim Residenten. Die Ehrenwerte Kompanie müsste doch was wissen.«

Aber Hopkins, der spätnachts leicht betrunken erschien, wusste auch nicht mehr.

»Einen Punsch, zum Abstürzen.« Er nahm den von einem Diener gereichten Becher in die Rechte, griff mit der Linken nach einer Stuhllehne und richtete die Augen so heftig auf Thomas aus, als müsse er sich mit Blicken festkrallen. »Georgie Bahadur Sahib«, sagte er dann, »die John-Company-Boys wissen auch nicht mehr. Irgendwas geht in Sindhias Lager vor. Ich hab, ups, einen alten Bekannten getroffen, beim Residenten, und wenn der was wüsste, hätte er es mir gesagt.«

»Anders als Sie bin ich furchtbar nüchtern.« Thomas kratzte sich den Kopf und tat, als müsse er gründlich nachdenken. »Da es also nichts Wesentliches zu erörtern gibt, und da ich nüchtern bin, weiß ich nichts mit mir anzufangen.«

Hopkins grinste. »Haben Sie schon nachgeschaut, ob Ihre Rani noch mit den Kindern beschäftigt ist?«

»Mitten in der Nacht? Das wollen wir doch nicht hoffen. Da gäbe es Besseres zu tun. Ah, Sie bringen mich auf eine Idee!«

Lakwa Dada hielt sich in dem befestigten Palast auf, den Mahadaji Sindhia immer benutzt hatte, wenn er in Delhi weilte. Die Tore waren scharf bewacht: Sepoys mit aufgepflanztem Bajonett unter einem britischen Sergeanten – wahrscheinlich, dachte Thomas, Teil der Brigaden von de Boigne, die jetzt Perron kommandierte – und im ersten Hof eine Schwadron Maratha-Kavallerie. Die Pferde waren zwar nicht gesattelt, aber die Männer sahen so aus, als wären sie innerhalb von Sekunden zum Aufbruch oder Einsatz bereit.

Er ließ seine Eskorte im zweiten Innenhof zurück; nur Hopkins, Hearsey, Birch und sein Reiterführer Shanti, ein Rajpute, begleiteten ihn durch die Korridore. Überall Posten, überall das Gefühl von unmittelbar bevorstehenden Ereignissen.

Zuletzt hatte Thomas den General der Marathas beleibt und aufgeputzt gesehen. Lakwa Dada schien abgemagert, aber nicht durch Krankheit, sondern durch Aktivität. Er trug die Uniform, die de

Boigne für seine Brigaden hatte entwerfen lassen, und saß mit vier ebenfalls uniformierten Beratern um einen europäischen Tisch, auf dem Papiere und Landkarten lagen.

Als der Ordonnanz-Offizier Thomas und seine Begleiter in den Beratungsraum führte, entließ Lakwa Dada zwei der anderen Männer mit einem anscheinend dringenden Auftrag.

»Gut, dass Sie kommen konnten.« Lakwa Dada sprach Englisch. »Bitte setzen Sie sich, Gentlemen.« Für den Rajputen hatte er nur ein knappes Nicken. »Kaffee und Wasser?«

»Gern.« Thomas setzte sich; als auch die anderen Platz genommen hatten, sagte er: »Ich bin entzückt, Sie in bester Verfassung zu finden, General. Zuletzt ...«

Lakwa Dada hob die Hand; sein Lächeln wirkte mühsam. »Zuletzt ist lange her, und wir haben keine Zeit für Freundlichkeiten. Ich habe Sie hergebeten, um die Lage der Dinge und die Wirren der Zukunft zu besprechen.«

Thomas nickte. »Sprechen Sie.«

Der Fürst lehnte an der Tischkante; offenbar hatte er nicht die Absicht, sich zu setzen. »Heute früh kamen die Nachrichten aus Gwalior, die ich befürchtet hatte. Wir müssen handeln.«

»Wir?« Thomas runzelte die Stirn. »Wer ist ›wir‹, und was sind das für Nachrichten?«

Lakwa Dada stieß sich von der Tischkante ab und begann, im Saal auf und ab zu gehen. Er hielt die Hände hinter dem Rücken gefaltet. Die Fingerknöchel waren fahl – als ob er sich, dachte Thomas, mit Gewalt festkrallen und daran hindern müsste, empört oder begeistert zu gestikulieren. Er wappnete sich, um weder von Empörung noch von Begeisterung angesteckt zu werden.

»Sindhia«, sagte der Maratha. »Ich meine Mahadaji, *den* Sindhia, nicht diesen dummen Knaben, den zu adoptieren sein größter Fehler war ... Sindhia hat drei Frauen hinterlassen – sagt man das so? Daulat Rao hat die jüngste – ah, ich gebe zu, sie ist schön, aber ... Die jüngste der drei Frauen hat er in sein Bett geholt, die beiden anderen ausgepeitscht und eingesperrt.«

»Dumm«, sagte Thomas. »Sollte man mit edlen Maratha-Frauen nicht machen. Es bringt die einflussreichen Verwandten auf.«

»Noch dümmer.« Lakwa schüttelte den Kopf. »Er hat auch noch den wichtigsten Berater von Mahadaji eingesperrt. Und wenn er so etwas mit *einem* Fürsten macht, fühlen sich die anderen nicht mehr wohl. Außerdem wird er vermutlich demnächst noch eine Frau nehmen und ihren Vater, der dann sein Schwiegervater ist, zum Ersten Minister machen. Dafür wird der ihm Geld geben, und Daulat Rao Sindhia braucht Geld, viel Geld.«

Thomas hörte, wie Hopkins scharf durch die Zähne einatmete.

Lakwa Dada legte den Kopf in den Nacken und starrte zur Decke hinauf. Sie war mit dunklem Hartholz getäfelt, und möglicherweise sah der Maratha dort die Zukunft: schwarz und hart.

»Es gibt Verwandtschaften«, sagte er. »Sindhia – *der* Sindhia – hat immer dafür gesorgt, dass die erfreulichen und die günstigen Dinge verbunden sind. Viele Männer, Fürsten, die bisher aus allerlei Gründen treu zum Haus von Mahadaji standen, werden jetzt treu zu den Verwandten seiner Witwen stehen. Und zu ihren alten Freunden, die Daulat Rao misshandelt.«

Thomas schwieg immer noch und zeigte auch keine Reaktion, als ihn der General nun anschaute.

»Nana Farnavis«, knurrte Lakwa Dada plötzlich, »die alte Kobra in Poona. Jahrelang hat Mahadaji sich gegen ihn wehren müssen, aber er hat ihn nie angegriffen. Der Bund der Fürsten besteht, solange ein Peshwa Oberhaupt ist. Daulat Rao mag gute Gründe haben, sich gegen den Peshwa und seinen Ersten Minister zu stellen. Aber indem er es tut, bricht er den Bund der Fürsten.«

»Haben Holkar und andere den nicht längst gebrochen, als sie gegen Sindhia arbeiteten?«, fragte Hopkins halblaut. »Niemand hat den Bund angetastet. Streit zwischen Mitgliedern des Bundes ist unerfreulich, aber solange der Bund besteht, ist alles andere nebensächlich.«

Thomas trank seinen Kaffee und setzte den leeren Becher ab. »Ist der Bund demnächst wie dieses Gefäß?«, sagte er. »Leer?«

Lakwa Dada machte ein paar schnelle Schritte, nahm den Becher und warf ihn auf den Boden. »Zerbrochen.« Er stieß mit der Fußspitze nach den Scherben. »Und irgendjemand wird die Trümmer zermalmen.«

»Was wollen Sie von mir, General? Warum haben Sie mich kommen lassen?«

»Wie viel?«, sagte Lakwa Dada.

»Wie viel was?«

»Wie viel verlangen Sie? Für George Thomas, General im Dienst von Lakwa Dada, und für seine Männer? Für die Arbeit, aus Ihren zwei Bataillonen eine Brigade zu machen und zu führen?«

»George Thomas, bis jetzt Major, müsste ein paar Dinge wissen, bevor er überhaupt beginnen mag, über eine solche Frage auch nur nachzudenken.«

»Was wollen Sie wissen?«

»Zum Beispiel: Was ist mit den Brigaden?«

»Ah.« Lakwa Dada kam zurück zum Tisch; nun setzte er sich endlich. »Perron ist in Aligarh – de Boignes altem Hauptquartier. Er hält sich zurück.«

»Aligarh?« Thomas setzte ein dünnes Lächeln auf. »Ein kluger Mann, nicht wahr? Hält sich aus den Wirren heraus. Er ist nicht dazu zu bringen, den Unsinn an der Grenze von Haidarabad mitzumachen, nehme ich an.«

»Sie sagen es. Er wird sich auch weiterhin heraushalten.«

»Aligarh«, sagte Thomas halblaut. »Mathura. Nicht weit von Agra. Mathura, Agra, Delhi. Er hat de Boignes *jaidad* geerbt. Und die drei Brigaden. Und die Aufgabe, Hindustan zu schützen.«

Er steckte die rechte Hand in die Tasche seiner Uniformjacke und berührte den kleinen Elefanten. »Ganesh, Gott des glückhaften Beginnens«, dachte er. »Ist dies dein Werk?«

Lakwa Dadas Mienenspiel, bis dahin zwischen Zorn und Abscheu schwankend, erstarrte.

»Was meinen Sie?«, sagte Hopkins.

Thomas stand auf. »Ich meine, dass Perron mit seinen drei Brigaden nicht einfach zusehen wird, wenn General Lakwa Dada nach Hindustan greift. Ich meine, dass auch Jawruj Jang Bahadur nur so tollkühn ist, wie es die Umstände erlauben. Und selbst die Beförderung zum General, bei entsprechender Bezahlung, macht ihn nicht tollkühn genug, sich mit den drei Brigaden anzulegen.«

»Ihr letztes Wort?« Lakwa Dada erhob sich ebenfalls; seine Stimme war heiser.

»Unter diesen Umständen? Ja.«

Im Hof berührte Hearsey Thomas' Arm. »Entschuldigen Sie, Sir, aber ... glauben Sie, dass es *so* schlimm kommt?«

Thomas deutete auf die einsatzbereiten Maratha-Reiter. »Das hier ist eine belagerte Festung. Lakwa wird versuchen, auf dem Sturm zu reiten. Ich werde es vorziehen, das Chaos von außen zu betrachten.«

»Was haben Sie vor?«

Thomas schwieg einen Moment. »Shanti«, sagte er dann auf Urdu, »was hältst du davon, die Reiter des Radscha von Hariana zu befehligen?«

Der Rajpute schnappte nach Luft. »Hariana? Hariana hat keinen Radscha. Hat nie einen Radscha gehabt.«

»Das werden wir ändern.«

»Jawruj Sahib!« Der Rissaldar strahlte. »Ist das dein Ziel?«

Thomas nickte.

Hopkins stieß Hearsey an; Birch pfiff durch die Zähne. »Was wird Broadbent dazu sagen?«, murmelte er.

»Das weiß ich.« Hopkins grinste breit. »Er wird sagen: Endlich!«

Er hatte sich selbst überrascht; aber das gab er nur einmal zu, später. Als sie den Palast von Lakwa Dada betraten, war er auf einiges gefasst – schlechte Nachrichten über Sikhs und Rajputen, Probleme zwischen Sindhia und Holkar, Ärger mit dem Peshwa, vielleicht eine militärische Katastrophe im Konflikt mit dem Nizam von Haidarabad oder ein Aufbegehren von Perron. Dem Führer der Brigaden wurde schon länger nachgesagt, er habe nicht die Absicht, wie de Boigne ausschließlich Sindhias Interessen und das »Gemeinwohl« zu achten.

Aber mit solch einem katastrophalen Unfug im Haus Gwalior hatte Thomas nicht gerechnet, nicht rechnen können. Daulat Rao schien mit genialer Treffsicherheit die Möglichkeit gefunden zu haben, minimalen Aufwand zu maximalem Schaden zu betreiben. Er hätte lange überlegen müssen, um noch etwas zu finden, wodurch sich alles ebenso mühelos zerstören ließ, was Mahadaji Sindhia in Jahrzehnten aufgebaut hatte.

»Falsch verstöpselt«, murmelte er, als sie im Regen vor dem Palasttor standen.

»Was meinen Sie, Sir?«

Thomas zwinkerte Hopkins zu. »Dass Daulat Rao sich das schlechteste denkbare Futteral für sein Gemächt ausgesucht hat.«

»Würden Sie für eine Frau – die richtige oder falsche, aber eine Frau – ein großes Reich aufgeben?«, sagte Hopkins. Er wischte etwas aus dem Gesicht. Regen oder ein Grinsen?

»Aufgeben vielleicht, aber doch nicht so sinnlos wegwerfen. Außerdem habe ich keines. Noch nicht.«

War es der richtige Zeitpunkt? Die richtige Gegend? Er hatte schon länger über Hariana nachgedacht: nordwestlich von Delhi, zwischen Hindustan und dem Punjab. Geschützt durch einen Wüstengürtel, der die meisten Invasoren abschreckte, außer den überall schweifenden Sikhs und, natürlich, den Mogulkaisern alter Tage. Hinter dem Wüstenwall lagen alte, feste Städte; es gab bestes Weideland für Pferde und Vieh, und die Bewohner würden sich heftig wehren. Auch gegen ihn und seine Krieger, aber danach … Danach wären sie hervorragend geeignet, die dauerhafte Armee zum dauerhaften Schutz des Landes zu sein.

Und der Zeitpunkt? Wahrscheinlich, sagte er sich, gab es keinen richtigen Zeitpunkt, für nichts; nur solche, die mehr oder minder günstig waren. Vor Lakwa Dadas Offenbarungen hatte er keineswegs daran gedacht, das unstete Leben mit wechselnden Allianzen aufzugeben, Apa Khandes Erben Vavon Rao endgültig zu verlassen. Im Verlauf des Gesprächs, das eher ein Vortrag gewesen war, hatte er plötzlich begriffen, dass es nie einen besseren Zeitpunkt geben würde.

Für Radscha Thomas … Jawruj Jang, Sahib Bahadur, Herr von Irgendwas. Von Hariana – warum zum Teufel nicht? Warum, bei allen Göttern, nicht jetzt? Daulat Rao ruinierte gerade das ohnehin heikle Gleichgewicht der Kräfte; neben Holkar und den anderen alten Feinden des Hauses Sindhia würden nun auch noch Mahadajis ehemalige Generale mitspielen. Der Peshwa hatte sich von einem hohen Dach gestürzt, um nicht länger von Nana Farnavis gegängelt zu werden; über den neuen Peshwa wusste man nichts. Die Briten beschäftigten sich mit sich selbst und schielten bisweilen auf Tipu Sultan, der – wie man sagte – in Maisur einen Stab französischer Offiziere mit revolutionären Neigungen und heftigem Hass auf Britannien versammelte und auf Hilfe aus Paris hoffte. Die Marathas, zerstrittener denn je, hatten immer noch Ärger mit Haidarabad. Perron, noch so ein Franzose … Perron mit den drei Brigaden, die stärkste Macht in Indien, würde abwarten.

Wer sollte George Thomas, den kriegerischen Georgie, daran hindern, sich selbstständig zu machen? Die Sikhs? Alberne Vorstellung; er schätzte die Männer mit den langen Haaren, die munter hinter ihnen herwehten, wenn sie wild und undiszipliniert angriffen. Sie waren seine Lieblingsfeinde, aber kein ernsthafter Gegner. Die Rajputen? Ewig uneins und allzu erhaben über den Rest der Welt, Abkömmlinge blaugesichtiger Halbgötter. Die Begum? Ah bah. Der Kaiser?

Über die Frage, ob es so etwas wie *den* guten Zeitpunkt gab, würde er länger nachdenken. Demnächst. In Hariana.

Irgendwann erinnerte er sich flüchtig an seine Vorsätze, was ausgiebiges Denken anging. Aber da waren ein paar Jahre vergangen, in denen es keine Zeit zum Denken, kaum Zeit zum Atmen gegeben hatte.

Die nicht ganz drei Bataillone mit Kavallerie und Geschützen drangen nach Hariana ein. Shanti und seine Reiter suchten Wege durch die Wüste, markierten Wasserstellen und näherten sich den Städten weit genug, um bemerkt zu werden, Unruhe zu wecken, Befestigungsmauern zu betrachten und die besten Positionen für Belagerungsgeschütze zu finden.

Thomas selbst, begleitet nur von Hopkins und Shanti – drei schäbige Händler mit schäbigen Pferden, die keiner kaufen wollte –, erkundete die Umgebung der größten Stadt. Sie verbrachten Nächte in der Wüste und in Oasen, sahen seltsame Fische von einem Tümpel zum anderen über Land kriechen und beobachteten Männer der niedrigsten Kaste, die vor der Stadt eine tote Kuh häuteten. Nur die Niedrigsten konnten diese Arbeit tun, denn das Tier war auch im Tod noch heilig. Und während die Geier, die nichts Heiliges kennen außer ihrem Hunger, den Kadaver bis auf die Knochen blank fraßen, folgten die drei Pferdehändler den Männern, die die Haut zu den Gerbern trugen, um sie zu verkaufen. Die Gerber wohnten im schlechtesten Teil der Stadt, aber hinter den Mauern, und es gab viel zu sehen auf dem Weg dorthin.

Hansí, die größte Stadt, war umgeben von dicken Lehmwällen, in denen Kanonenkugeln stecken bleiben mussten, ohne mehr als Brocken aufzuwirbeln. Thomas wollte Hansí nicht zerstören, sondern zur Hauptstadt machen. Er ließ Sturmleitern bauen und drang nachts an der Spitze seiner Männer in die Stadt ein, zu einem schnellen, für beide Seiten verlustreichen Angriff. Die Bewohner von Hansí wehrten sich erbittert und verbissen – die Stadt war nicht einmal von den Mogul eingenommen worden, hatte sich vor zweihundert Jahren lediglich nach langer Belagerung zu erträglichen Bedingungen gefügt.

Mit der Eroberung der Städte und des Landes begann die eigentliche Arbeit aber erst. Da Thomas nahezu unbemerkt bis ins Herz von Hariana hatte gelangen können, war ihm klar, dass jeder andere Angreifer dies ebenfalls konnte. Um den Zugang nach Hansí zu sperren, ließ er eine Festung bauen und nannte sie Georgegarh – Fort George. Alte Brunnen mussten neu gegraben und befestigt werden; eine zunächst primitive Verwaltung war einzurichten, die zugleich durch Besatzungstruppen Ordnung und Kontrolle aufrechterhielt und Steuern eintrieb – bisher ein Vorrecht der einzelnen Stadtfürsten.

Thomas nutzte die Erfahrung von Männern, die bereit waren, mit dem neuen Herrn zusammenzuarbeiten; deren Anzahl war zunächst begrenzt. Das änderte sich, als die Bewohner von Hariana feststellten, dass Thomas weniger Abgaben verlangte als die alten Fürsten, dass er Händler ins Land holte und die Tiere, die innerhalb des Wüstengürtels auf satten Weiden grasten, zu guten Preisen verkaufen ließ. Und dass seine Krieger die Plünderzüge der Sikhs beendeten.

Hopkins erwies sich als unentbehrliche Hilfe. Thomas konnte ihm nicht nur selbstständige kriegerische Operationen übertragen; der junge Offizier hatte außerdem Talent für die zivile Organisation und ein feines Gespür für den Umgang mit den Einheimischen.

»Sie wollen hier bleiben, Sir, nicht wahr?«, sagte er am Abend der Erstürmung von Hansí.

»Bleiben, wachsen, gedeihen, ausdehnen. Warum?«

Hopkins machte eine umfassende Bewegung mit beiden Armen – weder Umarmung noch Erdrücken, irgendetwas dazwischen.

»Und genau hier ...?«

Sie hatten Feuer angezündet und Zelte aufgeschlagen; überall in der Stadt patrouillierten Männer der Bataillone. Im Zentrum, auf einer kleinen Anhöhe, gab es eine von Trümmern übersäte freie Fläche, wo der Fürst von Hansí einen alten Palast hatte abreißen lassen, um einen neuen zu errichten. Hopkins saß auf einem Trümmerstück von der Größe einer Kamellast, ein geladenes Gewehr quer über den Knien.

»Genau hier ist ja schon alles für ein neues Haus vorbereitet.« Thomas warf den abgenagten Hühnerknochen ins Feuer. »Aber bis dahin ist viel zu tun.«

»Mein Vater war in der Verwaltung, in Kalkutta«, sagte Hopkins. »Ehemaliger Offizier, zuletzt Zivilist. Er hat mir zwei oder drei Dinge beigebracht. Und in der Schule war ›Verwaltung von Bengalen‹ auch ein Thema.«

»Dann haben Sie ab sofort eine zweite Aufgabe.«

Hopkins war unersetzlich, und bei den Ritten, den harten Gefechten, den langen Abenden an Lagerfeuern und dem harten Trinken wurde er, ohne die Distanz aufzugeben, zu einem guten Freund. Thomas genoss es, die jüngeren Männer mit guter Bildung um sich zu haben – er wusste zu gut, wie viel ihm in dieser Hinsicht fehlte. Zum Lesen hatte er in den Jahren nicht viel Zeit gefunden, und nicht alles, was er wissen wollte, war aus den Büchern zu lernen, die er hin und wieder in Delhi oder kleineren Orten auftreiben konnte. Hopkins, Birch, Hearsey und Broadbent waren gute Gesellschafter und ergänzten ihn.

Manchmal hielt er sich länger als einen halben Tag in Hansí auf, wo der Palast des Radscha – Radscha Thomas? Radscha George? Radscha Jawruj Bahadur? Er dachte hin und wieder über einen klingenden Namen nach, bis er feststellte, dass »General Thomas« ihm genügte – wuchs und Gestalt annahm. Als die ersten Räume bewohnbar waren, ließ er Marie, die Kinder, Desailly und einige andere aus Delhi holen, gab jedoch das »Stadthaus« nicht auf.

Die Anbindung von Hariana an den Fernhandel brachte nicht nur Waren und Nachrichten. Güter waren wichtig, vor allem bestimmte Dinge, die Hariana nicht selbst herstellte – Metall, zum Beispiel, für die in Hansí und Georgegarh eingerichteten Kanonengießereien –, und Nachrichten waren nicht nur willkommene Zerstreuung. Natürlich unterhielt Thomas Spitzel in Delhi, Gewährsleute in den tausend Serais der Handelswege, aber hin und wieder war es gut, deren Berichte durch andere Mitteilungen ergänzen zu können.

Nicht nur gut: überlebenswichtig. Das Heer, durch Männer aus Hariana verstärkt, bis es fast eine Brigade war, diente ja nicht nur zur Verteidigung des kleinen Reichs; es musste immer wieder über die Grenzen vorstoßen, um Überfälle der Sikhs zurückzuweisen oder mit dem einen oder anderen Fürsten ausgehandelte Bündnispflichten zu erfüllen: mit Marathas gegen Rajputen, mit einem Rajputenfürsten gegen einen anderen. Es war unabdingbar, möglichst genaue Kenntnisse der politischen Verläufe zu haben. Zu wissen, dass Tipu Sahib von Maisur, Tausende Meilen im Süden, Verhandlungen mit einem französischen General führte, der angeblich Korse war, einen komischen Namen hatte und sich anschickte, Ägypten zu erobern;

zu wissen, dass die Briten in Kalkutta unter ihrem neuen Gouverneur Wellesley wussten, dass dieser Korse Offiziere nach Maisur schicken würde und dass sie deshalb beschlossen hatten, Tipu endgültig zu erledigen. Dass die Truppen der Kompanie nicht nach Hindustan kommen würden, weil sie im Süden Dringenderes zu tun hatten, und dass Perron immer noch seine drei Brigaden einsatzbereit hielt, ohne sich auf die gröberen Einfälle von Daulat Rao Sindhia einzulassen. Wobei die Tatsache, dass Daulat Rao überhaupt noch einen Rest Macht besaß, vielleicht am erstaunlichsten war.

Vor allem war es wichtig zu wissen, was von den Angeboten zu halten war, die in regelmäßigen Abständen kamen. Angebote von Holkar, von Sindhia, von Lakwa Dada, sogar von Perron. Angebote, die Thomas allesamt ablehnte, weil sie darauf hinausliefen, ihn und seine kampfkräftigen Truppen in etwas Größeres einzubinden, seine Herrschaft über Hariana zu beenden.

Einmal kam Saldanha zu Besuch; er hatte insofern Glück, als er einen ruhigen Moment erwischte.

»Dein Traumpalast?«, sagte er, als Thomas ihm die Korridore, die Zimmerfluchten, die tausend Fenster und Erker zeigte. »Erinnert ein wenig an Jaipur, aber eher an Amber.«

Thomas blieb auf dem Korridor so plötzlich stehen, dass der hinter ihm gehende, weißgewandete Diener, der ein Tablett mit Erfrischungen für die langen Wege trug, ihn beinahe gerammt hätte.

»Ich hätte mir denken können, dass du so etwas weißt. Warum habe ich dich nie gefragt?«

»Wonach? Nach Amber?«

»Als ich klein war, hat mir ein Bettler in Irland von so einem Palast erzählt. Ein Palast mit tausend Fenstern, in dem Windgeister hausen. Später habe ich noch ein Bild gefunden, bei einem Toten. Aber ich habe nie gewusst, wo der Palast steht oder wie er heißt.«

Nach der Führung wurde Saldanha von drei Dienern in ein mit weißen Fliesen versehenes Bad gebracht. Sie schleppten Kannen mit heißem und kaltem Wasser herbei, gossen flüssige Düfte aus Dutzenden kleiner Flaschen und Karaffen in die Wanne, servierten ihm einen köstlichen persischen Wein aus Shiraz, den er, ächzend vor Wonne, in warmem Wasser liegend trank, kneteten und walkten ihn, hüllten ihn danach in frische, helle Gewänder – weite Hose, bequemes Hemd – und eine mit Goldbrokat verzierte Weste, stellten ihm weiche Pantoffeln aus Leder und Samt hin und geleiteten ihn schließlich in den Speisesaal.

Saldanha sah sich vervielfältigt in spiegelnden Silberscheiben; er versank in dicken Teppichen, durch die er zu teils europäischen, teils einheimischen Möbeln watete: Tische, Stühle, Schlummersessel.

Thomas hatte ein Festbankett anrichten lassen, bei dem der Portugiese die meisten – alle zurzeit in Hansí anwesenden – Offiziere kennenlernte und ein paar höfliche Sätze mit Marie wechselte. Es gab noch mehr Wein aus Shiraz, Säfte, Punsch, weit gereisten Whiskey, Arrak, irgendwo stand sogar eine Karaffe mit Wasser, aus der sich aber nur einige der indischen Offiziere bedienten. Und europäische Braten, einheimische *curries*, alle Geschmacksrichtungen der vier Weltgegenden; bis Saldanhas Zunge zerfaserte, sein Kopf sich drehte und er die Namen der Männer, die ihm wüste Geschichten erzählten, nicht mehr auseinanderhalten konnte.

Am nächsten Tag wohnte er dem *darbar* des Radscha von Hariana bei. Thomas empfing Gesandte, Händler, Bittsteller und beendete den Vormittag mit einer Gerichtssitzung. Nachmittags ritten sie um Hansí und besichtigten die Verteidigungsanlagen, die neuen Brunnen, die nächste Oase.

»Ich bin beeindruckt«, sagte Saldanha abends, vor dem Gang ins Bad. Die drei Diener warteten schon auf ihn. »Du lebst nicht schlecht. Radscha Thomas, Hoheit. Ach, habe ich dir schon erzählt, dass ich auch Radscha bin?«

»Nachher will ich das genauer hören.«

Es gab ein weiteres Bankett, mit etwas kleinerer Besetzung. Saldanha erzählte von seiner Erhebung in den Adel des Mogulreichs und dem unter britischer Kontrolle befindlichen Ort – »irgendwas mit B… Barampur? Barambad?« –, der sich seiner dauernden Abwesenheit und Unzuständigkeit erfreute. Und er berichtete von längeren Reisen – nach Lakhnau, wo sich ein Todesfall ereignet hatte, nach Tibet, nach Delhi. Erst später fiel Thomas auf, dass der Arzt nichts von dem Ort erzählt hatte, an dem er die letzten Jahre gewesen war. Ebenfalls erst später fragten einige der Diener, warum der Hakim Sahib nachts so geschrien habe.

Irgendwann kamen sie wieder auf den Palast und auf Amber zu sprechen. Thomas sagte, es sei ein reiner Zufall gewesen, dass er endlich erfahren habe, wo die Vorlage des zerknitterten und längst kaum noch ansehbaren Drucks stehe.

»Als wir das Haus in Delhi eingeräumt haben ... Aus irgendeiner Kiste kam das zerknautschte Papier zum Vorschein, an das ich ewig nicht mehr gedacht hatte. Ich habe es Marie gezeigt, und sie sagte einfach: ›Die Winde von Jaipur? Nein, die Geister von Amber.‹ Da habe ich begriffen, dass ich nichts weiß.«

»Bist du einmal da gewesen? In Amber?«

Thomas schnitt eine düstere Grimasse. »Einmal. Ungern. Lass uns jetzt nicht davon reden. Vielleicht erzähl ich es dir beim nächsten Mal. Oder morgen.«

Saldanha hob die Schultern. »Wie du willst. Aber lass mich wiederholen: Ich beglückwünsche dich, Radscha. Viel Arbeit, aber viel ... wie soll ich sagen? Schönheit? Behaglichkeit?«

»Danke. Ich wollte nur, manchmal jedenfalls, ich könnte es öfter genießen. An anderen Tagen bin ich dann aber wieder froh, im Sattel zu sein.«

»Wie oft bist du denn hier?«

Thomas lächelte. »Seit der Palast steht, habe ich ein einziges Mal zwei Nächte hintereinander hier verbracht. Beziehungsweise habe dies vor. Diesmal, dir zu Ehren.«

Er geleitete Saldanha durch die Wüste bis nach Georgegarh, wo neue Kanonen zu prüfen waren und eine Lieferung Salpeter abgeholt werden sollte.

Zwei Tage nach Saldanhas Abreise kam der Bericht eines Gewährsmanns aus Delhi, einen halben Tag später der Bote, der im Bericht angekündigt worden war.

Er brachte eine Einladung zu einem Gespräch mit General Perron in dessen Lager außerhalb von Delhi. Die Botschaft war allgemein formuliert, klang aber halbwegs dringend; die Meldung des Gewährsmanns war deutlicher: Es handelte sich um eine Art Ultimatum. Angeblich erwogen die wichtigeren Maratha-Fürsten zusammen mit Perron die Möglichkeit, Hariana zu erobern und Thomas zu beseitigen.

Seine Eskorte wählte er mit Bedacht: nicht zu viele Männer, nicht zu wenige; Reiter unter Shanti, ein paar berittene Fußsoldaten, dazu Hearsey und Hopkins.

Sie ritten nach Delhi, wo sie zwei Tage verbrachten. Thomas nutzte sie dazu, sich in den Basaren und im Kaschmir-Serai umzuhören. Am dritten Tag legte Thomas seine rote, beinahe britische Uniform an. Sie brachen früh auf und erreichten noch vor dem Mittag Perrons große Zeltstadt, einige Meilen südlich von Delhi, auf dem rechten Ufer des Yamuna.

Hopkins und Shanti ritten mit der Kavallerie voraus; Thomas und die Übrigen warteten in Sichtweite. Nach kaum mehr als einer Viertelstunde war Bewegung im Lager zu sehen, als plane man entweder einen Angriff oder eine Ehrenformation. Dann erschienen Shantis Reiter rechts und links des Lagertors, wo sie Stellung bezogen, und Hopkins näherte sich mit einem Offizier in der Uniform der Brigaden und einer Schwadron Kavallerie.

»Sir«, sagte Hopkins, als er sein Pferd neben das von Thomas getrieben hatte, »ich freue mich, Ihnen einen alten Schulkameraden vorstellen zu können. Hauptmann James Skinner.«

Thomas musterte den Mann, von dem ihm seine jungen Offiziere so viel erzählt hatten. Skinner bemühte sich offensichtlich, nicht allzu breit zu grinsen. Oder zu strahlen. Die grauen Augen, vermutlich Erbe des Vaters, wirkten ein wenig seltsam in dem beinahe dunkelhäutigen Gesicht. Scharfe Augen, dachte Thomas; und gute Augen.

»Es ist mir eine große Ehre, Ihnen endlich zu begegnen, Sir«, sagte er, als er sich weit aus dem Sattel beugte und Thomas' Hand schüttelte.

»Schade, dass Sie damals nicht warten mochten, im Serai, sonst hätten wir das Vergnügen schon früher miteinander gehabt.«

Skinner nickte. »Das stimmt, und ich hätte es genossen. Andererseits kann ich nicht sagen, dass ich mich in den letzten Jahren gelangweilt hätte.«

»Wir kommen hoffentlich später noch dazu, ein paar Worte zu wechseln.« Thomas blickte Hopkins an. »Und?«

»Ein Empfang für einen General und Radscha«, sagte Hopkins; mit dem Daumen wies er über die Schulter nach hinten, zum Lager. »General Perron erwartet Sie in seinem Zelt.«

»Dann los.«

Er ritt durch die Ehrenformation, blickte in helle und dunkle Gesichter, von denen die meisten ehrlich erfreut wirkten; wie nebenher betrachtete er die Anordnung des Lagers, den Zustand der Pferde, die Reinlichkeit der Waffen. Und er sagte sich, dass er es vorzöge, nicht gegen die Brigaden kämpfen zu müssen. Alles war so, wie er selbst es angeordnet hätte.

Trotz der ungeheuren Augusthitze trug Perron seine schwere grüne Uniform mit goldenen Litzen und Epauletten: die Uniform von de Boignes Reiterei. Die Männer schüttelten einander die linke Hand, da Perron die rechte fehlte.

Thomas sprach noch immer kein Französisch, während Perrons Englisch immer noch ein Notbehelf war; daher fanden die Verhandlungen auf Urdu statt. Wie, so lange her, jene feindselige Plauderei bei ihrem ersten Treffen. Es gab Getränke, und in geziemender Höflichkeit sogen die beiden Generale an Mundstücken, die mit derselben *huqa* verbunden waren. Die Verwendung von Urdu führte dazu, dass beinahe indisches Hofzeremoniell gepflegt wurde, und es dauerte lange, bis Perron endlich zur Sache kam.

Das Angebot, das der General machte, klang großzügig: sechzigtausend Rupien im Monat als Sold für die Armee, die in Zukunft unter der Führung von George Thomas für Sindhia kämpfen sollte. Thomas würde Hariana dem Kaiser unterstellen und die Hauptstadt Hansí behalten, sollte aber sofort vier seiner Bataillone Perron übergeben, der am Ende der Verhandlungen losmarschieren wollte, um Sindhia im Dekkan beizustehen.

Ein britischer Offizier der Brigaden, Lewis Smith, wurde von Perron aufgefordert, seine Meinung zu äußern – zu sagen, wie die Truppe reagieren würde, wenn General Thomas und seine Einheiten sich ihnen anschlössen.

»Sie werden begeistert sein.« Der Hauptmann strahlte in unübersehbar ehrlicher Vorfreude. »Es gibt keinen anderen Offizier, den die Männer so sehr bewundern.«

Dies, sagte sich Thomas, war der entscheidende Moment. Der Brite schien noch etwas sagen zu wollen, streifte Perron mit einem Seitenblick und schwieg. Thomas ahnte, dass es eine Bemerkung hatte werden sollen, die in dieser Situation unmöglich geäußert werden konnte: Die meisten Offiziere in den Brigaden, die Perron von de Boigne übernommen hatte, waren Briten und würden ohne Zweifel lieber unter einem für seine Verwegenheit berühmten irischen General – beinahe ein Landsmann, Untertan der Krone – kämpfen als unter »noch so einem Franzosen«, dessen Heimat unter der Tyrannei eines sogenannten Ersten Konsuls, noch dazu eines in Ägypten gescheiterten Korsen, Krieg gegen England führte.

Er sah, dass Perron die gleichen Gedanken dachte; und er wusste, was am Schluss aus dem Angebot werden würde. Es gab zwei Möglichkeiten: Thomas und seine Bataillone schlossen sich den Brigaden an, und innerhalb weniger Monate gäbe es keinen General Perron mehr; oder Perron würde dafür sorgen, dass es innerhalb weniger Wochen keinen General Thomas mehr gäbe – vor allem dann nicht, wenn dieser ihm sofort vier seiner Bataillone verfügbar machte.

Es gab noch ein wenig höfliches Gerede, aber schließlich lehnte Thomas das Angebot ab, ohne Gründe zu nennen, die Perron aber ohnehin kannte.

Der Franzose musterte ihn unter zusammengezogenen Brauen.

»Die Konsequenzen müssen Euch klar sein; es wird zum Krieg führen.«

»Dann soll eben Krieg sein.« Thomas lächelte und betrachtete nacheinander die Gesichter von Perrons Offizieren. Skinner schaute düster drein, Lewis Smith bemühte sich um eine ausdruckslose Miene, andere blickten zu Boden oder starrten an die Decke des Zelts.

Dann sagte Thomas, diesmal auf Englisch: »Ein Jammer, Gentlemen, aber bei unserer nächsten Begegnung werde ich gezwungen sein, Sie zu töten.«

16. Die Teile und die Götter

Merkur: ... und wann versprichst du denn zu bezahlen?
Charon: Jetzt ist es unmöglich; sobald uns aber eine Pest oder ein Krieg die Toten haufenweise zuschickt, lässt sich schon eher durch einen Rechenfehler etwas auf die Seite bringen.
Merkur: Also bleibt mir nichts übrig, als den armen Sterblichen das Ärgste an den Hals zu wünschen?
Charon: Das ist nun einmal so; in Friedenszeiten kommen so wenige an, dass nicht viel dabei zu gewinnen ist.

LUKIAN VON SAMOSATA

Jahre wie tiefe, ruhige Teiche, gestaut und voll von stillem Leben in Gelassenheit, gekräuselt von der Brise angenehmer Freundschaften – der Hauch von Mir Najaf, seiner Frau und dem alten Rissaldar – und eingefasst von Liebe. Nachrichten aus der Außenwelt kamen, wurden besprochen, bestaunt, bedauert. Und vergessen.

Im Oktober 1795 sprang der Peshwa Madhavrao II. vom Dach seines Palasts in Poona, überdrüssig der ewigen Bevormundung durch Nana Farnavis. Etwa zu dieser Zeit, hörte man in Mirzabad, befreite George Thomas die Begum Samru aus den Händen von Meuterern und setzte sie wieder auf den Thron von Sardhana. Ende 1795 beschloss ein immer schwächer und kränker werdender Benoît de Boigne, Indien zu verlassen. Er riet den Marathas, das Kommando über die Brigaden nicht in einer Hand zu lassen, übergab sie dann, weil Daulat Rao es so wollte, Perron, nahm in Agra eine letzte Parade ab, reiste nach Lakhnau zu Frau und Kindern und Claude Martin, dann nach Kalkutta; im Herbst 1796 gingen er und die Familie an Bord eines dänischen Schiffs mit Kurs nach London.

Anfang 1796 eroberten britische Truppen Ceylon; gegen Jahresende besiegte Sir Robert Abercrombie mit Truppen der Ostindien-Kompanie die Rohillas bei Fathganj. Der Afghane Zaman Shah Abdali besetzte Lahore, verbündete sich mit den Sikhs und bedrohte Hindustan. Zu Beginn des Jahres 1797 mehrten sich die Vorzeichen von Katastrophen. Französische Jakobiner pflanzten einen Freiheitsbaum vor dem Palast von Tipu Sultan in Seringapatam und regten ihn an, sich noch einmal, und zwar gründlich, mit den Briten zu befassen. Perron erwies sich als fähiger Offizier und hielt die drei Brigaden zusammen, aber hinter ihm stand kein Mahadaji Sindhia mehr; der Zwist bei den Marathas führte zu Blutvergießen sogar in der Hauptstadt Poona, und Nana Farnavis wurde von einem neapolitanischen Söldner in Diensten des Daulat Rao Sindhia gefangen. Jaswant Rao Holkar übernahm die Führung von Indore und den Kampf gegen das Haus Sindhia; Apa Khande Rao ertränkte sich im Yamuna, Asaf ud Daula starb in Lakhnau, Claude Martin vollendete sein neues größeres Haus und nannte es Constantia.

Und im Januar 1799 ging Mirzabad unter.

Es begann mit einem Zeh; und mit anderen Körperteilen. Saldanha hätte schwören mögen, dass es *der* Zeh war, aber nach all der Zeit verschwammen die gesammelten Zehen, die er bei de Boigne gesehen hatte, mit dem anderen zu einem grotesken Über-Zeh. Es war so etwas wie ein platonischer Zeh, der Archetyp aller Zehen, der alle Farben und Formen, Schönheiten und Entstellungen annehmen konnte, je nach der Laune, in der Saldanha sich befand, wenn er an ihn dachte.

In einem der letzten Briefe vor seinem Aufbruch hatte de Boigne ihm mitgeteilt, er habe nun endlich die Kollektion von Zehen einem portugiesischen Diplomaten aus Goa übergeben können. Dafür, dass es so lange gedauert hatte, gab es mehrere Gründe – die Unsicherheit der Verbindungswege westlich von Hindustan, die geringe Dringlichkeit des Vorgangs, Mangel an vertrauenswürdigen Überbringern. Was die Verbindungswege anging, erwähnte de Boigne die ewigen

Scharmützel zwischen den Portugiesen und kleinen Maratha-Fürsten und die Vorbereitungen der Marathas für den Krieg gegen den Nizam.

Außerdem gab es in Goa einen Wechsel, einen neuen Vizekönig und Generalkapitän: Francisco Antonio da Veiga Cabral löste Francisco da Cunha e Menezes ab, und da neue Herren »auch neue Politik betreiben wollen, die sich bald als die alte herausstellt«, wie de Boigne schrieb, wurden überall in Indien Botschafter ersetzt oder vorübergehend abberufen und mit neuen Anweisungen wieder losgeschickt.

Da de Boigne Ende 1795 nach Bengalen aufgebrochen war und die Sache mit den Zehen relativ spät erledigt hatte, konnte man annehmen, dass die Lieferung Anfang oder Mitte 1796 Goa erreicht hatte. Saldanha machte sich keine weiteren Gedanken, jedenfalls nicht im Hinblick auf vertragsgemäßen Transport von Extremitäten.

Dass statt der Dämonen, die sich nur hin und wieder gedämpft regten und reisen wollten, der Zeh durch seine Gedanken und Träume geisterte, beunruhigte ihn nicht weiter. Er war in guter Gesellschaft: der Zeh von Francisco Javier, der Nabel von Eva, der Rüssel von Ganesh, der Penis von Don Juan, die Brüste des Teiresias, Aphrodites kallipyger Hintern, der nach unten gedrehte Daumen des Kaisers Nero, die Augen des Kaisers Shah Alam, der Mund der Pythia, das an einem stygischen Strauch gehobene Hinterbein des Zerberus, die Arme der Todesgöttin Kali, die von Nägeln durchbohrten Füße des Erlösers, Messalinas Achselhöhlen, das Kinn von Vasco da Gama, die mit Tinte bekleckten Finger von Luiz de Camões, Buddhas Ohrläppchen, die Land- und Liegenschaften von Tamiras Körper.

Nicht zu vergessen die Verwerfungen und Auffaltungen des eigenen Leibs, die allmähliche Auflösung des Körpers zu streitsüchtigen Einzelteilen: schmerzende Füße, fleckige Haut, flüchtende Zähne, Augen voller Ungemach, knarrende Gelenke, zerstreutes Gehör, und natürlich das immer öfter unbotmäßige Gemächt eines Mittsechzigers.

Es gab Nächte, vor allem bei Neumond und Nordwind, da ihn

das Schicksal des in Goa aufgebahrten Heiligen zu Mitleid und einer Art Gram aus zweiter Hand bewegte; zu anderen Zeiten beneidete er den unverwest Amputierten um seine Präsenz auf mehreren Kontinenten – ein Arm in Rom, der Körper in Goa, ein Zeh vielleicht noch immer unterwegs –, oder er malte sich aus, der Jesuit käme unverwest als Wiedergänger nach Lakhnau, um dort zur Förderung der christlichen Religion mit den alten Frauen im Sackhüpfen zu wetteifern.

Dann wieder erwog er, eine Pilgerfahrt nach Goa anzutreten, um den Heiligen, mit dem ihn so viel verband, nicht auf Zehenspitzen, sondern auf Knien um etwas zu bitten – ihn anzuflehen, dass er sich vor dem Ewigen Thron für den unwürdigen João Saldanha verwende, damit diesem endlich eine Offenbarung zuteilwerde. Eine unwiderlegbare, jeden Zweifel ausschließende Erhellung: dass er aus dem Munde Gottes dessen Nichtexistenz erfahre.

Phasen des Suchens folgten nahezu regelmäßig auf Phasen der Abwehr; diese waren selten einfach. Das Suchen erschien ihm dagegen schlicht, geprägt von skeptischer Inbrunst, aber immer mit dem kleinen Vorbehalt, dass die Suche ebenso gut ergebnislos bleiben dürfe – unter anderem, um sie zu verlängern.

Die Abwehr war komplizierter, ein tiefer, nicht besonders reißender Fluss, von dessen Grund er nichts wusste und dessen Wasser oft ohne sichtbaren Anlass Strudel bildeten; und wenn er die Hand in dieses Wasser hielt, fand er zahllose Strömungen und Gegenströmungen unterschiedlicher Temperaturen. Eine Strömung mochte blasphemisch sein, andere spöttisch distanziert, verzweifelt, erwartungsvoll, gelangweilt, dem Nichts ergeben, besessen von Körperteilen ...

Im Rückblick nahm er an – aber dies war lediglich eine Mutmaßung –, dass er sich in einer Phase verdrossen-begierig abwehrenden Suchens befunden hatte, als die Dinge sich zu bewegen begannen. Er erinnerte sich, in den vergangenen Nächten mehr denn ausgiebig mit Tamira Vorzüge, Mängel, Eigentümlichkeiten und ästhetische Qualitäten von Bibel, Koran, Hindu-Mythen und all dem erörtert zu haben, was er noch über die Vorstellungen der Griechen, Römer und Germanen wusste. Im Spätsommer hatten sie sich einige Zeit fern von Mir Najafs Land aufgehalten, in den Vorbergen des Himalaya, wo sie als europäische Reisende Jain-Tempel, Hindu-Klöster, weise Einsiedler, Zufluchtsorte der wenigen Buddhisten, Stupas und die Mausoleen dieses Pir und jenes Mullah besucht hatten. Er schloss daraus, dass er in empfänglicher Stimmung gewesen sein musste.

An einem Tag im frühen Winter kam ein Bote des Fürsten mit einem Lasttier und brachte eine Kiste. Er brachte auch eine in ihrer Unvollständigkeit hübsche Geschichte.

»Die Männer, die diese Kiste nach Mirzabad gebracht haben, sagen, sie hätten sie in Delhi übernommen, um sie dem portugiesischen Hakim im Reich des Fürsten Najaf zu übergeben. Die Karawane, die die Kiste beim Herrn des Kaschmir-Serai hinterließ, kam aus dem Dekkan. Es heißt, ein Maratha-Offizier habe sie einem Mann abgenommen, den er für einen Wegelagerer hielt und mit dem Säbel tötete; der Sterbende konnte ihm noch sagen, was mit der Kiste zu geschehen habe, ehe sein Geist davonschwebte, um sich zweifellos nicht mit den Huris des Paradieses zu ergötzen, sondern die Gesellschaft anderer verworfener Götzendiener in der Dschehenna zu genießen.«

Als der Bote wieder fortgeritten war, öffneten João und Tamira die Kiste – vorsichtig; immerhin mochte sie verknäuelte Kobras enthalten. Es waren aber keine Schlangen darin, sondern Zehen, Finger, Ohrmuscheln, ein Hodensack, zwei Nasen ... Vor allem Zehen: große, kleine, dicke, dünne, gerade, krumme, helle, dunkle, Hammerzehen und Zehen wie plattgehämmert, die Zehen von Plattfüßigen, in Öltücher gewickelte Kinderzehen, mit Bast umwundene Zehen von Greisen. Zehen in Schachteln, in geschmückten Dosen, kostbar eingefasst oder lieblos zusammengeschüttet. Und, wenn sich Saldanha nicht täuschte, jener Zeh, den Fürst Najaf aus einem fernen Kloster beschafft hatte.

Bei seinem nächsten Besuch im Palast bat Saldanha den Fürsten darum, Erkundigungen einzuziehen, ob möglicherweise vor einigen Jahren ein portugiesischer Gesandter, wahrscheinlich auf dem Weg von Agra nach Goa, überfallen worden sei. Und ob Gewährsleute in Goa etwas über den Zeh des Heiligen zu sagen wüssten.

Nach seiner und Tamiras langer Abwesenheit hatten sich nicht mehr so viele »Patienten« eingestellt wie zuvor; deshalb ritt er nur etwa alle zehn Tage in die Stadt und hatte sich mit Mir Najaf darauf geeinigt, dass die Nutzung des abgelegenen kleinen Palasts eine symbolische Miete von zehn Rupien im Monat wert sei. Manchmal, wenn der Wind richtig – oder falsch – wehte, ließ Saldanha die Abstände größer werden und hatte nie das Gefühl, dass man ihn vermisste.

In diesem Winter gab es eine besonders lange Pause; sie war erfüllt von Gesprächen über Götter, fantastischen Vorhersagen grässlicher oder erhabener Wiedergeburten, die sie zu fürchten oder zu ersehen vorgaben, und von der Lektüre ausgefallener, entlegener, bizarrer Bücher. Hin und wieder belebte der Winter die Lenden in einer Weise, die die fernen Hüter des Unverwesten zweifellos als sündhaft oder unverantwortlich bezeichnet hätten, vor allem in fortgeschrittenem Alter. So kam es, dass João fast einen Monat nicht in die Stadt ritt.

Und so kam es auch, dass der abgehetzte Bote des alten Rissaldar sie mit seiner schlimmen Nachricht völlig überraschte.

Der Mann kam an einem frühen Morgen; er musste die Nacht im Sattel verbracht haben.

»Von Nordwesten, Herr«, sagte er, während er im Stehen ein wenig Brot, kaltes Fleisch und Brühe zu sich nahm – eilig, denn er musste weiter, die eigene Sippe warnen. »Afghanistans Herrscher Zaman Shah, den Allah verdammen möge, bereitet die Plünderung oder vielleicht Eroberung des Punjab vor. Seine Vorhut hat Sikhs aufgescheucht, die fliehen und dabei plündern. Seine Botschafter haben die Rohillas eingeladen, ihn im Punjab zu treffen. Beide, Sikhs und Rohillas, nehmen den Weg durch unser Land. Die Krieger und der Fürst sind schon im Norden; sie kämpfen. Alle waffenfähigen Männer sollen sich ihnen anschließen. Alle anderen sollen ihre Dörfer verlassen und sich in die Hauptstadt begeben, die sich vielleicht verteidigen lässt.«

»Wie eilig ist es, Freund?«, sagte Saldanha.

Der Mann hob die Schultern. »Wenn der Fürst und die Krieger vom Glück verlassen sind, werden die Rohillas morgen früh hier sein. Wenn Mir Najaf und seine Männer wie die Löwen kämpfen, sind die Rohillas in zwei Tagen hier.«

»Aber wenn es so hoffnungslos ist, warum ist der Fürst denn überhaupt aufgebrochen, statt nur die Hauptstadt zu verteidigen?«

»Er ist aufgebrochen, um die Sikhs abzuwehren. Von den Rohillas wusste er noch nichts.«

Tamira und Saldanha nahmen nur wenig mit, ebenso die Diener, die tapfer oder stoisch zu Werke gingen und nach kaum einer Stunde zum Aufbruch bereit waren. Ein paar Kleider, Waffen, die nötigsten Vorräte und Geld, mehr sollten die Pferde nicht tragen müssen. Im letzten Moment entschloss sich Saldanha, das Buch, das sie an den letzten Abenden gemeinsam zu lesen begonnen hatten, noch zu dem einen Zeh, der vielleicht der echte war, in die Satteltasche zu stecken: Sarup Chand Khatris Sahīhu'l Akhb-ar, eine Geschichte Indiens und vor allem der abenteuerlichen Verwaltung und Besteuerung Bengalens.

Zwei Tage später erfuhren sie im überfüllten Mirzabad, dass Mir Najaf, das halbe Heer und die meisten Offiziere gefallen seien; eine mehrere tausend Mann starke Horde von Rohillas werde in wenigen Stunden, spätestens am nächsten Tag, die Hauptstadt erreichen.

Saldanha hatte sich bei den alten Offizieren aufgehalten, von denen er die meisten aus der Zeit kannte, als er noch regelmäßig den Hakim gespielt hatte. In den Gebäuden, in denen gewöhnlich die fürstliche Garde untergebracht war, kümmerten sie sich um die Rüstung und notdürftige Ausbildung all der Männer, die die Stadt verteidigen sollten. Najafs ältester Sohn hatte angeblich den Befehl übernommen, saß im Palast und schwieg. Als die niederschmetternde Botschaft bei den Offizieren angekommen war, lief Saldanha los, um Tamira zu suchen. Die Fürstin hatte den Palast geöffnet, um Flüchtlinge aufzunehmen; João und Tamira hausten im Kräuterschuppen eines alten Apothekers.

Als er es ihr gesagt hatte, schloss Tamira einen Moment die Augen. »Erschieß mich«, sagte sie dann leise. »Noch einmal überlebe ich die Rohillas nicht. Ich mag auch nicht zusehen, wenn andere ...«

»Mirat?«

»Haben wir so viel Zeit?«

»Zwei schnelle Pferde sind nicht langsamer als die Pferde der Rohillas.«

»O Zhu-Ao.« Sie sah ihn lange an, aus Augen des Elends. »Meinst du, sie brauchen dich hier? Oder kannst du dich losreißen?«

Er riss sich los. Er sagte sich und ihr, dass diese Desertion keine sei, dass es genug Ärzte gebe, dass ein alter, zum Kämpfen zu alter Hakim nur hinderlich sein könne, dass er nur dem Fürsten etwas schulde, dass durch dessen Tod die Schuld erloschen sei. Die Fürstin, von der Nachricht wie versteinert, habe nur genickt, sagte Tamira, die diesen Botengang übernahm. Aber das sagte sie ihm später, in Mirat, wo Saldanha den persischen Bankherrn bat, ihm über die noch verfügbare Summe einen Bankwechsel auszustellen, den er in Lakhnau oder Kalkutta vorlegen könnte.

»Ah, Hakim, willst du Hindustan verlassen?«

»Ich will sehen, ob ich irgendwo einen Platz finde, an dem die Wahrscheinlichkeit, morgens den Kopf noch auf den Schultern zu haben, etwas größer ist als hier.«

Der Perser lächelte, ein wenig traurig, wie es schien. »Düstere Tage und finstere Nächte, fürwahr. Wohl dem, der nicht auf den Schutz des Kaisers angewiesen ist, der schutzlos in seinem Palast sitzt. Wohl dem, Herr, der wie du und deine Gemahlin reisen kann und dabei nicht hungern muss.«

»Wie groß darf mein Hunger sein?« Saldanha schielte zur anderen Seite des Schreibtischs, wo der Perser eben Zinsen, Zinseszinsen und Abhebungen berechnet hatte.

»Er sollte den Gegenwert von zweiundvierzigtausend Rupien nur unwesentlich überschreiten. Wenn der Hunger größer wäre, müsste ich dir raten, deine Zuflucht bei Allah zu suchen.« Das tat Saldanha – oder versuchte es, wenn nachts die Nagetiere in seinem Kopf erwachten und bissen und behaupteten, er habe Freunde in der Not verlassen. Tamira konnte ihn nicht trösten, wenn er schweißgebadet erwachte, manchmal vom eigenen Stöhnen. Mirzabad existierte nicht mehr; die Rohillas hatten alles dem Erdboden gleichgemacht, und bald nach ihnen kamen schweifende Sikhs, die den Erdboden nach wertvollen Funden durchwühlten und die Gebeine der bisher Überlebenden zu denen der anderen schickten.

Tagsüber kam er sich vor wie immer; was ihn zermürbte, waren die Nächte. Seine Dämonen lärmten stumm, als Tamira nach zehn Tagen das Kaschmir-Serai und Delhi noch nicht verlassen wollte. Dann, nach dem Aufbruch, schwiegen sie, machten Platz für die räudigen Nager, die nicht dadurch zu beschwichtigen waren, dass er ihnen sagte, wenn er in Mirzabad geblieben wäre, hätten sie jetzt keinen Platz, keinen Ort, kein Obdach und keinen Grund zu existieren.

Er stellte sich dies vor, nachts, mit geschlossenen Augen: Er stand in einer Halle, einem Hörsaal ähnlich, in dem jedoch kein gelehrter Mann über die neuesten Entdeckungen der Medizin berichtete. Der Hörsaal war gleichzeitig auch der Kerker der Inquisition, die Zelle, der Raum, in dem er vor dem Tribunal stand; und das Tribunal waren räudige Schattenratten, Geister mit eiternden Zähnen – aber die Zähne schmerzten ihn, nicht sie – und ätzenden Augen. Und als er meinte, er hätte sie überzeugt, als er in einer Unterzelle des Nebengelasses eines umfassenden Albtraums hoffte, nun von ihnen frei zu sein, riefen sie die Götter zu Hilfe.

Und die Götter kamen. Alle Götter, von denen er je gehört hatte, zogen durch seine Träume. Yama, der Rote Herr des Todes, raste mit einem Sichelwagen durch sein Gemüt, immer hart an den pochenden, kreischenden Wänden entlang. Shiva schwenkte den Dreizack und stieß ihn manchmal in die Gewölbedecke des Traumkerkers, die auch Joãos Gaumen war. An seiner Zunge, die die Form eines Kreuzes, später die eines Baums hatte, hing Jesus, mit glühenden Nägeln befestigt, und wurde jäh zu Odin, der kopfunter baumelte. Kali zog ihn in ihre Umarmung, ihr tausendfach mörderisches Kosen, und all ihre Arme waren Schlangen mit Brennnesselhaut.

Manchmal mischten sich seine alten Dämonen ein, die ihm mitteilten, als Transportmittel sei er nicht mehr besonders nützlich, jedenfalls in dieser Inkarnation, und damit er möglichst bald wieder nutzbar werde, wollten sie seine Seele für die nächste Verkörperung freisetzen und begannen, ihn zu zerstückeln. Irgendwo, in der Höhe oder Tiefe oder hinter allem, ahnte er ein Auge, das ihn unablässig beobachtete. Ein starres Auge, nicht gnadenlos, sondern völlig ohne Gefühl – Gnadenlosigkeit, Mangel an guten Gefühlen und vielleicht Überfluss an niedrigen, hätte er ertragen können, aber dies inwendige Nichts, das das Auge ausstrahlte, marterte ihn.

Als sie Agra erreichten, gesellten sich die Geister von Toten zu der Versammlung. Nette, unaufgeregte Tote, die lediglich fragten, ohne auch nur den Unterton eines Vorwurfs, ob es denn recht sei, dass sie alle hätten sterben müssen, während er weiterlebe, weitergelebt habe, seit damals.

Er bildete sich ein, das zermalmte Gesicht eines Mannes wiederzuerkennen, der in der Schlacht bei Agra ganz in der Nähe von einer Kanonenkugel getroffen worden war, aber es ließ sich nicht genau sagen, da die Toten mit ihren Verwundungen und Entstellungen erschienen und außer in der abgestuften Grässlichkeit ihrer Verletzungen kaum zu unterscheiden waren.

Tagsüber war Saldanha oft verzweifelt guter Dinge. Da nichts Äußerliches sie trieb – sie hatten Geld, und die Länder am Yamuna waren in diesem Jahr fast ruhig –, ließen sie sich Zeit, unterbrachen die Reise oft, verbrachten die Nachmittage rastend. Es war zu heiß, in der Welt, im Schatten erträglicher, und nachts rang Saldanha mit anderen Partnern.

Er konnte sich auch darauf verlassen, dass die Götter ihm jede Unbotmäßigkeit heimzahlten. Einmal erzählte er Tamira eine Geschichte aus der Heimat, falls Portugal Heimat war – ein Bauer, dessen Felder verdorrten, hatte tagelang an einer Wegkapelle, wo die Madonna mit einem kleinen Jesus an der Hand zu sehen war, um Regen gebetet, aber es regnete nicht, und nachdem er sieben Tage lang Jesus angefleht hatte, kam er am achten Tag wieder und sagte: »Heute rede ich nicht mit dir, du Hurensohn, sondern mit deiner ehrwürdigen Mutter.« Tamira lachte, aber der Nachhall des Lachens half ihm nicht durch die Nacht, in der Jesus und Maria ihm kleine Igel in die Harnröhre schoben. Als sie Lakhnau erreichten, war es schon Herbst. Sie fanden einen sehr gealterten, kranken Claude Martin vor, der munter wie immer war, solange die Kräfte ausreichten. Saldanha versuchte, die Gastfreundschaft des alten Franzosen dadurch zu vergelten, dass er ihn behandelte und pflegte, soweit das möglich war. In dieser Zeit zogen sich die Götter und Ratten zurück, als ob Joãos ärztliche und freundschaftliche Tätigkeit sie beschwichtigte. Martin gegenüber schwieg er von seinem inneren Aufruhr, der zudem ja abzuflauen schien. Hin und wieder bemühte Tamira sich, wie sie es seit Delhi tat, zwischen seinen Verstand und seine Träume zu treten, ihm in die Schatten zu folgen und die Phantome zu verscheuchen. Sie fragte und lauschte und riet; irgendwann wechselte sie ein paar Worte mit Claude Martins ältestem Diener und verschwand später in Lakhnau, um etwas zu erledigen, wie sie sagte.

Abends, als der schnell dahinschwindende Martin sich zur Ruhe begeben hatte, saßen Saldanha und Tamira noch eine Weile im großen kühlen Speiseraum und leerten die begonnene Flasche Bordeaux.

»Was hat dich in die Stadt getrieben, Geliebte?«

»Ebendies – dass ich dich liebe.«

»Musstest du das in der Stadt bekannt machen?«

Sie schien lachen zu wollen, schüttelte dann aber nur den Kopf. »Nein. Ich habe Rat gesucht; für dich.«

»Welche Sorte Rat?«

Sie schloss die Augen. Langsam sagte sie: »Vielleicht können dir die Götter helfen, indem sie dich von sich befreien. Ich habe eine alte Frau besucht, die sich mit den tausend Göttern auskennt.«

Saldanha war verblüfft. »Mogulfürstin, rechtgläubige Herrin, du, nicht ganz vom Islam abgefallen, suchst meinetwegen alte Götzendienerinnen auf?«

»Wenn es hilft. Vielleicht hilft es.«

»Was hat die Frau gesagt?«

Tamira kaute auf der Unterlippe; sie zögerte. »Nicht heute. Wir müssten reisen.«

»Du hast recht – nicht heute.« Er seufzte leise. »Reisen werden wir sowieso, bald; nachdem Claude auf seine letzte Reise gegangen ist.«

Der Aufbruch lag nicht mehr fern. Eines Tages bat Martin Saldanha, bis nach der Eröffnung des Testaments zu bleiben, um notfalls zu bezeugen, dass der Letzte Wille nicht bezweifelbar und Niederschrift eines seiner Sinne mächtigen Mannes gewesen sei.

Drei Tage danach starb Claude Martin, General der Truppen der Ehrenwerten Englischen Ostindien-Kompanie, lange Zeit Herr des Arsenals von Lakhnau, Freund und Berater der Nawabs, Geschäftsmann, Millionär. Und Wohltäter. Einen großen Teil seines Vermögens hinterließ er Stiftungen, die in mehreren indischen Städten Schulen für Jungen und Mädchen betreiben sollten, in Lakhnau sah er dafür sein großes Haus Constantia vor mit dem neuen Namen La Martinière; große Summen sollten an die Stadt Lyon und andere Empfänger in Frankreich gehen. Und natürlich hatte er für Boulone-Lise gesorgt. Ebenso selbstverständlich bezweifelte niemand die Rechtmäßigkeit des Testaments eines Mannes, der fast ein Vierteljahrhundert Lakhnaus wichtigster Politiker und Geschäftsmann gewesen war. João Saldanha war in den letzten Minuten bei ihm. Als er ihm die Augen zugedrückt hatte, bildete er sich ein, an der Wand hinter dem Sterbebett einen Dreizack zu sehen; aber es war nur der Schatten eines dreiarmigen Leuchters, hinter dem eine weitere Lichtquelle stand. Der alte Diener rief Allah an; eine Dienerin bat Shiva um jenseitige Gunst für den geliebten und unersetzlichen Herrn. Tamira schwieg. Boulone-Lise weinte stumm. In dieser Nacht kehrten die Götter zurück. Eigentlich waren sie die ganze Zeit da gewesen, in den Kulissen, nun traten sie gewissermaßen an die Rampe. Ausgelöst vermutlich durch die seltsamen Effekte von Licht und Schatten, träumte Saldanha von Shiva, der ihn mit dem Dreizack anstieß und etwas sagte. Die

Stimme dröhnte, und es war, als ob die Worte, die der Gott sagte, einer vertrauten Sprache entstammten, aber Saldanha verstand nichts.

Sie versuchten, die alte Frau zu finden, mit der Tamira gesprochen hatte – João wollte selbst mit ihr reden. Aber die Alte war unauffindbar, und in der Gasse, in der sie gewohnt hatte, wusste niemand, was aus ihr geworden sein mochte. In einem Anfall von Wehmut wollte Saldanha seinen alten Bekannten, den Schreiber, auftreiben. Khusrau sei vor drei Jahren gestorben, hieß es.

»Was hält uns noch?«, sagte Tamira abends.

»Uns beide hält deine Umarmung beieinander«, murmelte Saldanha. »Und in Lakhnau hält uns nichts mehr.«

»Bengalen?«

»Noch nicht.« Er räusperte sich. »Vielleicht ... vielleicht verlieren sich die Geister in der Höhe. In den wirklich hohen Bergen. Nepal. Tibet. In Tashilhunpo kennt man sich mit dem Vertreiben von Geistern aus.«

»Wie lange? Wie lange willst du reisen?«

»Ewig, wenn du bei mir bist.« Er gluckste. »Ein Jahr, zwei Jahre vielleicht.«

»Und dann Bengalen?«

Er nickte. »Ich habe die Briten nie gemocht, jedenfalls die hochnäsigen Gentlemen in den hohen Stellungen, aber es ist die einzige Gegend Indiens, in der man abends unbesorgt schlafen gehen und morgens unverstümmelt aufwachen kann.«

»Gut.«

Er legte die Hand an ihre Wange. »Nur ›gut‹? Was ist mit der alten Frau und der Reise, die sie uns verschrieben hat?«

»Die Reise geht nach Bengalen.«

»Darf ich jetzt mehr erfahren?«

Tamira lachte leise ins Dunkel. »Jetzt ja – alles, Liebster. Kennst du Berhampur?«

Er überlegte einen Moment. »Bei Kasimbazar, nicht weit von Murshidabad, ja? Riesige britische Garnison. Und?«

»Im alten Teil, Kasimbazar, gibt es einen Tempel des großen Shiva.«

Saldanha stöhnte lautlos.

»Den sollst du aufsuchen und dem ältesten Priester den Zeh geben.«

»*Den* Zeh?«

»Hat sie gesagt.«

»Woher wusste sie von dem Zeh?«

Tamira zuckte mit den Schultern. »Sie wusste nichts von *dem* Zeh; sie hat nur gesagt, wenn du etwas besitzt, was heilig ist und weder lebt noch tot ist, sollst du es dem Priester geben.«

»Weder lebt noch tot ist …«

»Dann wird er dich und … *es* zum Teil einer Zeremonie machen, die dich von den Schatten befreit. Sagt sie.«

»Wenn die Schatten Tibet überstehen.«

»Verlass dich darauf – sie werden.«

Plötzlich lachte Saldanha. »Berhampur!« Er verschluckte sich, hustete, lachte wieder.

»Was ist mit dem Ort?«

»Wo bin ich Radscha? Etwas mit B, nicht wahr?«

»Barampur«, sagte Tamira tonlos.

»Kann es sein, dass es zwei Schreibweisen desselben Orts sind?«

17. Das Ende in Bengalen

Mitwölfe! Ihr zweifeltet nie an mir,
Ihr ließet euch nicht fangen
Von Schelmen, die euch gesagt, ich sei
Zu den Hunden übergegangen.

HEINRICH HEINE

O glorreiches Verweilen in Zelt und Arrak, o rumdurchtränktes Harren, o Punsch und Whisky – kaum noch Munition, aber genug zu trinken; was braucht ein guter Ire mehr? Lass sie draußen knurren, die Hunde, französische Hunde, indische Hunde, Sikh-Hunde, Briten-Hunde, Pindari-Hunde. Die Schakale der Brigaden außer Schussweite. Perron, der eine Hand zu wenig – eine zu spät geworfene Handgranate, und wenn er doch ein bisschen länger gewartet hätte! – und zu viel Geduld hat. Maratha-Hyänen. Rajputen-Geier. Moslems und Hindus und Christen und Gottlose, und kein Schlachtengott, den man noch anrufen könnte. Marie und die Kinder in Sicherheit, hinter den dicken Wällen von Hansí, und er selbst vor Georgegarh, der Festung, die seinen Namen trug. Jehazi Sahib, Jawruj Jang, Radscha von Hariana ... Aber das stimmte ja nicht; in diesen mürben Zeiten, Zeiten wie altes Holz voller Gewürm, besetzt mit Schimmelpilzen, in diesen Zeiten, die schon zu lange dauerten, konnte sich der beste Mann nicht zum Radscha machen, er brauchte den Segen des Kaisers. Des ohnmächtigen, blinden, alten Shah Alam, der in seinem Roten Palast hungerte und nicht sterben wollte, nicht sterben konnte. Und wenn er stürbe, käme der Nächste – ein Sohn, ein Enkel, ebenso hungrig und ebenso impotent und ebenso machtlos.

Die Begum ... ah, die Begum, die alten Tage. Er hatte nie begriffen, weshalb sie sich Levassoult zum Decken, Zudecken, später Abdecken nehmen musste, weshalb sie all dies und mehr, bis aufs Abdecken, nicht mit Georgie Sahib tun konnte. Georgie Sahib, immer treu, in den Dreck gestoßen, aus dem Dreck aufgestanden, auferstanden, einen kleinen Elefanten in der Tasche und die Ehre der Frauen im Kopf; die Ehre der Frauen, auch der Begum, die es wahrlich nicht verdiente, geehrt zu werden – aber Sardhana bestand, widerstand dem Wirbelsturm, der alles malmte, zermalmte, verschlang ... kein Wirbelsturm, aber was? Treibsand? Strudelnde Steppe? –, und die Worte einer irischen Fee, die vielleicht eine böse Hexe war.

Die Gedanken verhedderten sich, bildeten Schlieren und wuchernde Auswüchse, Auswurf, Gedankenkotze. Die Briten ... Er wusste, was sie Irland angetan hatten, in den Jahrhunderten und vor allem in den letzten Jahren, aber Irland war weit, ein wüster Traum sieben Meilen jenseits des Weltenrands, Indien dagegen real. Die neuen Männer in Kalkutta, der Generalgouverneur Richard Colley Wellesley, Earl of Mornington, seit ein paar Monaten Marquis Wellesley, sein jüngerer Bruder Arthur, ein guter Soldat, wie es hieß, und Lake, der General – er hatte bestimmt Vornamen, aber Thomas konnte sich nicht darauf besinnen –, gute Männer, starke Männer, offenbar entschlossen, das Territorium der Ostindien-Kompanie zu einem Imperium auszubauen. Sie hatten den ewigen Unruheherd Maisur erobert, Tipu Sultan niedergeworfen, den Nizam von Haidarabad abhängig gemacht, redeten in die inneren Angelegenheiten der Marathas hinein. Ach was, sie brauchten nicht zu reden, ein Flüstern genügte.

Warum hatten sie seine Angebote nicht angenommen? Höflich abgelehnt ... Britische Hunde, *bloody Saxons*. Er hätte ihnen den ganzen Punjab gegeben, auf alle eigenen Ansprüche verzichtet, sogar auf geziemende Besoldung, wenn sie ihm nur den Rang eines Generals und den Rock des Königs ... Höfliches Desinteresse. Bengalen und Audh – nicht amtlich, aber wirklich; was hatte der Nawab denn noch zu sagen? – und Bihar und Madras und Maisur; und ein Fingerschnipsen, dann würde der Nizam in Haidarabad nur noch auf den

Händen laufen und durch brennende Reifen hüpfen. Die Marathas zerrissen zwischen den Häusern Holkar und Sindhia, der Peshwa machtlos, der Kaiser ein Witz.

Warum hatten sie abgelehnt? Warum hatten sie nicht geflüstert? Sie brauchten ja nicht zu reden, geschweige denn zu brüllen oder gar Truppen zu schicken, nur zu flüstern, dass die Marathas ihre Brigaden, de Boignes – Scheißfranzose, nach Europa abgehauen, hoffentlich unterwegs ersoffen – teure Brigaden, geführt vom einhändigen Perron und diesem widerlichen Pastetenbäcker Bourquin – flüstern, ein Flüstern aus Kalkutta, schlimmstenfalls ein Räuspern, und die Marathas hätten ihn in Ruhe gelassen, hätten untereinander Fehden sortiert und Kehlen geschlitzt, und er, die Sikhs unter die Pferdehufe gebunden, wäre bis zum Indus gezogen, um später den Briten alles kostenlos zu servieren, auf einem goldenen Tablett mit Smaragdrand und Rubinkrusten und zentnerweise Juwelen ...

Keine Kosten, kein Blut, nichts als Gegenleistung, nur des Königs roten Rock und der Rang. Warum? Warum höflicher Verzicht auf ein winziges Flüstern?

Leer. Die Flaschen, die Träume, die Wüste. Leer. Er brüllte nach Schnaps; dann brüllte er – lautlos, sinnlos – nach Desailly und Nilambar und Hopkins und Broadbent. Nach anderen, den Harten, den Unbeugsamen, den Treuen. *The Faithful Men of True Thomas.* Die Männer, die mit ihm gegen Samli gezogen waren, noch zu Lebzeiten von Apa Khande Rao, Apa mit der epochalen Nase. Apa der Yamuna-Trinker. Dreißig Meilen in sengender Hitze, um den Kommandanten einer Festung zu bestrafen, der die Sikhs der Umgebung ermunterte, Plünderzüge durch Apas Länder zu unternehmen. Dreißig Meilen Hitze und Staub und ekelhafte kleine Dornen von den ekelhaften kleinen Büschen, und Skorpione und immer wieder ein *nala,* eine dieser ekelhaften kleinen Schluchten, so klein, dass man sie nicht von Weitem sah, so groß, dass man sie nicht durchklettern konnte, sondern Umwege machen musste. Dreißig Meilen an einem Tag, Hitze und *nalas,* und am Ende des Marschs der sofortige Sturmangriff, keine Ruhepause, die blutige Überraschung, der blutige Sieg.

Sie hatten überlebt, Nilambar und Desailly und die anderen; dies hatten sie überlebt und so vieles andere, und warum hatten sie ihn jetzt im Stich gelassen? Verlassen? Desertiert ins Jenseits, wenn es ein Jenseits gab.

Die Kämpfe für und gegen Vavon Rao, Apas Nachfolger, und für den Provinzstatthalter Bapu Sindhia gegen die Sikhs. Die Überlegung, dass man sich auf sein Ehrenwort verließ, er sich aber nicht einmal auf Verträge oder darauf verlassen konnte, dass versprochener Sold tatsächlich gezahlt wurde, und dass er, um endlich unabhängig zu sein von all diesen widerlichen Widernissen, sein eigener Herr werden musste.

Die Suche nach einem geeigneten Territorium – und die Feststellung, dass er seit Jahren unmittelbar neben dem besten infrage kommenden Landstrich Krieg geführt hatte: Hariana …

Arrak. Mehr Arrak, noch mehr Arrak, Schnaps wie die Fluten des Monsuns, der in jenem Jahr besonders lang und heftig und nass war, als er und seine Leute mit der Eroberung von Hariana begannen. Wüste und bestes Weideland, achthundert Dörfer und ein Dutzend Städte, kriegerische Menschen, schwer zu unterwerfen, aber danach hervorragende Truppen. Und sie wurden gebraucht, denn es gab Kämpfe über Kämpfe. Mit den Marathas gegen die Rajputen von Jaipur, mit einem Maratha-Fürsten gegen einen anderen: den großen Lakwa Dada, einst General von Mahadaji Sindhia …

Die Bilder begannen zu kreisen, die Erinnerungen überlagerten und vermischten sich. Kurze ruhige Tage in Hansí, mit Marie und den vier Kindern, und Gespräche mit den Gebietsverwaltern; dann – oder vorher? Oder sowohl vorher als auch danach? – der nächste Zug gegen plündernde Sikhs, die nächste Ehre für die nächste Frau, die Schwester eines Sikh-Fürsten, zuerst von diesem gepriesen, weil sie geschlagene Krieger wieder aufrichtete und persönlich gegen Thomas führte, dann, nach dem Friedensschluss, von ihrem Bruder eingekerkert, weil sie angeblich an allem die Schuld trage, und Thomas, der sie besiegt hatte, zog mit seinen Männern los, um sie, geachtete Gegnerin, aus dem Kerker zu befreien.

Wahnsinnige Bilder, kreiselnd, wirbelnd, Märsche und Belagerungen und der Versuch, den nachdrängenden Feind bei einem Rückzug mit Kanonen auf Distanz zu halten. Kreiselnd wie sein Kopf – zu viel Arrak; aber das kannte er, es bekümmerte ihn nicht weiter, denn er wusste, es würde enden, irgendwann würde es enden, wie alles irgendwann endete, mit der nächsten Flasche oder einer verirrten Kugel oder einem gewaltigen Erbrechen, epochal wie die Nase des toten Apa Khande Rao, welterschütternd und bedeutungslos.

Kreiselnd wie das Karussell der indischen Bündnisse und Fehden: Daulat Rao Sindhia und Lakwa Dada für den Kaiser gegen Holkar, Lakwa Dada gegen beide, dann mit Holkar gegen Sindhia, Perron und die Brigaden als einzige berechenbare Macht.

Was hatte ein kluger Perser geschrieben, in einer der Zeitungen aus Delhi, die Thomas hin und wieder zu Gesicht bekam? »In Indien gibt es drei Mächte, mit denen man rechnen muss: die Ostindien-Kompanie, die von de Boigne hinterlassenen Brigaden, und Mr George Thomas in Hariana ...«

O ja, sie hatten mit ihm gerechnet, Marathas und Rajputen und Sikhs und Rohillas und der Radscha von Bikanir. Und Perron, noch so ein Franzose, mit seinen Brigaden. Nur die Briten nicht: höfliches Desinteresse, kein Rechnen, kein Flüstern, kein Hüsteln. *Bloody Saxons.* Warum hatte Wellesley Tipu Sahib niedergeworfen und weigerte sich, mit einem geschenkten Punjab weiterzumachen? Den er nicht niederwerfen musste?

Bilder, grässliche Bilder, Verschwörer und Meuterer, vor eine Kanone gebunden und ins Jenseits geschickt, in Fetzen, damit nicht einmal die Götter das Gesindel wieder zusammensetzen konnten. Hitzemärsche. Regenmärsche.

Dann plötzlich, wie Wolken, herbeigeweht aus dem Himmel eines anderen, besseren Traums, der Ritt nach Amber – früher, viel früher als die meisten grellen Bilder. Eine sanfte Reise, mit wenigen Männern auf guten Pferden, mit ein paar Kamelen, die schwenkbare Geschütze trugen; kein Eroberungszug, kein Abwehrzug: eine Reise.

Es war der Versuch, in all dem wahnwitzigen Chaos, dem Strudel des Untergangs einen Punkt zu finden, an den man sich halten konnte, einen Strohhalm, der nicht gleich zum Mühlstein am Hals des Ertrinkenden werden würde.

Amber, diesseits von Jaipur, dem Radscha von Jaipur verpflichtet, aber der ewigen Kriege überdrüssig. Der Fürst von Amber suchte Verbündete zur Abwehr, wollte aus dem reißenden Strom steigen, der alle zum furchtbaren, letzten, ungeheuren Katarakt trug, aber die Ufer waren steil und glitschig, und vielleicht würden zwei es schaffen, wenn es einem allein nicht glückte. Das war – er überlegte, zwinkerte die Schlieren weg, sah die Innenseite seines Feldherrnzelts, Dreck, Ruß und Fetzen, verdunsteten und aufgefangenen, verklebten Schweiß, sah die leeren Flaschen und die nicht ganz geleerten, sah plötzlich zeitliche Abfolgen, indem er Flaschen hintereinander sah, eine Flasche, ein Feldzug, ein Ort – das war vor der Schlacht gegen den Fürsten von Bikanir gewesen, irgendwann am Anfang, vor tausend Jahren.

Amber oder ein Traum? Eine alte Stadt und der Palast mit den tausend Fenstern. Das tiefblaue Wasser eines Sees – unterhalb, oder nur in der Nähe? Oder war es grün gewesen, als er es sah? Grün unter einem bewölkten Himmel, grün wie die Irische See, wie Irland? Wie sein grünes Land um Hansí, wo er den Männern – wie schon früher den Pindaris – beibrachte, Kommandos auf Irisch zu befolgen, damit Marathas und Rohillas und all die anderen nicht zu früh wussten, was geplant war. Oder grün wie das Auge des Tigers aller Tiger?

Ein Traum, sicherlich. Aber real. Amber, mit engen Gassen und uralten Häusern, und der Palast der Winde. Thomas befingerte den Elefanten, den er in der Tasche der Uniformjacke trug; und er dachte an jenes gespenstische Bild, den alten zerknitterten Druck, den ein Toter in einem vergessenen Gemetzel über dem Herzen getragen hatte. Das noch gespenstischere Bild, mit Wörtern gemalt von einem Krüppel in Irland. Das Schloss, die Burg, der Palast, von dem er damals gesagt hatte, so etwas wolle auch er haben, wenn er es zum Radscha bringen sollte.

Natürlich durften sie nicht in den Palast; ein Rajputenfürst mag es für tunlich halten, Bündnisse einzugehen, aber das ist kein Grund, fremde Teufel oder barbarische Emporkömmlinge in die Hallen zu bitten, in denen die Geister der Ahnen – Helden der Vorzeit mit blauen Götterantlitzen – Gedanken hinterlassen haben, ehe sie auf das Rad des Seins zurückkehrten, gebunden an die Existenz und bedroht von der Wiedergeburt.

Sie wurden untergebracht in einer Art von innerstädtischem Serai, auch dies ein altes Gebäude mit düsteren Wänden und Treppen, die sich in Schatten verloren. Stumme Diener des Fürsten bewirteten sie, und ein Vetter des Fürsten kam zu den Verhandlungen.

Sinnlose Verhandlungen, sagte sich Thomas – hätte er sich bereits vorher sagen können, aber man muss ja alles versuchen. Amber wollte mit ihm kein Abwehrbündnis schließen, gegen wen auch immer; der Fürst von Amber wollte lediglich die Zusage erkaufen, dass Thomas auf dem Boden von Amber keine Verwüstungen anrichtete. Er gab ihm – beziehungsweise dem Vetter; den Fürsten bekam auch er nie zu Gesicht – die gewünschte Versicherung, und da auch bei den Rajputen bekannt war, dass Jehazi Sahib niemals sein Wort brach, verzichtete man auf Eide und Papiere und Zeremonien. Zehntausend Rupien bot der Vetter dafür, Thomas verlangte dreißigtausend und erhielt sie.

Er erinnerte sich an die letzte Nacht – fast eine Winternacht, äußerlich. Der Monsun war eigentlich vorüber, kehrte aber noch einmal zurück oder ließ seine Nachhuten über das Land ziehen. Es war heiß, drückend heiß; den Männern troffen Flüssigkeiten aus allen offenen und verschlossenen Teilen, sodass sie bloßes Schwitzen als erquickenden Frosthauch empfunden hätten.

Nach den Verhandlungen, früh am Vormittag, waren alle im Serai geblieben, auf der Suche nach dem schattigsten Platz, dem dunkelsten Raum, der zugigsten Fensteröffnung. Trinken, schlafen, trinken, dösen. Abends wurde die Hitze unerträglich: als ob der Sonnenuntergang eine stickige Decke über die Welt zöge.

Thomas, Hauptmann Broadbent und Nilambar hielten es nicht mehr aus. Nilambar hätte vielleicht schweigend gelitten, aber sie forderten ihn auf, sie zu begleiten, um sie notfalls vor falschen Schritten, einem Sakrileg oder sonst wie unziemlichem Verhalten zu bewahren.

Nilambar ächzte; seine dunkle Madrassi-Haut war mit einem Diadem billiger Perlen bestickt – Schweiß, der in den Poren brannte wie heiße Nadeln.

»Wie soll ich euch helfen?«, sagte er. »Für die bin ich kein Hindu-Bruder, sondern ein schwarzer Untermensch aus dem Süden. Ich weiß nicht, welche geheimen Vorschriften die hier haben.«

»Mitkommen.« Thomas fand es mühsam, einen Befehl zu geben. »Kann sein, dass hier alles anders ist, aber du erkennst eher als wir einen Schrein oder Tempel, den wir vielleicht für etwas anderes halten würden.«

»Tempel sind Tempel«, sagte Nilambar mürrisch. »Wo soll da der Unterschied sein?«

»Eben.« Broadbent gab ihm einen Stups. »Wenn kein Unterschied da ist, brauchst du dich auch nicht zu drücken.« Der Brite ging unter der Last der Hitze wie ein Greis.

Sie ließen die Uniformjacken und alle Ausrüstung im Serai, nahmen lediglich Messer mit – für alle Fälle. Weiter oben, wo die Türme von Palast und Zitadelle im Widerschein des letzten Lichts düsteres Rot in die Luft sickern ließen, mochte ein wenig Wind gehen, aber Barbaren, Fremde durften den oberen Teil nicht betreten.

Sie gingen durch die Gassen der unteren Stadt, wateten durch gestaute Luft, die in dicht gepackten Schichten auf dem unebenen Pflaster lag. Kein Mensch ließ sich blicken, es war, als beträten sie eine Geisterstadt. Die Häuser waren schwarz, abweisend, die Türöffnungen versperrt mit dunklen Holzläden, abstoßend; Fenster schien es zu den Straßen hin nicht zu geben.

Auf einem kleinen Platz, umstanden von dreigeschossigen Häusern, vornübergeneigt, als wollten sie sich auf die Eindringlinge stürzen, lagen zwei Trommeln mit zerschlitzter Lederbespannung, daneben ein umgestürzter Korb. Als sie daran vorbeigingen, hörten sie ein Zischen. Eine Kobra hatte sich um den Korb geringelt, machte aber keine Anstalten, sich von ihm zu entfernen.

Neben einem aufgemauerten Brunnen lag ein toter Hund, aufgedunsen und Quell entsetzlicher Gerüche. Wenige hundert Schritte weiter, am Rand des nächsten Platzes, der nur gestampfter roter Lehm war, standen sie plötzlich vor einem Tempel.

Drei Stufen führten hinauf zum Eingang, den dunkle Säulen bildeten; sie mussten aus erzhaltigem Gestein gehauen sein, denn etwas wie eine schwach glitzernde Flammenspur wand sich daran hinauf und hinab, reflektierte das Licht einer knisternden Fackel am anderen Ende des Platzes und das dumpfe Glühen eines Altarfeuers aus dem Tempelinneren. Vor den Säulen, rechts und links des Eingangs, standen Statuen in Käfigen: seltsame menschengroße Gestalten, mit verschwommenen Zügen und der Andeutung von Gewändern, die sich aufzulösen schienen.

Nilambar sog Luft durch die Zähne und murmelte etwas; Broadbent wandte sich ab. Thomas stieg auf die erste Stufe, dann die zweite. Er hörte, wie hinter ihm Nilambar zuerst »halt, Sahib« sagte und dann in etwas ausbrach, das wie der Beginn eines Gebets klang. Einen winzigen Moment lang wunderte er sich, dass der alte Freund und Kampfgefährte ihn nicht mit Jawruj anredete, dann bewegten sich die Statuen, und er vergaß, dass es etwas anderes gab, über das man sich wundern konnte.

Etwas lief ihm eisig den Rücken hinab; gleichzeitig hatte er das Gefühl, die Kobra sei ihnen vom anderen Platz her gefolgt und kröche nun an einem seiner Beine empor. An beiden zugleich. Eine zweigeteilte Kobra aus Schlick und Schatten.

Er biss auf die Zähne, trat auf die oberste Stufe – dabei dachte er, mit absurder Logik, dass es keine Stufe sei, sondern der Beginn des Tempelbodens – und näherte sich dem rechten Käfig. Dann stieß er einen dumpfen Laut aus, wich zurück, stürzte die Stufen hinab und wurde von Birch aufgefangen.

»Aussatz«, ächzte er. »Weiße Lepra.«

»Aussätzige in Käfigen als Tempelwächter?« Broadbents Stimme klang, als stecke ein breiiges Würgen in seiner Kehle.

Von der anderen Seite des Platzes, wo immer noch die Fackel knisterte, hörten sie ein schrilles Gackern. Als sie näher gingen, sahen sie, dass dort eine alte Frau auf dem Boden kauerte. Sie wartete, bis die Männer sie fast erreicht hatten, dann zog sie ein löchriges schwarzes Tuch über das Gesicht.

Neben ihr lag eine Krücke. Die Unterschenkel ragten unter dem schwarzen Rock hervor. Die Frau hatte nur einen Fuß; das linke Bein endete am Knöchel. Mit dem rechten Zeigefinger kratzte sie auf dem Boden herum.

Und sie kratzte die Umrisse eines Elefanten. Eines roten Elefanten im roten Lehm des Platzes.

»Urdu verstehen?«, sagte sie.

»Wir verstehen Urdu.« Thomas fand die eigene Stimme fremd.

»Götter jagen.« Sie schaukelte mit dem Oberkörper vor und zurück, vor und zurück. »Zerstückeln.« Sie kicherte.

»Was weißt du, Mutter?« Thomas' Gedanken rasten zurück, durch den Raum und die Zeit, nach Irland.

Aber die alte Frau sagte nichts mehr, schaukelte, stieß ein hohes Winseln durch die Nase aus.

Nilambar berührte ihn am Arm. »Komm, lass uns gehen. Bitte.« Leiser setzte er hinzu: »Die Götter …«

Sie waren kaum ein Dutzend Schritte gegangen, als sie hinter sich ein Geräusch hörten, als ob die alte Frau aufstünde. Das Knirschen der Krücke, dann ihre Stimme, die hinter den Männern herschlich, schlangengleich über den Boden kroch: »Götter jagen. Zerstückeln.«

Nun war Broadbent tot, ehrenhaft gefallen wie Nilambar, wie so viele andere. Wie Hopkins, der schlimmste Verlust. Er dagegen lebte immer noch, falls man das leben nennen konnte: die Schlacht verloren, die alten Freunde verloren, ein stickiges Zelt und stickiger Schnaps. Stickige Gedanken.

Er hatte eine Art Bann versucht. In Hansí, auf dem höchsten Punkt der Stadt, geschützt durch solide Häuser und dicke Lehmwälle, hatte er ein Haus bauen lassen. Einen Palast, kleiner als der in Amber, mit tausend Fenstern und Erkern, auch dort, wo keine Räume waren; mit weißlichen Statuen neben dem Eingang, in steinernen Käfigen;

mit hellen Lichtern und mit Körben ohne Kobras, und nicht mit alten zahnlosen Frauen, die durchlöcherte schwarze Schleier trugen, sondern mit Marie, den Kindern, Dienerinnen, Dienern, Köchen, Wächtern. Keine Frauen ohne Füße, keine roten Elefanten, keine einzelnen Zehen, und dort jagten auch keine Götter. Jedenfalls hatte er noch keine Götter beim Jagen gesehen. Oder beim Zerstückeln.

Ein Flüstern aus Kalkutta, und er hätte in seinem Palast der Winde leben können, lange ruhige Zeiten zwischen immer weniger Kämpfen; mit Marie, mit zwei oder drei anderen Frauen, mit vier bis vierzig Kindern, nach innen ein guter orientalischer Radscha, nach außen ein General des Königs. Aber das Flüstern war ausgeblieben.

Oder hätte er am Ende das unglaubwürdige Angebot von Perron annehmen sollen – noch so ein Angebot von noch so einem Franzosen?

Thomas war nicht überrascht gewesen, als ihm wenige Tage nach den Verhandlungen, nach der Rückkehr seine Spione mitteilten, Perron habe eine verstärkte Brigade zurückgelassen, ausgerechnet unter dem Kommando von Major Louis Bernard Bourquin, »noch so ein Franzose«: alter Bekannter aus dem Stab der Begum Samru, Pastetenbäcker, Speichellecker, Feigling; und zwischenzeitlich Söldner im Dienste des Radscha von Jaipur – zu einer Zeit, als Thomas gegen diesen für die Marathas gefochten hatte.

Er war auch nicht überrascht, als seine Spione meldeten, der Feigling wolle sich nicht allein auf die verstärkte Brigade verlassen, sondern habe die Sikhs zum gemeinsamen Kesseltreiben eingeladen, Thomas' Lieblingsfeinde.

Überrascht war er jedoch – sagte sich dabei immer wieder, dass er nicht hätte überrascht sein dürfen –, dass der Major auch Samru Begum einlud, an der Vernichtung von George Thomas mitzuwirken.

Und dass die Begum die Einladung annahm.

Er hatte, neben seiner Kühnheit und der Kampfkraft seiner erprobten Bataillone, auch eine kleine Hoffnung: dass der Major dumm genug sein würde, in der Schlacht nicht auf die Ratschläge seiner erstklassigen Offiziere wie James Skinner zu hören. Skinner, der gern unter Thomas gedient hätte und alles daransetzen würde, den bewunderten Mann zu besiegen: Ruhm und Ehre.

Weit über zwanzigtausend Mann und große Mengen Kanonen brachten die Gegner mit; Thomas verfügte über kaum fünftausend Kämpfer. Hansí, wo die Frauen und Kinder der meisten Männer lebten, war zunächst sicher; die erste Entscheidung würde bei der Festung Georgegarh fallen. Fallen müssen, denn Georgegarh war genau zu diesem Zweck gebaut, ausgebaut, verstärkt worden: den Zugang zum Herzen von Hariana und zur Hauptstadt zu sperren.

Er legte den Hauptteil seiner Truppen in die Festung, wie der Gegner erwarten musste; und er tat es so, dass nicht einmal der französische Pastetenbäcker es übersehen konnte. Bourquin übersah es nicht, schickte Hauptmann Smith mit drei Bataillonen los, um die Festung zu belagern, und er selbst rückte mit sieben Bataillonen Infanterie und fünftausend Reitern vor, zwischen Hansí und Georgegarh, um jeden Nachschub, jede Verbindung abzuschneiden und dennoch nah genug zu sein, dass er notfalls die Belagerer verstärken konnte.

Aber die Kämpfer von Hariana hatten sich nicht in der Festung einschließen lassen, sondern diese nachts wieder verlassen. Der britische Hauptmann belagerte ein schwach verteidigtes Fort – schwach hinsichtlich der Anzahl der dort liegenden Kämpfer, nicht hinsichtlich der Kanonen und der Kampfkraft.

Inzwischen griff Thomas den darauf nicht vorbereiteten Bourquin an, ließ sich scheinbar zurückschlagen und einen Teil seiner Leute nach Südosten »fliehen«, fort von Hansí. Der Franzose setzte nach, entfernte sich so immer weiter von der Festung, vor deren Mauern am 27. September 1801, dem dritten Tag der Belagerung, Thomas mit seiner Hauptmacht erschien.

Die Nacht rettete Hauptmann Smith; es gelang ihm, nachdem er fast ein Drittel seiner Truppen verloren hatte, in der Dunkelheit nach Osten zu fliehen. Dort erhielt er am nächsten Tag Verstärkung: Sein Bruder, ebenfalls Angehöriger der Brigaden, kam mit weiteren zweitausend Mann Kavallerie.

Am 29. September tauchte Bourquin vor der Festung auf und ließ seine nach einem Gewaltmarsch erschöpften Männer das mit Gräben, Wällen und Verhauen gesicherte Lager von Thomas stürmen. Die tapferen Bataillone, die de Boigne ausgebildet hatte, gaben ihr Bestes, aber im mörderischen Feuer von vierundfünfzig Kanonen brach der Angriff zusammen.

George Thomas stöhnte; einen Moment lang barg er das Gesicht in den Händen. Seine letzte Schlacht – hatte er den Sieg verschenkt? Hätte er nachsetzen müssen, als die Bataillone sich zurückzogen, die einmal de Boigne gefolgt waren, nun Perron »gehörten« und von einem Trottel und Feigling namens Bourquin kommandiert wurden?

Aber die Männer flohen ja nicht; trotz furchtbarer Verluste zogen sie sich in guter Ordnung dorthin zurück, wo der Trottel und Feigling, der nicht mitgekämpft hatte, mit einigen tausend Reitern wartete. Feigling, Speichellecker, aber vielleicht doch kein Trottel?

Und zu diesem Zeitpunkt erschien Lewis Smith mit den durch Reiter verstärkten Resten des ehemaligen Belagerungsheers. Statt die weichenden, aber keineswegs fliehenden Truppen von Bourquin anzugreifen, musste Thomas seine besten Leute – der linke Flügel unter Hopkins, der rechte unter Birch – mit aufgepflanzten Bajonetten vorrücken lassen.

Es gelang ihnen, auch diesen Gegner zurückzuschlagen, aber außerhalb der eigenen Verschanzungen waren sie dem Feuer der gegnerischen Artillerie ausgesetzt, und die von de Boigne ausgebildeten Kanoniere waren nicht schlechter als seine eigenen.

Arrak. Mehr Arrak. Der Schnaps half ihm, die Bilder deutlicher zu sehen. Vielleicht bildete er sich das aber nur ein, vielleicht waren die Bilder verschwommener, und es war seine Erinnerung, die die grausigen Einzelheiten lieferte.

Kanonen des Gegners, die so fest im Sand steckten, dass beim Feuern kein Rückstoß möglich war und die Geschütze explodierten; er sah, roch und hörte die verstümmelten, schreienden Kanoniere. Die Infanterie des Gegners, zerfetzt von Kartätschen und scharfkantigen

Ketten, die seine Kanonen abfeuerten; und trotzdem marschierten die Männer weiter. Explodierende Pulverfässer und Munitionskarren, von glühenden Geschossen getroffen. Die eigenen Leute, nicht weniger tapfer als die Gegner, von Reitersäbeln zerstückelt, von Kanonenkugeln und Musketenschüssen getroffen.

Hopkins, der Tapferste der Tapferen, der Unersetzliche, immer munter, nie verzagend, verlor ein Bein durch das Geschoss eines Sechspfünders.

Thomas hatte ihn in sein Zelt bringen lassen, verbunden, was zu verbinden war, den Kopf des Freundes, des Kameraden, des jüngeren Bruders in seinen Schoß gebettet und zugehört, wie die Atemzüge immer schwächer wurden. Im Morgengrauen war Hopkins gestorben, oder kurz davor, zwischen der zweiten und dritten Flasche.

Und trotzdem. Fast hätten sie es geschafft. In der Abenddämmerung brachen Bourquins Linien, de Boignes harte Sepoys waren so gut wie geschlagen, die Truppen unter Smith und Skinner begannen zu weichen – aber ein Offizier der Gegner rettete sie. Noch so ein Franzose.

Thomas hatte sich nach dem Namen erkundigt: Hauptmann Bernier. Dieser Mann hatte einen ganz einfachen, vollkommen unerhörten Befehl gegeben. Er wies die beschossenen und zermürbten und dezimierten Männer an, sich zwischen den Dünen hinzulegen, Deckung zu suchen, liegend zu schießen.

Grelles Licht blendete ihn; jemand hatte den Zelteingang geöffnet. Birch und Hearsey traten ein. Beide salutierten.

»Sahib Bahadur«, sagte Birch. »Sir, der Gegner hat sich zurückgezogen. Nicht abgezogen.«

Thomas nickte. Er deutete auf den Leichnam von Hopkins, dann auf einen gesiegelten Brief, der zwischen den leeren Flaschen auf dem Schreibtisch lag.

»Bitte erledigen Sie diese beiden ... Dinge. Ich kümmere mich um die Männer.«

Der Brief, in der Nacht geschrieben, war an die Schwester des toten Freundes gerichtet, in Kalkutta; er enthielt die traurige Mitteilung und eine Zahlungsanweisung über zweitausend Rupien sowie die Versicherung, bald werde mehr kommen. Bald, das hieß, in einer ungenauen Zukunft, sobald alles geklärt war, was sich noch klären ließ.

George Thomas verließ das Zelt und brach auf, um im Lager und in der Festung den Verwundeten Mut zuzusprechen und allen für ihre Tapferkeit zu danken. Aber er wusste, dass der Radscha von Hariana erledigt war.

Zwei Wochen blieben sie in und bei der Festung Georgegarh, und die Überlebenden der Brigade des abwesenden Perron hielten sich außer Schussweite, aber in unbehaglicher Nähe. Offenbar wünschte niemand, nach der blutigen Schlacht noch einmal die Tapferkeit von Thomas' Männern, die Treffsicherheit seiner Kanoniere und seine taktischen Einfälle zu erproben; beobachten und blockieren, das war alles.

Thomas seinerseits wusste, dass ihm nach den schweren Verlusten nichts blieb als der Versuch, sich nach Hansí abzusetzen. Wenn der Gegner es zuließe.

Der Gegner, der jeden Tag Verstärkungen erhielt: Sikhs, Marathas, Rohillas, Krieger der Begum … Nach und nach kamen dreißigtausend oder mehr Krieger zusammen, mit weit über hundert zusätzlichen Geschützen.

Am Abend, bevor er den Ausbruch wagte, rief Thomas all seine überlebenden Krieger zusammen, dankte ihnen noch einmal, entließ sie, verteilte sein gesamtes Bargeld und riet ihnen, das Angebot des Franzosen anzunehmen: in Zukunft für Daulat Rao Sindhia zu kämpfen.

Mit Birch und Hearsey, zwei europäischen Sergeanten und seinen härtesten Truppen – die überlebenden Pindaris waren natürlich dabei – durchbrach er in der Nacht den Belagerungsring und erreichte drei Tage später seine Hauptstadt.

Aber auch dort kam bald das Ende; Bourquin folgte und bereitete alles für eine lange, harte Belagerung vor. Einige seiner Leute – Skinner und Smith waren wie üblich dabei – riskierten einen Sturmangriff, wurden aber von Thomas persönlich und seinen besten Männern zurückgeschlagen. Birch war unter diesen, und er hatte das seltsame Vergnügen, seinem alten Schulkameraden Skinner gegenüberzustehen.

Bourquin ließ in den folgenden Tagen Pfeile in die Stadt schießen – Pfeile, an denen Schreiben befestigt waren, die jedem Soldaten, der die Seiten zu wechseln bereit sei, sechs Monate Sold und Eintritt in die ruhmreichen Brigaden verhießen.

Abends, im Lager, äußerte Bourquin gelegentlich – Skinner erzählte es, später –, er werde George Thomas besonders feinen Formen der Folter und Demütigung unterziehen.

Bourquins britische Offiziere sahen das anders. Lewis Smith, dessen Bruder bei Georgegarh gefallen war, übernahm die Rolle des Parlamentärs; er überredete Thomas zu ehrenvoller Übergabe und sicherte ihm den Schutz eines kompletten Sepoy-Bataillons für den Ritt ins Territorium der Ostindien-Kompanie zu.

Übergabe. Kapitulation. Man behandelte ihn anständig, ebenso wie seine Leute. Abends gab es ein großes Essen, bei dem Bourquin beinahe für eine Katastrophe sorgte.

Man trank einander zu, trank auf das Wohl von General Perron und General Thomas, als Bourquin plötzlich das Glas erhob und sagte:

»Und nun trinken wir auf den Erfolg der Waffen von General Perron.«

Die britischen Offiziere setzten ihre Gläser nieder, weil sie einen ehrenhaften Gegner nicht beleidigen wollten. Thomas sprang auf, zog den Säbel und stürzte sich auf Bourquin. Skinner hielt ihn zurück, führte ihn aus dem Zelt. Andere brachten Bourquin dazu, sich zu entschuldigen; Thomas kehrte zurück, und man schüttelte einander die Hand.

Die Hand – es gab noch eine Hand in dieser Nacht. Als Thomas nach Mitternacht das Zelt verließ, um zu seinem Bungalow zu gehen, wurde er von einem Posten aufgehalten, der ihn nicht erkannte und nicht passieren lassen wollte. Thomas, immer noch erregt und nach reichlich Whisky nicht mehr willens, sich zu zähmen, zog abermals den Säbel, attackierte den Posten und trennte ihm die Hand ab.

Am nächsten Morgen ließ er dem verwundeten Mann fünfhundert Rupien bringen, schrieb einen Brief an Bourquin, bei dem er sich entschuldigte, und bat Skinner zerknirscht um Vergebung.

»Ich glaube, je schneller ich verschwinde, desto besser«, sagte er.

»Haben Sie denn alles erledigt, was zu erledigen ist?«

Thomas schüttelte den Kopf. »Eins fehlt noch. Meine Frau will nicht mitkommen. Sie und die Kinder reisen nicht nach Bengalen, nicht nach Europa.«

Skinner seufzte; es klang mitfühlend oder zumindest verständnisvoll. Vielleicht dachte er an seine indische Mutter. »Geht angeblich vielen so«, sagte er. »Indische Frauen europäischer Offiziere … Viele bleiben lieber in der Nähe ihrer Sippen, wie? Und was wollen Sie tun? Wohin soll sie gehen?«

Thomas grinste; aber es war ein schmerzliches Grinsen. »Wenn Sie es noch ein paar Tage für sich behalten, bis ich … gewisse Antworten erhalten habe?«

»Selbstverständlich.«

Thomas flüsterte ihm etwas ins Ohr.

Skinner riss die Augen auf. »Ich will verdammt sein!«

Skinner übergab General Thomas der Obhut von Lewis Smith, der ihn und die überlebenden Pindaris mit einem kompletten Bataillon nach Anupshahr eskortierte. Er blieb dort als Gast des Residenten der Ostindien-Kompanie, bis seine finanziellen Dinge geregelt waren.

Es galt, Schulden einzutreiben und Bankguthaben aufzulösen; schließlich kamen dreihundertfünfzigtausend Rupien zusammen. Einhundertfünfzigtausend davon erhielt Marie, die nicht nach Europa reisen wollte; mit den Pindaris und einer Halbkompanie Sepoys unter dem Kommando von Hauptmann Francklin, der in Anupshahr die Aufgabe von Smith übernommen hatte, begleitete Thomas seine Frau und die Kinder dorthin, wo sie bleiben und in Sicherheit sein sollten.

Nach Sardhana. Zur Begum: Mutter, Schwiegermutter, ehemalige Geliebte, ehemalige Herrin, mehrfache Verräterin. Johanna Nobilis.

»*I'll be damned*«, hatte Skinner gesagt – aber welcher Ort wäre sicherer gewesen?

Ganz Hindustan kannte die Geschichte; ganz Hindustan würde beobachten, wie sich die Begum den verwandten Gästen gegenüber verhielt; und in den letzten Jahren, seit Thomas die Meuterei niedergeschlagen hatte, war Sardhana in ganz Hindustan nahezu einzigartig gewesen: eine Oase des Friedens, regiert von einer gerissenen, jedem Politiker zwischen Bombay und Kalkutta überlegenen Frau. Einer Frau, auf deren Skrupellosigkeit Verlass war. Und einer Großmutter.

Marie hatte zugestimmt. Sie würde außerhalb des Palasts wohnen, bewacht von der Hälfte der verbliebenen Pindaris, die Thomas so reichlich entlohnte, dass sie bis an ihr Ende nicht zu hungern brauchten. Bewacht von den Augen ganz Hindustans.

»Und von mir.« Die Begum saß auf dem Thronsessel aus schwarzem Holz mit den Lehnen aus Elfenbein. In einer Hand hielt sie einen goldenen Becher, gefüllt mit Champagner; mit der anderen Hand bewegte sie den Fächer. Sie hatte die Diener fortgeschickt, auch den alten Mann, der den riesigen, an der Decke befestigten *pankah* bedient hatte, also musste sie nun selbst fächeln. Auch Marie war hinausgegangen; die Begum und Thomas wollten klären, was zu klären war.

»Sei unbesorgt, Georgie Sahib. Ich werde sie hüten und beschützen, mit meinem eigenen Blut.« Sie lächelte. »Und dir wünsche ich in Irland viele schöne Frauen mit Flackerzungen und wunderbaren Zehen.«

Er beugte sich vor. »Ich weiß, dass du sie schützen wirst. Aus diesen und jenen Gründen. Aber sag mir eins – warum?«

»Warum was?«

»Warum Levassoult, eure Heirat, die Flucht, der versuchte Selbstmord, warum alles andere, warum deine Beteiligung am Niederwerfen des Radscha von Hariana?« Etwas schmeckte bitter, als er dies sagte; er spülte es mit Champagner weg. »Französisches Bubbelwasser«, dachte er. »Warum kein Arrak? So viele *Warum* ...«

Sie starrte ihn an, ein wenig ungläubig, wie es schien. »Aber ... ich dachte, das hättest du längst gewusst!«

»Offenbar nicht. Offenbar bin ich zu dumm. Oder naiv.«

»Ach Georgie.« Kein *Sahib*, nur ein Seufzer. Langsam, wie versonnen sagte sie dann: »Levassoult kommandieren zu lassen war falsch. Ein Fehler – aber mein einziger. Alles andere war, wie es sein musste.«

»Ich verstehe immer noch nichts.«

Sie stieß ihn mit dem Fuß an. »Du warst besser. In allem warst du besser. Als er; als fast alle. Ihn konnte ich am Zügel führen. Das mit dem Dolch war ein Spiel. Damit die Verfolger mich, eine arme verwundete Frau, wieder nach Sardhana bringen. Danke für deine Hilfe, aber ich hätte sie auch so wieder in die Hand bekommen.«

»Ich verstehe noch immer nicht ...«

»Du ... hättest am Ende mich geführt. Das Land übernommen. Und ins Unglück gestürzt, weil es dir nicht genügt hätte. Deshalb musste ich dich loswerden. Deshalb musste ich, damit endlich Ruhe in der Nachbarschaft ist, mit gegen Georgegarh ziehen.«

Sehr leise, sodass er es fast nicht gehört hätte, setzte sie hinzu: »Deswegen meine Tochter – damit du nicht ganz weg bist, wenn du weg bist. Ich habe dich geliebt, Georgie.«

Delhi; ein höflich überstandenes Treffen mit Perron. Agra. Ein Abstecher nach Lakhnau? Ah nein, er wollte sich die Illusion bewahren, das schöne Bild von Lakhnau; außerdem war Claude Martin tot, seit fast zwei Jahren unter der Erde, also wozu? Das Geld, das er ihm anvertraut hatte, war sicher; nach Martins Tod hatten die Anwälte ihm die betreffenden Papiere übermitteln lassen.

Der Ganges. Benares. Hauptmann Francklin, ein entsetzlicher Pedant mit einem furchtbar geschwollenen Stil. Thomas schüttelte sich innerlich, sooft Francklin ihm vorlas, was er aus dem Erzählten gemacht hatte; gleichviel – seine schriftliche Unsterblichkeit lag in Francklins Händen, steckte in Francklins Feder, und wenn die Unsterblichkeit so ruhmvoll war wie der Stil geschwollen ... Aber der Hauptmann kannte sich gut aus, konnte ihm alles zeigen und erklären. Mehr, als Thomas wissen wollte; manchmal aber auch weniger, als er schon wusste.

In Benares die Wiederholung der Erkenntnis, bisweilen ein wenig naiv zu sein. Naiv gegenüber der Begum, vielleicht gegenüber Perron und Sindhia? Sicher auch gegenüber diesem arroganten Marquis Wellesley, Generalgouverneur und Oberkommandierender in einer Person.

Sie hatten lange geredet, höflich, distanziert. Irgendwann war Thomas aufgestanden, zur Karte Indiens gegangen, die an der Wand hing und auf der die britischen Einflussgebiete rot gefärbt waren; er hatte die Hand auf den Punjab gelegt.

»Das alles hätte ich für Sie und den König rot gefärbt – wenn Sie gewollt und mich ein wenig unterstützt hätten.«

Wellesley hatte genickt. »Ich weiß, Mr Thomas.«

Mister. Nicht General. Nur Mister. Mister Blöder Ire. Marquis Bloody Saxon. Auch Wellesley war in Irland geboren, aber. »Und warum haben Sie dann nicht ...?«

Ein kurzes Zucken der Brauen. »*Divide et impera*. Teile und herrsche. Verstehen Sie?«

»Nein.«

»Wozu sollen wir uns heute anstrengen, wenn uns übermorgen die Gebiete von selbst in den Schoß fallen? Dann nur noch verteidigt von Leuten, die sich zwischen heute und übermorgen gegenseitig geschwächt haben?«

»Vergessen Sie nicht die Brigaden.«

Hochmütiges, hämisches Gesicht. Eine Braue zuckte. »Die werden irgendwann schwächer werden. Wissen Sie, Mr Thomas, es gibt viele Möglichkeiten, Dinge zu erledigen.«

»Das weiß ich wohl, aber was meinen Sie damit?«

Wellesley erlaubte sich ein spärliches, fast ätzendes Lächeln. »Sie haben doch damals Vorbereitungen getroffen, anno '99, gegen die große Sikh-Welle, die dann nicht kam, nicht wahr? Wissen Sie, warum sie nicht kam?«

Thomas zuckte mit den Schultern. »Der Afghane, Zaman Shah, hat den Punjab schließlich doch nicht besetzt, also mussten sie nicht fliehen. Nicht alle, jedenfalls.«

»Wir wollten zu diesem Zeitpunkt Ruhe haben – keine Sikhs, die die Rohillas vor sich her zu unseren Grenzen treiben. Deshalb hat Zaman Shah die Invasion des Punjab abgebrochen.«

Thomas starrte ihn ungläubig an. »Einfach so? Haben Sie ihm gesagt, er soll es bitte, bitte lassen? Oder was?«

»Wir haben Persien gewisse ... Handelsmöglichkeiten angeboten. Um den Preis, dass ein persisches Heer Zaman Shahs Westgrenze behelligt. Das hat ihn dazu gebracht, den Punjab schnell zu räumen.«

Flussab, nach Kalkutta. Ein paar Pausen hier und da. Berhampur oder, wie die Einheimischen es aussprachen, Barampur, früher Kasimbazar, war mal wichtig, sagte Francklin; Thomas wusste es, kannte die Geschichten, sah sich die Stadt trotzdem an. Ein Essen beim Kommandeur der riesigen Garnison, ein Spaziergang durch den Ort, durch die Altstadt. Plötzlich ein leichter Schwindel, Schweißausbruch. Thomas taumelte.

»Fehlt Ihnen was?« Francklin klang besorgt; er fasste nach Thomas' Arm.

»Ach, nichts Wichtiges; ein kleines Fieber. Oder zu viel gegessen.« Er lachte.

»Wir kommen gleich zum alten Shiva-Tempel«, sagte Francklin. »Manchmal geschehen da merkwürdige Dinge, die wir eigentlich ...« Er hob die Schultern.

»Zum Beispiel?«

»Eine neue Sekte, seit ein paar Jahren. Wichtige Leute dabei, deshalb halten wir uns zurück, solange es uns nicht betrifft, wissen Sie. Die finden schon mal einen, den sie für Shivas Inkarnation halten, und dann gibts eine wilde Feier im Tempel. Der Kandidat weiß vorher nicht, was geschieht; es ist immer einer von außerhalb – außerhalb des Orts, außerhalb der Sekte. Er kriegt Opium oder *bhang* oder beides, dann drückt man ihm den Dreizack in die Hand, trägt ihn um den Tempel und ...«

Jemand rempelte Thomas an; er verstand das Ende von Francklins Satz nicht.

Vor dem ersten, kleineren Tempel herrschte Gedränge, eine Art Jahrmarkt. Es gab Seiltänzer zu bewundern, die üblichen Schlangenbeschwörer, Taschenspieler; eine Gruppe Zigeuner machte Musik. Hoch über den Köpfen der Menge schien eine Frau zu schweben. Sie näherte sich, schwebend und schwankend; dabei rief sie etwas.

»Was schreit die da?«

»Ich glaube, sie will Geld.«

Dann war die Frau fast neben ihnen. Thomas öffnete den Mund, klappte ihn wieder zu, vergaß einen Moment lang zu atmen. Die rechte Hand, in der Tasche der Uniformjacke, die er immer noch trug, tastete nach dem kleinen Elefanten. Die Frau hatte keine Füße; ihre Beine endeten oberhalb der Knöchel. An die Stümpfe waren Stelzen gebunden. »Lassen Sie uns gehen«, sagte er mühsam. »Mir ist ... unwohl.«

»Na, kommen Sie.« Francklin nahm ihn beim Arm. »Da vorn, neben dem großen Tempel, geht rechts eine Gasse ab. Abkürzung.«

Irgendwo, nicht weit voraus, hörte Thomas einen Elefanten trompeten, dann einen zweiten.

Als sie weitergingen, zum offenen Platz vor dem Shiva-Tempel, sah er aus den Augenwinkeln eine Bewegung. Er wandte den Kopf.

Vor einem Schrein, der offenbar dem Gott Hanuman geweiht war, saß ein Langure. Ein paar Kinder und ältere Männer standen um ihn; sie lachten und deuteten auf das Tier.

Kinder hatten ihm eine Krone aus Blütenblättern aufgesetzt. Einer der Männer richtete sich eben auf; er schien dem Affen etwas in die Hände gedrückt zu haben.

Ein Buch. Der Langure begann zu blättern. Dann bleckte er die Zähne.

Es war kurz vor Sonnenuntergang. Am Westrand des offenen Platzes, nicht weit von einem Gebäude, auf dem die englische Fahne wehte, stand eine Art Pavillon: als Säulen vier Balken, die ein großes zerschlissenes Segel trugen, das Dach. Darunter schaukelte ein angepflockter Elefant vor und zurück; hin und wieder stieß er ein eher klägliches denn wütendes Trompeten aus.

»Das ist die Musik, die wir gehört haben«, sagte Francklin; er lachte.

Thomas' Hand krampfte sich um den kleinen Elefanten in der Tasche.

Das Licht der sinkenden Sonne fiel auf das gespannte Segeltuch; rötlich waberndes Licht schien den Elefanten darunter in Blut zu tauchen.

»Wenn Sie einen roten Elefanten sehen, wissen Sie, dass Sie betrunken sind, sagt man.« Wieder lachte Francklin. Ein widerwärtiges Geräusch.

Fieber. Thomas zog die Hand aus der Tasche, tastete nach der Stirn. War sie heiß, oder kam es ihm nur so vor?

Von der Seitenwand des Tempels starrte ihn ein großer böser Fleck an. Grün, das gefräßige Grün des Tigerauges. Sie mussten einen Augenblick warten, ehe sie genau unter dem Fleck in die Gasse einbiegen konnten, die der Hauptmann als Abkürzung bezeichnet hatte.

Aus dieser Gasse kam die Shiva-Prozession. Vorn ging ein alter Mann, nur mit einem fransigen Schurz bekleidet. Er hielt etwas hoch, was eine Monstranz hätte sein können – ein Drahtgebilde, besetzt mit funkelnden Steinen, und in der Mitte irgendein kleiner Gegenstand.

»Sieht aus wie ein Finger. Oder Zeh. Blöde Einfälle haben die«, knurrte Francklin.

Thomas schnappte nach Luft. Er glaubte zu ersticken. Zwei massige Männer, Ringer oder vielleicht Eunuchen, trugen einen Mann mit europäischen Gesichtszügen. Seltsam vertrauten wiewohl gealterten Gesichtszügen. Er schien benommen, vielleicht betrunken oder sonst wie berauscht; in der rechten Hand hielt er Shivas Dreizack.

»Die Inkarnation«, sagte Francklin. »Jetzt tragen sie ihn in den Tempel; gleich ist der Weg frei für uns.«

Thomas' Kehle war wie ausgedörrt. Er öffnete den Mund, wollte Saldanha rufen, brachte aber nur ein Krächzen heraus. Nicht weit hinter dem Portugiesen ging eine europäisch gekleidete ältere Frau, der man ansah, dass sie einmal sehr schön gewesen sein musste.

Jemand aus Shivas Gefolge rief ihr etwas zu und deutete auf den Eingang des Tempels. Sie blieb stehen, als sei sie gegen eine Wand gerannt; die Augen öffneten sich weit, schienen aus den Höhlen treten zu wollen. Einen Moment schlug sie die Hände vors Gesicht, ließ sie sinken, schrie, wollte sich nach vorn drängen, zu den Trägern, die mit Saldanha den Eingang erreicht hatten. Zahlreiche Arme hielten die Frau fest; dann sah Thomas sie nicht mehr.

»Kommen Sie, Mann.« Francklin starrte ihn an, als sei er zum Geist geworden. »Wie sehen Sie denn plötzlich aus? Verzeihung.« Er berührte die Stirn des Iren. »Bei Gott, Mann, Sie glühen! Kommen Sie, los, ich bringe Sie zum Garnisonsarzt.« Die Prozession war im Tempel verschwunden, die Frau nicht zu sehen. Thomas stand, schwankte auf der Stelle. Den Säbel ziehen. Er hatte keinen Säbel, und die Welt war ein Napf voller Brei, in dem er sich nicht bewegen konnte. Die Pindaris in den Tempel schicken. Aber die Pindaris waren in der Garnison.

»Sal... Saldanha«, ächzte er.

»Bitte?« Francklins Griff wurde fester. »Nun kommen Sie doch!«

»Ich muss ... in den Tempel.«

»Unmöglich. Die bringen uns um. Was wollen Sie denn da?«

»Der Mann ... rausholen.« Thomas keuchte. »Was ... was machen die mit ihm?«

»Die Inkarnation? Zerstückeln. Der Gott muss befreit werden. Nun kommen Sie doch!«

Thomas wollte etwas brüllen; dann wurde ihm schwarz vor den Augen.

Am nächsten Tag, 22. August 1802, starb George Thomas, sechundvierzig Jahre alt, an tropischem Fieber. Er wurde auf dem Militärfriedhof von Berhampur bestattet.

Anhang

Zu Transkription und Aussprache indischer Begriffe/Namen

Außer in wenigen Fällen, in denen gängige deutsche Versionen existieren (z. B. Kalkutta statt Calcutta bzw. Kalkatta), folgt der Roman der heutigen internationalen, nicht mehr auf englischen Fassungen beruhenden Transkription bzw. Transliteration. Mit einigen Ausnahmen (z. B. sh=sch, j=dsch, q=gutturales k) kann man die Namen und Begriffe im Prinzip »deutsch« aussprechen.

Da einige Städte bzw. Regionen in Lexika und Atlanten in verschiedenen Fassungen verzeichnet sind, hier die gängigsten Varianten:

Audh/Awadh/Oudh (etwa das heutige Uttar Pradesh)
Baksar/Buxar
Haidarabad/Hyderabad
Hugli/Hooghly
Kadalur/Cuddalore
Kanpur/Cawnpore
Lakhnau/Lucknow
Maisur/Mysore
Mathura/Muttra
Mirat/Meerut

Worterklärungen

Bhisti: Wasserträger (pers. bihishti, »einer aus dem Paradies«).
Darbar: (pers.) Hofempfang, Audienz, »Lever«.
Dekkan: (hind. Dakhin, »der Süden«) Südindien, besonders das (küstenferne) Hochland.
Fairy: Fee.
Faqir: (arab. »arm«) Asket, frommer Bettler, etc.
Guy Fawkes: Angehöriger einer katholischen Verschwörung gegen König und Parlament in England 1605 (Pulververschwörung, Gunpowder-Plot), 1606 hingerichtet.
Hakim: (arab. hakīm) Arzt.
Haudah: (arab. haudaj, »Kamel-Sänfte«) von Elefanten getragener Sitz/Sitzkorb.
Havildar: (hind.) Unteroffizier, entspricht bei Sepoy-Truppen dem Sergeanten.
Jidad: (pers.) größerer Bezirk, aus dessen Steueraufkommen Truppen finanziert werden.
Jagir: (pers.) »Lehen«, zu Verwaltung, Besteuerung etc. übertragener erblicher Distrikt.
Khitmatgar: (hind.) »Dienstmann«, im angloind. Gebrauch moslem. Diener, meist Kellner.
Kshatriya: Angehöriger der alten Kriegerkaste.
Lakh: zehntausend.
Leprechaun: irischer zauberkundiger Kobold.
Madrasa: Schule, Universität (arab.).
mahauts: (hind. mahawat, »groß, hoch«) Elefantenlenker und -pfleger.
Marathas: (hind. Marhata/Maratha), Hindu-Volk aus Maharashtra, bildete im 18. Jh. eine sich immer weiter ausdehnende Föderation gegen die islamischen Moguln.
Mir: (pers.) Herr, Herrscher, Meister.
nautch-Mädchen: (marathi nā ch, etwa »Tanztheater«) Tänzerin, Bajadere (aus port. bailadeira, Tänzerin); zunächst neutral, später z. T. mit der Nebenbedeutung Dirne.

Nawab: (hind.) »Stellvertreter«, Vizekönig.
Paligar: (marathi, aus tamil. palaiyakkaran), Feudalherr, Grundherr, »Baron«.
Peshwa: (pers. »Führer«) zuerst »Kanzler«, Chefminister des höchsten Maratha-Fürsten, später selbst Oberhaupt der Maratha-Föderation, beraten von einem Chefminister.
Pindari: (marathi pendhari) Mitglied eines pendhar, Bande von Plünderern.
Pooka: kleiner irischer Teufel.
Radscha: (sanskr. rajā) König.
Rajputen: (sanskr. Radschaputra, »Königssohn«) Name eines alten Kriegervolks in Nordindien.
Rakshas, rakshasa: Dämon.
Rathor: Elitetruppen der Rajputen.
Rissala oder ressala: Reitertruppe (arab.); der Kommandeur ist ein Rissaldar/Ressaldar.
Sanyasi: (sanskr.) »einer der aufgibt/entsagt«, d. h. sich von der Welt abwendet; frommer Hindu-Bettler.
Sepoy bzw. sipahi: (von pers. sipah, »Heer«) Soldat, Krieger; im kolonialen Indien Bezeichnung für europ. ausgebildete »eingeborene« Truppen.
Subadar: zu pers. suba, urspr. »Provinz«, später auch andere »Unterteilungen«; »Subadar« = Herr eines suba, Statthalter/Stellvertreter des Mogulkaisers. Als Militär-Rang etwa Leutnant. Im anglo-indischen Gebrauch nur auf »Eingeborene« angewandt; z. B. in den Vorschriften (1787) für die »schwarzen« Truppen der Ostindien-Kompanie: »Eine Einheit (Troop) besteht aus euopäischem Leutnant, 1 europ. Sergeant, 1 Subadar, 3 Jemadars, 4 Havildars, 4 Naiks, 1 Trompeter, 1 Beschlagmeister und 68 Gemeinen.«
Sultan: (arab.) Fürst, König, Herrscher.
Zenana, zanana: (pers.) Frauengemächer.

Einige Daten zum historischen Hintergrund

Die wichtigsten Vorgänge sowie die handelnden Personen (mit Ausnahme von João Saldanha und Tamira) sind historisch. De Boigne kehrte über London zurück nach Chambéry, wo er 1830 starb; die Begum Samru lenkte unter britischer Aufsicht die Geschicke von Sardhana bis zu ihrem Tod 1836. Wer mehr wissen möchte, dem seien neben allgemeinen Nachschlagewerken vor allem folgende Biografien empfohlen:

zu George Thomas: Maurice Hennessy: *The Radschah from Tipperary*, London 1971

zu Claude Martin: Rosie Llewellyn-Jones: *A Very Ingenious Man*. Oxford/Delhi 1992

zu Benoît de Boigne: Desmond Young: *Fountain of the Elephants*. London 1959

zu James Skinner: Dennis Holman: *Sikander Sahib*, London 1961

zu Shah Alam: Michael Edwardes: *King of the World*. London 1970

zu Begum Samru: B. Banerji: *Life of the Begam Samru*. Kalkutta 1925

Europäische Handelskompanien in Indien:

1498 Vasco da Gama erreicht die indische Küste; Beginn der portugiesischen Faktoreien. Abgesehen von der Sicherung des Hinterlands von Goa beschränken sich die Portugiesen auf Handelsstützpunkte und Missionierung, verzichten auf territoriale Expansion.

1600 Gründung der Englischen Ostindien-Kompanie; 1639 entsteht Fort St. George/Madras, 1661 fällt Bombay an die Krone, die es ab 1688 an die Kompanie verpachtet, 1690 Gründung von Kalkutta.

1602 Gründung der Vereinigten Ostindien-Kompanie der Niederlande, Hauptsitz Batavia (Djakarta), diverse Stützpunkte in Indien.

1616 Gründung der dänischen Ostindien-Kompanie.

1664 Gründung der französischen Ostindien-Kompanie; wichtigste Stützpunkte Pondicherry (1674) und Chandernagore (1688).

Das Mogul-Reich:

1526 Babur, Abkomme von Timur (Tamerlan), besiegt bei Panipat das Heer des Sultanats von Delhi, kann aber noch keine dauerhafte Herrschaft errichten; sein Sohn Humayun (Herrscher ab 1530) wird 1544 durch den Afghanen Sher Khan (später Sher Shah) nach Norden gedrängt. Sher Shah und seine Nachfolger erobern von Bengalen aus Zentral- und Nordwest-Indien (Hindustan) und bauen eine straffe Verwaltung auf, die die Moguln später nutzen.

1555 Mit persischer Hilfe erobert Humayun Hindustan zurück und stirbt kurz darauf.

1556–1605 Herrschaft von Humayuns Sohn Akbar, der sich gegen andere Thronprätendenten durchsetzt und das Mogul-Reich von Kaschmir bis Bengalen ausdehnt; ab 1590 Beginn der Eroberung des Südens. Wichtig vor allem Akbars Religionspolitik der Toleranz, die die Benachteiligung der Hindus (Kopfsteuer u. a.) beendet, sowie die Förderung von Kunst und Wissenschaften.

1605–27 Fortsetzung der Politik unter Akbars Sohn Jahangir.

1628–58 Hochblüte des Reichs unter Shah Jahan (u. a. Bau des Taj Mahal als Grab für seine Frau Mumtaz Mahal), Ausdehnung nach Süden, erste Finanzprobleme durch Niedergang des Außenhandels, üppige Hofhaltung und steigende Kriegskosten.

1659–1707 Der letzte große Mogulkaiser Aurangzeb setzt sich im Erbfolgekrieg gegen seine Brüder durch, betreibt fanatische Islamisierung und kann Rebellionen vor allem hinduistischer Provinzen nur mühsam niederschlagen.

ab 1708 Unter seinen Nachfolgern zerfällt das Reich.

1739 Persische Invasion; Nadir Shah plündert Delhi.

1757 Zweite Plünderung Delhis durch Ahmad Shah Durrani. – Bis zur Absetzung des letzten Herrschers durch die Briten (1857) haben die Mogulkaiser keine machtpolitische Bedeutung mehr.

Die Marathas:

1646 In Maharashtra setzt sich der Reiterführer Shivadji nahe Poona durch und dehnt seinen Einfluss immer weiter aus. Lässt sich von Hindu-Reformern beraten und wird dadurch zum Vorkämpfer gegen den Islam.

1659 Shivadjis Truppen schlagen ein von Aurangzeb geschicktes Mogulheer.

1681 Sein Sohn Sambhaji wird durch Streitigkeiten zwischen den Fürsten geschwächt.

1690 Dessen Sohn Shahu (bis 1749) muss die faktische Macht an einen von den Fürsten gewählten Ersten Minister, den Peshwa, abtreten.

1726–40 Der zweite Peshwa, Baji Rao, dehnt Maratha-Einfluss nach Zentralindien aus.

1740–61 Sein Nachfolger Balaji Baji Rao macht sich nach dem Tod Shahus selbst zum Herrscher; größte Ausdehnung des Maratha-Reichs.

1761 Durch die Niederlage bei Panipat gegen von moslemischen Fürsten unterstütztes persisch-afghanisches Heer unter Ahmad Shah Durrani endet der Versuch der Marathas, ein Großreich anstelle des Mogul-Reichs zu errichten. Die Stellung des Peshwa ist geschwächt; in den folgenden Jahrzehnten bestimmen die Herrschaftsbestrebungen einzelner Fürstenhäuser und ihre Konflikte untereinander (die Sindhias aus Gwalior, die Holkars aus Indore, die Bhonslas aus Nagpur/Berar, die Gaikwars aus Baroda) die indische Politik.

1787–94 Mahadaji Sindhia gelingt es, gestützt auf von dem Savoyarden de Boigne ausgebildete und geleitete Truppen (»Die Brigaden«), Hindustan zu stabilisieren; unter seinem Nachfolger Daulat Rao Sindhia zerbricht die fragile Einheit des Maratha-Bundes endgültig.

Die Europäer:

Ursprünglich war Landnahme von keiner der beteiligten Großmächte vorgesehen, die nur durch Handelskompanien präsent waren; von den Mogulkaisern gewährte Handelsprivilegien wurden von befestigten Stützpunkten aus wahrgenommen. Nach dem Niedergang des Mogul-Reichs wurden die Handelsorganisationen in Auseinandersetzungen indischer Fürsten verwickelt, was sie nicht ohne militärische Hilfe ihrer jeweiligen Staaten bestehen konnten. Dadurch kam es auch zur Austragung europäischer Konflikte auf indischem Boden.

1746 In der Folge des Österreichischen Erbfolgekriegs (1740–48) besetzen Franzosen den britischen Stützpunkt Fort St. George/Madras und besiegen bei Adyar die Truppen des Nawab von Arkat, der seinerseits Madras einnehmen will.

1748 Friede von Aachen beendet auch den 1. Karnatik-Krieg; Madras wieder britisch.

1751–54 2. Karnatik-Krieg zwischen Franzosen und Briten, die von ihren Handels- und Bündnispartnern (Nawab von Arkat und Nizam von Haidarabad) in Thronfolgestreitigkeiten gezogen werden; Siege der Franzosen unter Dupleix, wettgemacht durch britische Erfolge unter Robert Clive. Arkat/Karnatik gerät unter britischen, Haidarabad unter französischen Einfluss.

1756–63 3. Karnatik-Krieg (als Teil des Siebenjährigen Kriegs, den Briten und Franzosen auch in Nordamerika austragen) endet mit britischem Sieg; Franzosen behalten unbefestigte Stützpunkte, scheiden als Machtfaktor aus.

1756 Kalkutta von bengalischen Truppen besetzt, von Clive zurückerobert.

1757 Clive siegt bei Plassey gegen bengalisches Heer, Bengalen unter britischem Einfluss.

1760 Entscheidender Sieg gegen Franzosen bei Wandiwash.

1761 Briten nehmen französischen Stützpunkt Pondicherry ein.

1764 Schlacht von Baksar; Truppen der Englischen Ostindien-Kompanie besiegen Heer des Nawab von Bengalen (unterstützt vom Mogul-Kaiser Shah Alam und anderen Fürsten). Danach verleiht der Kaiser der Ostindien-Kompanie die Finanzhoheit über Bengalen, Bihar und Orissa, während der Nawab nominell Herrscher bleibt. Robert Clive wird 1765–67 erster Gouverneur von Bengalen.

1772–85 Warren Hastings Generalgouverneur, zuständig auch für Bombay und Madras.

1767–69 1. Maisur-Krieg; der moslemische Usurpator Haidar Ali reißt die Macht in Maisur an sich, greift Briten an, bedroht Madras und zwingt der Kompanie ein Abkommen gegen die Marathas auf.

1775–82 1. Maratha-Krieg, in dem die Briten vor allem durch Hastings' Diplomatie eine militärische Katastrophe vermeiden können.

1780–84 2. Maisur-Krieg, begonnen von Haidar Ali (bis 1782), beendet von seinem Sohn Tipu Sultan; endet im Prinzip unentschieden.

1790–92 3. Maisur-Krieg; Briten besiegen Tipu.

1799 4. Maisur-Krieg (ausgelöst u. a. durch Bündnis von Tipu mit Napoleon und Entsendung französischer Offiziere nach Maisur) endet mit Tipus Tod und Wiedereinsetzung der alten Hindu-Dynastie von Maisur.

1802 Maratha-Fürsten Sindhia und Holkar besiegen den Peshwa, der sich unter britischen Schutz stellt.

1803–05 2. Maratha-Krieg; Briten besetzen Delhi und besiegen nacheinander die uneinigen Maratha-Fürsten und die restlichen »Brigaden«.

1814–16 Gurkha-Krieg macht England zur Vormacht in Indien.

1817–19 3. Maratha-Krieg, Maratha-Fürsten endgültig besiegt und durch Verträge an die englische Krone gebunden.

1842 Briten annektieren Sindh.

1849 Briten annektieren den Punjab.

1857/58 Nach dem »Sepoy-Aufstand« wird die Ostindien-Kompanie aufgelöst, die bisher von ihr verwalteten Territorien werden der Krone unterstellt.

Abenteuer im Unionsverlag

Louis Bromfield *Der große Regen*

Der alte Maharadscha in der indischen Provinz Ranchipur weiß, dass auf seine Untertanen Hunger und Tod warten, wenn der Regen ausbleibt. Auch Tom Ransome, der verwöhnte Intellektuelle aus der westlichen Welt, wartet auf das Naturereignis, um es zu malen. Den indischen Arzt Dr. Safka lässt seine Berufs- und Menschenpflicht ausharren. Was aber treibt Lady Heston aus England nach Ranchipur? Wer den großen Regen überlebt, steht vor der Wahl erneuter aufopferungsvoller Arbeit oder Resignation.

Emilio Salgari Sandokan *Die Tiger von Mompracem*

Auf der Insel Mompracem führt Sandokan, der »Tiger von Malaysia«, zusammen mit seiner todesmutigen Piratenbande und seinem treuen Gefährten Yanez einen blutigen Rachefeldzug gegen die britische Kolonialmacht. Diese hat seine Familie ermordet und ihn seines Thrones beraubt. Als er von der geheimnisvollen Perle von Labuan erfährt, entscheidet sich nicht nur sein Schicksal neu, sondern auch das von ganz Mompracem …

Frederick Marryat *Das Geisterschiff oder Der fliegende Holländer*

Kapitän William Vanderdecken, für seine Zornesausbrüche weithin gefürchtet, scheitert bei seinem Versuch, das Kap der Guten Hoffnung zu umsegeln. Er stößt einen gotteslästerlichen Fluch aus – für den er büßen muss: Bis zum Jüngsten Tag soll er auf einem Geisterschiff die sieben Weltmeere durchkreuzen. Seine Frau beauftragt auf dem Totenbett ihren Sohn, den Vater vom grausamen Bann zu erlösen.

Mehr über alle Bücher und Autoren auf *www.unionsverlag.com*

Abenteuer im Unionsverlag

Rafael Sabatini *Captain Blood*
1685: Von heute auf morgen hat das ruhige Leben des Arztes Peter Blood ein Ende. Weil er einen verwundeten Edelmann behandelt, der in den Aufstand gegen König James II. verwickelt ist, wird er als Verräter verurteilt. Man deportiert ihn als Sklave nach Barbados, wo er einem brutalen Plantagenbesitzer zu dienen hat. Der Angriff spanischer Piraten gibt seinem Leben erneut eine dramatische Wendung: Der Arzt wird zum gefürchteten Freibeuter.

Charles Sealsfield *Häuptling Tokeah und die Weiße Rose*
Der alte Häuptling Tokeah hat seinen Stamm der Oconee-Indianer schon tief in noch unbewohnte Gebiete geführt, weil die amerikanischen Farmer immer weiter vorrücken. Noch lebt der einst mächtige Stamm nach den Regeln der Vorfahren. Doch was ist das Geheimnis des hellhäutigen Mädchens Rose, das seit seiner Kindheit unter ihnen ist? Als James Hodge, der britische Seemann, verwundet im Dorf auftaucht, überstürzen sich die Ereignisse.

Friedrich Gerstäcker *Die Flusspiraten des Mississippi*
In den Jahren, als noch keine Dampfboote den mächtigen Mississippi aufwühlten, setzt sich auf einer der zahlreichen Inseln dieses Stromes eine Räuberbande fest. Sie überzieht die ganze Region mit Raub und Mord und unterhält in ihrem Versteck sogar eine Falschmünzerei. Das Gesetz ist machtlos, also müssen sich die Bewohner selbst helfen. Sie gründen ein Regulatorenbündnis und ziehen gegen die Flusspiraten in den Krieg.

Mehr über alle Bücher und Autoren auf *www.unionsverlag.com*

Unionsverlag Taschenbuch

BÜCHER FÜRS HANDGEPÄCK
Brasilien (UT 616)
Dänemark (UT 615)
Korea (UT 576)
New York (UT 575)
Vietnam (UT 574)
Neuseeland (UT 573)
Bayern (UT 554)
Namibia (UT 553)
Schweden (UT 552)
Sizilien (UT 551)
Kuba (UT 550)
Südafrika (UT 549)
Kolumbien (UT 548)
Patagonien und Feuerland (UT 547)
Innerschweiz (UT 513)
London (UT 512)
Belgien (UT 511)
Emirate (UT 510)
Kapverden (UT 509)
Kanada (UT 508)
Malediven (UT 507)
Norwegen (UT 506)
Indonesien (UT 476)
Hongkong (UT 475)
Toskana (UT 474)
Argentinien (UT 473)
Kreta (UT 472)
Sahara (UT 471)
Island (UT 470)
Japan (UT 469)
Myanmar (UT 443)
Tessin (UT 442)
Mexiko (UT 441)
Provence (UT 440)
Ägypten (UT 439)
China (UT 438)
Indien (UT 423)
Marokko (UT 422)
Himalaya (UT 421)
Schweiz (UT 420)
Bali (UT 401)
Thailand (UT 400)

LEONARDO PADURA
Adiós Hemingway (UT 614)

TSCHINGIS AITMATOW
Abschied von Gülsary (UT 613)
DMITRI MERESCHKOWSKI
Leonardo da Vinci (UT 612)
JEAN-CLAUDE IZZO Solea (UT 611)
JEAN-CLAUDE IZZO Chourmo (UT 610)
JEAN-CLAUDE IZZO
Total Cheops (UT 609)
JÖRG JURETZKA Freakshow (UT 608)
CHRISTOPHER G. MOORE
Der Untreue-Index (UT 607)
AHMED ÜMIT
Patasana – Mord am Euphrat (UT 606)
PETRA IVANOV Tatverdacht (UT 605)
NAGIB MACHFUS
Das junge Kairo (UT 604)
FRANCINE MARIE DAVID
Bei den Grabräubern (UT 603)
GISBERT HAEFS Radscha (UT 602)
ROBERT KURSON
Im Sog der Tiefe (UT 601)
JOHN STEINBECK/ROBERT CAPA
Russische Reise (UT 600)
HERMAN CHARLES BOSMAN
Mafeking Road (UT 599)
MONIREH BARADARAN
Erwachen aus dem Albtraum (UT 598)
BARBARA GOWDY
Der weiße Knochen (UT 597)
MAURICE MAETERLINCK
Das Leben der Bienen (UT 596)
REGINALD ARKELL
Pinnegars Garten (UT 595)
CHANTAL THOMAS
Leb wohl, meine Königin! (UT 594)
MARGARET LANDON
Der König und ich (UT 593)
JOHNSTON MCCULLEY
Im Zeichen des Zorro (UT 592)
NAGIB MACHFUS Miramar (UT 591)
MA THANEGI
Pilgerreise in Myanmar (UT 590)
NIGEL BARLEY Die Raupenplage (UT 589)
MO YAN Der Überdruss (UT 588)
MARYSE CONDÉ Segu (UT 587)
GARRY DISHER Rostmond (UT 586)

Mehr über alle Bücher und Autoren auf *www.unionsverlag.com*

Unionsverlag Taschenbuch

Masako Togawa
Trübe Wasser in Tokio (UT 585)
Driss Chraïbi
Inspektor Ali im Trinity College (UT 584)
Nathacha Appanah
Der letzte Bruder (UT 583)
Halid Ziya Uşaklıgil
Verbotene Lieben (UT 582)
Rob Alef Das magische Jahr (UT 581)
Mitra Devi Filmriss (UT 580)
Leonardo Padura
Der Mann, der Hunde liebte (UT 579)
Jörg Juretzka Fallera (UT 578)
Patricia Grace Potiki (UT 577)
Jean-Claude Izzo
Die Marseille-Trilogie (UT 572)
Rafael Sabatini Der Seefalke (UT 571)
Cecil Scott Forester
African Queen (UT 570)
Louis Bromfield
Der große Regen (UT 569)
Claudia Piñeiro
Die Donnerstagswitwen (UT 568)
Nikos Kavvadias
Die Schiffswache (UT 567)
Baby Halder
Vom Dunkel ins Licht (UT 566)
Luigi Bartolini Fahrraddiebe (UT 565)
Nii Parkes
Die Spur des Bienenfressers (UT 564)
Mo Yan Die Schnapsstadt (UT 563)
Nagib Machfus
Der Dieb und die Hunde (UT 562)
Fergus Fleming Nach oben – Die ersten Eroberungen der Alpengipfel (UT 561)
Garry Disher Drachenmann (UT 560)
Juri Rytchëu
Alphabet meines Lebens (UT 559)
Petra Ivanov Tiefe Narben (UT 558)
Bill Moody Auf der Suche nach Chet Baker (UT 557)
Jean-Claude Izzo
Sonne der Sterbenden (UT 556)
Jörg Juretzka Sense (UT 555)
Christopher G. Moore Stunde null in Phnom Penh (UT 546)
Salim Alafenisch Die Nacht der Wünsche (UT 545)
Jørn Riel Nicht alle Eisbären halten Winterschlaf (UT 544)
Mano Dayak Geboren mit Sand in den Augen (UT 543)
Jörg Juretzka Rotzig & Rotzig (UT 542)
Domingo Villar
Strand der Ertrunkenen (UT 541)
Pablo De Santis
Das Rätsel von Paris (UT 540)
Daphne du Maurier
Der Apfelbaum (UT 539)
Nagib Machfus Der Rausch (UT 538)
Pearl S. Buck
Das Mädchen Orchidee (UT 537)
Richard Mason Suzie Wong (UT 536)
Kathleen Winsor Amber (UT 535)
Fergus Fleming Barrow's Boys (UT 534)
Shahriar Mandanipur Eine iranische Liebesgeschichte zensieren (UT 533)
Samson Kambalu Jive Talker (UT 532)
Fernando Contreras Castro
Der Mönch, das Kind und die Stadt (UT 531)
Nagib Machfus Echnaton (UT 530)
Rafael Sabatini
Der Schwarze Schwan (UT 529)
Emilio Salgari Sandokan (UT 528)
Jörg Juretzka
Alles total groovy hier (UT 527)
Petra Ivanov Stille Lügen (UT 526)
Jørn Riel Arluks große Reise (UT 525)
Salim Alafenisch
Amira. Im Brautzelt (UT 524)
Alai Ferne Quellen (UT 523)
Yaşar Kemal
Der Granatapfelbaum (UT 522)
Raja Shehadeh
Wanderungen durch Palästina (UT 521)
Tschingis Aitmatow
Frühe Kraniche (UT 520)
Galsan Tschinag
Der Wolf und die Hündin (UT 519)
Nury Vittachi Der Fengshui-Detektiv im Auftrag Ihrer Majestät (UT 518)

Mehr über alle Bücher und Autoren auf *www.unionsverlag.com*

Jean-Claude Izzo Aldebaran (UT 517)
Hannelore Cayre
Das Meisterstück (UT 516)
Claudia Piñeiro
Elena weiß Bescheid (UT 515)
Sefi Atta Sag allen, es wird gut! (UT 514)
Friedrich Gerstäcker
Die Flusspiraten des Mississippi (UT 505)
Charles Sealsfield Häuptling
Tokeah und die Weiße Rose (UT 504)
Petra Ivanov Kalte Schüsse (UT 502)
Nagib Machfus Karnak-Café (UT 501)
Tschingis Aitmatow
Dshamilja (UT 500)
Mahmud Doulatabadi
Der Colonel (UT 499)
Domingo Villar
Wasserblaue Augen (UT 498)
Garry Disher Beweiskette (UT 497)
Salim Alafenisch
Amira. Prinzessin der Wüste (UT 496)
Raúl Argemí Chamäleon Cacho (UT 495)
Pablo De Santis
Die Übersetzung (UT 494)
Jörg Juretzka Der Willy ist weg (UT 493)
Laurent Quintreau Und morgen bin
ich dran. Das Meeting (UT 492)
Galsan Tschinag
Der singende Fels (UT 491)
Rafael Sabatini Captain Blood (UT 490)
Frederick Marryat Das Geisterschiff
oder Der fliegende Holländer (UT 489)
Sahar Khalifa Heißer Frühling (UT 488)
Jean-Claude Izzo
Mein Marseille (UT 487)
Yaşar Kemal
Die Hähne des Morgenrots (UT 485)
Petra Ivanov Tote Träume (UT 486)
Leonardo Padura
Der Nebel von gestern (UT 484)
Jørn Riel
Der Raub der Stammesmutter (UT 483)
Nagib Machfus Die Nacht der
Tausend Nächte (UT 482)
Juri Rytchëu
Wenn die Wale fortziehen (UT 481)

Tschingis Aitmatow
Kindheit in Kirgisien (UT 480)
Tran-Nhut Das schwarze Pulver
von Meister Hou (UT 479)
Bruno Morchio
Wölfe in Genua (UT 478)
Roberto Alajmo Mammaherz (UT 477)
Manjushree Thapa
Geheime Wahlen (UT 468)
Hannelore Cayre
Der Lumpenadvokat (UT 467)
Frank Göhre Mo (UT 466)
Manfred Wieninger
Rostige Flügel (UT 465)
Nagib Machfus
Das Buch der Träume (UT 464)
Driss Chraïbi
Die Zivilisation, Mutter! (UT 463)
Jean-Claude Izzo
Die Marseille-Trilogie (UT 462)
Chester Himes
Harlem-Romane (UT 461)
Petra Ivanov Fremde Hände (UT 460)
Pham Thi Hoai Sonntagsmenü (UT 459)
Claudia Piñeiro
Ganz die Deine (UT 458)
Wladimir Arsenjew
Der Taigajäger Dersu Usala (UT 457)
Ignacio Aldecoa Gran Sol (UT 456)
Zhang Jie
Abschied von der Mutter (UT 455)
Mo Yan Die Knoblauchrevolte (UT 454)
Nagib Machfus Radubis (UT 453)
Juri Rytchëu Polarfeuer (UT 452)
Alain Gresh Israel–Palästina (UT 451)
Pablo De Santis
Die sechste Laterne (UT 450)
Bill Moody
Moulin Rouge, Las Vegas (UT 449)
Zakes Mda Der Walrufer (UT 448)
Masako Togawa
Schwestern der Nacht (UT 447)
Kamala Markandaya
Nektar in einem Sieb (UT 446)
Salim Alafenisch
Die Feuerprobe (UT 445)

metro – Spannungsliteratur im Unionsverlag

Roberto Alajmo Mammaherz
Rob Alef Das magische Jahr
Raúl Argemí Chamäleon Cacho; Und der Engel spielt dein Lied
Bernardo Atxaga Ein Mann allein
Lena Blaudez Spiegelreflex
Patrick Boman Peabody geht fischen; Peabody geht in die Knie
Hannelore Cayre Der Lumpenadvokat; Das Meisterstück
Driss Chraïbi Inspektor Ali im Trinity College
José Luis Correa Drei Wochen im November; Tod im April
Pablo De Santis Die Fakultät; Voltaires Kalligraph; Die sechste Laterne; Die Übersetzung; Das Rätsel von Paris
Mitra Devi Filmriss
Garry Disher Drachenmann; Flugrausch; Schnappschuss; Beweiskette; Rostmond
Friedrich Glauser Die Wachtmeister-Studer-Romane
Joe Gores Hammett
Chester Himes Harlem-Romane
Petra Ivanov Tatverdacht; Fremde Hände; Kalte Schüsse; Tote Träume; Stille Lügen; Tiefe Narben
Jean-Claude Izzo Die Marseille-Trilogie: Total Cheops; Chourmo; Solea
Stan Jones Weißer Himmel, schwarzes Eis; Gefrorene Sonne; Schamanenpass
Jörg Juretzka Freakshow; Der Willy ist weg; Rotzig & Rotzig; Alles total groovy hier; Sense; Fallera
H. R. F. Keating Inspector Ghote zerbricht ein Ei; Inspector Ghote hört auf sein Herz; Inspector Ghote geht nach Bollywood; Inspector Ghote reist 1. Klasse
Yasmina Khadra Die Algier-Trilogie: Morituri; Doppelweiß; Herbst der Chimären
Thomas King Dreadful Water kreuzt auf
Bill Moody Solo Hand; Moulin Rouge, Las Vegas; Auf der Suche nach Chet Baker; Bird lives!
Christopher G. Moore Haus der Geister; Nana Plaza; Stunde null in Phnom Penh; Der Untreue-Index
Bruno Morchio Kalter Wind in Genua; Wölfe in Genua
Peter O'Donnell Modesty Blaise – Die Klaue des Drachen; Die Goldfalle; Operation Säbelzahn; Ein Hauch von Tod
Celil Oker Schnee am Bosporus; Foul am Bosporus; Letzter Akt am Bosporus; Dunkle Geschäfte am Bosporus
Leonardo Padura Adiós Hemingway; Der Nebel von gestern; Der Schwanz der Schlange; Das Havanna-Quartett: Ein perfektes Leben; Handel der Gefühle; Labyrinth der Masken; Das Meer der Illusionen
Nii Parkes Die Spur des Bienenfressers
Pepetela Jaime Bunda, Geheimagent
Claudia Piñeiro Betibú; Elena weiß Bescheid; Ganz die Deine; Die Donnerstagswitwen; Der Riss
Paco Taibo II Vier Hände
Masako Togawa Schwestern der Nacht; Der Hauptschlüssel; Trübe Wasser in Tokio
Tran-Nhut Das schwarze Pulver von Meister Hou
Gabriel Trujillo Muñoz Tijuana Blues; Erinnerung an die Toten
Ahmet Ümit Patasana – Mord am Euphrat
Óscar Urra Poker mit Pandora; Harlekin sticht
Domingo Villar Wasserblaue Augen; Strand der Ertrunkenen
Nury Vittachi Der Fengshui-Detektiv; Der Fengshui-Detektiv und der Geistheiler; Der Fengshui-Detektiv und der Computertiger; Shanghai Dinner; Der Fengshui-Detektiv im Auftrag Ihrer Majestät

Mehr über alle Bücher und Autoren auf *www.unionsverlag.com*